张学良

幽禁秘史

王爱飞 著

北方文艺出版社

图书在版编目（CIP）数据

张学良幽禁秘史 / 王爱飞著. —— 哈尔滨：北方文
艺出版社, 2010.11
　　ISBN 978-7-5317-0709-7

　　Ⅰ．①张… Ⅱ．①王… Ⅲ．①张学良（1901～2001）
－传记 Ⅳ．①K827=7

　　中国版本图书馆CIP数据核字(2010)第212864号

张学良幽禁秘史

作　　者 / 王爱飞
责任编辑 / 王金秋
封面设计 / 锦色书装工作室
出版发行 / 北方文艺出版社
地　　址 / 哈尔滨市道里区经纬街26号
网　　址 / http://www.bfwy.com
邮　　编 / 150010
电子信箱 / bfwy@bfwy.com
经　　销 / 新华书店
印　　刷 / 黑龙江新华印刷厂
开　　本 / 720×1020　　1/16
印　　张 / 37.5
字　　数 / 560千
版　　次 / 2011年5月第1版
印　　次 / 2011年5月第1次印刷
定　　价 / 49.00元
书　　号 / ISBN 978-7-5317-0709-7

目　录 Cotents

引子

第1章 政治生涯的辉煌绝笔

一切都是从那场震惊中外的事变开始，又在那次事变中突然结束。悠悠岁月，往事如烟，许许多多的沉浮与际遇都在脑海里淡忘消逝了，唯有那场事变，至今仍清晰如昨，连每个细节都历历在目……

少帅与"最高统帅"之争	1
杨虎城主张：挟天子以令诸侯	5
事变前的最后时刻	9
兵谏！兵谏！	12
如何处置蒋介石	17
保安的兴奋与莫斯科的愤怒	21
端纳穿梭于南京与西安之间	22
周恩来一语千金	26
第一夫人的斡旋	28
周恩来面见蒋校长	31
矛盾重重的张学良	33
匆匆一别，千古遗恨	39

第2章 遗恨石头城

那是张学良在南京度过的最后一个夜晚。那一夜的风，似乎特别清寒。拥我者南京，摧我者亦是南京。仅仅才过五年，我就从天上下到了地狱，成为南京政府的阶下囚人！此地不属我，自有属我处。再见了，紫金山！再见了，燕子矶，石头城！

洛阳——命运转折的最后一步　　　　46

风雨初临北极阁　　　　50

最后的自由　　　　55

"京中空气甚不良"　　　　57

蒋介石要做什么文章?　　　　60

一场闹剧：军法会审　　　　63

没有料到这一步　　　　71

西安又退了一步　　　　77

"今日始知政治之残酷"　　　　81

红颜知己赵一荻　　　　88

天涯惊魂　　　　96

永别金陵　　　　100

第3章 千秋功罪

这个结局，是张学良在发动"兵谏"之初绝没有料想到的。他原来指望，只要东北军能够"撑住"，他便有同蒋介石对峙的资本，逼蒋将他放回军中。现在，东北军既已被分散调乱，蒋介石再没有任何后顾之忧，对放不放他也没有了任何顾忌。张学良自由的最后一点希望破灭了。

初识溪口 108

他怎能是蒋介石的对手呢？ 116

蒋介石、张学良都在注目西安 121

少壮派与元老派 125

"二二"惨案——西安又演砸一场戏 130

西望云天，不胜依依 136

千秋功罪，自有评说 145

第4章 从此天涯孤旅

　　张学良像是被钉子钉住了一般，停在原地，目不转睛地盯住暮色中的含珠林出神。黄巢啊黄巢，当年你金戈铁马，挥师长安，风云一时。没想到你这位"冲天大将军"最后会落发为僧，居然葬在了雪窦山中，侍立于我的床前枕畔！张学良心中风云翻滚，脸色遽变。

"张学良先生招待所" 153

"我们成立个读书会" 160

风雨雪窦山 164

潇洒不减当年 175

雪窦寺风波 179

雪窦山上结亲家 185

名流、显要上山来 189

蒋经国慨叹：果真是员勇将啊！ 194

请缨抗敌与"好好读书" 197

兄弟笔谈："自由"二字，渺茫，很渺茫 201

"我带你们打日本去！" 206

告别雪窦山 208

第5章 漂泊无定的迁徙

　　立于"三绝碑"前，字字句句变得赫然惊心！这哪里是在听秦少游的凄婉绝唱，壁上那十一行字，分明写的是他张汉卿此时此刻的心情！

　　张学良像呆了一般，两眼定定地望向摩刻，一字一句地反复细看凝思。

　　两汪热泪不由夺眶而出。

住进了段祺瑞的黄山别墅　　　　　　　212

蒋介石的电话打到了黄山脚下　　　　　215

从黄山到萍乡　　　　　　　　　　　　218

山洞探险　　　　　　　　　　　　　　223

别萍乡　　　　　　　　　　　　　　　226

安营扎寨苏仙岭　　　　　　　　　　　228

泪洒"三绝碑"　　　　　　　　　　　　233

麻将·象棋·狩猎·治病·唱戏　　　　　236

大街上的军礼　　　　　　　　　　　　248

第6章 蹉跎凤凰山

　　青山常在，绿水长流，只要生命之火不熄，终有出头的日子。这么一想，他反倒轻松了许多，每日徜徉山水，观日落日出，在警卫们的眼里，他已成为一个地地道道赋闲幽居的隐士。

　　只有他自己知道，在他的心底，仍高燃着不屈不挠的火焰，只比过去隐伏得更沉更深。

初临凤凰寺 257

沅江上的日子 262

大将军出谋御匪 270

与张治中一席谈 275

山中谈兵 281

"多谢您，张老板" 286

第7章 放逐西南

醉里看剑、梦回号角，抗战已经三年，从蒋介石那里却没有传来任何要他上阵杀敌的消息。巨大的热忱，火一般的热望，在风吹雨打的失望岁月中蒙上了尘埃，他那颗躁动不安的心也渐渐趋于平静。

晨诵暮读，张学良沉浸于明史研究之中。尘封的岁月，迷离的往事，随着书页的翻动，一段段、一幕幕地出现在他眼前……

艰难的旅途 293

清寂的龙岗山 296

阳明祠中埋首学问 302

杨虎城之难 309

凄风苦雨中的丽人 312

孤馆寒窗读明史 317

急匆匆的病中转移 320

怕是看不见太阳了 329

当不成养鸡大王了 337

第8章 大陆的最后迁徙

风吹树摇，银色的月光被抽打得支离破碎。张学良实在想象不到，在囚闭了他整整十年之后，蒋介石还会对他耍这么一个花招，将他骗出大陆，押往遥远陌生的一个孤岛。自己实在是太幼稚了，纵有十个张学良，又怎么斗得过这个用心叵测、翻云覆雨的委员长呢？

歌乐山麓中，张学良度过了他在大陆的最后一个难眠之夜。

戒备森严的小西湖   344
老蒋是不见容于我了   358
熬过抗战与"家法处置"   363
失望后的悲苦   369
自由的三个条件   373
堂皇的诱骗   377

第9章 孤岛悲魂

早年的壮志风流、豪迈情怀不由涌上心来，在萧索悲凉的氛围中，变得格外遥远，包围着心灵的，只有一种挥之难去的凄清的落寞。

在"好好读书"的"管束"之中，自己已度过了长达十一年的艰难岁月，而看不见的未来，谁知道蒋委员长还会赐给他多少个漫漫长夜？

初临孤岛   388
混乱中险遭枪毙   391
余生唯愿读书   397

井上温泉泄恨吐冤　　　　　　403

再见张治中　　　　　　　　　410

无望的期盼　　　　　　　　　418

孤岛春秋　　　　　　　　　　421

蒋介石的召见　　　　　　　　428

《西安事变忏悔录》　　　　　433

第10章　自由之光

　　夜雨秋灯，梨花海棠相伴老。小楼东风，往事不堪回首了。

　　当张学良将赵一荻的手抬起，把一枚黄灿灿的结婚戒指套进她右手的无名指时，她再也控制不住自己，泪水滚落而下，有几滴落在张学良的手上。两人泪眼相向，默默无声，而心中的千言万语尽在一瞥之中……

"管束"终于解除　　　　　　440

为自由干杯　　　　　　　　　443

从阳明山到北投　　　　　　　446

新生活的开端　　　　　　　　450

张闾瑛探父　　　　　　　　　454

当代冰霜爱情　　　　　　　　459

第11章　心如止水，淡泊人生

　　张学良沉浸在上帝洒播的圣洁光环之中。这是一个静默而神圣的世界，是一个温柔而安全的托身之地。在这里，他不再感到孤独，多年的人生重负所带来的困倦、疲乏，渐渐为一阵清风所拂掠，他觉得有一种再生的欣喜，疲惫的灵魂领略到了几十年没有感遇过的人生壮美，天地万物似乎现出了前所未有的亲切，与他的灵魂交融为一体。

虔诚的基督徒与兰花迷　　　　469

"三张一王"转转会　　　　472

张学良与"二蒋"　　　　478

与蒋家恩怨终画句号　　　　486

止不住的翻案风　　　　490

规模空前的90寿庆　　　　494

张学良有话要说　　　　501

第12章　青山依旧在，几度夕阳红

　　生命之火尚未止熄。经过漫长苦难岁月的洗礼，他的灵魂变得分外恬静，分外澄澈。自由的空气，赐给他一方辽阔，一方纯净，令垂暮之年拥有了不可言喻的坦荡与明远。

　　这样的生命，何处才是极地？

　　九天之上，残阳如血。

还能望多少回夕阳西坠呢　　　　505

我想到美国去看看儿孙　　　　509

八方风雨会中州　　　　513

大洋彼岸纵谈旧事　　　　520

张副司令到，敬礼！　　　　527

共产党上将与老长官　　　　530

第13章　何日归故乡

　　生命之流仍在潺湲流淌，可是，何处是它最后的归宿呢？

　　忍不住便想到了故乡，想到了自己生命

的出发地。许许多多个黄昏暮晚，他的思绪
随着轻风，飘向了白山黑水的故土，飘回了
早年的岁月。

大陆、东北、辽宁，终归是生他养他的
土地，是他的生命之根啊！树叶尚有归根之时，
而人呢？难道只能望断青山，永无归期了吗？

低头思故乡　　　　　　　　　534

难以忘却的故人　　　　　　　538

他是中华民族的千古功臣　　　543

远山的呼唤　　　　　　　　　547

第14章 移居檀香山

2001 年 10 月 15 日下午 2 时 50 分，在
亲人的哀伤低泣中，张学良终于走完人生最
后一程。曲终人散，楼台空灵，悲剧英雄黯
然谢幕。

君子兰凋谢，然暗香久久不散……

往事悠悠，历史似乎并没有为这位曾经
改变了中国历史进程的人的背影画上句号。

平静离开台湾　　　　　　　　556

进教堂与赏国粹　　　　　　　559

故土情深　　　　　　　　　　563

她是我永远的姑娘　　　　　　568

平静谢幕　　　　　　　　　　575

再版后记　　　　　　　　　　583

引子

1991年3月初。台湾。

夕阳悄然下坠，一团红晕已经褪为淡红。先前还是明朗的天空渐渐泛起茫茫的苍青色，夜岚四起，将一种朦胧的幽静投向四野，投向台北郊外那一条条行人罕至的青草路径。

暮色中，位于北投路70号的那幢小楼显得分外孤寂。爬满楼墙的常青藤已不可辨，晚风拂来，宽敞庭院中花草微动，浅叹低吟，似乎在轻诉院中这片令人感伤的晚景。

楼里那间四壁古籍经典的书房内，一位老人正凭窗而立，望向窗外，望向星月疏朗的夜空，神情凝注，宛若一尊被岁月遗忘的雕塑。

不知已这么望过了多久，或者说不知已这么望过了多少年。满头青丝已变成了苍苍白发，曾经英气勃发的脸庞，此时已皱纹遍布，寿斑点点。可几乎每一天，他都要这么静静地凭窗而望，在夜幕四合之时，感遇一种不可言喻的情愫。

电灯"啪"的一声开亮。夫人轻轻地走近，将一件毛衣披到他肩上，又扶他在窗前的靠椅上坐下。老人没有言语，只轻轻地一摆手，示意夫人退下。此时此刻，他不想有任何事情来扰动自己的心境。

长达半个多世纪的岁月里，老人就这么默默地打发自己的时光，沉浸于巨大的静穆与感伤之中。而当年，他的生命曾是那样的辉煌——手握重兵，金戈铁马，叱咤风云，在中国异彩纷呈的现代史上，留下了辉煌的篇章。就在他意欲大展宏图、奋身抗击外寇之时，一场突发的事变却使他的政治生涯戛然而止，若彗星坠落，从此跌入挣脱不出的茫茫深渊。

张学良，这个曾经声威显赫的名字，在漫长的幽居中成为历史，成为人们在叙说往事时无法忘却而又深感叹息的故事。

月光透过窗户，铺洒在他脚前的地板上。身后似乎传来了夫人轻轻的呼唤声。老人撑了一下身子，但终没有立起，依旧仰靠椅背，望向夜空。

今晚的张学良，已经睡意全无。那个意味着自由、意味着漫长幽禁生涯终结的消息，令他欣喜万分，同时又止不住潮水般袭来的戚戚悲情。就在这天下午，他突然得到通知，已提出多年的探亲申请得到当局允准，他和夫人赵一荻即将赴美，探望生活在大洋彼岸的儿女孙辈，同享天伦之乐。

可是此时此刻，令他激动的似乎并不是即将同儿孙们的欢聚，而是"自由"这两个字所具有的珍贵含义。漫长的五十多年中，他历经辗转流离，饱尝冷落欺凌，要么置身于荒山野岭，要么被掷于孤楼郊林，一代英雄，解甲卸鞍，遭受着漫漫无期的羁禁，不得越雷池一步。多少次醉里挑灯看剑，多少回梦中吹角连营，英壮岁月在冷冰冰的拘押中流失了，当年气吞万里如虎的雄心壮志也在声声长叹中被磨蚀得踪影全无，直到鬓发如霜的垂暮之年，才得以窥见自由的神圣光辉。

两滴浑浊的老泪从他的眼里涌出，跌落进他脸上的道道沟纹中。老人轻拍了一下扶手，缓缓立起，直望当空的那一轮皓月。漫漫岁月里，相伴相随、相共相知的似乎就是天上的月，在它的如水清光中，他不知叙说过多少次自己的愁怨，寄托过多少回对自由的相思。现在，当自由终于降临之时，他更有一种倾诉无尽的期愿。

可是，蹉跎岁月，悠悠万事，该从哪里说起……

第 **1** 章

政治生涯的辉煌绝笔

一切都是从那场震惊中外的事变开始，又在那次事变中突然结束。悠悠岁月，往事如烟，许许多多的沉浮与际遇都在脑海里淡忘消逝了，唯有那场事变，至今仍清晰如昨，连每个细节都历历在目……

少帅与"最高统帅"之争

1936 年 12 月 11 日晚，古城西安。

这天的夜幕，降临得似乎特别早，天还未黑，路上就再难见到行人。北风飕飕吹过，将严寒刺向一幢幢房屋和冻凝得没有丝毫热气的夜灯。树上已没有了叶片，光秃秃的树枝直插寒霄，影影绰绰的雁塔和城门在暗夜里显得分外凝重可怖。

突然，从夜幕中闪出两道雪亮的灯光，犹如两柄利剑，劈开了沉沉的黑暗。一辆锃亮的豪华"菲亚特"轿车风驰电掣地从街上驰过，直奔金家巷公馆。

车内仅有两人。坐于一旁的警卫，十分紧张地注视着亲自驾车的长官——国民革命军一级陆军上将、国民党第五届中央委员会执监委员、西北"剿总"副司令官张学良。此时，他一脸铁青，双手紧攥方向盘，一双眼睛追随着灯光，似乎也要穿透前方的黑暗。

这天下午 5 时，张学良接到电话，出席蒋介石离开西安前在临潼华清池举行的告别宴会。在众位"党国要人"杯盏交错、酒酣耳热之际，张学良因抗日之事，再次与蒋介石发生争执，受到蒋的严厉训斥。36 岁的少帅愤然落座，抓住酒杯，连连豪饮，最后，一言不发地离开了大厅。

张学良明白，这将是他同"最高统帅"之间的最后一次争执了。当一切语言都无济于事之时，要实现自己的主张唯有求助于另一种方式。

此时此刻，张学良的脑子里再次闪过了近两月来他和蒋介石之间接二连三的冲突。

1936 年 10 月 21 日，蒋介石来西安布置"剿共"，抱怨张学良的东北军和杨虎城的西北军作战不力。早就对蒋介石"攘外必先安内"政策反感的张学良起身慨然陈词，要求结束同胞间的这种相互厮杀，以国家、民族利益为重，接受中国共产党的建议，联合抗日。不料蒋介石一听，大为恼怒，骂张学良是"中了共产党的魔术"。并宣称："在杀尽红军、捉尽共匪之前，决不轻言抗日。'攘外必先安内'是我们既定的国策！你们决不可被共匪蛊惑。"

其时，张学良和杨虎城早已秘密同共产党方面进行过多次联系，并达成协议，停止敌对行动，联合抗日，在西北形成了共产党、东北军、西北军"三位一体"的抗日局面。10 月 5 日，毛泽东和周恩来联名写信给张学良，要求他向蒋介石转达联合抗日、互派代表谈判的建议。

蒋介石的一番话，怎不令他忧心如焚！

十天后的 10 月 31 日，张学良赴洛阳参加蒋介石 50 大寿生日庆典，蒋介石单独召见了时任太原绥靖公署主任的阎锡山。在后来的会谈中，张学良再次进言，要蒋领导抗日，把日寇赶出中国领土，情真意切，热泪盈眶："我们损失的兵力无法补充，遗下的孤寡无法抚恤，广大官兵的家乡沦入敌手，不图收复，却叫我们来西北剿共，你叫我们的意志怎么坚决？"并当面质问蒋介石，"共产党与日寇，究竟谁是我们真正的敌人？"

自认对抗日已有全盘规划的蒋介石却一脸愠怒，呵斥张学良"一派胡言"。拂袖而去之前，声称"你们若是非要坚持，那就等我死了之后，再去抗日好了！"

心情苦闷的张学良回到西安，一连数日郁郁无言。11 月下旬，他在一方面联络红军、十七路军，筹组西北抗日联军的同时，一面又提笔给蒋介石写了一封《请缨抗敌书》：

委员长钧鉴：

叩别以来，瞬将一月。比闻委座亲赴晋鲁，指示一切，伏想贤劳，极为钦佩。绥东局势，日趋严重。日军由东北大批开入察境，除以伪匪为先驱并用飞机助战外，已将揭开真面，直接攻取归绥。半载以来，良屡以抗日救亡之理论与策划，上渎钧听，荷蒙晓以钧旨，并加谕勉，感愤之念，与日俱深。今绥东战事既起，正良执殳前驱，为国效死之时矣。日夕摩厉，唯望大命朝临，三军即可夕发。盖深信委座对于抗日事件，必有整个计划与统一步骤，故唯有静以待命，无须喋陈。乃比大军调赴前线者，或已成行，或已到达，而宠命迄未下逮于良。绕室彷徨，至深焦悚。每念家仇国难，丛集一身，已早欲拼此一腔热血，洒向疆场，为个人洗一份前愆，为国家尽一份天职。昔以个人理智所驱与部属情绪所迫，迭经不避嫌忌，直言陈情，业蒙开诚指诲，令体时机。故近月来，对于个人或部属，均以强制功夫，力为隐忍，使之内愈热烈，外愈冷静，以期最后在委座领导下，为抗日之前驱，成败利钝，固所不计。今者前锋既至，大战将临，就战略言，自应厚集兵力，一鼓而挫敌气，则遣良部北上，似已其时；就驭下言，若非即时调用，则良昔日之以时机未至慰抑众情者，今已难为曲解。万一因不谅于良，进而有不明钧意之处，则此后统率驭使，必增困难。盖用众必有诚信，应战在不失时机。凡此种种，想皆洞鉴之中。伏恳迅颁宠命，调派东北军全部或一部，克日北上助战，则不独私愿得偿，而自良以下十万余人，拥护委座之热诚，更当加增百倍。夙荷知遇优隆，所言未敢有一字之虚饰。乞示方略，俾有遵循，无任企祷之至！

张学良

敬叩

11月27日

当这份载着张学良拳拳之心的信由专人送到洛阳蒋介石的行辕后，张学良便朝思暮盼，等待着蒋介石的批复。12月2日，洛阳终于回信，《请缨抗敌书》的信头只有蒋介石用毛笔写的六个小字：时机尚未成熟。

毕竟是血性军人，第二天，张学良便亲自驾机，飞往洛阳，再次向蒋介石面陈抗日愿望，同时恳请蒋下令释放以"莫须有"罪名逮捕的上海救国会领袖沈钧儒、邹韬奋等"七君子"。由于两人各执己见，且都态度强硬，没说上一阵，又爆发了激烈的冲突。张学良忍无可忍，愤然起身斥责蒋介石道：

"你这样听不得劝谏，这样专制，这样摧残爱国人士，同袁世凯、张宗昌还有何异！"

张学良的指斥气得蒋介石浑身发颤，他猛地一拍桌子："全中国只有你一个人这样放肆！除了你张学良，没有人敢对我这样讲话！"盛怒之下，蒋介石的专制再也没有了掩饰，朝着张学良大吼："我是委员长，我是革命政府的领袖，我这样做就是革命！不服从我，就是反革命！"

张学良丝毫未被蒋介石吓倒，不无嘲讽地回敬道："你不要以为你的政绩就那么清明！没有人批评你、斥骂你？其实骂你的大有人在，只不过碍于你的地位，别人不敢当面讲就是了。"事已至此，张学良也不再有任何顾忌，逼视着暴跳如雷的蒋介石，忧愤地大嚷："你要是不改变主张，坚持打内战，我们东北军就没法带下去了，学良无能，只好请你委员长亲自出马说服大家了！"

"好啊，"蒋介石冷冷地接应道，"我明天就去，我倒要看看你的部队，是听我委员长的，还是听共产党的那一套宣传！"

"好吧，学良在西安恭候了！"说完，张学良扭身便走。门在身后发出砰的一声猛响。

12月4日，随同蒋介石一同回到西安的张学良神情沮丧、郁闷不欢。拥兵20万的少帅，此时陷入纷乱如麻的矛盾之中：丧父之仇，失土之痛，全国民众的谴责，以及与蒋介石难以调和的严重分歧……

杨虎城主张：挟天子以令诸侯

当晚，杨虎城将军来访，谈话间对当前时局忧心忡忡。就在这个冬夜，杨虎城提出一个令他震惊不已的主张：挟天子以令诸侯！

送走杨虎城，张学良心潮涌动，彻夜不眠。

用国民党元老张群的话来说，张学良与蒋介石的关系是"情同父子"；宋美龄与少帅夫人于凤至亦结为姊妹知己。多少年来，蒋介石对张学良也算得是爱护备至，数度委以重任。张学良也"投桃报李"，从欧洲一回国，便自荐担任蒋介石的侍从室主任，并一再宣扬要"绝对服从领袖"。突然拥兵挟蒋，不仅"叛臣逆子"一条令他畏难不前，就是感情上也难以平顺。

但是，若置国家和民族的危难于不顾，一心听命于蒋介石，继续杀戮自己的同胞，不是更要遭国人唾骂、成为历史耻辱柱上永久的罪人吗？

天色既白，张学良心灵的天平终于倾向了杨虎城的主张。

"我张学良是对得起他蒋介石的！"他心中沉沉自语。1928 年 12 月，他力排内部亲日派的阻挠，顶住日本人的利诱和威逼，毅然在东三省改旗易帜，宣布服从三民主义，服从国民政府。此一壮举，宣告了中国自清末以来军阀混战局面的基本结束，长期分崩离析的中国，形式上获得统一；中原大战中，他鞍前马后，为蒋介石打天下；"九一八"事变，他代蒋受过，把不抵抗责任全揽在自己身上，被迫下野出洋。回国后，他不惜口舌四处游说宣传，中国要像德意法西斯国家那样，"拥护领袖，服从领袖"；紧接着，他又听凭蒋介石调遣，率领 20 万东北军，从鄂豫皖辗转西北，参加对共产党红军的剿灭战……对蒋介石可谓尽忠尽义了。可如今，面临国破家亡的危难，蒋介石却一意孤行打内战，对抗日主张忌之如仇，这怎能不令他心寒齿凉。

缕缕烟雾从他指中的香烟上腾起，沉闷混浊的空气窒息得他胸口发痛。是该重新考虑考虑他同蒋介石之间关系的时候了。张学良起身推开

英姿勃发的少帅

窗户，深深吸了一口屋外清新的气息，身心顿时有了几分舒畅。

可是，"挟天子以令诸侯"行得通吗？

形势已不容张学良再徘徊久思了。蒋介石到西安的第二天，便挨个地同东北军、十七路军的师以上军官谈话、吃饭、照相，进行"精神感召"，宣扬"剿共"的重要；同时又调兵遣将，令集结于陇海线的中央军向陕西推进，控制了从咸阳到兰州的公路运输线，显而易见地将东北军和十七路军置于被分割和被监视的境地。

接下来的几天内，国民党高级将领陈诚、蒋鼎文、卫立煌、朱绍良和南京政府的大员蒋作宾、蒋百里等接踵而至，骤聚西安。猛然间，西安成了整个中国的中心，天上飞机轰鸣，地上战车呼啸，一场"围剿共军"的军事部署即将完成。

　　张学良忧心如焚，12 月 7 日下午，再次只身前往华清池，向蒋介石作最后的苦谏。

　　简短的寒暄之后，张学良表示还有些事要向委员长陈述。

　　"陈述什么？"蒋介石慢吞吞地问，"是不是还是洛阳的那些话？"

　　"是的，还是那些话！"不去看蒋介石脸上的神情，张学良便言语激昂地诉起了日寇的侵略，民心的向背，恳请蒋介石枪口对外，联共抗日。"现在全国百姓一致要求政府抗日，若再继续'剿共'打内战，必然丧失民心、涣散士气！"

　　张学良越说越激动，眼泪夺眶而出，簌簌滴落前胸。"委员长，学良之陈述完全是从党国利益出发，没有夹杂任何个人私念。国父孙中山先生当年也同共产党搞过合作，现在委员长身为一国之首，也应循国父先例，和共产党联合抗日……"

　　砰！蒋介石手往桌上狠劲一拍："一派胡言！"他声色俱厉地打断张学良的话，"你懂什么？共产党那一套我比你清楚。我和共产党合作过，也去苏俄考察过，知道是怎么一回事！当今之中国，最大的敌人不是日本，而是共产党。剿灭之事耗费多年，现在已到了最后关头！"他咽了口唾沫，又用手指着张学良，"你身为军人，仗打输了，就想投降敌人，和他们搞联合，还有什么军人气概可言！现在我再对你说一遍，剿共是既定国策，决不动摇，你就是拿枪打死我，也不能改变！"

　　张学良痛苦地摇了摇头，声音已变得嘶哑："自东北易帜以来，我对委员长忠心耿耿，服从训令，不敢稍怠。'九一八'国难之后，各方怨谤，集于学良一身，唯有委员长能够体察保全我。学良向来以为，委员长的事业就是民族的事业，纵使粉身碎骨，也难报答委员长对我的厚待。"说到此处，张学良涕泪俱下，泣不成声。"可是，出于对领袖的尊崇，我仍要冒死进谏。当前的国策，应当是枪口朝外。学良已数日难眠。熟虑深思，以为委员长必须放弃剿共，领导全国抗日，否则将成千古罪人！"

　　张学良说完，抱头失声痛哭。

　　蒋介石乜视一眼他的这位副司令，冷笑一声道："共产党的毒你中得太深了。不要再讲了，我不愿意听！军人以服从为天职，我叫你向东就得向东，叫你往西就得往西，我要叫你死，你就应该死！你是军人就得服从！"

张学良绝望了。他猛地挺直身子，狠瞪了蒋介石一眼，步履沉重地跨出了房门。

就在房门碰响的那一瞬间，似乎刀兵相挟已成为诤谏哭谏之后的唯一选择。

但决心仍未下定。从蒋介石房中出来，张学良便直奔九府街杨公馆，请求杨虎城以党国元老身份出面，再一次规劝蒋介石。

在蒋介石看来，杨虎城是陕西实力雄厚的地方军阀，与张学良之间应有某种嫌隙。因为陕西向来是杨虎城的地盘，西北"剿总"成立之后，张学良以代总司令身份进驻西安，十几万剽悍的东北军开进陕甘地区。当时盛传东北军"失之东北、收之西北"，借机夺取地盘，杨虎城不能不有所戒顾。蒋介石有意想利用这种矛盾，使张、杨相互牵制。他万没料到，张、杨早已消除疑隙，正共谋拥兵挟蒋。

第二天，张学良从晋见蒋介石回来的杨虎城那里所得到的仍然是深深的失望。

"老蒋是王八吃秤砣——铁了心了！"杨虎城也激愤满腔。

"那好，从今往后，我和蒋介石之间，谁也不欠谁了。"一种轻松感在张学良心中油然而生。到现在，他对蒋介石已经仁至义尽，他将再不带任何私情和歉疚地来对待这位委员长了。

"逼上梁山啊！"张学良仰天长叹。"虎城兄，现在你我别无选择，唯有依你所言，挟天子以令诸侯！"

"就凭你一句话了，副司令！"杨虎城手往胸上一拍，"你放心，十七路军全体将士与你休戚与共，听你指挥，决不退缩！"

"那么，委员长，别怪我张学良失敬了！"张学良朝着临潼方向，咬着牙关挤出了这句话。

从下午到深夜，在杨虎城宅院的密室里，一项足以影响中国历史发展走向的计划秘密产生了。

事变前的最后时刻

12 月 10 日，为西安市青年学生抗日游行请愿之事，张学良被召到华清池，肃听蒋介石的训斥："昨天学生闹事，你为什么不用机枪扫射他们？"

"我的机枪是打日本的，不是打学生的。"张学良回答得很冷静。

蒋介石一听，顿时火冒三丈。"那'九一八'的时候，日本人到了你眼皮底下，你为什么不打？"

此语一出，张学良腾地站起，额上青筋鼓胀。"我怎么打？你不是三令五申对日本人不许随意开战吗？"面对张学良的怒吼，蒋介石无言以对。

自从日本军人有恃无恐地对中国领土暴露侵略企图以来，蒋介石认为中国国力贫弱，军队装备奇缺，与日交战肯定一触即溃。1935 年 7 月发生"万宝山事件"后，蒋介石反对反日运动，命令张学良"隐忍自重"。8 月发生"中村事件"后，蒋介石的"铣电"（8 月 16 日）称："无论日本军队此后如何在东北寻衅，我方应予不抵抗，力避冲突，吾兄万勿逞一时之愤，置国家民族于不顾。希转遵照执行。"张学良 9 月 6 日转电东北军的高级军官臧式毅、荣臻："务须万方容忍，不可与之反抗"。9 月 12 日，蒋介石与张学良在石家庄会晤，蒋要张严令东北军，凡遇日军进攻"一律不准抵抗"，提交国联和平解决。9 月 19 日上午，即事变的第二天，张学良在讲话中说："吾早已令我部士兵，对日兵的挑衅，不得抵抗。故北大营我军，早令收缴军械，存于库房。"9 月 19 日夜 11 时，蒋介石在南昌亲笔起草了给张学良的加急电报。9 月 23 日蒋介石发布的《国民政府告全国民众书》中说："政府现时即以此次案件诉之于国联行政会，以待公理之解决，故已严格命令全国军队，对日避免冲突，对于国民亦一致告诫，务必继持严肃镇静之态度。"

蒋介石此时当然明白张学良此话的分量！他的目光避向一旁，但"少帅"炸雷般的吼声，仍刺激得他心惊肉跳。"打内战，打内战！优秀的将才一个个战死沙场。再这样下去，你这个委员长必将成为民族罪人，

蒋介石到西安本是为了督促张学良实施"剿共"，没想到却经历了一场惊天巨变。

袁世凯第二！"

蒋介石脸色骤变，手指张学良训斥道："全中国只有你一个人敢这样诬蔑我！你这是犯上作乱！"

谈话自然无法进行下去。这时蒋介石侍从室主任钱大钧赶来拉开了张学良，才没有使这次争执愈演愈烈。

望着张学良气呼呼远去的背影，蒋介石发出了一声长长的嘘叹。

他对这位副司令的感觉，恰如这位副司令对他的感觉一样，已经完全绝望。

在他心中酝酿已久的那个计划，看来是势在必行了：既然张、杨不愿"剿共"，那就干脆换驻嫡系的中央军，把东北军调往福建，西北军调至安徽，远离"剿共"前线。在调动之前，蒋介石颇费踌躇地在屋里踱了几圈，最后决定对张、杨的指挥权进行钳制，摆出中央军全面介入"剿共"的态势，既是对张、杨的警告，也是为了防止张、杨妄动带来不测。蒋介石此举还有更深一步的考虑，就是以中央军的进入防止日军从绥远向中原进犯。

张学良走后不到一个小时，蒋介石便在这间似乎仍回荡着张学良吼声的客厅里，口授了一道命令：

陈诚以军政部次长名义指挥绥东中央各部队；蒋鼎文为西
北剿匪军前敌总司令；卫立煌为晋陕绥宁四省边区总司令。

小小的三省之间，加上张学良，便有了四个总司令并立的局面，张、杨二位，还敢轻举妄动吗？

蒋介石脸上终于浮现出一丝冷笑。按原定计划，他将于 12 月 12 日离开西安，而那以后，西北的整个"剿匪"局势，将发生巨大的变化，不出三五月，"共军"将在陕北被歼灭一尽。想到心腹之患将一劳永逸地被剪除掉，而且又在西北对日入侵筑起了一道防线，蒋介石不由得有了几分兴奋，先前因与张学良争吵而激起的怒气也消散了许多。

蒋介石绝没有想到，他个人的命运，乃至整个中国的命运，已经并不牢牢掌握在他的手中。

12 月 10 日，张学良紧急召见了东北军在兰州的几员主将：王以哲、缪澂流、刘多荃、孙铭九、于学忠等，开宗明义地向他们宣布："我要造反！为了停止内战，我已决定扣蒋！"

几位将军均是张学良平日里最信任的骨干，多年来追随他鞍前马后。东北失守，父兄被戮，这些在松辽大地长大的汉子有谁不抛洒一腔热泪。对于蒋介石的不抵抗主义和"剿共"主张，他们早就怨怒纷纷，多次到张学良面前请缨抗日。但是，即使是对蒋介石最为不满的人，也绝没有想到要将"委员长"置于他们的刺刀之下。

毕竟是关中血性男儿，最初的震惊过去之后，人人都摩拳擦掌，沉浸于即将改变中国历史进程的巨大兴奋之中。军长于学忠挺直身子手往胸口一拍道："我们跟副司令干！插旗杆干到底，决不半途而废！"

"那好，"张学良目光炯炯，审视着几位部下，"天不打雷我打雷，非达最后目的不罢休。话我不多说了。此举成功，是大家之福，是中国之福，如不成功，由我担着，我张学良提着头进南京！"

众将领一一向张学良敬礼告别，回去部署部队了。张学良抑制不住心头的激动。

12 月 11 日上午，杨虎城两度来到玄风桥张学良官邸，共同详细部署了行动的兵力：张学良的警卫营营长孙铭九和 105 师师长白凤翔、刘桂五负责扣押蒋介石，封锁西安至临潼的交通；在兰州的东北军，须于同时解除驻扎在那里的中央军武装，并控制住停在兰州机场的所有飞机。而杨虎城的西北军，则负责逮捕在西安的所有南京军政要员，解除西安城内蒋介石嫡系部队、警察和宪兵的武装，并负责关闭西安机场，控制住所有飞机。

到12月11日下午5时，张学良赴临潼华清池参加蒋介石举行的离开西安前的告别宴会时，东北军和西北军的所有部队都已秘密处于紧急状态。

一场震惊世界的事变已到了临界点。

兵谏！兵谏！

"菲亚特"轿车宛若暗夜中潜行的一只黑虎，悄然地驶回了金家巷张公馆。

半小时后，张学良已是全身戎装，腰佩手枪、短剑，显得分外英武、威严。临出卧室之际，他转身朝向愁眉不解的赵四小姐，一字一顿地说："小妹，我张学良活到现在，今晚也许是最有价值的时刻。我们这个民族的命运，千难万难，今夕要见它个分晓！"说完，头也不回地走向聚集着东北军所有高级将领的会议室。

这是值得历史再三回眸的一刻，也是东北军军史上最为辉煌的一刻。张学良一出现，众将领刷地起立，焦灼的目光齐刷刷地投向他们敬重的少帅。

张学良火烫的目光逐一审视着众人，足足有半分钟没有吭声。空气像是划根火柴就能点燃。

"我们东北子弟是有血性的！"张学良一开口，四壁便被震得嗡嗡作响，"生作抗日雄，死成抗日鬼。可是，委员长却死逼着我们去打共产党。10月以来，我屡次向他陈述，屡次遭他辱骂，现在又调了他的嫡系，大兵压境，要赶我们去福建，再一口口把我们吃掉！"

张学良的马靴在室内咚咚作响，最后，又停立在宽大的桌前。

"话已经说尽了，我们已被逼上了绝路。"张学良仰天长叹了一口气，然后抬起腕看看表，"经过我和杨主任反复商量，现在我宣布：今夜西安、临潼同时行动，采取非常措施，扣留委员长，迫他停止内战，宣布抗日！"

全场一片肃静，众人心中均是雷电滚腾。

"抓住蒋介石以后，第二步怎么办？"于学忠和米春霖几乎同时问。

张学良一时竟没有回答上来，沉吟片刻后才说："捉了以后再说，"张学良直视着两人，"只要他答应我们抗日，我们还拥护他做领袖。如果不答应……反正他在我们手中。"

没有人对此表示任何异议。

捉蒋将领临出发之际，张学良叫住全副武装的卫队营长孙铭九，反复叮咛："一定要把委员长平安带回城里，不到万不得已，不准开枪。一定要把委员长活着带到。"

"请副司令放心！完不成任务，我决不回来见您！"

脚步声渐渐远去，张学良顿感自己的心也随之系于天外。

一切都已无法更改。张学良伫立良久，朝向屋内余下的将领们说："走！上新城指挥部！"

午夜 12 时，张学良率领手下的 11 员大将，乘车来到了设于新城杨虎城公馆的指挥部。大厅内灯光雪亮，四下里一片辉煌。两位主帅只简单地握了握手，便分别落座。偌大的厅内，没有人走动，也没有言语，人人都意识到，他们正处于决定国家、民族还有个人命运的最关键时刻。

"虎城兄，"张学良突然打破寂静，两眼直视杨虎城，"现在还来得及，要是不干，你就把我和这 11 员大将都给捆起来，到南京升官领赏！"

"张副司令！"杨虎城倏地站起，"我杨某绝不是那种人。今晚是干定了！"

"好！"张学良一拳砸在扶手上，也站起身来。"今晚的事我打头阵，我背后是虎城兄。要是成功了，是我二人的联合行动；失败了，我听任杨将军的处置！"

听了这肺腑之言，杨虎城禁不住心头一热。

厅内的气氛也随之热烈起来。

凌晨 5 时，从蒋介石下榻的临潼方向传来了隐隐约约的枪声。张、

西北军的灵魂——杨虎城将军

杨二人不约而同地同时站起，相视着点点头。随即，西安城的夜空，升起了一串串红色的信号弹。

此时的临潼华清池，枪战正酣。孙铭九劝说蒋介石的警卫打开大门，遭到拒绝。孙铭九手枪一挥，下令士兵们硬冲。蒋介石的卫士大惊失色，双方进行了一场短兵相接的战斗。硝烟刺鼻，弹如飞蝗，纤巧玲珑的亭台楼阁顿时被一团团烟火所吞没。

趁着双方激战时分，孙铭九率领一队精兵穿过曲行折复的假山小道，直扑蒋介石下榻之处。冲进卧室一看，房内已无人影，桌上放有一条武装带，一套特级上将服，还有一副假牙。孙铭九大惊，忙伸手去摸床上的被窝，触到了里面的余温。

可以肯定，蒋介石并没走远。

孙铭九把枪一挥，下令道："搜！快搜！"心里却在咚咚打鼓，四下里枪战正激，要是蒋介石被乱枪打死，他怎么回去见张副司令！

天渐渐放亮了，华清池的枪声也渐渐稀疏下来。孙铭九两次率队从卧室搜到后院白雪覆盖的假山，都未见到蒋介石的踪迹。

当没有找到蒋介石的消息传到新城指挥部时，张学良脸上陡然变色，朝向众人道："若找不到委员长，我便把自己的头割下来，请虎城兄拿到南京去请罪，了此公案。绝不能因为要停止内战而引起内战，那我张学良就成了千古罪人。"

"别忙，别忙，"杨虎城连连相劝，"看看老蒋的汽车还在不在。"

当电话里报告说，老蒋的座车仍在车库里时，众人松了口气。凭着对蒋介石体力、对周围地形和对时间因素的综合分析、推算，蒋介石根本不可能逃远。

张学良再度拿起电话，顿着脚，对向他报告的师长白凤翔下令："告诉孙铭九，若是上午9点还找不到委员长，就把你们的头给我送来！"

其时，尚未起床的蒋介石听到外面声情有异，便立刻在族侄兼贴身侍卫的蒋孝镇护卫下，万分惊慌地逃向华清池背后的山上，在一个石垭处藏匿起来。当孙铭九率兵发现他时，这位委员长正蜷缩在山夹缝中，赤着双脚，贴身睡衣外只披了一件宽大的长袍，在早晨的严寒中簌簌发抖，手上和小腿上均现出一道道被山上树枝划出的血痕。

孙铭九啪地一个立正，大声说道："报告委员长，我们奉张副司令的命令，到这里来接您回城。"

蒋介石望了一眼孙铭九背后出现的黑洞洞的枪口，声调凄惶地说："如果你是我的同志，就开枪把我打死，我要死在这里。"

"这不是东北军的叛乱，"孙铭九想尽力驱逐蒋介石的恐惧，"我们只是要拥护领袖抗战打日本。"

蒋介石惊吓交织，且又慌于奔命，此时已精疲力竭。逃命时栽到墙下受到的体伤这时也剧烈疼痛起来。他眯住右眼问："你们副司令怎么没来？叫你们副司令来，我腰疼，不能走，一步也不能走！"

"那我背您下山。"孙铭九向蒋介石迈近一步。

蒋介石还想争辩，但这时不远处又有枪声响起，几发流弹嗖嗖地击在山坡的树丛中。孙铭九顾不得许多了，向众人一使眼色，让士兵们将蒋介石架起来，扶到了自己的背上，一步步走下山来，钻进了山脚下的一辆汽车。

进入西安城时，坐于车内的蒋介石发现，街上所有的军队都是杨虎城的十七路军。他怀疑东北军已解除了十七路军的武装，穿上了他们的军服，以混淆视听。当汽车直驰新城大楼杨虎城司令部时，他更是如坠五里雾中，困惑不解。在蒋介石看来，杨虎城的十七路军与张学良的军阀队伍不同，杨本人早年投入国民革命，具有长期追随他的历史，不会与东北军一道背叛他。而现在看来，张、杨定是合谋无疑。

蒋介石一声长叹，仰靠在汽车座背上。他精明一世，怎么就没想到，张、杨竟会联手对付他委员长呢？

就在孙铭九抓获蒋介石之时，杨虎城的部队也同时行动，攻入蒋介石随行人员们所住的西安宾馆，逮捕了12名高级军政大员，其中有军政部次长陈诚、内政部长蒋作宾、军事参议院院长陈调元、西北"剿共"战区司令卫立煌、新任西北"剿共"司令蒋鼎文等。

西安当地所有由南京任命的重要官员也被拘禁起来，其中包括陕西省主席邵力子、"剿共"参谋长晏道刚、西北"剿共"司令部政训处长曾扩情等。与此同时，西安城内重要据点如国民党省党部、铁路局和电报大楼等都被占领，公安局被包围，空军的几百名飞行员、技术员和地勤人员及50架飞机，均被扣押。

到12月12日凌晨6时，整个西安城已被完全控制在东北军和西北军手中。

事变的第一步已经成功，久悬于张学良心头的一块巨石终于落地，一种难于支撑的疲乏，令他不由自主地跌坐在身后的沙发上。

大幕是拉开了，可收场戏该怎么演呢？

张学良缓缓起身，朝向众将领道："我和虎城兄胆大包天，把天给捅了个大窟窿。现在，国家和民族的命运掌握在我们手里，我们大家都要负责。事不宜迟，有几件事必须马上着手。赶快筹划起草文件，打电报给陕北共产党，请他们派人来西安。军事方面，组织一个参谋团；政治方面成立一个设计委员会。现在就动手。"

"好，就按张副司令说的办！"杨虎城朝众人做了个手势。

新城指挥部立即又处于紧张和忙碌之中。众将领为这次事变正式确定了一个词："兵谏"。

如何处置蒋介石

被扣的蒋介石被孙铭九送到十七路军交际处内的东厢房。房间早已备妥，门窗均被遮得严严实实，电灯、电线也被拆除一尽。蒋介石一坐到椅上，便眉头深锁，禁不住长吁短叹起来。

上午 9 时，张学良身着上将戎装，神态自若地走进了蒋介石所在的房间。

"委员长，您受惊了。"

蒋介石闭目端坐，不吭一声。张学良又重复一句，蒋介石索性将脸扭向一旁，不予理睬。

张学良略微顿了顿，提高嗓门说道："我们据全国人民的要求，发动这次事件。我们内心纯洁，完全是为国家着想，不是为个人利害打算。现在，希望委员长能平心静气，勇于改正错误，联合全国抗日力量，坚决抗日，以争民族生存，则学良和全国人民于愿足矣。"

蒋介石端起桌上的茶杯，手在微微颤抖。"你既是为了国家，应先送我到洛阳再谈。"眼睛却并不看张学良。

"今日之事，委员长恐怕要有明确交代，"张学良禁不住有些恼了，"东、西北军将士莫不希望你勇于改过，群策群力，共赴国难。如果委员长不视下情，坚持偏见，那——"张学良故意停顿了片刻，然后一字一顿地说："只有让民众公裁了。"

"民众公裁"几个字一出，蒋介石脸上顿时变色。"公裁？过去我对你那样好，现在，你竟想把我交民众公裁？！……你既然说是为国家，还是先把我送回洛阳。"说完，闭上双目不再理会。

见蒋介石脸上青筋暴起，身体又在战抖，张学良知道暂时谈不出什么结果，只好转身离去。

到上午 10 时，蒋介石被扣的消息已传遍了西安城。人们成群结队，一边游行一边高呼："打倒蒋介石！""打倒日本帝国主义！""停止内战，一致抗日！"各界救国团体纷纷成立，一致呼吁全国各界代表齐聚西安，共商抗日救亡大计。

远望着大街上兴高采烈涌动的人流，张、杨二人心中反而越来越觉沉重。

他们面临着一个巨大的难题：该怎样处置这位委员长？

众将领们早已议论纷纷。有人认为，蒋介石是当代中国的专制君王，罪大恶极，应当众砍头；有些将领则认为，蒋介石固然该杀，但他毕竟是委员长，杀他难免会落下个"弑君"的恶名，不如把他交给共产党，让与他有血海深仇的红军砍下他的头来；另有一些将领则说，张副司令早已有言，只要蒋答应抗日，仍然拥护他做领袖，杀掉他就违了初衷。但是，若是他坚持不抗日，又该如何处置？

张学良这时才又陡然想起举事前于学忠问他的那句话的分量。他和杨虎城面面相觑，两人这时才意识到，当初他们过于注重如何捉蒋的细节，而忽视了捉蒋之后的行动。要想迈出第二步，已是无比的艰难。

"还是让陕北早点来人吧，"张学良对身边人道。他相信，一向对时局有着清醒认识的共产党，这时候一定能想出个万全之策。

12月12日这天，是张学良有生以来感到最为忙碌和焦虑的日子。从蒋介石房中出来，他便回到新城指挥部，审阅由他和杨虎城联名向全国、向国民党中央执委会、向各省当局和新闻机构发出的通电：

> 东北沦亡，时逾五载，国权凌夷，疆土日蹙。淞沪协定屈辱于前，塘沽何梅协定继之于后，凡属国人，无不痛心。
>
> ……
>
> 蒋委员长介公受群小包围，弃绝民众，误国咎深。学良等涕泣进谏，屡遭重斥。日昨西安学生举行救国运动，竟嗾使警察枪杀爱国幼童，稍具人心，孰忍出此。学良等多年袍泽，不忍坐视，因对介公为最后之诤谏，保其安全，促其反省，西北军民，一致主张如下：
>
> 一、改组南京政府，容纳各党各派共同负责救国；
>
> 二、停止一切内战；
>
> 三、立即释放上海被俘之爱国领袖；
>
> 四、释放全国一切之政治犯；

五、开放民众爱国运动；

六、保障人民集会结社一切政治自由；

七、确实遵行总理遗嘱；

八、立即召开救国会议。

……大义当前，不容反顾，只求于救亡主张贯彻，有济于国家。为功为罪，一听国人之处置。

临电不胜迫切待命之至！

西安　一九三六年十二月十二日

这便是后来以"八大纲领"著称的张、杨政治主张。它既是民主的，也是进步的，由于这个"八大纲领"的存在，标志了这场事变的抗日爱国性质。

张学良审完该文，立即携着它来到了扣押着军政大员们的西京招待所。

"对不起，让诸君受惊了！"张学良朝众人笑着拱手。"可我对你们毫无恶意，只是同委员长争政治主张……"他拿出文稿，通念了一遍。"怎么样？如果同意，我请诸位在下面签个名。"

军政大员们个个都是惊魂甫定，对未来生死尚难预料，现在有机会推开求生之门，哪里会拒之不为。何况，他们中一些人本来就赞成团结抗日。

结果，这份通电发出时署名者已有 19 人。其中有 7 人是以张学良为首的东北军将领，4 人是以杨虎城为首的西北军将领，另有 8 人为南京的军政要员。

蒋介石也看到了这份通电，但却未置一言。此次被扣，是他生平遭遇的最大挫折，反复思忖，料定自己必死无疑。

12 日下午，蒋介石所写的一份"遗嘱"式的电文，转到了张学良手中：

美龄吾妻：余决心殉国，经国、纬国吾子即汝子，望善视之。蒋中正。

张学良看罢，只得一声苦笑。他知道，委员长这次是执意硬抗了。思忖良久，他提起笔，分别给宋美龄和时任代理行政院长的孔祥熙拟了电文。

致宋电为：

> 学良生平从不负人，耿耿此心，可质天日，请夫人放心。

致孔电为：

> 伏思中华民国非一人之国家，万不忍以一人而断送整个国家于万劫不复之地。弟爱护介公，八年如一日，今不敢因私害公，暂请介公留驻西安，促其反省，决不妄加危害。

在西安兵谏扣蒋、举国为迎接联合抗日而热血沸腾之时，如果尽快将张、杨的意向和主张公布于世，势必得到全国民众的理解和支持。但这时发生的一桩意外事件，却阻碍了这一进程——东北军交通处长蒋斌突然叛变，扣下了有19人署名的致全国各界的通电（包括其八大主张），并向身在南京的军政部长何应钦密报了西安事变的情况。

发自西安的一切消息均被封锁了，张、杨抗日民主的政治纲领在外界鲜为人知。与此同时，南京宣传机构捏造了大量谣言，一条条有关西安的骇人听闻的消息发往了全国和世界各地。

西安被描绘成了一座疯人院，而张学良在世人眼中变成了一个具有其父遗风的绑票土匪。除广西等少数地方实力派之外，国内外当时对西安事变的反应，大都是对张、杨的规劝、谴责甚至警告，而其总的倾向性要求便是：尽快释放蒋介石。

这种近乎一边倒的舆论，使张学良精神上受到强烈刺激。

然而最令张学良恼火的是苏联的态度。

张学良素来看重苏联，他自来西北后与中共红军由最初的对抗到后来的谅解融合资助，很大程度上就是看重红军背后有苏联的支持，他认为中国的抗日统一战线运动必须得到苏联的援助。但自事变的第二天即

12 月 13 日起，苏联的报纸、电台一再指责张学良发动西安事变是"以抗日运动为投机"，"足以破坏中国反日势力的团结"，甚至无端猜测，说西安事变是"著名的日本代理人"汪精卫和张学良共同策划的。而仅仅一个星期之前，苏联《真理报》还在尖锐地抨击蒋介石。

苏联的反应大大出乎张、杨的意料，连中国共产党也无法理解。

保安的兴奋与莫斯科的愤怒

当西安事变的消息通过中共中央驻西安的代表刘鼎用电报传到中华苏维埃人民共和国的临时首都保安小镇时，人们简直不敢相信。正在制订作战方案的刘伯承将手中铅笔一扔，兴奋地大喊一声："天公开眼，蒋介石也有这一天！"

十年的剿杀，十年的冤仇，现在终于找到了雪恨的机会！

事变当天下午，中共中央政治局的会议便通过决议，决定支持张学良，并立即派代表前往西安。第二天，毛泽东在一个有 300 名干部参加的会议上作报告，说 1927 年以来，蒋介石欠共产党的血债高积如山，现在应当将蒋介石押到保安来，清算血债。

但这种捉蒋的兴奋和审蒋的议论转瞬而过。12 月 14 日，一份通过上海孙中山夫人宋庆龄之手转来的发自莫斯科的电报，令中共领袖们目瞪口呆。在这份由斯大林亲自起草的电报中，阐述了三点意见：西安事变是由日本人、汪精卫和张学良共同炮制的阴谋；蒋介石是唯一有资格领导中国抗日的人选；中国共产党应力促事变和平解决，释放蒋介石。

电文还警告，若中共不为释蒋努力，苏共将不惜向全世界宣布与中共断绝关系，以土匪相看。

住在窑洞里的毛泽东禁不住跺脚大骂。

但当时的苏联是世界革命的领袖，中国共产党的首脑们不能不遵循莫斯科的指示，只是他们不能接受莫斯科对此次事件性质所下的结论，以及对张学良的重度攻击。经过反复商讨，中共中央提出了对待西安事变的基本方针：联合南京政府中的抗日力量，和平解决西安事变，给张、杨以军事和政治上的实际援助，制止内战。

几乎当时所有的中共领导人都参与了这项方针的制订。在最初恶蒋的冲动反应之后，人人都意识到，南京政府最高领导地位一旦最终出现真空，无论张学良还是何应钦都不能填补，而当时中共的政治影响和军事实力尚无号令全国的能力，且各地军阀虎视眈眈，各个心怀鬼胎，这就意味着倘使蒋介石命丧西安，将会引起一场较之国民党和共产党间的十年厮杀更为惨烈的内战。

而日本军国主义分子的铁蹄正在中国土地上急促作响。

12月16日，由周恩来、秦邦宪、叶剑英、罗瑞卿等二十多人组成的中共代表团，顶着漫天的鹅毛大雪，踏上了去西安的征途。

毛泽东站在大路口，向渐渐远去的马队高扬起手臂。

"周恩来此行，难哪！"他朝身边的朱德轻叹一声。

端纳穿梭于南京与西安之间

由于蒋介石被扣，南京政府陷入了极度的混乱。

国民党领导集团内顿时分为两派。以何应钦、戴季陶为首的亲日派主张兴兵讨伐，其理由冠冕堂皇："政府决不允许只考虑一个人的安危得失，而损害国家的利益和尊严。"

换句话说，即便牺牲蒋介石，也决不妥协。倘使蒋介石真的命丧西安，他何应钦将会继蒋而上，成为最高统治者。

而冯玉祥、孙科、于右任等人则主张和平解决，要确保蒋的安全。对他们来说，实在不愿意看到政权转落到咄咄逼人的亲日派手上。

双方吵吵嚷嚷，到12月13日凌晨，方定下一个硬软兼施的方案：一面以何应钦为"讨逆"总司令，准备对西安进行军事讨伐；一面以于右任为陕甘宣抚专使，力图说服张、杨释放蒋介石。

当身在上海的宋美龄得知蒋介石在西安被扣的消息，如遇晴天霹雳。第二天，她便同宋子文和孔祥熙飞抵南京。

南京此时的气氛，是混乱中夹着紧张，紧张中透出隐隐的杀机。当宋美龄得知何应钦正准备进兵讨伐西安，并欲派飞机进行轰炸时，禁不住惊怒交加。

"你们这样做，是往油锅里添火，万一把委员长炸死在西安，中央政府由谁来主持？"毕竟是女人，宋美龄说着便泪流满面，对着何应钦吼起来。"你这样做，是居心不良！"

宋美龄的干预令何应钦恼恨不已，也禁不住厉声回敬："你女人家懂什么？国家存亡之际，你只知道救丈夫。你不要管！"

但身为第一夫人的宋美龄，对自己丈夫被扣之事，岂能撒手不管。经过同宋子文、孔祥熙等人的一番紧急磋商，她决定请蒋介石的顾问端纳立即飞赴西安。

宋美龄选中端纳是颇有心计的。此人曾为英国记者，做过张学良的顾问，1933 年曾陪同张学良赴欧洲考察；1934 年张学良回国之后，他又做了蒋介石的顾问。在中国待了二十多年，端纳深谙中国的官场之道，同时也颇得蒋介石和张学良的尊敬和信赖。

寻遍当时的中国，端纳不失为调停南京与西安的最佳人选。

由于宋美龄和宋子文、孙科等人的抗争，何应钦不得不同意端纳出使西安，并决定推迟军事进攻。但期限仅有三天。

12 月 14 日，身穿深咖啡色西装的端纳，登上了飞机。随身携带的宋美龄分别给蒋介石和张学良的两封信，使他踏上飞机的脚步显得分外沉重。

在给蒋介石的信中，宋美龄写道：

> 你脾气不好，你心中的话总不肯好好地说给部下听，同时你也不好好地倾听部下的意见。……东北军都是亡省亡家的人，要求抗日，是自然的事情，你应该把你心里的话告诉他们，对他们的抗日情绪应该很好地加以安慰。可是你不这样做，所以激出事情来了！我现在托端纳先生冒险去看你，望你为国家为民族保重身体。在可能和必要的时候，我愿意亲自去西安一趟。
>
> 祈求上帝赐福于你。
>
> 最后告诉你一句话：南京的情形是戏中有戏。

给张学良信的大意是，希望张学良顾全和蒋介石个人的公私关系，顾全国家大局，予以考虑。

当天下午，端纳便抵达西安，见到了已明显有些憔悴的张学良，并递交了宋美龄的两封信。

"蒋先生的安全怎样了？"简短的寒暄之后，端纳便问。

张学良微微一笑："要是蒋先生不安全，我会在机场点火欢迎你降落吗？"

"少帅的人格，我是最相信的。"端纳心中踏实了许多，也随之笑了起来。

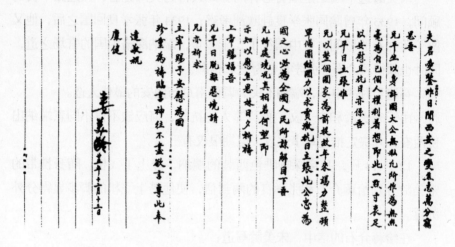

西安事变发生后，宋美龄写给蒋介石的信

半个小时后，端纳随张学良走进了蒋介石所在的房间。此时的蒋介石，正半裹被子，面壁而卧，听见端纳的轻唤，这才回过头来。

"啊，是你，端纳先生！我知道你会来的。"

未及坐下，端纳便将已由张学良过目的宋美龄给蒋的亲笔信递上去。蒋介石连忙抽出，细细地看了两遍，泪水止不住顺着他瘦削的脸颊流淌下来。

良久，蒋介石虚茫的目光望向窗户，轻轻说了声："想不到南京会这样……"

　　第二天，端纳在同张、杨会谈之后，即飞往洛阳，用电话向宋氏兄妹报告了蒋介石的健康状况和同张、杨的谈话内容。

　　得知蒋介石并未受到虐待，宋氏兄妹顿感欣慰，并请端纳再赴西安，请蒋介石给南京方面写一张手令，命何应钦停止军事行动。

　　16 日下午，端纳又回西安，到新近搬迁至玄风桥高桂滋公馆的蒋介石住处，面陈了宋氏兄妹的意见。

　　蒋介石听完，皱了皱眉头。好久，才说了这么一句："我考虑考虑。"

　　如果蒋介石对此断然拒绝或拖延考虑时间，西安事变完全可能是另一种结局。就在这天上午，何应钦已正式宣布对西安进行"讨伐"。17日上午，又宣誓就任"讨伐"军总司令，进行全面的军事动员。7 个师集结于潼关前线，所有的军用飞机也齐聚于洛阳。

　　只要一声令下，西安便可能玉石俱焚。

　　面对南京逼人的态势，张学良向蒋介石忧愤地表示："我们对你是一番好意。何应钦逼近潼关，欺人太甚！要打，我们就和他打。如果要轰炸，那就不知道会炸到我还是你了。"

　　终于，12 月 17 日，蒋介石提笔给何应钦写了一封信：

　　　　敬之吾兄：

　　　　　　闻昨日空军在渭南轰炸，望即令停止。以近况观察，中正

　　　　于本星期六前可以回京，故星期六以前万不可冲突，并即停止

　　　　轰炸为要。

　　　　　　　　　　　　　　　　　　中正手启　十二月十七日

　　17 日中午，张学良气度卓然地对端纳说道："端纳先生，我派蒋鼎文与你一同回南京，向何应钦汇报西安情形，由蒋鼎文将手令交给何应钦，你看如何？"

　　"行啊，我回南京，"端纳很爽快地应道，"我愿为少帅效劳。"

周恩来一语千金

就在端纳来回奔走于南京和西安之际，17日下午，周恩来率领的中共代表团乘坐张学良的飞机到达了西安。

张学良与周恩来并非初识。早在一年多以前，两人便在肤施就建立"三位一体"的抗日局面进行过会谈。私下里，张学良多次对人谈起他对周恩来的印象：才华卓越，气度不凡。值此事变的艰难阶段，周恩来的到来无疑给张学良带来了巨大希望。

当周恩来一行走进金家巷张公馆时，张学良和一班文武官员已在楼下迎候。

"美髯公，你的胡子呢？"张学良一见面便幽默地问。

"刮掉了。"周恩来作了个手势，"来西安嘛，要讲点礼貌，委员长不是在提倡新生活运动嘛。"

说完两人一阵大笑。

张学良过去同红军的接触均是秘密的。迎候的官员们见到"剿共"副总司令和"被剿"的共产党副主席之间这般熟识，都大惑不解，其中一个问道："周先生原来和副司令熟悉啊？"

周恩来淡淡一笑，说道："我们是老朋友了。"

暮色四合之时，张学良和周恩来独自来到西楼，开始会谈。

数日操劳显见疲惫的张学良，此时略为显得有些激动。他详细陈述了他由苦谏到哭谏，再到兵谏的过程之后，摇着头说："我俩实在是忍无可忍。倘若不捉他，不临之以兵，就无法使他猛醒。内战不停息，抗日只能是一句空话。"

张学良面露忧色，叹息着继续说下去："现在我已是举步维艰。中央军大兵压境，南京方面磨刀霍霍，而蒋介石又拒绝退让。"说到这里，张学良拿来一张苏联的《消息报》扔到桌上，"最令人痛心的是苏联的一派胡言！"

"对苏联的态度，请张将军不必介意，他们并不太了解我国的实际情况……"周恩来谨慎地关注着张学良的表情，斟酌着用词的分寸。"中国共产党对你和杨将军的爱国热忱表示钦佩和敬意！扣蒋抗日，符合全国人民的心愿，也一定会成为转变中国历史的一个重要事件。可是——"周恩来望着张学良，尽量放缓语气，"事变的方式却是军事阴谋。"

张学良一听，勃然变色。"军事阴谋"正是苏联对他的指责。

"我为公不为私，扣蒋还算阴谋？"张学良涨红了脸。

周恩来很从容地一笑："张将军，你我是朋友，彼此相知，言语也就无所忌讳，事情从另一面点透，解决起来也更为稳妥了。"

张学良的愠怒之色渐有减退，但仍困惑地望着周恩来："我想听听周先生的高见。"

周恩来端起茶杯喝了口水，接着便斟词酌句地分析起来，说明扣蒋是出其不意。他的实力原封未动，因此对蒋的处置要极为慎重。中共的方针是说服蒋介石停止内战，联合抗日。根据国际国内形势，蒋介石有被迫抗日的可能性，东北军、十七路军和红军的联盟将成为推动全国抗日统一战线的中坚。

张学良听得全神贯注。这些天来，西安、南京情况瞬息万变，张学良问策无人，彷徨束手。周恩来一语，真是价值千金哪。

周恩来接着分析，如果南京挑起内战，须坚决防御，缩小、制止内战，其策略性宣传便是保障蒋介石的安全。但如果内战升级，情况紧急，必要时则须除蒋。在军事上，红军会立即行动，集中主力钳制胡宗南等部中央军，并策应东北军和十七路军。

"抗战是举国一致的行动，并不仅限于西安一隅，"周恩来坦然而言，"只要蒋介石改变态度，同意抗日，就应当体面地释放他，并拥护他做抗日民族统一战线的领袖。"

逼蒋抗日，乃是张学良发动"兵谏"的初衷，共产党解决西安事变的方案，实际上与少帅不谋而合。"我张学良对您和毛先生的意见一向是很尊重的，既然中共都同意和平解决，我还有什么话说。"张学良心中一扫迷雾疑云，不禁发出了爽朗的笑声。

会谈进行了整整一个通宵，到天明两人分手时，解决西安事变的方案已基本敲定。

但杨虎城会同意这个方案吗？

事变之后，张学良的东北军主力全都驻守在前线，准备抵抗讨伐，西安城实际上完全控制在杨虎城的十七路军手中。西北军完全可以阻止释放蒋介石，也可以阻止张学良做出其他决定。

说服杨虎城的工作又落在了周恩来头上。

周恩来同杨虎城之间的谈话进行得不太顺利。听说张学良和中共方面都准备放蒋，杨虎城大失所望。

"我深知蒋介石的为人。"杨虎城皱着眉头说，"这个人心如刀刃，毫无信义，绝无宽宏大量的气度。况且此次'兵谏'是以下犯上，触犯了中国传统伦理纲常之大忌，蒋介石日后决不会放过西北军。"

杨虎城虽未言明，但实际上，他主张长期扣蒋，直至出现全国抗日高潮的局面。但张、周已经达成一致，他若是不同意，西北军将面临内外交困的危险局面。

杨虎城思前虑后，心乱如麻。想到日后他与西北军的前途，他忧心忡忡。

但终于，杨虎城还是表示愿听从张学良和中共方面的意见。同时，他又提出"放蒋是有条件的，决不能轻而易举地放走他"。

西安事变开始处于最为微妙的解决阶段。

第一夫人的斡旋

12月20日，宋子文不顾何应钦等人的反对，以私人身份飞抵西安。

当蒋介石见到宋子文时，百感交集，一句话也说不出来。宋子文上前，将宋美龄的第二封信交给这位身陷囹圄的委员长，蒋介石双手抖索，居然好久没有拆开。当他读到信中"如子文三日内不回京，则必来与君共生死"时，不禁欷歔有声。

在与周恩来一番长谈后，宋子文得知，张、杨和中共均已同意放蒋，心中这才安定下来，于21日带着满意的心情回到了南京。

西安的情形，经宋子文和端纳一番描述，人们方知并非如他们所想的那样可怕。经行政院代院长孔祥熙决定，12月22日，宋美龄、宋子文、端纳、蒋鼎文和军统头子戴笠一行乘机前往西安。

从南京到西安，洛阳是中间站。当一行人在洛阳下机吃午饭时，宋美龄注意到机场上战机横陈，军人们来来往往，正往轰炸机上装弹药，显然是准备轰炸西安。宋美龄大惊，立即叫人召来机场指挥官，严厉地说："我们现在到委员长那儿去。没有委员长的手令，一架飞机也不准接近西安。"

吃过午饭，飞机又腾空而起。临近西安上空时，宋美龄从提包里掏出一把左轮手枪，递给端纳。

"端纳先生，我不知道现在西安情况怎样了。如果叛军乱兵失去控制，把我们也扣住之时，你要毫不犹豫地用它把我打死。"

端纳接过枪，有些无可奈何地摇摇头。已是第三次进西安的端纳明白，第一夫人说的局面，是无论如何不会出现的。

下午 4 时，飞机在西安机场缓缓降落。出乎宋美龄的意料，他们一下飞机，便受到了张学良、杨虎城和周恩来的热情迎接，仿佛什么也没发生。

宋美龄心中的一块石头终于落地。

喝过一杯茶后，宋美龄被领进了蒋介石的房间。正面壁冥思的蒋介石，见到妻子突然出现在眼前，大惊失色，高声嚷道：

"你何苦到这里来，这是步入虎口啊！……尽管我叫你无论如何不要来西安，但我感到是无法阻止你来的。今天早晨打开《圣经》，眼睛便停留在这段文字上：'耶和华今将有新作为，将令女子护卫男子'。"

"达令，此时此刻，我不来陪你，又有谁来呢？"言未毕，已是满眶泪水。

宋美龄的到来，促使张学良下决心尽早释蒋。

然而杨虎城的西北军，也包括东北军中的部分将领，却表示反对，因为八大纲领中，没有一条得到了满足，在这种情况下放蒋，原来的所有努力都会付诸东流。而且，随之到来的，将会是笼罩在他们前途和生命安全上的浓厚阴云。

宋美龄、宋子文通过张学良，一再向人们表示，只要西安同意释放蒋介石，委员长日后愿意捐弃前嫌，决不会发动对他们的镇压。

宋美龄冒着生命危险来到西安，使蒋介石大为感动。

　　然而杨虎城及其将军们谁也不肯相信。杨虎城对着张学良激动地大喊："难道你还不了解老蒋吗？"

　　更令他们困惑的是，共产党居然也力主尽早释蒋。于是，在西安这座世界瞩目的政治舞台上，出现了最富戏剧性的一幕：一方面，蒋介石所指挥的东、西北军将士们，纷纷主张杀掉他们的"领袖"，至少要将他长期关押，直到他改弦更张，接受抗日；另一方面，被蒋介石追杀了十年之久的共产党却一反常态，对这位欠下红军累累血债的屠夫生发慈悲。曾被蒋介石悬赏10万银元捉拿的周恩来，在西安力挽狂澜，尽力挡住了斩向蒋介石的刀剑。

　　12月22日，张学良将周恩来引见给宋美龄，并进行了两个多小时的会谈。第一夫人发现，虽然经过了多年艰苦卓绝的生活，周恩来仍是那么精明强干、才华横溢。他侃侃而谈中所流露出的对国际国内形势的精辟见解，以及他那种务实的态度，给宋美龄留下了深刻印象。

"在中国的目前阶段，除了蒋委员长之外，别人谁也没有资格成为国家的领袖。"周恩来坦诚地向宋美龄表示，"我们不是说委员长不抗日，我们只是说他在抗日的问题上态度不够明确，行动不够迅速。"他向蒋夫人表示，西安领导人是以最充分的敬意留住委员长，他对委员长不愿意与他们讨论国策感到遗憾。

"委员长腰部受伤，这几天疼得不行。"宋美龄解释说，"谈判的事，他要我和子文代表他。另外他还提出，所有商定的条款，不做书面签字，均由委员长以领袖的人格保证执行。"

当会谈结束，周恩来将宋美龄和宋子文送出客厅之后，宋子文忍不住再次喟叹："周先生是个天才，罕见的天才！"

24日上午，蒋介石将他所同意的条件告诉了张学良，主要内容为：撤军，改组国民党政府，联共容共，联苏，及释放政治犯等。

张学良一听，如释重负。若以上条件真正能实现，那西安事变的目的便已基本达到，他张学良也不枉兵谏一场，可以对得起国人了。

下一步的问题，是如何释蒋。一想到这里，张学良的心又不免沉重起来。

周恩来面见蒋校长

蒋介石拒绝在达成的协议上签字，加重了西北军和东北军中部分将领的疑虑。西北军将领本来就不同意释蒋，此时，对张学良也产生了怀疑。他们认为，蒋介石与张学良情同父子，日后蒋介石可以原谅张学良，但决不会放过西北军。

一想到日后西北军和他们个人的命运，将领们便不寒而栗。有人暗中建议，趁现在局面未定之时，杀掉蒋介石。

即使在东北军中，主张继续扣蒋或杀蒋的也大有人在。在23日下午召开的西北抗日联军设计委员会的会议上，人们议论纷纷，坚持说，若蒋介石不签署一份承诺文件，就决不放他。即使少帅愿意，也决不放蒋。

气氛顿时变得紧张，反对放蒋的人占了上风。"西安事变是大家提着脑袋干的，不是张、杨两个人的事情。"有人大声疾呼，"他们想捉就捉，想放就放，不行！现在蒋介石还在我们手里，不听我们的话，我们干脆就把他杀掉！”

局面如此严重，张学良心急如焚，杨虎城却默不作声。经过紧急商讨，三人决定，由周恩来面见蒋介石，再行商定联合抗日之事，张学良则负责向设计委员会作进一步的解释。

12月24日上午10时，在张学良和宋子文的安排下，周恩来由张学良引领走进了蒋介石的房间。

“蒋校长，您好！”周恩来一进门，便庄重地向蒋介石敬了个举手礼。

论起蒋、周二人的关系，算得上是同事，也算得上是上下级。孙中山创办黄埔军校时，蒋介石任校长，周恩来任政治部主任，彼此早就熟识。十年前，国共两党关系决裂，两人从此分道扬镳。看见自己十年来一直悬赏要其头颅的对手忽然出现在面前，蒋介石本来就发青的脸上显出了一丝尴尬。

周恩来显然看出了蒋介石心中的不安，于是尽量显得和缓地坐下来，向蒋介石表示，共产党目前丝毫也不想做出不利于委员长和南京政府的事来，只要蒋介石同意联合抗日，共产党愿意支持蒋介石作为国家领袖。

周恩来的一席话，使蒋介石渐渐恢复了平静。

“请问校长，您有什么指示？”周恩来很谦和地望着灯下的蒋介石。

蒋介石闷坐半天，最后终于嗫嗫嚅嚅地说道：“我们肯定不会打内战了……在我们交战的每时每刻，我常常想起你，我甚至回忆起你为我出色工作的那段时间。我希望我们能再度合作，只要我生存一天，保证中国决不会发生反共内战。”

屋内的气氛缓和下来。

看着两个厮杀多年的对手如今露出了再度握手的笑意，原本站在国共对立面中间的张学良骤然感到自己成了蒋介石唯一的对立面，脸色顿时发白。

仿佛是于无意之中，周恩来在问候蒋介石的身体和家人情况时，提到了他的儿子蒋经国。1925年，蒋经国赴苏联学习，当蒋介石1927年清除共产党并驱逐苏联顾问时，蒋经国曾发表声明，断绝了同蒋介石的父子关系。

“经国现在在苏联，生活很好，学习也有长进。”周恩来笑着说。

"是吗？"蒋介石应了一声，难以掩饰地流露出对儿子的一种眷恋之情。

"如果委员长有意思让经国回来，我可以通过有关方面，让他尽快回到你身边。"周恩来很诚恳地说。

"那好，那好，谢谢恩来。"蒋介石脸上现出难得的笑意。"我回南京以后，在适当的时候再请恩来到那里去谈谈。"

"倘若真能如此，是国家之幸，民族之幸！"周恩来站起身，面色凝重地说。

矛盾重重的张学良

但在说服西北军和东北军将领的会议上，情况却变得分外复杂和紧张。

"听说昨天设计委员会开会大家有些意见，现在可以向我提，但不许在外面乱说，尤其不许胡闹！"会议一开始，张学良便言辞激烈地说，那双严厉的眼睛不时扫视着在座的将领。

会场上出现了沉默。张学良有些坐不住了，高声叫道："说呀！怎么不说了啊！"

终于有人站起身来。"副司令所说的蒋、宋答应我们的这些条件，究竟有什么保证没有？将来说了不算怎么办？"

张学良绷着脸回道："你们要什么保证？你说，你说！"

这一逼，使会场气氛变得格外紧张起来。发言的人嗫嚅半天，终于说出了昨日设计委员会的意见：一、中央军撤出潼关；二、释放在上海被捕的"七君子"；三、蒋介石在协议上签字。

"你们所提的意见，我考虑过，都是行不通的。蒋介石关在我们这里，他现在说的话，何应钦不见得肯听。我们逼蒋下命令，如果结果无效怎么办？"张学良的言语态度稍微和缓下来。"你们想想，即使蒋下命令生效，中央军退出潼关，释放了'七君子'，改组了政府，甚至对日宣战，那时放不放他？保证实现了，当然要放他，但他不是心甘情愿的，一定存心报复。如果回南京后，一切推翻重来，怎么办？只要他原则上同意了我们的条件就让他走，签不签字没有什么关系。签了字，要撕毁，还不是一样地撕毁？"

这时有人问："听说副司令还要亲自把蒋介石送到南京，这是什么意思？"

张学良深深吸了口气，回答说："是的，我打算亲自送他回南京。我这一招是要抓住他的心，比你们想得高。"

仿佛是一个炸雷，众将领心头猛地一震。张学良是这次事变的主心骨，要是他一走，西安的局面会怎么发展，谁也没有把握。众人惊愕地望着神情十分冲动的副司令，眼里都流露出无限的忧虑。

"这次事变，对他是很大的打击。"张学良语气变得有些沉重，"今后要拥护他做领袖，同他共事，所以要给他撑面子，恢复威信，好见人，好说话，好做事。亲自送他去，也有讨债的意思，使他答应我们的事不能反悔。此外也可以压一压南京亲日派的气焰，使他们不好讲什么乖话。"

场内一片寂静，张学良却越说越激动。"假如我们拖延不决，不把蒋介石尽快送回南京，中国将出现比今天更大的内乱，那我张学良就是万世不赦的罪人，只有自杀以谢国人。"

会议在张学良慷慨陈词之后结束。虽然大家为张学良的激情所感动，但大多数人并没有被他说服。

东北军的军长之一高崇民一回到家中，便给张学良写了一封长信，反复说明无保证放蒋的危险性。东、西北军的将领们连夜又联名给宋子文写了封信，提出，商定的问题必须签字，只用领袖"人格担保"是行不通的。中央军撤出潼关以东，才能让蒋介石离开西安，否则即便张、杨两将军同意，他们也会誓死反对。

但这两封信张学良都没有及时见到。

24日晚，张学良和杨虎城在绥靖公署的新城大楼举行宴会。在张学良想来，这次宴会自然有为蒋介石饯行的意思。

新城大楼原是明朝皇城，慈禧太后在西安避难时改建为行宫。那天晚上，古色古香、宏伟壮观的大楼灯火通明，一派祥和的气氛。

西安事变中的关键
人物之一——宋子文

　　将近晚 6 时，赴宴的人们渐次涌入。大厅里很快便热闹起来。人们
注意到，出现在席间的有三方人员：一方是张学良、杨虎城和东北军、
西北军的高级将领；一方是蒋介石、宋氏兄妹、端纳顾问和被扣于西安
的南京大员；另一方则是由周恩来、秦邦宪、叶剑英等组成的中国共产
党代表团。

　　自第一次国共合作失败后，这是国共双方高级领导人第一次共聚一
席，而且是在西安事变的背景下，自然也就有了非常的意义。

　　但今晚的主角既不是蒋介石，也非周恩来，而是一身戎装、神情严
峻的张学良。

　　宴会一开始，张学良便站起身，将酒杯高高举起，情绪激昂地说：
"委员长，诸位仁兄，你们受惊了。我采取这个行动，是不得已而为。
有人说我是叛乱，笑话！我向谁要官要钱了吗？我对日本人是有国仇家

恨的人，希望在座诸君，能为抗日运动献策出力！干杯！"他一仰头，一杯酒一饮而尽。待他垂下头来，眼里已是泪水盈盈。只听"啪"的一声，酒杯被张学良猛地掷地而碎。

宴会上的气氛顿变得紧张。人人都注视着张学良，可是却无人开口。

这时，周恩来从容地站起，举起酒杯说："委员长、汉卿、虎城两将军，诸位朋友、同事，这次事件是个大变动，今天举行宴会是个大团结，在座的为促进团结作出了贡献。汉卿、虎城两将军在促进团结方面贡献最大。通过这件事，希望各方面联合、团结起来，干杯！"

周恩来委婉得体的语言，使刚才僵冷的气氛得到了缓和。

众人还未来得及坐下，张学良倏地又站起来，举起酒杯向大家第二次敬酒："一个人要有救国救民的志向。我父亲有我父亲的志向，我有我的志向！"两句话未完，张学良已无法控制感情，泪水夺眶而出。出乎众人预料，他猛然踏上面前的座椅，端着酒杯，高高地站立在大厅中央。"现在国难当头，东北沦陷，华北也危在旦夕。我们当军人的，有保国保民的天职。以前，我听南开大学校长张伯苓讲过一句话：中国不亡有我！我们做军人的，更应当有此气魄。"说完，他将酒一饮而尽，从椅上跳下来，又将酒杯猛掷在地。

众人惊愕之时，张学良已伏身餐桌，恸哭失声。

张学良的这一举动，自然极大地感染了在场的东北军将领们，不少人掏出手帕，揩着脸上的泪水。一位副师长蓦地跨到少帅面前，泣声喊道："我十几岁就跟着少帅，现在有家难归。盼望委员长回到金陵，说话算数……"几名卫兵见他失态的模样，生怕他做出什么意外之举，连忙将他扶出了大厅。

宴会继续进行，但人人的神情都极为沉郁。

张学良连饮了几杯，脸色已经泛红。宴会将近一半时，张学良斟满一杯酒，端着来到蒋介石面前，恭恭敬敬地说："委员长，我这次行动的唯一目的，是拥护委员长领导抗日。我的国仇、家仇都没有报，我是中华民族的罪人。您如果与我有共同心愿，也许不会有此事发生，你也不会受这场惊吓。我的行动不太好，我想结果是好的。委员长同意了一致抗日，希望返回南京，说到做到。我希望能打回老家去。东北不收复，我死不瞑目！为委员长的身体健康干杯！"

张学良举杯又是一饮而尽，喝完又使劲将酒杯摔得粉碎。

三次痛饮，三次摔杯，张学良的豪爽与真情令所有人震惊不已。

一直端坐的蒋介石脸上毫无表情，只扬了扬手，用浓重的奉化口音说："我身体不好，酒也不会喝……"

"我来。"宋子文一步抢上。他生怕由于蒋介石的拒绝，使本来就显得沉重的气氛弄得更僵。他端起蒋介石面前的酒杯，朝向张学良说道："汉卿，你的一番美意，我代委员长领了。委员长的这杯酒，我代喝。干杯！"

宋子文也一饮而尽。

这些日子里，宋子文觉得张学良开始显出行为有些异常的迹象，他怀疑少帅是否染上了什么病。他发现，在谈话中，张学良有时显得语无伦次，并且有好几次痛哭流涕。12 月 22 日，张学良甚至请求他和宋美龄照顾他尚滞留在美国的妻子儿女，并将他个人的经济状况告诉给宋子文，与他商量如何能安全地把这笔钱财转入宋子文之手，以用于日后赡养家眷。有时候，张学良似乎忘记了他发动这次事变的政治宗旨，一个劲地谈他的个人安全，表示愿意无条件地释放蒋介石，以保全自身。

但宋子文很快发现，这并不是真正的张学良。这些天来，来自外界各方面的压力与内心巨大的焦虑，已把张学良搞得精疲力竭，神经几乎已难以支撑。但是，一当他挣脱精神的压力，站在面前的，仍是那个一腔热忱、雄姿英发的少帅。

在一连几天紧张的谈判过程中，宋子文发现了一种危险的倾向：到 12 月 24 日，这种倾向已发展到了一触即发的地步。宋子文得知，杨虎城的西北军和东北军的部分军官，在得知张学良要立即释蒋的消息后，产生了将张同蒋一起杀掉的念头。

当时东北军在城里只有一个团的兵力，还要分别承担保护张学良和蒋介石的任务，而西北军在城里除了一个保安旅，另外还有超过两个团的兵力。

宋子文内心大感恐慌，但又不敢向张学良言明。在同宋美龄、端纳商议之后，他们认为现在最重要的是一方面稳住少帅，一方面尽早让蒋介石离开西安。

24日晚宴会之后，张学良受宋氏兄妹之约，再次来到蒋介石的房间。

"汉卿哪，"张学良一进门，宋美龄便说道，"委员长那天的手令，是以停止进兵三日为限。我从南京来时，又求何部长展限三日，明天就是最后期限了。再说，我和委员长都是基督徒，明天是圣诞节，你能不能把明天动身作为最好的圣诞礼品送给我们呢？"

"这个……"张学良略为沉吟一阵，说道，"孔院长也从南京来了一封信，说要是在圣诞前后送委员长回南京，是圣诞老人送的最伟大的礼品。只是，"张学良在屋里踱了几步，望着宋美龄和宋子文说，"杨主任现在还有些犹豫，明天我去新城再劝劝。城里都是绥署的部队，守城门的也是十七路军，杨主任不松口，我不好办。"

"你一个副司令，难道就没有另外的办法了？"

张学良没有回答，只无言地望着半倚在床头的蒋介石，最后，又回过头看着宋美龄。

"实在万不得已，"张学良的神情似有万分痛苦，"我们可以动用武力，但那样对你太危险了。我可以带委员长偷偷地出走，你和端纳飞往洛阳。我给委员长化装，用汽车带他出城，把他带到我的军队驻地，从那里驾车到洛阳与你们会面。"

"好啊，我看这行得通。"宋子文表示赞同。

可宋美龄手一扬，打断了其兄的话。"委员长的身体根本忍受不了这样的长途颠簸。再说，与其这样偷偷摸摸地走，还不如体体面面地死在这儿。"说着，眼里涌出了泪水。

"你们光想着回去，回到南京又有什么意思？"一直面向墙角的蒋介石这时开了腔。"我这次在西安栽了大跟斗，名声、地位、尊严全毁了。一个国家统帅走上了这种末路，在人们心目中还有什么分量呢？"他越说越难过，居然呜呜地哭了起来。"汉卿，"蒋介石一边抽泣一边对张学良说，"你成全我吧。你还是把我和美龄一起处置了干净！这样活下去一点意思没有了！"

笔立着的张学良似被蒋介石的这番话激动了。他向蒋介石跨近一步，大声说："只要委员长回南京联合抗日，学良愿意负荆请罪。"

蒋介石看了张学良一眼，有气无力地说："你是为了抗日，又没有加害于我，有何罪可请？"

"这是我的情愿，为了维护您的威信，便于您领导抗日。至于治罪，您可以指示：'着该员率部出兵东北，收复失地。戴罪立功。'我决心已定，一言九鼎，让天下人看看我张学良的诚意！"

"这怎么行啊，"宋美龄说道，"杨虎城和周恩来，还有你的部下，会同意吗？"

"这是我的事情，"张学良一脸的坚定，"我定了就得由我。"

"那你不怕南京有人对你下毒手吗，汉卿？"宋美龄问。

"如今是抗战第一，委员长须领导抗战，为了挽回委员长的名誉威信，实现收复东北的夙愿，我个人的得失生死算得了什么！"张学良胸脯一挺，显示出军人的铮铮气概。

后来，宋美龄在其《西安事变回忆录》中写道：

> 张告委员长，彼已决心随委员长赴京；委员长反对甚力，称无伴行之必要，彼应留其军队所在地，并以长官资格命其留此。张对余解释，谓彼实有赴京之义务，盖彼已向各将领表示，愿担负此次事变全部之责任；同时彼更欲证此次事变，无危害委员长之恶意及争夺个人权位之野心。

从宋美龄这段叙述中，也足见张学良生死度外的英雄气概。

从蒋介石房中出来，已是子夜时分，大街上阒无行人，只有巡逻的士兵不时从眼前走过。"到明天，这一切可能全都结束了。"张学良心中暗暗自语，接着又是一声长叹，"解铃还需系铃人啊！"他相信，这场震惊世界的西安事变，将因他的坦荡、无畏而结束。

匆匆一别，千古遗恨

张学良没有料到，杨虎城会这么坚决地反对立即释放蒋介石。

"放虎归山，日后伤人。没有担保就放人，一到南京他就会翻脸。"

杨虎城尽量压制住自己的火气。

"我们的本意是请求委员长领导全国一致抗日，而不是考虑我们自己的后果如何。"张学良几乎已控制不住自己，忍不住大喊。"他已经答应把我们的建议提交中央政府考虑。我们的目的已经达到，我们就不应畏惧个人的损失和危险。"

"畏惧？我畏惧什么？"杨虎城终于有些火了。

见杨虎城不松口，张学良只得起身告辞，临走时抛下一句："你我何必当初啊！"

张学良怒气冲冲地回到金家巷公馆，请求周恩来开导杨虎城，然后又告诉周恩来说："周先生，为了给他挽回面子，我打算亲自送他回南京。"

周恩来一听，吃惊得好久没说出话来。他严肃地望着这位血气方刚的少帅，一字一句地说道："汉卿，我们是朋友了，我送你两句话：'政治是无情的'；'一失足成千古恨'。我希望你三思而行。"

张学良没有做声，默默地辞周而去。

上午11时，宋子文匆匆来见张学良，将东北军和西北军将领们联名所写的信放到了少帅面前。

宋子文发现，张学良的脸色逐渐变得紧张，待他看完时，眼里已现出几分慌乱。

高崇民的信他是上午起床后看到的，当时以为那不过是高军长一个人的意见，没怎么在意；现在看来，几乎所有的部下都站到了自己的对立面，所以紧张之中，又增添了深深的忧虑。

"看来，事态确实很严重。"张学良木然地望着窗外说。

"汉卿，事情宜早不宜迟啊，再拖下去，还不知会出什么乱子呢。"宋子文惶惶然地说道。

张学良沉思良久，终于对宋子文说道："好吧，请你告诉委员长和夫人，今天下午3点，我送他们回南京！"

正在点雪茄的宋子文愣住了。他猛地将雪茄按灭在烟缸里，连告别的话都来不及说，就快步出了张公馆。

在解决西安事变的最后关头，周恩来再次发挥了巨大作用。在反复阐明各种利害关系之后，杨虎城终于被说服，放弃了要蒋介石亲自签署书面保证的要求。数年之后，处理西安事变的有关人物端纳对人们说：

"周恩来……实际上是 1936 年西安事变中的最关键人物，是他把蒋将军从困境中解救出来的。"

事实的确如此。要是没有周恩来，西安事变的解决完全可能是另一种结局。杨虎城向来尊重中共意见，对周恩来个人的才华也十分钦佩，在周恩来陈述了中共同意放蒋的理由之后，杨虎城虽然表示了自己的担心，但对放蒋一事，已不再坚持反对。

实际上，杨虎城这几日也一直处于矛盾之中。南京方面情况复杂；中央军大兵压境，咄咄逼人；东北军内部出现不稳；张学良决心已定，很难扭转；宋子文软缠硬磨，哀求不已；现在中共也同意放蒋了，若他再坚持自己意见，势必成为众矢之的。

但是，放蒋的具体时间，尚未议定。

12 月 25 日下午 2 时，张学良匆匆忙忙来到杨虎城家中，一坐下便连叹几口气，语调沉重地说："现在不走不行了，夜长梦多，不知会出什么大乱子。送委员长的时间我已定在今日下午，我亲自送走。我想几天之内就可以回来，请你多偏劳几天。假如万一我回不来，东北军今后就完全归你指挥。"说完，掏出一张纸交给杨虎城。

杨虎城展开一看，原来是张学良已经写好的手谕：

　　　　弟离陕之际，万一发生事故，切请诸兄听从虎臣（杨虎城
　　　原名杨忠祥，字虎臣）、孝侯指挥。此致，何、王、缪、董各
　　　军长各师长。

　　　　　　　　　　　　　　　　　　　　张学良廿五日
　　　　　　　　　　　　　　　　　以杨虎臣代理余之职
　　　　　　　　　　　　　　　　　　　　　即日

杨虎城抬起头来，愕然地注视着神情紧张的张学良。虽说他已同意放蒋，但不料会如此匆忙。然而事已至此，他亦不便表示反对，只是说："放他就足以见你我之诚意了，送他实在是使不得啊。"

张学良点点头，又摇摇头，说道："老兄之言，学良感铭在心，但

大青楼，又称"少帅楼"，1922年建，是张学良当年的办公楼和住宅

事情已定，只好如此了。"

事后，杨虎城曾向人表露过他在这时的心迹：

> 这样匆匆忙忙地放蒋，张先生事先并没有征得我的同意，而他一定要陪蒋走，更出乎我的意料。我原以为张纵然不对我说，也一定会对周先生说明的，及至我和周先生见面的时候，周先生说他事前也毫无所闻……我不是不同意放蒋，但不能就这样放啊！没有同周先生和我商量，还有什么"三位一体"！

25日下午3时，张学良和杨虎城分别陪同蒋介石夫妇、宋子文和端纳，分乘两部汽车，悄悄地驶向了西郊机场。

车内没人讲话，都默默地透过车窗，望着一掠而过的古代建筑和城堞枯树。端坐于前座上的张学良微偏过头，瞟了一眼后座的蒋介石，见蒋斜倚于靠背，双目微闭，似乎对现实的情形毫无知觉。

见一架银灰色波音飞机渐渐映入眼帘，坐于蒋介石身边的宋美龄不由得兴奋起来，歪向蒋介石身边轻语了一声："达令，我们到了。"

蒋介石缓缓睁开眼，撩开遮住车窗的帘子向外望去。蓦地，他的目光凝住了，脸上的肌肉也不住地抖动起来。

机场外，聚集着黑压压一群人，大约有好几千，看模样像是学生。

看见汽车驶来，人群中立刻出现轻微的骚动。

蒋介石急了，忙问张学良："这是，这是怎么回事？"对西安的学生运动，蒋介石已经领教过。12 月 9 日那一天的万人大游行，学生们就喊出过"打倒蒋介石，惩办卖国贼"的口号，此刻他们又出现在机场，会不会是……

张学良也莫名其妙。送蒋是秘密行动，知道内情的仅有张、杨二人和极少数副官、卫兵，连将领们都未通报。难道有谁泄漏了消息？张学良也不禁紧张起来，下意识地摸了摸腰间的手枪。

汽车在飞机前停下了，蒋介石、宋美龄、张学良、杨虎城等依次走下。学生中像是有人认出了蒋介石，人群顿时哗然。

蒋介石的目光惊恐地望着学生们，上前两步握住杨虎城的手，颤颤地说："虎城，以后的内战是不能再打了，美龄和子文代我签字的条件，我一定会实行，这个你们放心。我再重复一下议定的事情，一、回南京后立即命令入关部队撤出潼关，停止内战；二、一致对外，立即宣布抗日；三、改组政府，集中贤良，清除亲日分子；四、联合一切同情中国抗日的国家；五、释放关在上海的抗日领袖；六、今后西北的军政事宜概由你和汉卿负责。是不是这些，虎城？"

"是这些，委员长。"杨虎城站得笔直。

"那这些人……"蒋介石朝学生们看了一眼，又盯住杨虎城问道，"他们来这里……"

杨虎城这才明白，蒋介石此时为何显得这般恐慌。他大声回答道："委员长，今天傅作义将军要来西安，学生们出于对抗日将领的敬重，提出要到机场欢迎，绥署通知了一些学校，组织了这么些人来机场。"

"噢，噢……"蒋介石这才松开了杨虎城的手，转身走向舷梯。

"慢一点，委员长。"张学良见蒋介石登梯的动作有些迟钝，单薄的身子仿佛被风一吹就要倒下，连忙上前扶住了他的手臂。

蒋介石的脚步却突然停下了，转过头来望着张学良道："汉卿，我看你不用送了。南京方面，恐怕有人会不原谅你，去了反而有麻烦……"

"委员长，学良主意已定。为了抗日，我万死不辞！"

蒋介石似有些感动地"哦"了两声，又转回头继续登梯。就在这一瞬，张学良发现，在蒋介石那双冷如寒冰的眼里，似乎还蓄含着一种让人无法捉摸的深意。

飞机发出了震耳欲聋的轰鸣，沿着跑道滑奔一阵后，呼地腾空而起。

座舱内一片沉寂。这些天里，人人都像是已将话说尽，一直绷得紧紧的神经蓦然松弛，却再也没有只言片语。

蒋介石同宋美龄并排坐在一起。此时，他脸上既无笑意，也没有什么特殊的表情，那副淡漠冷然的模样，仿佛一切都没有发生过；而在其内心，却正翻江倒海，回思着半个月来他死里逃生的经历。作为领袖和中国最有权势的统帅，多少年来他纵横捭阖，叱咤风云，成为中国政治舞台上不可一世的人物，他万万没想到，就在他调集千军万马，意欲一举歼灭共产党红军之时，华清池一声枪响，威风八面的统帅竟被自己的部属羁扣半月，最后还得偷偷地溜出西安。"不过……"他在心中自语，嘴角随之抽动了一下，像是要隐去半个月来的屈辱与尴尬。"老天开眼，我居然活着飞离了枪林剑丛，更料想不到的是，叛乱之首张学良竟然要随我到南京负荆请罪。"

蒋介石忍不住回过头，掠了一眼端坐于后排的张学良。十分钟以前，他还是张学良手中的猎物，只要这位少帅一个手势，他便可能魂上西天，可现在……想到这里，蒋介石鼻孔里不禁哼了一声。

张学良在离开公馆前，匆匆将立即放蒋和亲自护送的决定告诉了他的私人秘书同时也是好友的应德田和卫队营长孙铭九。两人一听，顿时心惊胆战。

"副司令，你要走了，我们东北军怎么办哪？"应德田一声大喊，双手抱头，痛苦万分地蹲下身来。

孙铭九是追随少帅多年的骁将，也是他的心腹。一听少帅要送蒋介石回南京，顿时俯身下跪，抱住张学良的大腿央求道："副司令，你不能走啊！"说时竟痛哭出声，呜咽不止。

当时心烦意乱的张学良早已失去耐心，大吼一声："起来！"用手指点着孙铭九说道，"我去南京的主意已经下定，你们谁也不要说了！要是你们坚持不听，那就掏出枪来，把我张学良打死在这儿！"说完，头也不回地跨出了大门。

目睹张学良渐渐走远，应德田像垮掉了一般，俯身桌上，双肩抽动不止。孙铭九像是失掉了主心骨，连连嚷道："怎么办！？怎么办！？"急得在屋内转圈。突然，他像发疯似的冲出门，急急奔向周恩来住的东楼。他想，此时此刻，唯有少帅所敬重的周先生，或许能止住少帅的鲁莽行动。

但遗憾的是，周恩来不在屋里。他去了在西安的一个地下共产党员涂作潮的家里。

孙铭九东奔西窜，终于在涂家见到了周恩来。

"周先生，少帅和杨主任送委员长去机场了！"一见面，孙铭九便上气不接下气地大嚷。

周恩来大惊失色，忙问："走了多长时间了？"

"十几分钟了。"

"快！快！马上去机场！"周恩来疾步出门，上了孙铭九的车。

汽车风驰电掣般驶出城门，向西驰去。坐在后座的周恩来打开车窗，任凭寒风呼呼涌进，两眼一直地凝瞩着前方。这消息太突然了。一小时前，他还在张公馆见到过张学良，当时便觉得他神色有些慌张，但怎么也没想到他会这么快就放了蒋介石，连个风都没透。更未料到的是，他居然还要亲自送蒋回南京！

"嗨，这个张汉卿哪！"周恩来忍不住连连叹息。

待汽车箭一般冲进机场时，巨大的波音飞机如一只大鸟，正离地腾空而起，强烈的气流卷着风沙，铺天盖地扑向四周，将机场上的人刮得抬不起头。待风势减弱下来，映入周恩来眼帘的是空中一个渐渐远去的黑影，正扑向远天飘忽不定的阴云。

伫立于寒风中的周恩来满脸铁青，目不转睛地遥望云天。当隆隆声渐渐消失，再也见不到飞机踪影时，他重重地发出一声惊人的长叹。

就在这一刻，周恩来有了一种预感：和张学良将军此次分手，将会成为千古之别了！

第 2 章

遗恨石头城

洛阳——命运转折的最后一步

1936 年 12 月 25 日下午 6 时。中原重镇洛阳。

北方的冬天，夜来得早了些。飞机从西安起飞时，尚还能见缕缕夕照，只一会儿，大地便已是暮霭沉沉。

飞机已经临近洛阳，开始盘旋着准备下降，一直沉寂无声的机舱内，开始有人在小声交谈。

"啊，洛阳到了！"不知是谁嚷了一声。

一直微闭双目的蒋介石这时睁开眼睛，偏过头，透过机窗向下望去。虽然已是暮色沉暗，他还是望见了洛阳鳞次栉比的城郭楼宇和临夜初起的稀疏灯火。

蒋介石微微张口，像是要说句什么，可是又突然止住，猛地将头偏转回来。宋美龄有些不解地望着丈夫。

飞机倾斜着开始下降，用不着俯身便可见到一掠而过的洛阳景象。位于机场附近的洛阳航空分校的建筑尽收眼底。

宋美龄顿时觉察出了丈夫的心境。他刚才是触景生情，不堪回首往事了。

仅仅两个月前，蒋介石才在洛阳度过了自己 50 岁生日。10 月 31 日那天，洛阳全城鼓乐齐鸣，张灯结彩，军民同贺。全国的军政显要也都齐聚洛阳，向蒋介石献礼恭贺。由全国民众捐款献物所购买的 50 架飞机在空中编队，排成"五十"的字样，象征蒋介石 50 岁诞辰。那煊赫的景象，热闹的场面，令蒋介石无比威风。可是，仅仅才过了两个月，那一切盛景便化作青烟远逝而去，不可一世的统帅竟成为被囚之徒，真是威风扫地，耻辱难言。

蒋介石回过头来，又扫了张学良一眼。

整个飞机上，也许只有宋美龄才知道，这是蒋介石登机以后第二次回望张学良。其心态不言自明。

张学良似乎毫无觉察，依旧端坐椅上，平视前方，对委员长的两次回顾，毫无反应。

当晚，蒋介石夫妇、张学良等一行下榻于洛阳航空分校。当汽车在夜色中缓缓驶进那座双层西式洋房时，蒋介石拉拢车窗帘子，紧闭双目，始终未向外瞟过一眼。

一个死里逃生的人，无法容忍告别昔日显赫的巨大失落。

待吃罢晚饭，沐浴完毕，蒋介石的心境略略好了一些。半个月来的担惊受怕和苦思冥想终于消失了，当他穿上长袍马褂重新出现在客厅时，不禁下意识地挺了挺肩头，像是要从半个月的沮丧和委顿中挣脱出来。

航空分校主任王叔铭、河南绥靖主任刘峙、河南省主席商震和曾任陕西靖国军副总司令的张钫相继来到蒋介石的房间，对他在西安受惊表示慰问。

"西安兵乱，委员长受惊了！受惊了！"刘峙连声说，眼圈似有些发红。

"委员长是吉人天相，大江大海都过来了，西安这条小河，怎么敌得住委员长的威风。"商震接着说。

人们屡提西安，蒋介石略有不悦，挥了挥手说道："西安这鬼地方，以后我再也不去了。"说完便微闭双目，默然无语。

气氛显得有些尴尬。蒋介石刚刚脱险，谈时局言国事又不合时宜，于是，商震话题一转，朝向宋美龄道："夫人这次临危不惧，深入虎穴，于微笑中力挽狂澜，算得上是千古美谈哪。"

"是啊，是啊，"刘峙连忙接上，"事变一起，好多人都束手无策，夫人却能挺身而出，真是巾帼不让须眉，令天下男子汗颜啊。"

"二位过奖了。"宋美龄轻声道，脸上却漾起了笑意。蒋介石也展开了眉头，眼里少了许多阴云。

最后一个看望蒋介石的是张钫。一番寒暄之后，蒋介石又现出了他向来惯有的那副发号施令的神态。

"待会儿你去告诉张汉卿，"蒋介石用手指了指隔壁。张学良就住在旁边的那套房间。"让他明天一早发个电报给杨虎城，先把扣在西安的蒋鼎文、陈诚、卫立煌和陈调元四个人，放回南京。"

"是，委员长，"张钫连忙应声，接着便退出，走入了隔壁张学良的房间。

"张副司令，这半个月你受累了吧。"张钫话中有话地说。

"哪里。为了抗日，学良何敢言累。"

"就以常人的眼光来看，副司令敢作敢为，言而有信，仅此就够得上一条好汉子了。"张钫翘起拇指，言语显得十分诚恳。

"学良是真心抗日，也就无计后果了。委员长留驻西安，倒让你们担了不少心吧？"

"这个……当然，"张钫有些不好回答。"不过现在好了，委员长已到了洛阳，副司令又亲自相送，倒不失为一个完满的结局。"

"送委员长回南京，是我拥护委员长做抗日领袖的实际行动。但愿人人都能了解我的这一片苦心。"张学良脸朝向窗户，目光有些朦胧。

"那是肯定的了，"张钫接道，"刚才在委座那儿，他还夸你的磊落呢。另外，他有句话让我转告你。"

张学良扭过头："什么话？"

张钫将放蒋鼎文等四人的事说了一遍。

张学良"嗯"了一声，说道："既然委员长都放了，其他人当然也得放，只是个早迟而已。委员长的指示我会照办的。"

连日劳顿，张学良已十分疲惫。张钫告辞之后，张学良便脱衣上床，不一会儿，房间里便响起他的鼾声。

蒋介石却无法入睡。

西安事变打乱了他内战"剿共"的计划，也使他的威风、尊严和人格一夜扫地。要想重现他昔日的辉煌，恢复他作为领袖的地位，最首要的问题，就是如何来论定西安事变。

他不能不去想一墙之隔的张学良。对他的处置，既关系到今后大政方针的制定，也关系到他重握权柄后的形象。

沉思良久，他召来了洛阳军事分校的主任祝绍周，令他当晚同南京的戴笠联系，严密封锁住张学良随他到南京的消息。

然后，他面色阴沉地坐在沙发上，让宋美龄取来纸和笔，记录下他要说的每一句话。

这便是后来颁布的蒋介石《对张、杨的训词》：

> 此次西安事变，实为中国五千年来历史绝续之所关，亦为中华民族人格高下之分野，不仅有关中国之存亡而已。今日尔等既以国家大局为重，决心送余回京，并不再勉强我有任何签字与下令之非分举动，且并无何特殊之要求，此不仅我中华民国转危为安之良机，实为中华民族人格与文化高尚之表现。
>
> ……
>
> 余平生做事，唯以国家之存亡与革命之成败为前提，绝不计及个人之恩怨，更无任何生死利害得失之心。且余亲受总理宽大仁恕之教训，全以亲爱精诚为处世之道，绝不为过分之追求……

12 月 26 日上午，蒋介石一行乘轿车到达洛阳机场。

不到 20 个小时，蒋介石这已是第二次登机，但情形已完全不同。在西安机场时，蒋介石的每个动作都显出了惊恐与慌张，而现在，他则是神态怡然，步履沉稳。蒋介石刚一下车，军乐队便鼓乐齐鸣，立于大道两旁的官兵们齐声高呼"万岁"。宋美龄春风满面地向人群挥手，蒋介石也略略驻足，朝军乐队扬起了手中的礼帽。

已经走到舷梯跟前了，蒋介石突然停下，对紧随其后的张学良说道："汉卿，你回西安吧，不要再送了。南京有人对你不谅解啊！"

"委员长，学良到南京的决心已无法改变！"张学良语气坚定，毫无怯懦之色。

见张学良似还要说些什么，蒋介石一摇手，止住了他。"那你不要同我坐一架飞机了。"

"为什么，委员长？"

"我回南京，一定有人组织欢迎。你站在旁边，有些话可能会不那么中听。你还是同子文乘另一架吧。"

张学良沉默了。这一切肯定早已安排妥当，只是到了机场才向他突然宣布；他现在除了遵命，已经别无他法。

他心头笼上了一团阴影。

蒋介石的飞机起飞了，转眼便直插云天。四架护航的战斗机也随之而起，在空中发出巨大的轰鸣。

大约过了一个小时，张学良、宋子文和端纳才上了飞机。

如果说，先前蒋介石对他说的那番话，使他有了某种预感的话，那么现在，这种预感已成为逐渐逼近的可怕现实：未起飞之前，已有两架战斗机升空；上天之后，又有七架战斗机紧紧相随。这已远远超过了为蒋介石"护航"的规格，作为军人的张学良，自然一下子觉察出它们的真正使命。

少帅脸色铁青，相继望了一眼宋子文和端纳。

两人的脸色也同样阴沉，并有一种无以言诉的尴尬。

风雨初临北极阁

蒋介石在南京果然受到了盛大的欢迎。这位刚脱离半月禁闭的统治者一走出舱门，连他自己也愣住了：机场上人山人海，鞭炮锣鼓震耳欲聋，旗帜彩带凌空飘舞，一见他露面，人群中便响起了海潮般的欢呼声。

南京政府所有的军政官员都到了机场，排在最前头的是国民政府主席林森，其后是军政部长何应钦，副委员长冯玉祥，以及戴季陶、居正、孙科、陈立夫、李烈钧……

蒋介石脱下礼帽，向人群高高挥手。林森迎上前去同蒋介石握手，恭敬道："委员长，您在西安受惊了！"

蒋介石故意显得十分从容，回林森道："主席，您好！西安蒙难，烦您操心了。"

"委员长能平安回京，是我们最大的心愿！"何应钦挤上前，高声说道。

一见何应钦，蒋介石突然阴了脸，只简单地同他握了下手，便把目光移向了冯玉祥。

欢迎仪式足足进行了半个小时，蒋介石这才进了汽车，在欢呼的声浪中，驶向官邸。

长长的车队，排了足有一华里，沿途缓缓而行，接受大街小巷人们的致敬。

坐在车内的蒋介石兴奋不已。他发现，自己的地位和威望似乎丝毫未损，甚至反比西安事变前高了许多。

他仍然是中国的最高统治者，国民党内的绝对权威。

但作为政治家，他不得不小心行事。西安半月，南京舞台上已是变化万端，亲日派甚至给在德国养伤的国民党中央政治委员会主席、前任行政院长汪精卫发了电报，急切地要他回国，一旦他蒋某有个不测，便可取而代之。山西的阎锡山、河北的宋哲元、山东的韩复榘、广西的李宗仁和白崇禧、云南的龙云、四川的刘湘、新疆的盛世才、宁夏的马鸿逵等等，都是各有算盘，心怀叵测者大有人在，他深知，对此绝不能掉以轻心。

还未到家，蒋介石脑子里已在盘算，如何理顺面前的这一盘乱棋。

一个小时之后，张学良乘坐的飞机降落在同一机场。

消息封锁得太严了，连政府的大多数要员都不知道，这个"犯上作乱"的叛军首领，会有胆量独闯南京。

机场上的人群早已散去。但从散落在地上的纸花、彩带以及爆竹屑上，仍然可以想象得出，一小时前这里有过一番什么样的盛况。

前来迎接的只有四辆汽车，除了宋子文的近亲，身份最高的是军政部接待处的一位主任。

张学良心上涌起一阵凄楚。

他何曾有过这番冷清的景遇啊。自从他继承父业，统领东北军后，无论哪次出行，都是人马潮动，前呼后拥。当上国民革命军一级陆军上将、国民党中央执监委员和副总司令之后，他更是威风八面，每次来南京都带着装备一色德国造盒子炮的卫队和大批随员；而机场上，总免不了有党政军人员的热烈迎候，其称颂恭敬之辞，简直把他捧上了天……

可是现在，那番威势，那番煊赫，却不复存在了，也许是永远不复存在了。

张学良不禁黯然神伤。只是一想到几天后便可脱离这个环境，重回西安，他才又振作起来，同宋子文开了一句无关痛痒的玩笑：

"子文，这几天我可要吃你烦你了。"

"哪里的话，汉卿。你我朋友多年，有不周到的地方，你只管招呼就行了。"

宋子文的家位于北极阁，在南京近郊。这里依山傍水，林木葱茏，环境幽雅，其别墅恰与长江、钟山和玄武湖遥遥相望。在其面对的小山上，有一座名为鸡鸣寺的古庙。每日清早，晨鸡初鸣，古庙便会敲响钟声，鸡鸣寺因之得名。

宋子文出身豪门。其父宋耀如曾是上海卫理公会的基督教牧师，后来靠发行《圣经》成为百万富翁。他有三子三女，大女儿宋霭龄嫁给了国民政府行政院长孔祥熙，二女儿宋庆龄嫁给了"国父"孙中山，三女儿宋美龄嫁给了蒋介石，被人称作"世界上最杰出的三位女儿的父亲"。宋子文排行第三，是长兄，曾留美赴欧，受过良好的西方教育和西方文化的熏陶。曾任孙中山的英文秘书，后主管国民党财务，再后在南京政府中任财政部长。"九一八"事变时，他与蒋介石因政见不同而闹翻，辞去了财政部长一职，挂了一个经济委员长的空名。但在国民党政府内，尤其是在金融经济方面，仍是一个举足轻重的人物。

张学良与宋子文有许多共通之处。两人都出身豪门，只不过是一文一武；宋子文所受的是西方教育，而张学良也学过英文，接触了欧美文化，接受了西方自由、平等、博爱的思想；在金融方面，宋子文提倡的是英美模式，而张学良在东北主政后，在金融财政上亦期望用英美方式进行管理，并相继派人去英美留学，实习银行业务，还曾经请宋子文推荐过金融人才赴奉。宋子文也利用自己同英美相熟的关系，私下在财政上帮过张学良不少忙。1931 年，张学良夫人于凤至和宋美龄结为干姊妹后，宋子文也同张学良以兄弟相称，亲如家人。

在对待日本人的问题上，宋子文主张依赖英美，坚决抵抗，因此对张学良的抗日主张持同情态度。在此次赴西安之前，宋子文便声言："我之所以单枪匹马去西安，并不只是为了挽救我的私亲妹夫，而是为了民族大业，为了国家前途，为了力主抗日。"

蒋介石能平安返回南京，宋子文自然是立了一大功。在北极阁别墅前下车登上石阶时，张学良注意到，已经消除了紧张情绪的宋子文显得分外疲惫困倦。

"子文，这几天难为你了。"张学良说。

"要说难为，谁比得上你啊。"宋子文很认真地说，"在这里多住几天，好好休息一下。"

"不成啊，西安那边千头万绪，我得尽早回去。再说……"张学良语气变得有些沉郁，"我也不想在南京久待。"

方才在机场上，宋子文便注意到了张学良情绪的变化。处在自己的身份，又不好说什么。此时听张学良这一说，也唯有默然点头而已。

北极阁别墅是张学良常来常往之处。几乎每一次来南京，他都要到宋子文这里来小憩或者闲聊，因而与宋子文的家人也都十分熟识。这一次，他仍然被安排住在他过去曾经下榻过的西面套房。

这些日子，张学良与宋子文虽然天天见面，但所有言谈无不围绕西安事变，为之绞尽脑汁，极少有机会叙及家常私谊；而两人都是坦爽健谈之人，又以朋友、兄弟身份相交多年。所以临下飞机前，宋子文还对张学良说："汉卿，住下以后，你我把这些天的事统统抛开，该尽兴地 Talk（谈话）和 P1ay（玩耍）一番了。"

"I'll keep you company（我将乐意奉陪）。"张学良笑着作答。

然而事情的发展，注定要使两人从此后永久被卷入西安事变的旋涡，往日的谈兴和雅趣，再也不复重现了。

放下行李，换过衣服，宋子文正欲到西房看望张学良，电话铃却突然响了。蒋介石侍从室向宋子文转达了委员长的口谕，让他速去蒋介石官邸。

宋子文有些恼怒：再大的事也不能不让人喘口气呀。再说事变圆满解决，蒋介石平安返京，他自己也应当静心休养一下嘛。

想是这么想，但命令总还是要执行的。从私情上讲，蒋介石是他的妹夫；但从公事上说，蒋介石却是他的上司。既然是叫副官打电话，那自然就有下达命令的意思。

临出门前，宋子文还是来到张学良房中，抱歉地说："对不起，汉卿，我临时出去有点事，很快就回来陪你。你先自己歇息一下吧，等会儿外界知道你来了南京，又会有不少人要上门打扰了。"

宋子文匆匆而去。

张学良性格豪放，好动不好静。虽说连日劳顿，心力交瘁，但脑子却异常活跃，波涌潮动。他先在屋里闷坐一阵，而后走入客厅，随手翻了翻散放在茶桌上的几本英文杂志，仍然觉得没什么意思，便转身走上了装有乳色栏杆的凉台。

放眼望去，长江烟波浩渺，钟山挺拔苍翠，玄武湖宛若明镜，在山的怀抱中凝光折影。这些年来，张学良匆匆忙于军务，难得有闲欣赏湖光山色，没料想在把天捅了个窟窿之后，反倒摆脱了纷繁的纠缠，得以陶然于一片若诗若画的景致之中。

张学良索性拖过一把椅子坐下，全身放松地倚于椅背，任凭凉风拂面而过。他竭力梳理着自己纷乱的思绪。

这份超脱，这份清醒与这份惬意，使他想就此这么永远地坐下去。他微微合上了双目。

一阵脚步声响起。宋子文不安地出现于张学良身边，后面还有位蒋介石侍从室的副官。

"汉卿，有件事可能还得请你办一办。"宋子文说。

副官上前，向张学良敬了个礼道："副司令，政府中有些人对西安的事有看法，委员长的话他们也不听。委员长的意思是，你是否写份报告，说明你现在的心境，这样，大家都自在一些。"

张学良脸色渐变，两眼直愣愣地盯住宋子文，像是在问："这是怎么回事？怎么回事？"

宋子文叹了口气，明显表示出他有难言之隐。"汉卿，现在各方面说法比较多，委员长也有他的难处。既然来南京了，按委员长的意思写个东西，走个过场，他面子上也好过。"

张学良没有吭声，目光从宋子文脸上移开，望向远处逶迤而去的大江。他不知道这里边是不是有什么阴谋，但从宋子文的神情看，他好像并没有欺瞒自己的地方。

"好吧，"张学良站起身，头也不回地进了房间，挥毫写下了后来被国民党称作《张学良请罪书》的文字。

　　介公委座钧鉴：学良生性鲁莽粗野而造成此次违犯纪律不
敬事件之大罪。兹腼颜随即来京，是以至诚，愿领受钧座之责
罚，处以应得之罪，振纲纪，警将来，凡有利于吾国者，学良
万死不辞。乞钧座不必念及私情有所顾虑也。学良不文，不能
尽意，区区愚忱伏乞鉴谅！专肃，敬叩

　　　　　　　　　　　　　　　　钧安

　　　　　　　　　　　　　　张学良谨肃

　　　　　　　　　　　　　　十二月二十六日

等候一旁的侍从室副官拿到这纸文字，满意而归。

最后的自由

张学良随蒋介石来南京的消息，虽然起初进行了严密封锁，但还是被泄露了出去。

从 26 日午后开始，密树林荫掩映的这幢别墅，变得门庭若市。新闻记者、军政显要、知名人士、群众代表，纷纷前来看望这位为抗日不惜犯"叛逆"之罪，而后又磊落坦荡来南京的少帅。对南京政府来说，张学良此

张学良的四弟张学思

时仍是副总司令，党、政、军方面均任有要职，因此也派员前来看望。在众人面前，张学良略显局促，但神情却很乐观。每当客人离去时，也必送到别墅大门。"谢谢各位的关心了，各位的厚爱学良感铭在心。西安情况现在比较复杂，过一两天我就回去。欢迎大家到西安做客。"

此时的张学良并没有意识到，危险已渐渐向他逼近。

在众多前来的客人中，张学良见到了自己同父异母的弟弟张学思，他吃惊地问道："你怎么来了？"

"是军校长官叫来的。"弟弟看着兄长，似有许多话想说。

张学思系张作霖的四太太所生。1934年7月，张学思高中毕业后，被保送入国民党南京中央军校第十期学习，一俟毕业，即将其安排出国留学。西安事变的前一天，张学良曾令副官给张学思发了一封加急电报，要他速回西安。但没料想张学思因参加毕业大演习，正在宣城，对电报一事毫不知情。事变当晚，张学思即被逮捕，押回南京受审。在认知张学思确与"兵谏"毫无干系后，他被当做"人质"投进了禁闭室。

12月26日，张学思被军校释放。前些天对他恶语相向的那些人，忽然又换了面孔，显得十分客气地告诉他，张学良到了南京，要他前去看望。

张学良与张学思相差14岁，彼此志趣也大不相同。虽同为一父，感情却并不那么深厚。但毕竟是手足，因此张学良主事后，也给了学思多方关照。此时，两人相对而坐，张学良以长兄的身份简单地问了问弟弟的情况，又淡淡地勉励了几句。

看得出来，张学良对张学思被关押之事一无所知，言谈神情间并没有任何特殊的表示。而受了多日委屈并急欲知道事变真情的张学思却很想向大哥作一番倾诉。

"大哥，我想……"张学思有些迟疑地提开了话头。

"学思，这几天我很忙，"张学良一扬手，打断了弟弟的话，并向旁边坐了一屋的人指了指，"有些话三言两语又说不清，你改天来，我再和你详谈。"

张学思怏怏而去。

第二天、第三天，张学思都来到了北极阁。他发现，大哥实在太忙了，他根本没有空儿同自己静静坐下来叙叙别后离情和家务私事。兄长对此也深有歉意，每一次都将弟弟送到门口。28 日那天，张学良在大门口拉住弟弟的手，说："我们有的是时间。这里，我有些事，一时还不会离开南京。"

此时，两兄弟哪里料想得到，北极阁一别，再见面谈何容易！

"京中空气甚不良"

回到南京的蒋介石，很快便弄清自己仍然是国民党的最高权威。

26 日回南京的当天，蒋介石略事休息，便发出了一系列的命令：

解除何应钦讨逆军总司令之职，让代理行政院长的孔祥熙归还其职；让驻陕甘一带的中央军加强戒备；准备召开中央党部大会；令张学良写请罪书……

但让蒋介石费神最甚、思考最多的，是如何尽快地从西安事变所跌跟头中真正翻转过来，从挫折中重塑个人的历史形象，进一步神化、圣化自己。

他不能不去想张学良……

蒋介石眉头紧蹙，牙关咬紧，阴着脸面向墙壁。现在，该是他从容不迫地收拾这个副总司令的时候了。

26 日晚，蒋介石召来他的私人秘书，素有"文胆"之称的陈布雷，将头天晚上在洛阳口授的《对张、杨的训词》交给他，要他"连夜慎定"，尽早公开发布。

27 日，蒋介石分别给国民党中央和国民政府递上呈文，称：

> 此次西安事变，皆由中正率导无方、督察不周之过，业经呈请钧会（府）准予免去本兼各职以明责任，定蒙钧察。查西北剿匪副司令张学良，代理总司令职务，而在管辖区内，发生如此剧变，国法军纪自难逭免。

随这张呈文附上的，还有张学良在北极阁所写的《请罪书》。

所谓"引咎辞职"，不过是蒋介石故作姿态要表现的"风范"而已，整个国民党内，有谁敢对他的去留发表意见。29 日，国民党召开第 31 和 32 次中央常务委员会，对蒋介石自请处分一事，不仅"着毋庸议"，还予以褒奖，慰励有加，准假一月，以资休养。

而对张学良，由于蒋介石的呈文中有"国法军纪自难逭免"一语，同时又不言自明地附上了张学良的《请罪书》，因此常务委员们颇能领会蒋介石的苦意，对张学良群起攻之，没有经过讨论便作出了"交军事委员会依法办理"的决议，并指定国民党元老李烈钧为审判长，陆军上将朱培德和鹿钟麟为陪审官。

南京的空气渐变紧张，这一点张学良已经觉察到了。

26 日下午，曾在张学良手下，在东北负责金融财政的荆有岩、鲁穆庭到北极阁来看望少帅。老友重逢，张学良显得十分高兴，说西安事变是"为国家的抗日办了件大事，蒋答应一致抗日了"。被问及何时返回西安时，张学良十分肯定地说："我明天就要回去。"

仅仅相隔一天，荆有岩再见到张学良时，便发现他的情绪变得有些低沉了。在送客出门时，张学良心绪不佳地告诉荆有岩："我尚有事，今天走不了啦，要等几天。"

"等几天"会有什么后果，张学良绝然没有料到。27 日深夜，他灯下挥毫，给杨虎城写信道：

虎城仁兄大鉴：京中空气甚不良，但一切进行，尚称顺利，子文及蒋夫人十分努力，委座为环境关系，总有许多官样文章，以转圜京中无味之风，但所允吾等者，委座再三郑重告弟，必使实现，以重信义。委座在京之困难，恐有过于陕地者，吾等在陕仍认蒋先生是领袖，此地恐多系口头恭维，而心存自利也。此函切请秘密，勿公开宣布，恐妨害实际政策之实行，少数人密知可也，此请

大安

弟良顿首

二十七日夜中

张学良在信中还处处为蒋介石着想，他全然不知，这位"委座"已开始对他下手了。

实际上，从 25 日飞机离开西安地面起，张学良便失去了自由。

12 月 24 日，即放蒋介石的头天晚上，刚从西安返回南京的军统局头子戴笠便找来了特务队队长刘乙光，兴奋异常地指示他，立即从特务队中挑选十个机灵可靠、仪表周正的人，穿上蓝色中山服，佩带左轮手枪，由刘乙光亲自带队去北极阁宋子文别墅，预备为即将到南京的张学良进行"保护性"警戒。

张学良一到南京，便处于层层监视之中。

自 12 月 28 日起，一般人已不能随意去看望张学良了。

但是，在南京的东北知名人士阎宝航例外，一来他和张学良相识已久，二来亦是出自宋子文的安排。在去北极阁的路上，阎宝航便预想到，既是宋部长的通知，他难免不会承担某种使命。

果然，一进大厅，宋子文便迎上来对他说："我同蒋夫人、张副司令已经商议妥，请你去一趟西安，说张副司令几天内就回去。另外，副司令有一封信带给杨虎城先生，请他把扣在西安的 50 架飞机放回来。要抗战嘛，飞机是离不了的。"

然后，宋子文方把阎宝航领进张学良的小客厅，自己避到了一旁。

简单寒暄两句后，阎宝航说出了最关心的问题："宋先生方才让我

给西安传话，说你几天之内就回去，是不是真的？"

张学良沉默一阵，很凝重地说："我这次举动是为了国家，也为了领袖，他们对我怎样，我不在乎。"说完，暗示性地用手指向西北方向，轻轻补了一句，"他们若不让我回去，那边能答应吗？"

阎宝航自然理解了张学良的意思。在西北有东北军、十七路军和红军组成的"三位一体"武装，他们的存在，是他不会失去自由的保证。

看望过张学良，阎宝航又去见了宋美龄。第一夫人由于在西安期间的卓绝表演，受到上上下下的赞扬，颂歌响不绝耳，因而成天里春风满面、容光焕发。一坐下，宋美龄便说道：

"阎先生，西安这次差点就弄出了大乱子，委员长、子文，还有我都吃了苦头，现在总算是大乱初定了。你到了西安，请务必告诉东北军和西北军的头头们，张副司令用不了几天就会回去，大家一定要平静，凡事多想想，不要再生出事情来。"

"夫人，"阎宝航心里老是放心不下，又迫不及待地问道："先前宋部长也对我说，张副司令很快就回西安，这有把握吧？"

宋美龄不禁笑起来："怎么，还信不过我和子文吗？我们去西安的时候，汉卿以礼相待，守了信用。现在，我们怎么会回过头去整汉卿呢？"停了停，她又宣誓似的说："我们宁可牺牲一切，也不会对汉卿失信。"

在送阎宝航出门时，宋美龄又略略驻足，要阎宝航带话问候杨虎城的老母亲。"这个话你一定要给我带到哟。"宋美龄在门口向阎宝航挥手告别。

到底是女人家，心真是细啊！阎宝航心中一阵感叹。

蒋介石要做什么文章？

南京的这个冬天，似乎显得特别冷。虽然还未到隆冬季节，但人们已经预感到，他们将要面临的，是一场将冻裂大地的严寒。由于连着下了两天雨，整个城市沉浸在泥污和潮湿的空气中。每吹过一阵寒风，发黄的树叶便猝然脱离树枝，像一群失了方向的飞鸟，在空中摇荡飞舞，为本来就显得暗淡的城市，增添了阴郁的情调。

在灰色天空的笼罩下，人们的心情，也变得沉郁，很难舒展开来。

29 日，国民党中央常务委员会作出审判张学良的决议后，许多人大吃了一惊。

当然，最为吃惊的，莫过于张学良本人和宋子文了。当天，张学良便换穿便服，驱车到蒋介石官邸，求见委员长。足足过了半个小时，蒋介石仍未出现，只有一名侍卫从楼上下来说，委员长身体不佳，请张副司令先回去。

张学良恼愤不已，要来纸墨笔砚，匆匆写下了几句话：

委座：

适来未蒙接见为怅，今后苟有利于国者，虽万死不辞。

张学良刚去不久，宋子文又进了门，直冲冲便上楼来到蒋介石的办公室。"委员长，你不放张学良回去，你说话算数吗？这对中外影响都不良呀！"

"汉卿犯上作乱，应交法庭审判，不这样，我还能当委员长吗？"蒋介石不轻不重地拍了一下桌子。

"你不讲信用，叫我怎么做人！"宋子文用力跺了下地板，脸色变得铁青。

"这不是我一个人说了算的问题。军事法庭一定要开！放他走，南京这帮人会怎么说？以后我在他们面前还有什么威信？"

宋子文勃然大怒，也不管面前是妹夫还是委员长了。"你不要做人，我是要做人的！你碰汉卿一根毫毛，我就把全部内情公布于世，不仅让国内老百姓知晓，而且向全世界发布新闻，让外人也可以了解你！"

蒋介石像没听见一般，背转过身不予理睬。宋子文喘着粗气，转身即走，出去时将门摔得"嘭"地一响。

从 29 日下午起，蒋介石的官邸就一直没清静过，前来为张学良说情的人络绎不绝，其中绝大多数是国民党内的元老。蒋介石见也不是，不见也不是，左右为难，难于应付，第二天便悄悄避居到颐和路陈布雷的寓所内了。

但有的人却是不能不见的。

30日，被任命为会审张学良的高等军法会审判长的李烈钧拜见蒋介石，就很顺当地被领到了颐和路。

在国民党内，李烈钧和于右任一样，是元老。辛亥革命前后，他追随孙中山，曾出任大元帅府的参谋总长。1922年，张作霖依靠军事实力，宣布东北"独立"后，曾派人与时任广州护法军政府大元帅的孙中山进行联系，具体接洽人便是李烈钧。因此，张学良一直将李烈钧视作长辈。

李烈钧同意出任审判长，是不得已的事。但既然做了，就得一方面要蒋介石满意，一方面又不致引起公愤，让此事坏了名节。从其本意讲，亦想借此机会，展现委员长的宽宏大度，使西安事变有个里外圆满的尾声。因此，一坐下来，李烈钧便陈述了他对审判的基本想法：

"张学良策动事变，劫持主帅，自然是叛逆行为，但悔改及时，又亲送委员长回京，愿委座念惜他国恨家仇在身，有对国事偶生幻想的心理基础，恕其过激，宽大为怀，赦免对他的处分，让他回西安戴罪立功。"

一番话说完，坐在椅上的蒋介石直愣愣地一言不发，让李烈钧揣摩不透心思，只好又硬着头皮借用典故，说起齐桓公不计管仲对他有射钩之仇，晋文公免恕寺人披的数度谋害之事。"委员长，我看这两个典故可否作为本案的参考，请您核示。"

蒋介石仍是沉默。过了好久，才干咳两声，说了六个字："君慎重审理之。"说完，便不再置一词。

李烈钧只得告辞。

屡次求见委员长都遭拒绝，令张学良心情变得郁闷。

自离开西安后，张学良对蒋介石可谓唯命是从：让杨虎城放人，放飞机，写请罪书，领受《对张、杨的训词》的责斥……蒋介石的一切条件，他都毫不犹豫地答应，为的是维护他领袖的面子，让这场事变有个完美的结局；可是现在，五六天过去了，回西安的日子似乎还遥遥无期。

蒋介石究竟还要拿他怎样呢？

张学良百思不得其解。从28日起，探望的人已逐渐减少，到30日，他同外界几乎已没有任何联系。站在楼上，可以望见宋公馆四周穿蓝色中山服的特务来回逡巡，连夜里也如此。宋子文曾忍耐不住，冲下去对特务们大声呵斥，特务们却面有难色地回话：他们是在执行委员长的命令。

是啊，蒋介石究竟要在他身上做什么文章呢？

30 日下午，宋子文再度驱车去见蒋介石和宋美龄，很晚才回到北极阁。看见他一脸沉郁的模样，张学良便知道，一定是有了什么坏消息。

果然，宋子文一坐下，便垂着头对张学良说："汉卿，有件事你听了不要激动。西安的事情，委员长面子上很不好过，反复考虑，觉得还是要走走过场。军委会明天上午要组织对你进行审判，走走形式，审判一完，就马上宣布特赦。"

张学良虽然早已有思想准备，但怎么也没想到，他将面对的，是军委会的军事法庭。要在往日，张学良一定会拍案而起，怒不可遏，可是，一连几天来的沉郁和对西安方面的挂念，已使他对个人的遭遇不再那么敏感和冲动。听宋子文说完，他一声不吭，默默地坐了一阵，然后，又默默地回到自己房间。

他就这么默默地度过了一个不眠之夜。

一场闹剧：军法会审

鸡鸣寺果真名不虚传。天色未明，薄薄的晓风正卷动天边上的一层黑幕，一声鸡啼，唤起了古寺里一声沉重的钟声，在寂寥的山谷溅出一串悠悠颤颤的回音。

钟声刚一响，张学良就翻身起了床。看看窗外，夜色尚未褪尽，他在床头愣愣地坐了一阵，这才走进了盥洗间。

宋子文也起得很早。穿上衣服便走进张学良的房间，默默地注视着他洗漱、穿衣。与往天他那种雷厉风行的作风不同，张学良今天的每个动作都显得十分迟缓，十分认真，好像衣服的每一条折皱里，都蕴涵着无比的深意。宋子文自然明白张学良的心思，因为今天的每一件衣服，都取自临上飞机前赵四小姐赶着送来的那个皮箱。

早饭是在沉默中吃完的。直到要离座了，宋子文才说了一句："汉卿，今天我陪你去。"

张学良转眼望了望宋子文，见他眼里满是愧疚，嘴唇翕动了一下，但终又未说出什么，只轻轻地点了点头。

回到屋里，张学良又打开皮箱，从中抽出一个小皮包，塞进内衣，然后展开那件叠得整整齐齐的呢子军服，上面一级上将的徽章和一排排勋条闪闪发光。

穿好军装，张学良又蹬上锃亮乌黑的马靴，扎上武装带，漂亮的小手枪斜佩于腰间。一切收拾停当，他转向壁上那面宽大的穿衣镜，从中看见了自己精神抖擞、威武凛然的英姿，似有些满意地点了点头。

这是他来南京后第一次佩戴全副武装。作为一级陆军上将，号令数十万大军的统帅，他希望在法庭上展现出他将军的威势。这一点，他相信，不是几句胡诌瞎扯的审判词所能夺去的。

"什么时候走？"他转身问宋子文，同时在腰间拍了拍手枪。

"等一会儿……"宋子文说着坐到近旁的椅上。"他们会来人接你。"

"谁来？是李烈钧吗？"

宋子文露出一丝苦笑。"不会的，他是审判长，他不会来的。"

"那会是谁？"

话刚说完，门口响起一声"报告！"两人回头，见一个佩有中校肩章的副官跨进门来，后面紧跟着一个宪兵。

没等宋子文问话，副官已双手递上一纸公文。宋子文慢慢拆开，脸上陡然变色，张着口说不出话来。

张学良一见，跨上两步将公文夺过，见上面印着两个大字"传票"，脸上肌肉忍不住一抖，脸色由红转白，又变为铁青，两眼怒视着中校副官，直把他盯得低下头来。

"啪"的一声，张学良将传票愤然掷于桌上，大步走向了门口。

汽车疾驰一阵，在军事法庭外停下。张学良朝法庭望了一眼，见门内门外如临大敌，戒备森严，不禁冷笑了一声。

刚进入候审室，一名宪兵便迎上前，木然地说："按照法庭规定，请您摘下领章、肩章，还有腰间的手枪。"

有生以来，张学良还未受过此等侮辱，一股怒火直冲脑际，令他雄狮一般，怒视着宪兵。大概是从未受过如此高官阶的将军的逼视，宪兵怯懦地侧了侧身子。

张学良解下佩枪放在桌上，然后昂首挺胸，大踏步而入。

10点钟，李烈钧与参加会审的人员纷纷入座。担任审判官角色的鹿钟麟走进候审室，先同宋子文握手，然后又转向张学良，说道："汉卿，今天开庭，我们都知道，你有你的难处，你有什么话上去尽管说。"然后，又同张学良握了手。

审判长李烈钧坐定之后，望了望两旁，见审判官、军法官和书记官均已入座；他又望望下面的观审席，人数不算多，占了席位一半不到，几乎全是南京政府内坚持要严惩张学良的一批官员，再就是负责法庭安全的便衣军统特务。在前排和两旁有几位记者，正在摆弄照相机和拧动笔套。

见一切都已布置停当，李烈钧一声干咳，宣布开庭，并呼："带西北剿匪副总司令张学良到庭。"

候审室大门蓦然打开，张学良气宇轩昂，阔步迈入庭内。观审席上顿时起了一阵骚动和议论。

张学良很随意地朝观审席瞟了一眼，回头向审判长和审判官恭敬地行了军礼。

毕竟这是一个任一级陆军上将的非常"犯人"，法庭早已在下面安放了一张木椅和一张小桌。张学良敬完礼，李烈钧扬扬手，示意张学良在椅上坐下。

张学良却毫无落座的意思，以军人的姿态直立，望着审判长。

李烈钧咳了一声，戴上老花眼镜，打开早已备好的卷宗，高喊了一声："张学良！"

张学良依然直立，毫无反应。

沉默的回应反倒使李烈钧的气势减了许多。他早已知道，今日的所谓"审判"，不过是为人作"嫁衣裳"，审判得越成功，不过是使将来蒋介石的赦免更显得宽宏仁慈而已。于是也就照本宣科地继续发问："你是张学良吗？"

没有回答。

"是不是弓长张的张？"

仍没有回答。

气氛已逐渐变得尴尬，但程序又不能不走到。再往下，李烈钧的语气已变得有些木然。

"是不是学而时习之的学？是不是良知良仁的良？"

"今年多大年纪？"

"何方人氏？"

"父母在否？"

"妻室姓氏？"

"子女若干？"

李烈钧空洞的声音在法庭回响，张学良一动不动，唯一的反应是一脸轻蔑的冷笑。最后，终于憋出一句："随便好了。"

李烈钧侧过头，向书记官扬扬手，意思是让他代为填写上张学良未予回答的以上问题，然后面向张学良，语气变得温和了："张学良，你坐下，慢慢回答。"

张学良又敬了个礼，坐到椅上，胸脯仍高高挺起。

"张学良，你知道你犯了什么罪吗？"李烈钧又开始问。

"我不知道我犯了哪条罪。"

李烈钧翻开陆军刑法，举起来朝书上指了指。"陆军刑法的前几条，你都犯了。你身为军人，本应以服从为天职，为何劫持统帅，躬行叛乱？"

张学良一声冷笑，神色自若地回答："审判长，您这个问题实在太大。一切详细经过，请您去问蒋委员长，他知道得一清二楚，在这个地方，我不便详说。"

张学良的话，李烈钧自然无法回答。头天请示蒋介石，他只抛下了一句"慎重审理之"，未作任何明示。此时此地，他这个"代人受过"的审判长，又如何能得知西安半月的诸多详情呢？于是，他只得十分被动地点了点头，示意张学良继续说下去。

见李烈钧等人哑然，张学良忽然豪气腾起，大声说："不过，有一点我必须在这里言明。我并非劫持，而是出自对他的爱惜，也绝非叛乱，而是为了维护国家。我在西安的行动，不过是对当前的国策提出我们的主张和意见，倘若真是劫持、叛乱，那委员长能平安回到南京吗？我张某人会跟着他一起来吗？"

现在轮到李烈钧哑然了，会场上开始出现交头接耳的骚动。

张学良既已开口，便如决堤之水，一泄而不止。

"在'双十二'前七天里，我数度赴辕劝导，哭谏委员长，最后不得已而起兵谏，说到底，只为了八个字：停止内战，一致抗日！诸位先生女士，日寇入侵，我东北三千万同胞沦于水深火热之中，东北军全体官兵流亡关内，情况之惨，哀声之烈，想审判长和审判官都有目共睹！"

张学良毫无惧色，言语铿锵。后来李烈钧在汇报审判的情景时，披露了当时的心中所想：真不愧是张作霖之子！

但身为蒋介石指定的审判长，总不能拿张学良这些富于煽动性的话去交差啊！于是，李烈钧打断张学良的话，问："你们拥兵叛乱，胁迫统帅，是受人指使，还是你擅自策划？"

张学良坦然一笑，说："当然是我自己的主张。我所做的事，自然出自我本人的主张，不是任何人所能指使的。"言毕，又直视着李烈钧，"我有句话，想问问审判长，不知可否？"

李烈钧回答："可以。"

"民国二年，审判长曾在江西举兵申讨袁世凯，有无其事？"

"有其事。"

"你当时为的是反对袁世凯施行专制，对吧？"

"是的。"

"那么我在西安的举动，正是为了谏正中央的专制独裁。"

此语一出，李烈钧大惊，连忙打断张学良的话，大喝："胡说！委员长人格高尚，事业伟大，袁世凯怎能望其项背！你不自思反省，自寻末路，胡说八道！"

李烈钧为张学良言语所激，却又说不出个道理，只得声色俱厉地连声责斥。他患有高血压，几句话一说，脸便涨得通红，法庭气氛也变得紧张起来。朱培德、鹿钟麟怕事情弄僵，反倒使审判不好收场，于是，便请李烈钧暂时退庭休息。

片刻之后，重新开庭。李烈钧正颜厉色地问张学良道："你在西安所为的根本目的究竟何在？是否有颠覆政府的意图，应据实招供，否则对你不利。"

鹿钟麟这时也插上话，温和地说："汉卿，审判长待人宽厚，切勿失去这个良好的机会。"

张学良沉默一阵，终于说道："好吧，我就把我这次西安的事作一个总答复。"说完，站起身，两手按在桌上，侃侃而谈起来：

"这回的事，由我一人负责。我对蒋委员长是极信服的，我曾将我们的意见，前后数次口头及书面上报过委员长……我们痛切地难过国土年年失却，汉奸日日增加，而爱国之士所受压迫反过于汉奸，事实如殷汝耕同沈钧儒相比如何乎？我们也无法表现意见于我们的国人，也无法贡献于委员长，所以用此手段以要求领袖容纳我的主张。我可以说，我们此次并无别的要求及地盘金钱等，完全为要求委员长准我们作抗日的一切准备行动，开放一切抗日言论，团结抗日一切力量起见。我认为目下中国不打倒日本，一切事全难解决。中国抗日非委员长领导不可，不过认为委员长还未能将抗日力量十分发扬，而亲日者之障碍高过于抗日者之进行。……我此次来京，也有三点意见：（一）维持纪律，不隳我中国在国际之地位；（二）恢复及崇高领袖之尊严；（三）此事余一人负责，……我并无一点个人的希求，一切的惩罚我甘愿接受。我写给委员长的信，不知道他要发表的，否则我不写。原先我们也想不是这样做，因为事情紧迫，无法才做出来的。

"……我始终是信佩委员长的，而且看见他的日记和电文更加钦佩。但对亲日者更加认识……至于我个人生死毁誉，早已置之度外。……如不是崇信蒋先生之伟大精诚，而其他如中枢怎样处置，那我是不在乎，也可说不接受的。我对于我们之违反纪律之行动，损害领袖之尊严，我是承认的，也愿领罪的。我们的主张，我不觉得是错误的。"

张学良的一番话，说得如此爽直，如此坦诚，法庭内像有什么涤荡而过，顷刻间变得鸦雀无声。

张学良说完，即坐回到椅上，但顷刻间，他又站起，意犹未尽地说："审判长，审判官，诸位先生、女士，我张学良活在世上，至今已36个年头，对国家民族虽无建树，但有一点是问心无愧的，西安事变完全是为抗日而发，绝无半点私心！"

"张学良，你口口声声为了抗日，东北是怎样丢失的，你难道不知罪吗？"李烈钧又转了一个话题。其实，这已与今日的审判无关了，但西安事变的话，已让张学良说尽，作为审判长，他无论如何不能让这次审判以张学良的雄辩收场。

不料，他这两句话不提则已，一提顿使张学良满脸通红，青筋暴起，啪地一拍桌子，愤然立起。

"既然审判长提到东北的丢失，那我就不能不回答了。"张学良侧过身，向观众席扫视了一圈，大声说："自'九一八'日寇侵占我东三省后，全国民众无不骂我为不抵抗将军，说我畏惧日寇，不敢抗日。连元老马君武先生也写诗骂我、责我。几年来，我一直背着黑锅，隐忍不言。为什么？就是为了维护领袖的威信、中央的权威。可事实上，日本觊觎我中华领土宝藏，非起自一日，亦非源自东北，中央抵抗了吗？有人宣战了吗？时至今日，我们对日本的飞机大炮不还在寄望于国际联盟的调停吗？东北的不抵抗命令固然是我张学良下的，但源头不起自于中央，不起自于委员长吗？"

张学良话音刚落，法庭内像猛然掠过一阵狂风，人人都震惊不已。李烈钧慌了，连忙喝问张学良道："法庭场所，你不得胡言！刚才的话，关乎中央，须得有证据！"

张学良哼了一声，"关于对日策略不得动以武力，应尽力避免冲突这样的话，在座的各位都是中枢要员，党国干城，难道你们听得还少吗？"张学良环顾面前众人，目光中透出逼问，弄得包括李烈钧在内的诸位审判官都将目光转向一旁。

庭上陷入片刻沉默。

张学良解开纽扣，掏出出发时装进的小包，掏出两封电报来。"既然主审官要我拿证据，那我就不妨给诸位看看。这就是当时中央发给我的电报。"张学良扬扬手中的纸片，接着便大声读道：

"无论日本军队此后在东北如何挑衅，我方应不予抵抗，力避冲突。吾兄万勿逞一时之愤，置国家民族于不顾"。

这便是后来被史学家们称作"铣电"的文字。

第一封电报念完，法庭内已是一片混乱，有人向张学良投去谅解的目光，有的则开始骂起发电报的"中央"来。李烈钧也惊住了，他完全没料到审西安事变审出个"铣电"来，罪名一下子都移到了中央和委员长身上。直到张学良打开第二封电报，又准备开念时，李烈钧才清醒过来，制止了他："与事变无关的材料交由本庭处置，不得当庭公读！"

张学良一声冷笑，收起电报，但激愤之情再也遏止不住，又继续滔滔陈言："身为军人，我不得不执行中央的命令，将军队挥泪撤入关内。为了平息公众的唾骂，维护中央威信，我一人承担了不抵抗的罪责，被迫下野出洋！"

说到这里，张学良已是声音颤抖，热泪盈眶。观审席上鸦雀无声，所有的目光都集中在这位少帅身上。

"回到国内，我又一再向中央表达抗日之心，盼望领袖以其绝对权威领导抗日。可是，中央却置之不理，最后命我把军队撤往华中。'双十二'之前，我到委员长面前再三陈词，苦谏哭谏，却遭受严厉斥责，甚至准备将我无家可归的东北军调往福建。在此情之下，我为了震醒领袖，实现抗日之愿望，不得已而行兵谏，之后又亲送委员长安然返京。请问，我张学良哪里是不抵抗将军，我做的哪件事不是为了维护中央！"

讲到这里，张学良仰首向天，喟然长叹一声。"眼看我中华民族党已不党，国将不国，兵连祸结，政以贿成，国内同胞自相杀戮，而日寇却坐收渔利！我张学良受命于民，握有重兵，不能眼看手足相煎，国土日丧。西安之举，我意在拥戴领袖，联合抗战，耿耿之心，天日可以为证！"

张学良一声歔欷，戛然而止，而其凛然浩气和其铮铮之言，却似凌空骤风，在法庭内久久回响。

"代人受过"的审判长和审判官早已哑然无声，李烈钧张了几次口，却无一语道出。几个人尴尬相顾，唯恐再引出什么令法庭难堪和有损蒋介石的话来。于是，李烈钧从卷宗内掏出早已拟好的判决书，神情木然地宣判道：

"张学良首谋伙党，对于上官暴行胁迫，判处有期徒刑十年，褫夺公权五年。"

"照本宣科"完毕，李烈钧连忙站起，宣布退庭。

一场闹剧就此收场。

后来，李烈钧私下里谈起这次高等军法会审时说："那简直是演戏，我不过是奉命扮演这幕戏的主角而已。张汉卿态度光明磊落，对话直率，无所畏惧。"

鹿钟麟在回忆当时情形时，也不禁连连摇头："所谓高等军法会审，只不过是蒋介石所玩弄的一套把戏，立法毁法，在其一人。"

审判结束，七八个持手枪的军警一哄而上，将张学良正式"逮捕"，押送至和平门外的孔祥熙别墅，由特务宪兵看管。宋子文紧随而至，却被堵在门外，不许入内，气得他连连跺脚。

但蒋介石的戏还没有演足。审判结束后两小时，蒋介石即向国民政府递交了特赦张学良的呈文，罗列了一大堆理由。

1937 年 1 月 4 日，国民政府委员会举行会议，发布如下命令：

> 张学良处十年有期徒刑，本刑特予赦免，仍交军事委员会严加管束。此令

张学良从此失去了自由！

没有料到这一步

"特赦令"一公布，几乎所有人都吃了一惊。面对那张惨白的纸，张学良瞠目结舌，脸色骤变，独坐屋中，久久不出一语。

在这时，他当然还未能全然看透"严加管束"的含义，但透过短短的几句话，他已知道，回返西安，"戴罪立功"，收复失地，喋血故乡的愿望，已告烟散，化为泡影。

宋子文和端纳在军法会审后，一直以轻松的心情等待蒋介石的特赦。他们万万没想到，在那张公告上，还会有"严加管束"这一句，就连宋美龄也颇感意外，良心有愧。在西安，他们三人曾在张学良面前再三担保，信誓旦旦，一定会严格遵守所定的协议。现在，协议还未及执行，蒋介

一纸特赦令并没有给张学良带来自由，反倒成了他漫漫幽禁的开始。

石却幡然变卦，对张学良来了个长期扣留，他们如何面对张学良？如何面对杨虎城、周恩来和西安的将士？又如何向于凤至和赵四作出解释？

"特赦令"公布的当晚，宋子文便去了蒋介石官邸，同这位"委员长妹夫"大闹一场，愤然而归。回到北极阁，他神情黯然，不吃晚饭，连水也不喝，房间里只传出他来回踱步的脚步声和一声声沉重的叹息……

和平门外的孔公馆，原是孔祥熙一家的居处，雅静富丽。为关押张学良，房子早已腾空，31日公审一完，张学良便被押到了此处。对于这个特殊的"犯人"，当局也予特殊的待遇，戴笠指派手下15名军统特务和7名宪兵，将院内院外警戒得严严实实。大门口还专门配置了一部电话，随时可直接同戴笠本人联系。

第二天一早，宋子文、宋美龄和端纳这三位西安事变中的当事人物，相继来到孔公馆，安慰张学良。

二楼的客厅内，所有窗户都被黑纱窗帘遮得严严实实。身穿毛背心的张学良伫立窗前，透过黑纱望着影影绰绰的屋外。他那张英武的脸上，此时布满了凄楚与悔恨，曾展现着他旺盛生命力的眉宇，像猛然间遭受了无情岁月的摧残，紧紧地锁拢一处，使他看上去一夜间就老了许多。

　　客人进门了，张学良只转过身，脸上毫无表情，目光虚茫地看着别处。

　　屋里出现了难堪的沉寂，人人都有满腹的话语，可此时此刻，却无从说起。

　　宋美龄显得尤为尴尬。蒋介石的这一招棋连她这位第一夫人也始料不及。在离开西安的飞机上，丈夫曾两度回头瞥视张学良，当时她心里就有某种预感，但想到委员长总算是从张学良手中走脱的，而且少帅又亲送回京，蒋介石再狠也不至于恩将仇报；回到南京的第二天，蒋介石听说有许多军政大员、新闻记者都去看望张学良，连许多群众都争相去瞻仰少帅的风采，当即就骂了声"娘希匹"！过后又恨恨地说："把他捧成民族英雄，我成了什么？"宋美龄一听，便感觉有些不妙，开始为张学良担心；也是在这天，冯玉祥去看望蒋介石，言谈中，蒋介石突然冒出一句："我哥哥蒋介卿，可是为西安事变而死的了！"原来蒋介卿得知蒋介石在西安被扣之后，惊骇失措，从凳上跌下，中风休克，三天后即过世。蒋介石对冯玉祥说这句话时，宋美龄也在座，心中暗暗为张学良捏了把汗。

　　现在，她的这些预感应验了。她为丈夫的背信弃义感到愧疚，可是在明里，她还得千方百计维护丈夫的威严！

　　屋子里的沉默渐渐转化成张学良无声的谴责，也开始让几位客人如坐针毡，极度不安。宋美龄暗暗向宋子文使了个眼色，示意由这位胞兄来打破难堪的沉寂。

　　宋子文也早已受不了屋里令人窒息的空气。会审的事是由他通知张学良的，当时以为这只不过是个形式，好让蒋介石有个下步的台阶。只要特赦令一下，便可"一言解千愁"，于蒋介石，是表现了领袖的宽宏大度；于张学良，也算过了"负荆请罪"这一关，迅速返回西安，重整旗鼓，驰骋疆场。西安事变的"一捉一送一放"，便可成为千古美谈。他怎么也没料到，结局会是如此的残酷，令他苦不堪言。

　　宋子文缓缓站起，走到张学良跟前，但却迟迟开不了口。在外人眼里，宋子文是蒋介石的"洋宰相"和"财政大臣"，又有妻舅关系，裙带密切，蒋介石对他，向来都是言听计从。他和张学良又是意气相投的朋友，蒋介石早就一清二楚，因此在政治上充分利用宋子文来拴牢张学良，而张学良又需要通过宋子文来靠拢蒋介石。逢有难以处置的重大问题，蒋、张二人莫不是通过宋子文这个"中间人"来进行。在蒋介石决定采取对日不抵抗政策前，便由宋子文出马，为蒋、张安排了石家庄密谈；逼张学良下野亦是让宋子文先给张学良做好工作；张学良下野出洋之前，宋子文帮助他在上海戒掉了毒瘾，并为他办妥了赴意大利的一切手续。长期以来，张、宋二人之间已结成了朋友加兄弟的情谊，凡是宋子文的主张，张学良一般都予采纳，即使此事可能威胁到他自己的前程声誉也无所顾惜。在西安，要不是宋子文再三担保蒋介石答应的协议和他到南京后的安全，张学良何至于轻率盲目地演出"亲送"一幕。而现在，所有的担保，所有的誓言，都被蒋介石的"严加管束"粉碎了，现在在张学良面前，宋子文又如何能够启齿？！

"汉卿，"宋子文终于开了口，但这声音连他自己听来都感陌生，"我没有料到有这一步……"

"我早该料到有这一步！"张学良突然大声嚷道，客厅被震得嗡嗡作响。"当时在西安我如果不冒险送他回京，日后早晚也会有变化。不说别的，单说东北军的几十万将士，个个都有国仇家恨，我自己也会控制不了。不过委员长这一手，更暴露了他的为人！"

"汉卿，"宋美龄连忙岔开话题，"这事会过去的，趁这个机会，你好好休息一下。"

张学良没理会宋美龄，继续说道："我个人是很渺小的，如何处置我，我可以不计较。只要委员长能认清大局，不反悔在西安达成的条件，大家一致对敌，领导民众抗日，我也就了却心愿了！"

"汉卿，"宋美龄又欲转开话题，想使谈话变得轻松一些。"你看是不是找个什么清静的地方，好好歇一歇，这些年，你也……"

"你说得这么轻松，汉卿他现在已没有自由了！"宋子文猛打断妹妹的话，撩开窗帘，指指外面来回走动的特务。"他蒋委员长这种行为，简直没有人的基本信义。你也来帮着他说话，我为你感到难受！"

宋美龄十分尴尬，眼圈发红。

"我要说的话，同子文一样！"端纳也显得怒气冲冲。这次西安事变得以和平解决，端纳立了大功。一回南京，蒋介石便论功行赏，授予

对蒋介石的背信弃义，宋美龄也深感无奈。

他一枚最高宝石勋章。此时，这个奖赏已成为一种讽刺，使得他摊开两手，连连摇头。"我怎么也没有想到蒋先生会是这样一个人！我在中国几十年，为中国人重信厚义深深折服。这一回，我冒着风险，三进三出西安，自以为做了一件好事，可是却伤了汉卿，犯了个大错。我过去很自负，为自己做过汉卿的顾问、后来又做蒋先生的顾问而感到光荣。现在我才明白，他把我只看做了一本字典，一根手杖，我为这个感到痛心，恨自己错看了人。"老人说到这儿，已经自持不住，眼泪顺着脸颊直往下淌。"汉卿，我已想好了，我这个顾问是没法当了，我想过一段时间，就离开中国。"

"不，端纳先生，"张学良为端纳的话所感动，上前握了握他的手。"错看人的应该是我，这么多年来，我一直在同一个毫无信义可言的人大讲信义！"

说完，张学良走到壁橱前，倒了一杯白兰地，仰首一饮而尽。

1937 年 1 月 1 日下午，蒋介石官邸。

身穿长袍马褂的蒋介石坐在炉前，捧着一本书，似看非看，一脸的惬意。短短数日之内，天下震惊的西安事变，便被他一手按平。该赏的赏了，该罚的罚了，他领袖的威望不仅没有受损，反而受到政府内外的褒奖。西安的"三位一体"，早就是他的眼中钉，现在，扣押了张学良，东北军群龙无首，三足已损一足，那两足也就自然难以挺立。半个小时前，他才又召见了朱培德、顾祝同、熊式辉、朱绍良、林蔚几位文武大员，决定"以政治为主，军事为从方略，解决西北问题"。并令顾祝同驻节潼关，指挥陕甘军事，后撤的中央军重新开入潼关。对西北问题的彻底解决，已只是时间问题了……

"达令，"不知什么时候，宋美龄已坐到了他的身边。蒋介石一怔，回过头，见宋美龄一脸的阴郁，眼圈微红，似才哭过。

"你这是……"

"达令，这几天，子文同你吵了好几回了，他觉得自己没有办法实现在西安许下的诺言，没脸再见汉卿和其他人了。先前端纳先生告诉我，他对这个结局也很失望，打算辞去顾问，离开中国。"宋美龄抬手掠了一下额上的一绺头发，神情有些伤感。"达令，我觉得你也应该好好想想，他们毕竟为你出过力、冒过险啊！"

蒋介石用诡异的目光看着妻子，没想到她也会站到她哥哥的立场上去。"冒险，冒险，在西安有谁比我冒的险大！华清池那天早上，弹雨横飞，乱枪四射，邵元冲、蒋孝先不就被他张汉卿的部下打死了嘛！要是哪颗子弹偏一点点，打到了我蒋某人的身上，你们现在还会为张汉卿求情吗？政治是要流血的，不是靠感情来支配的！"说到这儿，蒋介石已是青筋鼓胀，呼呼地直喘粗气。

宋美龄腾地站起，绕到蒋介石面前，涨红着脸说："好歹汉卿也是个重信义的人嘛，不然，他会亲自送你回到南京？"

"我早就叫他不要来，不要来，他自己要到南京负荆请罪，我有什么话说？南京这么多人唧唧喳喳，说东道西，你都看见了听见了的，不是我一个人说了就算的！"蒋介石忍不住大吼起来。

"可你是军事委员会的委员长啊！"

蒋介石阴沉着脸，好半天没吭声。最后，终于缓和了点语气，朝宋美龄说："这件事你不要管了。我已经对侍从室说了，明天我就离开南京，回家乡溪口休息养伤。"

西安又退了一步

西安此刻已经乱作一团。

释放蒋介石完全是张学良在秘密中进行的，直到最后一刻，杨虎城才勉强地点头表示同意；中共代表周恩来、秦邦宪、叶剑英也被蒙在鼓里。他们没能与张学良道别，最后，周恩来只遥遥地注目于那架隐入云天之中的飞机。

东北军和西北军的高级将领们更是毫不知情。

当张学良陪着蒋介石一行乘车疾驰出西安北城门的时候，高崇民正奉张学良的命令，召集高级将领们开会，商议在什么条件下和什么时候让蒋介石离开西安。

会议刚开到一半，门被撞开了。东北军秘书处处长洪钫惊惶失措地告诉大家，少帅已陪同蒋介石夫妇等人去了机场，并将亲送蒋介石回南京。

这些提着脑袋跟随少帅一同举事的将领们，被这消息震惊得目瞪口呆，会议室出现了死一般的寂静。

突然，有人"哇"的一声大叫，随即爆发出呼天号地的痛哭。他们中的一些人，曾追随张氏父子南征北战，在战场上出生入死连眉头都不曾皱一下，此时却像落入深渊一般捶胸顿足地大喊："完了！完了！""荒唐啊荒唐啊！"只有高崇民强抑住了恐慌，站起身一声大吼："别闹了！副司令坦荡磊落，独闯南京，抵得住他老蒋在潼关的几十万大军！西安将因为少帅免遭战火之灾！"可是，未及把话说完，他却已声调颤抖，泪垂两行。

消息传到西安粉巷王以哲军长的公馆，王以哲当场掩面痛哭。这位保定军官学校第八期的毕业生，素来为少帅所器重，从连长、团长、师长至军长，均是张学良一手提拔，有任何军机大事，张学良也是最先与之共谋，并委以重任。在东北军军部，威望颇高。王以哲的部队数次与红军作战，接受红军的宣传与影响也最先，结果与共产党变敌为友，是东北军中力主联共抗日、结盟"三位一体"的重要人物。可是，少帅一走，他便失去主心骨，首先想到部队和自己今后的命运，想到少帅的安危和"三位一体"今后的前途，不由得使他忧心如焚、声泪俱下。

曾率兵攻入华清池捉拿蒋介石的白凤翔师长，在得知蒋介石、张学良均已离开西安的消息后，郁闷难解，独自提着酒瓶灌了个大醉，然后揪住妻子，大打出手，在一声声惨叫中发泄忧愤。

……

12月25日傍晚，天又下起了雨雪，到处是湿漉漉的一片。天还未黑尽，大街上已是行人罕见，家家关门闭户。寒冷与寂静的西安城，已处于空前的惊惶与不安之中。

26日一大早，杨虎城便收到张学良发自洛阳的电报，要他释放陈诚、卫立煌、朱绍良、陈调元四位大员回南京。

捏着薄薄的一纸电文，杨虎城颇费踌躇。从本意讲，在张学良返回西安前，他不想释放被扣的任何一人；但兵谏一事非他杨虎城一人所为，少帅虽走，东北军的诸位将领还在，若不征求他们的意见，势必会生出两军的矛盾来。于是，杨虎城下令，请东北军的两位军长王以哲、何柱国来新城会客厅商议。

果然，两位军长一见是少帅的电报，当即便表示同意释放，而且还认为，不仅要放陈诚等四位，所有被扣的军政要员都统统放走。

杨虎城面有难色，举棋不定。

东北军中的中下级军官们听说了释放南京大员的消息，大感震惊。对他们这些尚不知高层内幕的人来说，这是两天内令他们目瞪口呆的第二个"晴天霹雳"。

孙铭九、应德田、卢广绩等人匆匆赶到杨公馆，代表激进的少壮派军官们向杨虎城进言。作为少帅最信任的人之一，孙铭九坚持认为，这封放人的电报不是出自少帅的本意。

"昨天他还对我说，他到南京去的事不用担心，中央有十几位大员在西安我们的手中，不用怕。少帅显然是用这些人来作他安全的保证。一家伙放光了，少帅的安全怎么办？"孙铭九大声说道。

东北军政治处处长、少帅的私人秘书应德田也附和说："这十几个人是蒋介石的心腹，蒋介石不会不管。不见副司令我们不放人，老蒋就不敢为所欲为了。"

"可这是少帅的亲笔信，又是发给杨主任的，不放人杨主任怎么办？副司令在那边又怎么对老蒋说？"王以哲扬着手上的电报反问道。

"不能放，一放就害了少帅！"孙铭九言语沉痛，已带哭声。

应德田和卢广绩也大声嚷道："请各位长官三思，决不能先放人。我们可以再给副司令去封电报，就说请他回来亲自主持放人的事……"

"不要再说了！"王以哲一声大吼，怒视着三位手下。眼下在西安，他是张学良在东北军中的最高代表。少帅何时回返尚不得而知，若军中起了内乱，岂不坏了大政；再说，他极不愿意看到东北军中有人在杨虎城面前道出内部的分歧。王以哲恨恨地沉默一阵，又朝向三人，咬紧牙关一字一顿地说："任何人胆敢不遵守少帅的命令，格杀勿论！"

孙铭九、应德田、卢广绩脸色顿变，连杨虎城听到这话也吃了一惊。张学良在西安时，东北军的高、中级指挥官均对少帅以服从为宗旨，无一人敢于违抗命令；现在，张学良仅才离陕一日，军中便有了惊人之变，不得已用处死来贯彻军令，这不能不使杨虎城对没有少帅的东北军感到担忧。

三位军官谁也没再说话，黑着脸敬了个军礼，转身出了客厅。

望着他们的背影，杨虎城脑子里猛然闪过一个可怕的担忧：事变之后，会不会再出现兵变？

但这句话是决不可能说出口的。昨天，张学良当着众人表示，在他离陕之际，东北军由他杨虎城指挥。实际上，杨虎城非常明白，他一个绥靖公署的主任，又如何调度得了张家父子经营了几十年的东北军？看来，此事也就只能以王以哲、何柱国的意见为少帅的代言，放人吧。想到这儿，杨虎城转身望着东北军的二位军长："既然张副司令已有这个意思，我们顶住不放，会给他带来麻烦。另外我认为，那十几个家伙在西安也是个麻烦，既然要放四个，不如人情做到底，全都放光走尽！"

王以哲似乎没什么意见。何柱国又提了个建议："要放就马上放。干脆今天晚上搞个宴会，饯饯行，明天就让他们走。"

杨虎城没有说话，只点了点头。

临近中午，杨虎城亲自到饭店去看望了被扣在那儿的南京大员们，并当众宣读了张学良的电报。除陈诚等四人外，其他未在电报中点名释放的人，自然是喜出望外，连称"杨主任伟大"，并信誓旦旦地表示，回去后决不做出有负西安的事来。

当晚，新城宴会大厅里灯火辉煌，东北军、西北军的高级将领和南京大员们笑声朗朗，频频举杯，一扫半月来的惊恐与担忧。

12月27日，也就是张学良亲送蒋介石离开西安的两天之后，所有被扣的南京高级军政大员们，都离开了这个立于风雪之中的古都。

半月来变幻不定的风云总算平安结束了，杨虎城望着渐入云端的飞机，长长舒了口气。但同时，另一团阴影又从天而降，积压在他的心头：蒋介石是否会让张学良平安返回西安？

如果张学良被扣，东北军怎么办？西安的"三位一体"将面临什么样的命运？更令他忧虑的是，西北军和他自己今后将怎么办？

张学良在西安扣押的国民党大员们

"今日始知政治之残酷"

四天过去了，突然传来张学良在南京受审的消息。

整个西安顿时人心惶惶，奔走相告，不知所措。为了稳定人心，向蒋介石表示抗议，元旦那天，东北军、西北军联合在西安进行了大检阅。愤怒的士兵们紧攥着武器，高呼"打倒蒋介石！""打倒南京政府！"和"放回张学良将军！"等口号，从大街上列队而过，很有些悲壮的气氛。市民们也为之感染，群情激昂，口号声响遍全城。

但随之而来的，却是南京方面步步紧逼的军事高压。元旦之后，40个师的兵力向西安集结推进，至潼关、华阴、华县一带布阵筑垒，炫耀武力，而统率中央军的将军，几乎全是刚刚由少帅下达手谕，由西安释放的南京军事大员，如陈诚、卫立煌、蒋鼎文和朱绍良。此种情形令西安忍无可忍，与中央军决一死战的情绪逐渐占据上风，东北军、十七路军和红军三方都作了军事部署，准备对进犯的中央军予以反击。

1月5日，以杨虎城为首的八位将领，向南京发出了一封后来被称作"歌电"的电文：

> ……凡我国人均公认张副司令只知爱国，纯洁无他，苟可救亡，粉身何惜！……忆蒋委员长到京之后，曾令中央军向东撤出潼关，而离陕之前，更有"有我在，决不能再起内战"之语。乃正当蒋委员长休沐还乡，张副司令留京未返之际，中央军匪唯遵令东还，反而大量西进……如不问土地主权丧失几何，西北军民之真意为何，全国舆论之向背如何，而唯知以同胞血汗金钱购得之武器，施于对内，自相残杀，则虎城等欲求对内和平而不得，欲求对外抗日而不能，亦唯有起而周旋，至死无悔。张副司令既领罪于都门，虎城等以救之为职志，而中央犹煎迫不已，使不免于兵争，则谁肇内乱之端？谁召亡国之祸？举世自然公平，青史自召直笔也。

为了使南京对这份电报引起重视，1 月 5 日，杨虎城又派出三位代表赴南京，陈述西安的要求。三天之后，东北军、西北军 126 名高级将领联名向全国通电，完全支持八位将领在"歌电"中所采取的立场。

此时的南京政治舞台仍主要为反共人士控制。蒋介石于 1 月 2 日"告假还乡"，表面上不问政事。宋子文被排挤在政府之外。南京政府毫无按照西安协议进行改组的迹象。而极右派在南京有着较大的势力，其代表人物之一为上海市长吴铁城，他认为，所谓"联共抗日"、"组成人民阵线"等等都是共产党的幌子，他宣称："西北的中国人民很容易上当受骗，误入歧途，看不到共产主义新突进的危险。"

反对"统一战线"的人自然把汪精卫视为他们的领袖。汪精卫于 1937 年 1 月回国后，亲日派势力大增，成为压倒亲苏和亲英美派的最有影响的政治力量，而且控制着军队的实权。

蒋介石被释放之后，一直绞尽脑汁，企图摆脱他对西安方面的允诺所引起的麻烦。亲日派曾提出过对西安和共产党军队采取新的军事行动的方案，但是蒋介石的谋士们立即表示了反对，这当然不是由于他们同情西安和共产党，而是基于以下考虑：全国反对内战的呼声日趋强烈，广西的李宗仁、山东的韩复榘、山西的阎锡山、四川的刘湘、河北的宋哲元等地方实力派人物，纷纷发表声明和签署通电，坚决反对任何形式的内战，甚至表示，一旦中央军有所异动，他们将以武力抗之；第二条顾虑是，中央政府在四川存有 5000 万元的现金，在西安存有 4500 万元，并在四川的峨眉山上贮存有大量的军事装备。如果西安和四川与中央政府相抗，在财政和军事上都会给南京造成极大的麻烦。

蒋介石面临着一个巨大的烦恼：是答应西安的强烈要求，释放张学良，还是继续拖延这一政治和军事僵局。而时间已不允许他再作过多的犹豫。

1 月 7 日，已在奉化溪口老家养病的蒋介石亲笔给尚在南京孔祥熙公馆的张学良写了一封信：

汉卿吾兄勋鉴：……在乡医嘱静养，山居极简，略愈当约
兄来此同游。关于陕甘善后办法，中意：（一）东北军应集中

甘肃，其统率人选可由兄推荐一人前往率领，使免分散，以备
为国效命。（二）虎城可酌留若干部队在西安，使其能行使绥
靖职权。……请由兄手谕告虎城及各将领，勉以切实服从中央
命令，不可再错到底。……若再不遵中央措置，则即为抗命。
国家对抗命者之制裁，决不能比附于内战。而且中央此次处
置，全在于政治，而不用军事，……兄如有所见，并请酌为补
充为荷。

此信写毕之后，蒋介石专召戴笠将信亲自送到南京，交给了张学良。

南京审判之后，张学良大受打击，精神颇为沮丧，终日蒙头卧床。
饭菜端来，要么拒之不理，要么只略动一两筷子，几天下去，人就变得消瘦，
全然没有了少帅昨日那种英姿勃发的神采。

见到蒋介石这封硬软兼施的信，他半天没有吭声，只默默地坐在沙
发上，面对这信愣愣地出神。而其内心，则如江河决堤，波涛汹涌。

反复思忖之后，张学良提笔，给杨虎城写了一封信：

> 虎城兄大鉴：委座返奉化为其老兄之丧，南京之处置，有
> 多不合其意，兹由奉化七日早之函，委座亦十分难办。但此事
> 仍有转圜办法，切盼勿发生战事，在此星期容弟在此间设法，
> 委座另嘱，彼决不负我等，亦必使我等之目的可达，但时间问
> 题耳。请兄稍忍一时，勿兴乱国之机也，仍能本我等救国之苦
> 心，全始全终为祷！专此并颂
>
> 近安
> 弟　良顿首
> 七日

写完，张学良放下笔，又对信反复斟酌了好一阵。在他看来，他的
被扣和南京方面对西安重新进行军事威胁，不完全是蒋介石的本意；于
他自己而言，认为内战会有损国力、不利于抗日；倘若内战再起，人们
必然看做是他发动西安事变的后果，为万人所责怨，于是，千方百计要

张学良被审后囚禁于孔祥熙公馆

杨虎城不要诉诸干戈。

接下来，张学良又写了两封信，一封给东北军诸将领，一封给杨虎城并东、西北军各将领，除了陈述他不愿看到西安出现战事外，又嘱众将领释放南京政府的飞机。

西安事变之时，停留于西安的 50 架军用飞机和 500 多名空军人员也随之被扣押。在杨虎城主持释放了南京军政大员们以后，南京政府最关心的，就是归还这批飞机和空军人员。对于西安来说，这是为争取释放少帅而与南京政府谈判的最后资本了，因此，西安军中大多数人都主张扣住不放，待少帅平安返陕之后，再放人放机。

南京政府当然明白西安的态度，于是，便将心思用在了张学良身上。

6 日下午，何应钦亲赴孔祥熙公馆，面见张学良，请他说服杨虎城，迅速归还人员和飞机。对于这个在西安事变期间居心叵测、扬言要炸平踏平西安的亲日派人物，张学良早就厌恨于心，只是碍着面子，没有当场顶撞驳斥，只含含糊糊地答理几句，未作任何明确的应允。

但接到蒋介石的信，张学良改变了态度。只要蒋介石承诺抗日，他准备接受一切条件，甚至不惜牺牲一切。飞机原本就是南京政府的，归还之事似不宜抗拒，何况，那么多大人物都放了，扣住飞机又有何用？

在张学良下令释放飞机和空军人员之时，可能并没有去想，他将就此失去争得自由的最后资本。

三封信写完，即由看守张学良的卫兵送给戴笠。下午，蒋介石便从南京来的电报中获知了信中的全部内容。看到这只笼中之虎已在完全按照他的旨意行事，他颇为得意，对恭立于一旁的侍从说："好嘛，汉卿还是理解了我的意思嘛。给南京回电，派几个交涉代表，把这几封信带到西安，交给杨虎城。"

交涉代表很快便由戴笠物色好了。这是两位东北的名流，吴翰涛和王化一，在东北知识界有一定影响，另外，张学良的秘书李金洲也被同时派回西安。

1.月8日，整个南京都笼罩在厚厚的大雾之中。将近上午10时，一辆小汽车缓缓地穿过雾气，驶向清冷神秘的孔公馆。

门上传来敲击声时，张学良刚刚起床。打开门一看，王化一、吴翰涛立在客厅，正在解脖上的围巾。看见少帅，两人立即上前问好，并申明了来意。听说他们即将飞赴西安，少帅两眼不觉闪出亮光，但很快又熄灭了，挥了挥手，让两人在沙发上坐下。

"少帅，好久不见，您瘦多了，"王化一声调有些凄楚，"还望您珍惜身体，准备率领大军抗敌。"

"是啊，少帅，"吴翰涛接着说，"这次我们俩专程去西安送您的信，同时还想问问，少帅有没有话捎给家人。"

张学良顾自望着客厅角落的一个大花瓶，好半天没有吭声。

"少帅，"王化一又开口道，"现在这个局面很让人忧心。作为东北人，我们非常盼望您能站出来，制止战事的爆发。少帅有什么话，我们一定向西安方面转达。"

张学良仍没吭声，只转眼看着他们两人，目光里似有无尽的屈辱与愤懑。

"我没有料到，"他终于开口说道，声调十分低沉缓慢，"我会在南京一留不回，好多事情都无法亲自料理了。"他抬头望望天花板，眼里泪光闪闪。"中央扣留我，西安将领发出'歌电'，何应钦调兵遣将，战事有一触即发之势。如果发生冲突，必使抗战力量因内战而受到损失，和我初衷完全相反，这是令人最痛心的事。"言毕，泪水已忍留不住，顺脸颊滚流而下，最后，居然失声恸哭。两位名流受了感染，相顾无言，眼睛也变潮湿起来。

"我今日始知政治之残酷，"张学良止住哭声，悲戚地说，"事已至今，我只有把希望寄托在西安了。请二位转告我们东北军的各位将领，一定要巩固内部团结，加强同杨主任和红军联系，维持'三位一体'。只要西安方面能精诚团结，我就能回去，否则回去了也没什么用。"

说完，张学良起身进了盥洗间，擦掉了脸上的泪痕，又进卧室取出两封早已写好的信，递给两人。"这是我的两份遗嘱，一份请交我的家人，一封交给东北军的诸位将领。"说着，他眼里不禁又闪出了泪花。"我早已想好，如果将来造成糜乱地方不可收拾的局面，我将自杀以谢天下。"

"副司令言重了，"两人都连忙起身安慰，"西安的事，本意还是为国为民，这一点大家都知道。少帅正当盛年，年轻有为，前程远大，万不可说出让大家伤心的话来。"

"不，你们不要这么说，"张学良挥手打断两人，"我是军人，我知道对部下的造反该用什么方式解决，实话告诉你们，我是做好了死的准备，不是被枪毙就是被人害死。"

两人面面相觑。

作为东北人，两人在感情上较为倾向于张学良；但现在，他们又是作为政府赴西安的代表出现在张学良面前，因而许多话都不便出口，显得有些尴尬。于是又安慰一阵，便起身告辞。

"副司令的这些话，我们一定一字不差地转达给西安，不过副司令的安危，还望千万保重，想想东北三省的父老，大家实在无法接受啊。"出门时，吴翰涛说道。

张学良坚持将两人送到门口。看着两人上车了，他两手抱于胸前作了个揖，说了声："拜托了！"扭头便回了屋。

这是他被扣南京后第一次有人将他的话亲口捎回西安。想到临来时的那一番万死不辞的英雄气概，和现在归期无定、有话只能托人捎传的情景，张学良不禁热泪涟涟……

张学良的几封信一到西安，果然使局势发生了转变。由于少帅言语切切："稍忍一时，勿兴乱国之机"，既真恳，又严厉，使心乱如麻的杨虎城不得不接受了少帅的规劝。在同东北军王以哲、何柱国等人的商谈中，两位军长亦支持少帅的意见，这样，王化一和吴翰涛算是不辱使命，很快便得到了西安的回话：同意停止军事行动，就释放张学良、部队改编、换防、待遇等问题进行谈判。

"歌电"的攻势就这么被化解了。蒋介石长长地舒了口气。

1 月 12 日晚，刚刚返回南京的王化一、吴翰涛在戴笠的陪同下去孔公馆见张学良，向他报告西安之行的结果。当张学良得知前线的军事行动已经停止时，不禁激动起来，脸上漾起了笑意。

"我心平气和地尽我最大力量挽此危机，保存国家元气，准备抗日，此心算是没有辜负了。"说着他又转向戴笠，脸色变得严肃，"不但东北军、十七路军应当同中央军团结在一起，中央军和红军也必须团结在一起，全国抗日力量都须团结一致。只要全国一致抗日救亡，我个人生死安危，无足计较。"

由于张学良一再作出了这种为抗日局面的实现不惜牺牲一切的姿态，蒋介石得以朝西安逼近一大步，提出了处理西安事变的甲、乙两个方案：

甲案："三位一体"部队仍集中陕、甘两省，由中央军进驻西安。

乙案：东北军移驻安徽和淮河流域，十七路军驻甘肃，红军返回陕北，中央军进驻西安及关中地区。

两个方案均否定了蒋介石在离开西安前所许下的由张、杨二人负责西北的诺言，更未言及张学良的释放问题。可谓是随心所欲、有恃无恐了。

这一次，蒋介石再次利用了张学良，让他写信叫杨虎城和东北军诸将领接受他提出的方案。

1 月 13 日夜，张学良独坐灯下，望着蒋介石的信苦思冥想。

他已经看出，蒋介石现在已是对西安咄咄相逼了。若按这两个方案中的任何一个，"三位一体"都将被破坏，东北军和十七路军也将迟早被分化。但是，要是他张学良反对这两个方案，那又会怎样呢？

张学良从桌前站起身，搓搓发冷的手，在屋里来回踱步。要是他反对，那毫无疑问，无论是杨虎城还是东北军，都会遵循他的意见，与中央军武力对峙；而蒋介石或亲日派也一定会以此为借口，"讨伐"西安，挑起内战。那样一来，尚未抗击日寇，国人已刀兵相见，百姓更会遭殃，他张学良不就成了千古罪人？

终于，张学良再次表示了退让。

时值午夜，万籁俱寂。张学良提起笔，似觉有千斤沉重，每写一字都像忍受着巨大痛苦：

> ……关于两案，盼兄等速即商讨，下最后果断，如有意见补充，盼虎城派人，更盼来一军长，如兄等认此二案之一无问题，那是更好，盼即刻表示受命。委座告弟十六日为限，盼诸兄为国家、为西北、为东北请详计之，凡有利于国者，弟任何牺牲，在所不惜，盼勿专为我个人谋计，西望云天，无任期盼好音。……

信一写完，张学良便掷笔于案上，发出了一声长长的叹息。

红颜知己赵一荻

自从张学良送蒋介石去了南京，赵四小姐便一直处于惊恐交加之中。

虽说是女人，对政治亦无多大兴趣，但这些年跟着少帅，也见过了不少官场尔虞我诈的阴暗，对政坛的风云变幻也耳闻目睹了不少。西安扣蒋，从大义上讲，她当然赞成，但暗地里却不得不为少帅捏把汗。蒋介石的为人，她听人说得多了，南京政府对西安事变的态度，她也略有所闻。所以，当张学良匆匆告诉她，将送蒋介石回南京时，赵四小姐当场便吓得声音发颤，泪水夺眶而出。

"汉卿，你，你不能太意气用事！"从不干涉张学良政事的她，突然一声大嚷。

"怎么，你担心了？"张学良望着这位一向是笑意欣然的年轻女人，走上前，轻轻拍了拍她的肩头。"小妹，你放心，南京我又不是头回去，过上两三天，最多三五天，就会回到西安。"

"不知怎么回事，这几天我总有一种预感，你会出什么事。"赵一荻抬起头，凄然望着张学良。

"能出什么……"

"昨夜里我做了个梦，想起上次在北京你算的命……"赵一荻低下头，看着手上抚弄的手绢，上面满是她的泪水。

"嗨，还记着那个。"张学良大手一挥，觉得她似乎太过于孩子气了。

原来，1931 年张学良住北京顺承王府时，曾请一位算命先生拆算过"八字"。那人说，张学良中年以后，为三圈套目格局，将来恐怕有牢狱之灾。当时所有人听了，都觉得算命先生是胡诌，一笑置之。此事已过了好几年，没料想赵一荻居然还牢牢记在心中。

"放心吧，小妹，我不会有事的，"张学良宽慰道，随即又严肃地说，"我对蒋介石怎么样，他心里有数，还不至于恩将仇报吧。若是真有不测，那我也是为抗日，为中国不亡，别说牢狱，就是刀枪相加，我也死而无悔！"

一听"死"字，赵一荻惊得扑上前，用手捂住了张学良的口。

"汉卿，你不要这么吓唬我！政治上的事我不懂，我只希望你快去快回。你一天不回西安，我就一天不出这扇大门！"说着，她又抹了把眼泪，轻声道，"我这就去给你收拾东西。你赶快去给杨主任和周先生打个招呼。"

等赵四小姐拎着装有张学良换洗衣服的小皮箱进到客厅，他早已不见了人影，四处打电话也都说没看见副司令。赵四情知有异，便叫了辆吉普车直奔机场，果然，张学良陪着蒋介石夫妇一行，正在登机。

将皮箱交给张学良时，飞机已经发动。两人甚至来不及再说上一句话，便匆匆地扬手告别。

自这一刻起，金家巷的张公馆里，便没有了她亦喜亦嗔的清脆笑声，院子里也再见不到她的翩翩身姿。整日里，她都坐于窗前，遥望万里云天，等待张学良的消息。

元旦晚上，消息终于传来。张学良已受军法审判，判处十年徒刑；虽经赦免，但仍由军事委员会"严加管束"。

蒋介石果然干出了背信弃义、为天下人所不齿的事来。

她不知这些天自己是怎么过来的。整日里她神情恍惚，心情郁闷，懒于梳妆，红颜憔悴。仆佣为她送来的茶饭，她连望都不望一眼，只呆呆地倚于窗前，想千里之外的少帅。他此刻是被囚于大牢，还是处于宪兵特务的重重包围中？他是在后悔去南京的举动，还是在大骂蒋介石的卑劣行径？信誓旦旦、一再为张学良担保的宋氏兄妹到哪里去了？那个三进三出西安城的端纳顾问呢？他是不是也参与了陷害少帅的阴谋？

杨虎城的夫人谢葆贞来看望过她好几次，说了不少宽心慰藉的话，但末了，仍是相顾无言，挥泪而别。她觉得，此时此刻，一万句的安慰都当不了她见上少帅一面，而这些天中，她写给张学良的一封封信，均如石沉大海，毫无回音。难道自己真是红颜薄命，此生再也不能与少帅共聚一堂了吗？

晶莹的泪水滴落胸前，打湿了襟口的那颗红色牙质心形链坠。这是张学良在同她相识后不久送的信物，内藏有一帧张学良的小像，多年来她一直将它佩于胸前，表达着她对纯真爱情的忠诚与坚贞。此刻，她轻轻将它取下，捧在手中，思绪又回到了当年难忘的岁月……

1927年5月的一个傍晚，天津有名的社交场所蔡公馆内，正在举办盛大的舞会。几乎整个天津的大家子女，都云集此处，在优美乐曲的伴奏下，翩翩起舞，谈笑风生。

环顾左右，所有的女士均已下到舞池，裙裾翻飞，抛洒一片热情与温馨。唯有一位十六七岁的少女，手托香腮，静坐一旁，欣赏着令人眼花缭乱的舞步。她姓赵，名绮霞，也叫一荻，是曾任交通次长的赵庆华的四女儿，亲近的人中，都称她为赵四，或写为赵媞。

此时的赵媞，尚是天津城一所中学的学生，还未正式参加社交活动，只是出于好奇，才随姐姐绮雪来到了蔡公馆的舞厅。

就这么一次好奇，竟从此改变了她一生的命运。就在这天晚上，正在天津的张学良也出席了舞会，并同赵媞相识，双双进入了舞池。

对于这位叱咤风云、有少帅之称的青年将领，赵一荻早有所闻。她的姐夫冯武越做过张学良的法文秘书，同时也是他的密友和幕僚，从他口中，赵媞得知了不少关于少帅的事情，但没想到会同他在这里相识，并应邀起舞。一种从未有过的对一名青年男子的钦敬感陡然而生，令她情不自禁地想同他接近，甚至想听他亲口叙说金戈铁马的威武与豪壮。她发现，这位青年将领的舞姿极为轻盈、潇洒，真不愧是赫赫有名的四大公子之一。她心中暗暗祈愿这支舞曲能够一直奏下去，她也就可以一直同少帅这么舒展地跳下去……

可是，不一会儿，舞曲便停下来，赵娣不无遗憾地从少帅肩头放下手，她刚想对他说句什么，却发现他那双眼睛似两团火光，直愣愣地烤灼着自己。毕竟是情窦初开的少女，赵小姐脸一红，含羞地转过了身。她此时还一点不知道，她的天生丽质和优雅举止已惊服了少帅，令他心灵震颤，神驰千里。

难得涉足社交场合的赵四，就因这么一次邂逅而踏上了她人生巨大转折的台阶。只要有张学良出席的舞会，赵四小姐几乎场场必到，舞影翩跹，令人瞩目，直到曲终人散，才由张学良陪着返回赵府。几乎每一次，张学良都要站在赵府外的树荫里，与她依依而别，直到她在院门深处消失了身影。

爱，就这么默默地诞生，染红了少女幻想的天空。她早就知道，少帅已经结婚，并且有了儿女。作为一个大家闺秀，她一次次地告诫自己，不要去做这个明显是错误的选择。可是，她的全部心灵，都已被这位年轻英武的少帅所占据，挥不去，赶不开，更难于向人启齿倾诉。即使是对少帅本人，她也未作过任何明显的表示。夜深人静，赵四独坐灯下，在一张白纸上无止无休地写着少帅的名字，默念着她从一本外国小说中读来的两句话：爱是一种选择，亦是人人皆有的权利……

可是，她的满腔炽热，她所珍藏的权利，该在何时，向自己的爱人倾诉？

机会到来了。1928 年 6 月 3 日，张学良之父张作霖由北京回奉天所乘坐的火车被日本关东军炸毁，张大帅遇刺身亡。在匆匆返回奉天奔丧和接管东北军的前夕，张学良心事重重地向赵四道别，同时婉转地袒露了爱慕之情。面对这个深陷于哀痛中的青年男子，赵四再也顾不了羞涩与矜持，扑上去紧紧搂住他，在他唇上深深一吻。

就是这么一吻，赵四将自己的命运从此与张学良紧紧连在一起，演出了人类爱情史上的千古绝唱。

但是不久，赵四的父亲赵庆华便探知了女儿同张学良夜夜狂舞、相伴相随的情形。这位一向看重声名的交通次长顿时大发雷霆，对赵四和介绍赵四与张学良相识的绮雪大加训斥，并严令赵四从此不得进入舞池，更不得与张学良有任何来往！

可是，严厉的家教和深院高墙又何能阻隔住真挚的爱情。赵庆华绝没有想到，就在他对赵四严加看管、对张学良时时提防之时，两位恋人已经秘密约定，赵四将逃离赵府，前往奉天与少帅相聚。

一切都进行得十分秘密。对于已经指挥 20 万大军的少帅来说，要从一院宅邸里弄出去个把人，又何费吹灰之力！只是，他不想惊动赵父，亦不想让社会议论纷纷。于是，他略施小技，来了个"智取"，在一个秋月当空的夜晚，搞了次"劫持"，在赵府外精心合演了一场赵四"神秘失踪"的喜剧。

"赵绮霞失踪"成为 1928 年夏天津轰动一时的新闻。

一到奉天，赵四小姐就像鸟儿飞进了自由的天空，终日徜徉于爱情的温馨领地。在北陵那幢精巧、幽雅的别墅里，赵四开始与张学良秘密同居，两人共享着爱所带来的巨大欢欣。

毕竟，张学良是有妇之夫，为了家庭和睦，他向赵四提出，她将没有夫人名义，对外只称作他的私人秘书，对内称侍从小姐。在称谓上，张学良说，由于夫人于凤至比他年长，他称她作"大姐"，那么对赵四，他就称作"小妹"好了。

赵四几乎没假思索，便表示了同意。对她来说，爱是没有条件的，只要两人能倾心相爱，以什么名义，又有什么关系。

在那些难忘的日子里，张学良一处理完军务，便会驱车赶到北陵。只要听见门口的汽车声，赵四小姐便会抛下手中的书本，像小鸟般飞迎而出，扑进张学良的怀抱，幽静的小楼便顿时充满欢声笑语。

为了不使赵四感到寂寞，同时也是为了她不致荒废学业，张学良将她送进奉天大学继续深造。这位美貌出众的小姐，不仅举止娴雅，而且才智过人，写得一手娟秀的好字，英语通达流畅，经人指点，又熟悉了军内密码。渐渐地，成了张学良军务上名副其实的秘书和不可替代的助手。

但不久，一桩意外给两人带来了强烈震撼和巨大刺伤。赵庆华在得知女儿赵一荻秘密出走，并到奉天与张学良同居的消息后，震怒异常，随即在报端发表声明：四女不孝，与人私奔关外，有辱门庭，声明自即日起，与赵四脱离父女关系，断绝一切往来，并宣告，自身惭愧，从此不再为官。

两人得知此消息后，大惊失色。赵四作为赵家最小的女儿，从小备受父亲宠爱，视为掌上明珠。私自出走之后，赵四心中也颇觉有愧。由于当时风声太大，舆论哗然，她连信也没敢写。张学良想，世事变迁，任何怨怒都会随时间的流逝而消淡。他和赵四商量好，待赵父火气渐消之后，再托人疏通，重新弥合父女之情。可是，这么一份公开声明，显然断绝了这一线希望。

张学良这时才感到，当初自己的行为是多么轻率和鲁莽！

"小妹，我对不起你……"

赵四抬起朦胧的泪眼，摇了摇头。"这不怪你，是我心甘情愿。只要你能永远爱我，什么样的代价我都愿意付出！"

"小妹！"张学良激动地搂住赵四，心中好一阵感动，转身走到书案前，挥笔疾书，写下了几行诗句：

上邪！我欲与君相知，长命无绝衰。

山无陵，江水为竭，冬雷震震夏雨雪，

天地合，乃敢与君绝！

最后一字写完，张学良将笔一搁，激动不已地对赵四说："小妹，我今天对着这首古诗发誓：从今以后，我张学良与你生死相依，决不分离！"

因父亲登报声明而生出的忧愁痛苦，顿时被张学良一番真情的表白一扫而光。赵四呼了声"汉卿"，便紧紧地偎进了张学良的怀抱。

1929 年，赵四生下了一个男孩，取名闾琳。真挚的爱情孕育出灿烂的结晶。

1931 年 4 月，赵四随张学良来到北京，住进了顺承王府。此时的赵四小姐，刚刚 19 岁，而张学良也仅 31 岁，以陆海空军副司令的职务，节制东北、华北各省的军事。

自从到了北京，赵四小姐便同张学良的元配于凤至朝夕相处了。在常人看来，这是一种很难相处的关系，稍有不慎，便会招致家庭不和，为日理万机的张学良带来烦恼。

毕竟是大家出身，又知书识礼，赵四为人处事极顾大局，以其温良与贤惠维系着整个家庭的融洽与和睦。作为"小妹"，她对于凤至十分尊重，大姐长大姐短，极为亲热。有了体己话，也先来到于凤至房中，作一番倾诉与讨教。在生活上，更是以礼相让，殷勤照料。每逢张学良在外给她买了衣物布料，或有人送了什么精巧的玩意儿，赵四均毫不吝惜，先去送给大姐。对于赵四的贤良和善，于凤至很是赞赏，故深相接纳，相处得如亲姐妹一般。

家庭的温馨和睦，对张学良自然是莫大的安慰。外出归来，两姐妹相邀而出，对他精心照拂，嘘寒问暖，使其身心得到极大的抚慰。逢有客人来访，张学良总是让于凤至和赵四一起出见。凡与张学良有私人交往的人，莫不称道他有个和美之家，羡慕他有两位贤内助。

1933年，由于蒋介石的不抵抗政策，东北沦入日寇之手，张学良代蒋受过，被迫下野出国。在张学良失意之时，赵四日日相伴，多方安慰，陪他一同读书、消遣，排解愁闷。随后，在两姐妹的陪伴下，张学良到了英国和意大利，考察军事和国情。为了使张学良保持愉快的心境，每当他想要从事某种西方式娱乐活动，赵四便很快学会，陪伴他一同游乐。第二年，张学良奉召回国，于凤至由于身体不好，留住英国，赵四便只身相伴，担负起了家庭主妇的重任。

也许是从其父那儿继承来的习惯，张学良从不许眷属参与自己的军政大事，在做出任何决定时，也决不受妻室的影响。但是，随着赵四走进他的生活，加之对赵四品性才智的逐渐了解，他开始给她以更大的信任，让她接触一些军机大事。由于赵四已学会了密码，张学良与外界的许多秘密交往都交由她经办。尤其是在与红军秘密接触、结成"三位一体"和其后扣蒋兵谏期间，机密文电莫不是经过赵四小姐之手。所以当西安事变发生、中共代表周恩来应邀来到金家巷张公馆时，便热情地向女主人伸出手说："这是赵一荻小姐吧？我们虽然没见过面，交道可是打得不少呢！"

……

往事真是不堪回首啊！几天前，张公馆内外还是人来人往，热闹非凡，是全中国乃至全世界注目的中心，仅仅过了一个星期，这里景物依旧，但却人去音渺了。

她轻轻打开胸前那颗心形的链坠，望着张学良的小像，呆呆地出神。在张学良的所有照片中，她最喜欢的就是这张。照片上，他身穿条纹西装，双手交叉抱于胸前，一派从容潇洒的神情。而当时，这位年仅 25 岁的英俊青年，已是历经征战的陆军中将！

可现在，汉卿啊汉卿，我何时才能与你相见呢？

止不住的泪水，点点滴滴落在那心形链坠上。

正这么暗自垂泪，客厅里忽然传出一声问话："四小姐在吗？"

听这声音，像是杨虎城夫人谢葆贞。这几日，她几乎天天都来张公馆，与赵四相陪做伴。赵四连忙擦去泪水，又整整衣襟，出门进到客厅。

果然是谢葆贞，旁边还站着杨虎城将军和一名副官。

"杨主任、杨夫人好！"赵四小姐很有礼貌地问候，又请两人坐下。

"这几天南京乱，西安乱，我心里也乱。"杨虎城一开口便沉重地说。"南京对张副司令的事，大家都很气愤，但一时半会儿还没想出个妥帖的法子。"说完，杨虎城鼻音很浓地"哼"了一声。

"张副司令走了，我们没把你照顾好，"谢葆贞说，"虎城再三要我向你……"

"这些天杨夫人天天陪我，已经够打扰的了。"

"今天来，是告诉四小姐一件事，"杨虎城缓慢地说，"南京派王化一、吴翰涛到西安来了，捎来了张副司令的几封信。另外还有句话转告你：他在南京生活很不方便，想让你去南京见见他。他们二位明天就回去，你收拾一下，跟他们一块儿走。"

杨虎城话还未完，赵四小姐已经激动地站起，两眼中泪光闪闪。

"是不是就让我在南京陪汉卿住下去了？"

"具体怎么办，听副司令的吩咐吧。"说到这儿，杨虎城面有难色。"据说，南京已经给英国你大姐发了报，让她也到南京。王化一告诉我，说老蒋的意思，是只准一人陪副司令。"

赵四的脸上顿时掠过一丝苦涩的表情。

"四小姐，我看你还是先去了再说。"谢葆贞将赵四重又拉到椅上坐下。"依我和虎城的意思，你在南京见过副司令之后，最好先到香港避一避。那儿你熟悉，房子、汽车什么都现成。"

"谢谢杨主任、杨夫人。"赵四已经不知道该如何来应付这些突如其来的消息，只木讷地说了这一声。

"你快收拾吧，我们不打扰了。"杨虎城说着站起身。"我们还给副司令准备了些水果，明天一起送到机场。这儿有我和几位东北军将领给副司令的信，你先看看，记下来，然后把信烧掉。请转告副司令，多多保重！"

赵四默默地点点头，两行热泪夺眶而出。

天涯惊魂

就在赵四小姐满怀深情赶往南京与张学良相会之时，另一位女人也正风尘仆仆地从异国赶向南京，向少帅走来。

这便是张学良的结发妻子于凤至。

于凤至出生于吉林省怀德县大泉眼屯。其父于文斗早年经商，后来生意发达，成为当地首屈一指的富商，并担任了县里的商会会长，颇受乡绅们的推崇。

以当地的情况而论，于凤至也算得是出身名门了。由于家庭教养和周围环境的关系，于凤至天资聪颖，性情温柔贤淑。父亲于文斗思想较为开通，女儿5岁时，便开始教她读书识字。长到10岁，于文斗又让女儿到郑家屯（今吉林省双辽市）延师求学。在私塾和书馆中，于凤至勤奋好学，品学兼优，是同辈男女中的佼佼者。到13岁，"四书""五经"已烂熟于心，经史诗赋也能过目成诵。加之容貌俏丽，柳眉樱唇，成为当地颇有名气的大家闺秀。

1908年，张学良之父张作霖身在毅军，被派往郑家屯任前路巡防营统领。就在这期间，他与本地名流于文斗相识，你来我往，过从甚密。不久，两人便换帖歃血，结为兄弟。在请人算测八字之时，张作霖听说张学良与于凤至是龙凤之配，更是喜不自胜，又到于文斗府上敲定了这门亲事。

听到父亲让他结婚，张学良当即便表示反对，说他与于凤至素不相识，怎么能仅凭父母之命便草草地结为夫妻？但张作霖却十分强横，根本就没有商量的余地："你的元配正房，非由我做主不可。你要是不满意，成亲之后，叫媳妇跟着你妈过好了。你在外面再找女人，我可以不管。"

张学良胳膊拗不过大腿，只得从命。

但于凤至却不认命。这位在女子师范里受过新思想影响的女子反对父母包办婚姻，尤其是在听说张学良因她是乡下女子而反对这门婚事时，她更有一种受辱的感觉。数度央求父母，毁掉婚约。但于文斗哪里肯放弃这场会使他财势大增的联姻。便一再向女儿施加压力，迫其就范。父女间的关系紧张到了极点。

在张作霖的手下吴俊升的建议下，由吴俊升出面安排了两人在一家书画堂的"偶见"，借赏画各抒情怀，没料想犹如金风玉露骤相逢，端庄俊俏的于凤至同英姿勃发的张学良之间顿起火花。这些年中，张学良经常出入社交场合，身边红粉佳丽如云，但像于凤至这样知书识礼、风姿才气兼具的佳人，却从未有遇，他当即打定主意：依从父命，与于凤至结为夫妻。

1916 年，张家的迎亲队敲锣打鼓来到郑家屯，将于凤至接到奉天大帅府中，与张学良同拜天地，结为伉俪。

那时，张学良正跟随奉天督军英文科科长徐名东学习英语，并经常参加奉天基督教青年会活动，与一班驻奉天的外国人过从甚密。成婚后的相当长一段时间，他都闭门不出，整日与妻子相伴厮守，情浓依依。1919 年，张学良进入停办多时的东三省讲武堂，成为第一期炮兵科的学员，毕业后被任命为巡阅使署卫队旅旅长，对军队进行严格整饬。当年，卫队旅奉命进剿土匪，大获全胜，年仅 20 岁，便晋升为陆军少将。

张学良忙于军务，家中的大小事务自然就落到了这个长房媳妇的头上。在奉天大帅府里，于凤至虽为大少奶奶，但许多事都亲自料理，襄助公婆将帅府内外收拾得井井有条，颇得帅府上下的称赞，也赢得了丈夫的欢心。看着小两口亲亲热热、相敬如宾的样子，张作霖得意地说："怎么样，小六子（张学良的乳名）？我给你选的媳妇没错吧？"

于凤至虽出身商贾世家，又嫁了一个前程无量的丈夫，但却极重乡情，爱民众。婚后不久，张学良曾伴她回到生身之地大泉眼屯，见家乡土地肥美，物阜民丰，但是，百姓中识字者却寥寥无几。两人对此深为叹息。1927年，于凤至再次回乡省亲时，便捐款兴修了一所小学校，学生全部免费，开始为家乡培养了一批批有用之材，至今仍为人称颂。

张学良由于出身特殊，环境优越，因而早年放荡不羁，其吃喝玩乐，挥霍放纵，令人瞠目，是当时国内外知名的四大公子之一（另外三名公子为：张季直之子张孝若，段祺瑞之子段鸿烈，卢永祥之子卢小嘉）。嫁给这样的丈夫，生活中不出现波澜，几乎是不可能的事。于凤至来张家不久，心里便有一种预感，早晚她与张学良的家庭生活，会出现某种麻烦。

果然，在她与张学良结婚十年之后，麻烦到来了：张学良与天津名媛赵一荻暗中相好，并偷偷将其接来奉天，与之同居。

当于凤至得知此中内情时，大为惊怒，当即便厉声斥责，冷眼相抗。并在张家长辈的支持下宣称：赵四不得进入帅府，与张学良不能有正式名义。

但是，当最初的震怒慢慢消减之后，于凤至细心观察，发现以秘书和侍从小姐身份陪伴张学良的赵四小姐的确是忠心耿耿、全力协助张学良处理军机政务，别无他图。对待帅府内的摒斥，出身豪门的赵四小姐居然毫无怨言，宽容忍让，并事事处处将她这个正室夫人放在第一位。久而久之，于凤至的愤怨和忧虑渐渐消除，她发现，若是以她的温良、以赵四小姐的聪颖，共同鼎力相助，不仅可以使张学良免去内顾之忧，更可以帮助他大展宏图。这么一想，心地也就宽和起来，开始对赵四小姐真诚接纳。

不久，奉天内外都传出张学良有两位贤内助的佳话。三人听了，都相顾欣然，发出了舒心的笑声。

1933年，张学良通电下野后，于凤至和赵四小姐陪同他赴欧洲考察。第二年年初，张学良奉召回国时，恰逢于凤至身体欠佳，加之又携有儿女，需要有个安定的环境抚养，于是，于凤至便在英国留居下来，养病求安，

张学良妻子于凤至是
一位才貌双全、坚强果敢
的女子

教养子女。

在英国的日子十分优裕、安宁，虚弱的体质也渐渐有了增强，于凤至开始考虑返回国内的日期。作为三个孩子的母亲，她对政治并无兴趣，但自离开国内之后，她却对变幻无定的中国政坛风云格外留心起来，无时不在关注着丈夫的一举一动。西安事变的消息传到英国，于凤至大感震悚，焦虑万分。后来听说事变和平解决，丈夫亲送蒋氏夫妇回了南京，于凤至这才长长地舒了口气。

但坏消息又随之传来：张学良受到军法审判，虽经赦免徒刑，但却被严加看管。于凤至忧心如焚，一连几个晚上难以成眠。经过一番考虑，她决定向蒋介石夫人宋美龄求助。

她相信第一夫人能助她一臂之力。宋美龄不能不念她们间的姊妹之情。

1930 年，冯玉祥、阎锡山在北京另组政府，发表讨蒋通电，爆发了著名的蒋、冯、阎中原大战。这是现代中国军阀时代的最后一场决斗，也是最残酷、最激烈的一次战争。在大战进入关键时刻，统领50万大军的张学良终于接受了蒋介石主张率军入关作战，使蒋介石大获全胜。对张学良的全力相助，蒋介石大为感激，遂委张学良以重任。其后，于凤至也同宋美龄结为干姊妹，彼此间十分亲昵。

1937年1月2日，于凤至从英国给宋美龄发了一封急电：

> 亲爱的姊姊：听说张学良判罪，幸蒙特赦，但须严加管束，不知道如何得了！学良不良，离开我以后发生这件事，甚为遗憾。可否把他交给我看管，我当尽力而为，以不负兄姊等一番好意。

于凤至想得太天真了，蒋介石怎肯将负有"叛逆之罪"的张学良放出囚笼。在严酷的政治面前，所谓"兄姊之谊"不过如纸一般苍白。

十天过去了，南京方面无一字回音。于凤至抹着眼泪，不得不踏上了归国之路。

永别金陵

孔府别墅内，所有的窗帘都已拉上，没有一丝阳光射入。世界仿佛被隔绝了。

在半明半暗的客厅内，张学良只身独坐，望着屋角那盏绛红色的灯发愣。几天来，他睡了又起，起了又睡，已经不知道这天是什么日子了。

他也不想知道。

"军法审判"时的愤怒，"严加管束"所带来的屈辱，都像潮水般退去了。在这间静如坟墓的高墙深院里，个人的荣辱进退已不再是挥拂不去的阴影。事情坏到极致反而给他以某种超脱，令他在落日中窥见生命最耀眼的光辉。

但是，他不能不去想西安，想他苦心结盟的"三位一体"，想他的东北军，想他以外的西北人的命运。

自然也就想到了"大姐"于凤至，"小妹"赵一荻，还有他的儿子和女儿。

1月8日，他托王化一、吴瀚涛带走了他的两封遗嘱。当时他已作了最坏的打算，甚至想"自行了断"，舍生取义，以自己的死来惊醒国人，换取抗日局面的形成。交出遗嘱之后，他又有些后悔。37岁，正当盛年，中国的抗日战场上，应当有他张学良叱咤风云的身影，他怎么能在未杀一个敌寇、未收一寸疆土之时，轻易地将自己的生命视若草芥呢？

也许是看出了张学良情绪低沉，甚至有自杀的苗头，蒋介石十分爽快地同意了让于凤至或赵四小姐前来与张学良做伴。只要有相爱的人在身边，以张学良的性格，断然不再会萌生绝念。

可是，两位女人中，谁会心甘情愿投身这漫漫无期的囚禁呢？

于凤至远在英国，身体孱弱，身边又有儿女，何时回国，尚难料定。

那么赵四小姐呢？那个与他在蔡家公馆翩翩起舞，抛弃家庭，与他相伴的赵媞呢？

不知怎么回事，被囚之后，张学良越来越多地想到了他的"大姐"和"小妹"。长夜漫漫，只要他一闭上眼睛，面前便会出现那两张清丽俊俏的脸庞，令他心神摇动，难以成眠。

那首早已淡忘了的李白的诗《长相思》，这时竟异常清晰地浮现于脑海：

> 长相思，在长安。
> 络纬秋啼金井阑，
> 微霜凄凄簟色寒。
> 孤灯不明思欲绝，
> 卷帷望月空长叹。
> 美人如花隔云端，
> 上有青冥之高天，
> 下有渌水之波澜。
> 天长路远魂飞苦，
> 梦魂不到关山难。

长相思，摧心肝。

张学良默念着这首诗，一遍、两遍，嘴角忽又浮出一丝苦笑。

怎么突然间变得儿女情长了？早年虽诸多风流，诸多孟浪，可是自从他执掌了东北的军政大权，他从来没让儿女私情浸入过自己的政治生活。现在陡然生出这么些丝丝缕缕的意绪，难道是在预示，自己的政治生涯就此终结，将来只能寄情于花前月下、卿卿我我于庭院罗帏之中吗？

"嗨！"张学良摇摇头，手在椅把上一拍。"荒唐！荒唐！"他大叫两声，霍地从椅上站起，开始在屋里缓缓踱步。

现在占据我头脑的，应当是西安，是"三位一体"！是东北军！

东北军怎样了？于学忠、王以哲、何柱国他们在干什么？还有孙铭九、应德田这几个年轻气盛的"少壮派"，是不是在朝着南京骂娘了？

半明半暗的房间内，他的身影在来回晃动，铺着厚厚地毯的屋子里，只有他时断时续的轻微的脚步声。

不知这么走动了多久，他只觉得脚步有些累了，正欲坐下来歇一歇，却听见楼前传来汽车声。张学良下意识地停住了脚。

来人了？是来自西安，还是溪口？这几日，蒋介石几乎天天都盯住他张学良，不是派人送信，就是叫人传话，要他给西安下令，接受南京提出的方案。

他认了。为了抗日，他既然敢扣留委员长，又为何不能委曲求全，避免一场削弱抗日力量的内战呢？

前两天，戴笠吞吞吐吐地对他说，南京这地方过于骚扰，是不是考虑换个清静的地方，一来可以免去许多麻烦，二来可以读读书。

提到读书，张学良心中怦然一动。这些年，戎马倥偬，忙于军机政务，确实难有机会静下来看上几本书。如果真能摆脱烦恼，静心读书，倒不失为一桩乐事。可是，现在是他抛开一切，赋闲隐居，默读养心的时候吗？

张学良转脸问戴笠："这是谁的意思？"

戴笠没有回答。

"是委员长的话吗？"

戴笠仍未回答，只默然点点头。

张学良心中傲然一笑。他张学良还是一只虎啊！蒋介石是怕他虎啸金陵，动摇政局啊。

张学良双手反背，背转过身，又问："去哪里？"

这一次戴笠开口了，但只吐出两个字："溪口。"

去蒋介石老家？这位已回乡养病的委员长怕我又在南京捅漏天穹，非得把我置于他的看管之下不可？

张学良再也没有说话。戴笠也没再提去溪口之事，终于默然退下。

这两天，张学良不是惦记着西安，便是想念于凤至和赵媞，去溪口的事几乎已忘到了九霄云外。刚才听见外面的汽车声响，他这才陡然一惊：是不是戴笠带来蒋介石的正式命令了？

张学良转过身背向着门。他不想把溪口的命令当做一回事，即使他对那儿发出的指令不得不执行。

他听见背后的门开了，似乎有人走了进来。但脚步又突然止住。背后游丝般地飘来一声女人的啜泣。

那气息令他再熟悉不过了。张学良猛然回头——果然是她！情牵梦绕的赵媞。

那一瞬，空气仿佛已经凝固。相顾无言，唯有热泪两行。提包从赵媞手上滑落在地，她再也控制不住自己，猛地向前扑来："汉卿！"

"小妹！"张学良张开双臂，迎住扑来的赵四小姐。即使是在囚禁之中，他的怀抱对于这个女人，仍然是那么坚实，那么温暖，跟在后面的戴笠和一名副官，很知趣地退出了房间。

那一夜，孔府楼上的灯光，第一次透出了温暖。一个女人注入的生气，驱逐了朔风中不眠者的孤独。

第二天上午，宋子文驱车来见张学良。一见面，宋子文便神情黯然地说："汉卿，我是来向你告别的。"

"怎么啦，子文？你是要……"

"我已经无颜再见你，无颜再见西安军民。我昨天晚上同溪口通了电话，又同他大吵了一场，气得他摔了电话。后来美龄在电话中一再表示歉意。并让我转告你，蒋介石有意让你去溪口，说那里风景好，环境安静，你可以自由走动。说现在西安的事情还没处理完，你去了溪口，可以随时同他商量。我后来再也听不下去，骂他们把汉卿还害得不够，还想要……"

"子文！"张学良打断宋子文的话，十分诚恳地说，"子文，你对我的情谊，这么些年来我一直铭记在心，这一次，我绝不会怪你没履行保证我安全的诺言。权在他手中，我没理由责怪你。我早已想好去过囚犯生活。中国历史上，为国为公而遭贬谪的人，何止我张学良一人。我会自解的！"

话未说完，泪已夺眶而出，宋子文也欷歔有声。

"我不是禽兽，不是忘恩负义之人，"张学良抹一把泪又说，"你为我操心，我心领了。只望你不要为我的事，误了自己的前程……"

"别说了，汉卿！"宋子文突然咆哮而起。"我如今已是负义之人，要那些前程又有什么用！我已经想好，明天就离开南京，回上海去过清静日子。南京的官，我再也不做！随他蒋介石独霸朝纲，不仁不义！"

"子文！"张学良也站起身，紧握住宋子文的手。"子文，你为我……"

"汉卿，事到如今，只有南京负你，蒋介石负你！你张汉卿光明磊落，坦荡无私，国人有口皆碑，哪还能向我表示歉疚！"宋子文越说越激动，房间被震得嗡嗡作响，平日温文尔雅的绅士派头已荡然无存。

"对不起了，汉卿！"宋子文泪如雨下，向张学良深深鞠了一躬，然后倒退着缓缓退出。到了门口，又猛然抬头，嘶哑着嗓子一声大嚷："你我后会有期，汉卿！"

站在门外的卫兵不知发生了什么事，只见这位蒋介石的妻舅掩面而出，一边走向汽车一边喃喃自语："Sorry！Sorry！……"

宋子文走了，端纳早已避开，蒋介石和宋美龄又去了溪口，西安事变的核心人物只有他张学良一人尚在南京。西安方面虽已同意罢兵和谈，但他深知，杨虎城驾驭不了东北军。而东北军内部，王以哲、何柱国等一批老将领同应德田、苗剑秋、孙铭九等"少壮派"，在军务上早有不同之见，稍有不慎，自己的后院便要闹出乱子。

国民党军统特务首领戴笠

一想到两代人苦心经营的东北军国仇家恨未报，却有可能出现内乱的局面，张学良不寒而栗。作为东北军的主帅，虽身陷囹圄，仍不能无所作为！

张学良陷入了苦苦的思索。下午，他打电话叫来戴笠，要他转告蒋介石，他张学良决定接受蒋介石的命令，去溪口跟他读书，反省作为，修身养性。话一说完，张学良脸上现出一丝凄楚的表情。

戴笠则大喜过望。他没想到，一向独来独往、信马由缰的少帅，现在对蒋介石的每一道命令，都会这么百依百顺。这只"东北虎"，看来已经被驯服了。

望着戴笠得意洋洋、渐渐远去的身影，张学良暗自冷笑了一声。只有他自己才明白，此去溪口的本意，是为了就近与蒋介石商量，使西安事变有个圆满的结局。只要东北军实力尚存，他张学良便会有虎啸峻岭的复出之日。

1937 年 1 月 12 日，张学良在南京度过了最后一个夜晚。

那一夜的风，似乎特别清寒。赵四小姐发现，张学良几乎一夜没有合眼。

天色未明，屋外便下起了霏霏细雨。起床推窗一望，眼前烟雨朦胧，檐水涓涓，使人不知不觉间染上了几分愁绪。

张学良立于窗前，双手抱臂，默默无语。一阵寒风吹来，几丝冷雨飘到他的身上，打湿了他的衣襟。张学良全然不觉，只定定地望着远处影影绰绰的山影。

他在想这个六朝古都。行将离别之际，他对南京忽然升起一种梳理不清的情绪。

1931年5月，身为国民革命军陆海空军副司令的他，到南京出席国民会议。那一天好像也是13日，在由浦口过江时，江上军舰与狮子山炮台礼炮齐鸣，南京政府所有军政大员群集下关，热烈欢迎。那一天，南京满城都张贴着"欢迎拥护中央、巩固统一的张学良将军！""欢迎维护和平效忠党国的张副司令！"的标语。所过之处，万人空巷，欢呼声直冲云霄。就在那次国民会议上，他被推选为九人主席团成员之一，两次主持会议，合影时与蒋介石并立前排中央。会议之后，蒋介石还专门安排张学良阅兵，向部队训话，离开南京时，蒋介石还亲自到机场送行，并握着他的手久久不放……

拥我者南京，摧我者亦是南京。仅仅才过五年，我就从天上下到了地狱，成为南京政府的阶下囚！

张学良一阵伤感，眼中泪水盈盈。

早年曾读过的王安石的绝唱《桂枝香·金陵怀古》，此时竟字字有声：

> 登临送目，
> 正故国晚秋，天气初肃。
> 千里澄江似练，翠峰如簇。
> 征帆去棹斜阳里，背西风、酒旗斜矗。
> 彩舟云淡，星河鹭起，画图难足。
>
> 念往昔，豪华竞逐。
> 叹门外楼头，悲恨相续。
> 千古凭高对此，漫嗟荣辱。
> 六朝旧事随流水，但寒烟衰草凝绿。
> 至今商女，时时犹唱，《后庭》遗曲。

好个王安石，把金陵的雄壮和凄凉都说尽了，把我张学良的兴衰也都点透了！

此地不属我，自有容我处。

再见了，紫金山，燕子矶，石头城！

上午 10 时，张学良和赵四小姐在戴笠及一班卫兵的"护送"下，离开南京，前往浙江奉化溪口镇。

蒋介石要在蒋氏祠堂门前，信手"驯虎"。

第 **3** 章

千秋功罪

初识溪口

载着张学良一行的飞机穿云破雾，直向东南方向的宁波飞去。

从南京到奉化，飞机只能在宁波机场降落。由此再往南，须乘大约四个小时的汽车，才可到达蒋介石的老家溪口镇。

张学良从没去过奉化，没见过蒋家的风水运脉。在飞机上，他一直微闭着眼，在想蒋介石家乡的风物究竟是什么模样。他曾听人不止一次说过，蒋介石的故居前有大泽，后有名山，是典型的风水宝地。张学良不大信这个，每次听了都一笑置之。现在想起来，他不免有些黯然。如果溪口真是他蒋家发迹腾达的助运之地，那对他张学良，是不是就是蒋氏降他败他的落凤坡、伏虎岭呢？

他微微睁眼，向机窗外瞟了一眼。西天无垠，唯有白云悠悠。

飞机在宁波顺利降落，张学良在戴笠等人陪同下走下飞机，走向候机室。在候机室门外，早已停候着十几辆汽车，准备将张学良一行送往奉化溪口。

机场上空空荡荡。一阵寒风吹来，卷起水泥路上的几张纸屑和几缕黄尘。张学良紧了紧身上的灰棉大衣，又将领子高高翻起，遮住微微缩进的头。模样显得有些寒碜。

身后，一大帮卫士紧紧跟随。候机室内外，军警特务林立，远远地盯着张学良。

张学良扫视一眼，脸上露出一丝苦笑。

走进候机室，一行人正略事休息，张学良却突然见到立于座位边上的张钫。他顿时驻足，大声问："你好啊，张先生！你几时来的？"

"啊，汉卿。没想到在这儿遇上你。"张钫的面色有些尴尬，没有正面回答张学良的问话。一见张钫这模样，张学良立即明白过来，他一定是刚从溪口领受了蒋介石的命令。

"啊，委员长是让你去陕西吧？"

张学良这么爽直的提问，令张钫实在难于开口。他望望旁边的戴笠，又看看四下里的卫兵，支支吾吾竟答不出话来。

张学良果然没有猜错。张钫是西安人，曾任陕西靖国军副总司令，后又任第二十路军总指挥。西安事变期间，他和于右任被派作宣慰使前往西安，却被杨虎城的部队阻在潼关，连西安的门也未望见。两天前，他突然接到奉化拍来的电报，要他赶往溪口，蒋介石要对他面授机宜。

自从月初回到故土之后，蒋介石名为休息养伤，其实仍无时不在控制着南京的一举一动。对于西安方面不战不和的状态，政府内外已颇有微词。若强行进攻，他势必承担挑起内战的罪名，引起抗日军民的愤怒；若是接受西安方面的条件，则又损了他蒋某人和南京的面子，发展下去局面难以收拾。苦思冥想之后，他决定在通过张学良向西安转达他的意向之外，再直接派人向杨虎城传话，施加压力，迫使西安在他提出的甲、乙两案中，立即进行选择，同时再让集结于潼关一带的中央军向前推进，形成包围进攻的态势。

蒋介石把这几个步骤称作"三管齐下"。

在派谁去西安的问题上，蒋介石颇费了一番心思。此人要能代表政府，又同西安有良好关系；既能表现出南京方面的强硬，又能使西安方面能够接受。在他软硬兼施的策略中，去西安的这个人必须既是传声筒，又是说客。

蒋介石最终选中了张钫。

在溪口蒋母坟庄庐舍内，蒋介石同张钫的谈话，前后不到一个小时。谈完张钫便匆匆离去，赶往宁波机场，准备由南京再去西安。没想到，在这里竟然碰上了赶往溪口的张学良。

见张钫这副欲言又止、半天说不出一句完整话的模样，张学良突然笑了。大声说："算了，张先生不便说，我也就不问了。不过我料得到，张先生去了西安，也就是表示我张学良回不去了。"

一听这话，张钫有些紧张，感到张学良不回西安的责任都被推到他头上了，忙说："副司令，话可不能这么说。"

张学良没理会张钫，望着候机室外那一排汽车，顾自说："离陕之际，我对虎城说，过三五天就回西安。现在都快二十天了，却又身负管束赶往奉化。你说，"他收回目光望着张钫，"要是我能回西安，委员长他还会费心让你这么折腾一趟吗？"

张钫望望边上的戴笠，见他正招呼卫兵准备开车，便凑过身，低声对张学良说："那天你把委员长送到洛阳，怎么没想到马上就回西安呢？"

张学良微微一怔，随即脸上浮出苦笑。他摇摇头，伸手向张钫告别："算了，不说了，张先生。"他转头望了望边上的戴笠和一班卫兵，意味深长地说："你这趟，责任重大啊。我回不了西安，那边要是打起来可不妙哦！"

汽车开出宁波，向南疾驶，不一会儿，便进入了层峦叠嶂中的山路。

张学良生在东北，逢到冬季，满眼皆是雪原。后到了西北，那里冬天除了严寒，似乎还有一种干燥和肃杀的气氛，加之风沙狂舞，令他很难习惯。此时置身于江南，虽然寒气未尽，可是远近的山峰上，却有未褪绿意的树丛和灌木，间或甚至可以见到星星点点的野花在风中摇曳。江南地区，湖河港汊纵横，山间亦有缓缓流淌的溪水，顺峰弯而下，在冬季也溅出几分生动来。张学良也算是见多识广的人，又出洋游历过欧洲的山河，可此时，仍不免感叹江南冬季里的清爽与诗意。

车行了大约三个多小时，速度明显减缓下来。张学良一望，只见前方山势平缓，古树参天，一片房舍立于山脚下的树丛之中，四周是环绕蜿蜒的青瓦灰墙。

"怎么，到了？"张学良问身旁的戴笠。

戴笠点点头，指着那片房舍说："这儿离溪口镇还有几里路，委员长的住地离这儿不远。由于给副司令准备的房屋还未收拾妥当，今天就暂时住这儿了。"

车在山脚下停住，张学良走下车来，见这儿视野开阔，环境安静，有些满意地点了点头。待他目光转向不远处的山口时，脸上却有些不悦，向戴笠皱了皱眉。

山口处，兵士散布，如临大敌。那片红墙边，便站有大约一排人。

戴笠讨好地笑笑，说："这儿是委员长故居，现在副司令又来了，不得不加强安全防卫。负责副司令驻地保卫的是宪兵连的陆连长。另外，"他手指着站于身后的军统局特务队队长刘乙光又说，"乙光在这儿，专门负责副司令的内卫，有什么事，你尽管吩咐他。"说完，向刘乙光招了招手。"乙光，副司令的安全，今后就交给你了，要是有了什么差错，别说是你，就是我戴笠也担待不起哟！"

"请局座放心，乙光将全力而为！"刘乙光向戴笠敬了个礼，手未从帽檐上放下，又转向张学良道："副司令日后有何差遣，尽请吩咐，乙光将尽心为之！"

张学良朝刘乙光瞟了一眼，见其个头不高，大约三十七八的年纪，军阶是中校。他有些淡漠地挥了下手，口里"嗯"了一声。

此时的张学良绝没想到，就是这个刘乙光，将从此陪伴他几十年的幽禁岁月，成为他生活的一部分。

在踏上台阶、走进红墙之时，戴笠向张学良介绍说："这座山叫武岭，这儿叫武岭门，"他用手指着一座宽大的黑漆牌坊，上面有"武岭门"三个金粉大字。"副司令下榻的地方，叫文昌阁，以前做过学校，环境倒还是蛮好的。"

张学良没有答话，来到了门口，才停下脚步，望着悬于屋顶上的"文昌阁"三个字，似乎略有所思。

文昌阁建于明代，是旧时学子荟萃之所。蒋介石发迹后，对故乡的名胜古刹全都做了一番修葺。已经破败的文昌阁经过精心修建，面目已焕然一新。阁前有碧潭观鱼的"憩水桥"，阁后是幽静雅致的"乐亭"，周围树木成林，景色秀美，清澈见底的剡溪就在近旁，可说是个依山傍水的风景胜地，比之南京宋子文、孔祥熙的豪华别墅，更有一种天然怡人的情味。

在门前流连片刻，张学良跨进门内，但见精舍温室，窗明几净，院内一切均是整洁雅致的布设。

他满意地点了点头，坐在一把早为他备好的黑漆雕花木椅上。

"文昌阁，"张学良口里喃喃，旋即又缄口沉默，望向位于北面的溪口镇。

蒋介石此时肯定已知道我到了溪口了。他在他母亲的坟前养伤休息，而我张学良在文昌阁与他遥遥相对。难道他蒋某人是要让我在这儿伴养，闭门思过吗？

张学良没有答案。他知道，这也不会有答案。

他的心思又转向了西安。蒋介石提出解决西安事变的甲、乙两案后，杨虎城和东北军的将领们，将会如何动作呢？

是夜，张学良秉烛夜书，给杨虎城和东北军的诸将领写下了来奉化后的第一封信，要他们在甲、乙两案中选择一案。"为国家、为西北、为东北，请详计之，凡有利于国者，弟任何牺牲，在所不惜。"

为了抗日和避免内战，张学良决定再度委曲求全。

溪口镇南临锦溪，北聚村落，风景优美。全镇只有一条市街，东自武岭门起，西至武岭公园止，全长约五华里。蒋姓是该镇的一个大族。蒋介石生母王采玉，年轻守寡，23 岁时由其堂兄王贤东作伐，续嫁于一个叫蒋肃庵的盐商为继室，此后便留居此地，于 55 岁上病逝，被蒋介石

奉化溪口镇风景如画

蒋介石故居雪窦寺颇有名刹气派

葬于溪口镇西面六里地处的一处山坡。为了表示自己的孝心，蒋介石在墓旁修了一处庐舍，青砖灰瓦，精巧严整，每次蒋介石回乡，都要在此住上些时日。

张学良在武岭文昌阁住下后，即提出前去拜见蒋介石，但却未获批准。两天后，蒋介石给戴笠下达命令，将张学良移至溪口镇西面约十五六里的雪窦寺中国旅行社。

雪窦寺因建于雪窦山而得名。这里属四明山脉，山上有高不可攀的徐凫岩。山中有峭壁凌空的三隐潭、瀑布直泻的千丈岩和空谷幽深的妙高台，山下则有"一夫当关、万夫莫开"的入山亭。当年宋理宗巡临杭州，在御榻上梦见此山，清晨起床后即挥御笔，写下了"应梦名山"四个字，命人送到奉化，县令率众跪接御书，并在山上建一"御书亭"，至今完好无缺。

雪窦寺便建于山中一片小平原上。这里山峦环抱，古树参天，林木葱郁，颇有古刹气派。在雪窦寺的山门上，竖立有一块巨大的匾额，上书"四明第一山"五个字，出自蒋介石的手笔。寺内庙宇庞大，飞檐鎏金，建筑宏伟。1932年，中国佛教会会长太虚法师受蒋礼聘，在此主持寺院。蒋介石每次返里，总要到寺里盘桓，并在离寺不远的妙高台别墅静居。蒋介石的许多重大决策，均谋划出自于此。

由于雪窦山、雪窦寺为名山古寺，加之这里又是蒋介石的故居，于是，当时的中国旅行社便在这里设了雪窦山分社，由一个叫钱君藏的人担任经理。1934年旅行社建成开业时，只有一栋两层楼房，内有会客室、卧室、书房、洗澡间等十几间房屋，设备较为齐全。一年四季游人不断。

1937年1月初，有两位身穿便衣的人自溪口方向来到旅行社，要这里停止营业，包租给他们单独使用。钱君藏一见两人盛气凌人的模样，知其大有来头，并估计是蒋介石下的命令，当即便唯诺不已，但表示他这里只是分社，一切业务要由总社同意。两天后，中国旅行社便拟好了包租雪窦山旅行社的合同，而签字盖章的另一方竟然是国民党军事委员会！

来头果然很大。所有的房间全被腾空重新整修布置，还在房内安装了火炉。钱君藏以为蒋介石要移居此处，诚惶诚恐地忙前忙后，过了十多天，一切布置停当了，才有人告诉他，将要来这里居住的，是威名赫赫的张学良将军。

1月16日，天色明朗。虽是冬季，但四面群山环绕，遮住了寒风，雪窦一带可以感觉到丝丝春临的暖意。将近10点钟，一溜汽车自溪口方向驶来，停在旅行社门口。随着砰砰的汽车关门声，一大群人簇拥着身穿青灰棉大衣的张学良，拾级而上，向旅行社的楼房走来。

这天一早，雪窦寺一带就已处于宪兵、特务的严密监视之下。在上山的唯一要道"入山亭"口，已配有一班宪兵和四名特务；旅行社门口和雪窦寺的殿门口，也站满了全副武装的宪兵。除了旅行社的几名工作人员，所有的闲人都被阻在了几百米之外。

张学良大步走在头里。他眉头紧锁，只顾望着脚下的石阶。武装宪兵向他致礼，他连看也没看一眼。

来到旅行社楼前，他略略驻足，一眼望见了"中国旅行社"的牌子，两眼顿时一亮，眉头也略为舒展开来。

"啊，中国旅行社！"张学良轻吐了一声，似有些意外。

当时的中国旅行社是旧中国最大的官办旅游机构，总社在上海，全国各大城市都设有分社，许多重大的社交活动均是在中国旅行社举办。张学良身为要人，经常出入于社交场合，对中国旅行社的服务颇有好感。在西安，他便常在中国旅行社内举行宴会舞会，招待来宾和应酬事务，

"中国旅行社"几个字便由熟悉变得亲切。他没想到，在这偏远的山乡，也会见到中国旅行社的牌子。

陪同的人渐渐跟上，拥着张学良进了一楼宽大的客厅。人群中，除了戴笠、刘乙光等人外，尚有张学良的两名副官，陕西省政府主席邵力子及其夫人傅学文，从宁波陪同张学良来奉化的杭州市市长周象贤，以及杭州市警察局局长等人。赵四小姐因听说于凤至将于近日来奉化，在头天便与少帅挥泪而别，去了上海。

吃过午饭，陪同的人渐渐散去，戴笠也告退去了溪口蒋介石处复命，屋里只剩下了张学良和邵力子。

张学良慢慢呷了口茶，望着邵力子半晌没吭声。邵力子朝他笑笑，说道："副司令，你这次来溪口，我也算讨了个清闲，一心一意陪你读书来了。"

张学良没说话，那双眼睛似在发问：蒋介石怎么会派你来"陪"我呢？

大约是看出了张学良的心思，邵力子脸现苦笑，摇摇头，说道："西安的事，牵涉的面远不只是你张、杨二人，有好多事，我在委员长面前也言说不清了。"说完，长长地叹了一声。

"怎么，委员长把你也看做是我的同谋了？"张学良有些诧异，随即又笑了起来。"邵夫人不是还受伤了吗？要是与我同谋，那子弹总不会往夫人身上钻嘛！委员长未必连这个也看不出来。"

"哎，提起西安的事我就头疼。汉卿哪，你那一威风，可把我们都害苦喽！"

邵力子是浙江人，多少也算蒋介石的乡亲，多年来一直受到蒋介石的青睐，于1935年被派任陕西省政府主席。西安事变当夜，邵力子夫妇在酣睡中被枪声惊醒，仓皇逃命。邵夫人傅学文刚攀上屋后围墙，意欲逃往墙外一家产科医院躲避时，一颗飞弹击中她的右手，穿腕而出，当即便坠墙晕了过去。直到第二天午后，局势趋于明朗，才请由杨虎城送入省立医院治疗。

蒋介石被扣后，提出的第一个要求便是要见省主席邵力子。在当面向邵问过随他来西安的一班人的情况后，蒋介石突然冒出一句："今天发生的事情，你事先知不知道？"

　　邵力子一惊：蒋介石显然已怀疑上他了，于是连忙辩解，说事前毫无所闻，不然夫人怎么会中了枪弹。当时蒋介石没有吭声，但邵力子从他的目光中明显看出，委员长对他已经不再信任。至少，身为省主席，对事变这么大的"阴谋"，事前毫无所闻，仅此一条，便够得上"昏聩无能"的罪名了。

　　但蒋介石并没有革他的职，对他的"昏聩无能"提也没提，在同他谈话时，语气反而显得比过去更为和蔼。"张汉卿读书太少，才会有此莽撞之举。你是绍兴有学问的人，陪他读读书，好不好？"

　　既是委员长的意思，好得执行，不好也得执行。想起蒋介石在西安对他的问话，邵力子更是不敢有丝毫违背，立即收拾行李，拉着夫人傅学文来到了溪口。

　　望着邵力子有些难堪的神情，张学良心中也明白了他的难言之隐，于是便转了话题，问起他夫人手上的伤势来。

　　"都一个月了，伤口已经愈合，好啦。不过，"他望着张学良，颇有遗憾地说，"那只手，可再也没有过去那么灵便了。"

　　"这么说来，我早该通知你一声，尊夫人就免于受伤了。"张学良笑着说。

　　邵力子也不禁一笑，摇摇头，神情又渐转阴郁。"要是那样的话，我现在不知魂在何处啰！"

　　张学良望一眼邵力子，脸色也变得阴郁起来。

他怎能是蒋介石的对手呢？

　　多年的军旅生涯，养成了张学良早起的习惯。

　　天刚蒙蒙亮，张学良便已醒来。许是还未完全清醒，他一时竟不知自己身在何处。当他看到房内生疏的陈设和旁边床上睡得正香的邵力子时，才想起自己已成了"囚犯"，在雪窦山中开始了幽禁生活。

　　窗户渐渐发亮，屋内充满了将明未明之时的那种朦胧静谧。他缓缓下床，披衣来到窗前。附近一带的山峦、树林和房屋，都沉浸在无风的恬静和明朗的冬日光亮中，一切都显得坚硬、洁净，同时又有几分呆板。

抬头望望天空，有舒云淡雾轻轻掠过，大地在穹顶似的天空笼罩下，显出愁惨的拘谨和憔悴来。

忽然，在黎明的寂静中，响起了几道钟声。山谷随之发出回响，像是猛然间苏醒过来。"雪窦寺的和尚撞钟了。"张学良心中自语一声，目光转向不远处的寺庙。虽然隔着些晨雾，但仍看到耸立于院墙之上的壮丽殿阁和鎏金画栋。一缕浓重的淡蓝色烟雾从殿阁中升腾起来，和着乳白色的雾气，在寺庙上空形成一团青灰色的淡云。"真是个超凡境界啊。"张学良感叹了一声。

背后有了些响动，张学良回头，见邵力子已从床上起来，正在穿衣。

"啊，邵主席起床了。昨夜睡得可好？"张学良问。

"还好，还好，"邵力子笑着说，"只是副司令虽眠而声息如雷，邵某伴君若伴虎啊。"

"你是说我一直在打鼾？"张学良望着邵力子。

"是啊，不仅打鼾，而且气度不凡哪！"

两人都爆发出一阵大笑。

"没办法，我这人一疲倦就要打鼾。只要免了劳累，自然也就心平气静了。"张学良仍然笑着说。"不过……"他在屋内走了两步，停下来看着那张他睡过的雕花大床，"以后你要再听我的鼾声，可能是没有机会了。"

"怎么？副司令要把鼾声也戒了？"邵力子有些不解地望着他。

"不，不是戒了，"笑意已从张学良脸上全然消失，变成一种怅然。"我是不会再劳累疲倦了。"言毕，目光中透出深深的伤感。

邵力子没有说话，只望着窗前张学良魁伟的身体，心中也有几分黯然。忽然，他脸上又露出笑容，安慰道："哪能呢，副司令。你恰当盛年，正是报效国家的大好时机。在这儿静养一段时间，读读书，于身心都大有裨益。将来重返沙场，更是气吞万里如虎啊！"

"但愿如此吧。"

两人都没再说话。邵力子穿好衣服，也来到窗前，顺着张学良的目光所向，看到了雪窦寺的寺院。寺内伴着木鱼的诵经之音，正徐徐传来。

"那是雪窦寺的和尚在诵早经呢。"邵力子说。

"深山古寺,超然得很啊!"张学良应了一声,偏过头望着邵力子,"我也算是与这儿结缘了。邵主席,你是绍兴有学问的人,对这里了若指掌。吃过早饭我们去这一带走走,你给我讲讲这里的山水草木,也讲讲这个寺院。怎么样?"

"邵某来这儿就是陪伴副司令的,敢不遵命?"

两人又都笑了起来。

虽然是早餐,却也显得很丰盛,有火腿、鸡蛋、牛奶,还有金山橘,全都是应着张学良平日的早餐习惯。喝着乳香浓郁的牛奶,张学良禁不住想,也难为戴笠这一班人了,对他的生活习惯会熟悉照应到这种地步。

吃过早饭,负责看守的特务们得知张学良要去游山,忙不迭地去张罗布置警戒了。张学良和邵力子在餐桌前闲聊一阵,这才走出了旅行社的大门。

春天虽然姗姗来迟,但冬意确已消失了。路旁山边,新生的绿草正怯怯地探出头来,柔软的柳枝上,生长出了翠嫩的绿意。阳光虽未灿然展露,但人们可以明显感到,从天而降的气流中,已经有了浅浅的暖意。

"在北方,这时候树上还满是冰凌呢。"张学良说着折了一根柳枝拿在手上,用手触了触上面的绿芽。

"南方就有这样的好处,冬季短,冷也冷不到哪儿去。"邵力子说。

"不过叫我在南方生活,我还是不惯。"张学良将柳枝折断,扔到一旁。

"慢慢适应一下就好了。"邵力子小心翼翼地说。1931年"九一八"之后,张学良遵奉蒋介石之命,对日军未加抵抗便将部队撤往锦州,其后锦州、热河又相继失守,不得已而撤军关外,至今已近六年未踏上故土了。邵力子曾听张学良说起过在锦州的其父张作霖的墓园,言语间流露出对父老和故土的怀念和歉疚之情。邵力子不想在此时再去触动张学良的伤感之情,岔开了话题。"副司令,我们在这儿看看山吧。"说着停下了脚步。

张学良也停下来。举目四望,群峰耸立,唯有他们所立之处是片平原,纵横约有百余顷地。

"四周都是山,这儿像是个盆地了。"张学良说。

"是呀。这儿是九峰环抱，玄珠峰、天马峰、象鼻峰、五雷峰、石笋峰，每一峰都有自己的特点，一峰比一峰俏丽。你看看那边——"邵力子用手指着西北方向的一座山峰。"那面最高的一座叫乳峰，下面有个石洞，一年四季泉水不断，从洞口喷涌而出，其色如乳如雪，所以整个山都叫雪窦山。各个山峰的流水都向这片平原汇集，到了南边，就顺山而下，形成瀑布。由于山势高，所以也叫千丈岩瀑布。要是下了雨，诸峰流水增量，汇到千丈岩便如万马奔腾，声动九霄，壮观到了极点，可惜——"

"可惜今日无雨啊，"张学良打断邵力子的话，"不然我们也可以跃马奔腾了。"言语间颇有豪壮之气。

"你会看到的，"邵力子说，但又马上摆摆手，"不过春天不行，细雨绵绵，成不了气候。要领略千丈岩瀑布的气势，还是得夏天来。一场大暴雨之后，山洪顺山而泻，那时往千丈岩边一站，还真有点惊心动魄呢。"

"到夏天？谁知道到夏天我又上哪儿去了？"张学良有些烦躁地说。

邵力子觉出了张学良对于时间的敏感，连忙又转了话题，指着近旁的雪窦寺："由于有这个瀑布，所以这座寺庙最初也就叫瀑布院，建于晋朝年间，结庐的都是些尼姑。咸通年间，这深山里也逃不过战乱，兵火相加，瀑布院也毁为废墟。后来又重新修建，但是改了名字，叫瀑布观音观。到咸平二年，才改名为雪窦资圣禅寺。"

"这寺庙来历也算得是悠久了，"张学良点点头，说道，"恐怕有不少传说吧？"

"两千多年，这儿的传说，一本厚书也写不完，"邵力子咽了口唾沫，继续说道："不过，这儿最有名的还是出过一个典故。"

"什么典故？"

"'放下屠刀，立地成佛'这句成语就出自这里。"

"是吗？"张学良一听来了兴趣，忙说："你讲讲看。"

这时，两人已来到雪窦寺门口，邵力子站下，向着寺内说道："唐代的时候，这寺内长有一条大蚯蚓，每天天不亮就吱吱地叫，比鸡鸣还早。有个小和尚刚入佛门不久，方丈便指点他，每天听见院内蚯蚓叫，便要起身诵经做课。小和尚小小年纪，正是贪睡的时候，日子一长，便对这条蚯蚓厌烦了。也不管佛门不杀生的戒规，打主意烧一壶开水浇到蚯蚓的洞口，烫死它。没想到这事让寺里的方丈发觉了，大为震怒，马上就要小和尚从千丈岩瀑布跳下去，以命赎罪。小和尚站在瀑布前，心惊胆战，放声大哭。恰在这时，邻村有个以杀猪为生的屠夫正巧路过这里回家，看见小和尚的模样便上前盘问。当他听小和尚讲了事情的原委之后，内心大为震动，对天长叹道：'我靠杀猪为生，有三千头猪在我刀下丧命了。你一条蚯蚓还没我一条猪尾巴长，要跳崖应当由我先来。'说完扔下杀猪担，到崖边一纵身跳下了瀑布。"

张学良"啊"了一声："千丈岩，千丈岩，屠夫的尸体恐怕也跌得粉碎没法收拾了。"

"不，不，你万万想不到，"邵力子使劲摆着手。"屠夫刚刚跳下，恐怕还没落到崖底，突然间天光四射，大地生辉，一阵香风徐徐袭来，伴有精妙绝伦的鼓乐。一只白鹤从岩底飞起，托着那位屠夫，缓缓升天了。"

"这是怎么回事？念他放下屠刀啦？"

"不，是屠夫抢了仙命。小和尚平日早起晚睡，青灯黄卷，天庭发了慈悲，打算在小和尚赎命之时，接他升天，没料到却让杀猪的给捷足先登了。后人根据这个故事，演成了'放下屠刀，立地成佛'这个典故。你说这有趣不有趣？"

张学良没有回话，顾自走向寺内的殿堂。到了大雄宝殿跟前，他忽然驻步，朝着邵力子连说两声"立地成佛，立地成佛"，眉头拧成一团，像是从中悟出了什么。先前来看山访寺时的兴致已经大减。他一语不发地踏进宝殿，望着殿中央那尊硕大的佛像，久久未动一步。

邵力子这才意识到，刚才滔滔不绝讲的这个典故，是犯了张学良的忌了。

统率万众、叱咤风云的主帅，要他卸甲弃戎，闲若野鹤，会是怎样一番心境？

邵力子有些后悔讲这个典故，想另起话题，说点别的什么。却见张学良一手握拳，朝向溪口方向，满脸涨得通红，大声说："我这次冒生命危险，亲自送委员长回京，原想扮演一出从来没有演出过的好戏。如果委员长也能以大政治家的风度，放我回西安，这一送一放，岂不成为千古美谈！"

邵力子怔怔地望着少帅，见他眼里已涌起两汪泪泉，忙劝道："汉卿……"

张学良手一摆，止住邵力子，摇着头长叹了一声："真可惜呀，一出好戏竟演坏了！"说完便默然无声。

过了好久，邵力子才凑近过来，劝慰似的说："我看这事不要多想了，汉卿。委员长有委员长的难处。你呢，就把在这儿的日子看成是临时疗养吧，吃饱睡足，再游游山看看水，将来一想起，恐怕还是难得的呢。"

"将来？哼！"张学良露出一丝惨笑，袖子一拂，转身出了大雄宝殿。

邵力子没有动，只望着正抬步跨过高高门槛的少帅背影摆摆头。"真是个坦诚而又天真的人哪！"邵力子心中感叹道。张学良少年得志，一生花团锦簇，平步青云，阅历尚显浅淡。加之他自幼受染西方教育，对中国官场那种阴险、狡诈与反复无常体识不透。他刚愎自用但又年少气盛，以诚待人又往往过于单纯，加上他从其父老师张作霖那里继承下来的一副江湖侠义心肠，这一切使得他怎能是蒋介石的对手呢？假如张作霖性格中的另一面——江湖草莽习气能传一点点给少帅，那么西安事变的结局绝不会是今天这样。

邵力子就这么想着，一步步跟上了少帅。"汉卿，雪窦寺大得很，是不是再到别处看看？"

"今天就算了吧。到路上随便走走。"说着，张学良也迈步出了寺院。

几名看守特务忙跟了上去。

一阵凉风吹来，撩起张学良的灰色长袍。在青虚虚的山峰衬映下，邵力子猛然感到，张学良显得是这么单薄，这么孤独。

"真是虎落平阳啊！"他不由得慨叹一声，快步跟了上去。

蒋介石、张学良都在注目西安

张学良于 1937 年 1 月 13 日刚到溪口之日写给杨虎城和东北军高级将领的信，在西安军营中引起一片欷歔。杨虎城和东北军的将领们表示：

不释放张副司令，一切都无从谈起。

为了向南京政府表明立场，西安方面决定派遣鲍文樾和米春霖二位将军代表东北军，陕西财政厅厅长李志刚代表西北军，同南京谈判。李志刚是杨虎城驻南京的代表，在南京人熟地熟，和许多上层人物都能说上话。南京政府中的一些东北籍政界、军界知名人士，如莫德惠、王树常和刘哲等人，都对谈判表示出积极的态度。

由于蒋介石回老家养伤，主持谈判的南京政府领导人为何应钦。在各种公开场合，他都表示，要本着宽宏大度和仁慈精神，和平处理西安问题。

但是，谈判进行得极为艰苦，谈判桌前的交锋极为激烈，双方在关键问题上互不相让，和平解决的希望宣告破灭。

关键问题只有一个：南京政府拒绝让张学良返回西安。

谈判尚未结束，何应钦便一封密电发到溪口，向蒋介石报告说，西安不服从命令，不打算接受甲、乙两案中的任何一案，因此，依他何应钦之见，仍主张对西安实行讨伐。

但蒋介石想的却不一样，他不主张讨伐，而主张和平解决。一方面这是因为他在西安答应了六项条件，一旦讨伐，他便会被指责为背信弃义之人；另一原因是蒋介石担心战事一起，挑起内战的罪名势必落到他头上，日寇步步进逼之时，他无论如何不愿担此罪名。

为免何应钦借事生非，蒋介石嘱令李志刚和鲍文樾前往奉化晋见。

在此情况下，李志刚和鲍文樾由南京飞往杭州，换乘汽车赶往奉化，面见蒋介石。

两人向蒋介石致过问候，便迫不及待地道出了来奉化的目的："西安要求张副司令早日回去，以便做好善后工作。他不回去，东北军、十七路军全体将士内心都浮动不安。"

蒋介石早已从南京发来的电报中得知了二人的意图，为之想好了托词："张汉卿回不回西安，这不是我个人的问题，而是国家的问题，纪律的问题。他已经承认了自己的错误，觉得自己读书少，修养差，再三表示要跟着我学修养，学读书。"蒋介石半仰在床，用手指点着两人："他自己不愿意回去，你们也不要强迫他回去。"

最后这句话显然是弥天大谎，连蒋介石自己都觉得太过分了，脸上显出些不自然，于是话题一转，说到杨虎城："十七路军是有革命历史的，不能与东北军相提并论。今后东北军即归杨虎城指挥，陕西省主席即由杨虎城的部下充任。只要他听我的命令，我答应的话都可以实现。"

第二天，蒋介石将一封给杨虎城的亲笔信交给李志刚，令他迅速回西安交给杨虎城。

这实际上是一封分化东北军和十七路军的信，对杨虎城又打又拉，并作了许愿。东北军的将领们听杨虎城读过信后，纷纷痛骂蒋介石。十七路军的将领们也表示，只要张学良不回到西安，他们便要同蒋介石拼命。

杨虎城举措难定，最后只好再让李志刚去一趟奉化，表达西安的决心。临行前，周恩来告诉李志刚，此去奉化有三个任务：一是要张学良回西安；二是质问中央军为何大举西进；三是看蒋介石究竟有没有转变政策的意思。

1 月下旬，李志刚肩负重任，再赴奉化。

蒋介石仍是在休养的蒋母坟庄接见了李志刚，劈头就问："西安情况怎么样啦？"

李志刚想了想，决定将西安的要求直接向蒋介石提出，说道："西安开过了会，各方都参加了，大家一致要求张先生回去。"

蒋介石一听，立即不悦地偏过脸，摇着头说："张汉卿在送我到西安飞机场的时候，我就劝过他不要来南京，他不听，一定要来，我也只好听之由了。他现在就住在溪口，你可以见见他，问他是不是这么回事。没来南京的时候，事情由他也由我。但是到了南京以后，要想回西安，就既不能由他也不能由我了。"

听着蒋介石的辩解，李志刚一时竟无言以对。

"你应该明白的，"蒋介石又说道，"西安闹的事，他和杨虎城使我威信扫地了，我现在的话，在南京产生不了效力。"

这是推托的话，李志刚心里一清二楚。蒋介石虽然回了溪口，但南京的哪一个重大决策敢不经过他的点头。李志刚对此不敢言明，只好转了话题，说起杨虎城现在很关心委员长的抗日政策。

不料蒋介石一听，顿时怒气冲冲，从床上半撑起身子，大声说："杨虎城不学无术，他自己不看书，你们也不帮助他看书。他没有看过我的庐山军训讲演集，他什么也不懂！"

李志刚心中咯噔一下。蒋介石在庐山的军训讲演全是"攘外必先安内"的内容，蒋介石此时又提出来，表明他的政策仍无转变之意。想到西安的殷殷期盼，李志刚的心情变得格外沉重。

"你回去切实告诉虎城，只要他听我的命令，我就一定对得起他们！"蒋介石说完，背转过身，不再理会客人。李志刚只得悻悻退出。

离开蒋母坟庄，李志刚便乘车匆匆赶往雪窦寺，去见张学良。刚到雪窦山脚下，李志刚便见三个人在四周警卫的保护下，正在山边的小溪边散步。待车开近，李志刚发现，那三人中，一个是军统头子戴笠，一个是陪伴少帅读书的邵力子，而走在中间的正是张学良。李志刚连忙下车，向三人一一道过问候。在与张学良对视时，李志刚发现，短短数日，他已变得十分憔悴，下巴上的胡须好像已有几天未刮了，乍一看去，比过去苍老了十岁！只有他那炯炯有神的目光，仍是那么热烈，那么焦灼，又似乎在传递着一种难言的怨情。

一行人开始折回旅行社方向。邵力子悄悄拉住李志刚，说："这些日子，老蒋让我也住到山上，意思是帮助张副司令读书，可他哪里能读进去书啊！"

"为什么？"李志刚问。

"他是军人，是战将，日日想着回西安的事。"邵力子叹着气说，"有时候，汉卿跟个孩子一样，实在天真得可爱，既让人惋惜难过，又令人禁不住想笑。"

待回到旅行社，李志刚单独来到了张学良房中。

"张副司令，现在西安的最大心愿，就是想让副司令回到西安。我临走时，杨主任和东北军的诸位将领都一再表达了这个意思。周恩来副主席也要我向副司令致意，盼望您能早日回去主持大政。"

张学良久久没有吭声，看看李志刚，又看看窗外。正是夕阳西下，层层叠叠的群山，都变成紫褐色的一抹，涂在天际。

"老蒋是不会让我回去的，"张学良声音缓慢地说，顺手拿过桌上的一本书，随便翻弄了几页。"我回去会增加他不喜欢的力量。我对不起虎城，请告诉虎城多容忍，要团结。除非爆发全面抗日，东北军还存在，并能在东北战场上发挥一定作用时，我或者有可能出去，否则我是出不去的。"

张学良言毕，神色惨淡，发出一声长叹。

"如果，"李志刚为张学良的神情所感染，喉头有些发哽，"如果杨主任他们能坚持呢？"李志刚曾听鲍文樾说起过，张学良曾在上次他们到奉化见蒋介石时，秘密告诉鲍文樾，只要西安能撑住，他就可以回去。

现在听到李志刚问起此话，张学良双眼倏地一亮，说："这就看西安的能耐了。只要他们能坚持，能撑住，我就会有办法；他们不坚持，我完了，他们也长远不了。"

李志刚默默地点着头，心想回到西安，他一定要向东北军和西北军的将领们反复讲明这一点。他明白，要是没有张学良，东北军的分化只是早晚的事；东北军一散，杨虎城孤掌难鸣，也难以撑持危局。

张学良已成为政局变化的焦点。

少壮派与元老派

蒋介石早就看准了一点，只要扣住张学良不放，东北军便群龙无首，西安便只能按他的意志实现解决。与此同时，他又对西安的军事将领施行了军事压迫、政治分化、金钱收买和暗地分裂的手段。

日子一天天拖下去，蒋介石的目标正一步步地实现。到 1 月中旬，十七路军已有几个团投蒋，另有几个团军心不稳，而东北军的临时负责人于学忠却无法驾驭全军。

杨虎城忧心如焚。张学良被扣之后，国内局势瞬息万变，加之军心动荡，手下兵马已只余下 40000 多人，无论是战是和，都面临艰难处境。

更令他担忧的是，苦心经营的"三位一体"，已经面临解体的威胁。

杨虎城已经风闻，西安事变之后，共产党已经在同南京方面秘密接触，谈判由南京承认中国共产党的合法地位、承认陕甘宁边区政府和改编红军的问题。其实杨虎城自己也明白，在东北军、西北军和共产党这三方面中，唯有共产党有明确的、长期的奋斗目标——在中国实现共产主义。

但这些穿着土布衣服的共产主义者们深知，中国目前的局势并不是他们实现其最终目的的时候，就他们当时的力量来说，也还不足以完成这一场巨大的革命。由于日本侵略，停止内战、一致抗日这一紧迫的问题使东北军、西北军和共产党出现了暂时一致的共同利益，因而走到了一起。这种联盟只可能是暂时的，但毛泽东和周恩来却从中敏锐地看到了共产党大展宏图的前景。他们以政治家特有的敏感和远见预测到，西安事变如能促成消除内战、实现全民族抗战的局面，那么它将成为中国共产党走出保安小镇的转折点。所以，中共方面坚持和平解决西安事变的立场便是很自然的了，因为它关系到他们的生死存亡。

如果说中共的态度尚属可以理解的话，东北军中所存在的危机就不能不令他忧心忡忡了。张学良被扣之后，东北军很快分化为两派。一派以军长王以哲、何柱国、刘多荃、高崇民为首，主张接受南京提出的方案，被称为保守派或元老派；另一派则是以张学良的私人秘书苗剑秋、东北军政治处长应德田和卫队营长孙铭九为首的少壮派，主张先放张学良，不然宁可与南京拼个你死我活。

在李志刚、鲍文樾从奉化回来的第二天，身患感冒的王以哲在床榻前召开会议，讨论避免内战的问题。王以哲说："副司令先不回来也不要紧，东北军的事由我先顶着。"其他老派将领也附和说，应当先求解决事变问题，不必把张学良回西安作为先决条件。

少壮派听到这些语言，大感惊愕。联系到元老派前些天积极释放被扣南京大员和飞机的作为，感到他们这么做是为了取媚于南京，投靠蒋介石，想必欲乘张学良不在取而代之。愤怒之情开始在少壮派心中慢慢滋生。

张学良在发动事变的关键时刻，特别倚重于少壮派集团，使他们看到了执掌东北军未来大权的希望。没有了少帅，他们便失去了靠山，就等于断送了自己的前程。因为少壮派军官们大都资历不深，没有太强的实力和兵权，他们能出人头地，完全是靠少帅的提携。对他们来说，解决西安问题如不包括释放少帅，就是对他们的领袖和事业的背叛。

而对那些兵权在手、实力雄厚的老将领，如王以哲、于学忠、何柱国等人，便不存在这个问题。少帅不回来固然令人痛心，但对他们的个人利益并无太大的损害,他们凭借手中的实力仍然可以保住自己的地位。

不同的个人利益、不同的利害关系,使东北军分裂了。

少壮派开始暗中行动,加强了对西安城内通讯联络中心和城内特务团的控制。而王以哲、何柱国等人则开始积极与刚被南京任命为西安行营主任、驻守于潼关的顾祝同频繁联系。

杨虎城左右为难。由于对和平解决没有把握,他主观上倾向于少壮派,主张张学良立即回到西安。他深知蒋介石的为人是睚眦必报,一旦实现和平,张学良便是他的前车之鉴。

1937 年 1 月 21 日。天早早就黑了,夜风从街上阵阵刮过,在电线上发出嘤嘤的叫声。新城杨公馆内,杨虎城正与十七路军一些将领商议局势,突然门被推开,东北军六十多名营团军官涌进客厅来。

领头的是孙铭九。他向杨虎城敬了个礼,随即将一张大纸放到桌上,说:"杨主任,副司令临走时令我们东北军听你指挥。现在副司令被久扣不归,东北军的头们又无动于衷,各谋私利。我们这些人都追随副司令多年,现在大家签名表明心迹,请杨主任指挥我们,到潼关去拼个死活,让中央立刻放副司令回来。"

孙铭九说这些话时,已是涕泪满颊,到后来竟哭出了声。背后的几十个人也开始掉泪,整个新城公馆一片悲声。

杨虎城和十七路军的将领们也忍不住热泪满腮。

在整个西安事变的解决过程中,这是关键性的一刻。杨虎城在众人的哭声中决定,采纳少壮派的主张,先打后和。

由王以哲、何柱国同顾祝同苦苦谈判而得来的和平通电,被杨虎城压下了。

就在这天晚上,应德田、苗剑秋和孙铭九,又来到了中共代表团所在的金家巷张公馆东楼,在周恩来面前痛哭流涕,长跪不起,请求红军帮助他们打仗,与蒋介石拼个高低。

面对少壮派的请求,周恩来耐心相劝:"张副司令之于东北军的重要性,我们十分了解,我们极盼望副司令早日回到西安。但现在不撤兵而与顾祝同对峙,很容易引起战争。一旦开战,就违背了张副司令发动事变的初衷,也违背了他在信中的苦苦嘱托。再说,仗一打起来,南京方面更不会放回副司令，对抗日的前途有害无益。"

"难道副司令就这么回不来了吗？难道红军也不帮我们打仗了吗？我们合作一场，没想到就这么以破裂告终啊！"孙铭九跪在地上，痛哭失声。

少壮派说出这种话来，意味着他们对红军的态度已生出了怨愤，而在此敏感时刻，少壮派的任何轻举妄动都可能破坏抗日大局的形成。

周恩来举措不定，决定第二天给以答复。

孙铭九、应德田等人一走，周恩来与叶剑英便立即摸黑赶到了渭北云阳镇的红军司令部驻地，与张闻天、彭德怀、任弼时、左权等一起商讨处置方案。

那间红军统帅部的灯光一直亮到天明。

第二天上午，杨虎城和东北军少壮派均得到了中共代表团的答复：共产党一定会对得起朋友。为了维护"三位一体"的同盟，共产党方面可以暂时保留主和的意见，只要东北军、西北军团结一致，红军就同两家站在一起，绝不会对不起张先生。如有必要，不惜使用武力。

但于学忠、王以哲、何柱国等东北军高级将领得知少壮派与中共方面的协议后，立即表示了反对。他们认为硬拼对于东北军、对少帅和他们自己都十分不利；而且他们不大愿意同共产党搞得过于密切，不然战局一开，他们的命运就只能与共产党紧紧拴在一起了。几员主将都主张，接受与顾祝同在潼关谈成的和谈条件。

这正是周恩来所担心的结果。他曾委婉地劝说过于学忠、王以哲和何柱国，要他们充分考虑中下级军官的情绪，但都未能引起足够的注意。如果"三位一体"或东北军内部出现内讧，其结果只能是鹬蚌俱损，而唯独蒋介石坐收渔人之利。

但是周恩来却无法左右东北军的内部事务。

元月29日晚，在驻渭南的东北军第57军105师的会议室里，召开了东北军高级干部会议。出席会议的四十多人中，有军长何柱国、缪澂流以及几乎所有的师长，少壮派代表人物孙铭九、应德田、苗剑秋都出席了会议。

王以哲因病没有到会，何柱国代表他发言，主张接受顾祝同的撤兵条件，和平解决西安问题。

但是，政治处少将处长应德田的一席话，却使会场气氛全然改变。他慷慨陈词，历数南京政府和蒋介石的阴谋诡诈，用极富煽动性的语言表达了官兵们不惜任何代价援救少帅的决心和勇气。张学良在东北军官兵们心目中所占的分量实在是太大了，一时间，会场上弥漫起为救少帅不惜与中央军拼死决战的悲壮气氛。

没有人能扭转这种气氛。会议结果一致主战。原来主张求和的将领也被迫变了主张。

为了慎重起见，主持会议的中将参谋长董英斌要求赞成主战的人在议案上签字，好带回西安交王以哲军长执行。

随着沙沙的走笔声，四十多个人纷纷在议案上签了字。东北军的命运似乎就这么定了。人们好像已能感到战场上迎面扑来的浓烈的硝烟味。

但是，齐整整的渭南决议案在王以哲那里碰了钉子。他提出，于学忠是张副司令手谕里指定的东北军负责人，应当把他从兰州接到西安，重新开会商议。

渭南决议搁了浅，应德田忧心如焚。他坐在王以哲的病榻上，伤感地说："副司令不回来，我们东北军群龙无首，实在是没有办法呀！"

王以哲也显得十分沉重，但却开导应德田说："副司令不回来，东北军军事上有我，政治上有你，还怕撑不住这个局面吗？"

王以哲的话，令在场的所有人大惊。这么说，王以哲已经有取张学良而代之的心思了？人们惊愕地看着他，久久没人吭声。

这短暂的静默，注定王以哲必死无疑。

当晚，于学忠从兰州赶到西安。紧接着，在王以哲的病榻前，举行了"三位一体"最后一次首脑会议。杨虎城、于学忠、王以哲、何柱国、周恩来都明白，是战是和，就看今晚的结果了。它将决定东北军、西北军和红军的未来命运。

这一天，是 1937 年 1 月 31 日。

"二二"惨案——西安又演砸一场戏

杨虎城主持了这个事关重大的会议。单为谁先申明自己的意见，会议就僵持了一个小时。

这不是"抛砖引玉"之时。人们都明白，他们的一句话，甚至一个字，都有可能决定千万人的生死存亡。

最后还是王以哲率先发言："无论战和，都须当机立断。和平撤退的条件已与顾祝同谈好，这样僵持下去后患无穷。"

这实际上就表示了和平解决的主张。于学忠一听，也表态说主张和平解决，要打的话，他的部队远在兰州，一下子拉不过来。

看见东北军内的两位主将表了态，在渭南决议上签过字的何柱国也转了向，表示同意王以哲和于学忠的意见。

左右为难的杨虎城大失所望，说话时声音变得有些沙哑："从道义上讲，应当主战，我们十七路军不打算撤退。但事变以来，我们同东北军一直是一致行动，现在既然你们主和，我力量少，就按你们意见办，和平解决吧。"

就在两天以前，周恩来才向少壮派表示过，如果东北军一致主战，那红军也不会袖手旁观。现在局势又颠倒过来，且合了共产党的本意，所以周恩来显得有些兴奋："我们本来就主张和平解决，只是考虑到你们中有许多人主张用战的方式促使南京放回张先生，所以我们才表态支持朋友们的决定，不惜流血牺牲。现在，既然诸位将领都一致主和，那我们当然表示赞同。"

周恩来很郑重地看了王以哲和于学忠一眼，提醒道："希望你们注意内部团结，耐心说服部下，不要再另起风波。"

西安的前途就这么定下了。当一行人走出王以哲屋子时，已是后半夜，天冷得像是僵硬了一般。何柱国送走杨虎城和周恩来，又回到王以哲身边，表示了对少壮派的担心："要是他们知道了今晚的决议，可能会采取极端行动。"

"怎么？难道少壮派敢杀人？"王以哲不以为然。

"这很难说，"何柱国心神不定地说，"我看，咱俩是不是搬到新城杨主任那儿避一避。"

王以哲摇摇头："笑话！我堂堂一个军长，我不信，少壮派吃了豹子胆，敢在我王以哲头上动土。"

何柱国无奈地背转过身，独自走出了王以哲的公馆。这些天，他一直在同少壮派打交道，知道那些年轻气盛的人一旦绝望，什么样的事都可能干得出来。他不能不小心提防。

当夜，何柱国便搬进了杨虎城公馆。

何柱国的预感没有错。当"三位一体"最高首脑会议决定"主和"之后，悲愤交集的少壮派们集中到了应德田、孙铭九同住的启新巷一号院内。

在惨淡灯光的映照下，36 位少壮派军官的脸显得分外阴沉。

"杨主任、周副主席都一再要副司令回来，王以哲、何柱国究竟安的是什么心！"有人大声嚷道。

"一和一撤，我们就再无希望见到副司令了！"有人哽咽着说，也有人发出了哭声。

"不行！东北军的前途不能断送在他们手上！谁出卖东北军，出卖张副司令，我们就杀掉谁！"

"对！把王以哲、何柱国，还有于学忠，一起杀掉！"

"不行，"有人表示反对，"渭南决议还得有人领头执行。于学忠是副司令指定的东北军负责人，再说他不了解情况，是被王、何二人挟持的。我建议，杀掉王以哲和何柱国，留下于学忠！"

"对！对！"一时间，屋内人声鼎沸，有人甚至掏出枪来，啪地放到桌上。

杀王、何的决议很快得到通过。36 位少壮派军官开始拟定具体行动计划。

一份拟处决者的名单很快开列出来，上面列有何柱国、王以哲、缪澂流、刘多荃、米春霖、鲍文樾、蒋斌、徐方等十人。

此时已是 1937 年 2 月 2 日凌晨 2 点。西安事变之后的又一场事变即将发生。

2月2日上午，西安所有的城门紧闭，一队队带枪的队伍从街上疾步跑过，又有些汽车轰隆隆地开来开去，令人感到又有什么不寻常的事将会发生。

第一个牺牲者是王以哲。当他听见大门被哗地撞开，接着又有一声枪响之后，好像意识到了什么，将被子往妻子身上拉了拉，然后转脸向门口。

手枪营连长于文俊率着一队士兵，一脚将门踹开，面向着想要撑起身来的王以哲。他曾做过王以哲的学生，此时，他将两手一拱，大声说："军长，学生对不起你啦！"说罢，和身边的一名排长同时举枪，向王以哲连开数枪。

几乎在同时，王以哲的副官长宋学礼也被枪杀。前西北"剿匪"总司令部参谋处长徐方和通讯处长蒋斌亦被开枪打死。蒋斌因在西安事变期间扣留了南京和西安之间的电讯，已经在押；徐方的罪名则是与南京秘密勾结。

少壮派们的另一主要目标是何柱国，但却未能如愿。孙铭九的汽车刚开到杨公馆门口，便见这里戒备森严。孙铭九咬咬牙，想率人冲进，却被警卫挡在门外，接着杨虎城出现在门口，将孙铭九及众人喝退。

由于杨虎城的庇护，何柱国幸免于难。后来他做了一个银鼎送给杨虎城，上书"再生之德"四字。

整个2月2日上午，西安都充满了恐怖气氛。由少壮派指挥的特务团士兵，手臂上缠着"反对和平"的布章，持枪在市内来回巡行，不时有枪声和爆炸声响起。

中午过后，气氛渐渐平静下来。东北军参谋长董英斌匆匆赶到新城大楼杨虎城的绥靖公署，一面责怨少壮派不予闻知，擅自闯祸，一面同在新城大楼内的于学忠研究应急措施。

刚说了几句，应德田、苗剑秋领着一班青年军官闯了进来，要求于学忠下令，东北军全线出击，进攻中央军。于学忠已经得知王以哲等人被杀情况，两眼红肿，心神不安，此时忍不住痛哭流涕，陈言王以哲被杀，东北军军心不稳，他的部队又远在甘肃，实在是无力左右西安的局势。

众人一听，始觉于学忠也有他的难言之隐。于是，只好让他和杨虎城联名签署了一道不撤军的命令，准备发往与中央军对峙的东北军、西北军部队。

驻守渭南的刘多荃师长得知王以哲被杀之后，大吃一惊。他同王以哲曾是保定军校的同学，平日很是亲近，少壮派犯上作乱，突然将其惨杀，令刘多荃顿时火起，当即便命令他的一个团开往临潼，向西安作出攻势，一来防止杨虎城的再度动摇，二来向少壮派形成压力，以防再生不测。

此时，住在金家巷张公馆的中共代表团成员，被少壮派的发难惊得目瞪口呆。有人报告，说外界已有传闻，称少壮派的活动是受了中共的指使，亲近王以哲的东北军已扬言，要找中共代表团"讨还血债"。

事情来得如此突然，周恩来、叶剑英、秦邦宪等人连忙商议，决定立即作出姿态，表明少壮派的举动与中共完全无涉。同时稳住杨虎城，力争执行"三位一体"的最后决议，和平解决西安事变。

下午 3 时，中共代表团抬着一个硕大的花圈，走向南苑门外王以哲的公馆。在灵堂前，周恩来敬上祭品，又向遗像三鞠躬，沉痛地说："王将军不死于'九一八'，不死于古北口，竟死于自己人之手，我心里非常难过！"接着，周恩来又历数了王以哲的功绩和他在沟通东北军与红军联系方面所作的贡献。由于悲伤，周恩来满脸泪痕。他的沉痛话语感染了在场的每一个人，也令那些原以为杀王以哲是"中共指使"的人顿时消释了误会。

从王以哲家出来，周恩来又赶去了新城大楼，面见杨虎城。

对于少壮派反对撤兵、力主作战的主张，杨虎城一度有过纵容，但怎么也没料想少壮派会采取极端行动，捕人杀人，甚至闯进他的公馆要杀避于此处的何柱国。因此一见到周恩来，杨虎城便掩不住他的愤怒，气呼呼地说："应德田、孙铭九这帮人，真是太无法无天了！现在既已闯下大祸，他们应该学日本的武士道，破腹自杀，要不，就自己绑了，出面自首。"

周恩来见杨虎城正在火头上，便没接着往下说，而将话题引开，谈了一些现在需要应急处理的事。待杨虎城渐渐冷静下来，周恩来才沉稳地说："今天发生的事，固然是孙铭九他们的错，但背景很复杂。这些天托派分子活动很频繁，利用了少壮派想早日见到张副司令的心理，大肆挑拨，说了很多不利于'三位一体'的话。我看，孙铭九他们也是上了他们的当。"

周恩来一说，杨虎城也默然了。这些天他也接到报告，说是托派分子张慕陶混到西安，勾结国特分子暗中作了不少活动，其间与少壮派多有接触。

"那对他们怎么办？抓起来交给蒋介石？"杨虎城问。

"不能这么做。"周恩来摆摆手。"少壮派要求放张副司令的心地还是真诚的，在东北军中也有一定影响，对他们抓或杀都会把东北军搞乱。"周恩来在屋里踱了几步，最后转身望着杨虎城，说，"我看他们最好离开西安，先到云阳镇红军那里避避。你这里为了应付蒋介石和平息怨气，可以过两天签发逮捕他们的通缉令，以稳定军心。"

"也只好如此了。"杨虎城痛苦地点点头。

"那么，关于与潼关的协议问题……"

"事已至此，部队乱作一团，打是彻底不行了，"杨虎城长叹一声，沉重地坐到椅上。"我已经想过了，现在只能走和这条路了，也算是执行了'三位一体'的决议。今晚上我就派人去潼关，跟顾祝同签和平协议。"

"我们中共代表团尊重杨主任的决定。王军长死后，他的部队这几天可能会有行动，杨主任还要多留意一些。"

"知道了，周先生。"杨虎城站起来，与周恩来紧紧握手。"你们也要多留意一些。"

就在周恩来、杨虎城商议善后事宜的同时，东北军中的复仇势力已开始行动。缪澂流、刘多荃开始在军中逮捕"左派"和少壮派人物，并扬言要杀进西安，将少壮派斩尽杀绝。

少壮派军官们不知所措，他们自己的部队也出现了种种不稳的迹象。孙铭九、应德田、苗剑秋不得不来到中共代表团驻地，请周恩来为他们点明出路。

周恩来同杨虎城商议后，心中对如何解决西安问题已有了底，因而显得镇定自若。

"周先生，你说说，我们该怎么办哪？"应德田急不可耐地问。

"怎么办？你们怎么不早问问自己这个问题？"周恩来分外严肃地指责道。"你们自以为做得正确，是在替天行道，岂不知，你们这么干，是在分裂东北军，断送张副司令的性命！"

几个人都深深地低下了头。苗剑秋小声问道："我们现在求周先生给我们指出一条路。"

周恩来端起杯子喝了口水，沉静地说："我们代表团已经商议过了。你们三个人是这次事件的主要人物，必须马上离开西安。"

"去哪里？"三个人不约而同地问。

"先到云阳镇红军一方面军司令部去。这样可以避免东北军自相残杀，为下一步抗日保存力量。这件事我已作了安排，由我派人护送你们。"

当晚，被少壮派们称作"三剑客"的应德田、苗剑秋和孙铭九，以及另外十来个可能被报复杀害的青年军官，在中共代表刘鼎的护送下，分乘三辆汽车，连夜赶到了云阳镇，见到了红军副总司令彭德怀。

实事求是地说，这三位少壮派人物对张学良发动西安事变都起了一定作用。但他们所策动的"二二"事件，却将东北军置于自相仇杀的边缘。三人在红军地区待了不久，都相继出走，苗剑秋投到了军统头子戴笠门下，后来到了日本，应德田、孙铭九却投进了汪精卫的汉奸组织，应德田任河南伪教育厅长，孙铭九任山东伪保安司令。日本投降后，孙铭九又投降了国民党，1945年冬被中共李兆麟的抗日部队俘虏。他们后来所走的道路，令张学良感慨不已。

当然，这已是后话了。

旨在阻止向南京妥协的"二二"事件以悲剧性的结尾收场，东北军中的"左翼"势力受到沉重打击。但东北军的危机还未结束。

2月4日，由杨虎城出面，签发了一张逮捕孙铭九、应德田、苗剑秋和其他一些少壮派军官的通缉令，意在稳定军心。但此举并没有止住东北军缪澂流军长和刘多荃师长的报复行动。他们擅自从潼关前线撤军，回师西安，扬言要为王军长报仇。

105师旅长高福源是最早在红军和张学良之间沟通关系的人，本来与孙铭九等人毫无关系，但却被怀疑为"少壮派"，由刘多荃下令予以枪杀。

枪杀王以哲的手枪营于文俊连长亦被刘多荃的部队逮捕，剖腹挖心，以祭奠王以哲的在天之灵。

许多少壮派军官都遭到逮捕，有的莫名其妙遭到枪杀。孙铭九被抄家，其妻险遭杀戮。

仅仅几天之间，东北军一片混乱，人人自危，大有自相残杀之势。杨虎城的部队在少帅被扣之后，散的散，降的降，整个十七路军只余下三万多人，对西安的混乱局面无能为力。

尽管是一场悲剧，但"二二"事件在客观上大大推动了这场历史悲剧的尽早收场。由于少壮派不再敢站出来说话，东北军的高级将领们尽快地接受了潼关和平撤军协议；南京方面在得知西安面临的困境和严重局面后，亦感到再无兴兵讨伐的必要，促使了西安事变的和平解决。

"二二"事件失败了，东北军、西北军、红军之间"三位一体"的关系也最终宣告破裂。2月4日，于学忠和杨虎城联合发布一个有关"二二"事件的四点声明，宣布接受南京方面提出的要求东北军、西北军撤军的计划。

2月8日，新任西安行营主任顾祝同率领中央军顺利开进了西安。

东北军内外矛盾重重，危机四伏，将士们无不忧心忡忡。

东北军向何处去？

将士们的目光再次投向"东北军的灵魂"——正受蒋介石"严加管束"的少帅张学良。

西望云天，不胜依依

对于东北军中发生的巨大变故，张学良几乎一无所知。

过惯了轰轰烈烈的军旅生活，猛然间来到这个山旷人稀的地方，他有一种遁世的清静与悠闲。开始还觉得轻松自得，没过上几天，心中便涌满了烦躁。要读的书，早就摆满了房间，但拿起来只读上几行，便觉脑涨眼涩，只得扔到一边。雪窦寺四周，邵力子已陪他走了好几遭了，新鲜感渐渐消失，有时候他甚至连门都不想再出。可是待在屋内却又更加难受，坐立不安。

　　只有到了晚上，他才稍稍有些平静。坐在长长的门廊中，遥望墨绿色的天穹，他觉得这被群山封闭的空间，倏然扩展得无比广阔，大自然的千万种音籁，都在寥阔的夜空中消失了，只留下无尽的空洞与寂寞。

　　对张学良来说，三十年间就不知空洞与寂寞为何物。可是，环境对于人的改造与摧残居然如此厉害：三十年未曾体验过的，只寥寥数日，就让人全身心地感受到了。一种悲凉，一种沮丧，一种对于命运转折无能为力的绝望，乱糟糟地充塞在他心中，止不住的热泪，顺着日渐憔悴的脸汩汩而泻。

　　有时候，他真想跑到一个无人之处，痛痛快快地哭上一场，吼上一阵，一解心中的烦忧。可是，天下之大，他张学良竟然连一个可以自由哭笑的地方也寻不出来。日日夜夜，他身边都有警卫来回巡行，注视着他的一举一动，令他无论做什么，都难以遂意。

　　"这种日子，真不知要过到什么时候！"张学良这么想着，手也不由自主地抬了起来，往桌上重重一拍，惊得一旁的邵力子差点连书都掉到地上。

　　"汉卿，你这是——？"

　　张学良始知自己有些失态，抱歉地向邵力子点点头，又背转身朝向窗外。

　　邵力子迟疑一阵，来到张学良身边。"汉卿，我知道你心里不痛快。是不是又挂念西安啦？"

　　张学良缓缓转过头，望着邵力子。"邵主席，不要说我这个戴罪之人，就是你这个陪伴的，心里痛快吗？"他低下头，在屋里走了几步，停在书桌前。"你当过陕西省主席，西安的情况你是知道的，复杂得很。现在我又走了，杨主任和孝侯（于学忠）他们，现在不知道情况怎么样了？"

　　"我和你一样，与世隔绝，也是不知消息的。只听说顾祝同的兵准备开进西安了。"

　　"中央军开进西安是早晚的事。可是东北军的弟兄们去哪里，我这些日子一直放心不下啊。"

　　"听说你倾向于接受老蒋提出的甲案？"邵力子问。

"这也是没办法的事。甲案虽然要东、西北军退出西安，但好歹也还在西北地区，'三位一体'之间也还相互有个照应。不过西北太苦，我担心有的弟兄可能会反对。"

"东北军对你是绝对服从的，你可以考虑再给他们写封信或者托人捎个信，把你的意思传达给他们嘛。"

张学良摇摇头，脸上有些悲戚。"西安的事太复杂了，我说的话也不一定都行得通。况且我已走了一个多月，好些情况我也不知道了。"

"虎城那里，对你的话还是言听计从的。西安罢战不就是因为你的两封信嘛。"邵力子说。

张学良苦笑了一下，没有吭声，目光却盯住了桌上中国旅行社的红道竖格信笺，似乎动了心。

但信还未来得及写，就在这天，张学良得到通知，说是过两天何柱国军长将来奉化，向他汇报西安的情况。

张学良闻之精神顿时一振："嗨，真是说曹操，曹操就到啊。"他立即叫来副官，吩咐他们做点准备，好招待西安来的客人。

此时的东北军，正处在其形成以来最严峻的十字路口。作为旧中国渊源最深的军阀集团，东北军多年来一直靠张学良来维系其统一和严整，其内部所存的新老矛盾和派系之争，在张学良的节制下没有公开暴露出来。"二二"事件不过是少壮派和老将领们之间的一次较量，而其派系纠葛和人员的地域界限，也开始显露出它们在军中的危险性，无论是于学忠、王以哲、何柱国还是缪澂流、刘多荃，无一人能号令全军。在西安问题的解决方案上，老将领们大都同意执行乙案，因为他们认为，这个方案可以使他们的个人利益得到保证，再则，西北地区地薄物穷，军队难以维持。若开往苏、皖地区，条件相对要好得多，可以使部队得到较好的保存和生息。

由于南京方面的军事调动和部署按计划取得了顺利进展，因而东北军没有因兵变和曾经抗拒中央军进入西安而遭到惩罚，它在兵力上也没有被立即削减。南京为东北军的前途制定了两种方案，一是所有的东北军调到江苏和安徽，成立江苏绥靖公署，改组安徽省政府，以适当安排东北军的军政官员；根据第二种方案，东北军集结于陕甘地区，于学忠继续担任甘肃省主席。

东北军师以下的官兵大都不愿东调，倾向于接受第二种方案，即蒋介石原先提出的甲案。通过一年多的观察，官兵们发现"三位一体"的存在对他们的个人命运乃是一种保障。西北虽然苦一些，但至少他们不会被视为杂牌军，受到中央军的歧视或被当做炮灰。

何去何从，军中论争纷起。于学忠等人只得派何柱国军长前往奉化，面见少帅，请求张学良的指示。

2 月 16 日中午，何柱国带着师长王卓然和机要员田雨时抵达奉化溪口，见到了张学良。

"报告副司令：部下何柱国、王卓然、田雨时前来晋见！"三人一起举手向张学良敬礼。

张学良穿一件青灰色的长袍站在门口，也没还礼，只点点头说："弟兄们辛苦了。来，先到屋里谈，待会儿再给大家接风。"

一行人随着张学良进到客厅，在沙发上坐了下来。未及开口，何柱国已是热泪长流。

"柱国兄，你这是……"张学良有些惊愕。

"副司令，弟兄们日日夜夜都盼着您回去啊……"话语未完，何柱国已是放声大哭。王卓然、田雨时也用手抹着脸上的泪水。

张学良也禁不住热泪盈眶。

"副司令，你不在西安，应德田、孙铭九一帮人目无法度，兴兵叛乱，王军长他已经……被杀了！"何柱国仍在号啕大哭。

"什么？鼎芳兄他……"张学良大吃一惊，猛地站起。

见何柱国哭得说不出话来，王卓然便将西安"二二"事变的情况和平息结果向张学良作了报告。

"鼎芳兄，你命不至此啊！"张学良满脸是泪，双手微微颤抖。

在东北军中，除了张学良外，王以哲是实际的核心人物。他从保定军官学校毕业之后，便投到张作霖门下，在北大营当连长。张学良见他行事干练，带兵打仗颇有一套，便将他提拔为团长，而后又师长、军长，他的一军人马，能征善战，装备素质在东北军中名列前茅。由于张学良将他视为兄长，许多军机要事，总是委托王以哲执行。在结成"三位一体"

时，王以哲的部队最先沟通同红军的联系，并曾陪同张学良，参加了在延安举行的东北军与红军的会谈。西安事变中，王以哲力主兵谏，对张学良下决心扣押蒋介石，起了重要的促进作用。

但现在，这么一位将才，一位侠肝义胆的兄长，却死于自己人的乱枪之下，叫张学良怎不痛心悲哀。

"鼎芳兄，"张学良双手紧抱，泣不成声地说，"学良在这里拜你在天之灵了！"说完，面朝西北方向，连连鞠躬。

众人恸哭不已。

哀过，哭过，叹过，足足过了一个时辰，张学良才稍稍平静下来，同何柱国谈起东北军的出路问题。

"副司令，东北军没有您，实在是不行啊！"何柱国哀恳说，"你走时，手令于军长号令全军，可是这一阵子，于军长显得优柔寡断，难以镇住大家。我原想，不行就让王军长出来，他的话大家也还是听的。你走后，西安的事大都是王军长定的，上层将领们也没什么话说。应德田一帮人叛乱的事，我给王军长提醒过，可是他太自信了，不信东北军里有人敢把枪口对准他，结果就……"何柱国又哽咽起来。

张学良一动不动，呆了似的望着对面的墙。墙上挂有一幅辛弃疾的词，上面"醉里挑灯看剑，梦回吹角连营"像火一般灼着他的双眼。

"上上下下现在都有些什么打算？"张学良问，目光仍没离开那首词。

"高层将领们一般都倾向东调，认为这样可以保存实力。不过，师以下的一些官兵另有些想法，不想离开西北。"

"为什么？"

"大家对'三位一体'还有留恋，对周先生的人格也很赞赏。"

"是啊，"张学良回过头来，逐一注视着三位下属。"'三位一体'来之不易啊，大家都在这上面花费了不少心血。鼎芳兄曾经对我说，要保存东北军，只有依靠共产党。这一点，大家都是有体会的。"张学良缓缓站起，在屋里走了几步，最后站到了何柱国面前。"我为国家牺牲了一切，交了一个朋友，希望各袍泽今后维持这一友谊。"

"是！"何柱国响亮地回答了一声。

"看起来，短时间我是回不去了，委员长还要我在这里读书思过。"

说到此，张学良脸上露出了一丝苦笑。"修身养性，难得啊！"

"东北军的去向问题，大家还想听副司令的指示。"王卓然说道。

"诸位将领的想法，也不是没有道理。'九一八'之后，弟兄们背井离乡，吃尽了苦头；同红军打仗，又弄得大家疲惫不堪。兵谏之后，人心浮动，人人都在想自己的出路，所以才有杀王军长的举动。"张学良缓慢言语，神色惨淡，好一阵没再说话。

"我看，就按诸位将领的意思办吧。"此话一出，两行热泪从张学良眼里夺眶而下。"东北军是需要休养一阵了。苏皖是富庶之乡，好歹比西北强。稳定下来，好拼足劲打日寇。"

"大家也都是这么想。不想再打内战，要求把自己的命拿去拼日本！"王卓然说。

"军人就应当这样，"张学良点点头。"'九一八'之前，我对日本的判断失误了。我认为日本人无论如何不会大举入侵，侵占我东北三省，后来又占了锦州、热河。我想日本军人应该知道，这样做对他们是不利的。没想到，他们居然用枪逼着他们的政府定下了侵华政策。国仇家仇哪，人人都应当向日本人讨这笔债！"

"副司令的话，柱国记住了！"何柱国起身立正。

夜，已经很深了。群山在黑暗中隐去，留下衬在天边的一围暗影。风起得很轻，但却连连不断，撩着尚未成熟的树叶在屋外簌簌作响。雪窦寺里的晚经早已念过，偌大的寺院黑影幢幢，寺外挑着两盏孤灯，显得分外神秘幽深。

张学良毫无睡意，独立窗前，遥望着黑漆漆的夜空。

"陪读"的邵力子，已于日前离开奉化，回南京去了。屋里只有张学良一人，每到夜间，难言的孤独就会随着黑暗潜入，像小虫子一般，咬噬着他的心。同何柱国他们谈了大半天，张学良也着实疲惫了，但脑子里却如江河奔腾，无法平静下来。

王以哲被杀，高福源遇难，应德田、苗剑秋、孙铭九出走……东北军军心不稳，前途未卜，自己又身陷囹圄，无法号令全军。作为东北军的主帅，怎不令他忧心如焚，泪雨难收！

已经是后半夜了，门口的哨兵已经换岗，正从他楼下悄然走过。张学良慢慢离开窗前，到桌前铺开信纸，给于学忠写信：

孝侯兄大鉴：

柱国兄来谈，悉兄苦心孤诣，支此危局。弟不肖，使兄及我同人等为此事受累，尤以鼎方诸兄之遭殃，真叫弟不知如何说起，泪不知从何处流！

目下状况要兄同诸同人，大力维护此东北三千万父老所寄托此一点武装，供献于东北父老之前。更要者大家共济和衷，仍本从来维护大局拥护领袖之宗旨，以期在抗日战场上显我身手。

盼兄将此函转示各军、师、旅、团长，东北军一切，弟已嘱托与兄，中央已命与兄，大家必须对兄如对弟一样。弟同委座皆深知兄胜此任。望各同志一心一德，保此东北军光荣，以期供献于国家及东北父老之前，此良所期祝者也。有良一口气在，为国家之利益，为东北之利益，如有可尽力之处，决不自弃。

弟在此地，读书思过，诸甚安谧，乞释远念。

西望云天，不胜依依。

开源（缪澂流）、宪章（董英斌）、静山（吴克仁）、芳波（刘多荃）同此，并请转各干部为祷。

此颂

近安

弟张学良手启

二月十七日

于溪口雪窦山

信未及写完，张学良已是热泪长流，几番滴落下来打湿了信纸。写完最后一个字，他将笔一扔，坐在桌前愣愣地好一阵伤感。

他又想到了杨虎城。这位兄长似的人物参加过辛亥革命，在国民党中算得是元老，为人沉稳真诚。他是陕西的实力派，按说对东北军 1935 年入陕，"抢"了西北军的地盘理当不满，可是，他却以诚相待，事事处处都尊重他这个后辈的意见，每每想起来，都令他心中涌起一股热流。在送蒋介石回南京的问题上，杨虎城曾再三规劝，可是他却没能听进，一失足终成千古之恨。事变之后，西安可谓是个散摊子、烂摊子，杨虎城艰难撑持，实属不易。现在东北军又即将东调，西安的情势更难说清。过去常听人说，蒋介石在收拾异己问题上，可谓是"炉火纯青"，杨虎城和他的十七路军的命运，将很难料测，说不定将会遭遇到比他和东北军更为艰难的境地。

"虎城兄，真是难为你了！"张学良心中自语一声，又提起笔，开始给杨虎城写信：

> 虎城仁兄大鉴：
>
> 柱国兄来悉。兄苦心支撑危局，闻之十分同感，现幸风波已过，迩后盼兄为国努力，不可抱奋（愤）事之想，凡有利于国者，吾辈尚有何惜乎。弟读书思过，诸事甚好，请勿念。西望云天，不胜依依。
>
> 弟 良启
>
> 二月十七日

写完这两封信，已隐约听见远处村落中传出的第一声鸡鸣。张学良抬头望望窗外，发现夜黑得似乎比先前更沉了。

天恐怕快亮了吧？

他起身走到门边，揭开了 2 月 18 日的日历。

一宿未眠，张学良眼里现出了血丝，脑袋也有些晕乎乎地发涨。

吃过早饭，何柱国、王卓然、田雨时来到旅行社客厅，说是溪口老蒋那里已来电话，催他们立即返回西安，准备去开封参加整编东北军的会议。他们想再听听少帅有何指示。

张学良苦笑一下。他知道，老蒋是不愿意何柱国他们在这里待得太久的。他虽然已陷入囹圄，可毕竟还是一只虎。老蒋不想东北军中再有任何人染上令他心有余悸的虎气。

要说的话似已经说过了，可又好像刚刚开了个头。时世变幻，人生感遇，以及对莫测命运的忧患，又哪里是三言两语能够说清！一想到他们将离他而去，回到令他情牵梦绕的西安，回到不知所措的东北军中，他的心就像被针扎了一般。

"我想，"他终于说道，"我分别再同你们单独谈谈。"说完，张学良起身走进了书房。

何柱国随他而去，在身后掩上了书房门。

接着是王卓然、田雨时，分别进了书房。每一个人出来，都是满脸热泪。

临近中午，三人立正敬礼，向少帅告别。张学良将他们送到旅行社门口，忽然又拉住何柱国说："柱国兄，还有一事，回去后请务必代弟处理好。"

"请副司令指示！"

"应德田、苗剑秋、孙铭九三人杀王军长引起军中混乱，自是应当惩罚，"张学良低沉地说，"不过，念他们跟我多年，又忠心耿耿，我想还是给他们一个妥善的结局。"

"周先生已让他们去了红军那里，安全是没有问题的。"何柱国说，"过一阵子，等军心稳了，我可以负责向大家作些解释，让他们再回来。"

"不必了，"张学良摆了一下手。"我意是，给他们每人发一笔出国路费。"

"让他们出国？"王卓然和田雨时都有些惊愕。

"是的。这个问题昨晚我已经想过了，"张学良声音不高，但却显得很有决断。"既然已经到了红军那里，又是周先生安排的，自然也就明白把他们送到哪个国家。"

何柱国点点头，又很响亮地答了声："是！"他明白，少帅是要让这几个鞍前马后追随过他的人去到苏联。

这时的张学良，绝没有料到，"三剑客"后来会走上反动道路，甚至当了汉奸。

"拜托了！"何柱国感到，自己的肩头被少帅猛地拍了一下。

汽车发动了。三人上了车，隔着车窗向少帅敬礼。

"副司令，您多保重！"何柱国嘶哑着声音大喊一声。

张学良伫立风中，向汽车扬起手来，久久没有放下。

苍天为之动情，开始洒下纷纷的细雨。

千秋功罪，自有评说

何柱国返回西安后，向于学忠、杨虎城转交了张学良的信，并向诸将领转达了张学良的问候和指示。得知少帅在囚禁中仍挂念着东北军的官兵，"西望云天，不胜依依"，军营里顿时泪雨横飞，哭声震天。原王以哲军长的一个营，在营长钟福荣的带领下，全体向东，面向张少帅被囚的方向集体跪下，高喊："少帅，您多保重啊！""少帅，您快回来啊！"少帅，我们不能没有您呀！"有好几位官兵悲痛欲绝，哭得匍匐在地。

东北军对少帅的感情令山河为之动容。

在新城大楼杨虎城的官邸里，办公室的灯光彻夜未熄。

张学良和东北军的命运尚且如此，那他杨虎城和西北军呢？一想到这里，这位国民党元老的心情便变得格外沉重。

中央军顾祝同辖下的五个军于 2 月 4 日开进西安市后，即开始了对东北军的整编。东北军的高级将领于学忠、刘多荃、何柱国、万福麟、缪澂流、董英斌等从西安风尘仆仆赶到河南开封，参加由河南绥靖公署主任刘峙召集、由新任西安行营主任顾祝同主持的东北军整编会议。按照东北军撤军前的协议，此次会议应是谈判性质，但由于东北军内部的分裂，高级将领们都热衷于离开西安，加之张学良又让何柱国带回了尊重将领意见的指示，因此，东北军方面没有进行原来设想的讨价还价。谈判会基本上是一边倒，开成了个接受南京方面命令的会：东北军全部调防进入河南、安徽和江苏，分散于中原和华东地区进行整训；于学忠任江苏绥靖公署主任，王树常为开封绥靖公署副主任，东北军元老刘尚清为安徽省政府主席，何柱国的骑兵军接受整编，何本人任西安行营副主任，做了顾祝同的副手。

对东北军来说，这是极为悲惨的命运。由于东北军各部开往不同地区，驻地分散，相互间没有统属关系，全部直接受南京军政部管辖，这实际上分割了东北军的整体性，不久便失掉了东北军的传统个性，成为被逐渐分化、被同化的几支杂牌军。

西安事变的结局，不仅标志着一位声威显赫的青年统帅政治生涯的结束，而且也使一支实力雄厚的地方部队从此消失了。全国抗战爆发后，除了吕正操、万毅率部参加了八路军得以保存下来之外，其他各部全数被蒋介石断送在战火之中。

这个结局，是张学良在发动"兵谏"之初绝没有料想到的。他原来指望，只要东北军能够"撑住"，他便有同蒋介石对峙的资本，逼蒋将他放回军中。现在，东北军既已被分散调乱，蒋介石再没有任何后顾之忧，对放不放张学良也没有了任何顾忌。

张学良自由的最后一点希望破灭了。

1937年3月2日，东北军发布了《移防致陕甘同胞别词》，字里行间情忧意愤，对陕甘同胞一片惜别之情，令人不禁潸然泪下。

西安街头，三个月前曾张灯结彩支持张、杨扣押蒋介石的各界群众，又含泪挂起了标语，舞起了旗帜，欢送东北军离开陕甘。

在古都一片沉滞的气氛中，东北军开始撤离西北。两年前，他们曾怀着深重的国难家仇，来到这片土地，意欲重振军威，挥师收复失地。他们绝没有料到，抗战尚未开始，他们作为蒋介石的异己，又开始了新的流浪。

官兵们一步三回头，向这片写下了他们光辉历史的土地，投去了最后的深情一瞥。

昔日叱咤风云的东北军，就这样悲凉地走向了通向消亡的路程。

离开西北之前，东北军再次选派出军长吴克仁、师长唐君尧、李振唐、霍守义等六位将领，前往奉化面见张学良。3月25日，一行人来到雪窦山下的旅行社，见到了他们日思夜想的少帅。由于蒋介石已经给看守人员打过招呼，因此，他们与少帅的会面极为短暂，每个人同少帅的单独谈话都未超过20分钟。

　　哭过，哀过，呼唤过，六位将领都向张学良表示：希望少帅早日返回军中，主持东北军大计。他们清醒地意识到，没有了少帅这个"东北军的灵魂"，东北军的分化与消亡只是迟早的事。

　　张学良神色惨淡，默思良久，最后对大家说："为了东北父老的这支武装，大帅（指张作霖）和我都付出了全部心血，大帅还丢了命。大家要万分珍惜。现在，大家要服从国民政府和蒋委员长的命令，做好移防的事。只要大家能维护东北军的荣誉，我个人的荣辱已不足惜。"说到此，张学良已是满眼泪花，背转过身，抹了抹脸。待他回过头来，已是一脸的坚毅与豪迈之气。"凡是一个现代国家，军队都是国家的，东北军也绝不是我张某一人的，回去告诉东北军的弟兄们，有朝一日我定会领着大家打日本，收复家园！"

　　"是！"六位将领全都挺身肃立，等待着少帅的进一步指示。

　　张学良目光锐利，逐一审视着这几位曾同自己生死与共的战友，仿佛又置身于奉天北大营的操场上，向着他的千军万马发号施令。他的右手猛地举起，脸上肌肉紧绷，像是要下达一条攻城陷池的命令。倏地，举在空中的手凝住了，明亮的目光又渐渐虚茫起来，那手缓缓垂下，无力地摆了摆。"好了，就这些。拜托了！"说完，张学良头也不回，独自走出了房间。

　　"少帅！"六位将领悲绝地大喊。

　　少帅的脚步声渐渐远去。

　　"东北虎"既已被缚，南京便得以从从容容地来对付杨虎城和他的十七路军了。

　　对于收拾"杂牌军"和地方实力派，蒋介石真是行家里手。辛亥革命之后，群雄纷起，割据盛行，冯玉祥、阎锡山、李宗仁、张作霖、吴佩孚、刘湘，均各据一方，与蒋介石抗衡。蒋介石采取明打暗拉、和此击彼、软硬兼施的手段，将其中的大部分军阀收拾得服服帖帖，不敢妄动。现在，要将杨虎城和他仅余三万多人的十七路军置于蒋氏的指挥棒下，更是易如反掌。

　　蒋介石对付十七路军的方法十分简单，却也十分狡诈：制首慰下。

先剥夺了杨虎城这个"首犯"的兵权，来个"革职留用"，然后对其部下进行宣慰，让孙蔚如当了陕西省主席，杜斌丞当了秘书长，续式甫当了财政厅长，另外一些重要将领也多多少少得到了南京的一些"甜头"。

十七路军稳住了，不再有什么"异动"了，蒋介石开始"处置"杨虎城。

1937年3月底，杨虎城连连接到由宋子文和顾祝同转达的蒋介石命令，让他赶赴杭州，接受召见。

西子湖畔，垂柳依依，浮烟如梦。在西湖边一幢豪华的别墅里，杨虎城见到了由宋美龄、宋子文、胡宗南陪同露面的蒋介石。杨虎城发现，比起三个月前在西安时的情形，蒋介石略略胖了些，腰也直了，脸上更是一副傲慢与威严构成的冷峻。

所谓"召见"，实际上是蒋介石要训话。短短的寒暄之后，蒋介石便板起脸孔，历数西安事变张、杨二人的"罪过"，表现他"领袖"人格之伟大。

"我个人吃点苦，受点罪，算不了什么。可是此事发生在你和张汉卿身上，确实让我想象不到。"蒋介石挺身端坐，双手放在椅子扶手上，神情冷漠，言辞寒厉。"张汉卿一从外国回来，就劝我学墨索里尼那一套，搞法西斯组织，到处宣传绝对信仰领袖，拥护领袖独裁，还说国民要有耐心，要给领袖一个充分试验的机会。可是一背转身，他又来这么一下，让人怎么对他相信！"

蒋介石停住口，目光定定地盯着面前的一只水杯。屋子里死一般地寂静。

"身为军人，张汉卿打不住共产党，居然会向他们投降。还口口声声要打日本。打不住呢，不是又要降吗？"

杨虎城满脸铁青，目光始终盯住面前的茶几。

宋子文似乎听不下去了，插进来说道："其实汉卿也是个守信义的人，这阵子在奉化，也为防止内战做了很多事……"

蒋介石扬起手，止住宋子文。"张汉卿这些天自我反省，已经有了些认错的表示，又一再说要跟我学读书，学人格。"说到这里，他的语调缓和了些。"他年少气盛，不知天高地厚，才铸成西安大错。不过虎城，你是老同志了，竟会跟着他走，让人怎么想嘛！"

蒋介石滔滔不绝，一口气讲了两个小时。杨虎城始终默然无声。

第二天，蒋介石又同杨虎城进行了单独谈话，明确提出，对他革职留任，让他出洋考察。对此，杨虎城早有预料，仍然是默默地点点头，接受了这一残酷的命运。

蒋介石早就明白，杨虎城对被迫出洋之事，只会是表面服从，内心会对他充满诅咒。于是，蒋介石连连向西安发出电报，催杨虎城成行。

4月16日，蒋介石再次打电报给西安行营主任顾祝同，让他再行相催：

> ……总之虎城如磊落态度，听命辞职，则照中在杭所谈者，毅然行之，不应提出任何要求条件，示以至诚。则中央不能不体其善意，自能优遇。否则，一提条件，则无复可言矣。如其决然辞职出洋，并望其能在本月内来沪，中央当派员为之筹划一切也。

4月27日，杨虎城被迫辞去西安绥靖公署主任及十七路军总指挥职务，准备离开西安。

张学良被囚，东北军东调，"三位一体"破裂，已经使十七路军倍觉孤单，彷徨无依了。现在杨虎城又辞职远行，更让将士们心冷齿寒，忧愤于心。十七路军的高级将领们联名给蒋介石发去电报，以杨虎城患有高血压病为由，请求缓行。他们认为，只要杨虎城暂不出国，那么全国抗战一起，他便可以投身抗敌，仍与十七路军生死相依。

但这个请求却被蒋介石冷冷地拒绝了。并让人传话：你要真有病，来上海好了，上海的医疗条件不比西安强多了？

杨虎城无奈，只得飞赴上海，准备由海上乘船赴美国。

5月27日，杨虎城告离西安。消息传出，西安各界市民，各救国团体和各校师生，以及十七路军的官兵，全都集往西郊机场，为杨将军送行。口号声、军乐声、锣鼓声，响彻云霄。人们情绪激动，热泪飞洒，以各种方式向这位为抗日而被罢黜的爱国将领致敬。杨虎城到达上海后，西安的学生们还到终南山麓，采集了许多故乡花草，分别贴在几本纪念册上，写上许多热情的话语，托人远道送给他，以表达故乡人民对他的一片深情。

他们似乎已经预感到：杨将军很难再踏上故土了。

1937 年 6 月 16 日，国民党政府军政部发布命令：

> 兹派杨虎城为欧美考察军事专员，此令。

临行前，杨虎城在上海祁齐路的寓所里，与前来送行的十七路军的主要将领们进行了一次长谈，言语间情绪激动，歔欷不已，对西安事变这一义举毫不后悔，说："只要十七路军在抗日战场上积极作战，有了好战绩，得到人民的支持，他蒋介石就不敢把我们怎么样。"

众将领告退前，杨虎城又逐一紧握着他们的手，谆谆嘱托道："我杨虎城缠不下蒋介石，你们更缠不下他。能缠下蒋介石的只有陕北的毛泽东、周恩来。到了蒋介石压迫我们，我们的存在发生危险的时候，我们就断然倒向共产党，跟共产党走！"

此时的杨虎城，比以往任何时候都更看清了在蒋介石治下的末路。

6 月 29 日，杨虎城偕同夫人谢葆贞、儿子杨拯中，随员亢心栽、樊雨农，乘坐美国轮船"胡佛总统"号离开了上海，前往美国。

码头上，近千名送行者高高挥手，与杨虎城挥泪告别。十七路军的将领们庄重地举臂，向渐渐远去的客轮致军礼。他们比任何人都更明白，他们也许是最后一次向自己爱戴的长官敬礼了。

杨虎城站在船舷边，脱下头上的礼帽按在胸口，含着泪，向岸上的人们深深地鞠了一躬。

他不知道，自己何时才能回到祖国，而回国之后，又将面临什么样的命运。

他的眼前，此时竟朦朦胧胧地浮现出张学良的身影。行色匆匆，心情郁闷，再加上南京的限制，他已没有可能去见这位共襄义举的少帅了。何时才能与他再度聚首，共驱日寇呢？

杨虎城的心上一阵悲凉。

"兵谏"的两位领袖人物，一位被囚，一位被迫出国，给历史留下了极大的遗憾。

但是，"兵谏"的枪声唤起了千万民众抗日的勇气，给南京政府向日本步步退让的政策敲响了警钟，同时，也令蒋介石多多少少感到人心的向背。

在溪口蒋母坟庄那间半明半暗的屋子里，蒋介石成天难说一句话，面向着那堵挂着他母亲遗像的墙苦思冥想。

东北军东调了，西北军也去甘肃了，现在，他不得不面对他长期以来的心腹大患共产党红军了。从1931年开始，他一共抽调了上百万大军围剿中央苏区，但是，红军非但没剿掉，反而在长征到达陕北后，变得越来越有影响力，最后居然联合了东北军和西北军，在西北形成了"三位一体"，成为不可小视的一股军事、政治力量。依他"攘外必先安内"的方针，红军是非被剿掉不可的。可是经过西安事变，这个方针是不得不放弃了。在西安，他是作出了停止内战共同抗日的明确保证之后，才得以获释的。作为一个领袖，蒋介石必须遵守他的诺言，否则，他将失信于西安事变中的各方，失信于各地方实力派，失信于中国人民，危及他的地位。更为严峻的是，日本军队步步进逼，蜂涌入关，策动华北五省自治，已有明显的攻占全中国的企图。全国各阶级、各阶层纷纷发表宣言和通电，要求保卫领土主权，停止内战，武装群众，出兵抗日。在此情况下，再奉行"攘外必先安内"的政策，势必引起全国民众的强烈反对，那时的局势，就不再是一个西安事变的问题了。

想到这些，蒋介石又看了看放在桌边的一份文件，上面抄录的是中国共产党在2月10日发给即将召开的国民党五届三中全会的电报，上面提出了停止内战、一致对外、释放一切政治犯等五项要求和停止推翻国民政府的武装活动、红军改名为国民革命军并直接受南京中央政府与军事委员会指导等四项保证。从这个电报中可以看出，中国共产党已作了重大让步。

蒋介石又看了看另一份文件，这是侍从室刚刚送到的。西安事变之后，周恩来、叶剑英和顾祝同、贺衷寒、张冲在西安进行了接触和谈判，双方意见大体一致，正准备将谈判条件写成条文。中共代表还提出，要求与他直接进行谈判。

看来，国民党的政策不得不变了，他蒋介石独断专行也不得不有所收敛了。蒋介石皱着眉，长叹了一声。

1937 年 2 月 15 日，国民党五届三中全会在南京召开。这次会议并没有直接响应共产党关于统一战线的政策，但在其通过的宣言和决议中，已经表达出实际上接受共产党主张的意向。

会议一结束，内战停止了，为反共战争而设的"剿匪"司令部纷纷撤销了，曾受过日本教育的张群被罢免了外交部长职务，代之以亲英美的王宠惠。2 月 23 日，蒋介石在记者招待会上明确表示，今后将要奉行言论自由、集中人才的政策，并准备释放一些政治犯。这些，实际上都是西安事变领导人和中国共产党的主张。

由于西安事变，中国现代史上的巨大转折开始了，"从此建立了两党重新合作的必要的前提（毛泽东语）"。国共第二次合作谈判在新的历史条件下得以继续进行，为艰苦卓绝的八年抗战，为最后打败日本侵略者奠定了基础。

西安事变为中国现代史留下了悠长的回音。

第 4 章

从此天涯孤旅

"张学良先生招待所"

新绿初吐，雪窦山充满了春天的清新芳郁。寂静的山谷中，一切都显得十分清澈、明净，天空一片淡蓝，新草迎风摇舞，去年褐色的旧叶还残存于灌木丛中，而山脚下已见得到星星点点开放出的淡黄色的小花。

春天的到来使张学良的心境略略有了些好转。脱掉笨重的棉袄，换上夹衫，他的精神也仿佛有所振奋。

2 月 15 日，国民党五届三中全会召开，讨论国共关系和对日政策。那几日，张学良似有些心神不定，有时久久地盯着报纸出神。过了没几天，消息传来：会议通过了有利于抗日的宣言。

"蒋介石毕竟没有食言啊！"张学良心潮翻滚，禁不住大声自语道。如果南京政府真能奉行这次大会提出的方针，停止内战，一致抗日，并允许言论自由，释放政治犯，那么"兵谏"的目的便得以达到，捅天一个窟窿还真捅出了一片阳光！

"凡有利于国者，吾辈尚有何惜乎"。张学良想到了写给杨虎城信中的一句话。是啊，只要内战能够停止，抗日能够实现，那我张学良受些委屈、甚至搭上性命，又算得了什么！

一股豪气从心底升腾而起，他的双眼变得晶光闪闪。

2月20日，张学良得到通知：在头一天的会议上，蒋介石作过关于西安事变的报告后，全会通过决议："恢复张学良的公民权"。

在1936年12月31日国民党高级军事法庭上，张学良被判处十年有期徒刑，剥夺公民权五年。后来蒋介石给予特赦，免于十年有期徒刑，但公民权仍遭剥夺。没有了公民权，自然也就失去了选举和被选举权，失去了参与政治生活的机会。对一个投身于政治的人来说，这等于宣告了政治生涯的终结。

政治就像变戏法一般，不到五十天，张学良的公民权又飘然回归。从形式上来讲，他又可以回返到政治风云之中。

对此，张学良既想笑，又想哭。笑南京政府的花样把戏太拙劣，太无聊，翻手为云，覆手为雨；哭自己奋争数年，威风八面，最后却落得任人宰割、随意支配的境地。

如同张学良所料，"自由"之风并没有吹拂到春意盎然的雪窦山中，军事委员会"严加管束"的枷锁并没有丝毫的松动。轻轻撩开厚厚的窗帘，便可看到门口的便衣特务正来回巡行，明知这里地远人稀，却丝毫没有放松警惕。远处的山脚下，置于外围的便衣亦在尽职尽责地执勤，不时还向雪窦寺这边张望。

"也真是难为他们了。"张学良脸上现出一丝冷笑，心中暗道。"老蒋是畏我这只虎，怕我重返山林，再度长啸啊！"

传来轻轻的敲门声，张学良刚转过头，便见负责看守的军统局特务队队长刘乙光跨进屋来。

"早上好，副座。"刘乙光毕恭毕敬地问候道。

张学良鼻孔里嗯了一声，算是作了回答。

"副座上午是不是要出去，请问？"刘乙光仍是一副谦恭的姿态。

张学良没有回答，一言不发地望着眼前这个军统局的中校特务队长。他比张学良略大几岁，个头不高，显得有些敦实，但为人却精明得很，善于迎合上司意图。他办事一板一眼，滴水不漏，也称得上尽心尽职。张学良知道，刘乙光是深得"戴老板"赏识的人，不然，决不会把看守一个"党国重犯"的任务交给他来执行。

在少帅不动声色的注视下，刘乙光变得有些不自在起来。自从张学良到达南京后，刘乙光便同张学良打上了交道。论起来，张学良是他手中的"犯人"。可是，张学良的身份太特殊了。他既与蒋介石"情同父子"，又是党国的显赫要员，无论是在政界还是军界，都有大量的朋友、至交，这样的人，虽然遭到罢黜囚禁，仍是"虎倒雄威在"，让人不得不对他敬畏三分。刘乙光在戴笠手下干过多年，对上层的各种关系脉络也略知一些。"张学良"这三个字，对他来说是如雷贯耳，他万万没有想到过，这位东北军的统帅居然会成为他所管束的"重犯"。国民政府关于对张学良的处置决议中"交军事委员会严加管束"，最后会落实到他头上。

　　这个任务太重大、太艰巨，也太令他振奋了。戴笠把这种任务交给他，再明显不过地表现出了对他的高度信任。后来的日子里，张学良在他眼里变成了一座十分灿烂的"桥"，他将由此而走向仕途的辉煌未来。

　　在很长一段时间里，刘乙光每一见到张学良，心里便涌上一阵激动。这么一位大人物现在就掌握在他的手中，这使他深深体会到"权力"的重量。他将会十分谨慎而又巧妙地使用这种权力，使这个大人物真正成为一座"桥"，托载着他走向梦寐以求的彼岸。

　　还在南京，戴笠便一再交代，张学良是党国的"重犯"，但又绝不同于一般的囚徒，相反，对他必须待之以礼，小心照料。"最关键的是两点，这也是派你去的目的，"戴笠告诉刘乙光，"一是注意他的安全，既不能让他自杀，又要防止来自外界的任何威胁；第二是要留意他的一言一行，要做到有言必记，有行必书，直接向我报告。这一点，委座是再三有所交代的。"

　　"是，局长！"

　　"在有关张学良的问题上，其他任何人都不得插手，直线领导。你向我负责，我向委座负责。"

　　"明白了，局长！"刘乙光身体站得笔直，响亮地回答。旋即，他又小心翼翼地问："局长，张学良交际很广，恐怕少不了有人看望他。对这些人我们怎么应付？"

　　戴笠默思了一阵，说道："不管怎么说，张学良现在是在管束期间，他的活动应当受到限制。至于看望他的人，必须先报军统局我这里批准，否则一律不准会见。有的人，恐怕还得先报委座批准才行呢。"

"明白了，局长。"

"我再重复一句，你们的任务就是看住张学良，一定不能出了意外。你们布置好以后，我会亲自去检查的。还有嘛，"戴笠缓缓在屋里踱步，用手摸着黝黑脸上刮得青乎乎的腮帮。"说起来，张学良也算得是我的上司。有些事情，你们不要太难为他。"说完，戴笠抬眼定定地望着刘乙光。

"我一定记住局长的指示。"刘乙光很沉稳地回答，并点了点头。作为军统局的特务队长，他对戴笠的背景和人事关系大都有所了解。论起来，戴笠也算得是张学良的一个朋友。他出生于浙江，是蒋介石的老乡，后毕业于黄埔军校第六期骑兵科。蒋介石组织"四维学会"时，张学良是副会长，戴笠只是一般成员，所以算得上是戴笠的上司。后来由于工作上的原因，两人经常来往，渐渐也就有了些情分。蒋介石在西安被扣时，戴笠身为军统局长，事前却无一点情报，自知难逃惩罚，所以硬着头皮去了西安，被蒋介石痛骂了一顿。他随身携带的小手枪在被十七路军收缴之后，唯恐自己活着出不了西安，见着张学良便下跪，要张副司令保他一条命。张学良见状哈哈大笑，当即解下自己镶有珍珠的手枪送给戴笠，令戴笠感激不已。现在情势反过来了，张学良成了他的掌心之物，出于对蒋介石死心塌地的忠诚，他当然要执行"老头子"的指令，将张学良囚禁得连一只苍蝇也飞不近身；但出于私人感情，他似乎还不打算过度难为这位前任上司。更何况，蒋介石表面上也对张学良没有太激烈的言语。刘乙光是个精明人，对这些情况了然于心，即使戴笠不提，他也知道自己对张学良不能做得过分。

"好了，就这些。人员问题嘛，先给你三十个人，就在你特务队里挑。另外，再给你个宪兵连，负责外围。"戴笠扬了扬手，做了个让他告退的意思。

"我一定执行好局长的指示，请局长放心！"刘乙光抬手敬礼，转身走出了办公室。

从这一刻起，刘乙光的命运便同张学良连在了一起。

风景秀丽、名峰叠起的雪窦山，也开始处于宪兵特务的严密监视之下。原来香火旺盛的雪窦寺，进香拜佛的香客们渐渐少了起来，佛堂内外，

"张学良先生
招待所"

开始出现了前所未有的冷清。

自张学良搬来雪窦寺边的招待所后，"中国旅行社雪窦山分社"的牌子便被摘了下来，在内部，改称为"张学良先生招待所"。特务队的名称也改为"军统局派驻张学良先生招待所特务队"，队长刘乙光，对外称为张学良的"秘书"；副队长叫许建业，是个理财高手，专门负责各项开支。特务队共有三十个人，全部是刘乙光秉承戴笠的旨意仔细挑选的。

来招待所的第一天，特务们便被分成了四个小组，轮流值班。张学良的卧室、饭厅、出入的前后门，都配上了看守，他的一举一动，时时刻刻都处于一双双眼睛的严密监视之下。

旅行社的门口，站上了武装宪兵，并设有游动步哨，任何人未经特别许可，不得靠近一步。在登雪窦山的唯一要道口"入山亭"处，刘乙光布置了一个班的宪兵和四名特务，一面巡逻放哨，一面对上下山的游客严加盘查。

张学良被安排住在"招待所"的二楼，隔壁便是刘乙光。其余的宪兵和特务均住在距离约一华里的雪窦寺内。一有风吹草动，便会荷枪而出，团团包围住"招待所"。

张学良纵然插翅，也难以飞逃出雪窦山。

蒋介石在从戴笠口中得知对张学良软禁所作的安排后，很是满意地点了点头，说："好吧，就让汉卿在这里好好地读书思过吧。"

其实无论蒋介石还是张学良，心里都十分明白，所谓"读书"完全是幌子，派个满腹经纶的邵力子上山陪张学良，也不过是掩人耳目。要其"思过"，对其"劫持统帅"行为实行报复性惩罚，这才是蒋介石的真正目的。

戴笠自然能领会出"委座"的意图。他为自己对待张学良的方式定了个基本原则：严加防范，相对自由。他指示刘乙光，张学良的活动范围东不能出镇海口，西不能出曹娥江，在这60公里的圈子内，他若想出游，必须先通知"秘书"，然后由"秘书"安排便衣先行，宪兵随后"保护"。若要想到宁波市等人口稠密的"复杂"地区，则要提前一天"登记"，由刘乙光挂电话获得戴笠的准允，在其座位的前后左右安排上便衣，这才得以成行。为了防止外界得知张学良的情况或张学良私下与外界联系，戴笠还命令刘乙光派一个姓江的特务常住溪口镇上的邮电所，对来往于此地的信件进行检查，所有被认为有疑点的往来书信，均要由"刘秘书"先行"审读"。

在随张学良转移去溪口之前，刘乙光按照戴笠的指示，对挑选出来的三十名队员进行了一次训话。在特务队中，不乏全力效忠于蒋介石之人，一听说要由他们去看管这个犯了"劫持统帅"罪的大人物，便显得有些激动，甚至流露出过激言论。这令刘乙光忧心忡忡。要是在对待张学良的问题上出了差错，不要说他刘乙光，就是戴笠也担待不起。因此，刘乙光不得不将话挑明："我们都是军人，军人的主要信条是服从命令。我知道各位现在对我们的客人，情绪都很激动，"刘乙光将目光向所有队员扫视一遍，顿了顿，又接着说："事实上，我和你们有同样的情绪。但是，委员长和戴笠局长给我们的命令，是要我们照料客人的安全和舒适，并且要注意，不能有任何事情惊扰他。"刘乙光又停下来，目光很严厉地看了看几个人，"我可以感觉得出，有几位弟兄不太同意我的说法，但是我有我的理由。大家想想，要是委员长在西安的时候发生了什么意外，不论是不是张学良下的命令，全国都会相信是他所造成的。反过来，如果今后张学良遭遇到任何事情，不论是不是委员长的主意，全国都会相信这是委员长下的命令，而要由他来负责。所以，身为军人，我们一定要服从命令，千万不能做出任何不符合委员长意思的事情来。"

尽管刘乙光的话并没有让所有人都马上消除对张学良的不满，但起码还是让特务们的言行有了分寸和顾忌。

从南京到溪口，没有人胆敢对张学良做出任何不敬的事来。

过惯了军人那种风风火火、枪声加吼声的日子，张学良从来闲散不住，更何谈安安静静地坐下来，青灯黄卷，苦捱时光。对这一点，戴笠是有深入了解的。1935 年 2 月，张学良到庐山觐见蒋介石，听他部署三个月肃清豫皖鄂三省境内红军的事。有一天戴笠去看望张学良，见他正在训斥副官，说忘了给他把猎枪带上。见戴笠一来，他马上拉住这位军统局长，一定要他去弄杆猎枪陪他上山打猎。戴笠只得去借了枪，陪着这位副司令满山遍野地跑了两天。猎枪一放下，他又让戴笠陪他去打网球、骑马，几天下来，把戴笠折腾得精疲力竭。张学良却没事似的，问他："雨农（戴笠的字）啊，明天我们去哪儿玩呢？"弄得戴笠连连摆手，说不行了，陪不起了，请副司令自己尽兴吧。

从此以后，戴笠算是有了体会，逢人便说，要讲玩，谁也比不过张副司令。而他自己，一听张学良要去找什么兴头，便退避三舍，又是鞠躬又是摆手。张学良有次当着众人的面，用手指点着戴笠说："你这个'戴老板'哪，连玩都不会，只会当特务！"弄得戴笠在一旁尴尬地向众人打哈哈。

现在，张副司令真的可以玩个够了。张学良刚到奉化，戴笠便派人送去一匹白马，一辆小汽车，一顶抬轿，任其驰骋平野，任其登山观景。为了满足张学良的运动嗜好，戴笠又令人在招待所前安置了一架单杠，开辟了一块网球场地，并让人在溪口上游沙堤村找了一处深浅适度的游泳场地，派人送来钓鱼竿，让张学良在这里游泳垂钓。刘乙光又根据戴笠的指示，专门在特务队中指定了四个身体结实灵活的人，随时陪同张学良登山观景。

当然，张学良也总有闲下来的时候。闲下来这位副座怎么过，着实让戴笠和刘乙光费了一点脑筋。后来戴笠当面请示蒋介石，问可不可以给张学良订一些报纸，买点书？蒋介石对此也踌躇良久，最后答应说，可以给他订一些执行新闻检查比较好的报纸。"张汉卿不是受过西方教育吗？还可以给他弄点外国书报看看嘛。"蒋介石似乎显出了某种宽容。很快，在"张学良先生招待所"里，便出现了一间宽大的书房，里面摆上了军统局专为张学良订的《申报》、《新闻报》、《时报》和一些无关紧要的书籍。张学良托人，从上海运来了一批英文画报和外文杂志书籍，宋子文也经常给他邮寄，每次都有二三十本。每逢看守人员到宁波购买物品，张学良都要亲自开出书单，让他们代为购买。不到两三个月，书房已颇具规模，变得丰富起来。有的看守闲下来没事，也常溜进去看那些外国画报。

要说玩的，张学良可谓应有尽有了，为此，军统局付出了一笔巨大的开销。戴笠给军统局的财务部门下达的指示是：凡是"军统局派驻张学良先生招待所特务队"的经费，一律由军统局全数供给，实报实销。而蒋介石给戴笠的指令是：用维持一个步兵团的经费，供养张学良。

而在蒋介石心里，只要好好地看守住这只东北虎，免生异乱，用去一个师甚至一个军的费用，又何足惜！

"我们成立个读书会"

初别军营，张学良还没改掉晚睡早起的习惯。每日晨曦初露，张学良便会自动醒来，站到露天走廊上，远望渐现轮廓的群山，大口大口地呼吸新鲜空气。早餐是他喜欢吃的火腿、鸡蛋、牛奶、金山橘。午、晚两餐都有八九个菜，饭后还备有水果。张学良有喝可口可乐的习惯，有时外出也让人随行携带。他来溪口后，宋子文曾寄来整箱的可口可乐和外国水果，后来便由军统局委托中国旅行社代为采购，基本上每日都有保证。对咖啡，张学良是出国时才产生兴趣的，平日也时不时冲上一杯。他觉得这玩意儿有股特别的浓香，喝了能醒脑提神，有助于思考问题。同他父亲张作霖不同，张学良从不酗酒，逢到高兴的事儿，或者有什么喜庆吉日，这才沾上几口。自从1933年戒掉鸦片之后，张学良连烟也少抽了。偶尔点上一支，也极少将烟雾吸到肺里。有时一支烟点燃，却只吸上两三口，呆呆地望着一缕升腾的蓝烟出神。

春天已至，万物复苏，张学良的心也在尽情地感受迎面扑来的阵阵春意。举目四望，雪窦山的天空清澈蔚蓝，阳光四射，九座苍翠的山峰此起彼伏，陡峭的绝壁悬崖间云气久久飘浮弥漫，直到阳光炽烈时，才渐渐消散。群山之上，苍穹无限辽阔，远方有如波浪的山峦在清新的空气中一片翠绿。软绵绵的和风从南边吹来，将一派暖意温温软软地灌注进人的心底。

南方的春天，总是携着连绵的春雨而来。一连几天，雪窦山上都是春雨霏霏，将周围的山洗成一片碧绿。山区都是泥路，小雨一浸，便变得松软，一踩一个脚印，稍微稳不住身子，便会栽倒在地。

出门游山是不可能了，但闷在屋里朝朝暮暮地听淅沥雨声也难得打发日子。张学良在书房里同刘乙光闲聊了一阵，突然问："刘秘书，今年贵庚多少？"

刘乙光微怔了一下，忙笑着回答："不敢。今年我刚好四十，比副座虚长几岁。"

张学良"哦"了一声，说："还年轻么，将来还有你的前程。"

"还望副座日后多多指点、提拔呢。"刘乙光一副谄媚的腔调。张学良没有回答。刘乙光的话虽得体，但放在他这个被罢黜了所有官职的人面前说，却不那么合适了。"学良已是无用之人，哪里谈得上指点、提拔。"张学良淡淡地说，心中却暗道："你倒是可以踩着我的肩往上爬哟！"

"副座见多识广，在国内国外都是数得上的大人物，我和弟兄们都想请副座日后多关照，有什么不周到的地方，还请长官能予谅解包涵啊。"刘乙光语调显得十分虔诚。

张学良手一摆，没容刘乙光往下说。他的目光透过窗户，朝下望向门口冒雨站立的卫兵，皱了皱眉头。

"弟兄们在这儿，也真是辛苦了。"张学良面无表情地说。

"为了副座的安全，弟兄们辛苦点是应该的。"

"都是些二十来岁的年轻人，正是学知识长见识的时候，为了我而误了前程，那就太可惜了。"

沉浸在文字世界
里的张学良，暂时宠
辱皆忘

"军人嘛，执行命令。这方面请副座放心，我们一定会尽心尽力的。"

"我不是这个意思。"张学良知道刘乙光误会了他的意思，脸上淡淡一笑。"我是想，大家在这儿空时间太多，闲下来也没事。长期这么下去，会出问题的。我多年带兵，深知这个道理。"

"那副座的意思是……"刘乙光困惑地望着张学良。

"很简单，"张学良得意地用手一挥，指点着靠在四壁的书柜。"我看我们可以在这儿组织个读书会，把弟兄们组织起来，闲下来就读点书，也算是不荒废光阴。"

"还是副座高明！"刘乙光兴奋得跳了起来。但旋即他又停下来，面有难色地说："可是学什么呢？还有，总得有个先生才行啊！"

"这我已经想过了。"张学良满脸是笑地站起来，在屋里走了几步。"我在北平副司令行营的时候，有人介绍我认识了一位吴老先生。是前清举人，学问大得很。凭我的面子，我们可以把他请到这儿来，给我们讲点古书。"张学良转过身，问道："你看怎么样？"

"好极了，好极了，"刘乙光连连点头。"我马上派人去办。"

其实刘乙光并没有立即办。雪窦山要添新人，这么大的事，刘乙光当然做不了主，不得不用电话向戴笠作了汇报。戴笠自认为这无甚不妥，但为谨慎起见，还是向蒋介石作了报告。

"请人讲古书？好事情嘛！"蒋介石一听便立即应允。"多读点书，对张汉卿、对那些年轻人都有好处。让他们去请吧。"

有老头子一句话，刘乙光当然也就不敢怠慢了，当下派了两个人赶到北平，将吴老先生请到了雪窦山。

吴老先生是前清举人，衣帽鞋袜、言谈举止无不有清代遗老遗少的风范。问人是否吃过饭，他很简略地用句古语："用膳否？"若有人问他是否用过餐，他则回答："偏过也。"令年轻队员们颇觉迂腐。

吴老先生一来，读书会便宣告成立，规定参加的人每天读三个小时的书，每逢星期三、星期六，由队员们轮流发表读书心得。大部分队员确也想利用这个机会学点知识，而有的队员不过是凑凑热闹，聊以打发时光。

读书会的第一课，吴老先生讲的是《左传》上《郑伯克段于鄢》那一段历史故事。"初，郑武公娶于申，曰武姜，生庄公及共叔段……"吴老先生摇头晃脑，把一段历史上手足相争的故事讲得津津有味。队员中大都文化不高，听后也算长了见识。

"郑伯这个人太无手足之情了，对自己的兄弟怎么可以使阴谋手段呢？"队员中有人感叹道。

"我们研究历史，并不是要学历史上那种人的阴谋手段，"张学良对众人说道，"切不要学那种人想法子害人。但是明白了其中的道理，就可以防备别人对我们的加害。你们别以为现在是民国时代，但那些阴谋家使用的手段，也同春秋战国时代差不了多少呢！"

"是呀，阴谋家看来哪个朝代都有啊！"有队员附和说。

刘乙光站在一旁，瞪了那个队员一眼。他心里在想，张学良所说的"阴谋家"，究竟是指谁呢？

他不敢问，也没敢往下想。

读书会按预定计划，进行得很有规律，也颇具成效，每周三、六的读书心得，队员们也做得很认真。"副座在这儿为我们办学堂哩。"有的队员在私下里议论。"这么个大人物还念着为我们办事，不容易啊！"言谈中流露出对张学良的敬重。原先那些对张学良抱有偏激情绪的人，也逐渐对张学良有了些好感。

吴老先生在雪窦山讲课期间，张学良每月从自己的钱中拿出500元法币给他作报酬。这在当时，实在是一笔大数目，令吴老先生感激不尽，以后讲课，越发尽心尽力。

雪窦山的晨昏，总能传出朗朗的读书声。刘乙光很少去读书会，但还是很鼓励其他人去跟着老举人"之乎者也"。他对张学良说："副座，多亏了你，弟兄们一个个都变得文绉绉起来了。"

"人有了知识，自然也就会懂道理。苏东坡说：'人不可以无学'，'学以明理'就是这个道理啰。"

"是啊，是啊。"

"我看哪，刘秘书，"张学良转过来面对着刘乙光，"你要有兴趣，也可以和大家一块儿学嘛。"

"是，副座，我有空一定去学，一定去！"

风雨雪窦山

太阳快落山时，天下起雨来，旅行社的四周都是单调的滴滴答答的雨声。一股沁人心脾的清新气息从敞开的窗户吹进来，夹杂着三月的丛生草木才会有的那种甜丝丝的湿润气味。

书房内，张学良放下手中的英国画报，目光移向斜对面的客厅。大厅里的光线变暗了，除了雨声，四下里没有一点动静，客厅里那只硕大的时钟发出的滴答声，使房间显得分外寂静。张学良感到，一种从未体验过的特别气氛正像雨丝一样缓缓潜入心中，在里面生成一种迷迷幽幽的情绪。

西安金家巷张公馆里那种急促的电话铃声、咚咚咚的马靴声、报告声、呵斥声、发电报的滴答声，已经浮云般地远去，像是几十年前发生的往事。荒芜的寂静若一张巨大的黑网，将他的过去与现实间隔得严严实实。

虽然是春雨，说停还是就停了。暮色昏暗迷离，天际的朵朵乌云越来越浓。不一会儿，天已渐渐黑了下来。

张学良独自下楼，沿着旅行社边上的一条小路缓缓而行。刚下过雨的路有些粘滑，每走一步都要十分小心。路旁的树丛寂然无声，连时而从低垂的枝头落下的滴雨声都清晰可辨。

张学良默然伫立，像是在期待着什么，远望着黑黝黝的树梢。最后一朵乌云正从树上掠过，飘向远处已难辨出轮廓的山峰。他的目光追随着云朵，透露出难见的柔情与依恋，仿佛云朵所托载的，是一种久别的温馨……

赵四小姐离开他已有些时日了，其间曾托人带来过不少东西，给了他不少的安慰。于凤至在得知张学良被"严加管束"后，曾给宋美龄去过一信，以姊妹的名义请求宋美龄劝说蒋介石，让张学良恢复自由，但是却没有得到任何答复。于凤至安顿好在英国的儿女，风尘仆仆地赶到上海，向居于此地的宋子文了解到西安事变的前前后后，为蒋介石的背信弃义气得大哭了一场。宋子文在此事上对蒋介石亦大为不满。但毕竟是郎舅关系，也不便当着于凤至说更多诅咒蒋介石的话，于是，对张太太好言劝慰一番之后，通过电话将于凤至已回国的消息告诉了宋美龄。

"汉卿已经被害成这样了，"宋子文在电话里激愤地说，"我想，你那位委员长夫君总不至于仁慈到连夫妻相见都不准允吧？"

"子文哪，他虽然是委员长，但也不是每样事情都说了算。他有他的难处，这你也是知道的。南京这里什么样的人都有的。凤至现在既然回来了，到溪口去我想没什么不可以。我马上就去告诉他，让给戴笠打个招呼。"

"小妹，你怎么现在也带上南京的官腔了。你知不知道，张夫人是拖着有病之身，迢迢万里回国来寻夫的！"电话里，宋子文明显抬高了嗓音。

"请转告凤至，去见汉卿的事我会尽快给她办好。请她多注意身体。南京现在复杂得很，我一时还脱不开身。等有了空，我一定会去看她的。"

两天之后，宋子文接到宋美龄从南京打来的电话，说蒋介石已经同意让于凤至去溪口同张学良会面。"汉卿是个喜欢热闹的人，让他一个人在溪口肯定寂寞得很，有人去陪陪他当然好。不过……"宋美龄顿住口，像是有什么难言之隐。

"不过什么？是不是……"

"不，不，你别误会我的意思。委员长……嗯，南京有些人觉得，凤至是汉卿的元配，照理去陪的应该是她。可是那儿还有个赵四小姐，前阵子也在南京陪过汉卿几天，现在也想去溪口。大家觉得，不管是凤至还是赵四小姐，反正在汉卿身边的只能有其中一个。"宋美龄说道，语调有些僵硬。"这个，还请你转告一下凤至。"

好一阵沉默之后，宋子文低沉地说："这个，是不是你那位委员长夫君的意思？"

"你可以这么认为，子文。我想，你应该明白的。"宋美龄的声音似有些尴尬。

几天之后，于凤至由戴笠派专人陪伴来到了雪窦山，随行的有在张家做过多年仆佣的王妈和三名跟随张学良多年的东北籍副官。另外，于凤至还带来了大量从国外和上海购买的书籍、物品。

张学良1933年下野赴欧洲考察归国时，于凤至由于身体原因，留在了英国，算起来已经有三年多没见到过丈夫了。此刻出现在她眼前的张学良，面容憔悴，两眼虚茫，满腮胡须，衣衫不整，与几年前夫妻分别时简直判若两人。于凤至顿时鼻孔一酸，颤着声叫道："汉卿！"热泪夺眶而出。

对于情绪颓丧、精神苦闷的张学良来说，于凤至的到来不啻是一个巨大的安慰。持续已久的孤独感顿时一扫而光，他显得像孩童一般热情天真，未及夫人在客厅坐稳，便迫不及待地问起了在远方的儿女："闾珣长高了吧？闾瑛、闾玗淘气不？"当于凤至将三个子女的照片掏出来递给他时，张学良高兴得合不拢嘴，发出一阵呵呵的笑声。

待迎候的看守们将行李等安顿完毕，一一退出之后，夫妻这才安静下来，相对而坐。张学良仍在翻看儿女们的照片，好像忘记了旁边正坐着不远万里赶来相聚的妻子。待他终于抬起头来，两人四目相对，这才彼此发现，两双眼里早已噙满了盈盈泪水。

"汉卿，你受苦了！"于凤至一声啜泣，斜倚到张学良的肩头。

张学良一动未动，端直着身子，任凭眼泪潸然而下。

"汉卿，这到底，是怎么回事嘛？"于凤至抽泣着眼望丈夫。

"怎么回事？"张学良腾地站起，脚步沉重地踏在楼板上。"是我张某人要团结抗日，收复失地，而他蒋某人放着日本人不打，硬逼着我去打红军，围剿共产党！我是迫不得已才举行兵谏，完了又亲自将他送回南京。他丢了面子，失了威信，怎么会不找人发泄一通，挽回点他的威风。"

"我在上海听子文说，你当初完全不必到南京……"

张学良手一伸，止住夫人的话。"我张学良这辈子还没做过什么值得大悔的事。这一次我算是领受了后悔的滋味。"他重又回到于凤至身边，坐下来缓缓说道："弟兄们一再劝我不要来，共产党的副主席周恩来也向我暗示过送人的危险，但我当时只想尽快结束西安的局面，又过度相信了他这个领袖的人格，结果，"说到这里，张学良已是喉头发颤，"结果，就弄成了这样！"

泪流满面的于凤至抬起头，用手理理丈夫的衣襟，心痛地说："汉卿，你受苦了！可是你的性子还是一点没变！"

"是啊，要变就不是我张学良了。"他轻轻拂开夫人的手，仰首望着顶上的天花板，一字一顿地说："兵谏的事，功过后人自有评说。我张学良为抗日的一片拳拳之心，可以对天！个人的荣辱进退，又有何惜！"

于凤至到来之后，沉默寡言的张学良变得愉快健谈起来。第二天上午刘乙光到张学良房里来请示副座有何吩咐时，张学良笑吟吟地指着门边的一口大皮箱说："刘秘书，那里是一些夫人带来的小东西，你拿去分给弟兄们吧。"

"副座，这……"

于凤至走上前，打开皮箱，露出箱里的手电筒、香皂、书籍、剃须刀等物品。

"副座，夫人那么远带来的，还是您自己留下吧。"

"我自己哪里用得了那么多。弟兄们为了我也是够辛苦的了，拿去分给大家，也算是我的一点心意。"

"汉卿这儿东西还有的是，你就拿去吧，刘秘书。"于凤至也在一旁说道。

刘乙光啪地一个立正。"谢谢副座、夫人！"转过身招呼门外的两名便衣，要他们将皮箱抬到看守和宪兵们集中居住的雪窦寺。

"请问副座、夫人还有何吩咐？"刘乙光站直着身体问。

张学良征询似的看了看于凤至，转过头对刘乙光说："夫人走了那么远路，也累了，今天再歇一歇，明天再出去看看这儿的山水寺庙。"

"明白了，副座。我去把夫人的礼物分给弟兄们，再让大家准备一下，明天随副座和夫人上山转转。"

刘乙光告辞而去。

清晨的雪窦山，有一种如烟如梦的朦胧诗意，和着雪窦寺里传出的诵经唱佛声，寂静的山后便染上了一种轻淡的神秘。站在长长的门廊上，眼望四处的山峰，呼吸着清新的空气，张学良感到，自己浑身都充满了急待挥洒的活力。

身后传来了轻轻的脚步声。张学良不用回头，便知道这是夫人于凤至过来了。婚后多少年来，于凤至一直保持着妻子温柔贤淑的秉性，连走路都尽量放轻脚步，生怕惊扰丈夫的思路。

"不多睡会儿啦，大姐？"张学良轻轻地问，朝于凤至回过头来。由于于凤至比他年长，婚后，他一直对妻子使用"大姐"这个称呼。

"你起床都那么久了，我还不起来像什么样子？"于凤至站到张学良身后，将一只手搭在丈夫的肩上。

一轮红日正从山峰间的缺口处冉冉上升，东方的天空彩霞飞溅，衬着静穆的峰峦，使眼前的景象有一种不可言喻的奇美。

夫妻俩都沉浸在清新的晨光与团聚的欢欣之中。

张学良与于凤至结婚多年，但张学良投身军中，戎马倥偬，难得与夫人徜徉山水，闲抒情怀，所以对雪窦山的幽静，两人都生出了前所未有的依恋，安恬地体尝着疏淡已久的夫妻激情。

"大姐啊，你觉得这儿怎么样？"张学良问。

"这儿很美，"于凤至略为沉吟后回道，"只是，我觉得太静了，不适合你。"

"是啊，他要我在这儿读书思过嘛。其实，读什么书，思什么过，他心里明白，我也清楚。"张学良站起来，拉起妻子的手，往四下里指了指。"周围这一片我都走过了，看过了。越是美，越是安静，我心里越是难受。身边没有知己知心的人，寂寞孤单得很哪，就像柳永写下的，'便纵有千种风情，更与何人说'。现在你来了，总算有个可以说话的人了。这几天我要陪你好好转转，再去听几场戏。"说完便征询似的望着于凤至。

"好啊。只要你高兴，什么都行。"

太阳已经升起来，为春天罩上一片暖融融的光芒。在刘乙光等一班警卫的簇拥下，张学良夫妇登上雪窦山，去观赏当地的奇景千丈岩。

山高路陡，刘乙光提出，请夫人坐进轿子，由警卫们抬着上山。于凤至却不肯，说要陪着丈夫走走山路，观赏雪窦山的景色。刘乙光无奈，但还是叫警卫们抬着空轿随行，以便在她走累时，能坐上去。

山路弯弯，夫妇俩走得很慢。张学良不时停下来，向夫人指点着四周的景致。平地里徐徐的微风到了山上，便成了气势，搅得山林涌动，发出"呼呼"的啸声。于凤至闲静惯了，身体又不太好，强风一吹，令她不由自主地抓紧了丈夫的胳膊。

"你呀，就该多到高山野地里转转，经经风雨。"张学良笑着拉住夫人的手。"我这人最怕静，静起来胸口就闷得慌。前些年听枪声、炮声，现在听风声、雨声。要是哪一天天下太平了，什么声音都听不到了，我张学良也就难得活下去了。"

"汉卿！"于凤至摇了下丈夫的胳膊，看着他眼里流露出的那种壮志未酬、不胜遗憾的目光，心里不由得一阵发热。

"算了，算了，看千丈岩吧。"张学良手一挥，拉着夫人朝岩上走去。

拐过一片树丛，便见到一小片开阔地。地上芳草鲜美，野花绚丽，两股清流从山间蜿蜒而下，穿越花草覆被的平地，在崇岩壁立的千丈岩下略为回旋，便径直倾泻而去。未到近前，隆隆的水击声便在四壁间漫涌起来，四下里激起一片回声。张学良扶着于凤至，小心翼翼地站在千丈岩的一侧，往下观望，但见银流飞瀑，雪浪翻涌，银白色的水雾扑面而来，让人感觉到一阵森森的寒意。

"怎么样，名不虚传吧？"张学良问夫人。

"哎呀！真是又美又让人害怕。"于凤至大声说，手抓紧了丈夫的胳膊。

"要是没有千丈岩的险峻，只是两股平缓的水，那就没有意思了。唯其有险，方才为美，你说是不是？"张学良侧脸望着夫人。

于凤至望着丈夫，觉得这一路上丈夫都是话中有话，蕴藏深意，借景借物来表露不便明说的话题。她未置可否地"嗯"了一声，继续观望着瀑布的阔大凶猛。

看了好一阵，水雾将衣衫也染得潮润了，一行人这才后退了些，但并没有立即往回走。张学良早就从邵力子和雪窦寺老和尚那里得知了有关千丈岩的诸多传闻，这时便热心地向夫人介绍起来。

"这片瀑布古已有之，到北宋年间已闻名全国。宋理宗当年就到这里来过，说不定我们现在站的地方，就是当年皇帝老儿大发感慨的地方哩。"他转转身，指指岩边的一座石台，继续道："后来，当地的府台在这儿建了一座亭子，叫'飞雪亭'，专供游人观瀑。大诗人王安石来这里时，就在这所亭子里吟了一首诗，流传千古了！"

"哦？是什么诗？"于凤至饶有兴趣地问。

"别急呀，"张学良故意清了清嗓子，抑扬顿挫地念了起来："拔地万重青嶂立，悬空千丈素流分。共看玉女机丝挂，映日还成五色文。"

张学良声音刚落，站在一旁的刘乙光便凑上来，笑着说道："副座真是文武双全哪！在这里才住了一两个月，对这里的历史诗文已经了然于心，倒背如流了。"

"学海无涯，没有止境么。这些年忙于事务，难得有机会放情山水。现在好了，什么也不用管了。逛逛闲山野寺，也算是长了不少见识。雪窦山是名山，我至少还可以给游山的人当当向导嘛。"张学良半玩笑半认真地说。

"副座这么说，真让乙光难堪了。"刘乙光有些尴尬地说道。

张学良没再说话，拉起于凤至的手，开始慢慢下山。抬轿的两名看守将轿子抬上前，意欲请于凤至上轿。刘乙光伸手一拦，说："算了。今天副座有兴致，陪着夫人也好说说话。不要用轿了。"

张学良朝刘乙光点点头。"是啊，不用坐轿了。我陪夫人在这儿走走。你们要等着急，先回去好了。"

刘乙光口里连说"行、行"，可是却丝毫没有叫人离开夫妇俩的意思。一班警卫一个也没动，远远地跟在后面，缓缓而行。

走在头里的张学良，不时发出爽朗的笑声。警卫们觉得，自从于凤至来了以后，张学良像是换了一个人。

一连许多天，张学良都陪着于凤至游山逛水。

附近的山水寺庙都已看过了，虽然是闲着游玩，身体羸弱的于凤至还是觉着了疲惫，比起刚来雪窦山时，明显有了些消瘦。

稍远一点的地方张学良已不再去了。他整日里陪着夫人，要么在家里看看书报，要么在旅行社外的小径上漫步闲谈，偶尔也在山脚下的河边钓钓鱼，日子过得极为悠闲恬淡。

一日三餐的时间是就着张学良的意思安排的。晚餐一般较早。吃过晚饭，张学良便同夫人一同出门，从旅行社缓缓步行到五百米开外的雪窦寺，再折返回来，到书房或客厅消磨睡前的静静时光。

南方春天的黄昏，已经来得晚了。吃过晚饭，正是太阳落山的时辰。山谷中的岚风带着软软的凉意，在山下的平野中游荡。望望四周，重重的峰峦正变暗蓝，矗立在剩下一抹残阳的茫茫天际。

"这儿真是美极了！"于凤至用手指着已渐渐走近的雪窦寺。张学良顺着她的手一望，只见一缕夕照正射向雪窦寺，殿脊上"佛光普照、法轮常转"八个金字放射出夺目的光辉。

"是呀，这儿是佛家胜地，神仙居处嘛。"张学良打趣地说道。"说不定哪天，我也会脱离凡尘，化道成仙呢。"

"看你说的。"于凤至嗔怨地看了丈夫一眼。

雪窦寺是距旅行社最近的"邻居"，张学良常来常往，里里外外都已熟了。寺里的大小和尚均知道这个眉目英武的中年男子就是在西安兴师兵谏的张学良。古往今来，因"触犯龙颜"遭受贬谪的大人物数不胜数，其中不少人后来又得了运数，再度出山，生成一番气候，甚至坐了龙庭。和尚们遁迹空门，不问世事，天下兴亡与佛门弟子的诵经说道并无太大关联。但是，对于为国为民而罹难遭祸的义士仁人，佛门向来都持有尊崇之意。所以，张学良到雪窦寺时，无论大小和尚还是方丈住持，均是以礼相待，祝颂平安。若张学良有闲心，寺里还派人向他讲解寺里的匾联碑文，以及佛门的规矩和传说。佛门是清静之地，虽说不能结党交友，但时常往来，张学良感到已与这里的和尚们有些情分了。

张学良和夫人走到寺前，正遇到几名和尚簇拥着寺里的住持出门散步。见到张学良夫妇，住持停下步来，一手拄杖，一手竖于胸前，说道："张先生好，夫人好。"

"法师您好！"张学良很有礼貌地还礼，又道："平时很难见法师出门哪？"

"近日贫僧有些目晕。弟子们劝我出门走走，活活血，也放放眼力。"

"真是有缘，在寺外幸会了，"张学良笑着说，"学良很愿意陪法师散散步。"

"得罪，得罪。"住持笑答一声，同张学良夫妇并肩缓行。

于凤至是第一次见到住持，但只一眼，便对他生出了尊崇之意。法师已年逾七旬，面庞清癯，鹤发飘然。耄耋老人，却身板硬朗，声音洪亮，步履矫健，不时还伸手捋动颔下的银色长须，颇有些仙风道骨的意味。

"张先生来这里后，惯了吧？"法师问道。

"嗯，"张学良略作沉吟，答道，"也惯也不惯。"

"怎讲？"

"说不惯呢，是因为我是个军人。军人不听炮响枪鸣，不见部队的操练，没有了震天呐喊的号角，军人的灵魂也就枯了，不再配军人的称号。说惯呢，是因为这里山好水好，林木茂盛，环境又安静，是修身养性的好地方。再加上贵寺香火鼎盛，每日晨钟暮鼓，很让人能体味到些过去没有感悟到的东西。"

老法师"哦"了一声，说道："先师们在这里修寺建庙，也算是测准了这里的山水风景。每天我坐在寺里，看着外面的山，外面的林，想到先师们当年在这里艰难修寺，流连于山水之间，参禅打坐，光耀佛门的情形，对于大千世界的生生灭灭也就更深悟了一层。"

"是呀，"张学良接口道，"法师佛学高深，弟子如云，将来必成正果。"

于凤至对他们的谈话无甚兴趣，用手指着寺院正前方长着浓密松林的土岗问："这个土岗是不是当初建寺的和尚垒的？里面是不是埋着哪位高僧？"

法师双手合十，念了声"阿弥陀佛"，说："这里的一草一木都有来历。这片长着松树的土岗叫做含珠林。"

"含珠林？"于凤至有些吃惊，"怎么，这土岗是珠吗？"

"夫人请看——"老法师往远处一指。"这土岗左右有两条溪水蜿蜒而来，恰似两条摇头摆尾的游龙。到了土岗前又合为一处，汇流而去。圆圆的土岗被围其中，恰如龙口所含的一颗宝珠。所以，很久以来，人们就把这儿叫做'含珠林'。"

张学良驻足看了一阵，笑着说："嘿，这么一说，倒还真有些像呢。"

"方才夫人问到，这土岗里是不是埋着哪位高僧，这算是猜着了点，"老法师颔首含笑，说道，"这里的确埋着个人，不过不是什么高僧，而是唐朝末年起兵反抗朝廷的黄巢。"

"黄巢？"张学良心上一惊。"史书上不是说，黄巢死于山东泰山吗？难道还有两个黄巢不成？"

"不，黄巢只有一个。"老法师正色道，"一般的史书上都说黄巢是死于山东，但很多野史上却不这么说。"法师背转身，朝后面的雪窦寺指指。"寺里藏有《雪窦寺志》，上面就说黄巢当年兵败远走，到了雪窦山，隐名埋姓皈依佛门。有句诗云'铁衣着尽着僧衣'，指的就是黄巢。据说，这附近的驻岭村、大晦岭、小晦岭，还都是当年黄巢命名的呢。"

老法师边说边走，没有留意到张学良像是被钉子钉住了一般，停在原地，目不转睛地盯住暮色中的含珠林出神。

黄巢啊黄巢，当年你金戈铁马，挥师长安，风云一时。没想到你这位"冲天大将军"最后会落发为僧，居然葬在了雪窦山中，侍立于我的床前枕畔！

张学良心中风云翻滚，脸色遽变。

蒋介石是本地人，含珠林的来历想必早有所闻。对于我这个将天捅了个窟窿的人，他不动声色地置之于黄巢墓前，其含意居心，是以昭然！

张学良再也无心散步，扭头便往回走。于凤至在后面连唤了几声也未能将他止住。

古今兴亡，万事悠悠，历史有时居然会如此地相似。

自从那天观看含珠林之后，张学良的情绪明显低落下来。山很少转了，话变少了，连饭量也略减了。刘乙光等人不知是怎么回事，便去问于凤至。于凤至当然知道，张学良是在黄巢墓前触景生情，想到了蒋介石的居心和他自己的命运。但这些话又不便当着这些蒋介石的耳目说，于是便借口称张学良有头晕的老毛病，近日犯了，所以心绪有些不太平稳。刘乙光听了将信将疑，但也不敢多问。

转眼间，于凤至到雪窦山已一月有余。虽说是闲聊无事，但山区的条件比起都市，毕竟艰苦得多，加之水土不服，虽才几十天时间，人却消瘦了许多，来时穿的一件藏青呢旗袍，套在身上整整大了一圈。由于张学良心绪不好，于凤至也跟着心中发闷，夜晚难以成眠，连着数日，以致患了失眠症。

考虑到于凤至日渐衰弱的身体，张学良不得已提出，让夫人到上海去看看医生，静养一个时期，待有所好转再来山上陪伴。于凤至开初执意不肯离开丈夫，但禁不住张学良一再相劝，终于同意暂时告别雪窦山。

"不过，"于凤至很诚恳地对丈夫说道，"你现在这个样子，总得有人在身边照料才行。我走后，你把小妹接来吧。"

"小妹"就是与张学良情守多年，已生有一子的副司令"私人秘书"赵一荻。听夫人这么一说，张学良心中一热，情不自禁地拉住了于凤至的手。

"大姐，事到如今，我已是个落魂落难之人。大姐还这么体贴，真不知让学良以何言相对！"

夫妻俩执手慨叹，久久无言。

1937年3月下旬，于凤至含泪暂别了雪窦山。

潇洒不减当年

于凤至走了，赵四小姐又一时没到，张学良重又回到原先那种寂寥孤独的状态中。

一连数日，张学良都困在屋中，要么读书看报，要么闲坐养神。毫无生气的日子令他的胸口像塞了团破棉花一般，憋闷得慌。终于，他坐不住了，将刘乙光唤到跟前，说："这些天我没动，你们也闷得难受。日子照这么过下去，没病都得憋出病来。我看我们还是活动活动吧。"

"副座是要去……"刘乙光一时没明白张学良的意思。

"哪儿也不去！这儿不是有乒乓球、有网球、有棋吗？你从弟兄们中间挑几个好手出来，咱们一样一样地玩！"

这些天见张学良闷坐不动，刘乙光也老觉得不踏实，生怕出什么意外。现在看他来了劲头，心中的担忧也随之消散，很爽快地跑到雪窦寺警卫们的住地，从中选了几个平日喜好运动的人来。

张学良自幼好动不好静，尤其喜爱体育运动，无论骑马、驾车、篮球、乒乓球，还是单杠、排球、网球，样样都来得一手，有的还颇为精通。前些年领兵打仗，戎马倥偬，但稍有空闲，他便会坐来同副官们下上两盘棋或打上一场球。在所有的运动项目中，张学良尤喜网球。他认为，打网球运动量大，可以发展人体的灵敏协调性，提高动作速度，增加肌肉力量，促进内脏器官功能。他在欧洲考察时，意大利元首墨索里尼的女婿、后任外交部长的齐亚诺赠送了一支极为漂亮的网球拍给他，后来便成了他的宠物。无论是在奉天的北大营，还是在西安的金家巷，张学良在住所附近，都辟有一个网球场，时常去挥舞几拍，在剧烈的运动中去获得繁忙军务之外的身心调节。每次去南京或上海，张学良的随行物品中，总少不了网球拍。一处理完公事，他便会钻进运动馆，痛痛快快地玩上一阵。在这方面，宋子文可谓是他的最佳伙伴和球友。每逢两人会面，网球可以说是他们必玩的项目或必谈的话题。

此番被禁于奉化，张学良仍没忘记带上他的网球拍。戴笠早知张学良有好打网球的习惯，特意交代刘乙光，在旅行社背后的空地上辟出了一个球场，既可以打篮球，又可作为网球场地。

三十年代，对绝大多数中国人来讲，网球运动是一项新鲜而奢侈的运动。即使是在当时的国民政府所在地南京，也难得找出几个像样的网球场来。在"张学良先生特务队"中，绝大多数是二三十岁的年轻人，喜好运动者不在少数，但会打网球者却寥寥无几，更谈不上有多高的水准了。而张学良一站到球场上，就像一只出山猛虎，前扑后跃，长拉短吊，轻削狠扣，弄得对手应接不暇，疲于奔命，一场球还没打完，已经是气喘吁吁，热汗涔涔。而张学良却像没事一般，气息平匀，脸色微红。

"不行！没有对手啊！"他挥动球拍，将球往地上狠狠一掷，让球高高地跳到半空，又伸手灵巧地接住。"别看你们是小伙子，再练五年也未必赢得了我。"

"我们哪能跟副司令比啊，"一个队员在一旁说道，"就是再练上十年，恐怕也未必是您的对手。"

张学良笑笑，无奈地提着球拍，回了"招待所"。

打球提不起精神，那就只好另换一种玩法：下棋。

在棋类中，张学良最为擅长的是围棋，可是，警卫中却无人可以与他对弈。他只好吩咐刘乙光，弄来一副大号梨木象棋，摆到客厅的方桌上。

"我看先这样，"张学良对刘乙光和警卫们说，"你们先下，胜了的再来同我对阵，怎么样？"

象棋在中国源远流长，无论叫住谁，都能摆上几盘。警卫们年轻气盛，好胜心强，当下便有人摩拳擦掌，啪啪地在桌上摆开了阵势。

几乎轮了一圈，产生了四五位高手。刘乙光凑到张学良身边，说："副座，这几个小伙子雄心蛮大，要和你一决高低呢。"

"好哇！我这人素来喜欢和强手交锋，"他边说边走到桌前，摆放好棋子。"今天我来主擂，你们一个一个地上，赢了我的，我拜他为师，"说着将"炮"啪的一声置于正中，高喊："当头一炮！"

棋盘上顿时战云密布，楚河汉界马来车往。大约只走了十几步，张学良雄"车"主阵，飞"马"卧槽，将对方主帅活活"逼死宫中"。

"怎么样？"张学良问。

对手是个二十四五岁的警卫。他脸涨得通红，盯住棋盘足足看了五分钟，像是要从绝处寻出一条生路。但最后还是失望了，无可奈何地从桌前站起来："我输了。"他声音小得像只蚊子。

"好！"张学良将捏在手中的棋往桌上放下："第二个上！"

第二个警卫下了只有十分钟，便举手认输，让开了座位。

接着是第三个、第四个，全都在张学良凌厉的攻势前"投降"服输。

"下一个！"张学良盯住棋盘喊道，但对面的座位已无人入座了。"怎么？全完了？"张学良有些吃惊地抬起头，将面前的几位败将逐个审视了一遍，忽然爆发出一阵大笑："你们哪，下棋只顾一个劲地冲，一个劲地杀，后方空虚，底气不足啊。"他从桌前站起来，用手指点着棋盘："这下棋就好比打仗，一个团，一个师的死活全在你手上，就看你怎么布防，怎么冲锋。吃掉一两个车、马不是目的，关键要盯住前面的老王，得想办法，动脑筋，瞅住时机，一家伙将它置于死地。"他看着同他第一个对弈的警卫，问："你说对不对？"

"副司令棋术高明，我们还得跟你好好学学。"

"好啊，那咱们接着再来。胜败乃兵家常事，胜不骄，败不馁，就像历史，不以成败论英雄嘛！"张学良话语坦荡豪爽，几位警卫不住地点头。一连几天，张学良都流连于棋阵，运筹帷幄，无一败绩。让一个车，再让一个炮，他仍然稳操胜券。

"这么下不行啊！"又赢过一盘棋后，他将棋子一推，朝警卫们说道："我们得来点奖惩。这么吧，每盘我都让车让马，谁输谁就挨三下手心。不尝皮肉之苦，就不会背水一战。"说着他来到屋外，从一个旮旯里找了根竹条，放回到桌上。

"这个，"警卫们心中暗暗叫苦，但又不敢在张学良面前表现出不战而败的胆怯，只得拐着弯子说，"我们怎么敢打副司令呢？"

"这么说，你们是有赢我的决心啰？"张学良顿时又来了精神，指着一个警卫说："来，你先来。棋盘面前无贵贱，什么副司令不副司令。我要输了，你放心抽我就是。"

警卫一脸苦相地坐下来，边下棋边胆战心惊地望几眼横放桌上的竹条。不一会儿，厮杀结束，警卫溃不成军，主帅被一炮轰死。

"我看你边下棋边看竹条，就知道你一定会输，"张学良指着警卫说，"好啦，你认罚吧。"

"副司令要真打啊？"警卫畏畏缩缩地站起来，想从一边溜走。

"不行！"张学良一声断喝。"军中无戏言，当罚不惩，必乱军心。"他叫一旁的人将这名警卫的手按在桌上，操起竹条，"啪！啪！啪！"地狠抽了三下。

"行了，"他扔掉竹条，对捂着手掌的警卫说，"我奖过了，你也罚过了，咱们接着再来。你是知耻而后勇，我这盘必输给你了。"

"我的妈呀！"警卫夸张地大叫一声，扬起被抽红的手心，"我要和副司令下一天的棋，今天这只手非断了不可。不敢来了，再不敢来了！"

望着警卫的狼狈相，张学良一阵大笑。"你们看这人，挨两下手心就不敢战了。要上了战场挂了彩，你还不当逃兵！"说完又哈哈地笑了起来。

棋没有人陪他下了，打球又找不到对手，张学良便显出些烦躁来。刘乙光为了稳住他的情绪，便建议说："副座，你好久没骑马了。我让人把马牵来，到外面蹓上一圈？"

"骑马？"张学良看了一眼刘乙光，沉吟一阵，说："算了，不想骑了。你让人把汽车弄到门口，我开车到山边去兜兜风。"

张学良早在13岁就学会了开汽车，成年后又学会了驾驶飞机。在他看来，这既是一项运动，又能给自己带来很多便利。在奉天、北平、西安时，他常常是自己驾车执行公务或陪友人游玩。来雪窦山后，他再没摸过方向盘，刘乙光提出骑马，反倒激起了他驾车驰骋的欲望。

不一会儿，门口响起一声短促的喇叭声，张学良那辆乌黑锃亮的"菲亚特"轿车停在了大门前。

张学良脱下长衫，换上一件猎装似的短上衣，又将布鞋换成一双软底皮鞋，噔噔地下楼，坐到了方向盘前。

好久没嗅过汽车上那股熟悉的气味了。他耸耸鼻尖，深深地吸了两口气，将车喇叭"叭叭"地按得震天价响。然后，他看看随后跟上、坐在身旁的一名警卫，说了声："坐好啦！"没等话落音，便猛地挂挡踩动油门，让车箭一般向前冲出，冲上了并不太宽的公路，车后拖起长长一道黄色的烟尘。

雪窦山的公路，其实就是在原来的土路上铺上了些碎石而已。虽无大坡大坎，但路面仍是凸凹不平。汽车在路上颠簸起伏，车轮和地面不时发出咚咚的撞击声。可是张学良却毫不减速，以每小时 60 公里的速度猛冲向前。旁边的警卫吓得脸色苍白，紧抓住头顶旁的把手，连声高喊："慢一点，副司令！请开慢一点！"张学良脸上一笑，脚下用力，汽车反而加快了速度，直冲到山边一处水塘前，他才猛地将车刹住，跳下车来。

"见识过我张某人的车技了吧？"张学良朝几乎连话也说不出来的警卫打趣一声，走到水塘边，捧起一汪清水，浇洒在脸上，然后在草地上席地而坐，任凭凉风吹拂。

"张副司令，我真服了您了。"警卫终于走下车，说道。

"告诉你，"张学良抹了一把脸上的水珠，说，"在奉天的时候，我参加过一次汽车比赛，拿的是第一名哩。坐我的车呀，你用不着担心。"

休息了一阵，两人又上车往回赶。张学良一手把住方向盘，一手很有节奏地揿响喇叭，"嘟——，嘟——，嘟嘟嘟——"完全像是在操场上训练队伍。警卫侧脸望着他，想问什么，但终又把话咽了回去。

雪窦寺已经在望了，再用几分钟，就可以顺利地返回招待所，警卫一直悬着的心开始安定下来。恰巧就在这时，汽车的引擎里"噗"地响了一声，接着便沉闷下来，再也开不动了。

张学良按动这个开关，那个把手，摆弄了好一阵，但汽车却毫无响动。张学良无奈，只得砰地打开车门，跳下地来。

"我这个人留下的遗憾不多，但只会开车不会修理要算上一个。"他说着抬腿往车身上踢了一脚，嘘了一声："这车不是为跑山路设计的。没办法啦，咱们走回去吧。"没等警卫答话，他已迈开大步，朝招待所走去。

雪窦寺风波

就在张学良百无聊赖、孤独寂寞之时，赵四小姐来到了雪窦山。

自 1 月中旬赵一荻与张学良挥泪相别之后，便去了上海，先居于马思南路一幢舒适的别墅。她的女友和兄长考虑到国内的政治气候变化莫测，张学良被羁，她的情绪很难安定，便为她在香港挑选了一幢装设典雅、中西合璧的建筑，有意让她去那里避养一个时期。但赵一荻却谢绝了大家的好意，执意要留在上海。她知道，大姐于凤至身体欠佳，奉化山区条件艰苦，医疗条件简陋，长期在山里生活，且不说精神会极度郁闷，仅就她的健康而言，也只会有害无益。

赵一荻相信，遥远的雪窦山会向她发出呼唤。

十里洋场，纸醉金迷，灯红酒绿，对一般正值芳龄的青年女子来说，是巨大的诱惑。可是，赵一荻却足不出户，闭门家中，或读书看报，或与女友聊天。每到夜晚，她便会倚窗独望，想着雪窦山上的张学良，不知此刻正在做些什么。常常夜半醒来，她会发现，自己的眼泪已润湿了水红色的孤枕……

当张学良那封让她去雪窦山相伴的电报到达手中时，赵一荻激动得芳心剧跳，热泪长流。当天，她便带了人上街去为张学良采购物品，回到家中又足足收拾了两天。书、报、杂志、衣物、鞋子、咖啡、香烟，一共装满了十几个箱子。直到她相信再不会有什么遗漏了，这才坐下来稍作喘息，等待着接她的汽车前来。

从上海到奉化，直线距离只有几百公里，但在赵四小姐心中，却似将要踏越十万八千里的遥途。

赵一荻曾是天津名媛，温和典雅，文静娴淑。她的到来，为雪窦山增添了令人耳目一新的生气与活力。

"啊哈！"张学良一见赵一荻，便立刻迎上去，将她揽在臂中，脸上溢着孩子般的笑容。"我算了日子，估摸你要过两天才到，没想你这么快就来了。是想我了吧？"

"真不含蓄！"赵四小姐嗔怪地望着张学良，眼里满是热情与温柔。"我是怕你把眼望穿了呢。"她也打趣地说。

两人一起快活地笑起来。

说过，笑过，赵四小姐随张学良来到二楼客厅，吩咐人打开一个木箱。"这里面是些珍珠罗翻领汗衫和卡叽短裤，我想带来送给这些陪你的弟兄。"说完，征询地望着张学良。

"好极了。别看小妹是女子，心胸倒是挺广阔的啊。"张学良笑着说。

"真是难为四小姐了，"刘乙光在一旁说，"大老远的还给我们带来这么些礼物。"

"噢，对了，"赵一荻打开一个红色的小皮箱，从中取出两个精致的小长方盒。"这是两支派克金笔，就送给你吧。副司令在这儿，多亏你照应了。"

"谢谢四小姐，"刘乙光感激地说，"我留一支，另一支给许队副吧。"

待所有行李搬运进招待所，张学良望着一箱箱书籍犯了愁。

"这放哪儿呀？书房里早已满满的了。"说着翻动书箱，见里面大都是他喜爱看的外文画报、期刊和哲学、政治书，也有部分小说和文学刊物。

"就是呀！"刘乙光说，"这招待所也是太小了。"

正说着，旅行社的经理钱君藏进来看望赵四小姐，张学良便对他说："这地方实在是太小，钱先生，能不能在招待所后面再盖几间房子，专门用来放书，还可以搞一间大的阅览室。"没等钱君藏回话，他又补充道："修房子的钱我来出。五百英镑够了吧？"

一听是张学良自己掏钱，刘乙光抢着答应下来："副座放心，这事交给我和钱先生好了，保证能让您满意。"

"是呀，修起书房，我们大家都沾光嘛！"钱君藏也快活地说道。

赵一荻自幼活泼、聪慧、伶俐，多才多艺，下棋、打球、跳舞、骑马、烹调、游泳、缝纫，样样都行。自1928年她到沈阳与张学良同居之后，两人便朝夕相处，形影不离。她对张学良的生活习惯、服饰饮食、性格脾气，了若指掌，细心相待。无论在沈阳还是西安，张学良每日穿什么衣服，色调式样如何搭配，全都由她一手安排。出门之前，她还要为他擦亮皮靴、整好帽子，让他从头到脚，整洁清爽，一尘不染。待张学良料理完公务回家时，她还要亲自为他宽衣换服，捶背按摩。等张学良有了闲暇，赵一荻便陪伴他或纵马奔驰，或打球下棋，到了晚上，两人静坐于壁炉跟前，一同阅读书籍画报，间或用英语作些交谈。

将近十年，两人相濡以沫、亲密无间，令世间痴男情女，无比羡慕。

此番来到雪窦山，赵一荻衷情不改，红颜知己，执手相伴。到来的第二天，她便亲下厨房，用从上海带来的调料和食物，为张学良做了一餐可口的西点。好长时间以来，张学良的胃口都有些不振，可这天一见桌上的红碟绿盘，顿时食欲大开，心满意足地美餐了一顿。

接下来的许多天里，赵四小姐都陪着张学良登雪窦山，涉妙高台，观千丈岩瀑布，看峭壁凌空的三隐潭。若张学良想运动了，赵四便伴他溪边垂钓，或打网球、下围棋。有时夜深人静了，门口的警卫还见到楼上卧室里灯影朦胧，那是两人仍在灯下娓娓倾谈呢。

间或两人也去溪口镇，看看临山枕河的长街。张学良已来此地数月，但当地人却毫不知情。见到一群精壮汉子前呼后拥地簇卫着潇潇洒洒的一男一女，乡民们交头接耳，窃窃私语，以为是哪位达官贵人带着卫队在此地巡游。赵四小姐一身素净打扮，不施粉黛，见着乡下人总是友好地笑笑。到小店里买东西，也是和颜悦色，如数付款，赢得溪口人满眼的敬意与赞慕。

一天，两人游雪窦寺，偶听和尚讲起新昌县的南明山有座大佛寺，寺内有一千五百多年前雕成的大弥勒佛像，寺外附近还有佛教天台宗祖师智者大师的圆寂处，是著名古迹，很值得一游。张学良便向刘乙光提出要去看看。由于新昌县已超出军统局规定的张学良活动范围，刘乙光不敢擅作主张，只得用电报请示戴笠。大佛寺处境偏僻，附近又无工厂、学校或军队驻扎，戴笠便表示了同意，但命令刘乙光要特别加强警卫，不得泄露张学良身份。

戴笠批准后的第二天，张学良、赵一荻、刘乙光和十几名携枪的便衣警卫，分乘两辆轿车和一辆卡车，前往新昌县。

大佛寺原为宝相寺，位于新昌县西南的南明山。寺内大殿依山崖建造，正面外观五层，内有依崖雕成的大佛像，周围还有十几处景色秀丽的古迹景点。寺里的和尚见来了这么多人，围在中间的那人又气宇轩昂，气派十足，以为是南京来了大官，方丈便亲自出门迎接，并向"大官"详细介绍了大佛寺的内外情况。游完大佛寺和周围景点，已是下午两点多钟。寺里特意置办了三桌丰盛的素斋，招待这贵宾一行。张学良玩得十分尽兴，又向方丈请教了些佛学方面的知识，这才告别而出。临走时，他特意拿出60元钱交给方丈，说是斋席的花费，令老方丈感叹了一番。

赵四小姐住惯了都市，初来雪窦山，倒十分喜欢这里的清新与宁静。进入山间，巉岩耸立，芳草鲜美，树林间散发出清香的气味。半山腰上，随时可见红红绿绿的飞鸟，来往林间，其歌其鸣，撩人心弦。太阳出来，山上山下云蒸霞蔚，光色缥缈朦胧，令人遐思万端。即使到了夜间，山间仍浮有晚霞遗下的昏晦余光，令万物变得凝重柔和，又隐约可辨。

张学良唯恐小妹不惯山里生活，便尽量陪着她下棋、打球、聊天，而赵一荻却更宁愿去山上观山览景，呼吸新鲜空气。毕竟她要比于凤至年轻得多，登山行路并不感到十分劳累，有时张学良都觉疲了，而她仍意气风发，兴致勃勃。去稍远一点的地方游览，刘乙光总是吩咐手下抬着那顶轿子。见张学良额上沁汗，略显疲乏，赵四小姐总要上前劝他坐进去休息一段，自己则跟在轿后，款款随行。

这天，二人经入山亭西北上山，游览雪窦山胜景妙高台。踏入台中，但见古松森森，深谷兀立。在台上凭栏四望，群山偃伏，山下田畴庐舍历历在目。赵一荻玩得高兴，不时蹲下来采些鲜红金黄的野花，抓满一把，递送到张学良鼻下："你闻闻，香不香？"

张学良抓住她的手，往花上深深吸了口气。"真还满香的呢。花也好看。"

"你要喜欢，我就再采点带回去，插到花瓶里，给屋子添点生气。"

"那好哇，"张学良也来了兴趣。"来，我同你一块儿采。"说着踏入没膝的草丛中，寻找花朵。不一会儿，两人的手中都捏了满把鲜花。

"同你在一起，真是让人开心。"张学良将手中的花放在赵一荻的怀里，笑着说。

"只要你高兴，我什么都愿意去做。"赵一荻将花贴在怀中，深情地望着张学良。

一行人缓缓回行。曲曲弯弯的山道上飘溢起一男一女爽朗的笑声。

快到雪窦寺了，赵四小姐突然被寺里传出的诵经击鼓声吸引住了。

"怎么？和尚在白天也念经吗？"她问张学良。

"这你就不懂了。佛家诵经都是一早一晚，白天念经那就是有什么特别的事，比如替人驱魂撵鬼，招请法术，超度亡灵，祈求福运……"

"那我们进去看看好不好？"

　　"当然可以啦。"张学良回答，示意刘乙光让人先进去通报一声。

　　走进寺里，见大殿之中香火盛旺，烟雾缭绕，和尚们分坐两厢，口中正念念有词。大堂正中，两位身披紫色袈裟、手执法器的老和尚正指点着跪于地上的一位女子，那女子正不停地叩头作揖，她头上雪白的孝绢随着她的一起一伏在飘飘落落。

　　"这是在为死人的亡灵超度，"张学良小声对赵四小姐说，"做道场呢。"

　　赵一荻一听，有些恐惧地拉住张学良的胳膊，避到一边。

　　众人进殿时，佛事已近尾声。最后一声木鱼敲过，那跪着的女子站起身来，抹着脸上的泪水。

　　赵四小姐拉了拉张学良，表示想要离开。张学良却没理会，反而同殿里熟识的和尚点点头，向前走了两步，似乎是想看清殿中央长垂的纸条上写的是谁的名字。

　　做佛事的女人已止住哭泣。望着这个仪态不凡的人缓缓走近，她悄悄问身边的和尚："这个人是谁呀？"

　　"他叫张学良，是个大人物。"

　　和尚话未落音，那女人双眼突然发直，随即"哇"的一声大叫，便发疯般向张学良扑去，抓住他的衣衫，又拉又扯，口中不停地叫喊："你赔我的丈夫！赔我的丈夫！"

　　张学良被惊呆了，一时间不知所措，只是本能地躲避着那女人不断撞来的头。刘乙光一个箭步冲上，使劲掰开那女人的手，又转身揪住刚才同女人说话的和尚，逼问道："她是谁？你刚才对她讲了些什么？"

　　和尚吓得连忙作揖，嗫嗫嚅嚅地说："她叫袁静芝，来这儿超度她丈夫蒋孝先。她说，她丈夫在西安被张副司令的人打死了。"

　　刘乙光松开和尚，又看看坐在地上哭叫的袁静芝。她头发蓬乱，声调嘶哑，头上的孝绢已经散乱，长长地拖在地上。

　　张学良上前一步，抬手止住想要喝骂的刘乙光，和颜悦色地对袁静芝说："人死了，哪能活，我也没办法。我看这样吧，这堂佛事费用，全由我来付清。"说完，示意警卫们将她从地上扶起。

　　听完张学良的话，袁静芝的哭声小了些，使劲点了下头，又转身扑向先前伏跪的地方，继续哭喊："孝先啊孝先，你死得太惨了，我可怎么活呀！"

趁着她放悲的时候，刘乙光和警卫们簇拥着张学良出了大门。来到寺外，张学良不住地摇头："真是想不到，会在这里碰上蒋孝先的妻子。"接着他便讲起了蒋孝先被杀之事。这位魂归西天的人原是奉化县的一名小学教员，因是蒋介石的堂侄，便弃文从武，上了黄埔军校。毕业后，曾任北平宪兵三团团长，芜湖航政局长，后来又做了蒋介石的侍从大队长。西安事变当夜，蒋孝先正约人在城里赌博，突然间得知拂晓将有兵变的风声，便急忙回赶，想向住在临潼的蒋介石告急，但未出城门，便被张学良的部下截住，当即缴了械。由于蒋孝先在当宪兵团长时飞扬跋扈，对东北军十分敌视，很惹大家的怨恨。现在落到了东北军手中，也是该他倒霉，刘多荃和白凤翔二位师长未及请示张学良，便下令将他枪毙了。

"你们看，本来高高兴兴的，现在就被这个道场搅了。"张学良遗憾地说。

"都怪我不好，"赵四小姐十分歉疚，"我不该嚷着去看热闹。"

"哪能怪你呢？"张学良用手揽住赵一荻的手臂，又安慰似的按了按她的肩头。"对了，你手上的野花呢？"

"哎呀！"赵一荻悔叫一声。"刚才一抓扯，全都落在寺里头了。"说着连跺了两下脚。

"没关系的，小妹。这山上的花你还采得完？改天我们再上山就是。"

雪窦山上结亲家

1937 年 4 月 4 日，蒋介石在家乡为他同父异母的哥哥蒋锡侯举行葬礼。一时间，国民党党、政、军要人云集溪口，形同"国葬"。

刘乙光在同溪口蒋介石的侍从室联系后，来请示张学良是否也参加葬礼，他开始还答应前去凭吊，可是后来一想，来溪口的达官贵人中，有不少人因西安事变而与他反目，这些人千方百计在南京要对他施以重惩，甚至欲将他置于死地。他实在不想与这类人同处一堂，虚情假意地握手寒暄，彼此都落得尴尬。于是，他吩咐刘乙光置办了些吊祭品，又亲手写了挽联，差人送去。自己则静静地待在屋中，与赵四小姐下棋对弈。

张学良不想见人，但有人却想见张学良。就在葬礼的当天，宋子文便驱车上了山，并另装了满满一车罐头、果品、书报和其他营养品送给少帅。

自"南京审判"后，张学良已有三个多月未见到宋子文，只听说为他的事，宋子文同蒋介石翻脸争吵，最后一气之下去了上海。到了雪窦山后，他曾多次收到宋子文从上海寄来的东西，但却不知他本人情况究竟如何。他这个国民政府的前"财政部长"是否真的会退出官场，赋闲而居。听送挽联祭品去溪口的警卫回来说，宋子文同蒋介石见面时表情冷淡，两人虽是郎舅关系，却只说了两三句话便各自转向了一旁。张学良想，此番子文迢迢千里来溪口，恐怕是吊唁为虚，借机要来看看自己为实吧。这么一想，心中便有些发热。

临下楼前，赵四小姐想让张学良换上一身整洁的衣服，以代替身上的便装。张学良却摆手表示拒绝。"子文是老朋友，用不着那么讲究。再说，我现在与世隔绝，闲居山林，纵是西装革履，又有什么意思。"

当宋子文从高级防弹车中弓身出来，一眼便见到了迎立门前的憔悴消瘦、不修边幅的张学良和家常装束的赵四小姐，未及说话，眼圈便红了。他使劲握着迎上前的张学良的手，声音哽塞地叫了声"汉卿"，便再也说不出话了。赵四小姐掏出手绢，在一旁悄悄地抹着眼泪。

进到屋内，张学良神色惨淡地说："没想到你还能来看看我。谢谢你了，子文。"

"你这么说叫我如何开口呢，汉卿？"宋子文有些尴尬地说，"在西安的时候，话都被我说尽了，谁能想得到他一回南京就换了面孔！不管怎么说，我是愧对朋友的……"

"话也不能这么讲，子文。有些事不是你能左右的，你的心意，你的情分我都明白。这些日子难得这么清闲，把好些事情翻来覆去地想过了。我还是觉得，这本是一出好戏，可惜被委员长演砸了。"

"汉卿！"赵四小姐叫了一声，似乎想要阻止张学良再说出什么不得体的话，被刘乙光等耳目听了去，报告给蒋介石。

"事到如今，汉卿说什么也是应该的，"宋子文望一眼赵四小姐，低沉地说，"我早就表示过了，汉卿的自由是我保证过的。只要你不能自由，我就守寓闲居，不出来做事。"

"难为你一片好心了……"张学良哽着声，有些说不下去了。赵四小姐倚过身，紧抓住他的手，想给他些镇定。

宋子文垂下头，叹了好一阵，最后说："我力量有限，但保障二位的安全和生活还是做得到的。今天我坐的车，是特制的防弹轿车，专门带来送给你们，出去转转也方便。"

张学良面露一丝苦笑："我在这儿形同囚人，外出活动都划有范围，再好的车也不怎么用得上，你还是……"

宋子文摆摆手："这是我的一点心意，你们就不要驳我面子了。只要你们平安顺意，于我多少也是一点安慰。"

三人见面一个多小时，彼此都说了许多安慰和祝愿的话，伴随着一声声悠长的叹息。后来，还是张学良转开话题，故作轻松地说："子文，我看今天你就不必走了，我这里有的是客房，我们俩的网球好久都没交过手了呢。"

"行啊，"宋子文一扫脸上的愁容。"我还生怕你不让我在这儿住一晚呢。"他又转脸看看赵一荻，"四小姐，有你陪着汉卿，他的网球水平肯定提高不少。恐怕我连招架之功都没有了吧？"

宋子文的到来使张学良孤寂的心得到了一丝安慰

宋子文和女儿

三人一路说着，来到了平平整整的网球场。说是打网球，实际上彼此心里都明白，不过是想借运动来冲淡一些忧郁的气氛，于球路技术倒没怎么在意。玩了一阵，三人的情绪都渐渐有了些好转，开始谈起一些陈年往事和故旧的情况。宋子文又讲了些近日来南京政府的内幕和日本人渐渐进逼的局势。"看起来，全面抗战是在所难免的了。"他说。

"如果真能实现抗战，那学良心愿足矣，"在回房间的路上张学良说道，"个人恩怨得失都算不了什么。"

"要论抗战，我看头功就属汉卿，"宋子文说，"要没有西安的事，南京还不会有那么些变动呢。"

"西安兵谏，功过恐怕都要由后人去说了。"张学良望着渐渐沉下的暮霭，幽幽地说道。

晚饭后，张学良又与宋子文关在屋里，促膝长谈。刚见面时那种伤感的情绪已被一扫而光，两人不时发出一阵阵爽朗的笑声。

"汉卿哪，我们已是多年情同手足的至交了，"宋子文突然说道，"我们能不能来个情上加亲，世代相交呢？"

张学良一时没明白宋子文的意思，不知怎么作答。赵四小姐忙伏在他的耳边，悄悄说了几句，他顿时面露喜色："你是说，愿将令爱……"

宋子文微微颔首，笑而不语。

"好啊，好极了，"张学良激动得站起身来，让赵四小姐去斟了两杯马提尼酒，递一杯给宋子文，自己高高举起一杯。"我们以酒为誓，一言为定。"说完，仰首一干而尽。

重新坐下之际，张学良忽又有些顾虑地说："子文，说起来你我还都算新派人物，这种事情，恐怕还得看看两位年轻人的意见。"

"放心好啦！"宋子文将酒杯放下，笑吟吟地说："大公子闾琪和拙女在美国过从甚密，不说是情投意合，也可说是暗中有意。我们出面，不过是给他们搭个台阶而已。"

由于说起了亲事，二人的话又多起来，直谈到晨鸡叫了头遍，这才意犹未尽地分手就寝。

第二天吃过午饭，宋子文便告辞了。握别时，两人都是眼泪汪汪，赵四小姐已经哭出了声。

"二位一定多保重，以后生活上有什么需要，随时发电报给我。"宋子文言罢，掏手绢抹着脸上的泪水。

张学良好容易才忍住滚滚欲落的眼泪，说："子文，你我相交多年，彼此都知道心思。话我不多说了，也不再远送。希望你也多保重。"

"保重！"宋子文执手胸前，深深一揖。

汽车开动了，由近而远。张学良站在门口久久相望，直到它完全驶出了视线。

名流、显要上山来

开春以后，到雪窦山来看望张学良的人逐渐多了起来。除了东北军的部属和宋子文等老朋友外，南京政府的一些高级官员和军队将领也晤见了这个正被"严加管束"的副司令。蒋介石的侍从室主任钱大钧和素有蒋介石"文胆"之称的陈布雷，也到雪窦山下，同张学良有过长时间的交谈。他们给张学良带来了些许的安慰。但他也深知，他们中没有任何人能左右蒋介石，更没有人能够说清在"严加管束"的背后，蒋委员长的葫芦里究竟卖的是什么药。因此，相见之中，不过是安慰一番，感叹一阵，甚至陪着洒几滴清泪而已。

张学良没有料到，亲日派的首领人物（后来终于沦为汉奸）的汪精卫也会来看他。

汪精卫是国民党的元老之一，后成为国民党的副总裁，南京政府的行政院长。论起来，他与张学良已有过十多年的交往。1922 年第一次直奉战争后，奉军首领张作霖一面整军经武，一面同身在广东的孙中山加强联系，意欲联合击败贿选总统曹锟和北洋军阀吴佩孚。1923 年秋，汪精卫奉孙中山之命前来东北，商议讨伐曹、吴大计。张学良此时虽才 23 岁，但已开始协助其父谋划军政大事。此次相见，张、汪二人彼此印象甚佳，共同达成了南北夹击，打倒曹、吴的计划。1928 年张学良继承父业，主持东北军政事务后，两人间又打过多次交道。张学良逐渐看出了汪精卫的个人野心，但表面上仍保持谦谦有礼的姿态。由于汪精卫与蒋介石间有很深的矛盾和分歧，而他又不掌握军队，因此在同地方实力派人物的交往中，比较注意笼络与拉拢。而在张学良眼里，汪精卫是一个极善耍弄诡计的政客，素来敬而远之。日本关东军侵占中国领土后，凡有血性的中国人无不咬牙切齿，一致要求对日抵抗，而汪精卫却发表了一系列"走和谈道路"、"与日结成同盟"，"坚持进行'剿共'"等汉奸言论，很令张学良反感。但碍于过去的交往，加之人家又是专程来访，因此张学良仍持过去那种彬彬有礼的姿态，并邀请客人乘轿游山逛景、观览名胜。

陪同汪精卫来的，是蒋介石的老师董显光。张学良一眼便看出，蒋介石对汪精卫来看他不放心，故派董随行监视。在2月份召开的国民党五届三中全会上，任"中央政治委员会主席"的汪精卫与蒋介石屡起冲突，以蒋介石的为人，他对汪精卫的一举一动不能不防。想到这里，张学良对蒋介石的多疑也有些反感，因而对董显光有些不冷不热。

在住所内招待汪、董二位吃过午饭，张学良便陪客人们上了山。对于雪窦山的特别景致，汪精卫似乎有很大的兴趣，不断停步驻足，感叹评点一番。看过千丈岩瀑布，张学良以为汪精卫会累了，提出休息一阵，但汪精卫却劲头十足，说此地难得来一次，应抓紧时间多看看委员长的故乡。张学良无奈，只得陪着他们一路游逛，又去了入山亭、妙高台、三隐潭。最后，一行人下到入山亭顶上的半山腰，握手告别。

"你要多保重，汉卿。国家会有重用你的时候。"汪精卫笑着说。

张学良却全无笑意，沉着脸说："只要对国家有利，学良何去何从不足为念。请转告蒋委员长，"张学良又转向董显光，"我在这里情况很好，正好好读书呢。"

"我一定转达。"董显光认真地点头。

双方在半山腰上客客气气地分了手。未及汪、董二人钻进停在入山亭口的汽车，张学良已经坐轿悠然而去。

一个风和日丽的日子，张学良在招待所的门口迎住了从南京迢迢千里专程赶来看望他的莫德惠。

莫德惠与张作霖是同乡，亦是好友，深得"大帅"的信任。由于莫德惠幼年好学，熟读经史，对天下兴亡、政局变幻能道出自己的独特见解，因此，被张大帅纳为幕僚，十分倚重。张作霖得势前后的许多重要政策，莫德惠都曾参与制订，算得上是东北政坛上的一位耆宿。张作霖在世时，张学良对经常出入帅府的莫德惠便十分尊重。张大帅在皇姑屯被炸身亡后，莫德惠恸哭三日，尔后站出来协助张学良接过帅印，稳定军政局势。由于莫德惠在东北政坛的特殊作用，他被选为国民党的参政员，后又被选入国民党中央委员会。他深知，自己之所以能够显赫，完全是仰仗了张家父子的权势与关照，因此，西安事变一起，他顿变忧心忡忡，及至听到张学良被判十年徒刑，后虽被"特赦"，但仍交军委会"严加管束"的消息后，禁不住连连慨叹，当下提出要见张学良，但却一直拖到 4 月，才获得批准。

张学良素将莫德惠视作父辈，以"莫老"相称。此时，见莫德惠风尘仆仆地从车上下来，他就像见到亲人一般，只叫了声"莫老"，便激动得再也说不出话，只以盈眶的热泪表达着此时的感动。

从辈分上来讲，莫德惠算得是他的父辈，但从身份上来说，莫德惠又是张学良的下属。但此时的张学良却已顾不了什么身份不身份，趋步上前，双手相扶，搀着莫老上楼，进了客厅。

一番泪眼相看和长吁短叹之后，张学良简要地讲述了自己来雪窦山后的情形，然后听莫德惠讲起了外面的局势。

"看来，中日之间战事难免了。倭寇步步进逼，大有吞并整个中国之势。全国百姓怨声载道，纷纷上书，要求政府领导抗日。尤其是东北三省，铁蹄之下，哀声不绝。"

说起东北，张学良眼里好似顿时蒙上了一层云翳，脱口叹道："我对不起东北的父老！没能守住家乡。"

"此事哪能怨你！"莫德惠说，"你是军人，执行命令而已，将来真相大白，同胞们自能见谅。西安的事，你虽然鲁莽一些，但本意还不是为了抗敌，收复失地？"

"只要父老们能明白我的这番真意，我就知足了。"张学良说着长叹一声。

"这一点，汉卿你大可告慰，"莫德惠说着从带来的包内掏出一大包信件放到桌上。"这些都是你在东北的故旧、社会贤达们辗转写来，让我带给你的，人人莫不信任副司令，把收复家园的希望寄托在你和东北军身上。"

"父老乡亲至此仍能信任我，学良死也足矣！"张学良重叹一声，泪水夺眶而出。

来雪窦山看望张学良的人中，最使人感到意外的，要算曾任过他的顾问的澳洲人端纳。

在和平解决西安事变的过程中，端纳不顾安危，利用他私人与各方的情谊，三进西安，为蒋介石的获释立下了汗马功劳。为此，蒋介石在返回南京后，论功行赏，授予他一枚最高宝石勋章。对这项"殊荣"，端纳似乎并不特别在意，他更关心的是在西安所作出的承诺：西北地区交由东北军、西北军治理，保证张学良的安全和人身自由。可是，不到一个月，他的这两个当初得到蒋介石认可的承诺都被蒋介石破坏了，东北军、西北军被调离西北，张学良被禁山中。作为一个较具民主思想的西方人，他曾多次找到蒋介石，要求恢复张学良的自由，但每一次蒋都是支支吾吾，不给明确答复。端纳一气之下，开始在公开场合指责蒋介石背信弃义，并批评他对日寇一再退让的政策。完全可能是出于某人的授意，3月中旬，国民党的喉舌《中央日报》刊出一篇社论，谴责端纳背叛中国，要求将他驱逐出境，不许再来中国。端纳大怒不已，将社论剪下来寄给宋美龄，质问是否是由蒋先生授意。宋美龄一见报纸，亦十分生气，向蒋介石出示了这篇文章。蒋介石表示，他对这篇社论毫不知情，下令参与炮制这篇文章的人向端纳赔礼道歉。一场风波这才得以稍稍平息。

由于刚经过社论风波，因此当端纳提出要去见张学良时，蒋介石便不好拒绝，但私下里却指示戴笠，要刘乙光注意二人的行踪言论。端纳做过新闻记者，与国际上的同行颇多交往，如果两人会面时说出些什么不利于蒋介石的话，捅到了国际舆论上，那将极大地动摇蒋介石在国内外的形象。

端纳的到来，既令张学良感到意外，又使他好一番感动，当即吩咐伙房准备西餐，招待这位外国顾问。

"想不到你还能想起我，大老远地跑到这儿来。"张学良在饭桌上说。

"从西安回来后，我几乎没有一天不想起将军，"端纳说道，"对你失去自由，我想我是负有一定责任的。"

"这事怨不了你，"张学良宽谅地说，"你虽然来中国多年，先是给我，后又给蒋委员长当顾问，但是，你对中国的政治和中国人的性格还是缺乏了解。"

"可是在西安我是做过保证的呀！之所以那么久没来见你，是因为我无法平静坦荡地面对你。"

"我再说一遍，这怨不了你。"张学良加重了语气，"我尚且有心存幻想、上当受骗的时候，何况你一个外国人。"

这时，站在一旁为两人服务的警卫咳嗽了一声。张学良明白，这是在提醒他，在这个外国人面前，话不要说得太"出格"了。张学良冷笑一声，沉默了一阵，终于还是转开话题，说起了他在这儿的生活，雪窦山的名胜和过去两人在一起时的日子。端纳也讲起了笑话，似乎想给张学良带来点乐趣。分手时，端纳郑重其事地说："张将军，我已经失信于你一次，今后我将为你恢复自由，不遗余力地呼吁。"

"谢谢端纳先生。"张学良很是感动，紧紧握住这位前顾问的大手，久久没有松开。

在雪窦山上，张学良还会见了第二位外国人——意大利贸易商伊雅格。

张学良统领东北军期间，曾花费大量款项，用来改善部队装备，其间，也从国外进口了不少轻重武器。伊雅格是意大利籍，经常穿梭于各国，从事木材、钢铁、机械和军火买卖。经人介绍，张学良同他相识，并经他手，买了一批机枪和步枪。为了增强东北军实力，张学良还组建了空军部队，但却苦于没有性能优良的飞机。于是，他便委托伊雅格，在美国订购了一架有武装设备的大型客机。由于西安事变发生，飞机交货的时间被迫推迟。后来，张学良被禁，东北军东调，飞机交付给谁一时没了着落。由于订购这架飞机花费了巨额款项，加之抗战在即，多一架飞机亦多一分力量，于是，张学良叫刘乙光派专人赴上海，将伊雅格找来溪口，亲自告诉他，那架飞机须在近期内运来中国。

"这没问题，"伊雅格说，"可是具体交货地点在哪儿？是交给东北军吗？"

"这个问题我反复考虑过了，"张学良说，"我决定把这架飞机送给蒋先生。请你到南京，具体同他联系。我这里，会先捎信给他的。"

大约一个月之后，这架飞机飞到了南京，交给了国民党中央军的空军。蒋介石在得知飞机已正式交付使用之后，只让宋美龄转达了一句话："谢谢汉卿的美意。"

蒋经国慨叹：果真是员勇将啊！

由张学良出钱，建于招待所后面水涧岩的几间房子造好了。远远望去，黄墙灰瓦，与四周的山色倒还协调。书房由赵一荻亲自指挥布置，几个大书柜面壁而立，另外还做有阅览架，摆满了中、英文报纸杂志。启用那天，张学良很高兴地坐进房里，翻看一本本印制精美的外国画报。主持修建书房的钱君藏来到他身边，问房子修得如何，张学良连连点头，说："不错，不错。"过了一会儿，他又对钱君藏说："雪窦山是名胜，来来往往总有些人。这儿只有你这么小的一个旅行社，给我包下来，怎么过得去啊？"

"有人付钱，副司令你尽管住着就是。"

"我还是觉得不好。"张学良说着站起来，到与书房相连的几间空屋转转，又说："我看这样吧，不如我搬到这里来，有三几间房子足够了。旅行社腾出来，也好接待些游客。"

钱君藏见张学良说得认真，不好再擅作回答，于是只回道："旅行社条件总要好些。再说，住不住这里，我做不了主，得问问刘秘书。"

提到刘乙光，张学良便没再开口。当天晚些时候，刘乙光便找到张学良，说搬出旅行社不妥当。书房这里只几间土屋，怎么能住人呢。

张学良知道，刘乙光他们所担心的是他若搬来平房，不便看管。其实，"条件不足"完全可以改善，不过是添些设施而已。张学良"哼"了一声，愤愤地说："不搬也罢，我死也死在招待所里了。"说完一声长叹。

　　见张学良发了火，刘乙光忙嗫嚅地作些解释。张学良却腾地站起，倒背双手，出了房间，留下刘乙光一人站在房里。刘乙光望着张学良的背影发了半天呆。

　　进入 5 月，天气逐渐燥热起来。为了照顾儿子闾琳，赵一荻与张学良挥泪相别，回到上海，后又转去了香港，精心照料她与张学良爱情的结晶。于凤至已发来电报，说待她的病稍有些好转，即来溪口陪伴丈夫。

　　无人相伴相诉的孤独重又降临。张学良的笑声没有了，终日里闷声不语，只穿着短裤汗衫待在屋中，有时看会儿书，乏了仰头便睡。赵四小姐在时，两人便不大去餐厅吃饭，由厨子将饭菜端到房中。现在赵一荻一走，张学良就更不到餐厅露面了。看着他日渐烦躁，刘乙光等人也很紧张，说话走路都是小心翼翼，生怕张学良动怒骂人。

　　这么过了约一个星期，张学良的心情才渐渐有了好转，提出要上山看景，到沙堤村游泳，或到溪口镇上去转转。看见张学良肯走动了，大家都松了口气，忙不迭地安排布置。为了让他散散心，刘乙光还出面联系，让张学良到宁波城里，连着看了两天的戏。

　　夏天的天气，说变就变。先前还是极亮极热的晴午，转眼间竟像是黑夜一般，大团大团的乌云贴着山峰直往下落，几声巨响，白亮亮的雨点噼噼啪啪地砸落下来，打得柳枝横飞，尘土高扬。又一阵风袭来，宛若一只巨手，拉幕般地将乌云一片片地扯开，重又展露出白晃晃的天光。

　　下过雨，空气凉飕飕、甜丝丝的。张学良从屋里出来，招呼副队长许建业和几名警卫，说："好久没去溪口镇上了，现在凉快，我们去转上一圈。"说完便顾自走向停车棚，让人将车开出来，钻了进去。

　　雨后的溪口镇，变得分外清爽宁静。由于山上小溪的灌注，河里的水已经涨起，翻着土灰色的泡沫。由于是暴雨，地上并没翻起泥泞，只一些凹洼处，尚存有一团团水渍。临近夏收，农人们要么在院中收拾农具，要么在田中巡看庄稼，街上并无多少闲人。张学良走进一家糕点店，见柜中摆有雪白的米糕，便向店家要过一块品尝，只咬了一口便连说"好吃、好吃"，吩咐随行买下两箱，说是带回去让大家尝尝。店家难得遇上这么个好主顾，自是连声称谢，又转出柜台，将客人送出老远。

溪口镇不大，走走停停约十几分钟，便看完了主要的街市。一行人正欲回转身，却见前边又来了一群人，中间走着一个三十多岁、身躯微胖的男子，旁边是个一身缟素、金发高鼻的外国女人。张学良有些奇怪，想起不久前同赵四小姐来镇上时，也曾撞见过这两人，当时以为他们是来雪窦山观光的游客，就没怎么在意。怎么这么些天过去了，他们却没有离开，显然也是住在附近的什么人物。

"他们是什么人？"张学良问身边的许建业。

"不认识，"许建业摇摇头。片刻之后，又说："上次听刘队长说，委员长的大公子蒋经国也来溪口读书了，还说他娶了个苏联女人。这会不会就是蒋经国夫妇？"

张学良"哦"了一声。他想起在西安时，周恩来同蒋介石会面，谈到要想办法把在苏联留学的蒋经国弄回国来，让他们父子团聚的事。看来，这人定是蒋经国无疑了。他盯住那越走越近的男子，想从他脸上看出点蒋介石的神影，但却怎么也不能把身材颀长的蒋介石同这个中等身材的胖男子联系起来。他又看看那女人，见其举步稳重，容貌娴雅，并无一点趾高气扬的神态。他本想上前打个招呼，若是蒋经国便可攀谈几句，还可托他向蒋介石转致问候；若不是，那就只当认错了人，转身走掉便是。但旋即又一想：我现在是被"严加管束"之身，而蒋经国新近从国外回来，对西安的事未必有所了解，恐怕存有不少误会。再则，从辈分上来讲，他当唤蒋经国为侄子。侄子尚无拜见之意，他若先行执礼，有些说不过去。于是，张学良慢转过身，对许建业说："我们回去吧。"顾自踏上了回程。

来人正是蒋经国和他的苏联夫人，中国名字叫蒋方良。1937年4月间，他携妻子及儿子蒋孝文由苏回国后，即到南京晋谒父亲蒋介石。蒋介石要他先回溪口老家读书，一面清洗在苏所受到的"赤化宣传"，一面了解熟悉国内局势，准备参政。蒋经国回溪口后，住在妙高台蒋介石的一幢别墅内，要么闭门读书，要么上山游览。今日见暴雨下过，也专程到溪口看看雨后的街市。

蒋经国已经注意到刚才迎面站立的人对他的打量，但却不知其为何人。从其前呼后拥的一大帮人来判断，此人非同一般，其仪态目光均有威猛之气。待那人转身远去，蒋经国便问身边人，知不知那穿汗衫短裤者的身份。当他听说那就是在西安发动兵谏、扣押他父亲的张学良时，蒋经国愣住好一阵没挪步。良久，他才叹了一声："果真是员勇将啊！"过了一阵，他又说，改天他将亲自登门拜望，听听这位西安事变主帅对时事政局的高见。

请缨抗敌与"好好读书"

1937 年 7 月 7 日夜，在华北卢沟桥附近进行"军事演习"的日本侵略军诡称一名士兵失踪，要强行进入宛平县城搜索，当日军这一无理要求遭到中国驻军拒绝后，日军竟以此为借口向中国驻军发动了进攻，炮轰宛平城和卢沟桥，爆发了举世瞩目的"卢沟桥事变"。驻军第二十九军旅长何基沣、团长吉星文率部奋起抵抗，歼灭日军 100 多人。"卢沟桥事变"之后，日本大举增兵华北，进攻北平，8 月 13 日，又对上海发动军事进攻，开始了侵略中国的全面战争。 日寇的侵略，在全国引起了极大的震动和强烈反响。中共中央发出了《中国共产党为日军进攻卢沟桥通电》，国民党的对日态度也发生了变化。蒋介石在 7 月 17 日的抗日谈话中说："我们希望和平而不求苟安，准备应战而决不求战。……如果战端一开，就地无分南北，年无分老幼，无论何人，皆有守土抗战之责任，皆应抱定牺牲一切之决心……"日本进攻上海的第二天，国民党政府发表了《国民政府自卫抗战声明书》，指出："中国决不放弃领土之任何部分，遇有侵略，唯有实行天赋之自卫权以应付之。"

雪窦山的消息知道得总比山外晚几天。当张学良终于从迟到的报纸得知由"卢沟桥事变"而爆发全面抗战的消息，像突然间注射了兴奋剂，神情激动地在房间内外来回奔走，逢人便举着手中的报纸高喊："知道吗，全面抗战爆发了！我张学良终于等到这一天了！"平日时常出现的那种忧郁和委顿从他身上一扫而光。刘乙光到宁波办事刚刚回来，在招待所大门口便被张学良从楼上叫住："刘秘书，你去通知伙房，今天做些好吃的，我们大家庆贺庆贺！"

听说抗战爆发，众人都有些兴奋，加之好久没看见张学良这么高兴过了，所以晚餐席上是一片激动的喧嚷。张学良叫人从房中搬出宋子文赠送的外国名酒，每人都满满斟上一杯，然后，他将酒杯高高举起，高声对大家说："弟兄们，大家陪了我这么久，我的心思你们也都明白。我张学良的所作所为，目的只有一个，打败日寇，收复家园！苍天有眼，这一天终于让我等到了！我敬大家一杯，祝贺抗战开始！"说完，仰首一饮而尽。

干完这杯酒，刘乙光又站起来，说："难得副座今天这么高兴，我代表诸位弟兄敬副座一杯，感谢副座平日对我们的关照！"

刘乙光举杯要喝，却被张学良一把拦住。"不是你们谢我，而是该我谢你们，平日多有麻烦。现在抗战既已开始，我张学良的希望就已实现，即使一死，也可以含笑瞑目了！"说到此，他已是声音哽咽，眼中泪光闪闪。略为一顿，他突然提高嗓门，像喊口令似的大呼一声："日后大家抗日战场上见！"说完又将一杯酒仰首喝干。

张学良平日不太喝酒，有时避不开应酬或逢到兴事，也只是喝上一两杯，而这天的晚餐，他却一连干了五六杯，面红似血，额上青筋突暴。到席终时，他已是步履踉跄，动作有些失控了。刘乙光忙叫人将他扶住，送回房中歇息。

静静地在沙发上坐了一阵，又喝过两杯茶，张学良醉意渐渐消淡，思维也明晰起来。望望窗外，月华如水，倾泻到灰黑色的山峰、林木、田畴之上，向人传达着一种神秘的庄严与悸动。他抓过报纸，将上面有关抗战的消息又读了一遍，然后坐到桌前，提笔先写下了"介公委座钧鉴"几个字，又思索一阵，这才游龙走蛇，洋洋洒洒地挥展自己的一腔抗日热望。

当这封请求杀敌报国、参加抗战的请缨书托人送走之后，张学良便处于苦苦的等待之中。每日的报纸一到，他必仔仔细细从头到尾读上一遍，对着一幅中国地图研究敌我两军的位置和战略态势，并密切注视着东北军将士们的动静。

有一天，张学良来到后面的图书室，见有几名警卫正在那里看报，并对抗战的事议论纷纷。张学良一走进，便对众人说："日本亡我之心早已有之，多年前我就有所预言。可是，'九一八'后我们误信国际联盟及其和平机构，错认公理可以制裁强权，所以步步退让，总希望得到外来的帮助，现在这一切迷梦都可以醒了。我们唯一的道路，就是靠自己死中求活，政府应当发动整个民众与日寇拼命！"

张学良这番话，明显是批评政府，众人都面面相觑，不知如何应答，再看看他，却是满脸义愤。

"国人早先骂我不抵抗，"见人们不吭声，他又继续说道，"我现在很希望领袖能给我机会。前年'何梅协定'的消息传来后，我就说过这样的话，'不要让我去剿什么匪，应当叫我去抗日。我觉得剿匪牺牲，不如抗日牺牲更有价值。'现在也是，让我在这儿闲死，不如让我上战场去同日本人拼死！"

张学良说完，逐一看了看几名警卫。见他们那种欲答不能的神情，他恍然明白了什么，说了声："你们看报吧。"转身出了图书室。

望眼欲穿的满意答复终于没有来，倒是宋美龄回了一信，说是代表

张学良写给蒋介石的请战信，言词恳切

蒋介石意见，认为现在让张学良去领兵打仗尚不合适，嘱他要"好好读书"。

寥寥数语，将张学良的一腔热望击得粉碎。他顿时像变了个人，重又回到那种郁闷、委顿的状态中。守卫大门的警卫注意到，一连几天夜里，张学良房里的灯光都是亮了又灭、灭了又亮。看看他的眼睛，纵横的血丝中，仍有巨大的忧愤与恨意。

没过几天，戴笠到了溪口，名为看望张学良，实则是来观察他的动静。张学良由于已被蒋介石拒绝参加抗战，因而对戴笠前来的使命也猜着了几分，无意再在他面前提起抗战之事。戴笠在招待所住了两天，只觉张学良情绪低沉，却不见他有任何异常举动，终于忍不住提及了张学良的那封信。

"其实，副司令的一片心意委员长是明白的。只是他现在忙于组织抗战，难得抽出时间同您好好谈谈。据我所知，委员长不止一次地暗示过，国家早晚会倚重于副司令的。"

张学良苦笑一下。"我同委员长之间并无个人怨怒，相反，这么些年，我张学良所作所为，无一不是维护他的领袖尊严和权威。1930 年的事自不必说了，就拿西安的事来说，我为什么会送他回南京，难道我就不知南京有刀丛箭雨？我还不是为了他领袖的面子，为了他的尊严？可是，他现在却是这样对我，连抗战的机会也不给，让人怎么思想得过嘛。"

"也许现在时机还不成熟……"

"什么不成熟？"张学良激愤起来，"日本人杀了我父亲，占了我的故土，现在已占平津、上海，中国眼看就要被他们全部占完了，难道真要等成了亡国奴，时机才会成熟！？"

戴笠无言以对，尴尬地沉默了好一阵，这才说："副司令，南京的情况你都是知道的，我做事都是照委员长的意思……"

张学良抬手止住戴笠，说："雨农，这些事哪能怪你。你来看我让我很感谢。只望你回去之后，见着委员长，一是代我向他问好，二是向他表明我抗战的一片决心真意。"

戴笠走了不久，蒋介石就派了一个中过前清进士的浙江籍步老先生，来溪口教张学良读书。

由于请缨抗战的要求被驳，张学良情绪极为低落，哪还有心思静静坐下来读书？可是，步老先生是蒋介石派来的，而"好好读书"又是蒋委员长的"圣旨"，不好违拗。于是，张学良便叫上刘乙光和一班警卫，一同听老先生讲课，以免冷清和尴尬。

步老进士是受蒋委员长之请而来，因此讲课也分外卖力。每天一个半小时，他在众人面前摇头晃脑，唾沫四溅，讲《论语》、讲《中庸》、讲《大学》。开始两天，大家还有些兴趣，但渐渐地，那些陈词滥调便让人感觉乏味了。有的警卫一面对步老进士就打瞌睡，听了几天，仍不知他究竟说了些什么。张学良对讲课虽未表示任何不满，但却始终打不起精神，心思完全飘向了远处。

张学良和众警卫对讲课的这种消极态度，终于使步老进士的课无法继续讲下去了。到第 10 天上，老先生不得不表示了停课离去的意思。刘乙光来请示张学良，是否有挽留的意向。张学良看着刘乙光问："你想挽留吗？"接着又一笑，说："既然是步老先生自己的意思，那我们也就不强人所难了吧。"

兄弟笔谈："自由"二字，渺茫，很渺茫

8 月初，张学良的四弟张学思与赵四小姐由宋美龄的亲信、励志社总干事黄仁霖陪同，来到了溪口。

张学思由中央军校毕业后，被分到驻北平的国民党 53 军当了见习排长。张学良被拘之后，他曾向上峰多次提出前往看望的请求，均未获准。现在抗战爆发，社会上传言张学良要出面重主东北军，开赴抗日前线，张学思又再度恳请会见大哥，几多曲折，愿望终于得以实现。

南京一别，不过才半年多时间，但兄弟两人却像已分隔了三年五载，彼此都有千言万语要诉说，但一时都不知从何处谈起。刘乙光和他的手下以款待张学思、黄仁霖、赵四小姐为名，不停地在屋里屋外穿梭进出，两兄弟根本不可能单独相处、倾诉衷肠。张学思望着大哥，伤感地摇头，悄声说："大哥，你太难了！"张学良无语，唯以苦笑相对。

陪同前来的黄仁霖既是蒋、宋面前的红人，又是张学良的朋友。两人同是 1901 年出生，并同在东北一个叫泗水场的地方长大。那时候，黄

仁霖的父亲是该地的铁路站长，而张作霖正在毅军中崛起，两家时有往来。若干年后，张学良、黄仁霖都投身军中，一个子承父业，当上了副司令；一个独闯天下，倚结豪门，成为励志社的总干事。张学良每次去南京，差不多总能见到黄仁霖，时常一同骑马、打网球，彼此间有了不寻常的友谊。西安事变时，宋美龄救夫心切，急需人前往西安见张学良，她第一个想到的是曾做过张学良顾问的端纳，第二个便是黄仁霖。在西安，由于黄仁霖在同蒋介石见面时违反了张学良事先提出的"不准交谈和捎带口信"的条件，而被拘禁了11天，后与蒋介石同时被释。黄仁霖在西安所表现出来的对蒋介石的忠诚，大受宋美龄的赞赏，很快便成为其亲信。张学良在南京受审期间，蒋介石亲召黄仁霖，交代他负责照料张在南京的食宿和安全，再次受到赏识。此次张学良再次请战，外界已有议论，蒋介石先是派戴笠前往观察，继而派步老进士讲学。批准张学思前往溪口之后，蒋介石又想到了这个似与张学良结下了深缘的人，要他"陪同"前往。

张学良当然明白，黄仁霖虽是"朋友"，但在对蒋介石的认识和政治主张的问题上，彼此却大相径庭。见到老朋友，张学良固然高兴，但也十分清楚，黄仁霖远涉千里，绝不仅仅是来看望或是陪同四弟和赵四小姐而已，他一定还另有使命。

果然，在安顿下来之后，黄仁霖便让刘乙光作了安排，由他单独同张学良相见。

本来老朋友相见，应当无拘无束、谈笑风生。但自西安事变后，两人的关系发生了微妙的变化，说话便不那么随意无拘了，有时甚至有了很浓的"公事公办"的成分。对此，两人心里都觉颇为遗憾，但又无可奈何。

"汉卿，"黄仁霖呷了口茶，缓缓说道，"我临走的时候，委员长召见了我。"

"哦？"张学良应了一声，脸上并不显得惊奇。

"委员长让我来看看你在这里生活得怎么样，读书有没有新的获益。"

张学良"嗯"了一声，知道这并不是他来的目的所在。他不想说些违心的话。

黄仁霖有些难堪，面色泛红。沉默了好一阵，他终于说道："汉卿，你我多年朋友，上辈又是至交，彼此间应该没有隔阂才是。"

"我并没有什么隔阂。我是在想，朋友应当体谅我这时候的处境。"

"你的处境我何尝不知？"黄仁霖说。他看了张学良一眼，又问："我在南京送你的《圣经》，不知读过了没有？"

张学良知道他这是想调节气氛。在南京军法会审前，张学良心神无定，烦躁不安，黄仁霖便送来了一本《圣经》，并在上面题了一句话："我希望这本书帮助你，就像它帮助我的一样。"

"只是翻了翻，"张学良回答，语气有了些缓释，"还没钻得进去。以后我会认真读的。"

"《圣经》博大精深，助人灵魂，我自己受益匪浅。等你读过，我们还可以交流交流。"

"那你是想让我成为虔诚的基督教徒啰？"张学良笑问。

"成教徒又何尝不可。委员长和夫人不都是虔诚的教徒吗？"

提到"委员长"，张学良的脸又阴了下来。半晌，才说道："委员长有什么话，你就直对我讲好了。"说完，直愣愣地望着黄仁霖。

"委员长的意思……"黄仁霖有些嗫嚅，但终于还是直说了出来，"现在抗战开始，军队须置于领袖的统一指挥之下，绝不可三心二意。东北军调离西安之后，传说有的官兵有些想法，不太安稳。委员长担心将来调度起来可能会不方便，影响整个全局……"

"东北军都是些有国仇家恨的人，只要是打日本，哪里会三心二意。委员长怕是多心了吧。"

"外面有些流言，说要是副司令不回去，东北军就不打仗。委员长有些忧虑。"

"流言都是无稽之谈，"张学良有些激动地站起来，"打仗是为了赶跑日本人，收复失地。这是我最大的愿望，怎么能说他们不见我就不打仗呢？难道你们也听信？"言罢，他口里又顾自嘟哝了一句什么，沉重地坐下来，闷着声问："委员长想让我干什么？"

黄仁霖见张学良自己问出了他想提的问题，有些激动。"委员长说，不管这些流言是真是假，从抗战大局出发，请你给东北军各军长写封信，让他们听从委员长指挥，服从调度，创立勋绩。"

"原来如此，"张学良眼里浮起一层冷光，"我没想到，到现在委员长还在担心东北军另有图谋。"没等黄仁霖答话，他又说："你回去告诉他，不用在这种事情上费脑筋。信我马上会写的。"似乎是不再愿意同黄仁霖谈下去，他很快转了话题："好久没跟你打网球了。难得你那么远跑来，我招待你同我打场球。"

张学良先前的话，已足以让黄仁霖在"老头子"面前交差了，所以，这时也爽快地站起来。"我也好久没摸球拍了，今天恐怕要输给你啰。"

一连两天，张学良、赵四小姐都陪着张学思和黄仁霖，不是游山观寺，就是玩牌打球。由于刘乙光等特务紧紧相随，须臾不离，张学良和四弟简直没有单独谈话的机会。张学思心中有千言万语想向大哥诉说，可是看看张学良，却是一副悠然自得、放情山水的模样，他不禁忧心如焚。才仅仅八个月啊，一个叱咤风云、敢做敢为的统帅，就变得这么不可思议地逍遥与沉沦，难道这雪窦山中，真有什么魔法不成？

张学思痛苦地望着走在前面几步的大哥，恰逢张学良转首，四目相对，稍纵即逝，但就在这短短的一瞬间，张学思非常清晰地看到了大哥眼中流露出的苦闷、怨恨、孤独与痛楚，以及隐隐约约的期盼，它们交织在一起，似一支利箭，扎得张学思心中涌起一阵剧痛。

大哥，你的万千话语，怎么不对我吐露只字片言呢？张学思心中一阵大喊。

第二天，张学思便要由黄仁霖"陪同"，离开雪窦山。下午，由赵四小姐张罗，同黄仁霖、刘乙光、许建业组成了一个牌局，好不容易让两弟兄有了单独在一起的一点空隙。

张学思跟着大哥走进书房，正欲开口，张学良却用手势将他止住，又指指两边的墙，表示这里隔墙有耳，接着又从书桌中取出了一叠纸和一支铅笔，表示只能笔谈。

"现在抗战局势是否已真正形成？"张学良刷刷地在纸上写下一行字。

"全民已经动员，将士群情振奋，中日必有大战。"张学思飞快地用笔回答。

"东北军近况如何？是否有人弃战？"张学良又写下一行字。

"官兵们莫不望早日开战，打回老家，收复失地。"张学思望大哥一眼，又写道："全军上下都盼你回去号令抗日。"

张学良沉重地叹口气，接过笔，重重地写道："自由二字，渺茫，很渺茫！"

两弟兄就这么你书我写，以笔代口。张学良又询问了中共的主张，得知周恩来等中共领袖已在杭州、庐山同蒋介石谈判，将联合抗日时，神情有些激动，在纸上写下："西安'三位一体'不存、中共统一战线又起"一行字。接着，他告诉四弟，他曾上书请缨，但宋美龄复信只叫他"好好读书"。黄仁霖此番前来，主要是想要他给东北军写信，要旧部听从蒋的调遣。"东北军如能团结，抗日战争扩大，我就有恢复自由的可能。"他写道，又在"自由"二字下，划了一条粗杠。

张学思心潮激涌，热泪滚滚而下，止不住低声叫道："大哥！"

张学良拍拍四弟的肩头，接过笔写道："多看进步书，回东北军去，抗战到底！"

张学思抹了把泪，用颤抖的手在纸上写下："大哥的话我一定办到！"写完便掷笔于案上，紧紧抓住张学良的一只手，又痛呼一声："大哥！"

第二天上午，兄弟俩挥泪相别。张学良执意相送，直走出一里多路，才由众人劝住。

"大哥保重啊！"张学思再也忍不住这一声哭喊，最后望了一眼短衫布鞋的大哥钻进了汽车。

两兄弟谁也没料到，此次雪窦山分手，竟成手足间的永别！

抗战爆发，面临激战，被调往豫南、皖北、苏北地区的东北军无不盼望张学良能返回军中，集中旧部，在抗日战场上一展东北军的雄威。接到张学良写来让他们服从中央、听从蒋介石统一指挥的信，将士们思念少帅的心情更为迫切。9 月初，东北军各部都派出了将领，前往奉化，探望张学良，听候他对东北军抗战的指示。

眼前的少帅已明显地消瘦、憔悴，精神也显得有些委顿。众人一见，难免心酸，叫一声"副司令"眼泪便扑簌簌地往下淌。

见到久别的部下，张学良心情也十分激动，说上两句话，眼睛便湿润了。

"我在这里过得很好，回去告诉大家，请大家放心。"

"副司令，"一位少将师长向张学良说道，"我们东北军现在有两大心愿：一是早日打回老家，收复失地；二是盼望副司令早日归来，指挥我们上前线杀敌。"

"我们都盼着副司令回来主持东北军，"另一位将领说，"西安兵谏之后，东北军被分散调度，驻地分散，相互间没有军令上的统属关系，打起仗来，互相没有协调。而现在，又无人能担此重任。副司令，东北军没有你，就要这么散了啊！"说着，眼泪便滚了出来。

张学良听大家说完，叹了一口气，说："大家的心情我都知道。可是现在，我们的愿望恐怕还难以实现。"说着，他朝门口望了一眼，见一名警卫正注意着他的谈话，刘乙光的身影也在门口闪了一下。他皱皱眉，又继续说："现在还不是我回去的时候。何时回去，中央和委员长自有安排。抗战之事，是我们东北军盼望几年的事，西安兵谏也是这个目的。请回去转告全军，一定要服从中央，努力杀敌，收复国土。"

"没有副司令，东北军首尾难顾啊！要打胜仗谈何容易！"一名将领哭出声说。

"我们要求的是全民利益，全抗日战场的利益，"张学良忽然提高了嗓门，"就是把东北军一个连一个连地调着用，大家也要服从！东北集团和我个人，都不足多虑！"

张学良的一席话，让部下们再次领略到他宽博的胸襟。

"我带你们打日本去！"

张学思走后，一连好些天，张学良都心神不定，神思倦怠，连饭量也减了许多。刘乙光偷偷问赵四小姐，副司令是不是患了什么病。赵一荻摇摇头，蹙着眉叹气："你们还不明白么？他心里有事。"刘乙光听了，也只有摇头。

中秋节到了。

张学良在一次游妙高台时，见这里山崖险峻，古树参天，下可观绿湖碧波，上可触浮云天光，便说中秋之夜，若到这里摆酒赏月，倒不失为人生的一桩乐事。刘乙光记下了这番话，回来便吩咐许建业置办中秋到妙高台赏月的事。

夜色降临，月光初起，张学良、赵四小姐和刘乙光、许建业等二十多个警卫看守们已置身于妙高台的山亭之中。酒席早已摆好，极为丰盛。一巡酒下来，皎月已临空，峻峰深壑、平湖崖松，全都沐浴着银白色的清辉。轻风阵起，在四下里的林木间浅唱低吟，更衬出山中世界神秘的宁静。

张学良不胜酒力，平日极少饮酒，但今夜却摈弃顾忌，对山、对月、对松连饮几杯。赵四小姐本想劝劝，但一看他那充满愤怨的目光，又止住了。许建业向前凑凑身，建议赵一荻小姐唱支曲儿来为赏月酌酒助兴。张学良手一摆，说："她别来，还是我来吧。"说着放下酒杯，遥望明月，念起了韩愈那首《八月十五夜赠张功曹》：

> 纤云四卷天无河，清风吹空月舒波。
>
> 沙平水息声影绝，一杯相属君当歌。
>
> 君歌声酸辞且苦，不能听终泪如雨。
>
> 洞庭连天九疑高，蛟龙出没猩鼯号。
>
> 十生九死到官所，幽居默默如藏逃。
>
> ……

念到"幽居默默如藏逃"一句，张学良突然声咽，再也不能往下读了。赵四小姐担忧地望着他，轻呼两声"汉卿"，想让他镇定下来。刘乙光也叫了一声"副座"。

张学良却毫无理会，反而站起身来，端着酒杯，遥向明月，说："中秋是好日子，大家都应该干杯。"说完，这一杯酒又一饮而尽。

放下酒杯，张学良并不坐下。眼望如盘圆月，想起故土沦丧、山河破碎、白山黑水遭受蹂躏之惨状，而自己却被幽闭深山，虎躯难伸，胸中愤懑难以抑制。他忽然向大家猛挥了一下手，大声说："现在日本鬼子来侵略我们祖国了，我带你们打日本去！"

"对，打日本去！"警卫中有人附和。一阵山风拂来，将声音带向山峰沟壑之间，使宁静的月夜有了些令人震颤的回响。

"汉卿，你别再喝了！"赵一荻拉着张学良的胳膊，让他坐下，又伸手夺过他的酒杯。她生怕张学良在借酒浇愁之际，说出什么令当局不快的话来，让刘乙光这些"耳目"报告给南京，惹出些难以预料的祸事来。她听宋子文说过，张学良被拘之后，蒋介石对他的一举一动都格外"关心"。

"副司令，你喝醉了。"许建业挪开椅子，过来扶住张学良。

"副座醉了。今天大家也尽兴了。撤席吧，扶副司令回去！"没容张学良答话，他便招呼人过来，扶起张学良开始下山。

中秋赏月就此结束。张学良的一声呐喊，却永留在了松林山岳之间，回荡于在场众人的鲜活的记忆之中。

告别雪窦山

中秋节后接连两天，张学良都未出门。直到第三天，赵四小姐才陪着他到附近散了散步。警卫们发现，张学良似乎比往日略瘦了些，但精神却很亢奋，不停地同赵四小姐说这说那。门口的两名卫兵望着张学良的背影，悄声说："仗打起来了，他该是要回去领兵抗战了吧？"

"难说，"另一名警卫回道，"蒋委员长会轻易放过绑过他的人么？"

"这倒也是。"

就在这天，招待所的厨房失火。由于气候干燥，加之有风，火势越来越猛，整个招待所都被吞没在烟雾烈焰之中。附近的乡民和雪窦寺的僧众见到火光，都纷纷跑来助救。张学良和赵一荻被转移到屋外，幸得无事。赵一荻望着"呼呼"作响的大火，急得连连跺脚。"快，快叫人去救书房哪，千万别把书画烧掉了！"她大声疾呼，指点着几名警卫。张学良站在一旁，看着赵一荻和众人急煞煞的模样，感到有些好笑。先前在屋里时，他正摆弄一架赵一荻从香港带来的照相机，失火时便顺手带了出来。他拦住几个正上前扑火的人，说："你们慢着，等我拍下这个镜头再说。"众人不解，困惑地望着这个神色泰然、安若无事的"副座"，看他"啪、啪、啪"地揿动照相机快门。

由于附近无水，扑救困难，不到一个小时，招待所便成了一片废墟。所幸的是，后来修建的书房，没有损失一本书，没有烧掉一本画报。

招待所被毁，张学良便无安身之地了。刘乙光急得团团转，后来赶去雪窦寺同住持商量，便在寺中借了几间房舍，让张学良、赵四小姐和一些陪伴人员暂时栖身。

"我尝够了无家可归的滋味，"当晚，张学良在寺里的油灯下对赵一荻说。"现在又知道什么叫'无立锥之地'了。"

可是赵四小姐发现，那天晚上，张学良却睡得格外安稳。

雪窦寺是佛门之地，僧众们每日晨钟暮鼓，青灯黄卷，雷打不动。张学良住在这里，休息自然要受些干扰。再则游山的游客到了雪窦山，难免要进到寺里烧几炷香，许几个愿；附近也有些固定的香客，隔三差五便要到寺里来磕几个头，在佛像前添些灯油，这就使刘乙光的安全保卫工作遇有许多不便。寺里的住持太虚法师对张将军能暂居寺院虽然也表欢迎，但其心底又哪里会赞同让一班武夫在庙里久住呢？刘乙光和许建业一面吩咐部下们加强了警卫，一面频频同南京联系，报告张学良的近情。大约过了一个月，南京方面来了指令：

　　　将张学良移往安徽歙县黄山。

繁杂的搬迁工作开始了。

初冬的雪窦山，已有阵阵凉意，但负责保安工作的警卫和外围的宪兵连士兵一个个都满头大汗，忙于打包收拾，整理物品。刘乙光和许建业更是不得空闲，一面指挥部下们里里外外地奔忙，一面发电报打电话联系车辆和沿途的安全食宿问题。

招待所失火之后，张学良发了封电报给上海的于凤至，告知她雪窦山的近况和即将移往黄山的消息。张夫人很快回电，说她将即刻起程前来溪口，陪伴丈夫迁往安徽。由于蒋介石早有明令，无论于凤至或赵一荻，只能有一人陪伴张学良，于是，赵一荻很识大体地向张学良提出："大姐好久都没见你了，我也想回上海去看看闾琳。这一路上，就只有麻烦大姐照顾你了。"

张学良略微沉吟一阵，说："小妹，现在的情形你都了解，大家都吃了不少苦。今天迁往黄山，以后还不知迁往哪里呢。闾琳还小，需要人照顾，你不在他身边，孩子会有很多苦头。所以我想……"张学良说到这里，已是声音颤抖，眼里泪光闪闪。

"我明白，汉卿，"赵四小姐一把抓住张学良的手，啜泣着说，"两情若是久长时，又岂在朝朝暮暮。无论你到哪里，我的心都随着你。孩子的事，你放心。他姓张，是我们俩的骨血，我一定会照料好的。"

赵四小姐临走时，许多警卫都有些依依不舍。在溪口的日子里，这位年仅25岁的青年女子以其温柔贤淑与活泼、多才赢得了大家的尊敬，她对张学良无微不至的关怀和忠贞不贰的爱情，也令大家赞叹不已。一个曾求赵四小姐帮忙写过家信的小兵，帮助她把皮箱拎上汽车后，望着赵一荻说道："什么时候回来，我再来接您。"说完，眼圈便有些发红。赵一荻双唇颤动，连话也说不出来，一钻进汽车便掏出手绢捂住眼睛……

赵一荻走后第二天，于凤至到了溪口。随之而至的是南京派来的七辆小轿车、十四辆大卡车。装车之后，发现东西尚有余留，于是，刘乙光又给浙江保安处打电话，让增派了两辆大卡车。

一切装置停当，刘乙光请张学良出来检查。对于行军作战，辎重运行，张学良早在任旅长时就谙熟于心，对于这个二十四辆车组成的车队，他用作战眼光又进行了调配，要求开道的为一辆小车，紧接四辆大车，然后是轿车和其余大车。"有一辆小车在前，窄道能过，便于熟悉道路地形，四辆大车若能通过，后面的车也不再会有问题。警卫人员主要在前头四辆车上，后面也留一些，首尾都能照顾。"张学良告诉刘乙光。

"坚决按副座指示办。"刘乙光立正说。接着，他又指指车队，说："为了防止路上敌机空袭，戴局长让布置了十四挺高射机关枪。我拿不准，是稍微集中一下火力呢，还是每辆大车上都放上一挺？"

"当然是每辆车装一挺！"张学良肯定地说，"这样散布面大，对敌机威胁大；再则，就是挨了炸，火力也不会全都完蛋呀！"

"副座不愧是将才，"刘乙光奉承一句，转身命令随行的宪兵连长，将高射机枪分别装上了所有的卡车。

临行之际，张学良走进屋内，舒展笔砚，给到上海旅行总社汇报失火情况的旅行社经理钱君藏留下一信，感谢他数月来在生活上的多方照顾，同时，请他将在水涧岩所修的那几间书房，代为赠送雪窦寺的住持。后来钱君藏归来，看完信后禁不住连声作叹："将军自是仁义人，奈何今世坎坷多！"

第 **5** 章

漂泊无定的迁徙

住进了段祺瑞的黄山别墅

汽车队浩浩荡荡地出发了。张学良和夫人乘坐宋子文赠送的那辆高级防弹轿车，行在车队的中间。行前张学良向刘乙光提出，能不能将出发时间推后一天，他再去看看千丈岩的瀑布，听一听妙高台林间的鸟啼莺鸣。刘乙光面有难色，说现在局势很不稳定，南京方面已来过电报电话，一再催促起程，若滞留引发出问题，他万万担待不起。张学良一听，也不好再使这位"秘书"为难，便同意按计划如期起程。

虽是深秋，但雪窦山中仍是林木丰盛、姹紫嫣红的景象。开车时是清晨，太阳还未出来，淡淡的雾霭组成一片帷幕，罩住了雪窦山挺拔的山峰。张学良透过车窗，用若有所失的目光望向远处，十分想再看看留下他无数足迹、无数幽叹与哀怨的山间小径和林中古亭。于凤至见丈夫目光虚茫、形容黯然，便伸手理了理盖在他膝上的毛毯，轻唤了声"汉卿"。

张学良看了夫人一眼，又扭头回望窗外。不一会儿，车队开进一个窄窄的山口，张学良知道，这是要出入山亭了。他从车座上挺直身，对司机说道："停一下，我再看看。"司机连忙踩定刹车，嘎的一声停在"御书亭"前。后面的汽车不知何事，车上的人纷纷探出头来观望，只见身着玄青长袍马褂的张学良从车中踱出，走入"御书亭"中，久久地凝注着亭内巨碑上宋理宗所写的四个大字"应梦名山"。末了又抬眼望望后面叠嶂生云的山峰，立了约莫两分钟，这才又返回车内，车队继续前行。

后面车上的两名警卫一直注视着张学良的举动。待车又开动后，一名警卫说："副司令这人恋旧，舍不得离开这里呢。"

"屁！"另一名警卫反驳道，"他张学良是个敢捅天裂地的人物，这小小的雪窦山禁了他那么久，现在离开哪有不庆幸之理。刚才他是在向这片山水道别呢。"

从溪口到歙县，有五百多公里，沿途交通状况又不甚好，车队走走停停，停停走走，有时一天只能行一百来公里，整整花了一个星期，才开到黄山脚下。

刘乙光和副队长许建业行前便有分工：由刘负责张学良夫妇的安全，许建业则乘车队前的第一辆小车打前站，负责安排张学良夫妇的食宿。车队经嵊县、东阳、义乌、桐阳而行，所过之处大都是乡村、小镇，景象凋敝，时常可见逃荒逃难的人，要想找比较干净整洁的房屋给两人下榻，是件极难办到的事情。每到一处，许建业便带着两名警卫，探看镇上村里是否有青砖绿瓦的大户人家或铺面整洁的旅店，看中合意的了，便进去同主人商谈借宿。旅店尚还好说，即使上房住了客人，只要付出几倍的租金，店家总会笑吟吟地把人迎进房中，端茶送水，周到热情。但若找不到旅店，便只有找乡绅地主家借宿，善言好语游说一通，再让警卫们露露腰间掖着的手枪。主人即使不愿，却也害怕行强，只得接过钱来，嘟嘟哝哝地腾房搬屋。

即便是选的最好的住处，其实也都十分简陋，走进屋来，便会闻到浓重的潮气霉味。抬眼一望，四处灰尘遍布，顶上屋角皆可见到一圈一圈的蜘蛛网。张学良过惯了军人生活，风餐露宿的日子也有过体尝，所以对路途上的艰苦还能适应。于凤至就不同了。她从小锦衣玉食，嫁给张学良后更是生活优裕，婢仆成群。居留英国，她的生活方式也有了些洋化，很难容忍恶劣的卫生条件和颠簸不止的旅行。但是，一路上虽然很难有遂意的时候，于凤至却没讲半句埋怨的话，也没做出过任何厌恶的表情。对这位深明大义的女性来说，只要能陪着丈夫，即使就这么走到天涯海角，她也不会有任何怨言。

车到歙县时，正是薄暮时分。夕阳隐去，险峻雄伟的黄山在暮霭中显得幽暗苍凉。见漫长的旅途终于结束，众人都有些兴奋。国民党歙县县政府早已得到通知，已派人在路口等了两天。车队一来，县长便立刻出迎，领着车队上山，直奔早已选定的居处。

汽车沿盘山公路缓缓而行，到半山腰便见一块平坦的旷地，再往前拐进个岔道，便见到了一幢覆掩在苍松翠柏间的大别墅。

"这是当过总理的北洋军阀段祺瑞的别墅，叫'居士林'。"县长一边下车一边介绍。"这是他晚年修建的，本准备用来拜佛念经，可是，他却没来住过一天。"

"我们来以前有人住吗？"刘乙光打断县长的介绍，问道。

"前些日子，这里一直是些受伤的空军军官住，来疗养的。接到上头指示后，他们都搬走了。这边上的温泉区也封了，专等着留给你们用。"

刘乙光"噢"了一声，满意地点点头，和县长一道，簇拥着从防弹车中走下来的张学良夫妇，进了别墅。里面装设古朴典雅，花园亭阁、回廊画栋，十分宜人，而且除正房外，两边尚有许多宽大的客房。刘乙光和许建业都十分满意，挑了正房让张学良夫妇住进，又安排些警卫住在两厢，而他们两人则住在了张学良夫妇的隔壁一间全是中式布设的书房。

虽然旅途劳顿了一个星期，但经过一晚安恬的睡眠，张学良显得精神抖擞、神采焕发，一大清早便起来，凭栏仰望险峰峻岭，看云海从山间飞渡而过。吃罢早点，刘乙光来请示，问是在家歇息还是登山游览。张学良不假思索，当即便说："当然是游览。在车中颠了一个星期，闷死人了。到了山上，也该好好地透口气。"说罢扭头去看于凤至，见夫人仍是一副慵倦的模样，便吩咐刘乙光，说夫人这些天过于劳累，安排她好好地再休息半天，上午游山就不要去了。于凤至感激地望丈夫一眼，说："下午我再陪你游山。"

黄山是著名游览胜地，层峦叠嶂，异峰挺突，险峻雄伟，山间云海、温泉、奇松、怪石，奇异壮观，引人入胜。历代的达官显贵、墨客骚人，都常流连于此，或镌碑建亭，或赋诗作词，山上的任何一个地方，都有一段故事佳话，都可寻见古人的巡游踪影。

为方便张学良在山上游览，歙县政府专门派了一位熟悉黄山名胜古迹的人住在山上，随时进行讲解或充当导游。张学良叫他来同自己走在一起，一同去了练江南岸的太白楼和长庆寺塔。太白楼建于唐代，依山傍水，古雅飘逸，相传是李白当年饮酒赋诗之处。长庆寺塔是北宋时建筑，四面券门，门洞有石雕莲瓣佛座，微风吹来，檐口所悬的铁制风铎，叮当作响，十分悦耳。张学良对这两处古迹都看得十分认真，不时问这问那，有时还站下来念堂中柱前的楹联或诗词，兴趣盎然，久久不忍离去。

蒋介石的电话打到了黄山脚下

到达黄山的第三天，张学良正游山归来，欲去温泉洗个淋浴，却见一辆吉普车飞也似的奔来，冲过别墅大门口的警卫，停在别墅门前。警卫们在后面一边追一边掏枪，大喊：“站住！大家快散开！”

张学良、于凤至和一旁的刘乙光都大吃一惊，想要躲避已经没有可能。汽车“吱”地刹在众人面前。刘乙光抢上一步，挡住张学良，惊恐地望向车内。却见车门“砰”地打开，急冲冲地跳下一个面皮白净、身着长衫的年轻人。一看眼前的阵势和后面追来的警卫，他知道是误会了，忙拱着手连连道歉，亮着嗓子大喊：“我是歙县县政府的人，要找刘秘书，刘秘书！”

这时，后面的警卫已经赶上，狠狠地揪住他的双臂，又仔细搜了他的身上和汽车，没有发现任何可疑之处。

刘乙光吁了口气，上前一步，打量着年轻人，扬手让警卫把他放开，说：“我就是刘秘书。什么事？”

“哎呀，快！快！”年轻人边说边用手抹额上的汗。“南京官邸来电话，说蒋委员长要和你讲话，电话还放在那儿等着呢。县长要我马上赶来，刚才多有冒犯，对不……”

听说是蒋委员长要找他，刘乙光眼睛一亮，顾不得听来人道歉啰嗦了，匆匆走向尚未熄火的吉普车，又招呼一名警卫随他上车，喝道："快，快开车！接电话！"

汽车风驰电掣般顺山道而下，直奔歙县县政府。县长早已在门口等候，见刘乙光一到，便领着进到办公室，拿起已等候多时的电话。

电话确是南京打来的。一名侍从室人员在电话里问询一阵后，便传来了蒋介石浓重的奉化口音。刘乙光立即挺直身子，啪的一声立正。

"你们在路上走了几天？为什么没有消息？"蒋介石的声音明显流露出不高兴。

"报告委座，路上交通不好，一共走了六天。我们沿途都在想同南京联络，但一直找不到通讯的地方。"

蒋介石"噢"了一声，又问："汉卿在路上好吗？"

"副司令很安全，精神也好。请委员长放心。"

"你们在黄山住的地方怎么样？"

"很好。住的是段祺瑞以前的房子，条件很好，很安静，安全上也没问题。"刘乙光大声说。

"那就好，"蒋介石似乎松了口气，语气也缓和了些。"你们一定要照顾好汉卿。以后的行动由戴局长布置给你们，要随时向我报告，免得我挂心。"

"是！是！请委员长放心！"

蒋介石挂上了电话，听筒中一片寂静，只有"呜呜"的电流声。但过了好久，刘乙光才放下电话。

回到段祺瑞的别墅，刘乙光便径直进了张学良的房间，告诉他刚才是委员长亲自来的电话。

"有什么新的指示啦？"张学良问。

"委员长问了副座在路上的情况，要我们好好地照顾你。还说以后的行动要随时向他报告，以免他在南京挂心。"

"委员长倒是很关心我的啊。"张学良说道。

"是啊，"刘乙光接口道，"现在正抗战，委员长日理万机，可还专门把电话打到了歙县。足见副座在委员长眼里不一般哩。"

"是吗?"张学良淡淡地一声,既像是在问刘乙光,又像是在问自己。

　　离别墅不远,有一处远近闻名的温泉。泉水自山间石洞而出,溪流般蜿蜒而下,注入山口间的一处平潭。无论春夏秋冬,潭中皆是滑水盈壁,热气氤氲,而且泉水还可养身治病。早在五年之前,这个温泉区便被国民党军队控制起来,作为高级将领或有功之臣们的疗养地。张学良来时,这里正住有一些受伤的空军军官,每日必到温泉中浸泡划游一阵。张学良到达的前两天,这里便接到命令,这个温泉区将划给张学良专用,外界任何人不得进入。张学良每天除了到风景区游览之外,便是到温泉浸泡洗浴,有时一天要去三四次。偌大的温泉顷刻间竟变成只一人可以进出之地,这引起往日常来洗浴的空军军官们的不满,背地里议论纷纷。可是没过几日,他们便注意到,这位曾经纵横捭阖、气吞万里如虎的少帅,此时已身陷囹圄,处于严密的看管之下。虽游山玩水,闲庭缓步,却难解其心头之愤、眉头之怨。于是,军官们便转而对这位独享温泉的将军同情起来。一天,趁着张学良上山游览之机,五六名空军军官靠近过来,想同他接触攀谈,但跟在张学良身边的警卫不由分说,将众人同张学良远远地分开。有天傍晚,几位空军军官黄昏漫步,正好走到了段祺瑞的别墅跟前。远远地看到张学良正在花园中闲坐,军官们便向门口的警卫提出,想进去同张学良闲聊几句,哪怕是请个安、问候一声也好。刘乙光闻讯,急冲冲从屋内赶出,厉声将众军官斥退,并声言若以后再来纠缠,将通报他们的部队,给予最严厉的处分。

　　来黄山几日,虽风景秀丽、古迹遍山,但日日登临,难免有些疲乏;而歇息下来,闭门不出,张学良又颇觉无聊。他总想找点事做,消遣一番。遗憾的是,附近没有他所喜欢的运动场。赵一荻走后,他下棋又找不到对手,心里颇觉烦躁。一天,游览归来,他在山脚下见到几个黄山农民正兴冲冲地在河中抓鳗鱼,那种奇特的方式顿时引起他的兴趣,引得他在河边蹲了大半天。回来之后,他便告诉许建业,说第二天他要下河去,让许副队长给他挑两个年轻手快的,一同去捉鱼。第二天一早,几个人便提着油浸过的白米,下到山脚的小河中,学着当地人的办法,先用石头在河边堆起一个圆圈,在顺流的一头留下一个大缺口,然后掏出米来,撒到圆圈中间,静候鱼儿上圈套。约莫过了近两个小时,他们动手将缺口堵上,跃入圈中,七手八脚地摸鱼。这一招还真灵,不一阵,二十几条鳗鱼便被捉拿进桶中,另外还有许多肥大的黄鳝。张学良像打了胜仗一般,高兴得手舞足蹈,吩咐警卫将鱼送进厨房,做了一顿香喷喷的鱼菜。吃饭的时候,他不停地给于凤至夹鱼,口中不住地说:"多吃点,多吃点,这是我捉来的呢。"其欣喜兴奋之态宛若孩童一般。

1937年12月13日,国民政府的首都南京陷落,日寇攻入这座古城,进行了灭绝人性的大屠杀。全国气氛顿变紧张。沿苏、皖一线,国民党败军不断,散兵游勇随时可见。黄山附近的情况也渐现混乱,有的国民党士兵擅离部队,携枪躲进黄山,山上开始出现抢劫、杀人的案件。根据国民党的战略态势分析,日军在攻下南京之后,将逐步向西扩展,歙县一带将首当其冲。

一连几天,刘乙光都心情紧张,坐立不安,不停地到县城打电话,探消息。12月17日,戴笠终于打来了电话:立即离开黄山,移往江西萍乡暂住。

历时仅10天的黄山之旅结束了。

从黄山到萍乡

从黄山到萍乡,不过两天的路程,但行走得却极为艰难。公路上,

安徽黄山居士林。1937年10月张学良被转移于此

拉着伤兵、辎重的大卡车纷纷西行。有的车不管路上行人的拥挤，一路鸣着刺耳的喇叭，东偏西倒，呼啸而行，大路上人马拥挤，撤退的部队和逃难的百姓混在一起，冒着滚滚烟尘艰难地蠕动，不时可听见小孩的哭声和乱哄哄的吵闹声。为免生意外，刘乙光在张学良防弹车的一前一后，都布置了荷枪实弹的宪兵，防止敌机空袭的高射机枪也在车顶架起，阵势颇为慑人。

张学良坐在防弹车中，一直闭目沉思，偶尔从车窗向两旁望望。他是带过兵的人，近日虽无法知道整个战局发展的情况，但从眼前的景象他便可以推测出，局势已经十分严峻。坐在他身旁的于凤至心神不安，一会儿望望窗外，一会儿又望望丈夫。

"汉卿，这怎么得了，怎么得了啊！"

张学良神容严肃，两眼定定地望着前面，一辆军用卡车上，十几个国民党兵倒坐车中，两脚垂出厢板，边走边大声吆喝。"兵败如山，兵荒马乱哪！"张学良低沉地说了一声，然后叹息着闭上双目，仰靠在车座上。

车行两日，到了江西萍乡。

萍乡是个山城，地势偏僻，交通不便。许建业先于车队一天出发，跑遍整个县城，都难于找到一个合适安顿张学良夫妇和宪兵、警卫的地方，直到大队人马到达，这才无可奈何地包下了一个外形古旧、上下两层的旅馆。许建业有些不安地来见张学良，说实在是没有办法，请副司令给予宽谅。张学良一听，有些生气地打断他："这是什么话！抗战期间，

天下闻名的黄山温泉

哪还管得上什么舒适不舒适。我是军人出身，睡地铺的事也干过，不要把我看成个洋佬阔少。"

许建业虽然挨了骂，但心里却很为张学良这种态度和精神所感动。第二天，他又带上几个人，跑到萍乡城外去寻住处，终于在距县城三四华里的一个山脚下，找到了一个理想的居处。这是一幢砖石结构的两层小洋房，依山傍水，四周是一大片茂盛的林木。洋房前面，有一棵三人合抱的大黄桷树，伸展的枝叶像把硕大的绿伞，覆掩着房屋和前面的一片空地。楼房的侧面，还有一条小河，在古树前绕了个弯，蜿蜒而去。在这个穷乡僻壤能见到这么个幽静雅致的地方，许建业根本想象不到。经过打听，方知房屋的主人姓李，是萍乡当地人，曾是北京清华大学的教授，现在年老退休，带着夫人和儿女回到故乡闲居。

当许建业找到李教授，提出租用这幢小洋房的部分房间，安排给一位长官暂住时，李教授颇为犹豫。李教授有个女儿，叫倩玉，肤色白皙，聪颖伶俐。她从小在北京长大，讲一口流利的北方话，对突然从大都市搬到乡间幽居很不习惯。听说有人要来这里借住，这位生性活泼的少女当即便高兴得连连拍手，非让父亲同意不可。李教授夫妇架不住许建业的再三游说，同时也耐不住女儿的死活纠缠，只得勉强地表示了同意。

当搬迁去小洋房的事报告给刘乙光时，他反倒有些犹豫。李教授在北京待过多年，儿女又都长大成人，他担心他们会有复杂的政治背景，给安全和保密带来些麻烦。但旅馆的条件又实在太差，不要说张学良夫妇，就连他自己也难以忍受。于是，他让许建业带着另一名特务，专门去到国民党县政府，了解有关李教授在北京和当地的活动情况，以及与他一家有染的社会关系。调查结果很令刘乙光满意：李教授一家没有任何政治背景，对党派活动没有任何热情，李家迁来萍乡后，孤门独处，与外界极少往来，在安全和保密上不会牵惹任何麻烦。

这样，到萍乡后的第四天，张学良夫妇、刘乙光、许建业和另外四名警卫，搬去了李家洋楼，其余警卫和宪兵仍住萍乡旅馆，负责外围安全警戒。

能在这么个偏僻的地方住进一幢安静舒适的洋楼，很令张学良高兴，对李教授也十分感激。刚刚安顿下来，李家小姐倩玉便来看望，对于凤至随身携带的许多新奇玩意儿，充满好奇地问这问那，银铃般的笑声为经过了旅途劳顿的人增加了不少轻松气氛。李小姐读过初中，在教授家长大，耳濡目染，也算得是知书识礼，刚来两天，便同张学良夫妇混得很熟。按照原先戴笠给特务队下的命令，任何外界的人不得同张学良接触。但由于事前对李家作过调查，李教授夫妇又十分谦和，倩玉也天真活泼，特务们便少了戒心，任他们一家同张学良夫妇随意交谈往来。当然，李家的老少绝对想象不到，这个身着棉袍，同他们海阔天空闲聊的中年男子，会是威名赫赫的张学良将军。

于凤至居住英国时，开始喜欢上流行歌曲，回国时专门带回一部留声机和许多唱片，一静下来便听唱片消遣。婉转的歌声、优美的旋律使自幼喜爱唱歌的李小姐大开眼界，百听不厌，有时一张唱片已经听完，李小姐仍意犹未尽，请求于凤至将唱片再放一遍，甚至两遍。于凤至见自己喜欢的唱片能在乡间遇到知音，也十分高兴，对李小姐自然就有求必应了。有时于凤至要陪张学良外出游览，便索性让倩玉搬走唱机，让她独自听个尽兴。

乡居的生活固然平安宁静，但身处变乱岁月，大敌当前，作为军人却不能挺身而出抗敌救国，这令张学良的情绪变得十分低沉，有时听见于凤至放唱片也要干涉，或叫她把音量调小。李小姐听了便很为于凤至抱不平："张先生你也真是的，夫人放的音乐那么好听，你怎么就会不喜欢？"

倩玉是小姑娘，张学良犯不着与她斗气，便回答说："小孩子知道什么，那边一吵，就影响我的情绪，影响我思考问题。"

"哟——"李小姐拖长了尖细的嗓音说，"看不出来张先生还是个思想家呢。将来不定会当上个大人物吧？"

对倩玉的揶揄，张学良只得苦笑，无可奈何地摇摇头。然后独自出门来到大黄桷树下，看河水畅流，林鸟啁啾，心思也飘得更为邈远。

萍乡自古以来一直闭塞，除一座建于唐武德年间的文庙和一座普通禅寺杨岐寺外，就再无甚别的古迹名胜，与雪窦山和黄山相比，几乎没什么游览价值。刘乙光知道张学良成日待在屋中感到憋闷，于是，便让宪兵和警卫们一齐动手，在离李教授家不远的一片空地上修了网球场，让几个身手好些的警卫陪着张学良打网球。但运动哪能排除张学良心中的烦忧，加之警卫们的球艺都在他之下，玩上几天，便再也提不起兴趣，很少在球场上露面了。

萍乡产煤，出县城不远就有个大矿场，那里的煤堆得似山一般。张学良自小在东北长大，到过许多矿山，自己却从来没机会下到矿井中领略一番地下的情景。现在既然闲待在地上没事，何不到地底下转转，看看下面到底是怎么回事？

得知张学良要去矿井，刘乙光连忙赶去矿上同场方联系，说有位大人物刚出洋归来，暂居此地，对煤矿很有兴趣，希望到井下参观参观。场方一听自然表示欢迎，工人们听说有大人物来矿上也很兴奋。刘乙光当即便拿到了好多套下井用的工作服、安全帽和井下照明用的小手电筒。

参观那天，张学良显得很高兴，他率先套好工作服，戴上安全帽，由矿长领着，坐上小火车进洞。

这是个已开发很久的煤井，洞很长，一进去便黑得不见五指。众人在沉闷的黑暗中，耳听着小火车单调的隆隆声，一直穿行了十来分钟，才到达了点着油灯的采煤点。走下小火车，张学良才发现，这里比地上不知要单调无聊多少倍。除了歪歪斜斜支撑着煤洞的木柱和黑黝黝的煤块之外，这里再也没有任何别的东西。由于洞很窄，又离地太远，洞里空气十分恶劣，没待上一阵便觉胸闷气紧，呼吸困难。张学良早已没有了下洞前的兴趣，招呼刘乙光离开煤洞。参观煤矿的事也就此结束。

走出煤矿好久，张学良才开口说话："想不到煤矿工人这么辛苦。"

"这还不算呢，"身旁一名警卫接口道，"有的矿井里进了水，工人采煤要站在齐腰深的水里。若是哪口井里发生瓦斯爆炸或者坍方，里面的人就全都完了……"

刘乙光白了那名警卫一眼，没让他再往下说。但对于煤矿工人的艰难，张学良今天算真正有所体验了。

山洞探险

南方的冬季，阴冷多雨。一团团阴惨惨的乌云，在天空中沉重地徐徐地移动。有时天幕散开，露出像是在沉思的冷冷的晴空，让人倍感苍穹的破碎。大地沉没在泥泞和潮湿的空气里。星罗棋布的村落、河谷、山峰，在萧瑟的冬日里变得十分苍白，整个世界都有一种愁惨的气氛。

张学良闷在屋里已有好几天了，有时他半天半天不说一句话，只似看非看地翻弄着面前的几本画报杂志。他的情绪也感染了大家，警卫们都显得无精打采。留声机也不再唱歌，于凤至整日整日地陪着丈夫，不断地挑起话题，又不断被他哼哼哈哈的答复弄得没了兴致。她心中好些怨叹，却又不能说出来，不得不去找刘乙光这个"秘书"，说无论如何得想点办法，调动调动张学良的情绪，千万别让他闷出病来。

这几日见张学良这般闷坐，刘乙光也颇感焦急。自从蒋介石指定由他看管张学良，他便知道，自己的命运已同这个比自己尚小几岁的被贬长官连在了一起。戴笠曾明里暗里多次对他说，由于张学良的特殊身份，只要看守工作能让老头子那里满意，那他的提职晋升绝对不会有问题。但反过来呢，刘乙光心中暗想，如果他"严加管束"的这个人出了问题，有了闪失，那他不仅提升无望，弄不好还会丢了饭碗，甚至被别人"严加管束"。于是，刘乙光在对张学良的监管中分外小心，一切秉承"戴老板"的旨意行事：随时报告他的言行；报告他同外界的联系；预防他自杀轻生，对于他的身份向外界严加保密；在安全上做到万无一失。他给自己确定了一条最基本的原则：只要不违反南京的禁令，张学良怎么高兴他就怎么去做，他愿意怎么寻乐就让他怎么去尽兴，反正军统局每月要给他拨养一个团的经费。另外，张学良本人还有大量的财源。将近一年来，蒋介石对他的"管束"工作十分满意，明令不准再换他人。戴笠在前不久同他通电话时，已经暗示在考虑给他由中校晋升上校的问题。这更令他劲头倍增，十分卖力地为张学良跑前颠后。他相信，只要张学良这个人不出问题，那么，不出年底，他的领口上一定会别上两杠三星的军阶。

其实不用于凤至求他,他已在考虑如何让张学良高兴起来的事了。于凤至刚走没一会儿,他便把警卫兵召集起来,要大家想想办法,使副司令走出屋子,高兴高兴。

众人冥思苦想了好一阵,有个叫胡祥林的警卫把大腿一拍,说:"副司令这个人敢作敢为,越是险的、奇的事,他越有兴趣。我知道有件又险又奇的事,不知队长会不会同意?"

"你说吧,"刘乙光鼓励道,"只要能引起副司令的兴趣就行。"

"前些天我听当地有人说,萍乡西门外有个山洞,可以一直通到湖南的安源县。但这儿从来没人敢进去过,因为传说洞里藏有毒蛇猛兽,凡进去的人,没有一个生还。"

胡祥林说得有些玄乎,刘乙光想了想,觉得可以一试。他不相信世上会有鬼怪神灵,至于遇到毒蛇猛兽,那不要紧,有的是武器,再凶猛的野兽,也敌不住几支冲锋枪的扫射。

刘乙光将山洞的事向张学良一说,果然引起他极大兴趣,立即嚷着说明天就去,叫刘乙光吩咐警卫们准备探洞所用的武器和物品。张学良突然高涨的情绪也感染了刘乙光,他当下便去布置人员,并找了一个当地人充作向导。

第二天吃过早饭,探洞的警卫们带着手枪、冲锋枪、火把、手电、木材、鞭炮、绳索等集合于黄桷树下。张学良上前检查了一番,又同那个当向导的老头闲聊了几句,便像是要去完成一项惊天动地的大业一般,气昂昂、虎威威地领着一行人向山洞进发。

山洞距萍乡西门约有三里多地。山上险峰奇异,怪石嶙峋。由于一向有关于毒蛇猛兽的传说,很少有人靠近这里。洞前野草茂密,苍苔覆地,两株弯曲的柳树手臂般地长在洞沿,葳蕤委地。由于到洞口没有路,两名警卫便挥动手中的弯刀,在荒草间砍出了一条小径。

在柳树下略事休息后,众人一起来到洞口,并搜寻附近有无野兽的踪迹。洞口无风,较之洞外略显温暖,一条小溪从洞边的一条石缝兀然而出,潺潺流向洞内。警卫们仗着人多,又有武器、火把,争着要进洞探险。张学良站出来止住大家,说:"大家切不可莽撞。这洞内到底有什么，谁也说不上来，贸然钻进去，说不定会碰上什么意外的事。我看先把鞭炮丢进去，要是有野兽肯定会有反应。"说完便命警卫们点燃鞭炮。

一阵"噼噼啪啪"的爆响之后，洞口飘出了浓浓的蓝烟，却未见到有任何野兽的动静。大家这才举着武器、火把钻进洞中。洞口一段，四五个人能并肩同行，但越走越窄，到五十来米处，竟只能容一人通行。大家略略商议，决定让两名警卫手持冲锋枪走在前头，张学良紧随其后。洞里的路坑洼凹凸，行走极为困难，加之阴暗潮湿，又有恐惧心理，所以前进甚为缓慢。往前又走了约半里路，山洞豁然开朗起来，阳光透过顶上的岩缝照射进来，惨白耀眼，如同探照灯一般。大家稍稍松了口气。

忽然，一个举着火把的警卫蹲下身，指着地上连声惊呼。大家连忙围上去，发现脚下的路不知何时变成了泥土，上面有许多宽大有齿的脚印，而且从泥土松动的情况看来，显然新印上不久。"这里肯定有猛兽！"举火把的警卫惊恐地说。其余几个警卫也面面相觑，不知是进还是退。大家的目光一齐投向了张学良。

张学良蹲下来，再次看了野兽的脚印。从印迹上看，这不像是一般的野兽，泥土被压得那么深，说明野兽是庞然大物，而且，好像还不只一只。如果这野兽是狮子、老虎或熊的话，那么，任何形式的遭遇都会使人类在这个狭长的山洞里处于不利地位。张学良又望了望几名警卫，见他们好像都畏畏葸葸，没有人表现出那种他所期望的敢于一搏的勇力。看来，只得中途罢兵了。

"算了，咱们回去吧。"他低沉地说，又望了望一片漆黑、深不可测的山洞。

一场"探险"就此告终。

但张学良仍意犹未尽，一连好几天都在同几名去过山洞的警卫谈论那个山洞。"我看什么时候我们再去一次，"张学良说，"带上些手榴弹，再扛挺机枪，一见野兽就开火。没准儿我们还能从那洞里发现点新奇玩意儿呢。"

刘乙光见张学良情绪有了好转，心里便踏实了许多，至于还去不去山洞已经不再重要。也许正是这种意犹未尽的劲头，才能诱发出张学良的兴致，使他的日子变得好过些哩。

别萍乡

连绵的雨，开始笼罩整个萍乡。天空中铅云密布，地上一片泥泞。连着好些天，人们的耳边都只有淅沥单调的雨声，眼前一片濛濛烟雨。不仅张学良，所有的人，包括刘乙光、许建业，还有李教授、倩玉小姐，都陷入情绪的低潮之中。

南京陷落之后，国民党政府的要员们开始纷纷西逃，国民政府迁都山城重庆。蒋介石的威势随着他逃离龙盘虎踞的紫金山，变得衰竭虚弱了。惊魂甫定之际，他自然还顾不上与刘乙光联络，萍乡的一举一动都由戴笠通过电报进行遥控指挥。

这时候，张学良的身体开始出现了问题。由于缺乏维生素B，他的双腿时常肿胀，有时连脚背都肿得发亮，一按一个坑。于凤至急得团团转，让刘乙光从城里请了个医生来。医生的诊断很简单，但又出乎众人的意料：缺乏营养，宜多吃蔬菜。张学良却对自己的病不以为然，说这是成天待在家里生出的"闷病"。"没什么了不起的，只要多出去走走，活动活动，血液流快一点，就会没事的。"接着，他不顾于凤至的反对，强撑着身子，到楼下的走廊走了几圈，边走还边对刘乙光说："刘秘书，你看这太不公平了。弟兄们在前线打仗，流血流汗，我在后面闲得腿都肿了。这不行，我得多走走，多运动运动，一声令下，我至少还可以往前冲锋几步啊！"接着，他又走到坐在客厅的几名警卫中间，同大家谈起了当前的局势。"这是我们同日本人算总账的时候了！"他情绪激昂地说，"一定要拼个你死我活。蒋先生也说了，非打到最后不止！"说完，他神情凄惶地望着屋外的雨，久久没有吭声。

张学良的抗战热忱使警卫们都十分感动。他们又想起中秋之夜他在妙高台赏月时所说的那番话，对这位身陷囹圄、空有一腔热血的将军充满了同情。有的警卫原以为"七七事变"和"八一三"上海抗战的发生会使张学良恢复自由成为旦夕间的事；可是，事过那么久，连南京都丢了，"自由"二字仍杳然无音，不禁也为张学良担心起来。

"蒋委员长要放张先生的话，早就该放了，"有次闲聊，刘乙光对一名警卫说，"到现在还不放，那恐怕短时间内不会放了啊！"言语间也表示了对张学良仍受"管束"的遗憾。

不仅刘乙光，许多警卫对长期这么看管张学良也感到不解和遗憾。"不给他东北军，也可以给他一个师、一个团嘛，"有警卫这么议论说，"至少还可以让他在战场上冲杀一阵，了却他收复故土的夙愿。这总比老这么闲着，还牵扯着我们大家在这儿无所事事好啊。"

"委员长怎么想，谁也弄不清楚，"有位警卫说，"大人物间的事，复杂得很。张先生在很多人眼里是只上下不惧的老虎，恐怕有人担心放虎归山，后果可怕吧？"

连着下了十几天雨，很难得地出现了一个晴天。虽然仍是寒风飕飕，但阳光毕竟使人的心情有了几许明朗。为了活动活动肿得麻木的腿，张学良提出到萍乡县城里去走走，并提出少跟点警卫，让他能像普通人那样在街上随便同人聊聊天，或者从与店铺老板讨价还价中寻点乐趣。刘乙光想了想，感到萍乡是个僻壤，政治空气亦不浓，自来后从没在安全上发现过任何问题，于是便同意了张学良的要求，派两名便衣警卫陪伴张学良夫妇，后面再远远地跟上两名便衣宪兵，以防不测。

从住的地方到县城，有三四里路。由于长时间雨水浸泡，地上泥土松软，一踩一个脚印，稍不留神，便会踩滑摔倒。于凤至怕出问题，想坐汽车到城口，但张学良却坚决拒绝，硬是一步一挪地走到了城口。虽满头大汗，但因活动了筋骨，他感到浑身轻松了许多。

逛萍乡城回来，张学良叫后面的警卫将两个大纸包放到桌上，打开一看，全是他从街上买来的花生和炒葫豆。

"来来，今天我请客，咱们一边剥花生，一边吹吹牛，好不好？"

大家见张学良心情好起来，都十分高兴，纷纷围上前来，说着笑着地吃起了花生、葫豆。楼上的房间里，于凤至的留声机传出了动听的歌音，间或可以听见倩玉小姐时高时低的伴唱和她银铃般咯咯咯的笑声。

1 月中旬，刘乙光突然接到军统局长戴笠的电报，要将张学良迁出萍乡,去湖南郴州。

当刘乙光将搬迁的事报告给张学良时,他愣了好久都没说话。于凤至在一旁却显得有些高兴。"萍乡这地方太闭塞了,早点搬走也好。"她说道。

张学良却叹了口气:"唉,日本人打来,比我们跑得还快。我们还没有住定,又要奉命跑了。那就再跑远点吧!"说完就去看墙上挂着的地图,不住地摇头。

警卫们对要离开萍乡显得十分高兴。近一个月的时间里,大家窝在萍乡这个穷地方,又逢上雨季,山游不成,戏也没看上,想凑热闹又找不到地方,再加上张学良心绪不佳,常常阴着脸成天不吭一声,使日子显得十分压抑。尽管大家尚不知未来的新居处会怎样,但都抱有隐隐的感觉:绝对不会比萍乡差。

倩玉听说大家要离开,当即便红了眼圈。在这一个月中,她同于凤至相处甚好,时常来张夫人身边小坐,听听留声机,听于凤至给她讲些英国的新鲜事。倩玉在北京长大,忽地来到穷乡僻壤,心中自然充满对外面世界的向往。于凤至倒确是给她解了不少寂寞,也开了她的眼界。现在,他们又突然要走了,怎不令她暗暗悲哀。于凤至见李小姐垂泪,也有些伤感。她好言劝慰一番,又送了几样她从英国带回来的小玩意儿,并说以后局势太平了,她还会再来看望她,倩玉这才稍稍平静下来,但告别时仍忍不住泪水夺眶而出。

安营扎寨苏仙岭

从江西萍乡到湖南郴州大都是山路,盘山绕岭,一路坎坷颠簸。但路途上的景象要比从黄山到萍乡好多了,既没有那么多伤兵败将,也见不到众多扶老携幼逃难的百姓。也许是因为离开了萍乡的缘故,张学良久皱的眉头舒展开了些。

临行前,张学良同刘乙光一起分析去郴州的情况时,都估料会在湘南地区待较长的时间,因此,刘乙光便令部下们沿途尽量多采购些生活必需品,以防郴州那地方购物不太方便。一路上,凡经过较大城镇时,车队都会停下来歇息一阵，买东西、吃饭、上厕所，而张学良和于凤至则忙着进商店搜购羽毛球、网球、乒乓球。在萍乡时，虽修了一个网球场，但由于时常下雨，实际上没打上几次。张学良对郴州的条件抱有较大希望，总想在到达之前便对今后的消费作较充分的准备。但三十年代的中国，又有多少人能玩得上网球、羽毛球？大部分的城镇，包括有的县城，都见不到所要的东西。有的商店店员听人问起网球、羽毛球，竟茫然无知，反过来还问网球、羽毛球是什么玩意儿，让人啼笑皆非。有时运气好，碰上一两个商店有羽毛球或乒乓球，但多则十来个，少则一两个。张学良自然毫不犹豫，悉数收购。车到安仁县，张学良意外发现这里的商店居然网球、羽毛球、乒乓球都有，而且数量不少。他大喜过望，当下便让店员将存货全部搬到他的车上。及至付款时，跟随张学良的应副官拿出几张面值一百元的中央银行大票，没料想店员竟没见过这么大额的钞票，翻来覆去地看，不知是真是假。后来，张学良怕起误会，叫应副官另凑了些零票，这才结了账。

1 月底，车队进入了郴州境内。

当时的郴州，瘟疫猖獗，满目疮痍，人称"马到郴州死，人到郴州打摆子"。望着眼前破败的景象，张学良大发感慨："湖南这地方山清水秀，没想到房屋会这么破，百姓穿得会这样破烂。"

车到临近郴州城不远的栖凤渡，碰上了率先一天赶到的许建业和他的"设营队"。许建业上前报告说，暂时还未找到合适的房子，天色将晚，当天只好住进栖凤渡一座很古老的宅院，"设营队"则再度出发，前往郴州觅房。

刘乙光望望四处安静的环境和潺潺流淌的河水，又看看渐变暗淡的天色，只好表示同意，又到后面的防弹车上告诉张学良，说只有在这旧房子中将就一夜了。

"行啊，军人四海为家，何况还有房住。"张学良很爽快地答应，又回头安慰夫人说，再忍耐几夜，等到了郴州再好好地休息。

第二天，"设营队"回来报告说，在郴州历尽周折，终于在距城东四五里的苏仙岭找到了一座大庙，里面古屋甚多，现只有几个和尚居住。许建业认为，该处风景秀丽，空气好，距城又不远，从安全上来讲，易

苏仙岭是湖南胜地，风景绝佳。

攻易守，是难得的好地方。刘乙光本人即是距郴州仅几十里远的永兴县人，对苏仙岭早有所知，当下便表示同意，让许建业先带人去收拾布置，他陪张学良夫妇随后赶到。

苏仙岭是湘南胜地，山色秀丽，万木葱茏。相传西汉文帝年间，有一名叫苏耽的人在此修行，最后得道成仙。到了唐代，人们根据这一传说，在山顶修了苏仙观，这座山峰亦被人称作苏仙岭。山上奇峰异石，古松拔秀，有白鹿洞、三绝碑、玉溪、跨鹤台等名胜古迹。从白鹿洞至苏仙观要跨1760级石阶，两旁古松森然，称为苏岭云松，传说因苏母居山之西南，苏耽得道后仍日夜思念母亲，松为其情所动，枝叶遂伸向西南，故得名为"望母松"。

苏仙观接近山顶，是四合院式的古老建筑，大小有二十多间房屋。这座庙宇建于唐代，清代又予重修。经一百来年的日晒雨淋，已是垣破壁颓。守庙的和尚大都住在庙中的西南角，院中荒草丛生，只有中间一条小径，通向寺庙的大殿。

许建业带人沿庙宇仔细观察一番，决定让张学良夫妇住观堂东北角的几间住房，他和刘乙光紧靠邻室，其余警卫宪兵分住大殿和一些闲空庙屋，另安排部分宪兵驻守郴州城内，这样，平日的安全和紧急时刻的策应就都有了保证。

翻修和清扫工作整整干了四天，这才将张学良夫妇迁来山上。张学良一边登山，一边欣赏着苏仙岭上的景色，眼界开朗，胸臆舒展，自觉比萍乡的环境好了许多，边走还边同夫人说着笑话："苏耽当年能够在此修行得道，成为仙人，说明这里的山水非比寻常。如今我又要在这里修行了，不知将来能不能成仙升天呢？"

"你要成了仙，我怎么办？也跟着你上九重天啊？"于凤至打趣地说。

"不用，不用，"张学良笑说，"天宫寂寞，不胜萧寒，每年七月七日，我还得重返人间，与你相会哩。"说完爆发出一阵大笑。

于凤至、刘乙光等人也都笑了起来。

苏仙庙虽然破败，但经过一番整修，也还算是个整洁的居处，尤其是同萍乡李教授家狭小的房间比较，这里要宽敞多了。走进许建业已经为他们夫妇安排的卧室和会客室，张学良满意地点了点头，接着便问书房在哪里。许建业将他领到另一间大房子，说这里是面积最大的一间房，过去大约是道士们的集体居处，现用来放书，正好合适。"另外，"许建业又指着与会客室相邻的一间小房，说，"我们还另给您准备了间小书房，即使晚间，您也可以在里面看书写字。"

"辛苦你了，"张学良显然感到满意，对许建业称道一声，又吩咐道："赶快叫人把书都搬到书房里去，把那张大地图也挂上，我想看看这些天局势发展怎么样了。"

自卢沟桥事变之后，张学良对局势的关注与日俱增。常常手捧报纸，边读关于战局的报道，边查看地图，有时兴奋得手舞足蹈，有时又沮丧得垂首不语，而且沮丧的时候要比兴奋的时候多。从黄山到萍乡，从萍乡到郴州的这一路上，他一直在注意收集购买各种报纸，连一些地方性的小报也不漏过。每日安下营来，于凤至因为疲倦，早早就歇息了，张学良却仍坐在汽油灯下，一张张地翻读报纸，有时直到月上中天，油尽灯残。

在离开溪口后的相当长一段时间内，报纸成了张学良了解全国抗日局势的唯一消息来源。警卫们大都是心向抗日的热血青年，由于跟随着张学良，他们对于外界局势也不甚了了。于是便常来找这位打过大仗、见过大世面的"副司令"询问战况，听他对时局进行分析。有一次，张学良同大家谈起平绥全线失守后被日军占领的情况，掩不住对蒋介石"持久消耗战略"的批评和对一些高级将领的蔑视。"老是消极地防守，助长了日本人的进攻。张家口、大同是怎么丢的？还不是刘汝明这些人被动守城，贻误战机的结果。保定是怎么丢的？刘峙这个人根本就不是将才，平日却很是得意，结果日本人一来，抱头就跑，把个保定白白送给了土肥原。还有淞沪战场，我们太被动、太消极了，简直是等着别人来敲自己的脑袋，最后怎么样？连首都也没保住。"他越说越气愤，不顾于凤至在一旁的频频暗示，几乎叫骂起来："那个韩复榘，彻头彻尾是个卖国贼！上海争夺的时候，敌人只有六千人，我们是两万人，居然会战败！应该把指挥官押上军事法庭！唐生智口口声声要与南京共存亡，现在南京丢了，怎么没见他杀身成仁？！"

警卫中有些人对中国军队老是战败也颇为不满，张学良的话很能激起他们的共鸣。也有些警卫时时把张学良看做是"劫持统帅"的"政府要犯"，在思想上对他持敌视态度，稍稍有点不合"规范"的话，便要去报告刘乙光，甚至当面同张学良争论。但警卫中又有谁能比他更了解蒋介石，了解那些平时耀武扬威、战场上抱头鼠窜的国民党高级将领？所以每一次辩论，张学良都以其充分的论据和雄辩的口才使对方哑口无言。后来，那些同他争辩的人也学乖了，不再同他当面争执，只把他那些"出格"的话偷偷记下来，报告给刘乙光和许建业，再由刘乙光汇报给戴笠。

到苏仙岭住下的第二天，张学良没顾得上游山，整整一天都在房中看报纸、看地图，并不时用铅笔在地图上划些圈圈点点。局势确实已十分严峻：上海失守、华北陷落、南京被屠，华北日军沿津浦路南下，华东日军渡江北进，企图南北夹击，占领战略要地徐州，以打通津浦线。加之日军已渡过黄河，进入济南，又攻下了阻敌天险泰安。若中国军队再不全力阻敌，退敌于津浦一线，那势必引起全线溃退，整个中华民族的命运将陷入岌岌可危之中。

张学良对抗日局势的深切关注和满腹的忧虑之情，使正在当值的警卫人员"小钢炮"颇受感动，令他不由自主地进入房中，听张学良阐述当前局势的危险，预测下一步战况的发展。后来，话题又转到了张学良眼前的处境和名誉地位上来。张学良平日极少谈到自己，但那天不知怎么回事，他却忽然向这个小警卫谈起了深藏于心中的话。

"许多人都说我是不抵抗将军，把东三省丢失的罪过全安在我头上，"张学良激愤地说，"其实要讲抗日，没有谁的愿望更迫切，也没有谁的决心比我狠。这我自己清楚，蒋先生也明白。"

"听说，""小钢炮"见四下里没人，悄悄地问，"东北的事是上边有人命令你的，不知是真是假？"

张学良眼里倏地闪过一丝警觉，但立即又恢复过来。"东北的事，我担了责任。但扪心自问，那不是我的错。是谁的错，我现在还不便说，到时候历史会说明白的。"说完，他拍拍"小钢炮"的肩头，"你年轻，将来肯定有机会弄明白的。"

"唉，我们这些小当兵的，有些事情就是弄不明白，""小钢炮"困惑地说，"就说您吧，委员长对您这么好，随时都在打电话让人问候您，还派人给您送东西。可是，现在打日本，正是用人的时候，他又怎么老是不让您出去呢？您的名声、地位，对抗战都很……"

"有些事情，不是一两句能够说得清的，"张学良往椅背上一靠，望着高高的尖阁屋顶说，"不过，我任何时候都可以说这句话：没有我张学良，就不会有他蒋某人的今天！至于说名誉地位，在全国，除了蒋先生就是我了。说钱呢，有多少我自己也不知道。算了！"他忽然一摆手，声音低凄地说："说不清啊说不清，到今天我还说什么呢？"

"小钢炮"注视着忽变焦躁的张学良，发现在他的双眼中，似有两团火正在熊熊燃烧，很快，这两团火又变为了两汪深潭，那中间有无尽的幽怨和哀痛……

泪洒"三绝碑"

自从幽居溪口起，张学良再无军机政务可理，百无聊赖，便以游山览景来消磨时光。郴州古迹不多，但苏仙岭秀丽的山势、苍翠的万木，以及围绕苏仙岭的种种传说，仍然很诱人。住下不几日，张学良便同夫人遍游山岭，听苏仙观里的一个老和尚讲述苏耽成仙的传说，寻看他升仙之处跨鹤台，又去山后观看枝叶走向奇异的"望母松"。站在高山之巅，眼望浩瀚浮云和滚滚东去的郴江，张学良不禁思接千载，想古今兴亡，叹人生命运，不时地感叹几声，向夫人念几句古人的或自己即兴而发的诗句，惹得于凤至不禁用陌生的眼光凝望他。

"汉卿，跟你这么些年，我还真不知道，你挺会吟诗作赋的嘛！"

"是呀！"张学良得意地一笑，"要不是当年父帅非让我承继大业不可，投身军中，说不定中国会多一个大诗人哩！"

在一旁的刘乙光也凑上来说："我们早就闻副座是文武全才。什么时候清静了，好好作几首诗，叫人刻在石壁上，让后人也知道，副座曾经居留此地。"

"行啊，"张学良满口应承，笑吟吟地对刘乙光说，"早年读书的时候，真还跟先生认真地学过诗，练过字。后来这些年忙忙碌碌，好些都荒疏了。现在闲着没事，正好练练。"

"郴州这地方出产算不上丰富，但砚石还是很有名的，"刘乙光说，"我明天就叫人到城里去选一块好砚，再买几支好笔回来。"

"嗬，"张学良嚷了一声，"你们还真想让我弃甲从文，当个诗人啊。"说完，哈哈大笑起来。

苏仙岭上最有名的古迹，要算白鹿洞附近悬崖石壁上的"三绝碑"。北宋绍圣四年（1097年），北宋大词人秦观因党争被削秩，贬监处州（今浙江丽水）酒税。流放途中，秦观徒经郴州，在这里写下了那阕著名的《踏莎行·郴州旅舍》。同代的大学人苏轼为之写了跋；著名书法家米芾将秦观的词和苏轼的跋用他沉着俊迈的行书抄写下来，成为世所少见的"三绝"。南宋时期，郴州守邹恭将之翻刻于苏仙岭的石壁之上，成为郴州的第一大古迹。

游"三绝碑"那天，正是小雨初歇。障山云影已被先前的风雨洗净，遗下一片净蓝的天空。午后初现的太阳将橙黄色的光芒涂抹在群山之上，使万千刚刚洗濯过的松林灌木呈现出一片墨绿的光芒。张学良本来上午就要来看碑，却被雨阻于观中。现在得以出游，又逢冬日高照，兴致自然高涨，一路和人说说笑笑，沿那1760级石阶逐级而下，来到白鹿洞前。

许是刚被雨水洗过，现在又正逢阳光照射，崖壁上为世纪风云染成紫褐色的《踏莎行》词摩刻此时显得分外清晰，一笔一画触目动情。先前还在说着笑着的张学良夫妇和警卫们蓦然间都不再做声，全都抬眼望向石壁：

> 雾失楼台，月迷津渡，桃源望断无寻处。可堪孤馆闭春寒，杜鹃声里斜阳暮。驿寄梅花，鱼传尺素，砌成此恨无重数。郴江幸自绕郴山，为谁流下潇湘去？

这阕词，张学良早年就曾背诵过，可是，此刻立于"三绝碑"前，字字句句却变得赫然惊心！这哪里是在听秦少游的凄婉绝唱，壁上那十一行字，分明写的是他张汉卿此时此刻的心情！

张学良像呆了一般，两眼定定地望向摩刻，一字一句地反复细看凝思，后来竟念出了声："雾失楼台，月迷津渡，桃源望断无寻处……"

两汪热泪不由夺眶而出。

秦观的《踏莎行·郴州旅舍》带给张学良前所未有的心灵震撼。历史居然会有这么相似！八百多年前一位古人遭贬来此，他的凄婉，他的悲怆，他的忧愤，居然会同他这个国民党一级上将如此相似！

落日渐渐西沉，苏仙岭上有一种苍凉、寂寥的气氛。警卫们不知干什么去了，和尚也都不见了踪影，整个庙观呈现出神秘、陌生的寂静。张学良打开刘乙光差人从城里买来的一块龙头大砚，提起笔来，龙飞凤舞地抄写起秦观的遗句"……驿寄梅花，鱼传尺素，砌成此恨无重数……"写着写着，笔下的字渐渐地幻化成那个纶巾长袍、眉结千愁的古人，正对着孤灯寒月，泣诉一腔报国热忱，蓦然间，那个古人又变成了自己，正站在西安金家巷张公馆的阳台上，慷慨激昂地倾诉救国之道，报国之志。忽然间，笔下又现出了南京军事法庭的情景，当李烈钧宣布判处他十年徒刑之时，他禁不住一声大喝，拍案而起……

他怀疑自己是不是陷入了某种梦境，连忙推椅站起。幻觉消遁了，面前秦少游的《踏莎行》格外清晰醒目。

"人生忧患，千古同此啊！"他低吟一声，冲动地转向侧面的屋壁，提笔便书："恨天低，大鹏有翅愁难展"，写罢将笔往身后一扔，发出几声惨然的笑声。

值班的警卫听见笑声，连忙跨进屋来，陡然被张学良那副欲哭无泪，激愤难当的模样惊呆了："副司令，您……"

张学良的两道目光，嗖地横过，如两把利剑将警卫的话斩断。没等他反应过来，张学良已一步跨上，从他腰间冷不防地夺下手枪，对着窗外的大桂花树连连射击，直至弹尽，方才扔下手枪，拂袖而去。

听见枪响，警卫和宪兵们发疯一般冲过来，围拢一看，墙上的字墨迹未干，地上的手枪尚在冒着袅袅青烟。再看看屋外，张学良正站在桂花树下，望着青山消隐，暮云合璧……

麻将·象棋·狩猎·治病·唱戏

张学良闭门不出已经好几天了。警卫们每次进屋，看见他不是躺在床上，便是独自坐着读书看报，有时竟朝着屋角出神。为了改善他的心境，刘乙光和许建业轮番进去劝说，提议他到郴州卫阳街上逛逛，看看这里的风土人情。但每一次，张学良都是闷坐无声，毫无回应。于凤至有些捱不住了，也帮着来劝，说他要是老这么下去，定会闷出病来；警卫们也跟着受罪，连上街的机会都没有。就这么你一言，我一句，说得他终于表示了同意。

从苏仙岭到郴州城里，只有四里路，张学良提出，既是看风土人情，最好是走着去。但刘乙光却不同意，说刚来此地，好些情况还不熟悉，据上城里买东西回来的人说，这些日子从城里过的部队特别多，常常还可见到些伤员和散兵游勇在街上寻衅闹事。张学良无奈，只得坐进宋子文送他的那辆防弹车。在防弹车前，还有刘乙光和警卫的两辆小汽车，后面是两部满是全副武装宪兵的卡车。

果然，从山下拐上公路，便见到了来来往往移防或撤退的部队。车进城里，便见到满街都是衣冠不整、吊儿郎当的散乱士兵，其中夹杂着不少缺胳膊少腿、头上缠着绷带的伤兵。刚刚靠近卫阳街，由于路上行人太多，街面又窄，前头的汽车不小心轻撞了一个胳膊吊着绷带的伤兵。那伤兵一回头来便破口大骂，同时用另一只手掉过斜挎在腰上的步枪，对准汽车。那伤兵的同伴和街上散荡的士兵一见汽车撞了人，又见是小汽车，当即便围拢上来。

国民党军队中，官兵等级森严，当官的打骂士兵，克扣军饷、贪污受贿的事情很多，士兵们都对他们怀着深深的仇恨。加之这些士兵刚从战场上下来，流了血，见了死人，枪林弹雨一熏染，早已不把当官的放在眼里，所以不管相识不相识，很快便抱成一团，将前头撞人的小汽车团团围住，骂骂咧咧，非要让车里的人下来赔礼道歉不可。大约是看见了第三辆小汽车豪华的派头，士兵们估计里面一定是个大官，于是，一些人又向防弹车移来，有人开始用巴掌砰砰地拍打车身。

后面的两车宪兵一见这阵势，连忙端起枪来，驾驶室顶上用来防止空袭的高射机枪也垂下枪口，瞄向了围住汽车的伤兵们。

两相对峙，气氛紧张得划根火柴便能点燃。

刘乙光在第二辆小汽车内。这时，他不得不面对士兵们的枪口，从车中跨出，向着伤兵们大喊："弟兄们，大家不要误会！我们是军统局执行特别任务的，都是自己人。刚才我们的车不小心，撞了这位弟兄，我在这儿向你赔不是了。"刘乙光走到那名伤兵跟前，很亲热地拍拍他的肩头。"对不起了，兄弟。你是哪个部队的？"

士兵们一听这几辆车是军统局的，又看见卡车上的宪兵荷枪实弹，随时准备开火的模样，心中早就蔫了一半，现在听见这位军官诚恳道歉，也就顺台阶而下了。

"算了，算了！都是自己人。你们开车小心点就是。"他没敢说自己是哪个部队的人。军统局鹰犬众多，谁也不想自寻倒霉。

士兵们渐渐散开，一触即发的冲突顿时烟消云散。

汽车重又开动，到了卫阳街上。但张学良逛街的兴致早已被刚才的事破坏得一干二净，只漫不经心地到两家商店看了看，便回到了车上。卫阳街之行就这么快快地告终。

很长一段时间内，张学良自己绝口不提上街的事，别人提起，他也从不表示赞同。他不想再让任何不愉快的事,来增添已经沉重的精神负担。

看书看报已成为张学良每日生活的主要内容,除此之外,便是游山登岭,看日出日落,听风啸林吼。警卫们同他相处得久了,彼此间也有了一定感情,除了向他表示出对长官的遵从之外,更有一种相濡以沫的亲近。见张学良郁郁寡欢、闷闷不乐的样子,警卫们便想方设法对他殷勤照顾,尽量说些高兴的事或笑话来为他解闷。张学良明白大家的心意,但却无法高兴得起来。张学良郁郁不乐,弄得大家都有些情绪不振。刘乙光无奈,便去向于凤至讨教,问用什么办法才能把副司令从愁闷中解脱出来。于凤至也颇感为难,想了好一阵才说,打网球倒是个办法。刘乙光一听,却面有难色,说苏仙岭这地方难得找块平地,他已经雇了些当地人平整地面,前两天又抽调宪兵连的人加入进去,但要修好,恐怕还得一个星期。

"可是这一个星期,不能老让副座这么阴坐着啊!还有,他要是不高兴,有时候十几天都不摸网球拍的。"于凤至沉吟半晌,又说:"那你们试试,拉他打麻将吧。他以前是喜欢打的。"

张学良1931年驻节北京,在顺王府生活、办公时,曾热衷于打麻将。他认为,在繁忙的公务之余,大家能聚到麻将桌旁,既可以相互联络感情,又可以调节神经,是一种很好的娱乐方式。后来这些年,特别是他从国外回来之后,又迷上了网球、羽毛球等运动,加之军务繁忙,人们就很少能在牌桌上看到他的身影了。现在于凤至提起,刘乙光认为值得一试,便到房中去游说。张学良的反应并不像刘乙光所预料的那么热烈,但也还是表示了同意,并叫刘乙光到行李中去找找,看他原来用过的那副象牙麻将是不是还在。

经过一阵翻腾,刘乙光和应副官终于从行李箱中找出了那副色如凝脂、光洁如玉的象牙麻将,随即在客厅中摆开了牌桌。为了凑个热闹,改善张学良的心情,于凤至、刘乙光、许建业、应副官,都坐到了桌前。随着大家的说笑声和哗啦哗啦的洗牌声,人们发现张学良略略舒展开了眉头。

国民党军队中,打麻将是赌博的最流行方式,在高级将领中,更兼有一种联络感情的作用。在北京的那些日子,张学良喜与同僚、部下们围牌桌而聚，每个星期都要来上几圈，对输赢很少计较，也没有像赌客那样去钻研牌艺。所以，总是输的次数居多。即便如此，他也乐呵呵的，把牌桌上的友情看得比牌桌上的金钱贵重得多。

在被"管束"的日子里打麻将，主要是为了打发时光，牌友又无从随意选择，自然也就少了许多乐趣。但大家兴致都很高，张学良也不便拂逆众人的热情，所以也还是很认真地坐到了牌桌边。

张学良过去虽喜打牌，用于凤至的话来说，是"牌技平平，方法简单"。每次牌一到手，无论是"饼"、"条"还是"万"，只要面前有五六张相同的，便做成"清一色"或"混一色"，实在不行就做成"十三么"。这种简单直接的战术有时也会奏效。一赢了牌，张学良便会孩子般呵呵地笑，有时甚至会乐得把桌子拍得"笃笃"地响。但这种机会毕竟是太少了。刘乙光、许建业、应副官，还有于凤至，都是牌桌上的老手，论牌技，张学良不是他们中任何人的对手，因此，绝大多数的时间里，张学良均是连连败北。连输上几圈，他便会心不在焉，呵欠连天。大家见他手气太坏，便偷偷让。但张学良是个好胜心极强的人，尤其不接受任何向他表示的怜悯，一旦他看出有人在让牌，便会沉着脸呵斥，有时甚至勃然大怒，一挥手把牌局搅乱，高叫："重来！重来！"大家相互做个鬼脸，只得重新认认真真地打牌。这一来，张学良输得更惨，而越输得多，他的兴趣也就越发减弱。开初，他还每天打个八圈十圈的，后来就渐渐少了，六圈、四圈、二圈，最后，干脆连牌桌也不近了。

麻将打不下去了，刘乙光便撺掇人来找张学良下棋。在溪口时，张学良的棋艺首屈一指，赢得太多，自己都觉得没了意思。警卫们都是年轻人，输了棋，心中自是不太痛快，加之日子太闲，无所事事，便买来棋，又弄些棋谱，一有空便摆上几盘。日复一日，好几个人的棋艺自然有了长进。其中，警卫"小钢炮"进步最快，对下棋简直到了痴迷的地步，有时做梦，都会乱叫些对弈的术语。在溪口时，他同张学良下棋，走不上十步便会乖乖地投降，红着脸退向一旁。现在，他觉得自己气壮底足了，一直寻思着找个机会，在副司令面前显显身手。

刘乙光一来"动员"，"小钢炮"第一个响应。这些日子同张学良相处，彼此间也熟了，尤其是刚来苏仙岭时，张学良对"小钢炮"说的那番话，在两人间建立起了一种新的信任。因此"小钢炮"也没有了过去那么多顾忌，提着一口袋棋子便去找副司令，向他发出挑战。

一看"小钢炮"一副殷殷求战的模样，张学良笑一笑，问："你是说，还要我像过去那样，让你双车吗？"

"不，一个子儿也不让。""小钢炮"把棋口袋摇得哗哗作响。

"那你这是来引颈就义啰？"张学良打量着小伙子，又摇摇头，"不忍心，不忍心哪。"

"小钢炮"见副司令又要去看报，有些急了。"副司令，你就行行好，让我跟你下一盘好不好，"他把棋子往桌上一放，很坚决地说，"如果我再输，就永远不下棋了！"

"嗬，立誓了，"张学良终于动了心，手往桌上一拍，"好吧，再跟你下最后一盘棋。先说明白，别怪我下手太狠。"

"小钢炮"见张学良答应了，便不再言语，噼噼啪啪地摆开了棋。

战局一开，张学良仍像过去那样，重炮猛轰，天车飞驰，烈马奔腾。但十步过去了，"小钢炮"不仅没被打垮，反而布局严整，兵马有序，绵里藏针。再走了十步，战局已趋明朗。张学良兵马损失殆尽，而"小钢炮"正集结兵力，狠打猛冲。虽是二月的天气，张学良的额上已沁出了一层汗珠。

这盘棋整整下了两个小时，"小钢炮"最后以一步之先取胜。

"士别三日，当刮目相看哪！"张学良感叹一声，问："你怎么进步这么快？"

"小钢炮"雪了耻，自是十分得意："溪口输给了副司令，我就一直在琢磨，心想哪天一定要在副司令面前露上一手。"

"我刚才还用老眼光看人，操之过急，骄兵自然必败。"张学良总结说。他又看看小伙子："刚才你是给了我一个突袭，让我措手不及，"他很认真地说，"咱们再来，谁也不手软，再较量一盘！"

这第二盘棋，张学良下得极为认真，也极为艰苦，终于在人马死伤大半之后，攻进"小钢炮"的宫苑禁地，生俘老王。

生姜还是老的辣。"小钢炮"虽操练数月，棋艺仍比张学良略逊一筹。但在整个警卫中，他毕竟是赢过张学良的第一人，一有空，张学良便同他摆兵列阵，鏖兵激战，有时一天要下七八次，第二天仍兴趣不减。大家见副司令玩得高兴，也都有了精神，常常在一旁观战助威，有的警卫还悄悄塞给"小钢炮"一包烟，让他传授棋艺。春节后，特务队的警卫人员有部分作了轮换，"小钢炮"恰在其列。他从苏仙岭调出后便直接派入部队，上了前线。后来在台儿庄战役中，他奋勇杀敌，身中数弹而亡。当张学良从其他警卫口中得知"小钢炮"阵亡的消息后，难受了好些天，并让人把他同"小钢炮"下过的棋封存起来，以作纪念。

虽然大家绞尽脑汁，想要使生活丰富生动一些，但地处高山破观之中，改善精神生活的条件毕竟有限。有一天，大家陪张学良游山，忽见几只野兔在山坡上一闪。有两名警卫跟着撵了一阵，但很快便不见了兔子的踪影。看见警卫失望的样子，应副官提议说，这山上飞禽走兽那么多，何不打打猎，既可锻炼身体，又可改善伙食。警卫们已经久未打枪，一听应副官的提议便嚷着赞成。但刘乙光却很迟疑，看看队员们，又看看张学良，久久没有表态。张学良一见，知道刘乙光又想起了那天他掏警卫的枪打桂花树的事。刘乙光肯定在担心，枪到了他张学良手中，会指向何方？他更担心的是，张学良的枪口，会不会对准自己的额头。要是他真的自杀了，那他刘乙光的身家性命，肯定也会随着这枪声一起告终。张学良看出刘乙光的心思，淡淡一笑，说："大家都是军人，打猎是打活靶子，对弟兄们也是训练。我也可以跟着看看，看谁打的猎物最多。"

张学良的话，明白无误地告诉刘乙光：他不会摸枪。刘乙光一听，顾虑顿时打消，大声对警卫们说："行啊！大家展展身手，让副座尝尝苏仙岭的野味。"

苏仙岭山势不高，也无大片森林，很难见大野兽出没。但这里气候温和，林木丰盛，对一般飞禽走兽来说，倒也是个理想的栖息之地。据观里的和尚说，有时他们一出门，便会见到观前的小坡上跑过一群一群的野兔。山鸡、狍子也常常在观外出没。从山顶下到白鹿洞，时常还可以遇到野羊、麂子、猴子。

狩猎那天，张学良一身精干的短装，裤脚还用绳子扎住，挂一根长棍，兴致勃勃地上了山。打猎开始前，刘乙光把大家召到一个大山洞前，说他陪副司令在洞前等候，大家打到猎物便搬来此处，谁打的猎物最多谁便可以得到副司令奖励的一瓶洋酒。

不一会儿，寂静的山林里传来了清脆的枪声，隐约还听到野兽绝命前长长的哀鸣。有好几次，张学良都冲动地站起来，似想加入到打猎的行列中去，但想了想，又无奈地坐到了洞前的一块大石头上，向刘乙光讲起他在东北时同卫队上山打猎的情景。说有一次，他和一名卫兵左右夹击，打倒了一头五百多斤重的大野猪。

"你知道打猎的时候，什么当口让人最痛快？"他问刘乙光。

"当然是把野兽拖走的时候啰？"

张学良摇摇头。"不，最痛快的时候就是当野兽向你扑过来，你的手指头刚勾动扳机的那一瞬间。人的生死，野兽的死活，全看那两秒钟了。既让人毛骨悚然，胆战心惊，又让人痛快万分，想大声叫喊。"

刘乙光"哦"了一声，眼睛定定地望着张学良。他在想，当一头大野猪向张学良扑来的时候，这位副司令会是什么样的一种反应？

苏仙岭上的第一次狩猎也还算进行得成功，警卫们一共打了一头麂子、一头狍子、七只兔子，还有些山鸡。当他们抬着、提着战利品回到观里时，一个个神气得就像刚打胜仗凯旋归来的将军。当天晚上，清炖、红烧的野味便端到了晚餐桌上。张学良吃得十分带劲，并频频地往夫人碗里夹肉。"你一定得多吃点儿，这是我们自己打来的呢。"说着又往口中塞了块肉，津津有味地嚼起来。

日子像水一般缓缓流淌，转眼间春节到了。这是张学良被"管束"以来的第二个春节。去年的春节是怎么过的，他的印象已很淡了，只记得在人们披红挂绿、燃放鞭炮的时候，他正处在突然失去自由而带来的震惊、烦恼和懊悔之中。但今年却不同了。初被看管时的屈辱已潮水般地缓缓消退，他已基本适应了这种闲若野鹤、频繁迁徙的生活，隐士般地超然世外，与山野为伴，寂寞为友，把对自由的期盼隐埋到了心灵的最深处。

离春节还有好些天，张学良便对刘乙光说，这几个月弟兄们都辛苦了，春节应该好好地乐一乐，把这个破败的苏仙观搞得喜气一些，最好是还能扎几个灯笼。刘乙光依言而行，派人从郴州街上买来了红纸红绸，采购了过年食品，又买了好几大挂鞭炮。平日里生活平淡枯燥，难得有这么个上下同乐、尽情开心的时候，警卫和宪兵们都十分兴奋，七手八脚地收拾布置起来，荒凉沉寂了多年的苏仙观骤然间有了喜庆的气氛。

除夕之夜，虽然北风呼号，窗凝冰花，观内却是人声喧嚷，笑声、闹声不断。在相连的两间大屋内，共摆了五张方桌，上面摆满了鸡、鸭、鱼、肉，热气腾腾，酒香扑鼻。开席前，张学良专门叫应副官封了年钱红包，一一分送给特务队的诸位警卫。刘乙光、许建业和宪兵连长所得那份，要比一般人多得多。众人见张学良身陷囹圄，仍不失长官、兄长的风度，时时给他们以体恤关照，心中甚是感激。在刘乙光的带领下，三十几名队员全都起身，高擎酒杯向张学良敬酒。第一巡酒毕，张学良又站起来，举杯致答，感谢大家这些日子为他而受的辛苦，将一大杯酒一饮而尽。

几杯酒下肚，大家的话也多起来。张学良借着酒兴，同刘乙光等人划起拳来。于凤至担心丈夫喝醉，在一旁连连劝阻。刘乙光也害怕张学良醉酒会伤身体，早早地终止了这个游戏。

吃完年饭，夜色已浓，张学良叫应副官取来象牙麻将，自封庄家，要警卫们轮流同他打牌。不知是有意如此还是牌运不佳，结果警卫们全都赢了牌。张学良虽然输得一塌糊涂，但却丝毫不恼不疲，一直同警卫们说说笑笑。夜渐渐深了，加之寒气袭人，刘乙光想劝张学良回房休息，但又不忍挫了他的兴致。直到午夜时分，张学良才推牌罢手，叫警卫们取来那几挂鞭炮，在院子里放了。在震耳欲聋的爆竹声中，张学良与众人一道，拱手向旧岁辞别，又相互说了些恭贺的话，这才回到房中。

张学良的幽居生涯又开始了一个新的年头。

对张学良来说，新年的到来宛若春风荡过冻湖，他的心中开始漾起了生动的春色。苏仙岭看报纸，虽有点隔世观天的感觉，但每张报张学良都不会落下，而且照样对着地图标划战局的发展。除此之外，他便是游山、下棋、打牌，日子过得十分平静，而且有过去所没有的恬淡。

临近春节时，宽大的网球场便已完工，只是因连着下了几天雨，张学良未能到球场上去一展雄姿。现在，雨停天晴，他迫不及待地取出球拍，叫上许建业，一同上了场。

许建业是广东人，个头不高，但却十分灵活。来"张学良先生特务队"

前，他连网球拍都未摸过。到溪口后，他先是站在场外看张学良和赵四小姐对阵，帮忙捡捡球，后来便挥拍上阵。虽一败涂地，但却琢磨出了不少道道，加上张学良耐心的指点，球艺长进明显，很快便成为特务队中的高手，是唯一曾经同张学良打过平局的人。赵四小姐不在时，张学良每上球场，便会叫上许建业。他觉得这小伙子虽在战术和球路上尚还不成熟，但步伐灵活，动作强健，属于那种力量型的选手。有次打完球，张学良赞许地拍着许建业的肩头，说："许队副，等你离开我的那天，恐怕已经能够同世界冠军较量了。"

来到新辟的球场上，张学良整了整球网，接着便站定位置，将球高高抛起。白色的球像闪电一般，在空中划出一道雪白的线，砰地落到许建业面前。许建业镇定应战，将球砰地挡回。两人你来我往，左拉右抽，站在场外的警卫们看得目不暇接，到精彩处还忍不住拍起手来。

第一局张学良轻松取胜。第二局，许建业拼死奋战，比分呈拉锯式上升。到五平时，张学良在长拉后突然一个短球，许建业疾步冲上，但球已将落地，紧急之中，他由后往前猛挥球拍，意欲将球救起。不意他的右腿站立不稳，侧偏半步，球拍啪的一声，猛击在膝盖上。只听许建业"嗷"地叫了一声，球拍"咔"地拦腰折断，他一个趔趄，扑地栽倒在地。

待警卫们将他从地上扶起，许建业的右腿已经麻木，不能动弹了。张学良过来一看，知道是伤着神经和肌肉了，便安慰说："没关系的，我有妙法，管保你明天又能和我大战一场。"

回到观里，张学良吩咐人立即去烧热水，又叫人取来两个木桶，放到面前。不一会儿，两个桶中分别装上了烟雾腾腾的热水和寒凉透骨的冷水。他让两名警卫扶稳许建业，自己则抓住他的伤腿，猛地塞进热水桶里。水温大约有摄氏六七十度，许建业当即烫得龇牙咧嘴。约莫过了五六分钟，张学良又将他的腿抽出来，忽地塞进冷水桶中。许建业只见自己的伤腿先是被烫得通红，接着又被冻得发紫，如此循环往复了四五次，痛感居然消失，可以随意走动了。

"看不出来，副司令还是个妙手回春的良医呢！"一旁的警卫们赞叹道。

"这也不是我发明的，"张学良笑着说，"我也是跟一个大人物学来的。"

"是不是跟委员长学的？"许建业问。

"不是，"张学良摇头，"我是从意大利元首墨索里尼那儿学来的。"接着，张学良便讲起 1933 年他下野出洋，在意大利逗留时，曾同墨索里尼和他女婿齐亚诺有过密切的交往。这个意大利的独裁者曾当过工人、记者、编辑，见多识广，不知从哪位江湖郎中那儿学来了这一招。那年 7 月，张学良在去拜会他时不慎扭伤了脚，墨索里尼便是用这种方法很快使他的脚痛得以消除。没想到，这个来自意大利的"巫术"居然在苏仙岭派上了用场。

"其实这办法的道理简单得很，"张学良对大家说，"主要是用冷热水分别对皮肤进行刺激，促进血液循环，解除伤痛。大家都学着点，以后肯定会有用上的时候。"

在以后的日子里，这个方法果然一再得到了运用。警卫们身上、臂上或腿上有了小伤小肿，大都不需吃药，先弄上两大桶冷、热水再说，而且屡治皆灵。每次治疗时，张学良总要到场，以"师傅"的口吻，指挥着警卫们操作。伤一治好，警卫们高兴，他也乐得呵呵直笑。刘乙光在一旁打趣说："你们以后都可以去摆摊赚钱了。不过到时候别忘了告诉病人，你们的师傅是副司令和墨索里尼！"众人一听，都乐得哈哈大笑。

浓云如山，淡山似云。顶上，大雁南飞，在空中排出一个巨大的"人"字。雁声里，张学良收回远望的目光，对与他同站在跨鹤石旁的夫人说："凡人升天，须得得道。当年苏耽在这里跨鹤成仙，显然是受了点化。你我即使天天在此盘桓，衔云饮露，未必有鹤肯从天而降……"

"你这个人哪，"于凤至笑答道，"太好玩，也太会玩，入佛门尚还要嫌你六根未净，哪里还能够得道升天？"

"这么说，我是一辈子成不了仙啰？"

"那倒不一定，"于凤至故作严肃地说，"如果你从明天开始就布衣素食，面壁修行，说不定将来会有凤凰来托你升天呢！"说完抿嘴笑了起来。

张学良也是一阵大笑，萧寒的山林间回响起他爽朗的笑声。

是夜，月圆如盘，清辉遍地，苏仙岭上有一种似乎遗自远古的静谧。

灯下，张学良身披寒衣，正在读东汉著名史学家班固的《汉书·艺文志》："诸子十家，其可观者，九家而已。皆起于王道既微，诸侯力政，时君世主，好恶殊方……"这本书是邵力子在溪口陪伴他读书时所携带的，临走时将它送给了张学良，说闲来无事，不妨读读这类谈诗议文的古文。今天偶然翻开，觉得确实是本好书。

张学良正凝神于书，却忽闻一阵悠扬的胡琴声。自离开溪口后，他再没进过戏院，更无琴音可闻。在这孤山僻岭之上，会飘来如此美妙的声音，禁不住令他心上一颤，当即便推开书本，踱步而出，向传出琴声的地方走去。绕过几间破房，转弯来到苏仙观侧面的小石坡上，只见许建业正对月而坐，舒臂运弓，拉奏一支似乎是怀乡思亲的曲子。张学良走近时，琴曲刚刚结束，夜空中似还留有袅袅回音。张学良在一旁驻足片刻，待琴声散尽，轻轻地拍了几下手掌。

"夜阑人静，对月鸣琴，妙极了！"张学良走到许建业身旁，"看不出来，你还有这么一手。"

许建业慌忙站起，收住琴。"把副司令惊动了，我真该死……"

"哪里，"张学良抬手止住他，"挺好听的。跟了我这么久，我还不知你会拉琴。"

"我有个叔叔，是戏班里拉琴的，我跟他学过些年，后来也就丢开了，"许建业说着，让张学良坐在他的凳子上。"前两天到城里，看见卖胡琴的，忍不住买了一把。不行了，好久没拉，手生了。"

"我听还不错嘛，"张学良说，"你会不会拉京戏？"

"会一点儿。"

"那好，"张学良显得有点兴奋，"我这人最爱听戏，有时候也偷偷哼几句。明天你给我拉琴，我来唱几段试试。"

"我还没听你唱过戏呢，"许建业说，"我今晚再琢磨琢磨。"

"一言为定！"张学良站起身来，"咱们在苏仙岭上来他几段清唱，热闹热闹。"

第二天，张学良果然来找许建业，要他拉琴，自己要唱上几段。警卫们听说副司令要唱戏，都很新奇地围过来。张学良有些不好意思了，连喝："去！去！去！等我和许队副合上弦了你们再来。"

张学良对京剧的喜爱始于他父亲张作霖。"张大帅"在世时，逢年过节，总要请戏班子来大帅府热闹一番。耳濡目染，张学良也喜欢上了这种传统艺术。在北京副司令行营时，张学良常上戏院，有党政要员来京津地区，张学良的招待项目中必有一项是欣赏京戏。天长日久，《三岔口》、《将相和》、《群英会》、《追韩信》便都谙熟于心，唱词唱段能脱口而出。自离开溪口，他已好长时间没有听戏，心里总觉得缺点什么，现在见许建业既能拉琴，他自然兴起，要自唱几段了。

但这位权倾一时的副司令毕竟从未吊过嗓子。许建业调好弦，让张学良试唱两句，但一句没唱完，许建业便惊得骤然住手。他发现，张学良居然是个左嗓子，只能唱高音，一低下来便跑调，更谈不上抑扬顿挫的音韵。但他自己却听不出来。见许建业停手，张学良便连声催促，说要来段好听的。许建业忍住笑，让他自选。他琢磨好久，选了《四郎探母》中的《杨延辉坐宫院》。

"您能唱全吗，副司令？"许建业拐着弯问一句。

"还不信怎么的？早烂熟了。"张学良说着便来了一句开腔，声调倒是高亢婉转，但没唱到一半便溜到了另一个调上。许建业终于忍不住，大笑起来。

"不行啊，副司令。你一咋呼，我都不知是你走板还是我溜调了。"

"我走板儿了？"张学良问一句，又看看一旁笑得前仰后合的于凤至，"是我走板儿了吗？"

"不是你还有谁？"于凤至抹抹笑出的泪花，"都走到对面山头上去了。简直笑死人。"

"哦……"张学良很认真地点头，似有所悟的样子。"看来我还真得练练。这样吧，许队副，"他笑着说，"这山上反正没人，我每天都吊几回嗓子。不过，你每天都得陪我唱上一段，怎么样？"

"那没说的，副司令，"许建业回答，"不过，我建议你专门选上一段，多唱唱，也许会好的。"许建业说着又想起刚才张学良的唱腔，笑了起来。

"就选《杨延辉坐宫院》吧，这段西皮我最熟。"张学良说，又看看于凤至，"你还别笑，没准儿过些日子，我在这山上没修成仙，倒练出个名角来呢。"

"那好啊，"于凤至打趣说，"我们就等着听名角的戏了。"

自打这天起，张学良真还每天都去山顶上吊几回嗓子，"嗬——嗬——""啊——啊——"地吼，折回来便同许建业练《杨延辉坐宫院》。就这么折腾了一个多月，可腔调还是走板，合不上弦。于凤至每次没等他开口，便先掏出手绢将口捂住，但憋不住的笑，仍使她身子不住地前倾后仰。

终于，张学良悟出他是个只能听戏不能唱戏的命了。但他却不明言罢唱，而是拐弯抹角地说："看来老生不适合我，改为黑头恐怕要好些吧。"接着便让许建业给他拉《收虎关》。但结果还是一样。他终于失去了信心，也不再去山顶吊嗓了。警卫中也有几个爱好京戏的，张学良不唱时，他们也来哼上一段，久而久之，张学良干脆坐在一旁，当忠实的听众了。不过，仍像他过去在戏院里那样，嗓子里哼哼呀呀，到悠然处还禁不住摇头晃脑。

这多少是个遗憾。后来每逢听别人唱戏，他脸上总有几分羡慕。他偷偷对于凤至说："我还真不知道我不能唱戏哩。要早知道，我肯定让北京、天津那些名角教教我。"

"你呀就是不服输，"于凤至嗔怪地看着丈夫，"嗓子是天生的，教能教得出来吗？"

张学良又露出一脸的怅惘。

大街上的军礼

从表面上看，苏仙岭的日子过得十分平静、恬淡，没有任何或惊或险的迹象。而实际上，自张学良到达郴州后，这一带的警戒、保安措施，比之在黄山、萍乡，要更为严密和紧张。宪兵连的大部分人，都分驻于苏仙岭下和郴州城中，每个星期，对逗留于各旅店的外乡人或国民党的散兵都要进行一番盘查。郴州县城里的保安团也接到命令，严密巡查各种有嫌疑的人。通往苏仙岭的路上，每天都有数名便衣来回巡视，除非得到允许，任何人都不得走近苏仙观。

但有一个人例外。她不仅能自由出入苏仙岭、苏仙观，而且还会受到远方贵客的热情接待。这便是专门给张学良理发的一个姓祁的女孩子。

张学良自被看守后，每次理发，都由刘乙光亲自去找他考察过的师傅。后来，他嫌这样太麻烦，便专门调来一个会理发的特务，既为张学良，也为别的警卫人员服务。张学良自小生活讲究，对发型发式更是一丝不苟。在沈阳的北大营里，他就曾训斥过一个头发蓬乱的副官："男儿头颅贵值万金，乱糟糟的成何体统！"被看管后，张学良的衣着服饰虽渐渐变得马虎了，但他对自己的头发却依然看重。每次理发，那名特务理发员虽竭尽全力，但理完一照镜子，张学良脸上总会现出不悦之色。后来，逢到游街逛镇，一有机会，他便会提出进理发店，让师傅理出令他满意的发式。刘乙光奈何不得，只有听之任之。

到苏仙岭不久，刘乙光陪张学良第二次逛卫阳街。一行人在街上闲转了一会儿，张学良忽然见到不远处有个理发店，便执意要进去理发。这其实只是个小理发店，仅有父女二人。见突然一下子涌进这么多顾客，做父亲的立即堆起笑脸招呼。那做女儿的仅十五六岁，身材娇小玲珑，见到客人便满面微笑地迎上来，问先给哪位理发。张学良看着那女孩，见她脸上有几颗麻子，但脸色红润，笑起来天真无邪，便笑着问："你会理吗？"

那女孩肯定不是第一回听到这类问题了，脸上仍是很自信地笑，手上却熟练地抖动着给顾客围脖子的白布罩单。"客人放心，不理满意不收钱的。"说完便把白罩单给坐下来的张学良罩上，动作轻盈娴熟，还有几分女孩儿家的温柔。

往常张学良理发，大都是一番枯燥单调的经历，坐在椅上长时间沉默不语，却又还要听凭理发师的摆布，有时还会担心那只拿剃刀的手出现某个可怕的失误。但在女孩儿的手下，理发却变成了愉快的经历。由于接触顾客多了，女孩显然已有了如何对待顾客的高度技巧，她不问顾客从哪里来，也不问你是干什么营生，只是谈郴州这地方的风土人情，讲这镇上的笑话轶事。对外地人来说，这自然新鲜，也就很有兴趣与她交谈，又被她一阵阵的笑声弄得忍俊不禁。虽然时间不长，但却让人觉得惬意。直到那女孩轻轻说一声"完了"，张学良才去照镜子，发现自己的头发被女孩理得平平整整，丝毫不乱。"看不出来你还好手艺呢。"张学良夸奖道。

在一旁的父亲满脸是笑地回答道："手艺好倒说不上，不过理得还是专心。客人来我们这店里不容易，哪能乱剪一气呢！"

"是啊，"女孩笑吟吟地用猪毛刷轻轻拂去落在张学良颈上的发渣，"我还盼着客人再来呢。"

"行啊，我以后每次理发都找你了。"张学良站起身，高兴地说。

以后的好些天里，张学良都一再提到这个理发的女孩，说她手艺好，为人诚实，"只可惜小时候她爹妈没把她护理好，脸上留下那么些小坑。"言语间很为惋惜。

自打这次理发之后，张学良理发的周期明显缩短了。去卫阳街的机会毕竟不是太多，他每次想理发了，总是由刘乙光派人把女孩接上山来。那女孩读过初中，在当地也算是个"才女"了，到山上一看这位"顾客"房中的摆设和他的派头，便猜想出这必定是个大人物。但她仍不问起，每次上山，只管理发，同他聊天，有时也陪着打几圈麻将，或到网球场看这位"大人物"打球。女孩子这种本分、天真、随和的态度也博得了大家的喜欢，上下对她都另眼相看。每次理完发，许建业都要付给她高出好几倍的报酬，双方皆感欢喜。以后，凡遇张学良连着几天闷闷不乐，许建业便会建议理发，也不管张学良同意不同意，派人把女孩接上山来。而只要见到这女孩，张学良的情绪自然会有好转，至少不再会那么郁郁寡欢，理发不理发反倒无关紧要了。

但后来发生的一件事，却使这位女孩再也没有上山来了。

在戴笠给刘乙光下达的若干条指令中，最关键的一条就是严密封锁张学良的所有消息，绝对保障他的人身安全。为了做到这一点，从驻溪口时起，刘乙光便特别安插人员，控制邮电，秘密检查、监视包括张学良在内的所有人员的信件、电报往来。由于张学良一行所居之处，均较偏远、孤立，邮电上一卡，与外界基本也就断了联系。对外界来说，自从南京"军法会审"之后，张学良便蓦然消失了，极少有人知晓他在何处接受"管束"。安全上的威胁自然也就少了许多。

自驻溪口后，控制邮电便成为一条经验，一种规定，倒也确实起了一定作用。到郴州后，派驻县城邮电所的特务有了更换，新派一个名叫黄静宜的人驻进了郴州。

黄静宜是江西人，广东暨南大学毕业。这位特务队里文化水准最高的人，温婉文静，举止言谈皆有女子之态。张学良爱开玩笑，曾给他起了个绰号，叫"黄小姐"。"黄小姐"大学毕业即投身军中，被分到刘乙光的特务队。也许正因为他的女子之态，他办事十分缜密小心，常常在别人的疏漏之处看出破绽。而且最紧要的是，他对"党国"绝对忠诚，所以颇受刘乙光的赏识。遇有重要的动笔头或需慎重谋划的事，都要叫上"黄小姐"。一到郴州，特务队作工作调整，他又被派进了邮电所。

春节过后不久，"黄小姐"在邮局尚未发出的一堆信件中发现了一封由苏仙岭寄出的信，挑出来一检查，原来是跟随张学良的李副官写的，收信人是他的亲戚。信中主要是报报平安，因刚过了春节，又有一些问候的话语，此外便无甚紧要的内容。但是，军统局对"张学良先生特务队"早有命令，所有人员与亲朋好友通信绝不允许提到张学良的任何情况，如果发现，要予以严厉处分。而这封信显然违背了命令。李副官是跟随张学良的人，他所在之处必定有张学良。而更严重的是特务队任何人交信都要经刘乙光批准，并在"黄小姐"那里登记，是谁将这样一封可能暴露张学良所在地的信交到邮局去的？

信由"黄小姐"带回来，交给了刘乙光。刘乙光阴着脸将信的内容看完，最后只说了一个字："查！"

特务队所有的人都被排了队进行调查，凡在信的落款日期后去过郴州的人都成了重点对象，一时间闹得特务队里人心惶惶。

最后，所有的疑点都集中到了特务队的随队医生——一名男看护身上。他新近调来不久，主要任务是为张学良提供保健服务，替张学良打打针，经常为买药的事去郴州县城。当男看护被带到刘乙光面前时，早已吓得面无人色。刘乙光几句话一逼，他便供认不讳，承认信是由他带到邮局去的，事前未向任何人作过报告。刘乙光见他已招认，便不再说什么，只令他向张学良请假，说因事暂时离开一个时期，男看护情知事情严重，只得依命行事。

在调查的这些天中，张学良从警卫们的口中略知了此事，只不屑地"哼"了一声，未再作任何表示。当男看护来向他"请假"时，张学良只有叹息，盯着他看了好久，说了一句："你多保重！"

第二天，男看护奉命收拾行李，离开了苏仙岭。刚一下山，早已守候在山下的特务们便将他扣住，押到郴州宪兵连的驻地关闭起来。后来，又被转到监狱，以"违背军令、泄露军事机密"罪被判了五年徒刑，直到抗战快要结束，才获得自由。

张学良无从知晓男看护的命运。后来在与人闲谈中，他曾说起这位看护打针打得不错，人看上去也老实，对他的离去似有惋惜。两位警卫背地里私下嘀咕："要是张先生知道了看护的下场，不知会作何感想哩！"

在苏仙岭住了两个多月，张学良已渐渐适应了这里单调但却是宁静的生活。融融春日之中，他常常扶杖而行，到林间去寻山林静谧，呼吸清新空气。有时就站在半山腰上，看峰峦环立，浮云悠悠。警卫们渐渐发现，张学良发火或郁闷的日子少了，代之以一种前所未有的平宁淡泊。有时候，他独自来到苏仙观背后的山崖旁，捧一卷古籍，在躺椅上读得如痴如迷，困了乏了，却也不站起，眼望苍山游云，掩卷沉思，像是入了幻境。

距苏仙观不远处，有一道流泉，从岩石裂缝中溢出，不声不响地汇入到一个磨房大小的深潭，从这儿变成一条溪流，潺湲奔流下山。自到苏仙岭后，张学良常来此处，有时就坐在潭边的大石头上同人聊天；有时不想说话，便独自向泉水扔几颗石子，看渐渐溅开的涟漪；或抓一把落叶扔到潭中，看它们随溪水漂流而去，眼中似有无尽的幽思。

张学良有每天晚上洗澡的习惯，即便没有澡盆等设备，在木桶里泡泡也好。但几次搬迁，途中十分不便，没有洗澡便上床，张学良显得十分烦躁。一到苏仙岭，他得知有泉水，显得十分高兴，对警卫们宣传说，用泉水洗澡有治疗皮肤病的功效，每日泡一泡，皮肤会格外光滑爽洁。警卫们纷纷起而效仿，一时间用泉水洗澡成为特务队的时尚，有的警卫不顾季候尚冷，拎了毛巾直接到泉潭边浇水擦身。一些日子下来，果真起了作用，再未听说哪个人的皮肤有什么疾患。

　　郴州县城不大，整个县城只有两家浴室。由于气候原因，加之木桶不大，洗澡有种种不便，张学良有时也去城内东大街的那家浴室洗浴。每次去浴室之前，刘乙光都要先派人前往接洽，定下日子，让老板在门上挂出"谢客"的牌子，不让任何人走近，然后再由刘乙光亲率几名警卫，簇拥着张学良进入浴室。郴州浴室的生意本来并不兴旺，但自抗战开始后，来往旅人多了起来，加之移防、撤退的国民党部队日日不断，进浴室的人陡增，已没有闲歇之时；在这种情况下突然关上半天门，自然会引来众多浴客的种种抱怨。张学良早就对将他与世隔绝起来的做法十分反感，警卫们前呼后拥也令他颇不自在。他曾对刘乙光说，那么大个澡堂，只让几个人洗浴太可惜了，完全可以再让一些浴客进来。但刘乙光却以安全为由加以拒绝。张学良心中很不是滋味。

　　三月阳春，山间岭下弥散着一派鲜浓的生命气息，使人不由萌生出活力。连着在泉边读了几天书之后，张学良提出，到郴州城区洗洗澡，再去找理发店的姑娘给理理发。

　　第二天，正是风和日丽。从苏仙岭往四下观望，四面山峰迷蒙空灵，天空云蒸霞蔚，红火飞溢。沿山道顺阶而下，可见群山环抱的山坳中，炊烟袅袅。农人们在坡地上赶牛耕耘，不时可听到牛叫狗吠之声，使人觉得仿佛置身于一个遥远的田园童话之中。张学良兴致很高，下到山脚时虽已热汗涔涔，但却一再提出，今天不用乘车，就这么步行而去，方可多领略些风光人情。刘乙光无奈，只得同意，转过头命令警卫们加强戒备，不得有丝毫疏忽。

　　临近郴州城，路上的行人车辆逐渐多了起来，其中有不少是国民党兵和军车，偶尔还可见到汽车拖曳的火炮。大路上烟尘弥漫，有时连着十几辆车一过，几步开外就难看清。

　　"怎么，还在往后退呀？"张学良望着一列向郴州城开进的汽车说。

　　"可能是换防吧，"刘乙光随口应道，"这段时间这一带部队调动很频繁。"

　　"噢……"张学良应了一声，掏出手绢，抹了抹扑在脸上的灰尘。

　　由于汽车川流不息，郴州城里本就狭窄的街道显得十分拥挤。刘乙光让两名警卫走到头里，为张学良开道。有个老大娘手里提一篮鸡蛋，低着头向前挤来，不巧正撞在开道的警卫身上，篮子险些掉在地上。她抬起头刚想责怨一句，却看见警卫一副凶神恶煞的模样，忙把要出口的话咽了回去。张学良见状上前一步，扶住老大娘的篮子，和气地问："大娘，鸡蛋没打坏吧？"老大娘抬起头，见这男子面善气和，忙回答说："没有，没有。"踮起小脚便匆匆而去。张学良看她那副紧张的样子，觉得有些好笑："这个老人家！"他冲着老大娘的背影嘟哝一声。

就在张学良转过身，要继续前行之际，正前方走过来一位佩戴炮兵中校领章的军官。一见张学良，他突然恭敬立正，啪地抬手敬礼："张副司令！"

张学良向他看了一眼，显得异常镇静，既不答话，也不还礼，若无其事地从中校军官身边擦肩而过。走在张学良身边的刘乙光当即便惊得脸色骤变，后面几位警卫也立即包抄过来，将敬礼的军官团团围住。街上的行人不知发生了什么事，都用惊奇的目光注视着这个场面。张学良却头也不回，倒背双手，缓步走开。

情况很快便弄清了：这位敬礼的中校军官原属东北军炮兵部队，曾听过张学良的训话，对长官自然认识。前不久，东北军炮兵部队被改编，他和另外两名东北军的军官被调至炮兵旅，他担任了炮兵团的副团长，新近才调来郴州驻防。"我没想到，会在这个小地方撞上张副司令！"中校军官忍不住激动，翘首向张学良远去的方向张望。

"敬礼事件"引起了刘乙光极大的恐慌。他匆匆追赶上已临近浴室正门的张学良，以"水温不宜"为借口，取消了这次洗澡的安排。

回到苏仙岭，张学良便拿起球拍，去了网球场。刘乙光则召集了特务队军官的紧急会议，讲述了中校军官认出张学良的情况。人人都变得紧张起来。有人提出，张学良是东北军之魂，官兵们对他的信赖已到了迷信的程度。要是那几个东北军的军官发现了张学良的住处，串通起来，采取意外行动营救少帅，一个小小的宪兵连和特务队哪里会是对手？

经过一番争论，刘乙光最后决定：立即将张学良转移到一个安全地点。他是邻县永兴亭司镇人，前些天刚回过一趟故里，知道那里有一所叫"文明书院"的小学，二十多间房舍教室，正好可以作为暂时安顿之处。

"局长那里怎么办？"许建业问。他担心戴笠不知道搬家的事，将来会有所怪罪。

"事情紧急，只有先斩后奏了，"刘乙光回答。但少顷，又说道："明天你们先开始搬，我到城里给局长打电话。"

永兴县距郴州不过 40 公里，风物地貌毫无二致。只是由于搬迁过于仓促，房屋住舍均是学生们迁走后匆匆拾掇而成，远不及苏仙岭。应汉民副官看了看为张学良安排的卧室，其简陋自不必说，有一面墙竟已倾斜，随时都可能坍塌。他十分不满地找到刘乙光，说无论如何不能让张副司令在这里经受危险。刘乙光双手一摊，为难地说："这里的确再也找不出好房了，请副司令坚持两天，我们再想办法。"应副官看看四周的住房，确实也找不出什么像样的，只得因陋就简，想方设法把张学良的床褥弄得舒适一些。张学良到后，听了刘乙光和应副官的解释，对住房条件好像并不怎么介意，只吩咐将这些天的报纸拿来，再把地图给他挂上。

此时，全国抗战的序幕刚刚拉开不久。为将日军主力钳制在津浦线北段，蒋介石在 1938 年 2 月命第五战区司令长官李宗仁前往徐州组织指挥会战。人人瞩目的台儿庄战役即将展开，局势很是令人担忧。

"东北这块好地方，现在不知道变成什么样子了？"张学良望着地图说，脸上显得十分忧郁。

"是啊，好久没见到东北那边来的人了。"于凤至接口道，语气中流露出对故乡的深深怀念。

永兴这地方没什么名胜古迹，加之匆匆而来，大家心理上尚未适应，所以谁也没有心绪四处转悠。张学良和夫人一连两日闷在房中，不是看报纸就是翻画报。到第三天，阴沉沉的铅云消失了，天空中出现了温煦的阳光，两人这才到院子里晒晒太阳。

"永兴这地方，气候还是蛮好的。"刘乙光跟在后面，无话找话地说。

张学良鼻孔里哼了一声，算是作了答理，目光却只望向阳光下显得翠丽的山峦。远处的一棵古松之上，一只苍鹰正在飞旋。

"刘秘书，"张学良忽然唤了一声，向刘乙光转过脸来，"那天在郴州街上向我敬礼的军官是谁？"

刘乙光没料到张学良会提起这事，一下子怔住了，好半天才回答："噢，那是新调来郴州的一个炮兵副团长。"他看看张学良，见他没有就此打住的意思，只得将这名军官的情况一一讲了出来。

"原来如此，"张学良点点头，沉吟一阵，对刘乙光说，"东北军里的官兵对我是很尊敬的，见了我敬个礼是很正常的事。我希望他不会因为这件事受什么影响。"

"不会的，副司令。"刘乙光很快地回答，脸上表情却有些不大自然。张学良望望他，没再说什么，阴郁的目光再次转向了远山。张学良明知这是谎话，但亦无奈，嘲讽地朝刘乙光笑笑，说："那就回去吧。"转过身便往回走。众警卫们忙紧紧跟上，生怕再出了什么意外。

对这次突然搬家，不论是刘乙光、许建业，还是别的警卫，都没有向张学良解释过理由。但他心里明白，这显然与那位炮兵中校在郴州向他敬礼有关。对刘乙光等人的神经过敏，他感到实在好笑。

第 **6** 章

蹉跎凤凰山

在永兴住了不到十天，戴笠便传来命令：速将张学良转移至湖南沅陵居住。

由于大家早就预料不会在永兴久住，所以对搬迁并不感到意外。当警卫进到张学良屋中收拾行李、准备取下墙上的地图时，张学良抬手让他暂时停下，迈步走到近前，面对地图端详了好一阵子。"啊，沅陵在这儿，"他指着地图说道。接着，又满面忧虑地说："我们在沅陵又能住得了多久呢？"

正在一旁收拾东西的于凤至，见丈夫情绪又现沉郁，上前劝解说："汉卿哪，先让他们收拾吧。到什么地方、住留多久，是委员长考虑的事，我们照他的意思办就行了。"

张学良摇摇头，踱到一旁，长长地叹了口气。

初临凤凰寺

沅陵县位于湖南西部，是湘西出名的土匪窝。但对日寇来说，这里却是个鞭长莫及之处。接到戴笠命令的第二天，许建业便带领先遣队提前出发，到沅陵寻找、落实张学良和特务队的住处。

沅陵是个小县。许建业转悠了两天，最后选中了与沅陵县城隔水相望的凤凰山上的凤凰寺。

在异峰迭起的湘西，凤凰山算不上名山，但却是个清静幽雅之地。山不高，仅六七十丈，远远望去，山形颇似一只振翅欲飞的凤凰。它北临沅水，其余三面与起伏延宕的山峦相接。时值春风荡漾，漫山草木萋萋，野花竞放。站在山上，可望见碧透的沅江上，百舸争流，渔帆点点，景致很是迷人。许建业选中的下榻处凤凰寺位于山巅。它始建于明代万历年间，清代重建。百年风雨，已使其显得破败，但其宽敞与幽静，却是在别处难以寻得的。

对寺庙的整修很快便得以进行。为张学良择定的卧房位于寺中玉皇楼之下，与天王堂连为一体。由于年代久远，房中蛛网密布，黄渍斑斑。许建业指挥着雇来的一班当地民工，对这几间房着意整修，又到沅陵城中购回几匹白缎，将张学良将要下榻的卧室裱得四壁雪亮，一尘不染。

在整修张学良夫妇所住小楼的同时，许建业又抽些民工，将楼前的一片空地平整成一个网球场。当室内室外的工程都接近完成时，许建业到城里给在永兴的刘乙光发了封电报：可以起程。

从湘南到湘西，几乎要走遍大半个湖南，其旅途的颠簸劳顿可想而知。但自迁出溪口以来，包括张学良在内的所有人对这种长途跋涉已经习以为常，对如何应付旅途中出现的种种情况也都有了经验。接到许建业电报的第二天，所有的出发工作均已准备停当。

1938 年 3 月 22 日，张学良一行离开永兴，开始向沅陵转移。

跋山涉水，乘车坐船，遥远的旅途单调而又烦闷。每天一坐进宋子文送的那辆防弹车内，于凤至便痛苦地闭上双眼。张学良看看身边的妻子，又望望前方似乎遥无尽头的黄尘土路，心中充满了对前途不可测知的茫然。有时整整一天，他都紧抿双唇，不说只字片言。

车过桃源县，一干人马下车休息，在路边不远的石壁上，发现了"桃源洞"三个大字。问问当地的老乡，说这个山洞就是当年陶渊明的《桃花源记》中的古迹。张学良听后一扫旅途带来的困乏，当下便要去参观。

"走吧，我们都去看看美丽的桃花源。"他向众人招呼。

当刘乙光和几名警卫护着他爬上山坡后，不禁大失所望。在老乡指点的地方，他们仅见到了一个小得连狗都进不去的小洞，哪里有什么古人生存居住过的痕迹？再看看四周，地荒坡秃，根本就没有可能是"芳草鲜美，落英缤纷之地"。

"上当了，上当了，"张学良连声悔叹，"这里肯定不是真正的桃花源。"

"就凭这么个小山洞，还桃源县呢。"一名警卫嘟哝道。

"兴许真正的桃源洞在别的什么地方吧，"张学良回到汽车旁，回望着半山腰。"这地方叫桃源县。总还是有它的来由的。"回到车中，他又对满脸倦容的于凤至说："陶渊明写《桃花源记》，不过是想逃避现实的一种寄托，我倒是宁信其有。可惜现实之中，这样的桃花源是寻不到的。"

又行两日，终于到了沅陵。立于凤凰山顶，面对满目苍翠的起伏山峦，望着碧绿江上的捕鱼小船，张学良的心情突然变得很好，略事休息便让人领着四处转悠，先看了近处的天王堂、玉皇楼、韦陀殿，接着又绕出寺门，来到寺右边一道狭窄的山洞。隔岸处有座船形小岛，中有小石桥相连。张学良一见，便连连叫绝，拉着刘乙光说："你看，前有大江，后有高山，这个小岛就像江中的一条大船。只是这船太孤单了，我们何不在这岛上修座房子，再在寺墙开个小门，用木桥把寺院同小岛连接起来，这样进进出出，垂钓望江不就方便多了？"

立于一旁的许建业也接口道："是啊，这一来，凤凰山还新添了一景哩。"

听两人这么一说，刘乙光也来了兴趣，当下便对许建业说："许队副，既然副座有这个想法，你就马上组织人干，先修木桥，再修房子。您看怎么样，副司令？"

张学良满意地点头，朝向许建业道："我看这房子要修就修成个船形，上下两层，全用木头，远处一望，活脱脱就是行于江中的一条木船。你们看怎么样？"

"副司令高见。"许建业奉承一句。

"虽然楼还未修，但用不了许久，我们就可以登楼望江了。"刘乙光也讨好地说，"这主意是副司令的，理应由副司令先给这楼起个名字。"

"对，对，"许建业点头称是，"不仅楼要起名，将来这桥也应当有个名儿。"

"我看哪，"张学良略作沉吟说，"这楼既然临江，将来登上去也

是为了欣赏江上景色，我看就叫做'望江楼'吧。"

"'望江楼'，这名字好，这名字好！"刘乙光和许建业同声说。

"至于这桥，"张学良说着回望一眼约十来丈远的寺墙。"寺在高处，岛也在高处，将来这'望江楼'也低不了。要想从寺院直通'望江楼'，这桥至少得两三丈高，我看就叫'天桥'吧。"

"对！木桥悬在空中，肯定险峻得很，叫'天桥'再合适不过。"刘乙光满口赞同。许建业在一旁也连连点头。

虽然是初到，对凤凰山一带的情况尚不甚了了，但仅凭此处的山光水色，张学良已经喜欢上这里了。"我看这里比溪口还好，要山有山，要水有水，还有佛门神灵保佑，住在这儿肯定乐趣不少！"

张学良对这里可以说是一见中意，而于凤至却是另外一番心境。

接二连三的辗转，颠沛流离的生活已使她渐渐生出了厌倦之意。毕竟是过惯了养尊处优日子的人，在英国的乡村时，生活又是那么安恬舒适，哪里受得了这种艰难困苦。作为女人，更让她难以忍受的是，失去了儿女绕膝的那份天伦之乐。从湘南出发时，她便闷闷不乐，加之身体本来就虚弱，一路的颠簸更使她愁苦不堪，整日里难得听见她的声音。

知妻莫若夫。虽然未曾听见于凤至吐露过任何抱怨之辞，但张学良深明妻子心头的郁闷，想方设法来替她排遣。但自己亦是身陷囹圄之人，所谓排遣，不过是尽可能多地与她待在一起，多挑起些话头，说些让她高兴的事。但这毕竟太有限了，她心中的苦闷又岂是几句话能够排除的？每每望见妻子瘦弱的背影，张学良心中便一阵酸楚，真想到她面前双膝跪下，大声地道一句："对不起！"

初到凤凰山，望见似画如锦的山光水色，于凤至一路上紧锁的眉头有了一丝舒展，强打精神同丈夫闲聊了几句。但当她被人引着穿过寺院走向下榻之处时，却突然连声惊叫，两手紧紧捂住了眼睛。跟在后面的张学良以为出了事，快步奔到妻子面前，这才明白，原来她是见了殿里的雷公、灵官、四大金刚、十八罗汉的泥塑。它们有的青面獠牙，形容丑恶，有的手持刀斧，挥掌欲劈，使本来就变得脆弱的她，受不了这扑面而来的惊吓。张学良紧紧搂住妻子，好言安慰了半天，这才将她劝进了殿旁的卧室。夜幕降临，万籁俱寂，寺院里更显阴森恐怖。于凤至很是惧怕，紧紧地靠住丈夫，不让熄灯。到凤凰山的第一夜，结果两人均未合眼，就这么紧紧相偎，盼到了天明。

第二天一早，疲惫不堪、满眼血丝的张学良叫来刘乙光，叫他立即派人进城买纸或买布，将所有面目可憎的塑像全都蒙起来。

刘乙光不解其意，大睁着眼想问什么，张学良却一声大吼："去呀！快去！把这里里外外指东划西的菩萨全都给遮起来！"

或许从没见过张学良发这么大的火，刘乙光简直惊呆了，好一阵才回过神来，折身出了门。

从沅陵县城东关纸马铺找来的几个伙计抬着一匹匹布上山来了。他们里里外外忙乎了好几天，将殿堂里的神像全都用布遮得严严实实，原先弥漫在这里的阴森气氛被这些鲜亮的有色布弄得花花绿绿，很有些滑稽的味道。当刘乙光请张学良去检查时，张学良禁不住笑出了声："这些金刚、罗汉绝不会想到还会有人给它们蒙布穿衣。这个凤凰寺以后要改成衣料铺了。"

于凤至很为丈夫的这种体贴所感动，加之住了几日，对这里的环境也开始适应，初来时的陌生感渐渐消失，有时也陪着丈夫出门，转转山、看看水，但更多的时候，她却宁愿待在屋中，在女佣王妈的陪伴下，看看书，读读报，间或也做些女红之类，聊以打发时光。时隔多年后，于凤至在回忆她在沅陵凤凰山的日子时说："那时候，我仿佛对一切都失去了兴趣，过着一种与世隔绝的生活。""比起出家的尼姑，还要清静淡漠。"

相对来说，张学良在这里过的日子就要丰富得多了。这固然是因为沅陵山清水秀，值得留顾，另一方面，却是因张学良部分地摆脱了对获得自由的强烈奢望。

初到溪口时，张学良对获得释放抱有极大信心，他认为蒋介石之所以会在特赦令后又来个军委会的"严加管束"，是出于国民党和南京政府内的巨大压力，是委员长不得已而为之的事情，待西安事变的余音慢慢散尽，蒋介石自会安排他的出路。但是随着时间的推移，获释之事一直杳无音信。数次请求，得来的仅是"好好读书"一句冷冰冰的回答。抗战爆发，国家正是用人之际，他满以为可以解押出山，召集旧部与日寇决一死战，以雪国仇家恨，但蒋介石仍是阴沉着脸，对他的请求不置一顾。接下来数度转移，饱受流离之苦，每向前走一步，他便感到距自由就更遥远一分，及至离开湘南永兴，他对短期内获得自由已不再抱热切希望，对内对外也绝口不再提"自由"二字。

青山常在，绿水长流，只要生命之火不熄，我张学良终有出头的日子。这么一想，他反倒轻松了许多，每日徜徉山水，观日落日出，心性极受陶冶，连他自己都觉得成熟了许多，深沉了许多。一天夜晚，于凤至见他端坐案前捧书夜读的模样，忍不住说了声："汉卿，你比从前老成多了，像换了个人。"

张学良笑笑，没有回答。只有他自己知道，在他的心底，仍高燃着不屈不挠的火焰，只是它比过去隐伏得更沉更深。

可在警卫们的眼里，他已成为一个地地道道赋闲幽居的隐士。

沅江上的日子

张学良还未到沅陵，沅陵县县长王潜恒便得到了通报。

张学良，这是何等辉煌，何等震世的人物！他居然会来到小小的沅陵，屈居于凤凰山顶，王县长一想，心头便觉激动。待张学良安顿住下之后，王县长便托人带话，要求上山晋见。

张学良虽是叱咤风云的人物，但毕竟是住在沅陵的地界，县官虽小，但也算当地的父母官，吃喝住行都有些麻烦，按理，他应当与这位七品官见见。可是，一想起蒋介石"不得与任何人晤见"的禁令，一看见山上江边巡游的特务和宪兵，他又只得打消了这个念头，只是让副官向王县长传话：很感谢王县长的这番美意。初来乍到，学良身体略有不适。来日方长，将来免不了还要打扰。同时张学良还表示，为了今后生活的方便，他打算在江边小岛上修个亭子，连江搭一座木桥，若县长觉得方便，可差些人相助。

没见到张学良，王县长很是遗憾，但见张学良求他帮忙，又觉得有些兴奋。当即便吩咐手下，征集民工，须在一个月内修好木桥与江上的亭阁。

时隔一月，由张学良命名的"望江楼"和"天桥"真的修好了。竣工的第二天，刘乙光、许建业等一干人，陪同张学良夫妇第一次登临"望江楼"。

正是春意盎然时节。穿过寺院北墙上新开的小门，便站到了两尺高、四尺宽，并加有扶手栏杆的黄漆"天桥"上。春阳和煦，轻风拂面，阵阵暖意令人不由自主地感到快活。寺墙边上柳枝轻舞，乳燕穿飞，一朵朵野花正开得艳丽，令久不开颜的于凤至也舒开眉头，蹲下身在墙边采下好大一束花，凑到鼻下深深地一嗅。

"啊，这儿的花真香！"

见夫人脸漾笑意，张学良心境也豁然开朗，一路同人说笑，踏过十丈木桥，走向兀立岛心的望江楼。

茂密的翠竹丛林中，上下两层的小阁楼宛若逆流而行的一条楼船，傍江而立。在阳光的照射下，嵌在楼上雕窗的彩色玻璃放射出奇异的光芒，令人叹为观止。

"啊，这凤凰山真是又添一景了。"张学良兴奋地边说边踏上楼梯。

"这全是副司令的功劳，"刘乙光笑着说，"哪天副司令兴致好，把'望江楼'三个字写下来。我叫人去刻个匾，挂在楼上，好让后人也知道这楼的来历。"

"好啊,我今天回去就写,"张学良说,"不过,何人所建就不必写了,三个字足矣。"

登上楼顶,宛若翔立江上,眼界为之一开。举目远望,浩浩江流自天边而来,又滚滚向东而去。太阳虽已升起,但江上雾气尚未散尽,罩着点点渔帆,在江上轻荡慢弋。远处临江的山峦,朦朦胧胧,似青似绿,将一幅近似水墨画的景致,呈现在人眼前。更令人惊异的,是一种天堂圣界般的安静,连身下的浩荡江流,也仅有若隐若响的水声,宛若人间的悄悄絮语。

张学良简直看呆了。一种超越尘世的迷幻之感在他心中升起,他久久地立于楼台……

凤凰山不仅风景优美,而且地势也十分开阔,张学良已停止许久的骑马和打网球、篮球、乒乓球运动又得以恢复,生活的内容一下子又充实了许多。

不过,最令张学良着迷的是两项新添的活动:一是游泳,二是钓鱼。

张学良自幼不善游泳。十几岁时,他结识了一班外国朋友,常去他们的居处消遣,有时也随他们跳到游泳池中,胡乱扑腾一阵,谈不上有什么水性。从军之后,出于作战需要,这才认认真真地下过水,但游上一二十米,身子便下沉,难以支持。过后许多年,他都没有弥补这个遗憾的机会。现在闲来无事,沅江又在脚下,加之天气又已转暖,正是练习游泳的绝好时机。他把这个想法向刘乙光、许建业一说,二人都很支持,从警卫中挑了两名南方籍水性好的,天天随着张学良来到江边,辅导他进行水中运动。

游泳常常是看着潇洒,真正要想游好也不那么容易。头几天里,张学良一下到水中便感身子下沉,只游几下便觉臂酸腿痛。而他又是个要强的人,浅滩处根本不待,脱下衣服便朝水深处走,两名警卫只得一前一后紧紧相随。一次张学良腿肚子抽筋,在水上刚游两下便沉到水中,一连喝了好几口江水。两名警卫吓得面无血色,手忙脚乱便将他往岸上拖。待缓过气来,见警卫正耷拉着头准备挨骂,他反而呵呵地笑了。"没事,没事，你们是我的师傅。刚才是徒弟自己不好，哪能责怪你们。"说完又扑通跳入水中。

日复一日地练习自然带来了提高。不到两个月，自由泳、蛙泳、蝶泳、仰泳，他全都能劈斩自如，游水的区域也从江边移至江心，后来，两三百米宽的沅江，也能游个来回。七月间，他提出搞个游泳赛，让特务队、宪兵连中凡会游水的人都参加，由刘乙光、于凤至坐在船上当裁判。结果，一番奋力争夺，张学良得了个第二名，乐得他像个孩子似的笑个不停。于凤至将一件托人从香港买的红色高级游泳短裤送给他，算是对这位运动员的奖赏。

在沅陵期间，最令张学良着迷的，要算江中钓鱼了。

张学良自来喜好钓鱼。当年驻沈阳时，逢有闲暇，总好约几位好友，开车到浑河岸边垂钓。羁困溪口时，他痛感时光难以打发，让人从香港买了几十根鱼竿，甩竿、转竿、收缩竿、轮盘竿，应有尽有，连鱼坠都有好几十种。

刘乙光知道张学良酷好钓鱼，所以一到沅陵，便投其所好，从山下杨家淇村雇了个二十多岁的小伙子杨绍泉为他划船，又将买下的一条渔船进行改造，为之装上折叠顶篷和天蓝色栏杆，并将船漆成米色。船内更是考究，船头船尾设有舒适座凳，前舱、正舱铺着绒毯，靠着船尾还有一个卧舱，可供他在累了时卧榻休息。远远望去，这船就像是游艇一般。第一次上船时，于凤至便惊叹，说这条船让她想起 1933 年陪丈夫游欧时，在水城威尼斯坐过的游览船。

沅江流到凤凰山下，正是开阔处。没有激流，没有波浪，墨色的江水像绸缎般光滑。坐在船头，江水的丝丝凉意扑面而来，令人身爽神怡。船离岸边，往水中一望，可见一汪汪细长的水草，顺流俯伏柔荡，仿佛美人头上的秀发，在清澈的水中飘散一样。一道阳光射来，细丝一般穿过桨橹激起的小水泡，折射出五颜六色的光芒。船儿悠悠，随波轻荡，逐渐来到对岸山脚下有一团回水的地方。

头一次钓鱼，张学良带上了所有"武器"，待船稍稍停稳，便安上鱼饵，抛线下水。灰色的鱼坠在空中划出一个漂亮的弧线,随一声清脆的水响,便落入江中。不一阵,船头上便横上了五六根鱼竿。

船工杨绍泉停了桨,立于一旁观看。张学良正全神贯注等待鱼儿上钩之时,却听杨绍泉说了声:"我们这地方钓鱼不是这个样子。"

张学良吃惊地望着这个光着脊膊的小伙子,要他讲讲这里钓鱼的方式。杨绍泉也不推辞,指着江水告诉张学良,说沅江源自贵州的云雾山,是省内的第二大河,终年水源充足,很利鱼类生存。河里的鱼一般都有六七斤重,大的有二三十斤,远非一般的钓鱼竿能够承负,所用鱼饵也与别处有些不同。此地有许多农户均以捕鱼为生,但都是撒网,很少有人用鱼竿钓鱼。

"若是钓鱼的话,你们用什么工具呢?"张学良问。

"说来张先生会觉得奇怪,"杨绍泉说,"我们钓鱼是用竹筒,上面缠一根很粗的长线,拴上一个大鱼钩子,大钩子上,又分出来三个小钩子。有鱼游来,被钩子挂住,我们就抓住竹筒往上拖。由于线粗,鱼再大再多也弄不断。"

张学良是个对新奇事物很感兴趣的人,听杨绍泉这么一说,便来了情绪,连声说:"入乡随俗,入乡随俗! 我们把这些鱼竿都收起来,就照你说的办。"

杨绍泉介绍的钓鱼方法其实很简单,工具也不复杂,当天就制作出了好几副。第二天一吃过早饭,张学良便兴冲冲地登上了米黄色的钓鱼船,到沅江去做竹筒钓鱼的首次实验。出于安全的考虑,刘乙光派人租下了四五条大木船,随钓鱼船出发。警卫们谁也没见过这种钓鱼方式,都好奇地想随张学良去江上。后来这竟成了一个惯例,每次张学良上船,都有几条大木船随行,十几个警卫或蹲或坐于船上,望着不远处的张学良垂钓江心。

第一天用土法钓鱼,便出师大捷。沅江鱼多,杨绍泉介绍的方法又很灵验,每次抛下竹筒,都会有所收获。拉到船上的鱼,一般都是六七斤重,大的有一二十斤。仅仅一个上午,张学良就钓了二十几条鱼,乐得他合不上嘴。

"好啊,这下我们能天天有鱼吃了。"船上一名警卫快活地说。

"这就馋了，"张学良回头横了警卫一眼，"守着这沅江，还怕没鱼吃！只怕你们以后会厌了这鱼味呢。"

当满载而归的渔船归来，特务队人人都显得兴奋，七手八脚地将一条条鱼取来装进早已备好的大木桶中。张学良走上前来，让人挑了几条肥大的鱼送到伙房，其余则叫人抬到天桥下早已凿好的鱼池中。"我在奉天的时候就喜欢养鱼，什么样的鱼种都有，"张学良说，"现在就只能养大鱼了，看什么时候我们能把鱼池装满。"

当天的餐桌上，热气腾腾，鱼香扑鼻。大师傅老刘为了显示烹调手艺，清蒸、红烧、油煎，搞了好些个品种，大家吃得津津有味。张学良一脸喜气，特意倒了盅酒，边喝边细细地品尝沅江肥鱼的美味，还不停地将剔去刺的鱼肉夹到于凤至碗中。"多吃点，多吃点，这鱼很补身子呢。"

于凤至嗔怪地看了一眼丈夫，说："看你那乐样，以后恐怕我们要把鱼当饭吃了呢。"

"那好啊，"张学良放下酒杯，快活地说，"要是天天这么吃鱼，倒是我的福分了。"

沅江钓鱼成了张学良的第一爱好，也成为他打发时光的主要方式。每天一吃过早饭，他便嚷着要去船上，午饭也顾不得回寺里吃了，由厨师用盖子捂了，撑船送到江心。开始几天，于凤至还有兴趣，陪着丈夫一同上船，张学良在船头钓鱼，她则在舱中编织毛衣，困了就在卧榻上躺一会儿。后来，她的兴趣慢慢消退，便很少再陪同，而独自待在寺里，要么看看书，做做针线，要么就帮着伙房安排饭食。寂寞伴随着她，令她越发思念远在异国的儿女。刚刚 40 岁的人，但发际额头，似已有了某种苍老迹象。

春夏之交，天上下起了细雨。一连两天，张学良都没有乘船钓鱼了。

五月的雨，温温软软，柔柔细细，落在身上地下，湿漉漉，凉丝丝，把多日来的浮躁，点点滴滴地滋润，点点滴滴地消去。

小雨让人心绪宁和，但也容易给人染上忧郁。自张学良迷上钓鱼，于凤至已很少整日同丈夫待在一起了。望着从天而降的晶亮雨丝，她心中突然涌起对自我命运的悠长叹息，两汪清泪夺眶而出。望着妻子的模样，张学良知道，她又是在想"严加管束"带来的遥遥无期的悲苦，心上一团阴云飘来，眼角也禁不住有些湿润。

小雨似乎并没有停的意思。张学良撑着伞，搀起于凤至走过"天桥"，来到了"望江楼"上。

雨中山水，别有一番情致。沅水像是比平日暗沉了许多，墨绿得深奥莫测。远山轮廓已不可辨，但反倒显出迷离的朴厚。朗朗绿树，被雨洗得碧丽明透，一层层推向山顶，其下显淡，其上却浓，有一种清灵的秀美。远处江上，仍有点点渔船在缓游轻荡。

两人双肩并依，凭栏远眺。除却春蚕卧桑般的沙沙雨声，四下里有如天籁般的宁静。

终于，于凤至转过头，望着丈夫："你在想什么，汉卿？"

张学良没有回答，虚茫的目光钉钉地望向远方。好久，他身子才动了一下，回道："我在想奉天，想北平，想南京。"话音未完，眼中又泛起了盈盈波光。

于凤至深知，这些日子丈夫一直是在用钓鱼来打发时光，麻痹自己，而在他的心底，却蓄满了怨恨和懊悔。她不想再勾起他的不快，转过脸去，望向碧江渔帆。

可是，张学良一旦心思所及，便按捺不住，也不管于凤至想听不想听，顾自激愤地说："我张学良一生最大的弱点就是轻信，毁也就毁在轻信二字。要是在西安我不轻信他蒋介石的轻诺寡言，或者多听一句虎城和周先生的话，今日情形又何至于此！"

"汉卿！"于凤至叫了一声，想止住丈夫，同时紧张地望向身后，怕有警卫待在近旁偷听。还好，整个楼上仅有他们夫妇。

"再往前说，"张学良见夫人阻拦，反而更变得激动，"'九一八'事变，我也是轻信了老蒋，刀枪入库，不加抵抗，结果成为万人唾骂的不抵抗将军。1933年3月，老蒋敌不住全国民众对失土之责的追究了，诱我独自承担责任，结果我又轻信了他，被迫下野出国。我和老蒋之间，他算是抓住我轻信这一点了，结果我是一个跟头接一个跟头，将来还不知要跌到何种地步呢。"

"汉卿，你不要说了！现在哪里是说这个的时候。"于凤至再次劝阻丈夫，不知自己亦是热泪滚流。

噔噔噔，楼板上一阵响动，于凤至连忙抬袖抹泪，张学良侧回过头望着楼口。

上来的是船工杨绍泉。两天没下江钓鱼了，他是来问今天上不上船。"张司令，今天您……"

哪知话刚开口，张学良突然在栏杆横板上猛拍一下，怒容满面地瞪住他，一字一板地说："我是什么'司令'！你不知道我早就被蒋介石撤职罢官啦？！以后再不准你叫我'司令'，就叫我'张老板'，'张老百姓'！"

杨绍泉称"张司令"是捡别人的口，哪知竟会惹得张学良勃然大怒。一时间，他被骇住了，满面惊惶，进退不能。

"不过你可要弄清楚，"张学良怒气未消，接着说，"'张老板'与那个'蒋老板'是不同的，我'张老板'是爱国的！"

虽是发怒，但杨绍泉却发现，张学良在吼出这几句话时，眼里满含着泪水。这个沅江边上的船工，越发不懂这究竟是怎么回事，却见于凤至在一旁悄悄给他递眼色，让他离开，杨绍泉哪还敢多留，连忙转过身，惶惶然跑着下了楼。

其实，张学良的怒气哪里是冲杨绍泉而来。第二天上船，张学良仍像平日一样，显得沉稳、平静，有鱼上钩了，还会发出几声笑语。时到中午，厨师送饭上船，张学良扔下竹筒，连连招呼杨船工用餐。杨绍泉明显感觉出张学良有向他道歉的意思，反而显得更加拘谨，久久不肯近前，最后好不容易被这个"张老板"强拉着上了桌。自此以后，每逢江上午餐，张学良必让杨绍泉入座。久而久之，杨绍泉的拘束便慢慢消失。每日泛舟江上，望着青山碧野，张学良便同这位青年船工闲话聊天，谈笑风生。四十余年后，杨绍泉回忆起同张学良在一起的日子，仍感慨万端，说"张老板"年轻英武，是个十分和气、看重友情的人。

1980 年，已身染沉疴的杨绍泉老人还念叨一句：不知台湾岛上的"张老板"，还记不记得我这个当年的船工？

凤凰寺旁新立的"望江楼",自然引起了人们的注意。

是谁修了这座红柱雕窗的滨江小楼?

没有人知道,知道的也不会说。人们只能从凤凰寺戒备森严的情形判断:此地来了位非同寻常的大人物。

当时,一向宁静的沅陵已不仅仅属于古朴安详的沅陵人。由于日军入侵并步步进逼,沦陷区的许多工厂、学校均迁往湖南这块中国的腹地。1937年11月,上海失守,上海艺术专科学校撤退到了沅陵凤凰山,张学良便成了学校师生们的近邻。逢到他下山游览,漫步回寺,均要从学校门前通过。日子一久,难免引起师生们的注意:这个青衣蓝衫、挂着手杖的英武男人是谁?他身边秀发柳眉、神容高贵的女人是谁?为何每逢他们出行,总有那么多人前呼后拥,而且显然身上还藏有武器?

越是得不到答案,师生们越觉凤凰寺里的邻居神秘。以后凡是张学良等人经过艺专,好奇的师生们便成群结队聚到学校门口,看他们前呼后拥地走过。张学良也不烦恼,有时甚至还漾着笑容,向他们点头致意。

师生们绝对想不到,这个近在咫尺的中年男子,就是他们曾经欢呼过、通电声援过的张学良将军!

他们想象不到,一头叱咤风云的猛虎,竟然会被幽禁于这个远山旮旯之中。

大将军出谋御匪

当无情的现实一再证明,重返政坛、驰骋疆场之梦已成泡影之后,张学良便以超然姿态安处凤凰山中,走山访水,望峰息心,体味人与自然间那难以言传的"灵犀"了。他自小从军,辗转征战,形成了豪爽旷达的军人气质。现在,幽闭深山,隐身古寺,感受着庄严静穆、清远幽秘的大自然注入的启悟。凤凰山算不得名山,凤凰寺也无甚名气,但日日置身其间,听云外钟声,伴空谷鸟鸣,自然风景与人生况味、宗教气氛糅合一起,在这位失意名将眼前,构成了他从未感受过的独特深邃的古朴境界。

凤凰山已成为张学良隐世的桃源。

就在他性耽山水、流连旷野之际，沅陵城中突然传出恶讯，土匪即将攻城！

自清代以来，湘西是出了名的土匪窝。由于官府压榨，豪绅强夺，许多乡民不堪生存，三五一伙，相结成群，干起了劫寨掠财的营生。一些不务正业的流氓也混迹其中，打家劫舍，强夺民女，湘西一带，莫不谈匪色变。辛亥革命后，被打垮的军阀武装中，有些部分流落地方，沦为草寇。抗战中，又有些散兵游勇潜入山中，干起了杀人剪径勾当，这使湘西的匪患愈见加重，百姓视之如虎。

当消息刚传来时，张学良并不以为然，于凤至更是不相信，说她怎么也不能把眼前的田园景致同凶恶野蛮的悍匪联在一起。

但刘乙光却十分紧张。凤凰山距沅陵县城不过几里，匪临城下，没准就会拐个弯，攻上山来，杀人劫物。要是张学良因之出了意外，莫说他一个刘乙光，就是十个刘乙光，也担待不起！

也不管张学良信与不信，得到消息的当天，刘乙光便派人进城打探消息，第二天又派人去找了县城的保安司令。

回话果然惊人：土匪的确要进攻沅陵，而且人数众多。当地百姓莫不人心惶惶，许多店铺均已关闭。县保安司令专门带话，要凤凰山做好防匪准备，他因要领兵守城，届时恐难以顾得山上，安全问题只有请刘队长自行负责。

刘乙光顿感事态严重。他的特务队仅有三十余人，加上防守外围的宪兵连，也仅 150 人左右。若土匪真的纠合攻山，很难说不会出现差漏。这么一想，刘乙光冷汗直冒，当即将特务队中的几名组长和宪兵连的连、排长叫到寺中，商讨退匪之计。大家谋划一番，认为现在对匪情尚不完全清楚，上策应是固守防御，并将人分为两部：一部封锁山下通道，一部固守寺中。无论山下寺中，均要修建工事。为确保张学良夫妇安全，还须在寺内建一掩蔽部，若土匪攻上山来，迅速将他们转入其中，避过匪害。

匪敌当前，所有人都不敢怠慢，赶紧开始挖修工事，修建掩蔽部。山上乱石多，沟壑纵横，修起来并不困难，仅半天时间，一个简单的防御体系便已建成，并部署好了兵力。看看准备得差不多了，刘乙光便去请张学良前来巡视。他没有忘记，张学良出生于草泽之间，其父张作霖便发迹于绿林。张学良既有个马上枭雄的父亲，对绿林草寇的习性多少会有些了解。加之张学良在从陆军讲武堂毕业、擢任卫队旅旅长时，第一次的作战经历便是扫荡吉林、黑龙江的匪患，结果大获全胜。既然他能扫清两省土匪，那么对这湘西流寇，也定会有锦囊妙计。

张学良到山上山下的工事巡视一番，说这么部署倒是可以，只是退敌战术须作改进。

"土匪大都是乌合之众，不像正规军，打起仗来有统一号令，叫攻就攻，叫撤就撤。土匪才不这样哩！"张学良对刘乙光等人说，"土匪打仗向来是满地乱窜，躲躲藏藏，只要对方火力一猛，或者见了同伙死伤，就会胆怯得抱头鼠窜。我们人不多，山上山下兵力又分散，应该尽量利用地形地物，造成火力强大的声势，让他们根本不敢上山。"

毕竟是将军，寥寥数语，便让众人无不叹服。"那您看我们怎么退敌呢？"刘乙光问。

"土匪无论攻城攻山，大都是在晚上偷偷摸摸地干。我估计他们现在未必弄得清我们的虚实，那我们正好来个奇兵退敌。"他说着扬起手中的拐杖，指了指树林山石。"反正我们在上，他们在下，守比攻易。"

宪兵连长不明白张学良的意图，问究竟用何种方法最为妥当。

"弄得好，可以一枪不放，土匪就会大败而回。"停了停，他又补充一句："就用这山上的木头石头退匪。"

众人都愣愣盯着张学良。

"《三国演义》你们大家都看过吧？那里面有种作战方法，叫'滚木礌石'，就是从山上往山下扔木头石块。1920年秋天我领兵在黑龙江剿匪的时候，有一次大部队出去了，山上只留下了一个排和指挥部，土匪不知怎么知道了消息，趁夜来攻。结果，我们就用'滚木礌石'，把土匪打了个大败。现在我们又是在高处，石头木头都多得很，完全可以用这个方法。到时候你们看，声势大得很哩！"

张学良这么一点，众人纷纷说好，立即去布置人员准备木、石。无论是特务队员还是宪兵，谁也没打过这样的仗，都觉得新鲜，干起来也分外带劲。天黑之前，一道道工事前，已堆满了被截成一段一段的木头和石块，有的大似吃饭的方桌。从树上砍下的茂密树枝，均按张学良的吩咐，全都堵在了通向山上的路口。

一切准备停当，张学良又同刘乙光去巡察了一圈，感到若真打起来，飞滚下山的木头和石块亦会威胁到守在山下的弟兄。两人商议一阵，决定除少数人把守险道外，其余的一线守兵全都撤到山上，重点守住寺院外围。为防意外，刘乙光还派人守住了天桥，若发生紧急情况，张学良即可退至临江小岛，再乘船撤退。只要他不出问题，"老头子"或戴笠面前怎么都好交代。

随着夜幕缓缓降临，凤凰山上笼罩着一派紧张气氛。所有人员都荷枪实弹进入指定位置；半山腰树上的两名观察哨更是凝神屏息，注意着山下的动静。

根据安排，张学良夫妇照常在房中休息，若有紧急情况，将由警卫们保护转移。

月凉如水，银色月光透过寺院细小的栅格窗，细细碎碎地撒到房中。灯早早就熄了，屋内屋外没有声音。张学良在房中坐歇一阵，确实无法唤来睡意，便披了一件夹衫，步出寺殿，来到院墙边的"临时指挥所"。

正坐在一间小土房内抽烟的刘乙光见张学良走进，连忙起身劝张学良回屋，说万一打响或出现紧急情况，警卫们便于确定位置，对他实行保护。

张学良呵呵一笑："我身为军人，再说也比你们见过的打杀场面多。你们在外御敌，我在家睡觉，这成什么话！再说心里有事，就是上床也睡不着觉。"

刘乙光见他态度坚决，知道再劝也无用，便将从寺里搬来的一把太师椅拉来让他坐了，自己在边上的一个小凳上坐下，陪着聊天。

时值午夜，山下仍无动静。为驱逐倦意，张学良从刘乙光手里要了烟，边抽边同他低声闲聊。夜深人静，暝色无边，人的思绪也被牵得遥远。张学良细眯着眼，盯着手上暗红的烟头，讲起了他所经历的第一、二次直奉战争，奉军的整军经武，讲进剿曾是自己老师后又背叛的郭松龄，最后说到了皇姑屯事件，其父张作霖为日本人炸死，他千里迢迢，伪装成士兵，从河北邯郸返奉奔丧。言及他乘坐的火车通过京奉、南满铁路交叉点那个张作霖遇炸处时，他探身窗外，神色惨然，心中充满了对日寇的仇恨。

"日本人于我有占土杀父之仇，你说我怎么能不对他们恨之入骨！我在西安举事，亦不过是想劝委员长坚定决心，号召民众奋起，与日本决一死战！可是，没料想事情会弄到这个地步……"

张学良声音哽咽，难以说下去。透过斜照的月光，刘乙光发现，张学良眼里已泛起闪闪泪花。这是他头一次听张学良说这么多话，也是头一次听他说起西安事变，很有些兴奋，但又不便插言说什么，只是一支接一支地抽烟。

随着一声鸡鸣，东方现出了鱼肚白。紧张的夜晚熬过了，土匪连个影子也没出现。众人都从工事里爬出来，准备回房休息。张学良走出土房，站到一块大石头上向远处瞭望一阵，对刘乙光说，现在恐怕还麻痹不得，我们对土匪的情况不摸底，还不能完全排除土匪白天摸上山来的可能。刘乙光想想觉得也是，便传令特务队和宪兵连，一半人回去休息，一半人继续守在工事里，以防不测。

白天平安过去了，第二个夜晚仍平安无事，大家都放心了许多。为摸清情况，刘乙光派许建业和两个特务队员到城里找到保安司令，才知土匪已了解到沅陵内外有严密戒备，故放弃了攻城计划，重归山林了。

凤凰山又重归于平静。

但张学良却没忘记那些堆在山上的滚木礌石。他带着几名警卫来到寺外的一个工事前，要大家试试这些古人用过的退敌武器究竟有没有威力。警卫们都是年轻人，两天前为准备这些玩意累得衣衫汗湿、精疲力竭，却没有见识过这些木石攻敌是怎样一番情景。听张学良这么一说，立即有两名警卫走上前来，将斜在工事前的一块足有上千斤重的大石头拼命往下一推。巨石顺山坡翻滚而下，到半山腰和石壁相撞，又飞弹而下，跃跳着腾向江心。只听"嗵"的一声巨响，巨石落水，溅起一根粗大的水柱，飞溅的水花闪着银色的光亮，散布到几十米外的江面上，情形蔚为壮观。众人都乐得连连拍手。

又有两名警卫上前，欲推另一块石头，张学良一扬手，说声："让我来！"几步赶到了工事跟前。

"副司令，这石头重得很哩，你可千万别伤着了。"一名警卫劝说道。

"我还就是要试试它的重量哩！"张学良笑着回答，"这些日子老是闲着，骨头都觉得生锈了，推推石头，正好活动筋骨。再说，看飞石入江，浪花飞溅，也是一种乐趣呀！"说完，运足力气，将一块大石头推下山去。随着骨碌碌一阵响，江面上又开起一朵银花。

凤凰山御匪一仗虽然未打，但张学良无意间却找到了"滚木礌石"的新奇玩法。一连好些天，凤凰山上都有木石滚落的嘭嘭声，平静的沅江亦不再平静。

于凤至有时也来到寺外，观看丈夫同警卫们玩推木石的游戏。一看见丈夫手舞足蹈的兴奋模样，她便忍不住说："又犯小孩的傻气了！"只有她最清楚，正是凭了这种"傻气"，张学良才得以打发掉这空虚寂寞的"管束"岁月。

可是，"管束"岁月何时能了呢？

与张治中一席谈

夏日不知不觉就过去了。

秋天悠悠而至，阳光变得柔和起来，而且日照时间也短了。在沅江中垂钓，刚那么一会儿，钓上不过几尾鱼，朦朦胧胧的暮色便从山外袭来，在江上抹上一层铁灰色的暗影。接着寺里寺外树上的叶子也黄了，山坡上的浆果染上了紫红的颜色，秋风拂来，古老的寺院呈现出一片凄凉的金色。宁静的凤凰山有一种出奇的令人感伤的魅力，令人不由自主地感到世界似乎正回归于某个遥远的年代。

凤凰山已成为张学良暂且栖身的世外桃源，而在山外，则正是战火熊熊、尸横遍野。

国民党政府于 1937 年 12 月放弃南京后，日寇并没有达到迫使南京政府屈服的战略目的，故在徐州会战后，便策划向武汉进犯，意图摧毁这个当时中国的政治、军事中心，以威逼蒋介石就范。为此，日军纠集了 12 个师团，配以海军陆战队及 500 架飞机，分四路进犯。1938 年 6 月，日军占领了河南省会开封和安徽的合肥、安庆，突破了国民党保卫武汉的第一道防线；7 月，彭泽、湖口又落入敌手，保卫武汉的第二道防线亦被突破。武汉岌岌可危。

张学良虽置身山中，日日游山访水，表面看是一副与世无争的闲士姿态。但实际上，他无时无刻不在密切关心着战局的发展，注视着敌我双方兵力的动向。沅陵是湖南的偏远县城，报纸一般要比大城市晚十来天，而且断断续续，有时一缺便是一个星期。但无论何时，只要报纸一到，张学良总会抓在手里，细细研读，然后拿着报纸，走到那幅早被他标满密密麻麻符号的地图前，了解战争进程。令人鼓舞的消息毕竟是太少了。蒋介石虽向战场投入了重兵，但因其采取分路阻击的打法，强调"确保"、"固守"，不分主次轻重，尤其是只突出工事作用而忽视人民群众的力量，故使敌寇得以长驱直入，兵临武汉城下。

面对着报纸上接二连三传来的坏消息，张学良总是显得十分沉重。"又失守了。怎么尽打败仗呢？"他常常感慨，连连摇头。值班的警卫们也很关心时局，亦常在张学良面前议论国民党军队连连败北的原因。但仗是蒋介石指挥打的，战略方针也是他定的，警卫们虽然议论，但言语上仍然十分谨慎。张学良则更为谨慎，凡论到指挥者的失误时，他便一语不发，只摇着头叹气。

即使是在指挥抗战的繁乱时刻，蒋介石仍没有忘了他所"管束"的这只"东北虎"。在日军加紧了对华东的进犯和轰炸时，蒋介石亲自指令国民党军令部和军统局，一定要保证张学良的安全，防止日机的袭扰或轰炸。刘乙光秉承上峰旨意，立即征集人马，在凤凰山顶修筑了一个高射炮炮台，装备了一架高射炮；同时，又在凤凰寺右侧的坳地，挖筑了一个防空洞。完工之后，刘乙光请张学良前去检查。看完之后，张学良凄然一笑，说道："蒋先生真是'关怀'我啊！看来，短时间他是不打算让我离开此地了。"众人听了，唯有默然。

1938 年 9 月，由松沪前线下来转任湖南省主席将近一年的张治中，从长沙前往湘西视察，专程登上凤凰山，看望张学良。

在国民党所有高级将领中，张治中是与张学良交情甚笃，并被张学良引为知己的人之一。张学良认为这位一派儒士风度的将领头脑清醒、为人正直，是国民党上层官僚中屈指可数的正人君子之一。而张治中则喜欢张学良的坦率、诚恳，没有军阀中常见的那种贪婪与狡诈。张学良驻节北京期间，两人来往十分频繁，政见、习性又颇为相投，遂相互引为知己。西安事变发生时，张治中正在苏州秘密制订京沪地区的防御计划，闻讯后立即赶回南京。张学良送蒋介石返回南京的第二天，张治中便驱车前往鸡鸣寺宋子文公馆，看望下榻那里的张学良。

一想起那次会见，张治中心中便深感内疚。此时，当张治中沿着长达两华里的红砂岩石石阶，登上凤凰山之时，又想起了那天的情景。当时，张治中已从有关方面了解到，蒋介石已决定不放张学良返回西安。但是，由于"京中空气甚不良"，即使是张学良平时最要好的朋友，也不敢站出来为他说话。当然，说也无用；而张学良本人则被蒙在鼓里，对即日返回西安竟充满信心，这更使知道内情的张治中深为不安，只一再请张学良放宽心怀，并答应代为转达张学良要求尽速返回和率军抗日的要求。但事隔几日，南京便开庭"审判"张学良，接着开始了对少帅的"严加管束"。南京一别，两人再也无缘相会，张治中也无法向张学良表达自己愧疚的心情。一年多来，他每一想起张学良，眼前就总浮现出在南京分别时，少帅那充满希望和热切期待的目光……

张治中要来凤凰山的事，张学良头一天便已得知。自来湘西后，这是来看他的第一位军政界要人，加之张治中又是他的故交知己，一向易于激动的张学良自然兴奋得很。第二天早上，他特意叫于凤至为他找出久已未穿的西装换上，又郑重其事地系上一条蓝底白点的领带，早早便来到寺外的坡上，向山下眺望。看他那副急迫的样子，于凤至忍不住开了句玩笑，说他就像在盼等远道而来的情人。

"岂止是情人呢！"张学良笑着回道，"文白兄是我的旧友知交，好久未得一聚了。他现在是抗日名将、省主席，我正要听听他给我讲讲外面的形势，我也可以向他谈点我的心情。这岂是情人能够办到的？"

"是啊，好久没有人来过了，"于凤至敛了笑，语调变得有些凄淡。"自离开溪口，难得有人来看望了。"

"人走茶凉嘛。"张学良的声音也有些凄楚，"政治上的冷暖荣辱，都是一瞬间的事。昨天还是高朋满座，显宦云集，今天你一倒霉，这些人全都不见了。政治上的事，我是看得透了。"

正说话间，身穿米色中山服的张治中已经来到寺前。张学良连忙迎上前去，口中连连呼唤："文白兄！文白兄！"

两双大手紧紧握在一起。张学良觉得还不尽意，又抽出手，紧紧搂住了这位分别已久的老友，激动地说："你这位父母官，可总算是盼来了。"

张治中亦很激动，"你这尊大佛到了湘西这块小庙，我还敢不来？只是太忙，一直抽不出身来看你。为兄的请罪了。"

"哪里的话！"张学良满面笑容，"你是名人贵客，请还请不来呢。"

接着，张治中又见过了于凤至。握手时张治中发现，略显憔悴的张夫人眼里，已漾动着晶亮的泪光。

张治中心里也顿时泛起一阵酸楚，脸上却仍笑着说："一路都匆匆忙忙，也没什么好带。我让人准备了几十只母鸡，给你们补补身子。"

"多谢了，文白兄。"

一行人进到寺院。张学良引着张治中来到二楼卧室旁的会客厅，饮茶叙谈。

简短的寒暄之后，张学良说道："我在这儿无所事事，可谓是两耳不闻山外事，一心只钓沅江鱼。快给我说说，现在抗战局势怎样了？武汉能不能守得住？"

说到局势，张治中便一声长叹。"没想到日本一个弹丸小国，竟然会置我堂堂中华民族于万难境地。"他说起了日军占领开封、郑州、合肥、安庆、湖口，又进逼武汉的情形，语气十分沉重。"我们的牺牲实在是太大！6月份，为了阻止日军进攻，委座亲自下令，炸了黄河铁路桥，又扒开了花园口黄河大堤，淹了豫、皖、苏三省44个县，淹死89万百姓，数百万人流离失所。但日军却没有被挡住，改而利用长江水运，溯江进攻武汉，气势凶猛得很。"

在一阵沉默后，张学良又问："依兄长之见，武汉能不能守得住？"

"难说，"张治中摇摇头，"不过，现在程潜的第1战区主力、李宗仁的第5战区主力、顾祝同的第3战区主力都投进来了，60个师布防在武汉四周，从兵力上看是数倍于敌。日本人要想攻进，也没那么容易。"

"武汉可不能再丢了，不然民众的抗日决心会受很大影响的。"张学良忧虑地说。

"汉卿所言极是，我担心的也是这个。倘若武汉真的失守，日军必沿粤汉路南下，进攻长沙，完成对我东南半壁的包围态势。我这次来湘西，就是要看看地形，如果日军犯湘，好组织抗击。"

"国家正是有事的时候，为什么老把我关在这里？"张学良情绪激动起来，将茶杯砰地放到桌上。"我希望能早日恢复自由，为抗战做点事情，不论什么事都可以。"停了停，又说："文白兄，你对我说实话，委员长有没有提起过让我参加抗战的事？"

张治中望着额上青筋突起的张学良，好半天才微微摇头。"你的心情我完全能够理解。现在全民抗战，国家正是用人之际，像你这样的热血将领，自当效命疆场。不过，我实话说，委员长还从没提起过让你出去的事。"说完，难过地垂下头，看着手中的茶杯。

"我张学良纵有欺天之罪，也应当让我到战场上去戴罪立功啊！"张学良忍不住站起身来，激昂地说，"当初在西安放他之前，他对我信誓旦旦，要我领导好东北军，整肃军纪，准备抗战。可现在，把我抛在这个远山古寺里，就不闻不问了！"张学良越说越激动，两眼蓄满了泪水，"日本人对我张学良有夺土之仇，杀父之恨，要论抗日，我当为天下第一人。我的部属望着我，全国人民望着我，他们哪能不问，张某人到哪里去了？难道我这个'不抵抗将军'的污名要永远背下去不成？！"

说到此，张学良已是泪流满面，好一阵才略略平静下来，坐回到椅上。

"汉卿，你的事情不光我，政府里的好些人都能体谅，"张治中安慰说，"只要一有机会，大家都会为老弟说话的。这点请你放心，万不可因之而独生闷气。"为平抚张学良的情绪，张治中又转了个话题。"你来这儿那么久，我忙得连问候都没道一声。快说说，这些日子过得怎么样？"

"这儿嘛，"张学良稍平静下来，语气也舒缓些了，"这儿山好、水好，我看比溪口还强。既然不让我出山，我也只好做闲云野鹤式的山间隐士了。平日划划船、钓点鱼、打打球，天气好也到水里游游泳，身体没什么问题。"

"夫人呢？我看她是瘦多了。"

"是啊，"张学良叹一口气，"这些日子也难为她了。本来身体就不大好，又跟着我东搬西颠，情绪上很不稳定，有时候躺在床上一整天也不起来。前些日子说胸口疼，医生又检查不出什么病来。我有些担心，怕她落下什么病根。"

"真是难为夫人了。"张治中感叹道，"这儿医药条件差，有病我看还是让她到大城市去看看，千万别伤了身子。愚兄现在在湖南，这点忙还是帮得上的。"

"谢谢文白兄了。"张学良说道。

两人都端起茶来，喝了几口。

"文白兄在湖南主政，不知现在整个湖南的形势如何？万一日军犯湘，你有什么打算？"

"湖南现在乱得很，老百姓人心惶惶。"张治中忧虑地说，"很多人的眼光都盯着武汉保卫战，想等着那里的胜败再定前途。我呢，是想从最坏情况着手，提早做准备。湖南山多、林多，适合打游击，如果日本人进来，我就把队伍拉上山。"

"具体有什么计划吗？"

"我来湖南后，基层人员大多更换成了新人，搞民众组训，学生组训，抗日自卫队组训。前不久，我又从共产党那里聘请了叶剑英担任高级顾问，将来指导打游击战。"

"对呀，共产党可都是游击战的专家。"

两人就湖南的兵力布防又谈了一阵，便随来通知吃饭的刘乙光一道，进了饭厅。

午餐是"鱼宴"，几乎全是用张学良钓来的鱼做的各种菜。两人吃得很尽兴，好久已不饮酒的张学良还陪着张治中连饮了三杯。

午饭后，两人回到茶桌前，继续倾谈。

"文白兄，我有一事相托，不知会不会使你为难？"

"你有事尽管说好了，汉卿。我们之间哪还用得着客气！"

"我想请你在见到委员长的时候，转达我希望参加抗战的要求。"

"这是自然，你不说我也会向他讲的。不过……"张治中略为沉吟，说："为了引起他的重视，我看你最好再给他写封信，我在陈述时一并交给他。"

"好的。"张学良点头站起，进到房中。不一会儿，便拿着信走出来，递到张治中面前。

信很短，亦很简单，除问候之外，只说有许多话，希望能见蒋一面，当面陈说。

"汉卿放心，我一定负责把信交给委员长。"张治中小心翼翼把信叠好装进信封，放入身边的文件包中。

不知不觉间，日头已经西斜。因还要到沅陵城中了解民众和抗日自卫队组训之事，张治中起身告辞。

张学良紧握住张治中的手，动情地说："此番一别，又不知何时才能相聚了。"

"我看用不了多久了。"张治中尽量做出高兴的样子，"也许再过三两月，你我会重逢于抗日前线呢！"

两人挥手相别。

回到寺内，张学良又坐在先前他同张治中谈话的地方，独自沉默了许久，然后走入房中，让于凤至端着砚台，在贴着白绸的墙壁上挥笔疾书：

自我遗憾作

万里碧空孤影远，故人行程路漫漫。

少年鬓发渐渐老，唯有春风今又还。

至今，这首诗仍完好地保留在寺内已变灰黄的墙壁上，默默地叙说着张学良当年心境凋微之时，期望上阵杀敌的热切心情。

山中谈兵

张治中走后不久，便传来了广州沦陷的消息。紧接着，保卫武汉的第三道防线被突破，10 月 27 日，日军攻进了武汉。

报纸晚到了半个月。当张学良从报纸第一版的大标题上看到"武汉失守"几个黑体字时，惊愕得好久说不出话来。一个月前，他还和张治中在这寺里谈论武汉保卫战，对武汉的前景感到忧虑。仅仅才一个月，这种担忧就不幸成了现实。

张学良捏着报纸，在他亲手挂上的那张中国地图前站了好半天。

抗战才开始一年多，中原和华南的大片国土便已沦入敌手，仗若再这么打下去，中国的前途何在？民族的命运何在？

对国家和民族的担忧折磨着这位身陷囹圄的将军。一连许多天，他都寡言少语，闷闷不乐。鱼是不钓了，对体育活动也没了兴致，日复一日，他困守寺中，只望着空旷的殿堂出神。

秋日已尽，西风更烈，树上的黄叶在风中抖缩战栗，发出沙沙的单调的悲声。

他感到极为郁闷。托张治中带给蒋介石的信没有只字片言的答复。多少回夜半睡梦之中，他看见自己全身披挂，率领着东北军在沙场拼死搏杀，所到之处，日军丢盔卸甲，人民振臂欢呼，曾经沦于日寇铁蹄之下的东北黑土地上重新漾起了笑语欢声。可是，梦中惊起，环顾四周，所见到的只有沉沉黑暗和无边的孤寂……

这么说，蒋介石是决计不会放我出去了？

屋外飘起了冰凉的冬雨，凤凰山变得朦朦胧胧，浑茫不清。

张学良却要在这时候外出钓鱼。偌大的沅江上，那条米黄色的船像是一片黄叶，孤荡江中，分外凄凉。张学良身披蓑衣，独坐船头，两眼一动不动地盯着冷冷的江水。细雨霏霏，头发早已被打湿了，脸上、手上染满了雨渍，可张学良全然不觉，痴了一般，对着茫茫江流，烟岚雨雾。"孤舟蓑笠翁，独钓寒江雪"，唯有湿漉漉的凤凰山，与他相依为伴。

在船上静坐大半天，他没拉一下竹筒，自然也没有钓上一条鱼。雨中归来，他仍是一语不发，独自闷闷地回到房中。夜降临了，窗前燃起了一盏油灯。张学良独坐案前，支着肘，望着摇曳的灯光呆呆地出神。于凤至陪伴着丈夫已不知度过多少这样的时光，此时再也忍不住，颤颤地叫了一声"汉卿"，一只手紧紧地捂在脸上。顺着指缝，溢出了她再也遏止不住的泪水。

日子变得分外惆怅，分外寂寞。为了排遣丈夫心中的愁闷，于凤至强打起精神，拖着羸弱的病体，天天强拉着张学良去看山、观林，游城西北唐代的龙兴寺，用妻子的体贴、温情和无微不至的照料，来驱散弥漫在他心中的暗影。

妻子的一番苦意，丈夫又何尝不解！这天，两人并肩立于"望江楼"上，望着低垂的铅云下江流浩浩而来，又毫不停息地奔流向东。张学良若有所动，低着声自言自语地说："人的生命就像这江水，挡不住，拦不住，自有它的归宿。我又何苦自寻烦恼呢？"

"汉卿，"于凤至转过身，挽住张学良的手臂，"你已经为国家、为民族尽了力了。将来抗战胜利，人民不会忘记你的。"

"忘不忘记我倒没关系，"张学良也转过脸看着妻子，"我只是惋惜，我报效国家、上阵杀敌的愿望落空了。我悔在西安的时候没信虎城兄的一句话：'老蒋做事太狠太毒'！"

"事情总有一天会大白于天下的，"于凤至说，"到时候人民怨的不是你张学良没上阵抗日，而是恨他蒋介石心胸狭窄，心术不正。"

张学良没有吭声，只俯首望着下面的江水。

"这些日子你瘦多了，汉卿，"于凤至关切地抚着丈夫的脸庞，眼里泪光闪闪，"你头发也愁掉了这么多。这样下去怎么得了啊！"于凤至说话时已带哭腔。

"放心吧，大姐，"张学良将妻子的手拉到自己的手中，"我会振作起来的。我就不信他老蒋能一手遮天遮到底。"

两人沉默一阵，张学良挽着夫人缓缓走下"望江楼"，来到"天桥"上。张学良又停下步，专注地看着于凤至。"大姐，跟着我让你吃苦了。"

听着他的声音有些哽咽，于凤至连忙做了个笑脸。"看你说到哪儿去了！中国不是有句古话，'嫁鸡随鸡，嫁狗随狗'嘛！只要你能振作起来，就比什么都好！"

"这些日子要不是你陪着我、照顾我，说不定我还真垮了呢。"

"还说呢，"于凤至伸手去捂他的口，"当年结婚的时候，你不是对我说，要福祸相伴，荣辱与共嘛！"

"对呀！一晃都二十多年了，"张学良叹了一声，忽又转脸望着妻子，"大姐，前两天我做梦，得了首诗。因为心情不好，也没念给你听。现在你把眼睛闭上，听我背一背。"

看妻子把眼睛轻轻闭上了，张学良歪着头默想一阵，开始用他浑厚的男中音背诵道：

> 卿名凤至不一般，
>
> 凤至落到凤凰山。
>
> 深山古刹多梵语，
>
> 别有天地非人间。

张学良还未背完，于凤至已经睁开眼，定定地望着他。结婚虽已二十多年，孩子们也都大了，可张学良对她仍是那么恩爱，一往情深。于凤至心里不觉一阵热浪腾起，柔着声叫了一句："汉卿……"

虽然自由暂时无望，但张学良仍一如既往，热切关注着战局的发展。原来墙上的那张地图因为他常在上面勾勾画画，弄得模糊不清了，刘乙光只好又从城里买了一张，复挂在墙上。只要报纸一来，张学良必先看战争消息，有时在地图前一站就是一两个小时。应副官追随张学良多年，深谙副司令的性格脾气、生活习惯。见张学良这么关心战局，而又苦于无人交谈，应副官便充当起了作战参谋的角色，常常陪着他研究地图，讨论战事，预测战局的未来发展。有时候，为兵力应当怎么部署，两人甚至争得面红耳赤。当然，每次认输的还是应副官。他知道，这种不可能实施的纸上谈兵不会有任何结果，况且他是下属，应以服从为天职。

1938年底，在日本的诱降和英美劝降的情况下，国民党统治集团内部发生了严重分裂，以国民参政会议长汪精卫为首的亲日派公开投降了日本，并在日军占领的南京拼凑了伪政权，甘心为日本侵华政策效劳。当张学良得知汪精卫叛变的消息，气得破口大骂，说抗战一再失利，就在于政府里充满了汪精卫这种没有民族气节的小人。"如此下去，抗日何时能够胜利啊！"他忧心忡忡地大喝。

1939年4月，张学良原来的部属鲍文樾禁不住汪精卫的劝诱，跑到南京当了汉奸，并任了汪伪政权的"河南省主席"。当张学良从戴笠来信中得知这一消息后，气得好半天没说出一句话来。

"这个鲍文樾，一年前还在为我的自由和东北军的前途奔走，没想到才仅仅一年，就成了个软骨头！"张学良连声长叹。"看来，我是看人看得不透啊！早知道他会投敌，我一枪崩了他，也算给东北父老除了个逆种！"

骂完叹完，张学良又按照戴笠的意思，提起笔给鲍文樾写了封信，要他认清形势，不要认贼作父，干出危害国家危害民族的事来。写完信，张学良又是一阵痛骂："他要是再执迷不悟，害国害民，将来我非得亲手崩了他不可！"

就在这个月，张学良从报上读到了一条消息：他的旧部、西安事变时攻打蒋介石下榻处——临潼的总指挥刘多荃师长，率领东北子弟在前线与日寇拼死搏杀，战绩辉煌。张学良读罢，兴奋异常，当即便提笔给刘多荃写了封信：

......

> 听说你们打得甚好，弟虽然隐居山中，听了也十分快慰。
> 但是又知鲍文樾追随汪逆做了小汉奸，闻之令人发指。他忘了谁是敌人，谁杀害我们的同胞，谁强占了我们的田园，谁来要灭亡我们。"九一八"的火药气味，他已经忘了么？真是令人可恨，这真是东北人的耻辱，弟个人更是又气又愧。盼望兄等努力抗战，用我们的血洗去这污点，为东北群众争一口气，弟虽林下息影，也少有荣焉！

他对抗日大业的关注、对充当汉奸的部属的痛恨以及切盼复土雪耻之心，跃然纸上。

1939 年上半年，从凤凰山发出的信源源不断。他虽不能亲手杀敌，却以笔为枪，鼓励旧部拼死奋战，责骂叛臣逆子，分析抗战局势。由于大片国土沦陷，身在敌占区的一批原东北军政人员彷徨无依，动荡不定。5 月份，张学良接到原在西北总部机要组管人事档案的科长陈旭东一封信，告知西安事变后，他已转隶军统，专门负责掌握沦陷区内军政人员的动向。他在信中并列了一份滞留沦陷区内的东北军旧属名单，请求少帅分别给这些人写一封帛书，要他们万不可投敌，告诫那些被迫裹入敌营者要及早脱离贼船。虽然陈旭东当年不过是他手下一个小小科长,但既知此事对抗战有利,张学良也连忙照办,一连数日闭门不出,专心写信,有时直到深夜。于凤至怕他累坏了身体,劝他注意休息,他却连连摇头:"将士们在前方天天流血牺牲,我不过动动笔杆子而已,何累之有!"

当许建业将满满一包信带去县城寄发时,刘乙光开玩笑说道:"看来沅陵的邮电所要成副司令的专用机构了。"

"唯愿如此啊,"张学良庄重地说,"如果这些信能发挥点作用,我也算是为抗战尽力了。"

"多谢您,张老板"

转眼间,1939年的端午节临近了。

日子照样过得平静、寂寞。泛舟钓鱼虽不如过去那么频繁,但仍是张学良最喜欢的消遣方式。有时在船头坐得久了,他便退到舱中,独自躺上一会儿,或是同船工杨绍泉聊天。从这位年轻小伙子口中,张学良了解到了不少湘西的风俗人情与传说。端午将至,两人自然而然地又说到了这个民族传统节日,说到了投江而死的屈原。

"不怕你笑话,张老板,"杨绍泉说道,"我们这儿的老人都说,屈原不是投汨罗江死的,他投的是沅江。"

"哦?"张学良第一次听见有人这么说,很感兴趣。

"所以每年端午,我们住在沅江边上的人都要聚一起摆席喝酒,把粽子倒进江里。"

"有什么仪式没有?"张学良问,"比如,有人代表大家讲讲话吗?"

"当然有,"杨绍泉回答,"酒席之前,大家要推举一位老人或者有身份的人讲话,念祭文,给屈原敬酒。然后放鞭炮,到江边倒粽子。"

"那倒挺有意思的,"张学良从没参加过这样的仪式,兴趣更浓了。"杨船工,端午节那天,我去你家过,怎么样?"

"那好啊,"杨绍泉以为张学良开玩笑,没怎么在意。"不过我们那儿太穷了,从没你这样的贵人去过。"

"嗨！你以为我跟你开玩笑啊？我这回真要到你家去！"

杨绍泉这才知道张学良是当真了，心中暗暗叫苦：家中破烂不堪，生计艰难，哪里拿得出东西招待这位"张老板"呀？

张学良似看出了他的心思，忙笑着说："别着急。到时候我会把所有东西备齐，你准备桌椅就行了。另外，再请些你们村上的人来。"

杨绍泉只得应下，当天回去便将这个消息告诉了家中老小和村上父老。大家郑重其事地商议半天，决定，不管家里、村里怎样穷困，也要让"张老板"在沅江边过一个高高兴兴的端午。

端午那天，天气出奇的好。天刚放亮，东方便铺展开一片玫瑰色的红云，到早上八九点钟，沅江水面上已是流霞溢金了。杨绍泉所住的杨家淇村，里里外外收拾得异常干净，正前方的那片河滩，也用扫帚清扫过，黄澄澄的沙地上见不到丁点儿树叶木屑。杨绍泉的房屋破旧窄小，难以容客，村里人头两天便帮着他在屋前空地上搭起了一座用青布拉起的凉棚，下面端端正正地放着一张擦抹得洁净锃亮的八仙桌。以此为中心，四周还摆放有七八张方桌。一大早，杨家淇村稍有身份的老人们便齐聚此处，等候"张老板"的光临。

日上三竿，张学良夫妇、刘乙光、许建业等人由七八个身挎短枪的警卫护着，出现在村头。他们身后，是十来个由宪兵充任的"挑夫"，每人都担着一副担子，里面装满了张学良命厨师备好的酒肉饭菜。早已等候在这里的杨绍泉立即迎上，将"张老板"一行带到凉棚下入座。没资格入席的村民、妇女们聚于一旁，议论纷纷；小孩子们更是兴奋，嬉闹追打声不绝于耳。

按当地规矩，端午节是先行祭礼，再食酒肉。杨绍泉代表杨家淇人，请"张老板"主持祭礼。张学良也不推辞，站起身向大家拱拱手，然后说道：

"今天，能到这里来同村中父老们一起过端午节，是我张某人的荣幸。一千多年以前，楚大夫屈原忧国忧民，投江而死。听杨船工说，你们这里的人都说屈原投的是沅江。我入乡随俗，也把沅江当成是屈大夫的归宿之地。我提议，大家先把第一杯酒敬给屈原。"

张学良端起酒杯，庄重地将酒洒到地上。众人均效仿他的样子，洒酒于地。空气中顿时弥漫出一股酒香。

"各位！"张学良放下酒杯，继续说道，"大家都了解屈原是为何而死。如今，日寇进犯，国难当头，任何一个有良心的中国人都应当像屈原的样子，为国效力，为国效命……"张学良正讲到兴头上，却感到有人在扯他的衣襟。转睛一看，原来是夫人。张学良明白，于凤至是在提醒他不要讲得太多了。出门之前，她便叮嘱过丈夫，言多必失，刘乙光和手下的警卫都是蒋介石、戴笠的耳目，稍有过头语言，便会为老蒋记上一笔，自由更是无望。张学良轻吁了口气，只得收住话头，朝向杨绍泉等杨家淇人说道："我今天来，就是要随随你们沅陵的风俗，一同祭祭屈原。下面就按你们这里的规矩办吧。"张学良意犹未尽，但又不得不停下来，回坐到椅上。

尽管张学良的话结尾收得太突然，也没有什么撼动人心的语言，但人们还是报以热烈的掌声。

接下来，人们按沅陵的传统习俗，捧着粽子来到江边，解开粽叶，一串串抛向江里。这时，身后的鞭炮也响了起来，和着"砰""砰"的粽子落水声，祭礼达到了高潮。

祭完屈原便是吃席。张学良吩咐"挑夫"们将担子打开，不一阵，桌上便摆满了丰盛的酒菜，鸡、鸭、鱼、肉样样皆有。杨家淇人何曾见过这样精致、丰美的宴席，一个个赞叹不已，纷纷端起酒杯，向"张老板"道谢。原先围在一旁的十几个孩子闻到肉香，也顾不得礼数和大人的呵斥，走近桌前争吃争喝，院子里吵吵嚷嚷，一派热闹气氛。张学良平日大都是同夫人单独进餐，难得有过热闹。此时，他也被这气氛所感染，端起酒来，和村人连连碰杯，边喝还边对于凤至说："难得啊，大姐。难得有今天这么个一醉方休的日子。"

端午那天，张学良又结识了几个杨家淇人，此后游山散步，也常转到杨家淇村，看寻常百姓织网浇地，修房锯木。张学良自出生便未尝过"穷"为何滋味，但却对穷苦人充满同情之心。从杨绍泉口中，他了解到凤凰山背后的檀木坡，有户姓麻的人家，耕地微薄，家口众多，衣不蔽体不说，家中常是吃了上顿没下顿，小孩饿得哇哇乱叫。说者无心，听者留意。第二天，张学良便吩咐副官从他和于凤至的衣服中挑一些出来，装进口袋，再带上几个银元，送给姓麻的人家。一家人正愁眉苦脸，饥肠辘辘，却突然有贵人雪中送炭，全家人千恩万谢，忙要给副官下跪。副官当受不起，忙说他只是受主人之命而来。一家老小更是感动。麻家女人热泪长流，哭喊着跪下，说菩萨的大恩大德，她一家终生不忘。副官回到寺里将麻家情形作了禀报，张学良好一阵没吭声。后来才小声对于凤至说："穷人家这么苦，何时才有个头呢？"

1939 年 7 月，暴雨不断，沅江猛然上涨，山脚下一些人家纷纷遭殃。张学良在山上见到被江水冲毁的房屋、冲跑的耕牛和被冲得四散逃命的村民，心急如焚。也没跟刘乙光商量，他便叫副官去集合警卫，说他要训话。

除值班人员外，二十来名警卫都站到了殿堂内。张学良情绪激动，指着山下对大家说，大水无情，好些百姓都叫水淹了。诸位穿衣吃粮，靠的都是百姓的辛苦。现在百姓有难，我们不能见死不救！警卫们大都是穷苦人出身，见百姓被淹也多有同情，听张学良一说，都表示应当立即下山。

"对！你们赶快下山抢救被淹人家，凡救起一个人，奖大洋五块，由我当场兑现！"张学良说完将手一挥。

警卫们冒着暴雨，一窝蜂冲下山去，跳入江边水中解救困于洪水中的百姓，仅半个时辰，便将束手待淹的人统统抢救上岸。死里逃生的百姓们惊魂甫定，纷纷跪下，向山顶连连叩头。一直撑着雨伞在寺墙边注视的张学良这才放下心来，回到房中。

不久，杨绍泉在船上告诉"张老板"，说这一带的百姓都说，凤凰寺住了一个姓张的活菩萨。不是山下守道的警卫阻拦，好些人都要上山来跪拜呢。

张学良闻之一笑，随即又是一脸的严峻："看来，为百姓做事的人的确是太少了，"他低沉地说，"我不过是尽自己的一点能力而已。杨船工，你帮我转告大家，百姓们有什么难事，只要我张老板力所能及的，一定替大家办。"

杨绍泉是个老实人，不善言辞，满腹的感激不知从何说起，只热热地道了一声："多谢您了，张老板。"

令沅陵人十分遗憾的是，"张老板"的凤凰山之旅，很快就结束了。

1939年4月，已经占领武汉的日军开始将战争由长江中游转移到汉水流域。由于武汉失守，长沙已成为华中战场的重要前沿战略据点。9月中旬，新上任的日军"中国派遣军"总司令西尾寿造大将和总参谋长坂垣征四郎中将便策动犯湘，由赣北、鄂南和湘东向长沙发动进攻。

湖南的局势顿时变得十分紧张。

就在日军积极筹划犯湘之时，戴笠和他的随从副官王鲁翘突然出现在凤凰山上。

张学良好长时间没有见过戴笠面了，两人都陡然觉出了某种陌生。张学良发现，军统局长脸上那本来就给人以威严感的络腮胡，大概有好些天没刮过了，看上去使人觉得有些恐怖，他那双从来就不会笑的眼里布满了血丝，显出历经熬煎的疲惫。在国民党上层人物中，戴笠向来被视作蒋介石最忠实的鹰犬。看来，这位为蒋介石鞍前马后奔波的人实在是太辛苦了，张学良边同戴笠打招呼边这么想。

而在军统局长的眼里，仅仅不到三年的软禁生涯，当年雄姿英发的少帅，这位一声长啸，半个中国便会颤动的"东北虎"，此时已显出了某种老态。原先令人羡叹的满头青丝已明显稀落，而且有了谢顶的迹象。寂寞催人老啊，即便你是钢打铁铸的硬汉子，也禁不住被弃被囚的折磨啊！戴笠此时忍不住对这位当年的上司生出了怜悯。

尽管如此，两人的谈话却没有什么感情色彩，甚至连寒暄也显得那么简短。戴笠一坐下，便谈起了当前的抗日局势。身为军统局长，没有

张学良在湖南幽禁时与特务刘乙光等人在湖边

谁比他更了解蒋介石眼下的困境。他一方面要同日军苦斗，一方面要击垮汪精卫政权，同时还得提防共产党。现在，半壁河山已经丢失，要想把日本人赶出中国，无论是国民党、共产党还是全国老百姓，都将付出巨大代价。

"听说，有人放火烧长沙，毁了不少民房，还烧死了不少人？"张学良问。头两天，他从一名警卫口中偶然得知这个消息。

"是啊，一把火烧得人心惶惶。不少人提出要追究责任。"戴笠简要地介绍了长沙大火的情况，最后说："张文白已经被革职留任，他怕是在湖南也待不久了。"

张学良向壁无言，唯有长叹。

见过张学良的第二天，戴笠亲自找特务队的警卫们分别谈话，连厨师也不例外。他向大家概述了当前局势，然后详细询问了张学良近一个时期来的状况，言行书信，以及与外界接触的情况。每次与人谈话，戴笠的副官王鲁翘都在一旁记录，一天下来，已汇成了厚厚一本。最后，戴笠接过去翻了翻，告诉副官：回去好好整理出来，上报给委座。

军统局长有时也闹不明白，为什么到了国破人亡的最后关头，蒋介石还是这么密切地注视着张学良的一举一动？

他是军人，执行命令而已。只是，他想把这个命令执行得更准确、更透彻，也就更能博得老头子的满意。

戴笠在凤凰山待了两天。临行时，他对张学良说，现在局势发展很难逆料，恐怕要做好再度搬迁的准备。

张学良早已料到戴笠此行有传达搬迁的意向，两天来见他没提，自己也不便问。临行之际，听他突然提起，反倒令张学良一愣。

"搬迁？再往哪里搬？"

"这个嘛，我回去请示委座，看局势怎么发展再定。"

频繁的搬迁和对气候、环境艰难的适应早已令张学良感到厌烦。沅陵这地方山清水秀，风景幽美，他实在是舍不得离开。他张张口，但终于还是没说出回绝的意思。

一个丧失了自由的人，哪还有权利来选择自己的囚笼呢？

戴笠走后，时局一天比一天更紧张。警卫们全都揣测出，他们不会在沅陵久待了，言谈之间，对这个给了他们平静悠闲生活的山乡表示出深深的留恋之意。但是，他们也无一不明白，他们的命运已经同张学良绑在了一起，既然张学良对新的转移无法拒绝，那他们也同样无可选择。

果然，戴笠离去不久，便来了电报：张学良一行准备离开沅陵，向贵州首府贵阳转移。电报甚至还明确规定了转移路线：沅陵—辰溪—芷江—玉屏—黄平—贵阳。

沅陵一年零六个月的流放生活结束了，随之到来的是又一次艰难的跋涉。

此时是 1939 年 9 月。

第 **7** 章

放逐西南

艰难的旅途

　　正是冷落清秋时节，张学良一行的车队颠簸在崇山峻岭间的简易公路上，后面扬起了滚滚黄尘。

　　尽管是在荒僻的山乡穿行，但战乱年月的气氛却紧紧相随。由于日军犯湘，长沙、湘潭、溆浦、怀化等地的百姓纷纷出逃，不少人踏上了通向贵州之路。破破烂烂的卡车、客车上，挤满了扛箱提包的人，而更多的人是背着包袱，凭着两条腿，走向他们心目中的安全地带。沿途的叫声、哭声，艰难跋涉的喘息声，令人心口紧缩，透不过气来。

　　虽是奔向平安，但危险却无处不在。湘西本就是土匪横行之地，"这帮去了那帮来"，扶老携幼、怀揣细软的逃难者自然成了匪徒的最佳猎物。出沅陵刚两天，张学良一行便见到了土匪剪径的暴行。在距辰溪不远的一个山口，有逃难的一家四口被土匪惨杀在树丛中。他们的行李尽数被抢，财物被掠，连身穿的衣服也被剥去。车到山口，见树丛边有许多人聚在一起围观，张学良便令停车。下车一看，眼前惨象令他惊愕不已。"这些土匪，真是万恶之极！"张学良气得咬牙切齿。由于此地偏僻，不依村不靠店，几具尸体无人理会。张学良回到车前，叫来宪兵连长，让他带几个兵，挖个大坑将尸首埋了。

"要是我们遇上土匪，你让人狠狠地打，为老百姓除点祸害！"他气咻咻地对刘乙光说道。

出发之前，刘乙光便考虑过沿途的安全问题，开道的卡车上安排有十几个荷枪实弹的宪兵。经张学良这么一说，刘乙光也意识到土匪的厉害，便又从后面调上一辆卡车，卸去行李，架上防敌机的高射机枪，随时准备向路边的密林或山间隘口开火。到麻阳歇息时，县长前来看望，又说起这一带土匪的凶残。县长告诉张学良，前些天有辆装运军用物资的卡车在麻阳前面的山道上被土匪劫了，押车的士兵全被杀死，车也给推到了山崖下。

"那你们怎么不组织清剿呢？"张学良问。

"怎么不剿？"县长一脸苦笑。"从清朝剿到现在，一两百年了，匪患是越剿越烈。没办法啊！"

担心沿途土匪打劫，大家一路上无不提心吊胆。逢到山口密林，车队便提前停下，由两辆武装卡车先行通过。看看无事了，后面车队再疾驶跟上。这样走走停停，停停走走，一天最多能行两百公里。到了夜间，气氛更显得紧张，每次一住下来，刘乙光、许建业和宪兵连长便忙着布置警戒，选定哨位。常常夜半三更之时，一声狗吠也要将大家从梦中惊起，吓出一身冷汗。

从溪口到沅陵，张学良像是对这种迁徙已经惯了，上车睡觉，下车拉尿，漠然地经受旅途中的秋风冷月。但对于凤至而言，每次搬迁，都无异于一次灾难。张学良常常偏过脸，心情沉重地注视着妻子那张苍白憔悴的脸庞，和她眼里流露出的深深哀怨。他伸出手来，将盖在妻子膝上的毛毯往上拉拉，再将她的手紧紧握住，拉到自己怀中。虽然从于凤至的口中没有吐露过一句埋怨责难，但张学良深知，她所承受的心灵与肉体的折磨已经到了极限；而他身为丈夫，却无力将她托举出这个深渊。更令他担忧的是，近日来，于凤至的胸口疼痛逐渐加剧，而病因却无法查明。

屈辱与忧虑，猛烈地撞击着张学良的心。

9 月底，车队终于进了贵州境内。

过了镇远县，路口的混乱消失了，向当地人打听，也未说起此地有什么匪患。大家都松了口气。

"现在好了，到了下一站黄平，大家都好好地歇歇，再赶一两天就到贵阳了。"刘乙光向大家宣布，然后又来到张学良乘坐的那辆防弹车旁，说请副司令和夫人再坚持坚持，等到了贵阳，就一切都好办了。

车到黄平，已是下午。安顿好车辆，找好旅店后，刘乙光来请张学良夫妇先进房休息。于凤至早已精神萎靡，进到房中倒床便睡。而张学良在车中蜷缩了一天，想活动活动手脚腰板，也不管刘乙光是否同意，便拉着副官、警卫上街转悠。

黄平虽是山区，但却风景清秀，民风淳朴，而且有两大特产：地瓜和洞箫。经当地人指点，张学良等人来到一家地瓜铺前，见这里拳头大的地瓜满满堆了一屋。张学良先拣起一个，去了皮尝了一口，未及下咽便连连称赞，说甘甜可口，汁水丰富，让大家都尝尝。从沅陵到黄平，一路上大家都过的是紧张清苦的日子，现在能吃到甜地瓜，自然都觉得兴奋。老板见有好几个买主上门，满脸堆笑地介绍说这是当地特产，出了黄平，地瓜便有涩味。"贵阳城里那些官家贵人也要来买我们这儿的地瓜呢。"

张学良吃下一个地瓜，却还感到不满足，吩咐警卫去叫许建业来，多采购一些，留着到贵阳慢慢吃。结果许队副来这里买下了半卡车，足有好几百斤。

"我看这地瓜，足以抵得上苹果的味道呢。"离开地瓜铺时，张学良夸赞道。

黄平的洞箫算得是贵州的一绝。这种箫全用黄平竹做成，不染色，不涂漆，便是光滑锃亮，宛若象牙。竖到唇边轻轻一吹，箫声清脆透明，悠扬婉转，而且穿透力很强，轻轻柔柔地荡入人耳。古时仕女佳人，纷纷以佩黄平洞箫为荣，借一管竹器，倾吐对郎君的恋情。张学良一见黄平箫，便爱不释手，当下便买了一对一长一短、一粗一细的雌雄箫，抚着黄澄澄的丝坠对副官说："这玩意儿我没摆弄过，但是自小我就喜欢听箫。我母亲当年就会吹。"

当晚，星月疏淡，在张学良下榻的旅馆窗口，传出一阵断断续续的箫声，虽不怎么成调，但声音却是那么凄婉、悠长，令人不由得要感怀秦关汉月，勾出心头的离愁别绪。

到达贵阳那天，已是下午。

张学良迁来贵州之事，早已由戴笠通知了军统局驻贵阳的联络站，并命他们在贵阳附近找一处既幽静又安全的住所。车到贵阳，刘乙光将张学良夫妇匆匆安排进一家旅馆休息，自己便带着几个士兵，去了军统联络站。

张学良有两年多没逛过大城市了，现在既已到市区，何不先看看市容。由于刘乙光不在，众警卫对张学良的要求正不知怎么办才好，却见他已挽着夫人走出了旅店。由于是初到这里，对当地情况尚不摸底，警卫们弄得手忙脚乱，赶紧将张学良夫妇围在中央，前遮后挡地簇拥着走到街上。到了一家大商店门口，未及张、于两人走下台阶迈进，前面的警卫已涌入店中，连喝带嚷，将店里的顾客赶光，这才护着两人走入。店里的掌柜不知发生了什么事，满脸惊惶地望着这群攥着手枪的不速之客。街上的行人和被赶出的顾客惊慌失措，纷纷站在街对面向商店里张望，交首议论。就这么转了几条街，每到一处都弄得人惊马乱，引人侧目。张学良逛街的兴致给破坏得一干二净，无奈地摇摇头，照原路回到了旅馆。

这时，刘乙光已经回来，向众人传达了戴笠的指令：张学良的新居处为贵阳以北 60 里的修文县。

车队继续行进，赶往修文龙岗山。

清寂的龙岗山

修文县古称龙场驿，明代以后因人口增加才设了县治，并更名为修文。张学良的新居处便在距修文县城四里地的一座独立小山——龙岗山上。

无论是同雪窦山还是同凤凰山相比，龙岗山的气势、景色都要逊色多了。但要论名气，龙岗山却要响亮得多，因为此地曾居住过明代大思想家、哲学家王阳明。

　　明正德元年（1506 年），时任兵部主事的王阳明因不满宦官刘瑾排除异己、陷害无辜，挺身而出，抗章救援，结果被廷杖四十，贬谪到龙场驿来当驿丞。在龙场驿期间，王阳明居于龙岗山东洞（后人称"阳明洞"）。此处岩石嶙峋，古树参天，洞内宽敞明亮，四通八达，可容纳百余人，洞壁有石乳凝结而成的象形动植物和日用器皿，石凳石桌，不假修凿，自然天成。王阳明在这里隐居讲学，著书立论，成为后世景仰的大学问家。

　　王阳明任驿丞前，东洞内外尚一片荒僻。后来，当地百姓见上山来找王阳明拜师求学者络绎不绝，遂在洞外伐木结庐，王阳明将这些简陋的房屋分别赋以雅名"何陋轩"、"君子堂"、"宾阳堂"……后人为纪念这位旷达的学者，自嘉靖年间起，在阳明洞上方的石坪上修建了四合院式的"王文成公祠"，即阳明祠。清康熙后，又累经扩建和重建。洞外当年破陋的房屋早已是重檐飞阁，红柱绿瓦，阳明祠整修得更是古色古香，清雅幽静。大殿中塑有王阳明蟒袍玉带、手持朝笏的彩色塑像，黑色龛架上雕有卷龙花草和古代传说故事，龛前檐柱上雕有两条金色盘龙，手指一点即全身绕动。在阳明洞前，则可见相传是王阳明亲手所植的两株柏树，挺拔苍劲，洞口有明代贵州宣慰使安贵荣题刻的"阳明先生遗爱处"七个大字，和明御史冯晋卿所立的纪念碑石。由于龙岗山山势不高，距县城、距贵州都很近，一年四季都有人来此寻访古迹，供奉香火。

　　张学良夫妇便住在阳明祠大殿斜对面的三间砖木结构厢房中。在右厢房后檐五眼梅朵小雕窗下方，便是王阳明起名的"何陋轩"，刘乙光在这里安排了几位最得力的警卫，名为侍奉、保护张学良，实则是贴近监视他每日的一举一动。

　　张学良一上龙岗山，这里便划成了禁区，防范极严。第一道防线从县城至山脚，驻守着宪兵连的大部；第二道防线布于龙岗山四周，分设岗亭层层把守；第三道防线则设于阳明祠内大殿、配殿周围。每到夜晚，张学良卧室门口还要加设警卫，连宪兵也不得随便靠近。

　　即使是会飞的鸟，要逃出龙岗山也是难上加难。

　　即使如此，戴笠仍然不甚放心。张学良还未到修文，他便举荐他所信赖的军统特务李毓桢做了修文县县长。特别指示他，要注意同刘乙光内外呼应，保证张学良的囚禁万无一失。

蒋介石要把这只撼损了他尊严的"东北虎"，像小鸡一样牢牢攥在手心。

秋风掠过，黄叶纷落，龙岗山上已有了阵阵凉意。

修文在云贵高原算是"坝子"地区，一到秋季便难得见到太阳，整日里阴沉沉雾茫茫一片。空气也变得潮湿，吸到肺里，胸口黏糊糊地难受。更不堪的是连绵不断的秋雨，淅淅沥沥，将山上山下湿得没了生气。

从秀丽的湘西走进贵州的雨季，张学良的情绪转入了低潮。他常常独自站在厢房门前，一动不动地注视着祠院内长满青苔的潮湿方砖甬道，看秋风卷着树上地下的残枝败叶瑟瑟抖动，黯淡的目光泪波淋淋。也许是刚经历了长途跋涉的颠簸，也许是还不适应这方水土，当然，更多的是难以忍受长期幽囚的煎熬，张学良脸上愈见蜡黄，面容也愈见消瘦。秃顶的迹象这时也更明显了，虽还未届40岁，但别人搭眼一看，已能发现他几分老态。

于凤至最能体味出丈夫心境的苍凉，但却无以叙说，唯有暗自垂泪。

好不容易等到了雨停的日子，张学良这才得以走下龙岗山，去修文四周游山观景。但这里实在是比不了溪口和沅陵，除了阳明洞，修文一带再无名山古迹，亦无秀水茂林，只三几日，便尽览无余。这时，球场尚未修好，无法开展运动，加之心绪不好，他也不想寻乐。一连好些日，他都闷闷地待在祠院，既不读书看报，也不与人闲聊交谈，常常一个人端把椅子在院中坐定，孤独地望望天，望望通向山下的那条弯弯曲曲的石板路，脸上怏怏的没一点生气……

除于凤至之外，对张学良的生活、情绪最为"关心"的要数刘乙光了。自三年前在南京明故宫机场将张学良迎下飞机开始，他的个人命运便同这只"笼中之虎"连在了一起。由于他在"看管"张学良期间所表现出来的周到、缜密，以及他对"党国"的耿耿忠心，深得蒋介石和戴笠的赏识。老头子曾明令戴笠，张学良的看管就由刘乙光一人负责，不经委员长许可，不准更换他人。三年来，他也算是尽职尽责，真正做到了每事必报，每令必行，并为之付出了万般辛苦。在沅陵时，他已揣摸出蒋介石决不会在短期内给张学良以自由，而只要张学良受到看管，他便必与之相伴相随。为了照顾家小，他不得已将老婆和几个孩子接来同住一起，陪着他熬受深山古寺里寂寥的日子。张学良迁来贵州，他的家小也随之来到龙岗山，安顿在阳明祠内，每日虽吵吵嚷嚷，引人讨厌，但却多少为他驱散了些生活的寂寞。

但刘乙光也大有所获，仅仅才三年，他便从中校晋升为上校。戴笠来沅陵找他谈话时还暗示，只要张学良的看管不出任何问题，不出两年，他肩头上便可扛上一朵"梅花"，当上将军。

对于军人来说，再没有比当上将军更有诱惑力的了。自此，刘乙光对张学良夫妇照看得更是周到尽心，表面上是为张少帅，实际上是为他自己。

现在，张学良郁郁寡欢，刘乙光自然也忧心忡忡。想了好几天，他提出陪同张学良去附近的苗族乡镇赶集散散心。

修文是汉、苗杂居地区，有一半以上的人是苗族，自古以来，苗族人就喜群聚、歌舞、交易，修文一带无论大小乡镇，均是五日一小集，十日一大集。逢到集日，苗族人都要穿上整洁称心的衣服，包上头帕，一路笑着闹着到集上相聚。苗家姑娘更是把集日看得重要，每次出门，都要在手上、头上戴上银饰，颈上还要挂一条大大的银项圈，打扮得漂漂亮亮的到集市上去寻开心，用对山歌方式来挑选自己的意中人。张学良虽见多识广，但对苗家风俗毕竟未曾见过，因此刘乙光一说赶集，倒也引起他一些兴趣。

一连数日，刘乙光都陪着张学良穿行于县里的各集镇之间，逛街、听歌，到集市上看人们交易。苗族人大都会讲汉语，张学良时不时地会停下来，同老妇老汉聊上几句，或站到商摊前，翻看缝绣得花花绿绿、十分精致的筒包、小孩帽子，故作购买的样子同他们讨价还价。有一次，刘乙光还拉着张学良来到集外的树丛边上，听苗家青年男女在树丛里的对歌声。这些求爱的情歌词汇十分丰富，形象动人，但曲调却很单一。听上一阵，张学良也跟着调子哼了起来，还即兴编了些歌词，惹得边上的警卫个个忍俊不禁。

但赶集的热情转瞬即逝。一个失去自由的人自然不可能对他人的自由抱以巨大的欣赏热忱。到后来，每在集市上看见人们无拘地笑闹或悠闲自得地唱着山歌，他便会受到某种刺激。有时刚到集上几分钟，他便阴沉着脸说不想看了，转身便往外走，回到等候在集外的汽车里。警卫们都理解他的心思，也不劝阻，自动地尾随他而去。

再没人来劝他外出赶集，龙岗山上一片沉寂的气氛。暮色降临，松柏掩映下的阳明祠中显出某种阴森。月上枝头，清辉满地，从右厢房里常会传出阵阵箫声，一粗一细，一高一低，张学良和于凤至将一腔幽怨、满怀愁绪都倾诉在了飘飘纱纱、婉转悲切的箫声之中。

院内的警卫们也受到感染，生出了伤感之情。

可日子总不能永久地这么沉郁。来修文一月，院外的球场已经建好，乒乓桌也在院中的石板地上架起。看来，要驱逐这里的沉闷气氛，唯有靠运动与娱乐了。刘乙光撺掇了张学良的副官和于凤至，邀约张学良发起一次球类和玩牌比赛，说好些弟兄都跃跃欲试，想在赛场上同副司令一竞高低。

自离开沅陵，张学良便未曾投入过体育运动，浑身都觉得沉重。这在自幼爱好体育的他来说，是很少见的事情。几个人的鼓动，自然激起了他的兴趣，或者说向他提出了他生命中本不可少的一种需要。再则，他生性好强，不甘人后，既有人向他提出挑战，他焉能不踊跃而上？经一番磋商，他和刘乙光定下了网球、羽毛球、乒乓球、象棋、围棋五个项目，并吩咐人将场地、器具准备妥帖，即日便拉开战幕。

"优胜者有没有什么奖励呀？"副官在一旁问道。

"对了，有奖励玩起来才更带劲。"张学良表示赞同，接着一拍桌子，说奖励费由他出，凡第一名统发十块大洋。

赛场上的张学良穿一身运动衣，精神抖擞，与前些天愁眉不解的情形判若两人。

打网球，他是这里的当然霸主。墨索里尼女婿齐亚诺赠送的那支球拍被他抡得呼呼作响，长拉短吊，左右纵横，挥洒自如。观者无不为之叫好。一场球常常打不满20分钟，对手便落花流水地败北。最后，他抹抹头上的汗，笑着说："这十块大洋，我就算是省了。"

接着是羽毛球。张学良以种子选手的身份坐观战局，说他将同优胜者决一雌雄。没料到一番厮杀下来，所有参赛者均为于凤至所克。张学良哈哈大笑，指着警卫们说："你们还男人呢，怎么连一个女流之辈也敌不过。还是看我的！"

这些天于凤至看丈夫高兴，自己的情绪也好了许多。早在奉天读书时，她便喜欢这项运动，多年来一直从中取乐健身。暂居英国时，闲来无事，她常叫一个女佣陪她打球。自来溪口陪伴丈夫，天地狭小，羽毛球便成了激发她活力的唯一活动。张学良常陪夫人练球，你来我往，其乐融融，但难得有过计数比赛的时候。这次见大家这么踊跃，于凤至的热情也受到调动，坚持要一一同大家对阵，没想到果真还一展威风。轮到同丈夫较量，她打得更是认真活跃，一改平日羸弱文静的形象。不知是真的赛不过妻子，还是想成全她的美名，激烈鏖战之后，张学良居然败在妻子手下，俯首称臣。

于凤至赛场折桂，令众人目瞪口呆。望着得意洋洋的妻子，张学良心中也好不惬意。"怎么样啦，诸位，"他笑着环视众人，"这叫做夫胜妇随，强将身边无弱妻啊！"

赛场边漾起一阵笑声。

可是轮到赛乒乓球时，张学良的十块大洋却省不了了。许建业的乒乓球基础原来就较好，来到特务队又有大量时间操习，成了众人中当然的第一名。在溪口时，他还常常是张学良的手下败将，但渐渐便占了上风，他发的一种下旋球使张学良经常吃亏。这次比赛，他使出了浑身解数，左推右抽，敏捷非常，张学良连输两局，屈居第二。

象棋比赛，连着进行了一个星期，张学良又省下了十个大洋。

"看来，我还当不了你们这些小伙子的手下败将啊，"张学良在比赛结束后对大家说，"即使是上前线拼刺刀，我说不定还能比你们多挑两个日本兵呢。"他神采飞扬。

那些天，张学良显得十分兴奋，几乎每一天，都要拉着人去网球场。警卫们的运动热情也被这次比赛调动起来了，加之龙岗山的沉郁气氛一天天使大家坐得萎靡不振，人人都想通过某种方式改变一下精神状态，所以在平整的网球场边上,常常聚着好几个警卫,等待上场跳跃拼斗一番。每次打球,张学良都十分开心,不出一身大汗决不收兵。

在日复一日的运动、闲聊、游山、赶集过程中,他烦躁不安的心情渐渐趋于平静。

日历翻到了 1940 年。

阳明祠中埋首学问

就在这个严寒的冬季,蒋介石调集 7 个战区的 100 万兵力,对侵华日军发动了较大规模的"冬季攻势",意欲夺回武汉、南宁等城市,并立即转入战略反攻。

这次进攻性的积极战役使日军受到重创,侵华日军总部不得不重新估计中国的抗战力量。但是,这次进攻战并没有使战局发生根本性的转变。由于敌强我弱,交战中日双方很快又恢复到原有态势。

日寇的铁蹄仍在中国土地上恣意横行。中国的无数爱国者忧心如焚。

身在修文的张学良,无时不在关注着抗战,那张标注着战争动向符号的地图,从苏仙岭移到凤凰山,又从凤凰山转到了阳明祠。几乎每一天,他都要来到地图前,默然伫立一阵。

"三万里河东入海,八千仞岳上摩天,遗民泪尽胡尘里,北望王师又一年。"一种恢宏的情怀和无力回天的哀凄,使得他无数次面对地图仰天长叹。那片生他养他,而今陷入水深火热之中的黑土地更使他情牵梦绕,难以释怀。

但也仅仅是醉里看剑、梦回号角而已。抗战已经三年,从蒋介石那里没有传来任何要他上阵杀敌的消息。巨大的热忱,火一般的热望,在风吹雨打的失望岁月中蒙上了尘埃,他那颗躁动不安的心也渐渐趋于平静。作为将军的张学良仿佛已不存在了,在警卫们的眼里,他只是一个行止舒缓、神态安详的隐士,消遣娱乐、游山玩水,过着清清淡淡、与世无争的日子。寂寞与淡泊几乎完全掩没了急切焦灼的期待。

不久,传来了"贵阳大轰炸"的消息。两名到贵阳去购物幸免于难的警卫回来说,日军飞机前些天对贵阳城进行了狂轰滥炸,市中心一带几乎成了废墟。他们两人还特地到张学良刚到贵阳时休息过的旅馆处去了一趟，见那里已是房倒人亡、片瓦无存。

"日本人太猖狂了！"张学良恨恨骂了一句。

不几天，戴笠从国民党政府的"陪都"重庆来电，说现在局势很乱，日本间谍和汪精卫政权的特务活动十分猖獗，加之日机又经常骚扰，张学良的外出活动一定要减少，最好不出修文县界。

刘乙光忠实地执行了戴笠的命令。张学良的活动范围大大缩小，即使去几里外的县城，刘乙光也要兴师动众，弄得前呼后拥，为路人侧目。张学良索性哪里也不去，将自己的足迹局限在阳明祠和阳明洞之间。

时值隆冬，北风呼号。阳明祠外的古柏树下，身穿棉袍的张学良常常挽着夫人，踽踽而行。那份孤单，那份凄楚之中，又常常包含着一种与命运抗争的坚毅。警卫们远远地跟在后面，心中满是同情。

在阳明祠的门上，有一副书写得刚劲潇洒的对联：

> 三载栖迟，洞古山深含至乐。
>
> 一朝觉悟，文经武纬是全才。

张学良每每外出归来，总要在对联前伫立一阵，仔细品味这副对联的含意。他觉得这副对联字数虽少，但却是对作为驿丞的王阳明修文生活的一个极好概括，让人隐隐窥见这位学问家隐居深山，青灯黄卷，钻经释文的情景。仿佛得到了某种感应，他突然对王阳明产生了兴趣。他不也是受"朝廷"贬谪而隐居修文的吗？ 他发现自己似乎正步着古人逍遥的后尘。

在闲聊中，他对许建业说，能否到县府去要一部修文县志来。见许建业有些不解地望着他，张学良便将话挑明，说他想在县志中搜寻当年王阳明被贬龙场驿时的一些事迹。对联上说，王阳明是"洞古山深含至乐"，而后又"一宵觉悟"，他想看看，王阳明当年究竟在这里做了些什么。

有一句话他没有说出：他想看看，四百多年前在这里住过的那位古人，能否给他这位后来者什么启迪？ 他是否也能在龙场驿获得"至乐"，而又"一宵觉悟"。

修文县志弄来了，同时还有一大捆有关王阳明的书。寂寞单调的困境中，张学良突然寻到了一条排遣孤愁的幽径。

张学良自幼喜好古文，七八岁时的开蒙老师，即为清末一位秀才。十四岁时，时任师长的张作霖专门请了辽阳名儒白永贞来做张学良的塾师。后来从军统兵，张学良也随身常带古文典籍，闲来便独处一隅，吟诗填词，为此还同当年做过他的老师、后又成为他参谋长的郭松龄发生过争执。多年未细读这类前人所撰的志书文论了，现在一翻开，有一种阔别已久的亲切。

王阳明是修文历史上的名人，县志上自然大书特书，但仔细究来，他在修文的经历倒十分简单，先是负谪而至，遍涉当地人情，后闭门不出，专心学问；再后则招纳学子，"专以良知训学"，获"文成公"之誉。

有关王阳明的县志读完了，张学良显然未获满足。王阳明何能"一宵觉悟"，而后又成了文经武纬的全才？

张学良开始捧读王阳明的著述，一连数日，闭门不出。帘外风雨，花开花落，他已全然不知，整个身心都投入到了古人写下的文字之中：

> 盖若之人固有欲明其明德者矣，然唯不知止于至善，而警其私心于过高；是之失以虚罔空寂，而无有乎家国天下之施，则二氏之流是矣。固有欲亲其民者矣，然唯不知止于至善，而溺其私心于卑琐；是以失之权谋智术，而无有乎仁爱恻怛之诚，则王伯功利之徒是矣。是皆不知止于至善之过也。

读到这些，张学良觉得，仿佛蟒袍玉带、手执朝笏的王阳明正站在大殿之中，向他谆谆致言陈理：

> 人心是天渊，无所不赅。原是一个天，只为私欲障碍，则天之本体失了……如今念念致良知，将此障碍窒塞一齐去尽，则本体已复，便是天渊了。

读到与自己所思所想契合处，张学良每每会掩卷沉思，或起身独自来到大殿，望着王阳明的彩色塑像出神。他发现，这位思想家的经历与自己有着惊人的偶合：王阳明是 18 岁发奋读书，"遍读考亭遗书"，追求至理；他则是在 18 岁那年广涉中西历史、政治，并进了东三省讲武堂。王阳明 28 岁反思所学所得，省悟"物理吾心"的统一，实现了做人求知的一大转折；而他在这一年因父亲张作霖身亡而就任东北军政最高首脑，毅然易帜，使中国出现了形式上的统一，这在他的一生中，实为一大壮举，一大转折。最令张学良感到惊诧的，是王阳明在 37 岁这年被削官贬谪贵州龙场驿，而他亦是在 37 岁之时，被蒋介石剥夺兵权，"严加管束"，软禁羁居于深山古寺。

当他把自己所作的这一番比较告诉给于凤至时，夫人也颇觉诧异。"看来，圣人自古多磨难啊，"于凤至沉吟片刻，笑着说，"你前半辈子太顺，还看不透这个世界，所以才有今天的磨难。不过，你也许就因祸得福，将来更有可为呢。王阳明不就成了文经武纬的全才吗？"

"看来老蒋是不肯放我的了，"张学良说，"既然如此，我也得多少找点事做，免得荒废了自己。武将当不成，儒士或许能弄点名堂。不然，以后的日子怎么熬啊。"说完，他转手翻动桌上的《阳明集要》。"当年，王阳明就是在这个地方悟透人生理念之道的，从中还寻到了不少乐趣。你听这一段：忽中夜大悟格物致知之旨，不觉呼跃而起，从者皆惊。始知圣人之道，吾性自足，向之求理于事物者误也。他有中夜大彻大悟，我张学良也未尝不能。"

看着丈夫那副认真的样子，于凤至温和地一笑。"只要你高兴，做什么都行。不过，你要真修成了圣人，我就只能在凡间望着你了。"停了停，她又是一笑。"我还会带着儿女们来向你的圣人像磕头作揖呢。"

两人都哈哈大笑起来。

张学良果真陷入了对"阳明学说"的潜心研读。他托人找来集王阳明思想之大成的《大学问》，一字一句读得孜孜不倦。王阳明的"知行合一"、"动静合一"、"心理合一"、"爱之差等"等等论说，对张学良的内心颇有触动。可惜的是，龙岗山上唯有他一人对王阳明有真正的兴趣，便纵有千般感慨，万般思绪，也只有他独自体味。特务队中，原来的大学生黄静宜已经调走，余下的人中，唯有刘乙光文化略高一些，每次他到右厢房来，张学良总要向他谈起王阳明，并主动借书给他。这么一来二去，刘乙光也受了些感染；加之张学良静心读书后，山上山下的气氛静若湖水，刘乙光闲得无聊，便借了张学良的书，回家翻读起来。这样，龙岗山上，就有了两位王阳明的"隔代弟子"，在王文成公当年生活过的地方，捧读他当年在这里成就的学问，呼吸着既显遥远又显亲近的气息。没过多久，两人殿前相聚，讨论学问便成了一大内容。每逢此时，张学良便显得格外兴奋，手捧书卷，滔滔不绝，乐而忘倦。刘乙光学得不深，常常是坐在椅上，听张学良一口气说上一两个小时。他发现，这位曾经统兵数十万的将军，居然在短短数月之内，变成了言语深邃、宏论迭出的学人。

"副司令真不愧当过东北大学校长啊，能这么快弄懂王阳明的学问。"有一次听完张学良的论说，刘乙光忍不住感叹。

"这又算得了什么，"张学良淡淡一笑。"当年我的真正志向不是行武，而是做学问。十几岁的时候，我本想去美国留学，研究一下西方的历史或者医学，但是，大帅坚决反对，东北的元老也不支持，说是'父母在不远游'。过了两年，我又提出到北京上学，还在北京国立大学登记报了名，也被大帅否决了。要是当初我真上了学，说不定，今日还真当上了知名学者呢。"

"那中国可就少了一个将军了。"刘乙光说，心里却接着想：要是那样的话，中国就不会有西安事变，你也就不会被"严加管束"，我刘乙光也不会和你孤处于山乡一隅了。

于凤至虽然支持丈夫研究学问，但她本人对这些学问却无甚兴趣。每次张学良同刘乙光讨论，她都陪伴一旁，耐着性子倾听。有时一连几个小时，两个男人都滔滔不绝，为一两个字眼争论不休，好像完全忘了她的存在。实在听腻了，或者见两人的争论不可能有什么结果，于凤至便毫不客气地插进来，让他们换个话题谈点什么三个人都会关心的事。刘乙光常常借此作为台阶，停下话头，说既然夫人发话了，那我们就说点别的吧。张学良虽然话被打断，却也不恼，立即另起话题，学着英国人的模样，指指天空，说："今天的天气……哈哈哈。"惹得于凤至和刘乙光都发出一阵大笑。

又是一季秋风拂来，龙岗山上的沙棠树、皂角树飘下纷纷落叶，使得本来就显荒寂的这座山包更添了几分苍凉。

一直潜心王阳明学说的张学良这些日子分外不安。自夏天以来，夫人于凤至的病情日益加重。与世隔绝的幽禁生涯使这位贤淑的女人变得憔悴不堪，饭量比过去减少了许多，晚上睡觉也不安宁，有时胸口痛起来，呻吟声使张学良也难以入睡。望着日渐黄瘦、一脸病容的妻子，张学良心如刀剜，几次向刘乙光提出，让于凤至外出治病。但此事又哪里是刘乙光所能决断的。他向重庆请示几次，却迟迟未得答复。

张学良日日伴守着妻子，脾气又显暴躁起来，好几次当着刘乙光大声指责：有病不让出去，难道非让人死在这里不成！刘乙光只得赔笑脸，说已经向重庆方面请示多次了，戴局长亲自回电，说过几日亲自来修文，看望副司令和夫人。

果然，没过多久，戴笠来到了阳明洞，随车给张学良夫妇带了好些日用品和张学良喜吃的一些食物。

自到贵州后，张学良便再未见到过任何军政显要，所以，见到戴笠，他情绪显得有些激动，连声说："雨农（戴笠的字），你们老不来，我还以为你们把我忘在这个夜郎国了呢。"

"哪能呢，副司令，"戴笠连忙说，"我没忘，委员长更没有忘。我这次来，委员长还特地嘱咐，看你在这里的生活怎么样？有什么要求没有？"

"我是饱食终日，无所用心哪，"张学良自嘲说，"原来还有点兴趣四处看看，现在连看山转水的兴致也没有了。"

"哦？"

"不过呢，我这人也闲不住。前些日子让刘队长他们找了点书来，没事我就啃书本了。"

"委员长最关心副司令读书的情况，吩咐我说，如果你要什么书，可以列个单子，他负责替你找。"戴笠说。

"我不过是读读闲书而已，哪能劳委座大驾替我找书，"张学良说，

"你替我找的这个地方是当年王阳明住过的，这些日子我的时间都花在他的书上了。"张学良说着便来了情绪，兴致勃勃讲起阳明学说来。戴笠何曾研究过王阳明，张学良话头一起，他便如坠五里雾中，但又不得不硬着头皮听上一阵，边听还边不住地点头。他发现，张学良像是真的陷入故纸堆中去了，昔日虎虎生威的骁将，今日竟也儒气十足，醉心于经史典籍，道德文章，心中不免生了些感慨。

"副司令真可谓是文武全才啊，"戴笠讨好地说，"待我回去把你的读书情况告诉委员长，他肯定高兴。"

"你可以转告他，学良不会虚度时日的。"张学良说。

"我一定转告。"戴笠说着，站起身，说是有些事要对刘乙光等人吩咐，准备告辞，这一刻才发现没见到于凤至。待张学良告诉他于凤至因身体不好，近日常常整日卧床的情况后，戴笠沉吟一阵，问："副司令的意思，是不是让夫人外出休息治疗一段时间？"

"我是这么想的。"张学良回答，"这地方条件不太好，久待下去对她的病恐怕没好处。再说她也想去看看儿女们。"

"可是副司令这里的饮食起居也得有人照顾陪伴哪。"

"我考虑过了。我想叫四小姐来住一段时间。"张学良说。停了停，他又补充一句："如果她情愿的话。"

"她不是去了香港吗？"戴笠问了一句，然后颇费踌躇地停了一会，说："既然副司令有这个意思，回去我一定向委员长禀报，尽快让夫人去检查治病。四小姐那边，我马上联系，请副司令放心。"

"这件事就有劳雨农了。"张学良感激地说。

在阳明洞外的"君子堂"中，戴笠单独召见了刘乙光和许建业，听了他们有关张学良到贵州后的情况汇报。

"这么说，他是真的把心思都放到学问上啦？"戴笠问。

"是这样的，局长，"刘乙光毕恭毕敬地回答。"除了书本，他对别的事情没什么兴趣。"

"那就好，那就好，"戴笠说，"我这次来，是奉委员长之命，一来看看这一带是不是安全，二来了解一下张学良的思想情况。委员长担心，西安的两只虎会不会隔山呼应。现在看来，这个顾虑是多余的了。"

刘乙光和许建业有些不解地望着戴笠："这里不就一只'虎'吗？"

"还有一只，就在附近！"戴笠说着站起身，向北面指了指："杨虎城就关在息烽的玄天洞，离这儿不过三十几里地。"

两人都吃了一惊。

"为了万无一失，我已调特务第四团进驻息烽和修文，两个县的县长、保警大队长，还有贵阳的警察局侦缉大队长都已经换成了军统的人。以后你们多加强联系，万不可让两只'虎'通风报信，连成一气！"

"是！"刘乙光、许建业顿变紧张，相互看了一眼。

"再宣布一条纪律：监管杨虎城的警卫和你们这边的人，互相不得有往来，违令者严加惩处！"

"是！"

"另外还有件事，"戴笠坐回到椅上，慢吞吞地说。刘、许二人连忙站得笔直。戴笠却笑笑，招呼二人坐下。"是件高兴事。"他转向刘乙光说："委员长已特别批准了我的报告，任命你为军统局少将专员。"

刘乙光没反应过来，愣了一刹那，才呼地站起，脚跟一靠，在戴笠面前立正道："感谢局长的栽培！我刘乙光……"

"坐下吧，坐下。"戴笠打断刘乙光的话，说："委员长很看重大家，也理解大家的辛苦。只要你们这里不出问题，就算是为委员长分了忧，大家将来都会得到重用。"

"谢谢局长栽培！"许建业也站起来，没前没后地向戴笠表了句忠心。

杨虎城之难

在张学良埋头于阳明学说之际，西安事变的另一位主角正在贵州息烽县的玄天洞内苦熬时日。幽深的山洞中阴暗潮湿，终年不见阳光，杨虎城的一腔爱国热忱，只换来日日面对孤灯冷床的悲凉境地。

杨虎城被迫出洋赴美没几日，国内便发生了"七七事变"。眼见全面抗战的帷幕已经拉开，杨虎城兴奋异常，连连急电蒋介石要求回国参加抗日。但却一直未得答复，倒是出国前约定的联系人宋子文在 10 月间回了一电，只字不提蒋介石是否要杨虎城回国的事，仅说"宜自动返国"。随行的人都劝将军再延留些日子，看看形势发展再决定去向。杨虎城抗战心切，归心似箭，对劝他的人一再言明："我和张汉卿兵谏的目的就是为了抗日，现在既然全面抗战已起，倘若我杨虎城仍逍遥海外，实在无颜见江东父老。至于以后蒋介石如何待我，我不想过多考虑。"

1937年10月29日，杨虎城中止"出国考察"，从法国马赛起程返国。

正在南昌的蒋介石得知这个消息，立即召见了戴笠，面授机宜。

蒋介石一直怀疑，西安事变的真正肇事者是杨虎城而非张学良。张学良决定释放他时，杨虎城曾加以阻挠，这使他长久以来一直耿耿于怀。杨出国前夕，蒋介石在庐山召见，专门问他："虎城兄到了国外，若有人提到西安的事，你打算如何解释？"杨虎城回答说："顶好不提此事。"但是，据国民党政府驻美国使馆密报，杨虎城在海外多次提及西安事变，而且攻击蒋介石是"清一色主义，专门吃杂牌。一切的伟大都是做出来的。"蒋介石闻知后，大为不悦，几种因素凑在一起，使他暗暗起了杀机。

11月26日，杨虎城乘坐的海轮安抵香港，十七路军的代表和香港各界人士涌到码头，热烈欢迎杨将军返国抗日，并奉劝他吸取张学良的前车之鉴，谨防坠入罗网，先回西安为上策。但戴笠派来的人早已在他下榻的九龙半岛酒店等候，交上了蒋介石和戴笠分别拍来的电报。戴笠在电报中约杨虎城先到长沙，然后同他一道前往南昌去见蒋介石。

11月27日，宋子文专程从上海赶到香港，要杨虎城听候蒋介石的安排，并为他备好了飞机票。11月30日，杨虎城抱着蒋介石会准允他投身抗日的一线希望，乘机离港飞往长沙，夫人谢葆贞和子女们则随秘书坐飞机取道武汉，先回西安。

就这样，杨虎城一到南昌，便受到看管羁押，被关进了国民党江西省主席熊式辉在南昌城外的别墅。当平安抵达西安的杨夫人得知丈夫失去自由的消息时，心急如焚，不顾众人之劝，一定要赶到南昌陪伴丈夫。"现在他一人落在陷阱，我不去陪他，天下还能有谁陪伴他呢？"谢葆贞一字一泪地说，"有我去分担他的痛苦，他总会好一点儿。"

1938年1月14日，谢葆贞携着幼子杨拯中离开西安，到达南昌。

戴笠等人早就怀疑谢葆贞是共产党，是中共特意安排在杨虎城身边的"钉子"。在香港,特务们忙着拘押杨虎城,却疏忽了这个"女共党"。现在,她自动送上门来,令戴笠好一阵兴奋,连夜给在南京的蒋介石打电话报告此事。蒋介石闻之沉默良久,咬着牙吐出八个字:"自投罗网,严加管制"。

谢葆贞风尘仆仆几千里,未及见到丈夫,却被关进了另一处秘密据点。想着杨虎城一腔抗日热忱却落得如今丧失自由、夫妻分禁的下场,愤怒的谢葆贞禁不住泪如雨下……

杨虎城丝毫不知妻儿已到南昌的消息。在戒备森严的熊式辉别墅内,蒋介石先后派出曾与杨虎城有过较多交往的考试院院长戴季陶和曾任甘肃省主席的朱绍良对他进行诱降,要杨虎城揭发兵谏前后中共对张、杨的"欺骗",以换得蒋委员长的"重新信任"。二位大员苦苦"开导"半天,杨虎城却不为所动,反而义正辞严地回答道:"现在国不国,家不家,面临亡国灭种之祸,我杨虎城要求抗日,这犯的是什么罪? 连个正儿八经的罪名也安不上,要我'悔罪'又从何谈起! "

南京沦陷后,蒋介石特意命令戴笠,由于时局不稳,宜将杨虎城从南昌转移到后方偏僻之地进行看管。

1938 年 6 月,杨虎城被转移到长沙东郊的朱家花园,两个月后,又转移到了益阳县桃花仓"军人监狱"。随后,谢葆贞和儿子杨拯中也被押到这里,陪伴着杨虎城一起消磨寂寞的囚禁时光。

随着秋天的来临,战事一天比一天紧张。根据戴笠的指令,特务们押着杨虎城一家,来到了处于川黔要道上的贵州息烽县,囚于明朝末年道家建有宫观的玄天洞中。

由于张学良也囚于贵州,而且就在距息烽仅 30 多里地的修文县,因此,特务们对杨虎城的看押分外严密。玄天洞高四五丈,洞内面积有1300 多平方米。明朝崇祯年间,道士筑宫观于洞中,建有两座大殿和二三十间房屋。杨虎城一到,宫内的道士全被赶走,玄天洞四周筑起了岗楼、碉堡,并分设了内卫、中卫、外卫三道警戒线。白日里,玄天洞一带岗哨林立;到了晚间,警戒更是小心,用作哨卡间联络的竹筒敲击声在山间回响呼应，使洞内洞外的气氛显得分外恐怖阴森。

1941年，谢葆贞在苦难中生下一个女儿，取名"拯桂"。由于玄天洞阴暗潮湿，终年不见阳光，给人的心理造成了巨大压抑；加之谢葆贞生下孩子后身体虚弱，供应的饭菜犹如猪食，难以下咽；更难忍受的是特务们无休止的折磨与刺激，她病倒在了床上。一见特务们走近，她便破口大骂，并随手抓些东西向他们猛砸。于是，特务们的迫害也随之升级，以谢葆贞"患了精神分裂症"为由，强行将她迁往了与玄天洞有半里之遥的地母洞中。

已经深陷苦海的杨虎城，又遭遇了夫妻近在咫尺却难于相见的沉重打击，心里痛苦不堪。

拯中、拯桂两个孩子留在了杨虎城身边。白天黑夜，荒凉冷峻的山谷中常常传来谢葆贞凄厉的呼喊和声声叫骂。杨虎城多么想赶去相救，却被特务们阻在洞口。他带着一儿一女呆然伫立，向着叫喊声传来的方向，肝胆欲裂，泪如雨下……

凄风苦雨中的丽人

香港，一座中西合璧的乳白色小楼里，身穿藕荷色毛衣的赵一荻正面对着桌上的两封电报独自垂泪。

电报是分别从重庆和贵阳发来的，发报人一个是军统局长戴笠，一个是她日夜思念的张学良。两封电报虽措词不同，但意思都一样，于凤至即将离开张学良外出就医，征询她是否愿往贵州，替于凤至履行照料张学良之责。

长久的企盼等待，长久的情牵魂绕，如今终于得到了回应！两行热泪汩汩而泻，顺着脸颊滴落在电报纸上。

三年前，赵一荻一步一回头地在溪口辞别张学良，走上了伶仃度日的旅程。她先是在上海住了一段时间，靠读书写字打发时日。其间虽去看望过张学良几次，但时间都不很长。后来日军抵近上海，风声日紧，她迫于无奈，便托女友李兰云（原北洋政府财政总长李思浩的次女）在香港为她购下了一幢优雅美观的小楼，不久，便携着爱子间琳和保姆吴妈，来到了香港。

香港的日子既富足又安闲。住宅内亭台水榭、曲栏回廊，楼上楼下的家具用物，均是女友按照赵一荻往日的喜好，从一家法国家具店定购的。可是，面对豪华的厅室、幽静的环境，赵一荻却怎么也打不起精神，整日里郁郁寡欢。自离开上海后，张学良的消息很难得到了，仅是从大陆来香港的熟人口中，她才略略得知他已从奉化迁到了湖南。她知道张学良喜欢看英文画报，便在香港购了满满一大箱，托人带到武汉，请友人转交张学良。但回讯却迟迟未来，也不知他是否收到。

她无时无刻不在思念着身陷囹圄的爱人，无时无刻不在等待着他的召唤。睡梦之中，她常常看见自己同张学良携手相伴、相亲相爱的日子，梦见自己同他在舞池翩翩起舞，在湖上轻盈荡舟。可是梦中惊起，她所面对的却是无法洞穿的沉沉黑暗。

为了排遣她心中的苦闷，女友们一有机会，便来她这里相伴，或约她到海上荡舟，下海游泳，或一同在沙滩上乘凉小坐。但即使同这些儿时的朋友们在一起，赵一荻仍是神情忧郁，愁眉难解。她们发现，当年欢快活泼的香香（赵一荻的乳名）像是换了个人，变得过分成熟、深沉，才二十七八岁的人，脸上却有了憔悴的迹象。

现在，突然见到张学良的电报，赵一荻怎能不又惊又喜，心荡波澜。她恨不得立即插上双翅，飞到张学良的身边。所有的财富、幽静、安恬，甚至自由，都失去了诱惑，她宁愿付出自己的一切，也要与自己心爱的人同历囚禁的悲苦与磨难。

可是，当她的目光落在儿子闾琳身上时，心中却陡然升起了惆怅。

小闾琳先天不足，身体虚弱，长到一岁多还不会走路。后来这些年，也一直体弱多病，费去了她不少心思。现在，闾琳尚未满 10 岁，既无独立生活的能力，也没有亲人在香港照料，而自己将去的是一座囚笼，她又怎能让儿子幼小的心灵遭受蹂躏呢？

赵一荻陷入了巨大的矛盾之中。

一个偶然，赵一荻突然记起了张学良的一位美国朋友。张学良在东北主政时，这位美国朋友是少帅府的座上宾，与张学良过从甚密。后来，张学良通过他，将一笔财产转到美国，托他代管。多年来，他和张学良之间，情义深重，彼此十分信赖。现在张学良有难，想来他不至于撒手不管。

宛若心上卸下一块巨石，赵一荻顿变轻松起来。

当她携着小闾琳来到美国时，不出她所料，这位朋友十分爽快地答应了所托之事，并再三向她保证：他会对张将军的儿子视为己出，一定让他得到最好的照料、最优良的教育，否则，唯他是问。

眼见儿子有了着落，赵一荻感动得泪流满面，她一再告诫这位朋友，闾琳是她和张学良的唯一骨血，为防意外，更为了提防有人加害，务必不要让孩子同外界随意接触，亦不可向人暴露这是张学良之子。

"我想，将来闾琳长大，也一定会对您感激不尽的。"赵一荻流着泪说。

"赵小姐放心，您托付的事我以我的人格和生命担保。"

离别的时刻到来了，赵一荻依依不舍地松开孩子的小手，后退着一步步走向码头。几年来，她与孩子相依为命，小闾琳是她的寄托，她的希望，她生命的一部分，此一别，母子不知何年何月才能相见啊！

母子之情，异国相别，加上孩子尖厉的哭喊，使赵一荻心若刀绞。她再也忍耐不住，发疯一般重又跑回送行的人群，将孩子紧紧搂在怀中，口中不停地叫着闾琳的乳名："宝贝，宝贝……"如雨的泪水噼噼啪啪滴落在儿子的头发上。

轮船的汽笛一声长鸣。送行的人们走上前去，使劲抱开了紧抱住母亲的闾琳。

"等等！"赵一荻一声哭喊，随即从腕上取下一只精巧的金表，塞在儿子的怀中。这只表，是1928年张学良听闻父亲被炸身亡，回奉天奔丧之前到天津辞别赵一荻时所送的信物。十几年来，它成了赵一荻最珍爱的宝物，记录着她同张学良分合聚别的分分秒秒。现在，行将同儿子分离之际，她毫不犹豫地将这个爱情的信物，交给了他们忠贞爱情的结晶——闾琳。

戴笠没有料到，赵一荻真会抛弃荣华富贵和自由，甘愿陪伴张学良同度囚禁生涯。当他得知赵一荻已回到大陆，正辗转奔往贵州的消息时，也禁不住发出一声羡叹："红粉知己！张汉卿有福啊！"

龙岗山上新添了一位女主人，顿时热闹了许多。由于作好了长久陪

伴张学良的准备，赵一荻随行带来了许多生活用品和书报杂志。众多的
行李中，她没有忘记给警卫们一人带上一件或用或玩的小礼物，甚至还
给刘乙光的几个孩子带了一纸箱的玩具。特务队和宪兵连这几年除头目
外，人员走的走，调的调，虽人数未减，但大都是后来的新人。他们早
就听老队员们说起，赵四小姐是如何漂亮、如何聪明、如何贤淑，今日
一见，果然是位娉娉婷婷的秀美佳人，只一面，大家便对她生出了好感。

　　见到朝思暮想的张学良，赵一荻一阵心酸。仅仅才三年时间，张学
良便已呈现老态，脑顶的头发已基本掉光。当年一头青丝、雄姿英发的
那个张学良似乎已被无情的岁月抹去了。"汉卿，你吃苦了！"一句话
未说完，眼泪已簌簌地往下落。

　　张学良拍拍她的手，反倒安慰起她来："见面是高兴的事。你来了就好，
来了就好。"

　　赵一荻抹一把泪，转身从行李箱中取出一件咖啡色的毛衣。"这是
我离开香港前织的，穿上试试，看合适不合适。"

　　秋日将尽，凉意阵阵，张学良心中却涌动一阵热浪。他按赵一荻的
意思，将毛衣套在身上，果然不长不短，十分合身。

　　看见他满意的样子，赵一荻欣慰地笑了。接着，她又转身，从箱内
取出一件镶了牙边的苏格兰呢斗篷，披到于凤至身上。"大姐，这是我
在美国给你买的。穿上挡挡寒气。"

　　于凤至接过来，感激地向赵一荻望一眼："难为你想得这么周到，
小妹。"停了停，她又伤感地说："你来了我也就放心了。今后汉卿要
靠你照料了。"说着拉过赵一荻的手，握在怀里。

　　"大姐，你放心吧，我一定不会辜负你的。"说着，眼里又涌起两
汪泪水。

　　两位将自己爱情献给了张学良的女人相依相偎，开始叙说离别后的
思念与境遇。

　　窗外飘起了冷雨，伴和着两位女人的一阵啜泣，一阵笑声，一阵叹
息……

　　赵四小姐的到来，宛若一道阳光，照亮了幽深的阳明洞，也令张学

良久陷沉郁的心重萌生机。不久，于凤至获准外出就医，携着滞留香港的儿女去了美国。赵一荻完全承担起了女主人的一切责任。

无论从何种角度来说，这种责任都是一种牺牲，一种受难，一种漫漫无期的生命锁闭。可是，赵一荻却是这么欣然轻快地负起了它，那张秀美的脸庞上，寻不到一丝痛苦的痕迹。

到龙岗山的第二天，赵一荻便脱下绣袍，抹去红粉，代之以乡下常见的青色旗袍，和一双加一条横绊的软底布鞋，清清爽爽，淡雅高洁。张学良从没见过她有过如此简朴的装束，一时间有些发愣。她则淡淡一笑，说："入乡随俗，我在香港早就备好了。"

一句似轻描淡写的话，却令张学良心中一震。赵一荻身为名门闺秀，从小娇生惯养，何曾受过困苦磨难？可如今，为了他，竟然弃尽绫罗，洗尽铅华，将自己扮作村姑农妇来与他苦苦相守。能有如此知己佳人做伴，纵然沦落天涯，又何惧何愁！

赵四小姐轻盈的身影令漫长的寂寞突然消淡了许多。为了使张学良的饭菜更可口一些，她为他制订食谱，亲自下厨，还一一告诉厨师，张学良喜欢吃牛肉，仔鸡，炒菜油不可放得太多，他不喜欢油腻。张学良爱吃鲜菌烧鸡和菌油面条，她便领着副官，到山林深处捡拾寒菌，并到山下的村子里，向村妇们请教如何烹制新鲜菌油。这个过去专买名牌衣服或只到高级裁缝店订做时装的阔小姐，如今拿起了针线，为张学良缝衫补衣。到冬天，居然亲手裁剪，缝做了一件藏青色的棉袍。随同赵一荻来到修文的女佣吴妈也忍不住连连称赞："四小姐手太巧了。我这个做了一辈子针线活的人也没她缝得那么好。"

三年的幽禁生活，已使张学良的性情有了些改变。为了适应他，赵一荻的喜怒哀乐，都顺应着张学良的脉搏而跳动。张学良要下围棋了，她便取来棋盘，全神贯注地投入到黑白格局之中；张学良说要去打球，她便拿起球拍，竭尽全力与他对垒；张学良说要去转转山，她便轻轻挽起他的手臂，与他同行于山间曲径，林间溪畔；有时张学良情绪忽然低沉，面对书案久久不出一声，每逢此时，她便静静坐于一旁，默默相伴，间或起身为他换上一杯热茶。有时候，张学良会莫名其妙地发一通火，等平静下来，又连连向她道歉。虽然她眼里还包着泪水，可仍会马上笑起来，轻轻地说："没什么，我们相依为命。"

赵一荻用她柔弱的双肩，分担起了张学良巨大的忧愁痛苦。刘乙光、许建业和警卫们也不得不为之感叹："这个四小姐，真不简单哪！"

孤馆寒窗读明史

赵一荻到达修文时，张学良已从埋头阳明学说转向对明史的研究。

对明史的兴趣是从对同时代的王阳明的研究转移而来的。他发现，明朝之所以会灭亡，是因为在其后期，政治腐败，土地大量集中，百姓生灵涂炭，权臣不顾外敌当前，互相勾心斗角，歪风邪气盛行，国库空虚，军事废弛。皇帝和权贵们既不改革政治，整饬军旅，又不团结百姓一致御敌，反而错误地认为心腹之患乃内部之疾，因而采取了"先安内而后攘外"的政策，结果，内乱之中，清军乘隙而入，大明王朝便毁于一旦。

张学良发现，明朝末年的情形，与当今中国之状况，是何其相似！只是今日日寇之气焰远甚于清军，而共产党亦非贼非寇，在国家危难之际，主张抗日，爱国为民。若政府能早日看清形势，联合各界共同对外，不致在国共内战中消耗国力，日寇何至于占去中国半壁河山！

夜深人静之时，张学良面对青灯黄卷，不断发出一声声喟叹。

刘乙光等人并不知张学良读史有何心得，只是见他日日伏案，乐而忘倦，便频频向重庆报告。蒋介石闻知后传下指示：希望张学良每个月能上交一份"读史心得"，他要看看。虽然"兵谏"已过了四年，但他仍严密注视着这只让他吃了苦头的"东北虎"的一举一动，连他的所思所想也不放过。

赵四小姐的到来，使张学良的书桌边有了一个忠实的听众和伴读者，他读书的兴致越发高涨起来。研究历史需要做笔记，赵四小姐愉快地充当了书记员，日日替他摘抄书卷，制作卡片，录下心得，阐发观点，孤馆寒窗的日子陡然间红袖添香，佳人伴读，苦闷与寂寞顿时被扫荡了许多。

又是一季春光了。

灰蒙蒙的云雾渐渐散开，露出了好久不见的明澈阳光。山崖上，柳枝新绿初吐，空中乳燕穿梭。无数嫩绿的幼芽从黄色泥土中钻出来，在阳光下闪闪发亮。一阵和风拂来，山顶上便弥漫一片清新芳郁的气息。

张学良和赵一荻挽手并行于山上的林间小道。卸去穿了一冬的棉衣，身上轻松了许多，连脚步也变得分外轻盈。赵四小姐不时蹲下身来，采撷开在路旁石缝中的野花。有满满一大把了，她掏出手绢，让张学良帮着捆成一束，然后凑到鼻下，深深吸一口气。

"真香哪！汉卿，你闻闻。"她把花举向他。

张学良抬手将花接过，却没有放到鼻下。他双眉微蹙，似乎还在思考着什么。

"小妹，"他轻唤道，"还记不记得委员长送我的那部书？"

"什么书？"赵一荻怔了一下，旋即便嚷道："你是说那本明朝的《绥寇纪略》？木版印的，一共四本？"

张学良惊叹赵一荻的记忆力，欣赏地看她一眼，又转脸向着苍茫云山，缓缓道："1934年3月我就任'鄂豫皖三省剿匪总司令部'副总司令，蒋介石从南京赶到汉口，亲手送了我这部书。当时，他对我说：'汉卿，这是明朝末年绥寇的史书，写了李自成、张献忠、牛金星等反贼和明将孙承宗、洪承畴等人的情况，对当时的战争形势、胜负因果，都记述甚详，对今天的剿共战事很有启示和教益。'他要我认真读这本书，从中吸取历史经验。"

"对呀，你忙得没时间看，交给我保管一阵后又叫应德田读，把内容讲给你听。"赵一荻又忆起了当年的情形。

"应德田读了，也给我讲过了。"张学良沉入了对往日的回忆之中，盯着手中刚摘下的一截柳枝。"他是个激进派，读完书之后对我说，字里行间根本找不出什么绥寇的办法和经验，有的倒是另外一句话。"

"什么话？"

"'前车之覆，后车之鉴'，"张学良继续道，"他说书里所讲的不是什么绥'寇'，反倒是'寇'亡了'明'。接着他就向我进言，说我们当时的剿共毫无出路，应当按照共产党的倡议，联合各界共同对外，才不至于重蹈明朝灭亡的覆辙，我们也才能够打回老家，收复东北家园。不然内战不已，鹬蚌相争，外敌正好利用。"

张学良扔下手中的柳枝，慢慢地坐到路旁一块崖石上。"我当时虽然一句话没说，但心里却受了很大震动。后来，在我下决心发动兵谏的时候，我又想起了这部书和应德田说的那番话。我当时觉得，委员长倡行的剿共方针，同明朝皇帝的政策太相同了。我不想亡国，不想再打内战，所以，才咬着牙捅了天。"

一阵风拂来，掀起了张学良的衣襟。赵四小姐用手轻轻抚平他被风吹乱的头发，说："委员长可能想不到，他送你的那部书，倒起了相反的作用了。"

"是啊，他绝对想象不到，"张学良摇摇头。"前些年，一直忙于军务应酬，难得静下来读书。现在有这个机会，未尝不是件好事。历史上王朝的兴衰盛亡，教训太多了。多读点书，多了解点前人的事，可以免走好多弯路。"

"委员长不是还让你每个月给他写篇读史心得吗？"

"是呀。短时间我是出不去的。把我的所读所得记下来让他看看，多少也算是我对他的一份提醒，一份心意吧。"

赵一荻望着他，见他那双略带忧郁的瞳仁里，有一种希望幻灭后留下的沉静和一种无法摧灭的顽强。

"汉卿。"她唤了一声，扶住了张学良的肩膀。

热浪从她心中滚滚而过。

晨诵暮读，张学良继续沉浸于明史研究之中。

尘封的岁月，迷离的往事，随着书页的翻动，一段段、一幕幕地出现在他跟前；从历史隆隆的运行声中，他感到了一种前所未有的充实。

刘乙光见他那副埋头书本的痴态，开玩笑地说："副司令，再这么下去，你怕是要成历史专家了。"

张学良抬起头来，说："嘿，我倒还真有这个愿望哩。前半辈子领兵打仗，后半辈子读史著书，做人岂不潇洒。"

赵四小姐在旁边扑哧一笑，说："你不是当过东北大学的校长吗？以后你就去大学教历史，当个教授，我来做你的助教。"

"真要能这样，倒真是件美事，"张学良回答，"从一介武夫变成一介书生。"

"那不正应了祠堂门口的那副对联：'一朝觉悟，文经武纬是全才'了吗？"刘乙光说道。

三个人都笑了起来。

"不过，"张学良收住笑，很认真地朝向刘乙光说，"我这里闭门读书，缺乏交流，有些看法观点也不知对不对。还有这些书，真真假假，有上本没下本的，很难说会有什么大的收获。我一直想，是不是能从外面请几位明史专家来，大家一起研讨研讨。如果不方便的话，我去找他们也行。"

"这个……"刘乙光迟疑片刻，回答道："我恐怕做不了主，得请示戴局长才行。"

赵四小姐想说什么，却被张学良用眼神止住了。"好吧，你去问问老戴，就说我读书有些不明白的地方，要向专家们请教。"

过了两天，刘乙光向张学良回告，说戴局长认真考虑过。现在兵荒马乱，形势不稳，考虑到安全问题，暂时不宜同外界过多接触，请副司令谅解。

张学良一语未发，只向着墙壁"哼"了一声，目光便又回到了书上，不再理会刘乙光。

他知道，时至今日，蒋介石仍视他若虎，处处提防。为了西安的事，老蒋恐怕是永远不能原谅他了。

急匆匆的病中转移

1941年5月的一天，张学良感到腹中有些隐隐作痛。开始他以为是消化问题，没怎么在意，只服了几粒药片了事。没料想到了晚上，腹痛加剧，宛若刀绞，赵一荻急得连连跺脚，哭喊着去找随队医生。诊断结果，是得了急性阑尾炎，只有手术才能解决问题。随队医生这里，有个头痛脑热倒是可以对付，但要动手术，他是无论如何做不了的。

眼见张学良痛得蜷曲着身子，脸色煞白，冷汗淋淋，刘乙光也慌了，忙叫来汽车立即将张学良送往贵阳。他这边先行钻进一辆吉普车，风驰电掣般直奔贵阳，去提前见贵州省主席吴鼎昌。

对于张学良治病的问题，戴笠早有交代：小痛小病由随队医生解决，若遇大病，则送往贵阳，外科找名医沈克非，内科找贵阳医学院院长李宗恩。但无论找谁，均须事先向重庆军统局请示。

可是，张学良这病来得如此突然，病情又那么严重，要想等重庆的指示显然来不及了。于是，刘乙光先赶到吴鼎昌家中，将这位省主席从睡梦中叫起，报告了情况。吴鼎昌也觉得事情严重，怕耽误了无法交代，遂同意先将张学良送到贵阳中央医院，并立即拿起电话，要通了院长李宗恩。

天刚蒙蒙亮，送张学良的汽车开进了贵阳中央医院。此时，这家医院的所有住院病人已被迁走。当人们将张学良从车上扶下来时，从贵阳医学院找来的著名外科大夫杨静波和一班医护人员已经准备妥当，张学良一进手术室，杨静波便叫麻醉师替这位特殊病人作了麻醉，他自己则操起了手术刀。

赵四小姐被阻在手术室门外，她心急如焚，泪流满腮，口中不停地轻轻唤着"汉卿，汉卿"。

足足过了近一个小时，手术室的门才被推开，大汗淋漓的杨静波医生走出门来，长长地舒了口气。赵一荻和刘乙光忙上去询问。杨大夫摘下口罩，疲惫不堪地回答说，已经切除了阑尾，没有危险了，只要好好休息一段时间，便可以康复。

所有人都松了口气。赵一荻抹去脸上的泪，迫不及待地奔进手术室，同护士一道将张学良躺卧的可移动铁床推到了病房。刘乙光则忙着去发电报，向上司戴笠汇报详情。

重庆方面很快回电：准允张学良在贵阳住院，但须切实加强安全戒备。

为了不让外界探知任何风声，张学良被转到了易于防范的贵阳中医医院。住院部的两层楼均被包下，楼下住特务队的警卫和宪兵，楼上住张学良、赵一荻和刘乙光等人。院内外军警密布。

没有人能靠近住院部，连医生、护士也不知楼上住的是什么人。该查房换药了，医生们一走进病房，便有几个特务在一旁紧紧盯住他们的一举一动，所用的纱布、药片，也都要经特务队随队医生检查一番。

　　只有一个人可以随意出入这所医院，这便是贵州省主席吴鼎昌。他同张学良算不上朋友，但却是老相识，加之张学良现在是在他管辖的区域内，因此每过两天便来探望一次，送点鲜花、水果或滋补品。张学良没法活动，便让赵四小姐将枕头垫高，半躺着同这位省主席闲谈。吴鼎昌吃惊地发现，几年前那位耿直、豪爽的张学良现在居然是文气十足，满口的儒言雅语，而且言谈中引经据典，不乏醒世的精辟之见。吴鼎昌是文人出身，对张学良的一些见解十分欣赏，常常一来便待上半天，有时还携了夫人，让她陪着赵一荻说说女人的体己话。张学良对吴鼎昌亦有好感，每次一见他来，都显得十分高兴，有一次两人居然还在病房中赋诗唱和，其摇头晃脑的融融之态，令赵四小姐在一旁咯咯地笑个不停。

　　割阑尾是小手术，张学良平日喜好运动，身体素质又好，因此伤口恢复很快，手术后十天，便能在赵一荻搀扶下到院里散步，看园中姹紫嫣红的鲜花，听树上雀鸟啁啾，望暮云四合时天边的熔金落日，心情倒也十分悠闲恬淡。

　　到第三个星期，伤口完全愈合，刘乙光正在张罗着准备出院，张学良却把他叫进屋，说："我想在贵阳再住段时间。"

　　刘乙光惊愕地望着他。

　　"是呀，"赵四小姐在一旁插话道，"汉卿在龙岗山住了一年多了，想换换环境，在贵阳待些日子，有个病痛，治也方便些，不要再像这回，把人吓得要死。"

　　"这个……"刘乙光有些为难，望望张学良，又望望赵四小姐说："副司令，您是知道的，这种事我做不了主。我得请示戴局长。"

　　张学良微闭双目，没有说话。

　　戴笠的回电第二天传到了贵阳：同意刘队长所请之事。新点拟选为黔灵山麒麟洞。

　　黔灵山位于贵阳市西北角，距市区约 1.5 公里。这是由四座山联结构成的风景区，山上气候温和，古树参天，溪泉奇异，猕猴珍鸟出入林间。清康熙二十七年，登山小路被辟为"九曲径"，盘旋而上，数步一折，沿途怪石耸立，浓荫蔽日。山顶有一名为宏福寺的寺院，四周攒木千章，围绕如幄。山后有圣泉，山前有数处山洞清池和碑石。后山脚下，有青山环抱、碧波粼粼的黔灵湖，站在岸边的石堤长廊和水榭楼台上，可以饱览湖光山色。登上宏福寺右侧的象王岭，低首俯视，贵阳全城便历历在目。

麒麟洞位于黔灵前山，因洞口有一巨石酷似麒麟而得名。洞内幽深曲折，有天然生成的石花、石幔、石椅、石榻，冬温夏凉，比之阳明洞更显奇异。数百年前即有人以诗相赞："人间寻胜唯斯地，洞里乾坤别有天。"洞前还有一片平地，花木繁茂。一弯游廊濒临鱼池，举目便可望见对面秀丽雄劲的狮子崖。

张学良对这新居处十分满意，到后的第二天，便由赵四小姐挽着，去游宏福寺，出入祠殿，诵念楹联，而后又来到黔灵湖边，沿石堤长廊缓缓漫步。正是初夏时节，和风扑面，鸟语花香，周围的山林犹如清水洗浴过一般，青翠欲流；身畔湖波轻荡，柳丝低垂，有一股清新甜润的气息。

"'久在樊笼里，复得返自然'，其乐融融啊！"张学良不由得对景感叹。

赵四小姐听他念起陶渊明的诗，也随即接口念了另外两句："'问君何能尔？心远地自偏。'汉卿，山高水长，你自有挂云帆济沧海之日的。"

"到现在，我是什么也不想了，"张学良回道。"也算是'心旷神怡，宠辱皆忘'吧。"

二人四目相对，彼此淡淡一笑。

毕竟麒麟洞距市区太近，戴笠很不放心，数度致电吴鼎昌和刘乙光，要张学良尽量减少外出，尽可能将他的活动限制在黔灵山一带。吴鼎昌自知无法将戴笠的意思向张学良言明，便同刘乙光一道，分别找到军事委员会运输统计局监察处贵阳分处处长龚少陕，军事委员会别动军司令部贵阳办事处主任吴仲谋，财政部贵阳缉私处长郭墨涛，贵州省会警察局长夏松等一干比较稳靠的人，要他们常到麒麟洞陪张学良打麻将、玩扑克，或进行其他娱乐活动，尽可能地把他稳在山上。这些人都对"党国"忠诚，既是戴老板和省主席的意思，岂能怠慢。于是，今天这个去，

住在麒麟洞的那段时光，是张学良幽禁生涯中最热闹的日子。

明天那个到，麒麟洞中几乎天天都有客人。张学良已久遭疏远，到贵州后，除了戴笠来看望过，便只见到了吴鼎昌，现在见有人到山上看望相陪，自是十分高兴，以礼相待。久而久之，他和赵一荻都看出了点名堂：原来他们是要用车轮战术，把我天天困在山上啊。

张学良是个喜怒皆不掩饰的人，这么一想，对来人的态度便渐现冷淡，后来，便干脆对吴鼎昌说，你叫他们几个不要往山上跑了。我喜欢清静，留点时间让我转转山水吧。

吴鼎昌见张学良看出了他的心机，十分尴尬，却又不便于解释。这毕竟是戴笠、而非他自己的意思啊。为了表白自己，消除张学良对他个人的误会，吴鼎昌主动提出，过些天他想在花溪搞个诗会，请贵阳的名士墨客们聚聚，希望副司令也能赏光。

"是官方办的么？"张学良问。

"不是，"吴鼎昌回答。"纯粹是私人聚会。大家一起论论古，吟吟诗。听说副司令对王阳明和明史很有研究，到时候还要请你多多赐教。"

"哪有什么研究，不过是读点闲书消磨时光而已。倒是我还要向做学问的人多多讨教哩。"

吴鼎昌见张学良愠色已消，心上宽松了许多，辞别时又再次叮嘱："到时候愚夫就在花溪恭听副司令的佳词绝句了。"

花溪在贵阳城南 17 公里处。清流自广顺而来，三次出入于两山峡岈之中，入则幽窅，不知所向；出则平衍，田畴交错。有小山数座参差其间，或突兀孤立，或蜿蜒绵亘，形成山环水绕，水清山绿，堰塘层叠，河滩十里的绮丽风光。

吴鼎昌的花溪诗会地点，便选在位于花溪中心龟山上的汉云楼里。

张学良在几辆汽车的护卫下到达花溪时，吴鼎昌邀请的其他客人早已恭候多时，一见汽车驶来，纷纷出门相迎。他们中有贵州的三位名教授王梦淹、谢六逸、邹国斌，有国民党《中央日报》社社长王亚明，《贵州日报》社社长严慎予，《大刚报》社社长毛健吾，还有一位书法家，叫陈恒安。几位名士早就亲眼目睹或从照片上见到过张学良当年的英姿，可是，当张学良从汽车里走下时，却叫大家吃了一惊。当年风流倜傥、一身英气的张学良已经不在了，他们看到的是一个头发稀疏、两鬓微霜的中年男子，与人握手时也没有了军人的那种雄健。他们当然不知这些年张学良是怎么过来的，但一看他的模样，人人都料到，他遭到了巨大的磨难与摧折，不然仅仅三年多，何能让一个踌躇满志、雄姿英发的将军未老先衰！

众人心中，都有一番戚戚感叹。

好久没有与外界接触了，张学良显得十分兴奋，不停地问这问那，像是久已不谙世事。在吴鼎昌的提议下，大家先游花溪，到"坝上桥""放鹤洲"望瀑布飞泻，河水奔流，然后沿依依柳岸缓步而行，一路闲谈到了棋亭。

这是真正的幽静所在。耳畔流水潺湲，林鸟轻吟，眼前阳光万道，茂草生烟。张学良停住步，说："古人一定常在这里对弈厮杀，惊涛骇浪，甲兵万千，在平缓幽静中创造山摇地动的雄伟。"

张学良语气很平很淡，但人人都感觉到，曾经统兵数十万的将军正在隐述他心中的渴望。他的意志远远没有衰老。

可惜，没有人能去触到他激荡的心涛。吴鼎昌和刘乙光早就有言在先：花溪赏景，只谈风月。

回汉云楼吃过午饭，名士们诗兴发动，纷纷填词赋诗赠与他们早就仰慕的将军，句中不乏劝安慰宁之辞。陈恒安即兴挥毫，将早已填好的一阕词题写给张学良，谦言道："赠给将军补壁而已。"

张学良接过一看，陈恒安填的是《南乡子》：

> 北国暗云稠，戎马倥偬战未休。半壁山河是旧垒，忧忧！
> 收复故土志未酬。将军胆识优，易帜兵谏有权谋。拟向苍穹摘
> 北斗，休休！ 醉向花溪垂钓钩。

其词对张学良是一番盛赞，字也漂亮，笔力苍劲，潇洒飘逸，张学良连连称赞："好字！好字！"向陈恒安微鞠一躬，表示感谢。

接着，邹国斌教授站起身，说："敝人有首拙诗，写得不好，但却是想了好久，想当面念给张将军。"说罢，诵诗道：

> 壮志欲酬，光我神州，疆场气壮，
> 百战未休。力主杀敌，袍泽同仇。
> 东北易帜，版图固有。西安兵谏，
> 震撼全球。抗日复地，万民效道。
> 促成抗战，扫荡瀛洲。将军赋闲，
> 昊天罔求。花溪度夏，韬晦权谋。
> 风雷再起，碧霞畅流。

邹教授读诗声音不高，但却是抑扬顿挫，充满激情，未及念完，声音里已有了些许颤抖。

接下来，几位名士都一一赋诗，多是赞誉和勉慰之辞。吴鼎昌也填了一首《鹧鸪天》，词中有句云："甲被卸，任遨游。一让飘踪随他去，花溪伴随度春秋。"

见人们纷纷用诗赞慰自己，张学良十分感动，每当一人念完，他都要站起身来，鞠上一躬，再紧紧握一下对方的手。

"是不是请张将军也赋诗一首，留个纪念，不枉有此花溪幸会啊。"王梦淹教授提议道。

众人都表示赞同。严慎予说："早就仰慕将军英名，今日有见，三

生荣幸，能得一诗，更是永志难忘。"

张学良心中涌起一阵莫名的激动。

想当年，金戈铁马，雄姿英发，何等豪迈风流；视如今，身陷囹圄，难消寂寞，纵有美景良辰，又何能平抚躁动的灵魂！

他站起身来，凝眉沉思一阵，遂轻轻念道：

> 犯上已是祸当头，作乱原非愿所求。
> 心存广宇壮山河，意挽中流助君舟。
> 春秋褒贬分内事，明史鞭策固所由。
> 龙场愿学王阳明，权把贵州当荆州。

这是张学良被"管束"之后，第一次在公开场合论及西安事变。诗一念完，他端起面前的酒杯，一饮而尽。

谢六逸凝注着张学良。良久，说了一句："将军心思，我算是知了。"说完，也端起酒杯，一饮而尽。

沉默之中，其余诸位亦一一将酒饮尽。

省主席吴鼎昌也不例外。

后来，这首诗传到了蒋介石手中。他看过之后，只说了三个字："诗言志。"

"花溪诗会"后，知道张学良住在黔灵山的人逐渐多了起来，麒麟洞一带，常有人徘徊，想一睹张学良的身影。

刘乙光深感不安，连连向重庆请示：是否将张学良移往他处？

戴笠回电：将张学良迁至贵阳以北 100 公里处的开阳县。

离开风景秀丽的黔灵山，张学良自是不情愿。可是，一个失去自由的人，又何能与之抗争？ 当刘乙光进屋来向他报告迁移消息时，他只轻轻说了声："搬吧。"便转向别处，再无二话。

刘乙光前脚刚走，跟随张学良多年的两位副官便走进了屋子。

张学良被"管束"之后，随身带了于、应、李三位副官。他们均是张学良亲自物色的人选，能文能武，长期以来被张学良当做心腹。于凤至离开时，带走了于副官。当时，李副官也有走的意思，但张学良没有答应。现在，眼见又要搬迁，张学良显然已没有了获释的希望，李副官又起了辞别的念头，拉着应副官一道来帮他说情。

现在，看见李副官迟迟疑疑、畏畏葸葸的样子，张学良已猜出了他的心思。没等他开口，便问："是不是不打算随我去开阳了？"

"副司令，"李副官怯怯地说，"我家中有些实际困难，我想回去看看。"

张学良沉默了好一阵，终于说道："人各有志，我也不强留了。你走吧。"

"谢谢副司令！"李副官的眼泪突然夺眶而出，垂着头哭诉道："我对不起副司令！这些年，您这么关照我，提拔我，可是我却不能报答您！我……我实在是受不了了啊！"

"不要说了！"张学良一声大喝打断他，"你走吧！"转过脸，他又望着应副官。"如果你要走，我也放你。你们都可以走！"张学良的脸因为激动，被突然涌上的血充得通红。

"我决不离开副司令！"应副官啪的一声立正。"哪怕是到天涯海角，我也寸步不离！"

"谢谢你，应副官。"赵四小姐走上来说道。"你们先下去吧，让副司令休息一会儿。"

两人退下后，赵一荻扶张学良坐下，柔声道："汉卿，你不该对李副官发火的，他毕竟跟了你这么些年。"

"是啊，"张学良叹息一声。"这日子过得这么艰难，我都受不了，何况他们。"停了停，又说："这些年李副官对我还是尽了心，尽了力的，相处得也有了感情。他这么提出来，肯定也是下了好大决心的，我也就不要再为难他了。这样吧，小妹，"他吩咐道："走之前，送些东西给他，再给点钱，算是我的一点心意吧。"

李副官为此感动得呜呜直哭。

走的那天，李副官自觉无颜再见副司令，天刚蒙蒙亮便提着行李出了门。麒麟洞中，此时一片寂静。李副官立于一棵树下，先是向张学良住的方向敬了个军礼，而后又深深鞠了一躬，这才一步一回头地沿九曲小径走下山去。

他没有想到，九曲径尚未走完，早已守候在山下的几名宪兵便将他扣押起来，关进了一间小黑屋。李副官大吵大嚷，呼喊着要见刘乙光。

他同样没有料到的是，主使扣留他的正是刘乙光。

几年间，特务队、宪兵连的人员去留补充，均有严格规定。来者须接受严格考查，既要能力突出，又要忠诚可靠。离队者则要起誓：决不向外界泄漏任何有关张学良的情况，否则甘受军法治处。按照戴笠所下的秘密指令：凡是从张学良身边换下来的人，一律派往作战第一线或是边远地区，严防张学良的"管束"情况外泄。

但是副官们就不一样了。他们是张学良的人，不受军统局的节制，他们的去留不由军统局负责。但是，他们恰恰又是最了解张学良情况的人。在张学良身边时，刘乙光不能支配他们，但是，一旦离开张学良，那他们的命运便又掌握到了军统局的魔掌之中。

对李副官离开张学良一事，刘乙光向重庆作了几次报告，戴笠两次回电。第一次电文内容为：不可让其擅流社会，拟先将其扣下。第二次电文则明确指示：将其押往息烽监狱。

希求获得自由的李副官，连一天自由的日子也没有得到，便成了黑牢囚徒。1946年，他从息烽监狱转到了重庆的渣滓洞，1949年11月27日，他同所有被关于歌乐山的"政治要犯"一道，被国民党刽子手残酷杀害。

不过这一切，张学良全然不知。他一直以为，李副官已安返故乡，同家人共享天伦之乐了。

没有人对他叙说真情。他不幸，他的部属更为不幸。

怕是看不见太阳了

1942年2月。

凛冽的朔风中，张学良和赵一荻踽踽行走在贵州开阳县刘育乡的阡陌小道上。

抬头望望天空，顶上一片灰色，呈现着一种混沌沌的气象。原野、篱垣和树林全像被寒气捅杀了，四下里没有一丝生气。初来开阳，心上本就有生疏的淡漠，所见到的又尽是迷雾，昏濛的早晨接着萧瑟的黄昏，窗棂也冥黯得瘆人，张学良的情绪自然就被染上了暗淡的色彩。

开阳县是古驿，始建于明崇祯三年，后设县治。开阳地处黔北，三面濒临大河；东南清水江、北面乌江激浪飞溅，九曲回环，咆哮东去，是难以逾越的天险，自古乃兵家屡争之地。

刘育乡与开阳县紧紧相邻，是贵阳至遵义、湖南的交通要冲，距贵阳82公里，距当时的"陪都"重庆420公里。刘育周围山峦起伏，群峰叠嶂，地形险要，亦是一个可攻可守之地。对于国民党当局而言，此地还是一个"堡垒"，国民党第16补训处、税警团和南京汤山炮校等军事单位，都先后驻扎或迁移至此地，县长、乡长，都是蒋介石的忠实门徒，封建袍哥势力也十分深厚。

自张学良从湖南迁入贵州后，戴笠便一直想把刘育作为张学良的长期幽禁之地，于1941年9月，指派军统局在此地建造所谓"行辕"。"行辕"者，统帅出征执事之地也，可是，蒋介石从未到过此地，打着造"行辕"的名义，不过是为日后押禁张学良掩人耳目。

"行辕"位于黔北古道南侧，距刘育寨子以东百米左右，从东南方向望去，其地形颇似把椅子，营区正修建在"座位"上。附近四周山头上修有四座碉堡和几座哨棚，警戒森严，令人望而生畏。张学良和赵一荻的居处位于正房，相连着图书室、澡堂、会客室和副官室，特务队的办公室和住房与此相对，营房周围院墙高筑，哨棚峙立，整个"行辕"覆掩在参天古树之下，既显得幽静，又有一种阴森神秘的气氛。

张学良到达刘育那天，天气格外阴沉，凉风飕飕吹过，让人深觉残冬的寒意。他身穿灰色旧棉军装坐在藤轿上，木然地注视着沿途的山水景致。到镇上时，正逢赶集，老百姓见突然来了这么多大兵，都很惊奇，胆子大一点的，纷纷凑上前去看热闹。为了做做样子，在刘乙光的安排下，乡长廖文钦组织了个不大不小、不冷不热的欢迎会，参加者除了乡公所成员和乡丁外，大都是刘育小学的学生。张学良耐着性子听完乡长的欢迎辞，接着便去了"行辕"，脸上没有一丝热情。

随着张学良迁至开阳，各特务机关、组织的势力也随之渗透进了这个荒僻之地。军统局、中统局都在开阳县设立了直属小组，国民党、三青团的组织也在这里设了区分部、监察员，并对全县的国民党员进行普遍轮训。为了对张学良进行"慎重防范"，控制社会舆论，在"军统局驻贵阳站"的协助下，国民党开阳县政府专门编写了一份《张学良到底是个什么人？》的小册子，广为散发，说西安事变是张学良"倒戈造反"，是"劫持统帅的叛逆行为"，欲使民众从心理上与张学良隔离开来。

令张学良气愤不已的是，一到刘育乡，对他的监控更为严密了。除了宋美龄和宋子文寄来的信件外，其他亲友们寄来的书信包裹无一不被打开检查；他的活动范围被划定为半径 10 公里，每要出门，"护送'的警卫从过去的十来人增加到三五十人，一路上戒备森严，很难单独同当地的民众接近。

张学良无以排遣日渐加深的寂寞孤独，常常独自在辕门外那棵古老的青枫树下沉思，听枝头小鸟自由自在地嬉戏，脸上满是愁苦之色。

在麒麟洞时，每日尚可看到《中央日报》和《贵州日报》，得以知晓外面的一些情况。到了开阳，外界的消息忽然中断。仅仅才一百来里地，就恍若进了另一个世界。他去问刘乙光，能不能找点报纸看。刘乙光面有难色，迟疑半天，才说："这里地偏，报纸一时半会儿送不来……"

张学良很想对他说，这儿离县城不是才几里地吗？难道县太爷也看不到报纸？

可是他没问。他明白，他们对他的待遇随一次次搬迁逐渐降格，现在连报纸也不愿给他订了。他相信，这绝不仅仅是刘乙光的主意。

一股巨大的愤怒从心上涌起，随即又泛起一阵悲哀。阶下之囚，俯仰由人哪！他头一摆，怅然而去，直走向寒雾弥漫的山野，走向树枯叶黄的小路。

赵四小姐匆匆赶上来，柔声对他说："汉卿，大的气都受了，这点小气难道还忍不下？"

张学良深深吸口气，胸内顿觉一阵潮润。"这儿雾好大啊。"他突然说，语气中好像已没有一点愠怒了。

赵四小姐一阵心酸。他是用了多大力量才抑住了自己啊！山无言，地无言，她亦无言，只上前轻轻挽住他，将头倚在他的胳膊上。

虽已近中午，但雾似乎毫无消散的意思，反而愈来愈浓，几米开外便不见形影。

"怕是看不见太阳了，"张学良轻轻说，眼光定定地盯住围遮上来的雾气。

赵四小姐心上微微一惊。她当然明白，他此时所说的"太阳"是指什么。"雾终归是要散的呀，汉卿。别那么想。"她宽慰道，"以往不是也见过很多雾的吗，到后来还不是都散开了。"

张学良偏过头望着赵一荻，有些感动地拍拍她的手。"小妹，跟着我，让你吃苦了。"

"怎么还说这个？"赵四小姐嗔怨地看他一眼。"你我两心相知。自打 1928 年我们相识，我就下决心把自己全部交给你了。难道你忘了你给我的那两句话了？"

"岂敢。"一说起往事，张学良脸上顿时浮现出一丝快慰。"'同命相知，生死与共'。这些年，你做到了，我也做到了。"

"那你还说那些生分的话干什么？"赵一荻责怪地摇一下他的手臂。

"有你相伴，即便是死……"

"别这么说，"赵一荻急急用手去捂张学良的口。"你可千万别说那个字。雾终归会散的，不见到太阳，你心甘吗？我心甘吗？"赵四小姐脸上表情变得分外庄严。

就在这一瞬，张学良陡然觉得，身旁的这位佳人，心地比自己还要宽阔，还要坚韧。

男儿有时也不如女啊！他不由得感叹。

严寒渐渐消失。浓雾淡散开来，乌云也分裂成了小小的卷缩的云朵。被寒冷束缚了一冬的耕地，被犁头猛地翻转开来，呈现出旺盛的生命力。温暖的空气从天空、从地面流动交融一起，汇成一股和风，将单调的土地吹出一片新绿。

在日复一日对明史的苦读之中，张学良跨入了被"管束"的第六个春日。

开阳是"夜郎国"之地，不大，闭塞，难有可心的去处。张学良的时日，都消耗在运动与读书之中了。

球场上，他仍像一只猛虎。左右奔突，蹲伏跳跃，潜藏的力量顷刻间迸发出来，一只球被打得嗖嗖作响，来回横扫，像操纵着一尊山炮。

警卫们在一旁看得眼花缭乱。人人都想，若还他那支军队，他一定会横扫千军如卷席的。

静下来他就读书，一章一节，字字句句，他都读得那么专心，那么认真。一个个王朝在他眼底浮现，史海波澜拍击着他的心胸。读到快处，他击节而呼；逢到哀处，他则推案而起，怅然喟叹。

如此一来，现实的世界反倒离他远了。他的整个身心都在似有重力又无重力的遥远历史中荡漾起伏。前人的成败，往世的兴衰，令他遐思无限。

他对赵四小姐说："我早就相信，历史发展是要循环的。但没有想到，有时候历史的重复是这么惊人。"

赵四小姐本想说，若是你早读这些书，你的处境绝不至此。但她翕动着嘴唇，却终于没有出声。

"不读历史的人，终究不能成其大业。"张学良继续说，同时用征询的目光望着赵一荻。

似乎是有意避开他的话题，赵四小姐凝视着他："汉卿，你太累了。"近些日子，他晚上常常失眠，眼里有了血丝，脸上瘦了许多。

张学良淡淡一笑："我这个人，从来闲不住。真正闲了，才会觉得累哩。"

"可也不能一天到晚老看书呀！ 这样对你的眼睛也不好的。"赵一荻将他的书轻轻合上。

"那又能做些什么？"张学良问。"这里的气氛沉闷得很，我哪儿也不想去。与其慵懒度日，倒不如读些书。"说着站起来，背转过身。

后墙上，挂着他写就的一首词。两个月前，听闻日军七万多人进攻长沙，被中国军民打得落花流水，他兴奋不已，当天便吟就了一首《鹧鸪天》，马上提笔写下来，挂到了墙上。

> 欣闻长沙传捷报，敌骑难越旧山河，
> 关军能继先哲志，碧血黄沙把敌却。
> 民欢庆，我亦乐。
> 乘胜直捣长白山，松花江畔奏凯乐。

此刻，他又轻声念起了这首词。良久，自言自语地说道："现在局势不知怎样了？"

"这里看不到报，什么也不知道，"赵一荻抱怨道。"过两天我们去县城里转转，兴许能得到点什么消息。"

张学良默默点头。

当张学良对刘乙光说他要去县城里看看时，刘乙光却表示了反对。

"我们得到消息，这些日子形势很不稳，"刘乙光说，"前些日子，我们的空军远航轰炸了东京和名古屋，日本人一直想报复，正大规模调兵遣将。敌人的间谍也活动得厉害。县城最好就不要去了，要去的话，到乡里好了。今天正是新贸易集市开市的日子，热闹得很哩。"

张学良很不高兴，但有火却发不出来。赵一荻的本意是让张学良出去走走，散散心，至于去哪里，根本就无所谓。所以，她拉住张学良，说："刘秘书说得也有道理，我们就去刘育乡转转吧。赶集也正好买东西，我们弄点新鲜蔬菜回来，我给你换换口味。"

张学良便不再言语。

刘育乡本无集市，当地的乡绅和乡长廖文钦早就想在这里开集，但一直未得实现。几年来，刘乙光一直在私下里悄悄做着生意，张学良到刘育后，刘乙光找到乡长，说何不在此地设个集市，并透露出他自己也有点生意想在此地做做。这个想法正中廖文钦和当地封建把头、乡绅们的下怀。刘乙光是军统少将，他们正好借这棵大树乘凉，两下一拍即合，遂在刘育乡设了贸易集市，遍请四乡行商坐贾来刘育设市，又向各保乡民发出官方文书，通知乡民携带农副土特产品，到集市售卖交流。

张学良一行来到集市，令筹划者们格外高兴。开场之时，鞭炮齐鸣，热闹非凡，乡公所前摆上了二十多桌酒席，让张学良坐了上席。张学良得知这天是开场日，出门时便吩咐警卫们带了他的红"吉士"、"杜米罗"等美国铁听高级香烟，送给商贾们品吸。在讲话时，张学良鼓励客商们好好经营，活跃刘育市场，方便百姓。当客商们拿出礼品赠送给张学良时，他一再谢拒，最后，盛情难却，才收下了两斤四川金堂产的叶烟。

开场仪式开始时，一名叫郑韵芝的商人正坐在张学良身边。得知郑韵芝是专卖苏广杂货的摊贩时，张学良显得十分高兴，说一会儿一定去买他的雪花膏和生发油。

果然，午饭之后，张学良和赵一荻来到了郑韵芝的商摊。赵四小姐指着摊上的货物，说想买点"维尔肤"和"生发油"。郑韵芝见张学良真要买他的货，高兴中又显出几分尴尬，说："雪花膏倒是真货，生发油小瓶的也可以，大瓶子里是我用山茶籽油熬煎以后加的香精……"

张学良见郑韵芝显得不安，便微微一笑，说："不能生发，可以用来擦机关枪打日本鬼子嘛。"

张学良、赵一荻在货摊前逗留一阵，同郑韵芝聊起了家常。临走时，张学良见郑韵芝不停凝注着自己的手杖，便说："嗯，你这位兄弟很好，对我说了真话，我也让你看看这东西。"说着，将手杖递到了郑韵芝面前。

张学良的手杖不仅精致美观，而且藏有秘密，曲形握柄头上，装有一个打火机，打开一个隐形小盖一按，便有一柱火苗升起。握柄中央，是只微型计时器，放到耳边，可听见清脆的细响。更令郑韵芝惊奇的是，张学良的拇指在柄上一按，同时将握柄向边上一扭，"咔"的一声便抽出一支一尺多长的闪光利剑来。

郑韵芝禁不住连连称奇。

离开郑家货摊，张学良一行又沿街转了一圈。由于是初次开场，赶集的人并不多，但总算是有了些摆在路旁的土特产品。张学良饶有兴味地逐摊观看，最后来到摆了些蔬菜的街尽头。

赵四小姐看中了一堆白嫩嫩的卷心菜，这是张学良最喜欢吃的蔬菜之一。问问价钱，便宜得惊人，只两分钱一斤。卖菜的是个须发皆白、衣衫褴褛的老人，佝偻着腰，像是随时都可能扑倒在地。趁着赵四小姐挑菜之时，张学良同老头聊开了天，得知他已是76岁高龄，因为儿子被抓了壮丁，孙子们又嗷嗷待哺，只好撑着一把老骨头担着菜走了30里地，来换点油盐钱。老头的一番话，使张学良顿起怜心。赵四小姐共挑了10斤卷心菜，只须付两毛钱，可张学良却叫赵四小姐拿了张5元的钞票递过去。老头张罗着要找钱，张学良却按住老人的手，说："不必了，老人家。买杯酒喝，交个朋友吧。"说完便转身而去。老头一生何曾受过这样的恩惠，感动得老泪纵横，望着这位善人渐渐远去的背影，连声说："菩萨保佑善人哪，菩萨保佑善人哪。"

张学良显然听见了老人的话，但却再没回头。走出好远，他才低沉地对赵一荻说："这天底下，穷人太多，不平也太多！"

此后张学良连着赶了好几次集，既去刘育乡，也到附近几个乡。有时步行，有时乘车。为不使人注意，汽车远远地停在镇口，张学良背着两手，缓缓步入集市。从打扮上看，他像个商人，又像是教书先生。但是，人们看看簇拥在他身边那些威风凛凛、虎视眈眈的人，便慌忙避到一旁，为这外地人让路。这地方，何曾有过这么铺排、这么气宇轩昂的商人或教书先生？

终于去了一次开阳县城。转转街，逛逛商店，又去戏院兜了一圈。台子上演的都是些老掉牙的戏，而且演技拙劣，腔调呆板。看了一会儿，待不住了，站起身拂袖而出。

"台上那老生，还不如我唱的哩，"他笑着对赵四小姐说，"你要上去，也准比那花旦唱得好听。"

"我可不敢这么说，"赵一荻道，"我倒是好久没听你唱过戏文了。听大姐说，你在苏仙岭的时候，还让许队副拉胡琴吊了阵嗓子，把大家肚子都快笑破了。"

"嗨，我天生五音不全，不过是吼吼而已。哪天你想听，我再给你吼吼。"

"那好啊！选段戏文，我陪着你唱。"赵四小姐边说边抿着嘴笑。

刚走出戏院不远，便见一个警卫上气不接下气地跑上前来。张学良吃了一惊，以为出了什么大事，刚想发问，警卫却揭下帽子，抹一把额头的汗，说："副司令，快！快去看老虎！"

"老虎？什么老虎？"

"有人打了只老虎，请副司令去观赏。"

"是吗？"张学良顿时来了兴趣，拉着赵一荻便跑。

老虎是几个乡下穷苦猎人打的，用杠子抬了到城里来叫卖，由县长出钱将虎皮买下，又叫人去请张学良前来观虎。

张学良赶到时，放虎的大院已围得水泄不通。张学良走到近前观赏一阵，见这虎皮色斑斓，足有六七百斤，虽一动不动，但乍一看，仍让人觉得惧怕。

细细地听完猎人们打虎的经过，张学良连连赞赏道："好啊，你们真是当代武松哪！"说罢吩咐人拿出 30 块大洋，犒赏给猎人们。

猎人们一个个都感激得连连称谢，却不知道这位给赏钱的是何人。后来悄悄一打听，才知是张学良将军。众人都大惊。一位猎户很是羞惭地说："张将军才是真正的英雄好汉，我们打只虎算得了什么，可当着他的面我们还洋洋得意呢！"

当不成养鸡大王了

大约过了一个星期，张学良和赵一荻又去了一趟开阳。

这次去是专程跑马。开阳县长养了一匹陕西良种黑马，起名"冈村"，以示对日寇的轻蔑。张学良自幼就喜欢骑马，在西安时曾重金买了匹雪白的快马，起名为"盖西北"，奔跑起来有如一道雪白的闪电。自被"管束"后，骑马这项运动便基本取消了，偶尔骑骑，大都只跑得了几里地，完全没有了过去纵横驰骋的畅快。但开阳县内有一大校场，是个理想的跑马场地，张学良偶然听人说起县长的黑马，又听说有个大校场，便坚持来到县城，要借县长的马"蹓跶几圈"。刘乙光见张学良一再坚持，只得表示同意，吩咐警卫们在大校场周围严加防卫，不准任何闲人走进。

为了跑马，张学良特意穿上了黄呢军马裤和长统黑马靴，镀铬的马刺在鞋后跟闪闪发光，头上又戴了顶鸭舌帽，显得格外英武矫健。

来到大校场，张学良脱掉中山服，现出白色衬衣和一件毛呢西装背心。他接过马缰，先拉着马走了一阵，接着便翻身上马，一扬鞭，黑马便飞驰起来，在后面拖出一道黄烟。

虽然好久没有骑马，但张学良的骑术并没有完全荒废。才跑了两圈，张学良对马的脾性已有所掌握，动作也随之放松，变得轻捷熟练起来，马蹄的节奏也愈见加快。人们只见张学良弓身伏在马背上，手中的马鞭一挥一扬，马蹄"滴答滴答"的声响让旁观者们也禁不住兴奋起来，纷纷鼓掌。

足足跑了半个时辰，人累了，马也累了，张学良这才放慢下来，翻身下马。赵一荻迎上前去，递上一条毛巾，十分欣喜地说："汉卿，你骑马的神气儿又让我看到了你过去的样子！"

"过去的样子？"张学良一边擦汗一边应道。他看了赵四小姐一眼，又回转头看着大校场。马蹄踏出的烟尘仍未消散，他的目光追随着烟尘升起，渐渐又变得迷茫起来。

跑完马，赵一荻说想到县城里转转，买点东西，一行人又来到了大街上。刚走不远，便见到一家店铺门口围堵着一大群人，正互相推搡，叫骂不止。人群中心还有人在挥动拳头。

"有劲不去打日本人，却同胞相残，成何体统！"张学良呵斥一声，叫警卫们上前，将纠纷的人群驱开。他走到近前，望着一个鼻孔正淌血的人问："你们为什么在大街上聚众闹事？"

没人知道张学良是什么人。但一看他和手下人的威势，便料此人来头不小。于是，被殴者只得从实招来，说是已经缺盐好长时间，县里虽然规定每人每月可购一斤，但是因缺货，常常是淡饭淡菜下肚。今日店铺里进了几百斤盐，人人都来抢购，争得打闹起来。

"缺盐的事怪不到你们，但买盐总要讲个秩序，不可以乱哄乱抢，扰乱民心！"张学良严厉地说。他令众人重新在店铺前排好队，又对店老板说，凡是恃强捣乱者，一律不得售给。

街面秩序很快得以恢复，沿着街边，购盐者清清爽爽地排了一列。

张学良在一旁监督一阵，这才离开，走了几步，又突然停下，叫警卫去找县长，说他想找这位本地的父母官谈谈。

一听说张学良来访，县长大吃一惊，但随即一想，他许是因为跑马的事来表示感谢的。于是满面笑容地迎到门口，却见张学良满脸冰霜，一见面便说："县长大人，我想向你提个建议。"

"请张将军赐教，请张将军赐教。"

张学良便把刚才街上为盐斗殴的事讲了一遍。

"市民为盐斗殴，自是有刁顽习气，但其起因却是为盐。不知为何不能多进些盐货，以绝市场上的哄抢？"

"张将军有所不知啊，"县长连忙分辩，说是因为抗战，原来从省上进的盐常因运输等问题解决不了，不能及时运到开阳。盐务局长上周去了趟贵阳，省里也没有了存货。"

"那何不去四川的自流井进盐呢？"张学良又问。"开阳离四川并不远嘛，何必非倒往贵阳跑不可？"

"盐务是省里统起来的，我们直接从四川进货，资金没法解决啊。"县长面有难色。

张学良略略沉吟，然后对县长道："我住在开阳，喝开阳水，吃开阳米，自然也应当为开阳人民做些事情。没有资金我来想办法，务必让老百姓吃上盐。你这里赶快组织运输，从速去自流井拉些盐回来。"

县长感激万分，忙起身向张学良作了一揖。"我这里代表开阳的父老乡亲感谢张将军了。一个月内，我若再让开阳人吃不上盐，就挂印回家种地。"县长说完，便吩咐人去叫盐务局长，商量去四川自流井运盐之事。

张学良通过刘乙光，将购盐所需资金一事通报了重庆的戴笠，戴笠又传电与省主席吴鼎昌，很快便给开阳拨下了一笔盐款。不到10天，开阳百姓已不再为吃盐犯愁。

开阳的人对县长千恩万谢。能解决老百姓生计大事的官自然是好官，"父母官"名声因此大振。

只有很少人知道，他们真正应当感恩戴德的，是羁居刘育乡的张学良将军。

连着赶几次集的另一个重大收获，是张学良买回了七八十只小鸡。

许是因为生活太寂寞了，张学良竟然对养鸡产生了兴趣。集市上，卖鸡的农民说，这些刚孵出的小鸡长得快，只三四个月，便可达五六斤重。

"我们的院子那么大，喂几十只鸡根本不成问题的。"张学良兴味盎然地说。

赵一荻见张学良起了兴趣，也表示赞同。"这儿的人都说，不养鸡不像过日子的样子。等它们长大了，我一天给你炖一只，让你好好补补身子。"

住房边的空地上，用篱笆圈起了一个鸡栏。几十只鸡关在一起，叽叽喳喳，活蹦乱跳，热闹得很。不几天，张学良就像是同这些家禽有了感情，清晨一起床，便要来到鸡栏外边，看小鸡们争抢菜叶和米粒。小鸡尖尖细细的叫声在他听来是那么悦耳，清亮，不由自主地激发出对生活的巨

养小鸡给赵一荻的生活带来了极大的乐趣

大热情。有时候，他会亲自给鸡喂食，口里发出"咯咯咯"的诱食声。赵一荻在一旁见了，觉得十分有趣。

"你这副样子，还真像个养鸡的呢。"她说道，随手抓一把米粒，扔到鸡群中。

"养鸡有什么不好，自食其力嘛，"张学良回答，"没准哪一天，我还会养鸡发财呢！"

"你想当养鸡大王？"

"说不定呢，"张学良拍拍身上沾的菜叶，"你别看现在只有七八十只，几个月以后，就会有一百多只，再往后，就有两百只，三百只。我再把这儿修个正经的鸡场，生蛋的专门生蛋，孵小鸡的专门孵小鸡，用不了几年，我不就是个养鸡大王了吗？"

赵四小姐似被张学良的话说动了。"要真是那样的话，我们忙还忙不过来呢。"

她蹲下身子，从鸡栏边捧起一只小鸡。"你们可得快快长啊，千万不能辜负养鸡大王的希望哟。"

张学良在一旁乐得哈哈大笑。

可是，他们的"鸡王梦"并没有做上多久。眼看鸡已有半斤重了，突然袭来了一场鸡瘟。开始是几只鸡不进食，耷拉着脑袋，没一丝生气，接着便出现了死鸡，而且传染面越来越大。张学良慌了，忙叫人从县里请来兽医，给了几大包药拌进鸡食里。可是情况不仅没有好转，反而死鸡越来越多。

不到一个星期，七八十只鸡全部死掉。

耳畔再没有了清清亮亮的鸡鸣，两人好一阵悲哀。

看着警卫们拆去鸡栏，赵一荻忍不住落了泪。

"当不成养鸡大王了。"她喃喃说。

"嗯，当不成了。"张学良也喃喃自语，目光有几分呆滞。

这之后，张学良一连好些天都打不起精神，不是独自关在房中，便是在院中椅上坐下，望着远天出神。

为了让张学良高兴起来，刘乙光通知宪兵连和驻扎在附近的特务二团的军官们来"行辕"陪张学良下棋、打牌、玩麻将。张学良玩牌的技术不高，但却特别喜欢打湖南人的"跑福子"（类似川牌的娱乐牌），但多半他是输家。牌桌上的事张学良从不耍赖，输了就付钱，决不拖欠；而有时他赢了，别人没给钱，他也从不计较。

同军人们在一起，张学良变得开朗了些，有时便讲起他在东北军中的旧事，高兴了还开几句玩笑，但绝口不谈政治。有次打牌，住贵阳的宪兵一团团长阎俊也在座。玩牌尚未开始，阎俊想套近乎，问："张先生最近看什么书呢？"一副要打探张学良生活内容的样子。张学良十分反感，眉头一皱说："我有什么书可看！"说罢就举起茶杯喊道："送客！"弄得阎俊尴尬不堪，怏怏而去。

离"行辕"大约两三里地，是因日寇入侵而从南京迁来的南京汤山炮校。由于此地偏僻，师生们生活枯燥，校方便常举办联欢晚会，每一次，都邀请张学良出席。在许多老教官们的心目中，张学良毕竟曾任过"陆海空军副司令"，是一级上将，现在虽受"管束"，但其声名仍在，至少仍是一位敢作敢为的硬汉子军人。每逢炮校来邀，张学良从不拒绝，寂寥的生活中，能偶尔回到军人们中间，与他们同唱同乐，他觉得是一大快事。

炮校有个京剧团，每次演戏，常请开阳中学的国文教员李源浦用胡琴伴奏。一次晚会上，李源浦用南胡演奏了《霸王别姬》中的舞剑一段曲调和《夜深沉》，指法娴熟，琴声优美动听。张学良坐于台下，闭目细赏，频频点首，十分惬意。知道张学良喜听胡琴演奏，以后的晚会上，李源浦总要拉些古典曲调，如《汉宫秋月》、《昭君出塞》、《梅花三弄》、《大江东去》。渐渐地，张学良同李源浦交上了朋友，常请李到"行辕"里，拉几曲欣赏欣赏。拉完琴便是聊天，谈京戏、谈曲调、谈戏班，二人十分投合。一次张学良问李源浦，会不会拉《流亡三部曲》，李源浦很遗憾地说他不会，不过可以学，待学会了一定拉给将军欣赏。张学良连声道："好，好，我就等着听你的琴声了。"

不几天，张学良一行正在山上游玩，半山上遇见了上山采集植物标本的开阳中学的师生。见到孩子们活蹦乱跳的样子，张学良十分高兴，在草地上坐下来同大家聊开了天。得知一位叫蒋文惠的女生歌唱得好，张学良和赵一荻便鼓起掌来，非让蒋文惠唱来听听不可。虽然面对那么多生人，但见张学良和颜悦色，赵四小姐又是那么温婉和善，蒋文惠鼓起勇气便放开了歌喉，而唱出口的正是张学良想听的《流亡三部曲》："泣别了白山黑水，走遍了黄河长江……"第一部唱完，她又唱第二部，到第三部，边上的同学们也加入了进来。"走！朋友，我们要为爹娘复仇。""我的家在东北松花江上，那里有森林煤矿，还有那满山遍野的大豆高粱。九一八……"

细脆高昂的童声在山间回响，警卫们纷纷鼓起掌来，唯有张学良一动未动，两眼望着远山，沉默凝思，眉宇间分明有深重的愁苦。

不久，李源浦学会了《流亡三部曲》的曲调，专门来到"行辕"为张学良演奏。

那是一个黄昏，月亮初起。张学良、赵一荻和一班警卫们在回廊上坐下，屏息静气地倾听琴音。李源浦微闭双目，轻抒琴弓，琴声似轻风穿林，漫漫而起，渐渐地，变得凄恻哀婉，如诉如泣。透过琴声，人们眼前似出现了日寇铁蹄之下人民饱受苦难，扶老携幼，颠沛流离的情景……

月光下，张学良的眼里闪动着颤颤的泪光……

刘育乡东去 6 公里，有个叫白安营的避暑胜地。此处地形险要，峻峰兀立，远望若雄狮委地。悬崖峭壁上筑有一个巨大的巢，数以百计的苍鹰常在这里盘旋会集。山峰上，有一座四合院大庙，周围悬崖险峻，只有一条小径可从西面攀至顶端，而且还要经过栅门、山门两道关口，有"一夫当关，万夫莫开"之势。每临春夏，古木参天的白安营晨钟暮鼓，古刹烟云，花香鸟语，幽美如画，张学良、赵一荻常乘坐藤轿来到山上，听风望景，消度时日。

由于张学良一行常来此地，因而寺院专门在大庙正殿的回廊上，增设了数十把折叠椅，供张学良、赵一荻、刘乙光和随身警卫们休息、玩牌和就餐。为了确保张学良的安全，刘乙光还让人在白安营南北沿，各建两座亭子。张学良一到山上，亭内即设上岗哨，这既可观察营下动静，又可监视营上密林。

在愁苦的时日里，这是一种将自己溶化进大自然的消遣。每次一到山顶，张学良都要在庙宇的回廊上独坐一阵，望着巍巍峭壁陷入沉思。

眼前是一幅绝妙的景象：数以百计的苍鹰，展翅高飞，俯冲盘旋，不断地发出啁啁鸣叫；有的鹰抓着山兔、山鸡等猎物，从遥远的天际归来，降落在山顶上，兴奋得舞翅抬爪；有的鹰则一动不动地站在陡峻的山岩上，似在沉思，似在歇息，宛若一座座凝固的鹰的雕像；也有的鹰扑腾着，直冲山庙而来，在顶上盘桓一阵，又嗖地直冲云霄，消失在无垠的蓝天。

望着眼前千姿百态的"群鹰图"，张学良百感交集，常常一坐就是几个小时。鹰真傲啊，傲得敢于蔑视天下所有的雄伟与尊严。当年自己的心性，不也同鹰一样么？什么"民国法统"，"领袖尊严"，统统不在话下，一记勇搏，便击漏了长天……

可是现在，他再也不是鹰了。他已被折断了双翅，自由中断在 1936 年 12 月 15 日。从此，鹰志被锁，唯有苦对苍天，只有从飞鹰的身上，感怀当年的一腔豪气，苦念未酬之壮志。

难道自己永远就只能望鹰兴叹了么？难道自己的一腔热血，只能消磨在深山古寺之中么？

抗战烈火正炽。国家危难，他恨不能如鹰一般搏击云天！

第 **8** 章

大陆的最后迁徙

戒备森严的小西湖

寂寥孤独的日子如潺湲流水，现在已是 1944 年的冬日。

对整个中华民族来说，这都是一个阴霾密布的冬日。从 1944 年 4 月至 12 月，短短的 8 个月间，日军集中了几十万兵力，攻占了河南、湖南、广西、广东、福建等省的大部分地区。国民党损兵折将五六十万，余下的几十万溃兵向西南撤退，有如惊弓之鸟。

日军一直追到贵州独山，距贵阳仅 120 公里。

重庆为之震动。国民党政府内已有传闻，准备"迁都"至西康。

兵临城下，贵阳城内人心惶惶，市民们扶老携幼，四散奔逃。

1944 年 12 月 7 日，刘乙光接到军统局指令：速将张学良秘密迁往开阳以北二百余里的桐梓县。

冰凉的寒夜，沉重地垂落在大地。天上无光，地上亦无光。愁惨的冬夜里，座座山崖恐怖地蹲伏在路的两旁，宛若一具具随时都可能张开大口的巨兽。

沿着曲折的盘山公路，一队汽车甲虫般地缓缓爬行。借着车灯，看得见陡峭的山崖，光秃秃的树，和时不时掠过的破败的草屋。北风从车顶吹过，发出尖厉的呼啸声。

车内，张学良和赵一荻身裹大衣，倚靠在后椅背上。一路上，两人都默默无语，似睡非睡。路无尽，黑暗亦无尽，前头无一线光明。

车队中速行进，过田溪、遵义、泗渡，接着又上了娄山关的险道。

听司机说这里是娄山关了，张学良心里微微一震。他是参加过"围剿"红军的人，早就知道当年红军在这一带神出鬼没，以四渡赤水之奇战，弄得贵州军阀王家烈头晕脑涨，也让蒋介石伤透了脑筋。这里，难道就是当年毛泽东、周恩来被围追堵截之地？就是他们的马蹄和草鞋踏越过的山关？

他摇下车窗，想看看娄山关的雄峻。可是窗外漆黑一片，唯有寒风吹着他的面颊，也吹乱了他的头发。

他摇上车窗，重又倚靠在车椅上。红军，红军现在已今非昔比了。从这几年的报纸上，他零零星星地读到了一些红军的消息。得知西安事变之后，国共已走向实质性的合作，共产党成立了陕甘宁边区政府，红军改名为八路军、新四军，得到了国民党政府的军饷和武器。抗战期间，红军屡有战绩，曾有过平型关之捷和百团大战之威，使日军"打通大陆交通线"的企图一直未能得逞。

他们还记得我张学良么？他脑海里不知怎么陡然跑出这个念头。当年为了结成"三位一体"一致抗日，他张学良也算是为红军的生存大声疾呼，冒了死罪。周恩来、潘汉年、杜重远、李克农、刘鼎这些他当年结识的共产党人，现在不知怎么样了，想来个个都已身担大任了吧？

汽车正在爬山，轰哧轰哧地十分吃力，两道车灯光柱游移不定地照在山崖上，或射进空空洞洞的夜幕。张学良半眯着眼循着车灯前望，迷迷蒙蒙地竟依稀出现了周恩来的身影。这个身材匀称、一脸络腮胡的共产党人，是他所结识的最为精明、最有才华的政治活动家。当初要不是他给杨虎城做通工作，蒋介石哪里会出得了西安？要是我张学良当初听从了这个共产党领导人的劝告，不亲自送蒋介石回南京，如今又何至于……

张学良长长嘘叹一声。身边的赵四小姐忙直起身，关切地问："你怎么了，汉卿？"

张学良摆摆手，没有言语。赵四小姐即使再聪慧，再敏感，又何能窥透他此时的心思？

天已近蒙蒙亮，车队开过了尚未醒来的桐梓县城。

县城边早有人等候，引着车队继续前行，穿过一条长长的山洞，又在山道上爬行一阵，这才在一片山洼里停了下来。

有人说了声："到了。"汽车熄火，车灯俱灭，山洼里一片寂静。

张学良走下车来，环顾四周。但见四面山影幢幢，面前却一片开阔，借着天亮前的微光，还能感觉到升腾的水汽。

"就是这里么？"他问一句。刘乙光走上前来，说："就这里了。请副座先进屋休息。"说着，引着张学良和赵一荻走向了一排平房。

第二天醒来，已是太阳当空。张学良穿戴妥帖，走出门来，不觉为外面的景致吃了一惊。

好一派秀美的风光！

群山环抱之中，有几十亩大的一围碧湖，清湛明澈，阳光铺洒，天光倒映。湖堤上，是一溜碗口粗的杨柳，虽在冬日落尽了树叶，但显得

贵州桐梓小西湖

发白的树干笔直得更加惹眼，如护湖的整齐卫兵。湖面上水气氤氲，包围着三座亭阁，波光折射，宛若虚幻的仙境。

"这简直就是杭州的西湖嘛。"赵四小姐惊呼。

"四小姐说得对，这湖的名称就叫小西湖。你们看——"刘乙光手指向湖心："那儿是映月三潭，那儿是湖心亭、放鹤亭、望湖亭，完全是照杭州西湖的样式仿修的。"

"怎么会在这儿建个小西湖呢？"张学良有些不解。

"过去可没有，是前两年才搞的。"刘乙光介绍说。抗战开始后，为保证兵器供应，防止敌机轰炸，兵工署第四十一兵工厂从广西迁到了桐梓。为保证兵工厂和同时迁来的海军学校的用电，便在离此不远的金家岩下筑了一道水坝，故形成了这座湖泊。

"那水是从何而来的呢？"张学良问。

"天门河，"刘乙光答道，用手指着西面一座龙头般的石峋。"那儿就是金家岩，后面有两眼 70 多米深的大溶洞。这个洞两头见天，前面的叫上天门洞，后面的叫下天门洞，河水自洞中穿越而过。所以这河也就叫天门河。"

"这倒是块风水宝地哟。"张学良赞叹道。

"这河还有奇事呢，"刘乙光笑着说，"天下人只见过水往东流，没见过水朝西去，可是您看这天门河，河水自西而来，到这湖里打个转儿，便又向西流走了。你说奇不奇！"

"这倒还没见过，"张学良说着走下门口的石阶，目光从湖上收回来，打量着所住的这排房屋。

"这房子修了多久了？"他问。

"也就两三年，"刘乙光回答，"原来是兵工厂水电处陈祖东处长住的，前几天他搬走了。"

张学良"唔"了一声，仔细打量起来。这排房屋的样式很普通。头里是三间草房，宪兵队的部分人已经搬进。稍后便是他所住的中间一排呈"凵"形的七间房，左边三间住着刘乙光一家，并设有一个值班室；正中是饭厅，右边三间住着他和赵四小姐，里面已分别布置成了一间书房，一间会客室，一间卧室。右边尚有一排房，约七八间，住着应副官和特务队。

"这些房子格局很讲究啊,"张学良说,"只差一横就成个'品'字了。"

"马上就要变成品字了,"刘乙光说,"现在厨房、洗澡间和厕所还没安排妥。许队副张罗去了,要修就修在我们住的后面,三组房子正好成个'品'字。"

张学良没吭气,继续沿房屋四周巡看。刚拐过草房,他的脸便阴下来了。

三组房屋的外围已用木板钉成了一道警戒圈,木板外面附着铁丝网,不远的山脊上挖了战壕,设了机枪的回槽射孔,直对着对面的山头。

刘乙光见张学良沉着脸,便没再吭声。这一带的警戒,是他早些时候亲自来布置的。沿山一带的垭口、树丛中,修建了12座碉堡、暗堡,警卫被分作三层:外围是特派来此地的特务二团,第二层是宪兵连,第三层便是刘乙光自己的特务队。没有特别许可,任何人都不可能靠近这座湖边要塞。

刘乙光抬起头来看张学良,见他好像已消失了片刻的不快,正在对赵四小姐说:"我很喜欢这儿。'四面环山山映湖,一泓清水水吞天',真有点世外桃源的味道。"

"这么大个湖,你那些鱼竿可派上用场了。"赵四小姐说。

"是啊,自离开沅陵,我再没钓过鱼。到了这儿,你可以天天吃我钓的鱼了。"

两人挽着手,一同走向了湖边。

住下没几天,张学良便把附近的山山水水游了个遍。接着,便提出要去参观下天门洞的发电厂。

桐梓是山乡。张学良平日转山游水,所遇人并不多,警卫也较简单。但要去工人们很集中的发电厂,情况却大不相同了。为免出意外,刘乙光提前两天便到发电厂去进行布置,又请兵工厂的警卫队长张亚群帮忙,在一些特殊部位安排了守卫。发电机组在地下隧洞中,头一天,这里便已岗哨林立。

参观那天,从湖区到天门洞警卫密布,一切行人不得靠近。发电厂内,除值班员外,所有工人都已调开,厂方只安排了一位工程师陪同介绍。

张学良、
赵一荻养鸡种
菜,自得其乐。

张学良本意是想通过参观与人接触,同工人们聊聊天,可一看这冷冷清清的情形,十分失望,一处也不肯多停留。到地下隧洞参观发电机组时,两个值班的工人转过身,想细睹将军风采,立即有警卫上前,呵斥两人转回身去。张学良原想同两位工人打打招呼,话还没出口便被这场面噎了回去。

参观完毕,一行人到电厂会客室略事休息。这时,张学良站起身,说想上厕所,刚迈开步便被一名警卫拦住,说是请副司令等等,他先去安排一下。张学良不禁哑然失笑:上个厕所还要有什么安排?待他被准允出门走向厕所时,发现厕所外居然也站了好些警卫,他走进时后面还跟了两个"尾巴"。

"何至于此呢!"张学良愤然说了声,满脸愠色,也不打招呼,便顾自走出了厂内。赵四小姐追上来,扯扯他的衣袖,意思是叫他冷静一些。张学良转脸看看赵一荻,摇摇头,沮丧地说了句:"乘兴而往,败兴而归!"

出了发电厂,张学良觉得轻松了些。他对跟上来的刘乙光说:"你叫大家先回去吧,大冷天的站在那儿也不嫌冻。我和四小姐在这湖边上转转。"

刘乙光早已看出张学良的不快,这时不想再违了他的意思,便传令让警卫们撤岗，只留下两个队员远远跟在他们后面。

冬天尚未过完，湖畔缺少生气。平静的湖水有如巨大坚硬的玻璃，沉重地静息于山围之中。

"要是哪一天，我的心也能静若这片湖水就好了。"张学良缓缓说。过了一会儿，又补一句，"我人好动，心也好动。"

"难得你这些年能这么静下来，"赵四小姐侧脸望着他。"你变多了。"声音里有一丝凄恻。

"久居深山古寺，就是新出家的人也该出道了，我焉能不变？"张学良说。

赵四小姐望望他已经染霜的两鬓，眼里禁不住有些发潮。

两人沿着湖岸默默而行。看湖，看山，看云。

前面的山岩上有嘭嘭声传来，在坦荡荡的湖面上显得十分空洞。两人抬眼一望，见有人正使劲地砍一棵从半山腰斜突而出的树。

"这棵树怎么砍得，"张学良嘟哝一声，加快脚步，走到山下，喊道："喂，这是风景树，你不能砍掉！快下来！"

后面的两名警卫也快步跟上，吩咐砍树的人马上下山。

待那人走到近前，大家才看清，这人是一身山民打扮，头上缠着头帕。

"你是干什么的？"张学良问。

"我叫刘银光，是这儿的农民。"那人怯生生地回答。

"你砍树干什么？"

"去修房子。"刘银光回答。"我的房子快垮下来了，我想砍根木头回去撑一撑。"

"这树是不能随便砍的，"张学良说，"这儿风景那么好，一草一木都是有用的。要是你一根我一根都把树砍光了，那这地方还有什么意思？"

刘银光有些害怕地盯着地上，不敢再说什么。

张学良望着他，见他屁股上吊着一个小布包，便问："你那里装的什么？"

"这是我晌午吃的饭。"

"砍树还带饭？冷的怎么吃啊？"张学良有些同情地说。

"不怕的，"刘银光将布包解下来，摊在手上，里面是几个玉米饼，另外有几片咸菜。"我们搞惯了。再喝几口河里的水，就算一顿了。"

"这样不行，身体受不了的，"张学良劝说道，又回过头对警卫说："让他去我们那儿，把我的饭给他吃。"

刘银光是附近山里的人，早就听说这湖边住了个了不得的大人物，想必现在碰上的就是他了。农民怕见官，更怕在官面前惹祸，刘银光连连摆手，说"不用不用"，转过身便急急地走向山道，头也不回。

"这个人真是。"张学良望着他的背影，无可奈何地摇摇头。

桐梓的日子一如湖水般平静，没有任何波澜。除了关在房里读书之外，张学良干得最多的事便是钓鱼。

自从告别沅陵，一大捆鱼竿便都收了起来，其中有好几根是宋子文专门从美国买来送他的车竿。可是，每次外出钓鱼，张学良最喜用的，还是他自己在沅陵山上砍竹自制的鱼竿，两三米长，极富弹性，鱼儿一上钩，挑起来时颤颤巍巍，一种快意也从颤动的鱼竿传到手上，心里顿时产生极大的满足。

已是残冬将尽的时日，灰色的天空开始有了些蓝色，淡黄色的太阳摇曳着挂在天上，播撒着久违了的暖意。常常是吃过午饭，张学良便拎着鱼竿，来到湖心亭上垂钓。这亭子完全是仿西湖湖心亭的样式，只是略小一些，造得也不如西湖上的精致。亭柱上有一副对联：

一湾西湖水
半壁桂林山

张学良来湖心亭钓鱼后，刘乙光又让人在对联旁边立了块木牌：少帅钓鱼台。除了警卫之外，任何人都不得再上湖心亭。

说是钓鱼，其实不过消磨时间而已。张学良身披大衣，坐在亭台边沿，在面前摆开两三根鱼竿，一会儿拉拉这根，一会儿扯扯那根，有时却长久不动，即使看见鱼儿咬钩也不去管理。小西湖鱼多，有时拉起来一看，足有五六斤重。坐上半天，钓十几斤鱼是常有的事。这些鱼中，只有很少被警卫提回去，成了盘中之餐，绝大多数鱼，张学良都是钓起来，又重新放回湖里。

像于凤至在沅陵常陪张学良钓鱼一样，赵四小姐几乎每一次都陪着他来到湖心亭。张学良钓鱼，她则静静地坐在一旁，或者看书，或者编织毛衣。张学良钓上鱼了，她便抬起头来，看他小心翼翼地从鱼口上取下鱼钓，将鱼捧在手中凝注一阵，然后又扑通扔进水里。他的目光也随鱼而去，久久不肯收回。

每逢这时，赵四小姐便发现，他的目光中有一阵虚茫、羡慕或爱怜，有时则是一种喑哑的苦楚或惶惑。

赵四小姐心中总是一阵沉重，想要劝慰几句，又不知从何说起。上钩的鱼儿尚有重获自由之时，身陷囹圄的少帅却历不尽漫漫的囚期！

每一次钓鱼，赵四小姐的心都要经受沉重的煎熬。

里三层、外三层的警戒，使张学良很难接触到外人，而一当见到有陌生人来到住地，他总是显得十分兴奋，主动地上前与人搭讪交谈，问些外界的事情。

张学良最常接触的外人是个小女孩，名叫钱文英。小姑娘长得清清秀秀，聪明活泼。她姐姐因与管张学良伙食的特务结了婚，因此小文英经常到特务队的住地玩耍。每次张学良一见，便亲亲热热地拉住她，问她家中情况，给她讲些笑话。小孩子没那么多顾忌，只觉得这位伯伯待人和善，又常给她些小玩意儿和好吃的东西，所以一来到特务队，便直往张学良屋里钻，"伯伯、伯伯"地叫个不停，有时还凑到张学良桌前，问："伯伯你看的是什么书呀？"

"伯伯看的是古书，是讲皇帝事情的。"

"什么是皇帝呀？"

"皇帝就是管天下的人。"

"什么是天下呢？"

"天下就是这里的山，这个湖，还有所有的人。"

"那我们这儿的皇帝是哪个呢？"

"我们这儿的皇帝……"张学良被问住了，好一阵才回答："我们这儿没有皇帝，不过有管天下的人。"

"那他是哪个呢？"

张学良不能回答了。他蹲下身子，拍着小文英的头，说："我一时跟你说不明白。等你长大了就什么都明白了。"

看着小文英那副困惑的模样，张学良连忙转移了话题："你手里拿的是什么？"

"洋海椒，"小文英将手里的一大根辣椒递上。"我让姐夫炒来给你吃。"

"谢谢小文英，"张学良将辣椒接过来，说，"不过，这个东西在贵阳叫毛辣角。"接着他便对小文英讲起他在贵阳黔灵山住时，有一次吃毛辣角被辣得淌眼泪的情形，逗得小文英发出一串咯咯的笑声。

"跟孩子在一起，你都变年轻了，"赵四小姐在一旁说道，"你是个童心未泯的人。"

"是啊，"张学良直起身来。"童心未泯说明我身上有些地方还显得幼稚，而幼稚有时会置人于死地。"

"伯伯，你是说我傻吗？"小文英插问道。

"你是孩子，当然幼稚。等你长大了，就不会幼稚了，起码不会像伯伯一样幼稚了。"

小文英毫不知其意，但还是很认真地点了点头。

到桐梓已近三个月，可一直没有人来看望过张学良，他禁不住抱怨起来。

"过去在溪口，在湖南，总还有人来看看我，问候几句，现在怎么一个都见不到了？难道我张汉卿才几年就给人忘光了？"

"你不会让人遗忘的，汉卿，"赵四小姐安慰道，"恐怕是桐梓这地方太偏太远。再说，别人恐怕也很难知道你到了这儿。"

张学良抬头望望四周的山，目光久久盯住山上的碉堡和游动的岗哨，面孔显得十分阴沉。

"山中一日，世上千年。也不知现在战争打到何种地步了？"他收回目光，望着墙上的地图，良久，又说了一句："东北那边，也好久没有消息了。"

赵四小姐知道张学良的心思，但却无以为劝，只轻轻说道："汉卿，外面的事情，你就不要想那么多了。"

不几日，兵工厂警卫中队长张亚群因公来找刘乙光，办完事后一同到张学良屋里聊天。参观兵工厂那天，张学良便认识了张亚群，后来张亚群又常到刘乙光这里来，时不时地要撞上张学良，所以，两人间也算得熟识了。张亚群一进屋，张学良便热情地同他打了招呼，请他和刘乙光坐到自己对面的椅子上。

就在张亚群坐下的那一瞬，张学良眼里倏地兴奋一闪。他发现，张亚群的衣兜口上，露出了报纸的一角！

好久没看报纸了，张学良像发现了什么珍奇玩意儿一般，一边同两人敷衍谈话，一边不停地去瞟张亚群的衣兜。

外面传来叫"刘队长"的声音。刘乙光站起身，对张亚群说："张队长，你陪副司令聊会儿天，我去去就来。"说完，转身出了房门。

刘乙光的身影刚刚消失，张学良便来到张亚群跟前，将报纸从他兜里猛抽出来。

"我看看这张报纸，"张学良说了声，捧着报退回沙发上读了起来。张亚群并不知张学良平时看不到报纸，只是觉得他刚才的动作似乎唐突了些。他有些好奇地看着张学良读报时那副贪婪的模样。

门外传来了脚步声，张学良"哗"的一声将报纸合上，折成方块，垫在座位下。刘乙光进来，见屋内并无任何异样，张学良正坦然地同张亚群谈起天门洞和天门河，脸上饶有兴趣的样子。

三个人闲聊了一阵，张学良突然说："今天菜不好，没有吃饱，现在肚子觉得有些饿了。"

刘乙光显得有些歉然，说这个厨师不大会弄菜，过几天打算另换个人，接着便站起来，说马上去给副司令找点东西来填填肚子，又出了门。

张学良从屁股下抽出报纸，将它扔进了沙发背后的一只皮箱。转过身看见张亚群神色有些紧张，张学良微微一笑，说："不要怕，不过读读报纸罢了。"接着便问张亚群这里离县城有多远。

"大约六七公里。"张亚群回答。

"外面有军队没有?"

"军队不多,但四周有岗哨。有的地方机密得很,我也没去过。"

张学良"哦"了一声,沉吟半晌,又聊起修这个小西湖的情景。

"小西湖这地方是 1939 年一个叫陈祖东的工程师设计的。你现在住的就是他原来的房子。几千民工干了将近四年才基本完成,算是贵州的第一座水电站。"

"修的时候苦得很吧?"张学良说,"周围都是山,运输也不方便。"

"是哩,苦得很哪!"张亚群激动地说,"民工都是从周围农村招来的,还有十几岁的娃娃,不分昼夜地填沟移山,光挑土石方就累死了好些人。"

"这儿的美景都是用命换来的。不容易啊!"张学良感叹道。

"我来的时候,这个大水库和电站已经修好了,没有看见当时的情形。听人家说,竣工那天,陈祖东呜呜大哭,仰起脖子喝光了一瓶酒,然后提笔写了《石工歌》。"

"《石工歌》?"

"是呀,就是写这湖和电站是怎么建成的。就刻在坝端的纪念塔上呢,"张亚群说,"有时间副司令可以去看看。都这么些年了,每年清明节,还是有人到塔下面烧纸钱,哀悼在这儿死去的亲人。"

"不知有多少孟姜女呢,"张学良幽幽地说,"明天我就要去看看,读读《石工歌》。"

第二天,张学良同赵一荻果然沿着湖边去了筑坝纪念塔。塔身并不高,但远远就能望到。前些日子他常常在湖边散步,但却从未走到坝的尽头,自然就更不知什么《石工歌》了。

同小西湖秀美的风景相比,甚至同湖心的几个亭台相比,这纪念塔都显得过于土气过于粗糙了。也许这塔的设计者本意便是如此,想让塔的形象尽量能与建造者们的形象相吻合。《石工歌》是一首长长的四言诗,镂刻在塔的底部。

张学良伫立塔前,一句一字地诵读起来:

嗟嗟石工，黄帝子孙。不期而会，众志成城。

胼手胝足，风曝雨淋。夜以继日，无时或宁。

或钻隧穴，鸠面鹄形。或涉水流，彻骨寒心。

冬无寸被，夏抗蚊蝇。衣不蔽体，食止酸辛。

已唯一饱，妻孥何存。偶撄山怒，折肢亡身。

来如落叶，去如飘萍……

念着念着，张学良的声音竟有些哽咽，不由自主地停顿下来。随行的应副官怕张学良难过，上前劝他回去，改日再来。张学良却不动身，坚持念完下面的几行：

岂免奇虐，胡云功成。君甘劳力，我愧劳心。

劳心沾誉，劳力埋名。悠悠溱水，巍巍天门，

像尔石工，终古留馨。

张学良念完，四周一片静寂。

"好诗！好句啊！"他突然大声道，"我等常常只知赏景，未知此景都是以生命以血汗筑成。读之汗颜哪！"

清冷的寂静中，人们听得到张学良那咚咚的心跳。

空气变得稀薄起来，人们的心都变得酸酸的。

以后几乎每次沿湖散步，张学良都要踱至纪念塔前，面对《石工歌》久久伫立。

和风吹皱一池湖水。只一夜工夫，春天便越山而至。瘦冷了一冬的山峦，绽出了满目的新绿与花朵来。

"又是一春了。"清晨起床，张学良自言自语说。

"又是一春了。"赵四小姐跟着说了一句，声音里有几分伤感。从面前的镜子里，她看见自己比过去瘦多了，也憔悴多了。

张学良转过脸，注视着她缓缓地穿衣。这些日子里，他已注意到赵四小姐穿来换去的老是那么几件已显得老旧的衣服，此刻她穿上身的旗

袍，色泽已褪，袖口上还缀了一个补丁。

"小妹，你该添置些衣服了，"张学良轻声说，"大姐上次寄那么多钱来，也是要你去城里买衣服的。"

赵四小姐抬起头来："衣服我多的是，还有好些没上过身呢，全压在箱子里。只是，我确实没有心思在这山洼里穿红戴绿。"停了停，她又补了一句："你不也是吗？"

张学良"唉"了一声，便不再说话，只默默地注视着她穿好衣服，又对着镜子慢慢梳头。

"小妹，你还是那么好看。"张学良忍不住说道。

"还好看？"赵一荻转过头盯他一眼："都老太婆了。"

"不才 30 岁吗？风华正茂哩。不过我倒是成了小老头了。"说着，张学良也踱到镜前，对镜抚着自己染霜的两鬓。

"你这么壮实，像什么老头！"赵一荻连忙说，生怕张学良又被这话题惹得难过。"你这头发是少年白，不碍事的。哪天找个医生拿几副药，不就满头青丝了？"

"别安慰我了，小妹，"张学良拉住正抚动他头发的赵一荻的手，说道："要想我白发转青，给我十万大军！这'药'比什么都灵。"

"再忍忍吧，汉卿。原来在南京不是说十年吗？现在已经过了八年了。"

张学良摇摇头，凄然一笑："小妹，你不是搞政治的，这里头的名堂你闹不懂。抗战已经七年了，老蒋既然还不肯放我，那就是归期无定了。"

"可是，就是判刑也才十年啊，何况又是他特赦了的。"

"奥妙就在这儿。判刑是有期的，十年一到，我堂而皇之地出监而去。可我这'管束'，是软刑，是无期的，放与不放，今天放还是明天放，全在他老蒋一人。"

"这么说，自由是完全没希望了？"赵四小姐凄凄地问。

"那倒不一定。"张学良斜一眼窗外，见正有两只燕子从屋檐下飞出，寻远天而去。"全看形势的变化了。"

赵四小姐点点头，若有所悟。

老蒋是不见容于我了

人们并没有忘记张学良，尤其是他的一些旧部和东北的各界人士，一直在为张学良恢复自由而八方奔波。但所有的恳求，所有的请愿，到了蒋介石面前，都遭到了漠视与拒绝。

虎虽囚，患犹在。蒋介石老谋深算，一刻也没有掉以轻心。

但各方要求会见、探视张学良的请求仍源源不断地汇往重庆。当戴笠再次向他请示，是否准允部分人去贵州桐梓看看时，蒋介石犹豫了很久，最后阴着脸指示戴笠："他们要去看，就让他们去好了。不过，政府里的、军队里的人，尤其是原来东北军的人，不能去。"

戴笠向来是看蒋介石脸色行事的人，蒋介石的意思，他何尝不知。虎倒雄风在，他决不能再让这只虎毁他的尊严，惊他的心魂。于是，戴笠小心翼翼地提出："那就让莫德惠去好了。他是东北的老人，又是国民参政员，于公于私都说得过去。即使有什么意外，在政府和军队中也不会产生什么影响。请校长定夺。"

蒋介石倒背双手，在屋里踱了几步，鼻孔里"嗯"了一声，算表示了认可。但随即他又命令戴笠："那边的情况要好好地掌握，你派个人同莫德惠随行。另外……"蒋介石沉吟一阵，似在权衡什么。"另外，让莫德惠给他捎些东西去。我很忙，不能去看他，希望他好好读书。"

"明白了，校长。"

1945 年 2 月，莫德惠在军统局人事处长（后任国民党军事委员会办公厅特检处长）李肖白的"陪同"下，来到了桐梓。

得知莫德惠将要来访，张学良兴奋得几乎一宿没有合眼，一大早便翻身起床，站在窗前，望向通往山外的漫漫长路。

他足足望了一个上午。

汽车到时，已是午后。张学良奔迎出门，未到车旁，已是泪流满面，一声颤抖的"莫老"，催得莫德惠老泪纵横。

莫德惠眼中的张学良瘦了，老了，一脸憔悴，两鬓染霜，他只叫了声"少帅"，便已泣不成声。

故人相见，尤其是同曾经与自己的政治生涯紧密相连的故人相见，心中自有千般言语万般衷情想要叙说，可是，一看见紧紧跟在他们身边的李肖白，两人心中又蒙上了一层阴影，只不停地谈家常，问些老朋友的情况，绝口不提政治上的事情。

"早就听人说，副司令读史很有心得？"莫德惠问道，"说是您从修文开始，就'口不绝吟于六艺之文，手不停披于百家之编'。"

"莫老听讹传了，"张学良微微一笑。"我不过只是对明史有兴趣而已。过去'皇皇三十载，书剑两无成'，如今得有闲暇读点书，也算是失之东隅、收之桑榆罢了。"

"副司令声威赫赫，如今又刻苦攻读，胸存百万甲兵，将来必定还会有所大成。"李肖白在一旁说道。

"言过其实了，李处长，"张学良回道，"我不过靠读书来打发时光而已。至于将来吗，我是想也不想，也轮不到我去想。"

李肖白闻之有些尴尬，好一阵才回答道："副司令这是自谦了。让人佩服，佩服。"

张学良不再回话，顾自沿着湖堤而行。

莫德惠忙转了个话题："大家都很惦记副司令。听说我要来，很多人都让我转致问候。委员长和夫人也送了很多东西。一些老朋友还专门写了信。"

"学良非常感谢。前些年我做过一些事，也算是'狂走趁浮名'吧。而今久居深山，唯所愿者，就是不要那么快为人所忘。诸位父老友朋还能念及学良，算我之大幸了。"

"副司令深明大义，为国为民颇多建树。这样的人，焉能为人所忘？"莫德惠说着看了李肖白一眼。李肖白只当没有听见，侧脸望向小西湖中的亭台。

回到张学良的客厅，莫德惠将携来的礼物、信件一一点交给张学良和赵四小姐，然后又从怀里摸出一只金质怀表。

"我空手而来，没什么好送。这只怀表就留给副司令做个纪念吧。"

张学良接过表，见其金光灿烂，放到耳边，细微的"咔咔"声清脆可闻。

"谢谢莫老了。"接着，他将表放于桌上，话外有音地说："时间已经不短了，这块表走得那么好……"

莫德惠一下子从话中感触到了张学良的心情，便半开玩笑地说："自有佳期，君莫问。"

两人相视一笑，彼此都明了对方的心思。

连着几个晚上，张学良都夜难成寐，一遍遍捧读着莫德惠带来的一大摞信件。

信全都是张学良的一些旧好和部属们写来的。人人尽诉对少帅的怀念之情，盼望他能早日回到大家身边，壮拥旌旗，率军破敌。有的信虽然写得克制，但字里行间仍能寻到对蒋介石囚禁少帅的强烈不满，对东北军的解体愤愤不平。

夜色如墨，透过洞开的窗户，游进春夜的宁静与潮气。张学良披一件大衣，独坐灯下，看一阵信，沉默一阵，又提起笔来，给千里之外的友好部属们一一回函。

八年的幽禁，贮下满腹话语，提起笔来，竟不知从何诉起！

待溅墨纸上，千言万语，竟浓缩为寥寥数语：

> 请勿以弟个人事介介。稳而后方能健，平而后方能正，切请勿河汉之。纸短情长，心照不宣。

几乎每一封回信，都有这么几句。他相信，任何人读到它们，都能体察到他欲语还休、欲言不能的悲苦心境。

当所有的信一一回完，赵四小姐便帮着将它们分别叠好，装进信封。她又找来一根黄色丝带，把回信统统捆扎一起，最后置放在桌上的砚台边上。

"汉卿，过几天请莫老把这些信……"赵四小姐刚一开口，便愣住了。张学良两眼死死盯住这捆回信，泪水夺眶而出，落在面前尚未收起的信纸上，啪啪作响。

他一定是在想将要读到这些信的故人，想到他们读信时对自己的忧念了吧？赵四小姐也忍不住一阵心酸，低低地叫了声："汉卿……"

莫德惠在桐梓住了两个星期。每一日，张学良和赵四小姐都陪着这位难见的故人转山游湖，吟诗钓鱼，谈经论史。

但两人仍绝口不提政治，因为李肖白无时不在履行着戴笠赋予他的使命，与二人寸步不离。

临到要走了，李肖白同刘乙光有一番密谈，莫德惠瞅住时机，约张学良到湖山钓鱼。十几天中，两人第一次有了单独相处的机会。

湖心亭上，和风阵阵，十里平湖，波光粼粼。两人抛下鱼钩，便不再理会水中动静，开始谈及他们最为关心的话题。

"我这次来，很多朋友都要我转告副司令，他们对你仍怀着充分的敬意。希望你千万珍重，能再度出山，主持大局。"莫德惠说。

"替我谢谢朋友们了，"张学良激动地说，"这几年，蒋介石让我转移了这么些地方，又让四小姐从香港回来陪我，可见他并没有放我出去的意思。再说，抗战期间，正是用人之际，他却对我出去的事只字不提，可见他是不见容于我了。"

"按说该是放你的时候了，"莫德惠沉吟着说，"要说改过，八年来你哪一样事情不是照他的意思办的？就说读书这事，每月向他提交一篇读书心得，也足见你对他的一片心迹了。"

"老蒋为人，你还不了解么？"张学良说，"他是恨我在西安扫了他的面子，想拿我做个受罚的例子。倘若他放了我，西安的事就被抹了。他是怕还有人会走我的路。他再不敢经受这个。"

"是啊，以老蒋的为人，这事他是不会轻易了结的，"莫德惠说，"前不久我去了趟西北，听人说，杨虎城从国外回来后，一家人都被抓起来了，待遇很糟糕，看守的特务也很凶。"

"虎城实在是受了我的牵累啊，"张学良深叹一句。"老蒋对他，早就存有戒心，现在正好借机剪除了。"

"以副司令之见，自由何时能得实现？"莫德惠一动不动地凝视着张学良。

"自由二字，难，很难！"张学良随意拉起一根鱼竿，又重新抛下，两眼盯着他自己用鹅毛管做的浮漂。"我这几年想得最多的就是这两个字，觉得最难实现的也是这两个字。我反复想，我想恢复自由，只有两种情况出现才有可能。"

"哪两种情况？"

"一是抗战取得胜利之时。"张学良说，"西安的事情，我的初衷是为了让他领导民众抗战，抗战胜利，他自然没有理由不再让我出去。再说，抗战胜利，我张学良没放过一枪一弹，而他是抗日英雄。放了我，一显得他宽宏大量，二来不怕我争抢抗日之功，三则我手下已没有一兵一卒，他用不着对我再加防备。"

"第二种情况呢？"

"这是要在抗战胜利之后，国民大会召开，全国各党各派合作，一致公推老蒋为大总统之日。他的声望可以在这时候达到顶点，集党、政、军大权于一身。国家统一，内乱平定，人民都安居乐业了，他再扣住我，已没有任何意义。"

"副司令想得远，也想得深，"莫德惠沉默一阵后说，"这几年我同政府内外的很多人都议论过这件事情，大家虽见解不一，但都觉得对老蒋不能过于乐观。现在听副司令这么一说，我觉得是很有道理的。世上哪有为一时之愤而将人囚禁终身的道理！何况副司令曾经有恩于老蒋，对他也算得上忠心耿耿。如果以上两种情况出现，他若再不还你自由，

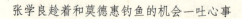

张学良趁着和莫德惠钓鱼的机会一吐心事

于国于民都不好交代了。"

"学良虽难于今日，但仰不愧于天，俯不怍于人。现在一心读书，以待来日了。"

"'非淡泊无以明志，非宁静无以致远'。副司令潜心读史明典，治国抚民之道自然谙熟于心，一旦出山，则国之大幸，民之大幸。"莫德惠双手相交，向张学良一揖。

张学良连忙将莫德惠止住，笑道："莫老所言，哪里敢当。学良所愿，唯自由二字而已！"

"我等静候佳期了。"莫德惠兴奋地说。

水中扑通一声响，两人的目光都转向湖中。钓竿下，正有一股清水泛起。

想必是一条大鱼咬钩了。

熬过抗战与"家法处置"

1945 年 8 月 14 日，日本天皇召开最高战争指导会议和内阁联席会议，正式决定接受美、英、中三国 7 月 26 日发表的《波茨坦公告》，无条件投降。9 月 2 日，在停泊于日本东京湾的美国航空母舰"密苏里"号上，举行了日本正式投降的签字仪式。

八年抗战，中国人民以几千万生命的代价，终于取得了最后胜利。

消息传到小西湖，张学良和赵四小姐欣喜若狂，同警卫们一道又笑、又叫、又跳，孩子般地手舞足蹈。唱过、闹过，两人又跑回屋里，搂抱成一团，放声大哭。

"喜心翻倒极，呜咽泪沾巾"。在这泪雨滂沱的一刻，那些凄恻的往事，那些无边的寂寞，那些颠沛流离的苦楚和夜半惊起的噩梦，都真真切切地浮现在眼前，又被泪雨涤荡而去。残酷的命运已走到了尽头，透过泪眼，自由之光已经历历在目。

"终于等到这一天了！……"张学良声音呜咽，泣不成声。

"汉卿，你的苦吃到尽头了！"赵四小姐用微颤的手抚摸着他花白的两鬓，又用手绢去抹他脸上的泪水。"你是为了抗战才落到这一步，

蒋介石就抗战胜利发表广播讲话。

要论功劳，你当为天下第一人！"

"有功无功，我已经毫不在意。抗战能以胜利结束，我心足矣。现在的唯一愿望，只是自由二字。"

"是呀！抗战胜利了，他没有理由再扣住你了，"赵四小姐急切地说，"我觉得，你应该提醒一下委员长。"

张学良有些迟疑："提醒？怎么提醒？我这里山遥路远，难道通过刘乙光传话？"

"给他写封信？"

张学良踌躇一阵，表示反对："我同他之间，好多事不是三言两语能说清的。直接写信要他放我，一来显得唐突，二来又是间接对他表示了指责。不妥，不妥！"

"那么——"赵四小姐沉吟一阵，终于想出了主意："那么，可以通过给他送礼物的方式，表达你的意思。"

"礼物？什么礼物？"

赵四小姐起身打开皮箱，从中取出了半年前莫德惠赠送的那只瑞士欧米茄钟表公司百年纪念的金表，送到张学良面前。

"就送这个。表意味着时间，他一看自然会明白。"

张学良眼睛一亮，心中不由得赞叹赵一荻的聪颖。"行！就送这个。连同这段时间的读书心得，一块儿交给他。"

怀表托人送走之后，二人便沉浸于自由即将来临的兴奋与期待之中。

正是夏末秋初时节，天高云淡，草木抹上了古铜绿的色调。抬眼望去，远村炊烟袅袅，野山迷濛空灵，小西湖上，翠鸟飞掠而过，五彩花瓣纷纷洒落。那日日见惯的涟漪，像是婉丽柔曼的乐声，从心上徐徐淌过。

连着好些日子，张学良书不看了，鱼不钓了，甚至连球也不打了，每一天，他都同赵四小姐沿湖畔缓缓漫步，谈论何日能回西安，去看灞桥、临潼，游五间厅、华清池，重回到曾经住过的金家巷公馆，呼吸它亲切温馨的气息。他们甚至谈到了重归东北故土，在大帅府大青楼内那个金碧辉煌、雍容华贵的大厅里，举办一次大型舞会，招待苦别已久的亲朋贵宾……

抗战胜利，给全国上下带来一片喜庆气氛。特务队和宪兵连也比平日多了几分生气。他们与张学良相处已久，对这位宽厚、慷慨的"平阳之虎"素来抱有尊崇之意；现在，连他们也感到，张学良的自由已是指日可待，对他的照料更是周到热情。

一日，兵工厂警卫中队长张亚群来到小西湖，张学良一见便将他叫住。

"张队长，平日里我麻烦了你不少，今天，我要以酒致谢。"说着，将张亚群和两名在他门外执勤的警卫叫到屋里，一同饮酒尽兴。席间，张学良兴致颇高，教三人同他一道，用筷子敲"老虎、杠子、鸡"，行令喝酒。屋内热气腾腾，笑闹声不绝。

能受一位一级上将之邀，同席饮酒，张亚群连想也没想过。趁着酒兴，他一再向张学良表示，希望副司令将来能对他进行关照。两位警卫醉意朦胧，也向张学良献忠，说将来副司令继续带兵，他们愿投其麾下，当位副官或者卫兵。张学良意趣融融，十分豪爽地说："只要委员长给我机会，将来各位的前途自是不必忧虑。你们关照过我张学良，我自然也绝不会对不起弟兄们！"

不几日，张学良正在湖边钓鱼，却见一帮人吵吵嚷嚷向他走来，卫兵们抵挡不住,急得掏出枪来。张学良一见,大声将众人喝住,问究竟出了什么事,竟然闹到了这里。一人走上前来,急匆匆地说,几天前,兵工厂的工人在桐梓县城里同两家伤兵医院的伤兵发生冲突,在街上大打出手,兵工厂死伤7人,伤兵死伤12人,一家酱油铺全部被砸。由于双方互不相属,又各执一端,桐梓县无法解决,案子又上报到省里和兵工署,久久未得答复。县城里,工人和伤兵们仍时有冲突。

人们无奈,只得来求张将军出面公断。张学良听罢此事,禁不住几声大喝:"这成何体统!现在抗战胜利了,大家应当团结起来,共同建设国家才是,怎么能同室操戈,久不解怨呢?这事我要管一管,我就不信有人不服裁决。"

由于张学良下决心要干预此事,刘乙光无法,只得通过桐梓县政府,安排了会商地点,并确定,会商时由县长、两家伤兵医院的院长和兵工厂公证课课长,各代表一方参加调停。

会商那天,张学良坐着美式吉普车,在几辆宪兵、特务卡车的护卫下,来到了桐梓县政府。调停时,张学良居高临下,先让兵工厂代表发言,再让两家医院院长发言,并规定每人只准讲15分钟。各方讲完之后,张学良并不同其他人商量,立即现场裁决:"兵工厂打死打伤7人,两院死伤12人,抚恤、安埋各自负责。打烂南门酱油铺,限期10天,由伤兵医院赔偿40块大洋。"

他停了停,又提高声调说:"兵工厂造武器是为了抗日,这样的兵工厂全国只有几家。如果你们两家医院不服从这个裁决,那我亲自给蒋委员长去信,取消你们的伤兵荣誉!"

在调停之前,各方人员均已得知,主持裁决的是威名赫赫的张副司令,故会未开始,便已感到紧张。听他这么一说,大家哪里还敢争辩,忙着表示,服从少帅裁决,立即做好善后。一桩闹得满城风雨、兵戎相见的案子,就这么不到一个小时,被张学良处理得妥妥帖帖。出了县政府大门,两位伤兵医院院长禁不住连声感叹:"没想到张学良这个人,如今还是这么威风啊!"

那些时日,是张学良被禁九年来,最觉心情舒爽,最感轻松愉快的日子。抗战胜利，国民政府即将由重庆返都南京，国家百废待兴，人民需要休养生息；战火既息，政党、派系之间的争斗，将逐渐得以消弭，不堪回首的争斗较量，恩恩怨怨，也理应趋化为爽心的玉帛……

日复一日，张学良和赵一荻都在构想着未来和平安宁自由的日子。往昔在这山中是度日如年，现在，分分秒秒都显得分外短暂。太阳刚刚升起，就在倾谈与遐想中坠落了。夜幕降临，两人又倚靠在沙发上，继续潺缓如溪的絮语……

但是，一个月过去了，两个月过去了，蒋介石并没有做出任何特别的表示。

日渐加深的不安和忧虑随着寒风渐渐袭来。树上黄叶纷落，天上漂浮着阴惨惨的乌云。张学良终于明白，他自由的愿望已经付诸流水。

朔风之中，张学良临湖而立，看天门河水在湖中愁惨一弯，婉转西去。

1946 年 1 月 10 日，政治协商会议在重庆拉开了帷幕。

这是一次中外瞩目的会议，其成败关系到中国此后战、和的大局，全国民众都对此次会议寄予了极大期望。

通过抗战，中国共产党已经显示出强大的实力，其他民主党派亦在国内政治中发挥了重要作用，因此，除国民党代表外，中国共产党、民主同盟、青年党、无党派人士也参加了会议，就政府改组、施政纲领、军事问题、国民大会和宪法草案等关系今后中国命运的大事，展开了激烈的讨论。

会议自然涉及到了政治民主化问题。民盟代表周鲸文来到中共代表团住处，向参加会议的周恩来和董必武要求，希望曾经同东北军有过"三位一体"关系的中共代表，能在会议上就张学良的自由问题有所主张。

"中共是国内唯一能与国民党在政治上、军事上较量的政党，我们希望周先生、董先生能在会上提出张先生的自由问题。"

周恩来经过反复思量，终于向周鲸文表示：共产党做事，决不会对不起朋友。张学良、杨虎城是为国受难，自然应当恢复自由。此事中共代表将在适当时机向大会提出。

果然，在此次大会的各项协议一一达成之后，周恩来代表中国共产党，提出应立即恢复张学良、杨虎城的自由。

"张、杨二人的西安之举，其动机乃是为了抗日，而事实上，也确实起到了促进全民抗战早日到来的作用。"周恩来在会议上指出："就这一点来讲，张、杨二人并非罪人，而是英雄。要是没有张、杨的努力，西安之事不可能得以和平解决，抗战的进程要受到严重影响，今日，我们甚至不能坐到一起，来召开这个政治协商会。再则，两位将军失去自由已达九年，再不还以自由，于国于民都说不过去！"

周恩来的发言，激起会议的极大反响，多数代表都主张立即释放两位将军。民盟代表还拟定了一封要求释放张学良的长信，交给蒋介石。

但是，习惯了独裁专制的蒋介石对会议上的呼声听而不闻。尽管已过了九年，但一想起华清池那天凌晨的枪声，他的背脊就一阵阵发冷。这样扫拂过他的尊严、威胁过他生命的人，他岂肯轻易地还以自由？

但是，各党各派的呼声总又不能置之不理。这毕竟是政治协商会啊！于是，他让邵力子代表他向大会回答：他与张学良的关系不能以国法、公义来论，而"乃如父子的私情"，他"管束"张学良，完全是"出于爱护之心"。

一件关系到民主政治的大事，就这么被蒋介石罩上了一层"家法处置"的外衣。

而对杨虎城，他连提也没提。

几乎没有人能够想象得到，就在人们大声疾呼释放张学良之时，蒋介石正在为长期幽禁张学良作着准备。他向时任江西省主席的王陵基发出指令，要他在兴国县的阳明洞外修建一些房屋，并称是为自己巡行避暑之用。不久，房屋竣工，蒋介石让王陵基陪着，亲自去察看检巡。此时王陵基才从他口中得知，他准备让张学良迁来此地。这一方面是因为此处便于警戒，偏僻难进，更主要的是希望张学良在阳明洞中，能"专心治学"，像王阳明一般，"不再过问朝廷大事"。

"张汉卿住过贵州修文的阳明洞，再来住江西兴国的阳明洞，对王阳明的学问体会肯定更深。"蒋介石的话说得软软绵绵，一股儒气，但从他眼里流露出的，则是两道严厉的冷光。

"他恐怕永远不会放张学良了。"王陵基心中不由得暗道一声。

失望后的悲苦

对自由望眼欲穿的张学良终于知道,蒋介石是彻底不会见谅于他了。当年西安、南京连带的一出"戏",既已被他蒋某人演砸,他索性将它砸到底,宁可负于天下,而不让天下负他老蒋一人。

希望的破灭,又给了张学良重重一击。几乎是一夜之间,赵四小姐惊讶地发现,张学良的白发又添了许多,顶上头发已几乎落光,视力也急剧减退。才四十多岁的人,就已老态毕露,连动作也变得有些迟缓起来。

赵一荻含悲忍泪,陪着张学良散步或闷坐,忍受着有时一日难得一言的苦寂。她渴望用自己全部的温情,来给他以安抚和慰藉。

长期的幽禁生活,使人体所需的各种营养,没有得到合理的调配,张学良的牙齿也过早地出现了脱落。为了保护假牙,需要一种特制的细线绳。它们全都由赵一荻一根根用手捻成,再打上蜡料,以作备用。这天,赵一荻正在房中捻着线绳,坐在一旁的张学良忽然开了口:

"老蒋的心思我算是彻底看透了。自由之事,我今后决不再想,决不再提!"

"汉卿,"赵四小姐停住手,抬眼望着他。"也许委员长忙着还都,一时还顾不上吧?"

"不要再天真了!"张学良愤愤地说,"我过去吃亏就是因为天真。现在又天真了九年,难道我还要这么天真下去?"说完,他仰起头,强忍住涌出的泪水,长嘘一声:"此恨绵绵哪⋯⋯"

生活重又回到原来的轨道。抗战胜利的喜悦很快就被日复一日的阴郁惆怅所取代。湖心亭上,张学良默然垂钓,将鱼从水中钓起,又轻轻地放其生还。湖水波光折映而来,映照着他脸上的愁容和日渐加深的皱纹。

警卫们发现,同赵四小姐一同在湖边漫步的张学良,背脊已微有弯驼,加上他滞缓的步态,若从后面一望,已完完全全像个老人。

昔日的大将威风,终究敌不住十年寂寞的放逐啊!

1946 年春，原任道真县县长的赵季恒调到桐梓当了县长。

这是个对张学良的西安兵谏心怀钦佩，对他如今的遭遇深感同情的文人。一到桐梓县，他便多方打听张学良的生活景况，并表示，希望能有机会当面拜访。

赵季恒虽为桐梓的"父母官"，但由于张学良是属军统局独立"管束"，他一个小小的县长哪里沾染得上。但是，刘乙光的一家自迁来桐梓后，一直住在县城，生活上需要县里给予关照，"强龙压不住地头蛇"，刘乙光也不便拂了赵县长的面子，表示愿意为之引见，但要求谈话不得涉及政治。

"不过，"刘乙光对赵季恒说，"这事我还得先征求张先生的意见。前些日子，新任省主席杨森提出要拜会他，可他一口就回绝了，弄得杨主席很是尴尬。你的事，我先去疏通疏通。"

"那就拜托刘队长啦。"赵季恒对这位军统局的少将专员很是感激。

连刘乙光自己都没料到，一提出桐梓县长求见，张学良爽快地表示了同意。

"待在这里闷苦得慌。有人来陪着聊聊天，何乐不为！"张学良对刘乙光说，"你告诉赵县长，他随时来我随时见。"

阳春三月，一辆插着小军旗的吉普车，通过一道道关卡岗哨，径直开进了小西湖。赵季恒坐在刘乙光专用的这辆车上，一面欣赏着山中桃红柳绿的美丽景致，一面想象着待会儿将要见到的张学良究竟会是什么模样。还有赵四小姐，外界传闻她美艳风流，现在久居山中，不知是否还有当年的那份娇媚……

汽车在呈"品"字形的平房前停下，刘乙光陪着赵季恒进到张学良的客厅。

赵一荻早已等候在那里。赵县长先前对她的种种想象，如今全被眼前活生生的人所取代。许是想着要接待客人，赵四小姐今天特意换上了一件绸子旗袍，越发衬得她身材苗条。在她微笑着对赵季恒表示欢迎时，赵县长发觉，这位富于传奇色彩的女子端庄美丽，神态沉静，一双大眼温柔明澈。在她同赵季恒握手的那一瞬，脸上红霞一闪，显出一种圣洁的娇媚。

真正的红粉佳人！难怪张学良当年会不顾沸沸人言，执意要让她贴身相伴。赵季恒心中不胜感叹。

刚要坐下，张学良便从里间走了出来，热情地上前同赵季恒握手。

"'有朋自远方来，不亦乐乎'！不过你不是远朋，而是近友，还是父母官呢！"张学良似乎心情很好，一见面便谈笑风生。不过细心的赵季恒仍然发现，即使是在他的笑声中，仍透着不可褪去的忧郁。

宾主摆谈一阵，刘乙光便出了门。赵季恒压低声音，问："不知张将军是否已真的习惯了这里？"

"表面上看倒是不错，"张学良也用低沉的语调回答道，"大量时间都在读书，无聊的时候就钓鱼，练写字。我喜欢运动，所以有时也打打球。"

"听说将军研修史典，功力已胜过一般的专家……"

"那倒不至于，"张学良忙摆手。"我觉得，读史可以知今。现今的好多事情，历史上都曾经有过。兴衰盛亡，写得明明白白。了解历史，头脑可以变得更清醒些。"

"萌发于今，而得益于史。好多伟人都是如此。张将军暂居小西湖一隅，潜心治学，这是很难得的。"

"是啊，难得有这种机会啊，"张学良斜倚在沙发上，眼睛望向窗外。"只是，每到晚上，听到报更的梆梆声，心里就有一种说不出的滋味。"

赵季恒看着张学良，觉得他的话语和目光中，都流露出难以明喻的悲凉。是啊，将军正值盛年，理应铁马金戈，驰骋疆场，杀寇报国，让他脱下戎装，独居深山，日日与青灯黄卷为伴，对一位得志甚早的将军，不能不说是一种悲哀。

可是，赵季恒怎敢将心中所想言说出来。沉默一阵，他抬首环顾四周，发现墙上有一副张学良自己书写的自嘲的联语：

两字听人呼不肖　一生误我是聪明

字写得清秀飘逸，骨力傲然，十分耐看。

"张将军喜欢黄庭坚的字吧？"赵季恒问。

"赵县长真不愧是文官，一下子就识出了我这字的源处，"张学良从窗外收回目光，望向墙上的这幅字。"早年我临过不少帖，有王羲之的，颜真卿的，黄庭坚的。不过我最喜欢的还是黄庭坚，清秀舒朗，傲然卓立，很对我的脾性。"

"将军真是文武双全，"赵季恒由衷地赞佩道，"鄙人也好写字，但功夫比您是差多了。若是张将军能赏脸送我两幅您写的字，我将终生引以为幸。"

"赵县长真是客气，"张学良被恭维得有些不好意思。"实在说，我的字还差得远呢。若赵县长看得起，送你两张当然无妨。只是没有现成的了，过几日我专心写两幅，给您送到县府里去。"

"那小人先向将军致谢了。"赵季恒弓身向张学良作了一揖。

没几天，赵季恒果然收到了张学良手书的条幅："先天下之忧而忧，后天下之乐而乐。"

赵季恒如获至宝，专程托人带到贵阳，请名师用全绫裱好，挂于内室中，朝夕观之。每临此时，他眼前总要浮现出张学良清雅淡泊的神情和深藏于他目光背后的忧郁。这幅字无疑是张学良心志的真实写照。抗战胜利已近一年，蒋介石还没有还他自由的丝毫迹象。他的确是"后天下之乐而乐"了。

赵季恒也不禁为之暗暗不平。

此后，仍然是通过刘乙光的关系，赵季恒又两次来到小西湖，同张学良论史、谈字、谈诗。后来，张学良即兴所作的两首新体诗传到了他手上：

一、发芽

盼发芽早，	长得茂；
愿根叶	深耕种，
勤锄草，	似火烧，
一早起	呀，
直到	芽，毕竟发了！
太阳晒的	

二、抢粪

到处打主意	在人前夸口为的
抢粪	那样菜
偷尿	是我的顶好，
活像强盗。	呱呱叫！

赵季恒拿着这两首诗，反复琢磨了许久。

从诗体来说，赵季恒并不欣赏。但是，诗言志，句托意，张学良是要通过这两首诗，表达什么样的心境呢？

"芽，毕竟发了！"赵季恒的目光久久落在这一句上。他觉得，自己仿佛读出了张学良的心思……

自由的三个条件

1946 年夏天，时任军统局西南情报站站长的沈醉来到了桐梓。

张学良同沈醉之间，算得是老熟人了。自他迁来贵州之后，戴笠同刘乙光之间的联系几乎都要经过这位少将站长之手。在张学良被"管束"的前几年，戴笠几乎每年都要去看望一两次。后来，战事吃紧，戴笠看望的次数也相应减少，有时一两年也不同张学良见一次面。但联系并未中断。时不时地，戴笠会写上一封信，或买点东西，令沈醉或他手下的其他人送到张学良手中。这么一来二去，沈醉同张学良也熟识起来。沈醉酷好打猎，每次去见张学良都要带些野味和斑鸠，而张学良和赵一荻恰好都喜欢吃斑鸠。逢到秋冬之间，沈醉还邀张学良一同到附近的山林间打猎。由于身被"管束"，张学良十分知趣地不去摸枪。但每次枪一响，他总是第一个跑到猎物倒下或落下的地方，十分兴奋。若打到斑鸠，他更是高兴，回到住处，便挽起袖子亲自下厨，拉着沈醉和刘乙光品尝他亲手做出的美味。

在"军统"中，沈醉算得是戴笠的心腹和干将，而因了戴笠曾做过张学良下属的缘由，沈醉对张学良也还十分客气。对张学良来说，寂寞中有人不时来深山看望，添些解闷的法子，自然是件乐事，因而对沈醉也有些好感。每次沈醉离开，张学良都坚持把他送上车，待开出好远，才折返回屋。

但这次沈醉来小西湖，却并非奉戴笠之命。一见到张学良，这位西南地区的军统头子便带着哭腔，说："副座，戴老板遇难了！"

张学良一惊，忙让沈醉坐下，又让赵四小姐倒了杯水，要他细细讲来。

初春时节，南京暴雨连绵，雷电交加，戴笠乘坐的一架专机撞在了江宁板桥镇南畔戴山的半山腰上，机毁人亡。

戴笠之死引起人们的种种猜测。有人传言，说蒋介石对戴笠起了疑心，派人搞了暗害；也有人说，戴笠在军统局长任上，结下了不少怨敌，系为他们所害。戴笠手下的心腹们很为老板之死感到悲伤，为追查死因忙乎了好一阵，但最终却遭到蒋介石的制止。随之，军统局宣告解体，另行成立了以郑介民为局长、毛人凤为副局长的保密局，军统局的所有善后，由"结束办事处"主任张严佛负责。

听了这个消息，张学良久久没有吭声。

自从被"管束"之后，张学良的生死举措，完全都控制在秉承蒋介石意旨的戴笠手中。每一次的迁移，每一个住处的选定，每到一地的活动范围，莫不受着这个当年部属的支配。在某种程度上来讲，他张学良是这个军统局长的特殊囚徒。

戴笠触山而死，难道是上苍降下的某种报应？

沈醉哭一阵，说一阵，最后渐渐没了声，只望着张学良，想知道他会说出什么样的感受。

但是，张学良对戴笠之死，却只字未提。

"情况变化很大啊。"张学良终于说道。

沈醉怔怔地看着他，一时不知是什么意思。

"大家都要回去了，连兵工厂也结束关门了，可我还继续留在这个夜郎国，不知什么时候能够离开？"

沈醉有些吃惊。他虽同张学良来往已久，但从未听他说起过要求归还自由的这类话题。但转念一想，又感到张学良的这番话有些缘由。当年南京军法会审，不是判了他十年徒刑吗？现在，十年已满，就是正式犯人也会摇动牢门，呼喊自由，何况他还受到了委员长的"特赦"！

"八年抗战，我身为一个军人，却没有为抗日出一点力，想来很感惭愧，"张学良缓缓说，语气十分沉重。"恐怕我已被人遗忘了啊！"

"哪里，副座不会为人所忘的，"沈醉说。他原来以为张学良会对戴笠之死说点什么，但却未听到只字片言，现在，倒由他来安慰张学良了。但他又毕竟是军统的人，对蒋介石的决定哪敢有半点违拂，所以言语也十分谨慎："副座是党国要人，部属又多，哪里会为人所忘呢？"

"但愿如此吧。"张学良淡然一笑。

这是沈醉最后一次到桐梓看望，只待了半天，便辞别而去。望着汽车扬起的烟尘，想着戴笠死后军统局的变动，张学良暗想："也许他永远不会再来桐梓了。"

事实果然如此。

1946 年 9 月末，莫德惠又风尘仆仆地来到了桐梓。

与前几次来看望张学良不同，他此行并非仅仅出于私谊，而是亲奉了蒋介石之命。自张学良被"管束"以来，他这是第一次在没有军统局派员监视的情况下与少帅会了面。

以往相见，两人均是说一阵，叹一阵，忧心忡忡。但这次莫德惠却是满面喜气，很令张学良吃惊。

"莫老，莫非您是有什么喜事？"

"当然有喜事，"莫德惠朝他神秘地一笑，"自由在望了！"

"哦！"张学良顿时来了精神，凑过身子，专注地看着莫德惠："请莫老说来让学良分享分享。"

莫德惠呷了口茶，缓缓说道，由于各界人士一直呼吁还张学良以自由，张学良在军中的一些旧部也一再声言，希望少帅能重返军帐之中。蒋介石迫于无奈，表示愿意让张学良解除"管束"，但要答应三个条件。

"哪三个条件？"张学良急急地问。

"一是承认西安的事是上了共产党的当；二是交还'九一八'事变时他在南京给你发的那封电报；三是自由后必须出洋。"

张学良听罢，脸色渐变，半天，愤然地说："看来自由是与我无缘了。"

莫德惠紧张地盯着张学良，好半天才问道："怎么，您是不愿接受？"

"我怎么可能接受？！"张学良站起身，激动地说："西安兵谏，事前我没有同共产党做过任何商量，我的部下中也没有人向他们通风报信。捉了委员长以后，形势变了，南京大兵压境，内部众说纷纭，有的部队纪律又不好，我彷徨束手，问策无人，这才电请共产党的周先生到了西安。这怎么能说是我上了共产党的当呢？又不是他们撺掇我捉的委员长。我这个人可能什么都不好，但有一条，我不撒谎，不做对历史不负责任的事！"

"那第二个条件呢？"莫德惠问。

"这我就更要对历史负责了！"张学良回过身朝向莫德惠说，"其实，他要索回的电报何止一封。1930年7月间，当时的监察院长于右任就给我来电，说平定内乱是头等职责，要我们必须理解这个国策。八月的'中村事件'发生后，委座电告我，无论以后日军在东北如何挑衅，我们都不予抵抗。还告诫我，不要逞一时之愤，置国家民族于不顾；'九一八'的第二天，他又给我发来电报，说沈阳日军的行动，只作为地方事件，一定要力避冲突，避免事态扩大，所有的对日交涉，由中央处理。正因为如此，我才下了不抵抗命令，刀枪入库，听任日军为所欲为，背上了'不抵抗将军'的恶名。那些电报是历史，表明了蒋委员长、我张学良，还有我们东北军究竟谁对谁错，谁是怎样的为人！交出电报，那段历史就说不清了。再说，电报现在不在我手里，也不在四小姐手里。"

"听人说，电报由夫人或是四小姐存在外国的银行保险柜里了？"

"存在哪里有什么关系？"张学良没有正面回答。"关键的是这段历史物证应当留下来。我不能愧对后人。"

"那么第三个条件呢？"

"我张学良生是中国人，死是中国鬼，哪有因为爱国反而被逐出国的道理！"张学良提高嗓门，愤然地说，"大概他是担心，我出来后会重掌兵权，召集旧部，干扰他的军政吧？其实大可不必。我早就表示过，出去后，我可以不带兵，不问政，做个纯粹的闲人，他到哪里我就到哪里，甚至到大学里做个教书先生也行。如果连这点也见容不下，非要我出洋不可，还我自由又有什么意义！"

莫德惠原先是抱着为张学良送喜信的心情而来，现在看三个条件均被他断然拒绝，心中颇觉不安。但细细一想，张学良的拒绝，又全然在理。自由诚然可贵，但名节、真理和良心又岂能违背。莫德惠发现，自己对少帅的尊崇之心，从没有像现在这般强烈。

那一晚，莫德惠与张学良沿着小西湖畔缓缓漫步。夜色清朗，秋月皎洁，小西湖有如一面巨大的寒镜，湖边的树木在风中瑟瑟有声。两人并肩而行，可是却无一人言语。该听该说的都说过听过了。争无力，劝无益，唯有无言反而更能表明心意。莫德惠侧眼看看镀一身银光的少帅，陡然升起一种感觉：何夜无月，何处无水，但唯有此时此地的水影月色，能让他真切地听见张学良的心声。

莫德惠在桐梓住了几天，不得不拖着沉重的脚步，与张学良依依告别。

堂皇的诱骗

1947年元旦，国民党南京政府公布了《中华民国宪法》和《宪法实施准备程序》，同时也公布了"大赦令"。一批东北籍人士，如周鲸文、莫德惠、万福麟等人，在此之前便聚于上海，向南京请愿，认为张学良已被"管束"十年，应准予恢复他的自由。

但是，"大赦令"中却没有张学良的名字。

此时，即使在国民党的上层人物中，也很少有人知道，张学良已在去年底，被强行遣送去了台湾。

1945年8月28日，即日本宣布无条件投降后的半个月，受蒋介石三次电报邀请，毛泽东、周恩来、王若飞等共产党代表抵达重庆，同国民党当局进行和平谈判。43天后，一份《政府与中共代表会谈纪要》，即"双十协定"于1945年10月10日签署。

但是，国共和谈正在进行之际，国民党当局便秘密印发了1933年蒋介石在"围剿"红军时编的《剿匪手本》。"双十协定"墨渍未干，蒋介石便下达了进攻解放区的命令。

内战之火燃遍了刚从日本铁蹄下挣脱出来的中国大地。但是，到1947年6月，国民党军队已被歼112万人，而人民解放军已发展壮大到

190多万人。国民党统治区的民众挺身而起，反饥饿，反内战，反暴政。蒋介石政权已岌岌可危。

在与共产党铁血较量之际，蒋介石又想到了一直被他以"家法"所"管束"的那只"东北虎"。

1946年11月初，蒋介石在南京官邸召见新成立的保密局局长郑介民。他阴沉着脸对郑介民说，张学良是同共产党交了朋友的人，他究竟适合住哪里需要认真考虑。

郑介民揣摩着蒋介石的心思，小心翼翼地问："委座的意思，是不是把他转移出贵州？"

蒋介石没有回答，顾自望着墙上那幅宽大的地图，好一阵，才慢吞吞地说："共产党的实力同八年前不一样了，东北、淮北、冀鲁豫、晋察冀都闹得很凶，西南表面上很稳，其实麻烦还在后头。张汉卿的住处，宜安排到一个稳定的地方，让共产党鞭长莫及。"

郑介民的脑子飞快地转动，倏地冒出了"台湾"二字。日本投降后，国民党加强了驻岛的兵力警力，同大陆间又隔着宽宽一道海峡，要说稳定，不让共产党同张学良之间有任何接触，台湾是最合适的地方。

"委座，是不是可以考虑把他迁往台湾？"郑介民试探着问。

蒋介石鼻孔里"嗯"了一声，接着说："这个问题你们再研究一下，也可以同台湾的陈仪主席联系联系，然后再向我报告。"

从蒋介石的态度，郑介民便可以看出，委员长倾向于将张学良押往台湾。于是，他领旨而去，又紧急同台湾的陈仪进行了联系，最后得到蒋介石的批准：速将张学良迁往台湾。

1946年10月17日，正在重庆处理军统局善后工作的张严佛接到保密局长郑介民的电话："委员长指示，张学良应即解到台湾去。已通知刘乙光与兄接洽，先把他解到重庆，候兄交涉赴台湾专机，然后由刘乙光负责起解。"接着又交代了诸多注意事项。

张严佛接电话后，立即进行了张罗，一面派他手下的总务组长郭斌向国民党航空委员会交涉由重庆直飞台湾的巨型专机事宜，一面派警卫组长庞进祥物色张学良到达重庆后的住处。为免生意外，张严佛严令手下：有关张学良来重庆并解送台湾的消息，一定严加封锁，违令者按军法从事。

不几天, 已接到郑介民命令的刘乙光专程来到重庆, 同张严佛一起, 察看准备用做张学良住处的几个地点, 最后确定为重庆西郊歌乐山松林坡戴笠生前的寓所。这里隐僻幽静, 附近没有居民。离此不远, 是军统局和美国海军情报局联合组成的"中美合作所", 即秘密情报组织, 亦是关押"要犯"之处, 驻有较强的兵力, 外人不可能涉足此地。

自 1936 年 12 月以来, 刘乙光便成了"管束"张学良的具体执行人, 在限制张学良自由、居住选点、迁移押解等方面, 已成了"专家"。确定好到重庆后的住处, 他同张严佛又详细研究了汽车转移路线, 以及途中行动的种种细节。为免车队经过重庆时为人所注意, 两人又确定, 车队要避开市区和人口稠密处, 在距重庆市 30 里的九龙坡渡口过江, 经小路到沙坪坝, 再抵歌乐山。

一切安排妥当后, 刘乙光返回到了桐梓。

在重庆期间, 刘乙光已同张严佛研究好了诱骗张学良转移的借口。他们想让张学良在毫不觉察的情况下, 将他秘密移往台湾岛。

一回到桐梓, 刘乙光便奔到张学良的房中, 满脸激动地说: "这次我到重庆得到了天大的好消息!"

张学良这时正面壁南窗, 研读明史; 旁边的一张书桌前, 赵四小姐正聚精会神地为张学良整理抄录资料卡片。一听刘乙光的话, 两人都抬起头来, 定定地望着这位风尘仆仆的"刘秘书"。

刘乙光在椅上坐下, 卖关子似的停住口, 接过警卫端来的茶边吹边喝, 好一阵才放下茶杯, 向已显出不耐烦神情的张学良凑过身来。

"委员长给重庆来电报啦! 说让副司令和四小姐离开桐梓, 先到重庆住上一阵, 然后回南京去!"

"回南京?"张学良先是一愣, 接着激动地站起来, 在房里来回走动。"这么说, 委员长终于想起我张学良了, 终于要让我走出深山古寺了!"由于激动, 他满脸通红, 露出一种似笑似悲的奇怪表情。倏地, 他又转身问刘乙光道: "委员长还有什么话?"

"另外就是命令我和张严佛主任做好您的安全转移工作, 不得出任何纰漏。我在重庆已经和张主任反复研究, 为您找好了住处。等您到了重庆，再请示南京，何时赴京。"

"好，好！"张学良激动得连连搓手。"我已赋闲整整十年，就是按当初军法会审判的刑，也满期了。再不放我，委员长恐怕也不好交代了。你说，让我去南京是不是准备放我了？"

"我想是的，"刘乙光狡黠地一笑。"我和张主任都这么认为。"

"好，好。谢谢你了，刘秘书，谢谢你给我带来了好消息。"

刘乙光离开了。张学良回转身，挨近赵四小姐："小妹，我们终于等到这一天了！我张学良总算熬出头了！"看到赵一荻脸上并无所动的表情，张学良有些诧异："怎么啦？小妹？你难道不为这个消息感到高兴？"

赵一荻淡淡一笑："老蒋真要放你，我哪能不高兴。我只是担心，他是不是有什么新的主意？"

"你想得太多了，小妹。十年期满，好多人都在为我奔走呼喊，他老蒋也不能不有所顾忌。再说，抗战胜利了，他的威望已经到了顶峰，十年前那点扫面子的事再怎么说也被冲淡了。他没有理由不放我，不然，怎么会叫我们去南京？"

赵四小姐答不上来，但心中总有一丝阴云驱散不开。不过，在张学良这么高兴激动之时，她实在不想向他泼冷水，于是，便笑着说："隐居十年，世上变化大得很嘞。你恐怕还得好好准备准备。"

"小妹放心好了。十年幽闭，我张学良也算是尝尽屈辱了，现在出去，再怎么说也算得是个饱经沧桑之人。南京那些追名逐利的小人，在我眼中，恐怕只能是轻若薄纸了。"

"是啊，"赵四小姐轻声道，"十年尘梦，阅尽人间哀乐，你已经不是十年前的张学良了。"

张学良无声地点点头。旋即把手一挥，说道："不管怎么说，这都是件高兴的事，我们别想那么多了。赶快收拾收拾，去重庆吧。我有将近二十年没去过山城了。"

"好吧，"赵四小姐的声音也显轻快起来，"我看你现在呀，真是那种'漫卷诗书喜欲狂，青春做伴好还乡'的心情。"

"只是不能'初闻涕泪湿衣裳'了。还有，"张学良用手捋捋头发，

"也无青春做伴了。"

一个星期后，张学良一行离开桐梓，前往重庆。

临行前，张学良本想到县城向县长赵季恒告别，但刘乙光却以安全问题为由，不让张学良将转移之事泄给外界。张学良无奈，望着堆到车上的行李默思一阵，从中取出两卷珍藏多年的书画，又拎下装着两只黑猫的竹笼，叫人连同一大罐赵县长爱吃的泡辣椒送到县府。两只猫相伴已久，突然送人，赵四小姐有些舍不得。张学良拍拍她的手，说："它们已适应了桐梓的生活，带到南京，恐怕还受不了那里的气氛，我不愿委屈了它们。"随手又拿过一张纸来，给赵季恒写了张便条，说临行匆匆，来不及告别了，留下点东西以作纪念。两只猫是外国种，解绳本领很强，初到一地，务必要拴牢，喂熟后方能捕鼠。

当赵季恒收到这几样东西和便条时，张学良已经离开桐梓，辗转于奔往重庆的千山万壑之中。

歌乐山位于重庆以西约 20 公里处，这里山峦重叠，佳木葱茏，景致清幽韶秀，呈现着一派天造之美。

初冬时节，歌乐山上白雾若练，树影沉沉。沿着石阶盘桓而上，清新的空气便扑面而来。山上大都是松树，间或也能见到挺拔的白桦、苍劲的铁杉。抬头望去，难见树顶，只从密叶的缝隙里泻下道道稀薄的、灰蒙蒙的光柱。虽已临冬，但路旁的地上，仍是青草萋萋，野花簇簇。虽无"花开红树乱莺啼"的景象，却处处透着大自然的美丽与活力。

给张学良选定的住处是松林坡的戴笠生前寓所。这里背倚歌乐山，地势陡兀嵯峨，僻静幽深。站在松林坡上东眺，嘉陵江宛若玉带，环绕于山峦之中，再逶迤南下，与长江汇合而泻。戴笠的寓所便掩映在半山腰的松林间。它原本是抗战期间重庆作为"陪都"时，戴笠为蒋介石备下的一座行宫，若日机空袭，便让委员长紧急移居此处，而实际上，只有戴笠使用这幢外表显得简素的住宅。戴笠死后，特务们为了表示对这位军统头子的纪念，在门楣处悬了一块木匾，写着"戴公祠"三个大字。

十年间，张学良已习惯了简朴清幽的生活，一进"戴公祠"，反倒对里面浮华奢靡的装饰感到了不习惯。在豪华的吊灯、壁灯映照下，雪白的墙壁竟生生地有些刺眼。张学良知道，戴笠是穷苦出身，少时种田打柴，亦曾落魄街头。但看看屋里华贵的陈设，踩着地上松软的地毯，张学良便感到，戴笠其人亦有官场中通行的暴发户作为。

不过，比之于苏仙岭、凤凰寺、阳明山，包括刚刚辞别的桐梓小西湖，这里的生活条件确实好多了。入夜，月光如水，松涛阵阵。张学良躺在松软舒适的床上，久久难以入睡。他想，如果蒋介石真要放他的话，那么，此番到重庆，是获得自由的第一步，越过这个门槛到了南京，也许会有一个令人百感交集的场面在等待着他；那以后，便是日思夜盼的自由，是身心挣脱羁绊的欢畅……

张学良沉浸在对未来自由的遐想之中，直到天色将明，才合上了眼睛。

第二天上午，负责照料张学良在歌乐山生活的军统局上校组长侯桢祥，领着刚任保密局副局长的毛人凤和张学良早已熟识的沈醉来到了松林坡。

从资历上来说，毛人凤等人皆是后辈了，所以对张学良显得格外恭敬，一口一个"副座"，"副司令"，丝毫看不出张学良仍是在他们手中羁押的囚人。大家寒暄一阵，又忆说一阵彼此都熟悉的戴笠，便到了吃午饭时间。毛人凤早就有令，张学良在重庆期间要着意款待，不能让他看出丝毫要起解易地久囚的迹象。因此，侯桢祥为这顿饭很下了一番工夫，

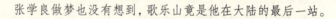

张学良做梦也没有想到，歌乐山竟是他在大陆的最后一站。

专门请了位北方名厨操持,端上桌来的几乎全都是张学良喜欢吃的菜肴。张学良本不胜酒力,但难得逢到这么高兴的时候,席间频频举杯,与毛人凤、沈醉连连痛饮,不一会儿,便满脸通红,滔滔不绝地叙起了当年统率东北军的往事。

此番来渝,刘乙光一家五口也随迁而至。久居山中,他的四个小孩何曾见过这么丰盛的筵席,席间,举着筷子连连出击,还不停地将啃下的骨头抛扔在地。张学良见了,皱皱眉头,又笑着指点几个孩子:"这样不行啊,这不比我们过去住在乡下,土墙土地,骨头一扫就行了。将来,我们住的地方有壁灯台灯,有漂亮华丽的地毯,可不能再随便朝地上吐东西了。"

刘乙光有些尴尬。他的妻子神经有些问题,但清醒时倒也通情理。听张学良这么一说,她连忙对孩子说:"听你张叔叔的话,学文明点,咱们享福的日子还在后头哩。"可是,几个孩子从没受过正规教育,哪里知道"文明"为何物,眼睛眨巴一阵,照旧大口嚼肉,照旧一口口地往地毯上乱吐。张学良见了,只得无奈地连连摇头。

吃过午饭,几个人又坐下来闲聊。临到毛人凤告辞时,张学良说道:"我现在的心情,谅想各位都能理解。我想问一句,去南京何时能够起程?"

毛人凤故作沉吟地偏偏头,回答说:"还都南京刚刚几个月,政府

张学良与监视他的军统特务刘乙光一家,左三是刘乙光。

有好些东西和文件等待空运，飞机一时调不开。张严佛主任已派了专人到航空委员会督办此事，我想，过几天就会有消息的。副司令只管在这里安心休息好了。"

沈醉也在一旁插言道："飞机的事我们一定尽早联系。副座在重庆有什么事，可以随时吩咐，我们一定尽力而为。"

"别的我什么都不想了，"张学良说，"我只希望早日飞到南京，见到委员长。"

为了不让外界得知张学良到达重庆的消息，郑介民早已指示毛人凤转令刘乙光，将张学良的活动范围严格控制在松林坡一带。为免张学良提出到重庆市区游览的要求，刘乙光同张严佛商量，决定用车轮战术将张学良稳在"戴公祠"内，由毛人凤、沈醉、张严佛和重庆绥署二处处长徐远举等轮番前往松林坡"看望"。国民党中央训练团重庆分团主任李觉，在1935年张学良任武昌行营主任时，其部队归张学良指挥，其妻何玫又是原国民党湖南省主席何健之女，因了这两层关系，张严佛便秘密通知李觉，让他们夫妇常去松林坡陪同张学良和赵四小姐。李觉已有十几年未见过张学良，一听他到了重庆，不禁大吃一惊，第二天便携妻子前往歌乐山。当年年轻英武的少帅，如今已是头发花白、举止迟缓、略具老态之人；活泼秀丽的赵四小姐也已变得消瘦憔悴，衣着陈旧。李觉一见，顿时心酸，何玫忍不住竟掉下泪来。

能在重庆见到昔日的部属，张学良很是高兴，闲聊一阵，便邀请他们玩湖南纸牌。李觉不知蒋介石对张学良的真实态度，以为此番真是要还他自由了，因此陪着张学良兴奋一阵，说了许多慰励的话语。张学良高兴得呵呵直笑，连连说待安定下来，一定请李觉夫妇到家中做客。

看看四周没有旁人，张学良又悄悄附在李觉耳边说："你以后看见芳波兄（刘多荃）的时候，告诉他要好好地干，将来我们还要在一起，好好地干一下。"重振雄风的志向溢于言表。李觉也为他的这几句话所激动，连连点头："将来不仅是芳波兄啦，我们大家都要跟随副座好好地干一下！"

这时候，刘乙光进了屋，张学良忙转了话题："这几年闲居，倒也学了不少手艺，"他带笑说，"我烧菜的手艺快抵得上大饭馆的厨师了，你们到时候再来，我一定亲手给你们做一顿色香味俱佳的饭菜。"

"好啊，"李觉笑道，"当年您在武昌，爱吃武昌鱼。我再来看望副司令的时候，一定提一条又肥又大的武昌鱼来！"

"好，好！"张学良连声道，"我可就等着你的武昌鱼下锅了！"

轻松愉快、满含希望的歌乐山生活，很快就结束了。

一个星期后，张严佛匆匆来到松林坡，向张学良报告说，飞机已经交涉妥当，第二天在离重庆 60 公里的白市驿军用机场起飞。

"是飞南京吗？"张学良追问一句。

张严佛略略迟疑，但还是点了点头。

"太好啦！"张学良兴奋地说了声，转头朝向赵一荻："小妹，我们抓紧时间准备准备，把行李都收拾好，免得耽误了。"接着又上前握住张严佛的手说："谢谢你，张主任，咱们后会有期。"

看着张学良满心欢喜的模样，想到他在得知事实真相后会是怎样一番心情，张严佛有些难受，忙退出屋来找到刘乙光，传达毛人凤有关做好起飞前安全工作的指示。

"他有察觉去台湾吗？"刘乙光问。

"没有，"张严佛摇摇头，"毛人凤说，晚上他来这里给张汉卿饯行的时候再说。越拖得晚越有利。"

"到时候他可别给气晕倒了，"刘乙光阴阳怪气地说了声，然后悄悄附在张严佛耳边，小声说："有件事我想托付严佛兄办一办。"

"你说吧，我尽力而为。"

"跟在张学良身边的应副官是张学良的心腹，又和宪兵们厮混熟了，妨碍看管得很。"

"你想怎么办？"张严佛问。

"我想是不让他跟去台湾。明天动身之前，你能不能找个借口把这个人给留下来？"

张严佛略略沉思，旋即表示："我让侯桢祥和警卫组长庞进科来办这件事。但我不知老兄是想把他打发走呢还是给扣起来？"

　　"当然要扣起来，"刘乙光气汹汹地说，"他知道的事太多，放出去会对我们不利。你这里不就有看守所吗？往里面一塞不就完了。"

　　"好吧，我尽量照你的意思办。"

　　当晚，毛人凤领着沈醉、张严佛等人来到戴公祠，为张学良"饯行"。

　　想着第二天便要离开重庆到南京，张学良十分兴奋，一一应承着各位的敬酒。赵一荻见他已是满面通红，忙拉他的衣袖，劝他不要喝得太多，免得误了明天一早起程。

　　"既是四小姐相劝，大家就不要勉强了吧。"张严佛打着圆场，同时把目光投向毛人凤。

　　毛人凤顾自端起酒杯，又轻啜了一口，缓缓朝向张学良，说道："汉卿，委员长方才来电，情况有些变化。"

　　张学良口中正嚼着菜，一听这话，顿时愣住了："变化？什么变化？"

　　"委员长说，不去南京了。"

　　张学良瞪直了眼睛："不去南京，去哪里？"

　　"委座指示，明天的飞机直飞台湾。"

　　张学良一直端着的酒杯"叭"地摔到了地上，身子木然地跌了下来，喉咙里发出一阵闷响。好半天，他才抬起头，鼓突的眼睛直逼向毛人凤，脸色由白变青，又由青变白，牙齿咬得格格作响，气得一句话也说不出来。

　　房里的空气顿时像凝固了一般，没有一个人发出声响。

　　"啪"的一声，张学良一掌猛击在桌上，众人都吃了一惊。赵四小姐忙伸手拉住他，又取过一条湿毛巾，递到他的手上。

　　又是一阵沉默。之后，张学良竭力控制住自己，闷声问道："什么时候走？"

　　刘乙光见毛人凤使了个眼色，忙站起身来，挺直身子开口："报告副座……"

　　"还有什么副座不副座！"张学良猛地打断刘乙光道，"干脆把我看成犯人好了！"说完便再不做声，像发痴一般瞪大眼睛向着窗外。屋外，风吹树摇，银色的月光被抽打得支离破碎。

　　歌乐山麓中，张学良度过了他在大陆的最后一个难眠之夜。

1946 年 11 月 2 日上午，一架大型飞机从重庆白市驿机场腾空而起，径直向东飞去。

座舱中，张学良既不与人交谈，也不从窗口向外张望，只微闭双目，倚靠在椅背上。去台湾的消息确实来得太突然、太意外了，他像是还没有从这个打击中反应过来，眼中露出茫然的神情。他实在想象不到，在囚闭了他整整十年之后，蒋介石还会对他耍这么一个花招，将他骗出大陆，押往遥远陌生的一个孤岛。

如果说，他此生中因为轻信，而屡次上了蒋介石的当的话，那么这一次，他再次——也许是最后一次，因为轻信蒋介石而又吃了一回苦头。在老谋深算、轻诺寡信的蒋介石面前，他觉得自己实在是太幼稚了，纵有十个张学良，又怎么斗得过这个用心叵测、翻云覆雨的委员长呢？

想到这里，他无奈地摇摇头，嘴角浮出一丝苦笑。

坐在一旁的赵一荻觉察了张学良的神情，知道他此时正陷于希望破灭的巨大痛楚之中。十年间，张学良几乎失去了一切，临上飞机前，连最忠实的副官也被扣下了。现在，唯一能相伴相随、给他以慰藉的就是赵一荻了。赵四小姐强忍住内心的酸楚，用手轻拍一下张学良，指指窗外，想把他从沉思默想中拉出来。

张学良半支起身，用一种复杂的目光望着这位给他的生命以巨大支撑的女人。半晌才问："你是怕我睡着了？"

赵一荻摇摇头，又指指窗外，说："到了海上了。我想让你看看大海。"

张学良转过身，透过机窗向下望去。大海一碧万顷，海天无垠。偶尔有白云掠过，更衬出大海透明的蔚蓝。

"好多年没看过大海了，以后恐怕要天天耳听涛声了。"张学良道。

"住海边空气好，可以游泳，钓鱼，划船，很适合副座住哩。"坐在后边的刘乙光凑上前说道。

张学良斜他一眼，没有言语。这个刘乙光，是蒋介石派来监看我的最忠实的狱吏，难道自己这一生，都将处于这个人的"管束"之下？他这么想着，又回头看了一眼身躯已经显得臃肿的特务队长，心中陡然升起一种深深的厌恶之情。

第 **9** 章

孤岛悲魂

初临孤岛

下午，飞机缓缓降落在台湾桃园机场。

飞机停稳后，机上人员纷纷走向舱门，唯独张学良坐着一动不动，像是睡过去了一般。直到赵一荻用肘碰碰他，他才转过头，看着侧立在过道上的刘乙光。

"到了吗？"他问。

"到了，副座。陈长官他们已在机场等着接您了。"

"陈长官？哪个陈长官？"

"是陈仪。他现在是台湾行政长官兼警备总司令。"刘乙光回答。

张学良"噢"了一声。在国民党中，陈仪也算得是个老政客，20年前曾同张作霖有些交道，"张大帅"死后，张学良亦与陈仪有过往来。在他的印象中，陈仪这人官僚气息有些浓厚，但为人尚不太坏，头脑也比较清醒。他在台湾主政，多少也算是有了个熟人。

走下舷梯，果然见到陈仪领着几位僚属站在停机坪上，后面停着一长串汽车。十多年没见，张学良眼中的陈仪胖了些，但也苍老了许多。而在陈仪看来，张学良的变化真是惊人，若不是在这种场合相见，他甚至会视这个头发花白且秃顶的人为陌路。

停机坪上寒暄一阵，陈仪将张学良让进自己的汽车，说："汉卿兄肯定没来过台湾。我们让车开慢点，边走边看看台北的市容。"

在太平洋战争期间，台湾被日本当做南进的补给基地，在这里开办了不少工厂和商店。车进台北市，速度明显慢了下来，张学良透过车窗，看见市区街道房屋虽然破陋，但人来车往，店铺中货物五光十色，花花绿绿的广告招贴触目皆是。时值初冬，内地人早已棉袍加身了，可这里仍是热气腾腾，人们只穿一件衬衣，有人甚至还光着脊背推拉货物。正在西坠的太阳给一幢幢房屋和电线杆拉出长长的影子。

"原来真是到了台湾了，"张学良说道，"想不到这里还这么热闹。"

"表面如此而已，"陈仪说，"日本投降，接收工作难搞得很。光清理财产就弄得人晕头转向，治安问题也让人头疼得很。"

张学良"唔"了一声，没再说话。抗战以来，无论在江西、湖南、贵州还是重庆，这种混乱局面他见得太多了。他颇有些不解的是，蒋介石怎么会把他押到一个局面尚未稳定的地方来呢？

张学良解来台湾，蒋介石对陈仪已有电令。保密局长郑介民更是连发数电，要同时兼任警备总司令的陈仪务必找到一处偏僻、安全、易于警戒的地方，作为张学良的幽禁之处。

下飞机的当天，张学良一行被安排住在台北市北郊的草山招待所，三天之后，由陈仪亲自陪同，前往精心选定的居处——新竹县竹东镇的井上温泉。

新竹是台湾最古老的城镇之一，是高山族的聚居之地。四面高山环绕，峰峦起伏，林木森森。山边上有良质碳酸温泉，终年泉涌不息，热气腾腾。泉水顺山道而下，变成清澈透明的溪水，叮咚有声。陈仪为张学良找的地方，原是日本人统治时期的警察招待所，几排日式平房，外表虽不华丽，内部的装修摆设却很整洁雅致，可以容纳一百多号人。招待所临溪而建，与外部只有一条窄路相通。谷地出口叫桃山隧道，只容一车通过，很易防守。招待所前面，有一个大花园，辟有花坛、凉座和网球场，与对面的山峰隔涧而立，在参天古树的覆掩下，景色很是迷人。

张学良一见这里的景致，便有些喜欢，说与贵州桐梓的小西湖比起来，各有千秋。赵四小姐一来便被山边盛开的野花和清清的泉水迷住了，当即蹲下身来，用手去拂弄温软的泉水，还对张学良说，以后每天到温泉里泡一泡，保证会百病不生。

见他二人对住处感到满意，陈仪十分高兴，引着大家来到招待所宽绰的走廊上，指着几间外表装设较好的房子，说："这几间房子光线好一些，走廊也宽，是专为汉卿和四小姐准备的。另外，我还从台北找了两个女佣人，专门负责照料你们的饮食起居。"

"陈长官想得真是周到。"赵四小姐笑着说。

"委员长有令，我陈仪哪敢违命。再说，我同汉卿的交道也不是一日两日了。以后有什么困难，请尽管说，我过几日还会再来看望的。"

"谢谢你了，"张学良知道陈仪这几天陪他们耽误了不少事，想就此告辞了，于是便上前握住他的手："我这里随时欢迎你来，咱们一起去泡温泉。"

"那好，我一定再来。"

陈仪走后，张学良和赵四小姐便由人领着穿过桃山隧道，去看温泉。待他们回来，目瞪口呆地发现，先前陈仪特地指明给他们住的带有走廊的几间大房，已经被刘乙光一家占了。他们的行李被搬去了边房，几名警卫正在那里收拾摆放。

"汉卿，这……"赵四小姐面露不快之色。

张学良用手止住赵一荻，用目光寻找刘乙光，一问，说是他到镇上办事去了。

这时，刘乙光的妻子从房间里走出来，满脸堆笑地对张学良和赵四小姐说："四小姐，张先生，我想跟你们商量商量。我们一家人多，那边的房子住不下，能不能跟你们换一换？反正你们只有两个人……"

"既然已经搬进去了，还商量什么？！"张学良愤然打断她的话，又狠狠瞪她一眼，拉着赵一荻走向了边房。

"那就谢谢张先生了，你真会体贴人。"刘乙光的女人在后面说道。

"无耻！"张学良咬着牙，走进房中恨恨地骂了一声。

不一阵，刘乙光回到招待所。张学良以为他会斥责他女人，或来道个歉。但是，却见他满脸得意地在那几间大房子进进出出，毫无愧疚之色。张学良这才明白，占房子是他的主意，刚才不过是借故躲开一会儿罢了。

这个可恶的狱卒！张学良心中暗暗骂道。抗战胜利之初，刘乙光以为蒋介石可能会释放张学良，对他和赵四小姐的态度显得特别恭敬。后来，见老蒋根本就无还张学良自由的意思，对他们的态度便渐趋恶劣，加之其又是掌持"管束"大权的"少将专员"，言语举止也十分放肆，有时，连宋美龄和张学良亲友送寄来的东西，他也敢克扣甚至独吞。张学良的伙食，向来都比宪兵连和特务队的好些，刘乙光便将全家人弄来和张学良与赵四小姐同桌，每次吃饭，大的叫，小的吵，弄得张学良常常难以下咽。有时候，刘乙光的女人泼劲上来，指桑骂槐地责骂小孩，暗地里却句句刺向赵四小姐。有好几次，张学良都想拍案而起，将刘乙光痛骂一顿，但都被赵四小姐劝住了。身陷囹圄，若与刘乙光闹翻，他们的日子只会更加难受，于是便一而再、再而三地忍受下来。

"虎落平阳被犬欺"。这一次，张学良又强忍住了自己。

大约一个星期之后，陈仪来到井上温泉看望张学良，一见房间被换，便有些窝火，拉住刘乙光便责说一顿，叫他立即把房子腾出来，让给张学良和赵一荻。在台湾，陈仪毕竟是最高长官，刘乙光虽心中不满，但又不得不照他说的执行。他的女人则嘟嘟哝哝，指东骂西。井上温泉的空气，一开始便弄得十分窘迫。

混乱中险遭枪毙

青山古树，淙淙泉水，终又使张学良的心境渐渐得以平复。

游过了新竹的青草湖、狮头山，又清闲了几日，张学良让警卫们将离开桐梓时收进箱子的书籍资料又翻找出来，摆上了案头。比起小西湖来，这里的环境似乎还要清幽雅致得多，气候也特别宜人。虽是冬日，每日却都能领略到暖烘烘的阳光。张学良常常端一把椅子来到花园中，一边读着古人的智语箴言，一边欣赏着四周的鸟语花香。由于地处深山，又远离大陆，郑介民把"管束"的"链条"也略放松了些，准允张学良阅读台北的《新生报》和隔日运到的南京《中央日报》、上海《大公报》。

张学良在台湾井
上温泉住所的菜地里

同世事隔绝已久的张学良终于能从报上得知些时局的发展。那场他在十年前就痛恨不已的内战，终于还是未能避免，每每从报纸上读到战争的消息和人民为战事而遭受涂炭、流离失所的消息，他便忍不住一声声的长叹，仰靠在椅背上久久不置一声。

不久，台湾也发生了反对南京国民党政府的"二二八起义"。

1945 年 8 月日本投降后，国民党派遣大员抵台受降，办理接收；紧接着，又有大批国民党军政人员涌入，设立了军事、行政机构。这些国民党官员以胜利者和有功者的姿态，在台湾趾高气扬，酒肉征逐，狂嫖豪赌，为所欲为；部分人利用接收之机，贪污受贿，投机倒把，巧取豪夺，使原来对抗战胜利欢欣鼓舞的台湾同胞，对国民党政权产生鄙视和憎恨，不满的情绪日渐高涨，到 1946 年底已到达顶点，随时都有爆发的可能。

1947 年 2 月 28 日，国民党的查缉人员在查缉私烟时，用枪托打伤了一名卖烟的老妇人，又因枪机走火打死了一名无辜市民。台湾人民的反抗由此一触而发，他们自发而聚，攻打烟酒公卖局，殴打国民党派到台湾的官员，并意欲夺取武器，与国民党军队抗衡。民众的反抗很快扩散开来，全台湾岛的 17 个县市顿时气氛紧张，台北市及周围地区，更是一片混乱。

当时驻防台湾的国民党正规部队，仅两个团，且分别负有任务，难以抽调集中。因此，陈仪等人惊恐万状，急电南京求援，并通告各军事、行政单位，加强防守，人员不准外出，以免遭"暴民"的袭击。

2 月 28 日这天，刘乙光便得到了通报，当即加强了对井上温泉一带的防卫。3 月 1 日，刘乙光又接到台湾警备总部的密报，说是有人想趁乱营救张学良，已有人到井上去看过了地形。

这一惊，非同小可。当时看守张学良的特务队和宪兵连加在一起，约 200 人，另还有十几个当地的警察。接到密报后，刘乙光立即召集各小队负责人，紧急传报"敌情"，布置应急措施。进山的唯一入口桃山隧道被封闭了，电话也切断了，宪兵特务们如临大敌，在招待所四周层层布防，不分白天黑夜地来回巡逻。几个专门负责"照料"张学良和赵四小姐的警卫荷枪实弹，提着枪在屋门口来回走动，脸上露出阴冷可怖的表情，并不时地擅自闯进屋内，窥探张学良的动静。刘乙光更是一副恶狠狠的嘴脸，连张学良主动同他打招呼也不答理。设在招待所内的电台原先是每周向南京报告一次，自"二二八"起，由毛人凤下令，每天必须报告三次，并且 24 小时不关机，做到随叫随通。

由于报纸、广播突然被刘乙光卡断了，张学良并不知外界发生了什么事，但从招待所四周和屋外的情况可以推断出，一定是发生了什么非常事件。他想去问刘乙光，却被赵一荻一把拉住，"看他那副凶神恶煞的样子，连你打招呼都不理，还能告诉你出了什么事？"

张学良却又忍不住想探知事情究竟的心情，踱到门口去问守在门口的宪兵。但刚一张口就被一个他不熟识的兵顶了回来，说是按刘队长指示，不能相告，并声言张学良和赵一荻不得离开屋子。

张学良垂着头回到屋内，望着案头的一大摞线装书呆呆地出神。自1936 年被"管束"以来，他这是第一次受到如此严密的禁闭，连出门的自由也被剥夺了，比之于一般的囚犯还要不如。张学良越想越觉窝火，像困兽一般在屋内来回踱步，最后骤然停在茶几前，将上面的几个茶杯猛地拂落在地。

夜幕降临，屋外尽是脚步声、枪械碰撞声和紧急集合的呼喝声，窗下不时有人影晃动，并隐隐传来窃窃的谈话声。张学良想要脱衣睡觉，却又被屋外的声响吵得心烦不宁，只好坐在灯下，身上披着毛毯，有心无心地翻动一本史书。

临近午夜，各种吵闹渐渐平息下来。张学良正准备脱衣上床，外面的门却悄然被推开，一个平日同张学良相处融洽的警卫探进头来，神容紧张地说："副司令，你恐怕得有点准备。"

"出了什么事？"张学良连忙问，将几个解开的衣扣重又扣上。

"这几天台湾人闹事，还有人想趁乱把你从这儿抢出去。刘队长已经作了布置，说要是局面闹得不可收拾，他就对你采取紧急处置。"

"怎么处置？"赵四小姐惊恐地问。

"他想……把副司令和四小姐开枪打死。"

"他敢！"张学良怒不可遏！"打死我看他怎么向南京交代？"

"他说要真到了这一步，就向上面报告说是台湾乱民劫狱的时候干的。"

"这个刘乙光！"张学良一巴掌拍在桌上，"嘭"的一声像是半夜里的惊雷。那名警卫慌忙要退出，说他是趁交班之机偷偷进来的，时间长了怕被人发现。

"你放心，副司令，"警卫临走时小声说，"我们几个弟兄都说了，决不会让他伤着副司令的一根毫毛！"

"谢谢你，谢谢弟兄们！"张学良把警卫送到门边，待他出去后将门轻轻掩上，回到房中。由于惊讶和愤怒，他满脸通红，额上青筋鼓胀，两手也微微地颤抖。

"想不到他刘乙光有这份心肠！"他气咻咻地说道，"他大概忘记了我张学良是什么人，什么身份！"

"他这个人心狠手辣，完全可能做得出来，"赵一荻一边抹泪一边说，"这些年他的坏事干得够多的了。前些年他把你看成他往上爬的台阶，现在又当成了包袱，想一下甩掉了。"

"没那么容易！"张学良低沉地喝一声，走过去扶住赵四小姐肩头，安慰地拍了拍。"刘乙光对部下那么苛刻，又爱贪占便宜，好多人早就对他不满了。他要下枪毙我的命令，我看是不会有人愿意对我开枪的。"

"可他还有几个心腹啊，"赵四小姐抬起泪眼，忧虑地说，"还有，他要是亲自开枪怎么办？"

张学良没有吭声，缓缓在赵一荻身旁的椅上坐下。过了好久，他像是自言自语般说道："我张学良戎马半生，也不失为中国的一名血性男儿，难道就这么束手无策、引颈就戮？死于一个无耻之徒的枪口之下？"过了一阵，他转脸问赵一荻道："小妹，你说平日里我对弟兄们怎么样？"

"还不是像你过去在军队里，爱兵如子，宽厚体恤。你送给他们不少东西，逢年过节还要给赏钱。哪位长官做得到这些？"

张学良点点头。"我看得出来，刘乙光之所以能横行霸道，耍弄权威，是因为他当着特务队长，是军统局的少将专员，可是大家真正尊重、愿意听从的是我。以前有些人离开特务队，同刘乙光只是握握手，但同我告别却是泪流满面。现在队里的好多人都对我表示过，将来我出去了，他们愿到我手下干，当副官与警卫都行。这几年，我是顾戴笠、顾刘乙光的面子，才没有给他们出难题，让他们难堪。现在他既然要想杀我，那我也就对他不客气了。"

"你想怎么办？"赵四小姐忧心忡忡地望着他。

"我还没想好，"张学良凑过身，从烟听里取出一支烟点燃，轻轻吸一口，又放回到烟缸里，站起身来，一字一顿地说："不过，与其等他杀我，不如我先杀他！"

"杀他？你怎么杀？"赵四小姐听了这话，吓得站起身来，惊恐地问。

"我有把握掌握得住特务队和宪兵连的大部分人。他们知道我同委员长和夫人，还有宋部长有特殊关系，关键时刻他们肯定愿意听我的命令。要杀他容易得很，起码可以弄个同归于尽，我也不枉落个军人的死法。只是不到万不得已，我不会用这个办法。"

"汉卿！"赵四小姐走过来紧紧挽住张学良的胳膊。"我听你的。人早晚会有个死，但不能死得憋气、窝囊。我不会给你丢脸的！"赵一荻说着抹去了脸上的泪水。

张学良凝视着赵一荻，见这位陪伴自己近20年无怨无悔的女人，此时由于激动，脸泛红晕，两眼熠熠生辉，婉丽俊俏之中，又添了几分英气。张学良一把将她搂过来，她的头又一次紧紧地贴于他的胸前……

远处，已传来第二遍鸡鸣。张学良和赵一荻和衣倚靠在床头，凝注着窗外的沉沉黑夜，期待着黎明的到来……

由于井上温泉一带防守严密，加之桃山隧道已经封闭，外人不可能在这里出入，刘乙光所预想的民众劫持张学良的局面并没有出现。但是，外界的紧张混乱并没有结束。自3月1日起，台湾各地均成立了"二二八事件处理委员会"，在各地广播电台播发呼吁，并鼓动青年和学生，参与反抗。数天之内，从大陆到达台湾的人当中，已有一千多人死亡，而国民党驻台的武装部队和后几天从福建、上海紧急调来的一个半师，在全省宣布戒严，搜捕参与起义的首要人物，抓住后就地枪杀，死亡人数高达五万余人。

新竹距台北市仅几十里路，风波一起，这里自然有所波及。招待所内的粮食吃光了，特务队派人到关西去购米，一上街即被民众痛打一顿，抱头鼠窜而归。到3月4日，整个井上温泉除张学良尚每天有一顿米饭外，其余的人，包括赵四小姐，都只有靠吃番薯度日。每次吃饭时，刘乙光的几个小孩吵吵闹闹，他的老婆骂骂咧咧，而刘乙光则用阴冷的目光扫视着张学良和赵四小姐，那模样好像随时都可能掏出枪来，将两人射杀在饭桌边上似的。

台湾混乱期间，保密局对时局难以确切掌握，曾作出将张学良押解回内地、关到江西兴国县阳明洞的决定。刘乙光依命而行，已开始命人收拾行李，打包装车。但此时正值国共关系彻底破裂之际，晋冀鲁豫、晋察冀、东北等地战火熊熊，各大中城市反内战呼声此起彼伏，国民党政权统治不稳，所以当蒋介石听到郑介民的这一报告后，当即予以否决，并斥责了他几句。于是，保密局一个电报，使这里打上的包又重新解开，郑介民又传达了委员长的"口谕"：要对张学良作长期"管束"于台湾的准备。

"二二八"事件的风波直到第十天才渐渐平息下来。第九天，约有一个连的士兵开到了关西一带，并同刘乙光取得了联系。桃山隧道被重新打开，紧闭于招待所内的人这才得以迈出山中。

一场险些给张学良带来杀身之祸的混乱结束了，井上温泉一带恢复了平静。刘乙光对张学良和赵四小姐的态度又有了改变，主动来到房间内问些起居和读书的闲话。张学良冷冷地注视着他，脑海里又浮现出前些天他提着手枪那副凶狠的模样，说："刘队长，这一次你本来可以立大功的啊！"

刘乙光听后先是一愣，很快便悟出了张学良的话中所指，脸上红一阵又白一阵，好半天才讷讷地说："那几天，真是紧张……有不周到的地方，还请副座和四小姐包涵。"

"哪里，"赵一荻立即接口道，"刘队长那几天对我们可真是关照到家了。有劳你了。"说完转过身去整理箱中的衣物，不再搭理。

张学良用鄙视的目光，狠盯了刘乙光一眼，从桌上捧起书侧着身读诵起来。刘乙光站也不是，坐也不是，只得胡诌了一句告辞的话，尴尬地退出门去。

身后，传来张学良一声低沉有力的恨骂："鹰犬！"

余生唯愿读书

5 月，新竹山中生机勃勃。葱绿的山峦上，古树遮天，知名和不知名的花缀在招待所外绵密的青草地上，芳香扑鼻，彩蝶翩翩起舞。山间林中，流泉淙淙，鸟道曲回，隔断尘世的万千喧嚣。

张学良已经适应了这里的气候和环境，日日临窗捧读，或到花园中赏花漫步；有时也登到山上，观如海苍山，看林涛舒卷，感受一种人生的超然。但是，当他回到房中，站在那张中国地图前面的时候，眼里又分明流露出怅惘与茫然……

从报上得知，内战正炽。不知何日能止？他又何时才能再回东北的白山黑水怀抱呢？

张学良寻不到答案，只望着远山云海出神。

张学良一度沉
迷于对《明史》的
研究

立夏后一周，一直在为张学良的获释奔走的国民政府参政员莫德惠，由蒋介石特许，来到台湾新竹看望张学良。

他乡逢遇故知，使得寂寞度日的张学良和赵一荻兴奋异常。张学良拎着鱼竿，到河中钓了几条鱼，又挽起袖子亲自下厨，为这位既是他父亲朋友、也是他自己朋友的东北政坛耆宿烹调清蒸鱼、豆瓣鱼。品尝到这热气腾腾、香味扑鼻的菜，莫德惠大加赞赏。

"没想到能够在台湾岛上吃到副司令亲手做的美味佳肴，南京、上海那些大师傅的手艺也不过如此。真是想不到哇！"莫德惠连连感叹。

"莫老想不到的，可能还多呢，"赵一荻说道，"汉卿这些年不仅学会了烧饭做菜，还学会了植树种花，饲养小鸡儿……"

"那算什么，"张学良打断赵一荻的话，"人要活下去，办法是很多的。给你军队，你能带好兵；给你田地，你能当好农民；给你书读，你能成一个称职的学者、教授；反正不要辜负了一日三餐的白米饭就行。"

"好啊，"莫德惠跷起大拇指，"大丈夫能屈能伸，贵可为帝王，贱可做布衣，一生一世都轰轰烈烈。"接着，他又把头偏向张学良，说："在南京的时候，听人说，老蒋曾经夸你写的读书心得，说汉卿这些年闭门读书，学问大有长进。到这儿来一看果不其然，满屋书香扑鼻啊。"

"莫老过奖了，"张学良谦逊地一笑，"前些年我在给老蒋的信中说过，我想借着空闲，多读点书，长些见识。这几年读的书，都是历史方面的，主要集中在明史上，以后再到清史，民国史。"

"好啊，多读史书，得见古人成败盛衰之因，将来治国理政，必定举断清明，韬略过人。历史上好多大人物都是……"

"莫老，你看菜都快凉了，"赵四小姐笑着打断莫德惠，将一块清蒸鱼夹到他碗里。"先吃完饭，你们再到泉边树下去谈史论经，专心致志，岂不更好？"

"行，行，听四小姐的，听四小姐的。"莫德惠笑着举起杯来，将酒一饮而尽，又大口大口地吃起来。

洒满阳光的山道上，张学良和莫德惠各拄着一根手杖，缓步而行。两名警卫远远地跟在身后。

两人的谈话仍集中在张学良所读的史书和对明代衰亡的见解上。莫德惠感到了张学良确实已把读书研史当做生活的寄托与乐趣，功力也比上次在小西湖相见时大有长进了。

"你从统领大军的名将转为满腹经纶的儒士，真是难得呀！"莫德惠感叹道。

"我早就说过，人要活下去，办法是很多的。"张学良说，"只是我自己能力有限，又处在山里，缺少资料书籍，找不到人切磋探讨，进展慢得很。"

"像你这样揖别浮华喧嚣，自甘寂寞地读书，已经很不容易了。"莫德惠说。

"不过学了几年，收获还是蛮大的，"张学良拉着莫德惠在树下一块大青石上坐下来，看着旁边的一弯溪水蜿蜒流到山下。"我很想到哪个大学去做名历史教授，比如到台湾大学去教明史，或者到中央研究院

张学良夫妇和莫德惠（右一）、刘乙光（左一）打网球后合影留念

历史研究所去当个研究员。要不然，就学朱熹和王阳明，设斋讲学，培养弟子。"

"你还真想成个史学大家啊，汉卿。"莫德惠有些吃惊地望着他。

"真正的大家是翦伯赞、王崇武、容肇祖这些人，他们写的明史的书，让人佩服得很。将来若有机会，真想向他们当面求教。"

"这倒是不难。"莫德惠说。

"我读历史所得的启示，发觉世间最有权威的人，是学术最为渊博的人。没有学术，不足以治人。或者说，世间唯一可以治人者，唯学术而已矣！"

莫德惠听了他这几句话，沉默着没有吭声。他发现，张学良几乎已完全变了，与十年前相比已判若两人。

"前些天我还作了一首五言绝句。诗不好，但却是我的真实心情。"张学良说。

莫德惠"哦"了一声，转脸看着他，听他抑扬顿挫地念起来：

> 十载无多病，故人亦未疏。
>
> 余生烽火后，唯一愿读书。

　　莫德惠点点头，口上说"好诗，好诗"，心中却在暗暗想：他变得这样热衷于学术，甚至过分地服膺于学术，难道不会让具有治人权威的蒋介石滋生疑虑吗？一旦蒋介石认为张学良之所以潜心于学术是另有他图，那么，"自由"二字岂不是更为遥远？毕竟他张学良不是学人出身，而是曾经手握重兵，在中国政治舞台上掀起过大波大澜的将军啊！

　　莫德惠心头这么想，但却不好对张学良明白道出。回到招待所，两人又相对而坐，继续谈读书，莫德惠有意无意地表示出对他这么热心于历史研究的担忧，张学良却没有听辨出来，仍然津津乐道，毫无倦意。

　　莫德惠在井上温泉逗留了一个星期，每天不是陪着张学良游山、钓鱼，便是同他一起到温泉洗浴，在家中打牌，或到厨房里烹调菜肴。但说得最多、议论时间最长的，仍还是他孜孜不倦攻读的明史。

　　"汉卿十载青灯，治史不倦，我实在是高兴。不过，你还是得多多注意身体。我这次来，觉得你的身体比过去要差了。"莫德惠说。

　　"总的来说，汉卿身体还不坏，就是眼睛有点花了，可能这几年老是在菜油灯下看书的原因。"赵一荻说。

　　"人过四十就会觉得老啊！"张学良感叹道，"不过身体上的事，我是会照应自己的，这个请莫老放心。托尔斯泰在《战争与和平》那本书里不是说：哪个混蛋才把身体弄垮啊！"张学良说着，发出几声笑来。

　　莫德惠却笑不出来。他看看桌上堆放的一摞摞书，又看看张学良已完全秃了的头顶，心中涌起一股酸楚。好半天，他才平定下来，对张学良和赵四小姐说："明天我就要回南京了，这一走又不知何时才能见面。我唯一的愿望就是请二位多多保重，争取早日取得自由。南京方面还有什么事，请尽管说，我一定想法办到。"

　　"事倒是没什么了。看见我的那些老朋友，请你代问好。"张学良说，声音变得有些低沉。

　　赵四小姐走进里屋，不一会儿取出一封信来交给莫德惠："这是汉卿写给他首芳大姐的信，请莫老转交。"

　　莫德惠接过信来，见信封上的毛笔字写得洒脱漂亮，不禁有些惊异："汉卿敢情还在练字吧，怎么写得这么漂亮了？"

"有时候看书累了，也写上几笔。还差得远呢，莫老又过奖了。"张学良说。

"汉卿的字确实有些长进，"赵四小姐说，"在贵州桐梓的时候，那个赵县长就说汉卿的字是'神态似骏马，骨力如老松'。莫老要是看得上，让汉卿也写个条幅作纪念。"

"正求之不得呢，"莫德惠笑着站起来。"回去挂到墙上，早晚见了它，也就像见了你们俩。"

"那我就出丑啰，"张学良走到桌前，待赵四小姐将纸墨摆定，他提起笔来，略作沉吟。

"一时也想不起什么好写，就把那天在山上念的那首五言绝句写下来怎么样？"张学良问莫德惠。

"再好不过了。"莫德惠高兴地回答，伸手帮忙牵住纸角，任张学良挥笔疾书。

片刻之后，四句诗写完。莫德惠后退两步，端详着出现在纸上的字，连连点头："我看那个赵县长没说错，真是'神态似骏马，骨力如老松'啊！"

第二天，莫德惠辞别张学良和赵一荻，离开了台湾。

一个星期后，张学良的大姐张首芳看到了弟弟从遥远的台湾岛上写来的家信。十年没有见面了，被拆散的骨肉之情常常折磨得她夜难成寐。在张学良一家 14 个姊妹兄弟中，唯首芳、学良、学铭同是赵氏所生。1910 年，赵氏逝世，张学良年仅 11 岁。年长他 5 岁的大姐抹去眼泪，担起了照料两位弟弟的责任，对张学良的关怀，尤为周到细微，因为他毕竟是张府的长子，是张氏家业的传人啊！可是，十年前的事变，却永久地拆散了他们。从 1937 年到 1946 年的十年间，她甚至不知道弟弟被关押在何处。

现在，见信如见其人，她未及拆开信封，已是百感交并，泪如雨下。

许是久未通信了，张学良的信很长，对大姐一家的问候关心十分详尽殷切。张首芳边读边抹眼泪，最后只得让一旁的儿子代读了：

......

　　我现在想托您办一件事，如果您去北平，您给我买一部好版大字的《明史》来。也许西安旧书铺里有（南辕门街有两个旧书店，很不错），如果买到，千万用油纸包好，打箱或用他法，总之别叫它受湿，或污，或破了。我非常需要一部大字《明史》，我眼花了。开明版的《明史》我看起来太费力了。如果《明史》能在西安买得到，不一定要好版，大字就可以，我是很需要，等着看，并且要在书上胡批胡写，所以纸张不可要太破的，一碰就破的。注意是《明史》，可不是《明史纪事本末》或《明纪》、《明鉴》等等。或者商务印书馆百衲本的，中华书局四部备要版的，那都十分合用。

弟良手奏五月廿日

四小姐附问候

　　念完信，张首芳心中又是一阵哀戚。弟弟还只 40 多岁呀，怎么就眼花得看书也要看大字本了呢？

　　"这个老蒋，心太狠毒了！"张首芳边抹着泪，边大声骂道。

　　莫德惠自台湾归来后，提供照片，由攻玉写了一篇《张学良在台湾》的文章，发表于当年 6 月上海艺文书局发行的《艺文画报》第 1 卷第 12 期上。

　　这是张学良被囚十年来，第一次有消息和照片传出。

　　人们这才知道，发动西安事变的爱国将领张学良仍然身陷囹圄，且被囚禁在遥远的台湾岛上。

井上温泉泄恨吐冤

　　1947 年 10 月，张严佛结束"军统局结束办事处"主任的工作，到南京任保密局设计委员会主任。这实际上是个既无权、又无事的空头主任。毛人凤把他看成是戴笠的人，处处进行排挤，弄得张严佛牢骚满腹，只好关在屋子里独生闷气。

10 月中旬，保密局局长郑介民和副局长毛人凤找到张严佛，说准备让他到台湾去考察个人。

"是谁？"张严佛问。

"张学良，"郑介民回答，"他现在住在新竹县的井上温泉，同刘乙光搞不好，对立情绪很大。刘乙光的老婆又得了神经病，同赵四小姐处得不好，夫妻间又经常吵闹，刘乙光已经把她送去台北住医院了。前几天他来报告说，想请一个月假，到医院照顾老婆，也想借此机会，缓和一下他同张学良之间的关系。"

"哦，是这样啊，"张严佛说道，扬着头问一句，"怎么让我去？"

郑介民看看毛人凤，又转回过头来。"局里的人我们都考虑过，还只有你和王新衡过去同张学良熟。但是王新衡现任上海站站长，抽不开身，所以只好派你去考察一段时间。"

张严佛眼盯着别处，心想所谓"考察"，不过是去顶替刘乙光，当看守，只是用"考察"二字好听一些而已。他瞅瞅毛人凤，见其眉头紧皱，使那张本就长得凶狠的脸显得更加可怖。张严佛心中不由掠过一丝厌恶。

"去多长时间？"他问。

"一个月，"毛人凤回答，"时间不长，等刘乙光回去，你就可以回南京来。"

张严佛脑子飞快转动，想到在南京无所事事，心闷气烦，还常常要看毛人凤那张讨厌的脸，有机会到台湾去一趟，换换空气，未尝不是件好事。于是，便点头应道："我服从命令。什么时候动身？"

"明后天就走，"郑介民回答，"我已经叫总务处长成希超准备些美国的'加利克'香烟，弄些白兰地酒，还有罐头什么的食物，作为我和你的礼物送给张学良。自他到台湾以后，除了莫德惠以外，还没什么人去看过他，带去这些东西他肯定高兴。"

张严佛乘坐的飞机从上海起飞，当天就到了台北，见到了刘乙光。第二天，两人一道坐火车到新竹，又转小火车到了井上温泉。站在面对高山、下横流水的铁索桥上，望望足下有四五十丈深的沟涧和掩映在绿树花丛中的张学良的居处，张严佛不由得感叹这个囚禁地选得高明。只要将桃山隧道的入口和铁索桥一封，纵有一个营、一个团的兵力也休想攻入。反过来，张学良和赵四小姐也休想从这里轻易地出逃。

张严佛一到，刘乙光便交接了工作，返回台北照料老婆去了。张严佛将四周的环境巡看一番，将看守警卫的日常工作交给刘乙光的队副。"我是奉命来考察的，日常的事过去怎么做还怎么做。我在这儿期间，张先生的活动由我陪同。"张严佛在特务队的会议上宣布完这个规定，又见过了宪兵连的连长，然后便去了张学良的房中。

从 1946 年 10 月在重庆送别张学良到现在，不过才一年时间。在走向张学良房间的路上，张严佛脑海中浮现出了去年 10 月的情景。那一天，他和爱人李兴黄早早就赶到白市驿机场，称说是来照料送行，实际上是因张学良受到欺骗后，情绪激动，保密局怕出意外，或到了机场张学良和赵一荻拒登去台湾的飞机，郑介民和毛人凤特命张严佛夫妇赶去机场，在万不得已时，将张学良和赵一荻强行押上飞机。但等张学良和赵一荻出现在机场候机大厅时，人们却看到他二人神态镇定自若，张学良甚至还强装出笑脸，同送行的人一一握别。只是在同张严佛握手时，他明显地感到，张学良的手在不住地颤抖，充注着血丝的眼中流露出凄楚与愤怒。

大概是已经知道张严佛来接替刘乙光的工作，所以张严佛走进时，张学良和赵四小姐并不感到意外。寒暄一阵，赵四小姐又捧来一杯热茶，三个人便坐下攀谈起来。

在张严佛眼中，张学良比去年在重庆分别时又老出了一头，头顶已经全秃，牙齿残缺不全，双眼也显得小了许多，赵四小姐刚刚 35 岁，衣着可体，风韵犹存，但却比在大陆时又瘦了许多，精神抑郁不振。"牢狱折煞人哪！"张严佛心中不由得感叹。

由于刘乙光去了台北，十年来张学良的身边第一次没有了这个特务队长的身影，他的精神压力顿时减轻，加之张严佛算得是他的老部下，老熟人，张学良的情绪显得十分轻松，言语中也无什么顾忌。当晚，他便同张严佛对坐长谈了四五个钟头，叙说他颠沛流离长达十年的囚禁生活，倾吐满腹的幽怨和委屈，说到伤心处，几乎一字一泪，痛哭不止。赵四小姐坐在一旁，用手绢不停地揩拭眼泪。张严佛初来便听到张学良这么多冤屈，十分震惊，一边好言相慰，一边也暗暗为张学良感到不平。

但他毕竟是保密局派去"考察"张学良的人，是接替刘乙光特务队长身份的"大看守"，自然也不会说出指责蒋介石或者当局的话来。直到深夜，赵四小姐才止住泪，上前打断张学良的话，说张主任这次来，也不是一天两天就走的，有些话以后还可以慢慢谈。张学良这才止住话头，同张严佛道别。

从第二天起，张严佛几乎时时同张学良待在一起，转山、游泉、打球、论史，倾听着他对长期关押的不满和对刘乙光夫妇百般凌辱的控诉。

"西安事变，为了制止内战，为了抗日，我没有错。但是我不该扣留委员长，判刑十年，无话可说，"张学良声音有些低沉，但旋即又提高了嗓门："但十年期限已满，如今抗战胜利，日本人都投降了，还把我关下去，这是什么法律？这样对待我，无论如何，是非法的！"

张严佛只"嗯"了一声，没有接话，也无法接话。过去他常听人们说，张学良同外面的人见面时，几乎从不谈政治，也不谈"管束"他的事。但现在，他的每一句话，都是这些内容。

"我心中不平！希望你回到南京把这些话告诉郑介民，就说是我要求你转达的。"

"好的，我一定转达。"张严佛点点头。

"当初老戴、老宋（指戴笠、宋子文）都对我说：委员长希望你休息几年，闭门休养，研究学问，派刘乙光是保护你的，为了你的安全，不得不如此。你尽可以在屋子里看书，也可以到外面去散步、打球、游泳，刘乙光不得限制你。我相信老戴他们的话，不应该是骗我的吧？"

"他们怎么会骗您呢。"张严佛说。

"可是十多年来，刘乙光就把我看做是江洋大盗！"张学良气得将桌子拍得嘭嘭响。"他唯恐我越狱逃跑，又怕我自杀，处处限制我，给我难堪，不管我受得了受不了，他要怎么干就怎么干，实在是做得太过分了！"张学良气呼呼地站起来，讲述了刚到井上温泉时，刘乙光一家强占陈仪为他选的房间的事。"幸好陈仪又来看我，看刘乙光做得太过分了，硬叫他把房子腾还给了我们。还有，刚到这儿的时候，陈仪雇了两名下女来照料我和四小姐，没几天，刘乙光招呼也不打，就给打发走了。十几年来，夫人（指宋美龄）和亲友送给我的东西，经常被刘乙光夫妇克扣，有时被截留一半，有时竟全部被没收了，与来信所写的对不上数。刘乙光公开大胆地这么干，被我们发觉了，他仿佛没有这回事,毫不在乎。"

"这……是有些太过分了，"张严佛也忍不住说，"您没有向他指出过这些吗？……"

"我是怕为这些事同他们夫妻闹翻了，更受罪，只好不做声。"张学良强忍住眼里的泪水，停了好一阵，而一旁的赵四小姐却背侧着身子，抽泣不止。

"过分的事情还多得很呢，"张学良有诉不尽的冤屈，又开口道，"我们每次吃饭，刘乙光一家六七口，孩子大的十几岁，小的一两岁，都同我们一桌，每顿都吵吵嚷嚷地抢着吃。这种事本不值得一提，可是他们把饭桌搞得太脏了，我同四小姐几乎每顿都吃不下饭。刘乙光的老婆有时还指桑骂槐地骂小孩，而暗地却是骂四小姐。"说到这里，赵四小姐已经哭出声来，泣不成声地说："汉卿什么时候……受过这样的罪，我什么时候受过这种人的欺负……"

屋子里的气氛格外沉重，张严佛慰劝一阵，便不知再说什么才好，只定定地望着地下。张学良起身向赵四小姐递过一条毛巾，又轻拍她的肩头，让她止住哭泣。

"现在好了，你来了，刘乙光一家暂时离开了，我们也可以吃几顿清爽饭，"他自我宽解地说，接着又拍拍桌子："你来这儿都看到了，每顿那么好的菜饭，难道是专为刘乙光一家准备的吗？这些,都十几年了，我能向谁说去？！"

积压了十几年的愤怨、屈辱，都在这一刻猛然爆发出来，弄得张严佛一时不知所措。到台湾来之前，张严佛绝没有料到，他这位昔日的上司，当年威震云天的少帅，竟会活得这么艰难，困顿，忍辱吞声，想他满头的青丝，也定是在无尽的凄楚中，纷纷谢落。想到此，张严佛心中不禁又是一阵感叹。他本想说一句："虎落平阳被犬欺"，话到口边，又咽回去了。他毕竟是来"考察"张学良、顶着刘乙光当特务队长的人啊。

短暂的沉默之后，张学良言犹未尽，又愤愤地叙说起来："今年二月台湾人闹事，刘乙光也紧张起来了，成天恶狠狠地盯住我，好像要把我吃下去，连话都不和我说了。"他讲述了"二二八事件"那十天里，他们被囚禁在屋子里，随时都可能被刘乙光开枪打死的情形。"就这么把我和四小姐打死，我实在不甘心。你不要以为我说鬼话，刘乙光的部下和宪兵中有大部分人我都掌握得了，他们都会听我的话。"

张严佛一愣，"哦"了一声。

"那几天我老盘算，"张学良咬牙说，"如果刘乙光真要对我下毒手，我是引颈就戮呢，还是我先下手把刘乙光杀了，或者我也同归于尽。我不相信我张学良就落得个束手待毙的下场！幸好那事件没几天就平息了，否则，真难说，我今天还能够同你在这里见面。"

"可是，你凭什么能掌握住刘乙光的部下呢？难道他们同你通气，刘乙光能闷在鼓里？"张严佛专注地望着张学良。

张学良微微一怔，猛然意识到刚才说话走了口，脸上掠过一丝后悔的神色。张严佛虽然曾做过他的部下，但他现在是保密局的人，来井上温泉也绝不仅仅是听他张学良控诉刘乙光的呀！他略略沉吟，换上一种鄙薄的口气说："像刘乙光这个蠢材，他平日对待部下那样刻薄，一味死扣，加上他那个又蠢又恶的老婆，对他也有很大的影响，两个人都那么狠，还能够得到部下心服吗？"

"特务队的一些人对刘乙光两口子心里恨得很，有好些话都宁肯对我们说。'二二八'的时候，刘乙光一起杀心，他们马上就告诉我们了。"赵四小姐说道。

"我张学良真要同刘乙光拼，我还拼不过他？"张学良气咻咻地说，接着又摆了摆手："算了，这里面的情形，我不应再向你说下去了。我想你会相信我的。我张学良绝不是因为有了刘乙光看管我，才不敢越狱逃跑，才不寻什么短见！碰上了刘乙光不过多受些闲气，本来就算不得什么。我不把你当部下，你还有你的身份，算我们还是朋友吧。过去的事不过向你说说，消消气算了。"

张严佛长长地"唉"了一声，说："汉卿，你别跟刘乙光一般见识。你是什么人，全中国谁人不知，他刘乙光算得了什么？千万别因为他伤了你的身子。"

"是啊，"赵四小姐抹去泪，起身为二位的茶杯里添了些水。"汉卿和我常常私下里说，他刘乙光是狗眼看人低，我们不值得同这种人斗气。"

"这就对了，"张严佛捧起茶杯喝了一口，说，"像他这样的人到处都有，狡诈、势利，乘人之危，南京那儿有些人比刘乙光大有过之，"接着张严佛便说起了自戴笠死后他遭受毛人凤排挤，郁郁而不得志的情形。最后，他又一声长叹："人人都有本难念的经哪！"

张学良点着头，说："是啊，我这些年虽然居于深山，未敢越雷池一步，但是通过报纸和亲友们的信，对外面的情况大致还是有个了解。我看现在就是明朝末年的那个样子，大势已去，人心全失，政府官吏和带兵将领都是暮气沉沉的，积习太厉害了。我看这局势是无可挽回的了。"停了停，他又补了一句："苦只苦了人民，老百姓实在是太苦了。"

张严佛没想到久陷囹圄的张学良能对时局看得这么透，几句话就点出了国民党的败势。于是，他便又同张学良聊起了当前的时局，谈到国内政治、经济危机四伏，军事上节节败退。在谈到东北时，张严佛说："东北这块宝地，日本人投降后，本来是人人想中央，盼中央，可是杜聿明、熊式辉那班人实在是不像话，架不住人家共产党来个土改，哗地人心全过去了。委员长把人换来换去，最近又把参谋总长陈诚调到东北当了行辕主任。他一去就说，六个月恢复东北局势。都两个多月了，东北的局势不仅没恢复，反而越来越糟。"

"陈诚这个人打仗不行，吹牛倒是满能的，"一提陈诚，张学良便显得十分厌恶。"陈诚到东北去，等于火上加油，更糟。东北的颓势，绝不是陈诚可以挽回得了的。"说完，张学良站到墙上的地图跟前，望着东北那一大片地方幽幽地出神。张严佛发现，张学良的眼中，有一种漂泊游子对远方故土的深深眷恋。他禁不住想，十多年来，张学良不知有多少回站在这张地图跟前，面对当年他叱咤风云的黑土地，胸腾波澜，心驰思念……

张严佛同张学良的谈话，常常是海阔天空，信马由缰。他越来越感到吃惊的是，无论对什么话题，张学良都能侃侃而谈，而且常常是智语迭出，尤其是对政治上的问题，他原来以为张学良不会轻易谈，要谈也只会是轻描淡写。没料想张学良谈兴最浓的就是政治，分析评点起来头头是道，入木三分。张严佛不由得想起在南京时所听到的传闻：蒋介石在听人汇报完各界人士要求还张学良自由的请求后，阴沉着脸未置一声，良久，才冷冰冰地说了一句：虎放出来是要伤人的。看来，老头子真的没有说错，张学良的确是只虎，虽然被囚笼中，然而虎威未灭，要是重还他几十万大军，他一定能在中国的政治舞台上，再上演出一幕轰轰烈烈的大剧来。

对张学良而言，张严佛来换走刘乙光，使得他多少松了口气。但由于这股气被压抑得太久，即使是略作释放，也会是那么冲动，那么激烈。多少年来，他从没有像现在这么强烈地宣泄过愤怒，表达过抗争，一时间，他竟有一种如释重负之感。而与此同时，他又深深地意识到，他所再三指控的刘乙光，不过是忠实执行命令的鹰犬而已，真正掌握他命运，带来所有屈辱磨难的，是他劫持过的那位"统帅"蒋介石。在"好好读书"的"管束"之中，他已度过了长达11年的艰难岁月；而看不见的未来，谁知道蒋委员长还会赐给他多少个漫漫长夜？

夜色茫茫，细雨霏霏。高墙深院中，又到来了死一般的寂寥。张学良在萧瑟冰冷的囚屋西窗之下，吟就了一首小诗：

> 山居幽处静，旧雨引心寒；
> 辗转眠不得，枕上泪难干。

他将诗认认真真地抄录在一张信纸上，打算第二天送给张严佛。他相信，无论是张严佛或是别的什么人，读到这几句他蘸着泪水写就的诗，都能真切地感触到他张学良漫长幽禁生涯中的真实心境。

再见张治中

就在张严佛顶替刘乙光，"考察"张学良的1947年10月间，时任国民党西北行辕主任的张治中带领全家老小来到台湾，作休假旅行。

短短十天时间里，张治中领着全家看过了山，游过了水，观赏了民族舞蹈，也阅过兵。眼看假期将尽，张治中找到台湾警备司令彭孟缉，提出了他久存的愿望：会见张学良。

彭孟缉原是高雄要塞司令，因"二二八事件"镇压有功，新近被提升为警备司令。30 年代，张治中任国民党中央陆军军官学校教育长时，彭孟缉正好在校，因此，彭孟缉算得是他的学生。但即便如此，彭孟缉对张治中的要求仍面呈难色，说张学良的看管直接归保密局负责，没有特别的许可很难见到。

"彭司令，这你放心，如果出了什么问题，一切责任由我负，不会连累你。"张治中话中带刺。

毕竟是师生关系，又见张治中将话说到了这个份上，对他的称呼也附上了官衔，再不答应恐怕就会弄僵了，彭孟缉这才勉强地点头，说他先安排安排，待联系妥当后再通知师长前往。

1947 年 10 月 30 日一早，张治中一行从台北乘火车到达新竹，在县府吃过早饭，即登车上山。

从新竹县城到井上，有三个小时的汽车路程，沿途山路蜿蜒，风景别具一格。刚行走了约半个小时，便遇上了设在山边的宪兵检查站，对几辆车一一盘查询问。虽然他们早已接到通知，说是西北行辕主任张治中一家将通过此地，但盘查仍十分认真。张治中对这么严密的防范有些吃惊，但作为长官，仍不免对宪兵们尽忠职守的行为嘉勉了一番。放行之后，张治中仍回转过头，从车窗望着那些荷枪实弹的宪兵，忍不住想：张学良被监禁 11 年，早已不染尘世，蒋介石对他仍如此防范，可见西安事变给老头子心中留下的阴影是何等之深！据此可以看出，要让蒋介石开口还张学良自由，几乎已是完全不可能的事情。

汽车又开了两个多小时，前面已经无公路可走。问问司机，才知已经到了井上温泉。一行人下了车，走过一道大木桥，便见到了立在坡上的"井上温泉"的大木牌。张治中抬首四望，见这里美丽幽静，有山林之胜，又有清泉之雅，是个修身养性的绝妙去处，同时，这里山高林密，地势险峻，十分便于据兵防守。显然，保密局为张学良的"管束"，也花费了不少心思。

张学良已预先知道老朋友要来看望，早早就同赵四小姐站在门口等候。自沅陵凤凰山一别，已是八年过去，现在能在台湾的深山中重逢，彼此都十分激动。张学良紧紧搂住张治中，待松开来时，两人的眼睛都已变得潮湿。

见过张学良，张治中一家人又同一旁的赵四小姐紧紧握手。由于知道贵宾来访，赵四小姐特意换了衣服，身上是一件藏青呢的旗袍，脚上是一双自做的藏青呢的布鞋，素净清爽，质朴大方。张夫人早就听闻赵四小姐的温婉贤淑，今日相见，没想到这位名门闺秀竟是这么清寂俭洁，心中连连感叹难得。张学良见张夫人和两位女儿直盯着赵四小姐的衣服和布鞋，脸上满是疑惑和不解，插口道："小妹你看，在她们面前，你都像是乡巴佬了，"接着他又转向张夫人说："因为你们要来，她今天才专门穿了这身讲究的衣服，平时呀，还要比这简单多啦！"

一下子来这么多客人，寂寞的"招待所"内顿时变得热闹起来。赵四小姐好多年没同外界的女人们接触了，一见面便同张夫人聊起了自己在美国的儿子，拿着他从美国寄来的照片，说他现在已经上了大学，生活学习都让人十分放心。接着她又同两位小姐聊起家常，说她十几岁的时候，因为爱漂亮而拔去了几个牙齿，结果弄得口腔发炎，最后没有办法，只得将牙齿完全拔掉，镶了假牙。

几位女眷在"招待所"里聊一阵，笑一阵，便由特务队的队副领着到了屋外，爬山、洗温泉，接着又一道去走足有150多米长的空中索桥。井上温泉的山峦中，第一次回响起女人们活泼、轻快的笑闹声。

趁着女眷们外出游览，特务队副队长和张严佛都不在的机会，张治中和张学良关在书房里，开始了畅谈。

八年未见，世上已发生了天翻地覆的变化，张学良也已届46岁，长期的监禁使他面容苍老，身体消瘦。张治中望着他两鬓的白发和头上的秃顶，伤感地说："汉卿，你显老了。"

张学良长叹一声，说："是啊，我是'乡音未改鬓毛衰'哪，连我自己都不敢照镜子。不仅我不敢，连四小姐也不愿往镜子面前站。一看见自己现在的模样，心里就止不住发酸。"

"你还是要看开一些，"张治中安慰道，"现在形势变化很大，政府内外都有很多人在为你的自由奔走呼吁，蒋先生不会看不到这一点。"

接着，张治中向张学良介绍了国内各方面的动态，讲述了国共两党从谈判桌到战场上的较量。

"文白兄对时局发展怎么看？"张学良问。

张治中无可奈何地摇摇头："常言说，得道多助，失道寡助。我看是大厦将倾了啊。"

"真有这么严重？"

"事实上比我刚才说的还要严重，"张治中接着说，"政府中勾心斗角、尔虞我诈与日俱盛，发财的发财，刮地皮的刮地皮，将领们贪功讳过，喝兵血有如狼蝎。这些人怎么治得了国，打得了仗！"

"那我的自由更是遥遥无期了。"张学良脸上露出深深的哀戚。

"我倒不这么看，"张治中说，"战火终有平息之日，国内总有一天要实现和平。"

"是啊，"张学良点着头，"历代战乱终究都会有个停止的时候。我最不希望的，就是同胞自残，弄得民不聊生，国破人亡，让外寇得隙而入。"

"国内外的有志之士莫不希望战火早日停息。共产党那边也早有这个意向，可是我们却置之不理，非要拼个你死我活，结果弄成了这副局面。"

"不知这仗还要打多久啊，"张学良侧脸看着墙上的地图，"国家实在是经受不起了啊。"

"汉卿说得在理，"张治中连连点头。"国内总是要和平的，国共终究是要恢复和谈的。依我之见，国共和谈成功之日，即你恢复自由之时。"

"若文白兄这番话能实现，则学良之大幸矣！"张学良脸漾笑容，情不自禁地伸出手来，同张治中紧紧一握。旋即，他又静下来，问："你觉得这可能吗？"

"当然可能，"张治中很认真地回答，"仗打不下去，蒋先生不能不另谋途径，和谈的话题，政府内早有议论，早晚会成为现实。而汉卿你西安兵谏，不就是要联共抗日吗？如果国共和解，你理所当然地会得到自由。"

"文白兄分析得在理，"笑意重又回到张学良脸上。他从张治中的话中，看到了获得自由的另一条途径，这是他以前所没有想到过的。激动使得他不由自主地站起身来，在屋里来回踱步，眼里闪动着兴奋的光亮。

吃午饭时，张学良显得兴致勃勃，不停地同人们说笑，介绍当地的风情和高山族的生活习惯，并指着一碗红彤彤的红烧肉说，这是他的做法，教会给厨师的，要大家都尝尝。客人们盛情难却，都尝了尝，果然味道不错。众口称赞之下，张学良颇为得意，说凭他现在的手艺，完全可以在大饭店里当个首席厨师。

"若是少帅烧菜，那中国可没人出得起这顿饭钱啊。"张夫人开玩笑说。

大家都哈哈大笑起来。

午饭之后，队副又领着女眷们到外面打网球和乒乓球去了，张学良和张治中继续留在书房里晤谈。

"文白兄，我有两件事，也算两点要求吧，想了好久，想托你向委员长和夫人转达。"一坐下来，张学良便说。

"既然是汉卿托付的，我一定照办。"

"第一点，我希望能够恢复自由。这个问题，我已经梦想了11年。为了让人放心，我想好了，恢复自由以后，哪里也不去，蒋先生住在哪里，我就住在哪里。除此之外，没有任何别的请求，也不一定做事情，蒋先生可以先考察我一个时期后再说。"

"那么第二点呢？"张治中问。

"第二点嘛，"张学良说着看看窗外，接着便降低声音，说：

"那个刘乙光刘秘书，名为照料我的生活，实则一家人大大小小同我们挤在一幢房子里，成天又吵又闹，对我干扰大得很，没个安静日子。我希望刘乙光一家从这儿搬出去。我的生活我自己可以管理，起码可以有一定的自由和清静。这两点，请文白兄一定转达到。"

"汉卿放心，我一回南京，就去见蒋先生和夫人，转达你的要求。"

接下来，两人开始闲聊，话题又转到了东北的战事上。张治中看着张学良，做出满认真的神情说："如果这次国军在东北战败，你张学良是有责任的哦。"

张学良一愣，不解地问："仗是陈诚、杜聿明、范汉杰那帮人打的，意图是他老蒋的，战败了跟我有什么关系？"

　　张治中神秘地一笑："当然有关系。因为共军第四野战军林彪的麾下，有位纵队司令叫张学思。"

　　张学良微微一怔，但马上便哈哈大笑："原来如此！我还不知道我的四弟已经当了共产党的将军了！"

　　"张学思是你的兄弟，他逃跑了，你也是有责任的。"

　　"要谈责任嘛……"张学良故意拉长了语调说，"你的责任比我大得多。老四是中央陆军军官学校的十期生，而你当时是军校的教育长。他是你的学生，你教出来的，他逃跑了，与我有什么相干！"

　　"这个……"张治中笑起来，"我们各负一半责任吧。"

　　张学良跟着笑一阵，又十分感慨地忆起了少年时的一些往事。"我七个弟弟当中，我最喜欢的就是这个四弟。我相信老四，他是有前途的。"

　　深秋的太阳渐渐西斜，凉风掠过，院中的树叶飒飒作响。张治中站到窗前，见远处天清地宁，山色空濛，有一种脱别尘世的气息扑面而来。他转身道："汉卿，你这里是修身养性，做学问的好地方啊。"

　　"地方倒是好地方，可是不属于我张学良。平时我也难得出门，大部分时间都是同四小姐在这屋子里看书。"张学良指指四周，屋里的书架、书柜和桌上，都摆满了书籍。

　　张治中饶有兴趣地踱到书柜前，翻看着纸页已经发黄的线装书。在翻到一套还散发着墨香的《鲁迅全集》时，他停下了，问张学良："怎么，爱读这个？"

　　"都看过了。鲁迅这个人笔锋锐利，骂人入木三分，"张学良回答，"不过，平日我最爱看的还是史书，尤其是明史，有时候也做点旧体诗，新诗也写过。"

　　"想不到汉卿现在有如此的雅兴和才华，"张治中赞叹道，"我到南京的时候，有人给我看过你 5 月间写给莫德惠的诗，还有你的照片，都上了报。今天不知我有无此荣幸，也得到一首你的诗。"

　　"只要文白兄看得起，学良敢不从命。"说罢便在案前坐下来，整理笔砚，又沉思一阵，写下了四行诗句：

总府远来义气深，

山居何敢动佳宾；

不堪酒贱酬知己，

唯有清茗对此心。

张治中站在张学良身后，看着他飘逸的字体和富于感情的诗句，连连称赞。待接过诗稿，又问："你不反对我把这个拿到报上发表吧？"

"若你这位行辕主任不避讳，我这个囚徒又有什么可避讳的呢？"说罢哈哈大笑。

此时，由远而近，传来了几位女眷的说笑声。张治中抬腕看表，见已是下午四点。

"汉卿，我得走了，新竹县长约好到新竹吃晚饭。"张治中有些抱歉地说。

张学良默然点头，陪着张治中来到屋外，由张治中的女儿张素我操着相机，为两位老朋友留了影，然后，一同走过木桥，来到汽车旁。

"汉卿，四小姐，你们回去吧，咱们后会有期。"张治中说，声音

1947 年 10 月，张学良与张治中在新竹井上温泉

不禁有些哽咽。

张学良紧紧握住张治中的手，久久不放，沉痛地说："我在这里，除你以外，没有人来看过我，我对你实在万分感激！我们这一分别，不知何年何月能再见面！"说到这里，两人相对黯然，几乎泪下，张夫人和赵四小姐则早已用手捂住了眼睛。

汽车缓缓远去。张治中转首回望，见张学良笔直地立在路旁，一支手臂仍然高扬着。

张治中回到南京，即到黄埔路总统官邸向蒋介石报告他在台湾看望张学良的情况，并转达了张学良向蒋介石提出的两点请求。蒋介石还没听完，脸色便阴冷下来，只"啊、啊"地哼了几声，不作任何明确答复。张治中想起张学良临行前的殷殷托付和他清苦寂寥的生活，心中有些着急，又说："张汉卿心里现在很苦，生活也不顺心，希望总统能予体恤。"

蒋介石乜视张治中一眼，转向别处不再吭声。过了好久，又说起了别的话题，张学良的两点请求被完全搁置到了一边。

从蒋介石房中退出，张治中因未得到答复，心中颇为不快，于是便找到宋美龄，将张学良的请求又恳切地讲述了一遍。"夫人，汉卿他现在很希望能得到您的帮助。"

宋美龄听完，长叹了口气，说："文白兄，我们对不起张汉卿哪！"

张治中没料到宋美龄一开口便说出这种有悔意的话，颇觉吃惊，刚想发问，宋美龄却又接着说："张汉卿的两点要求中，第一点不容易做到，恐怕现在不可能得到许可。第二点嘛，我一定想办法做到。"

"谢谢夫人，"张治中十分感激地站起身来，向宋美龄鞠了一躬，虽然只有一条要求可能得到满足，但仅此也可以大大改善张学良的生活处境，让他得到久已盼望的安宁、清静了。

回到下榻的寓所，见上海《大公报》的一位来人已等候一阵了。他们得知张治中刚从台湾见过张学良归来，并有意将张学良的诗稿和与张治中的合影公开发表后，十分兴奋，立即派人前来索稿。对一家报纸来说，发表一位已销声匿迹十多年的著名将领的诗作，并刊登他的照片，无疑会大大提高在读者中的声望。

　　张治中拉开抽屉，取出张学良的诗稿和已经冲洗出来的照片，放在面前仔细端详，耳边又响起宋美龄"我们对不起张汉卿"这句话来。先前宋美龄说这话时，几乎是脱口而出，可见在张学良的问题上，宋美龄颇觉不妥，深怀歉疚。张治中不止一次地听人讲起过，兵谏后宋美龄飞赴西安，张学良在机场迎候时，两人用英语互致问候，让人觉得他们间的关系有如兄妹。当张学良做出放蒋的决定，并执意亲送蒋介石回南京时，宋美龄激动得热泪涟涟，并当着蒋介石的面一再向张学良保证会负责他的安全。到了机场，宋美龄仍还在向张学良说着感谢的话。可是一上飞机，形势便整个儿地翻转了过来，张学良的安全不仅没有保障，反而遭受了军法审判，被判刑十年，后又受到严厉"管束"，在深山僻地苦苦挨过了11个年头。在西安说过的话，所做过的所有保证，都已抛到了九霄云外，唯有张学良最知这些诺言的背后包藏着什么。作为当初的保证人，宋美龄难道能说是心襟坦荡、心安理得的么？

　　张治中将诗稿和照片交给了《大公报》的来人。听着他渐渐远去的脚步声，张治中仍在想：如果宋美龄读到张学良的诗，看到张少帅今日的模样，她不知会作何感想？

　　可是，即使贵为第一夫人，她能够扭转张学良的命运吗？

无望的期盼

　　张治中走后不久，张严佛完成他的"考察"使命，也回到了南京。临行前，张学良特地设宴为他钱行，并托付他回南京后，如果碰见莫德惠，一定把他近期的情况代为转告。

　　张严佛在井上一个多月，与张学良朝夕相处，同桌就餐，和他一道爬山、沐浴、狩猎、打球，或同他聚坐于书房中，谈时局，论政治，一起讨论史事或对酒吟诗，倾听他对囚禁的不满和满腹的冤屈，内心对他的遭遇也充满了同情。但他的身份也使他时刻没有忘记自己的使命，每次同张学良谈完话，他都要回到自己房中，笔录下张学良的所言所述以及他对这位昔日上司的分析。一回到南京，他便把这些谈话内容以及他

十年已过，自由仍遥遥无期，张学良、赵一荻沉默无语……

的"考察"所得，连同张学良亲笔写下的诗，书面报告了郑介民，而后又由郑介民特报了蒋介石。

12月初，刘乙光奉召由台湾到了南京，当面向蒋介石详细报告了11年中张学良的言行举止和心理变化。从总统官邸出来，刘乙光在保密局里见到了回南京一个多月的张严佛，两人自然谈起了井上温泉和张学良。刘乙光略述了他晋见蒋介石的情况，然后小声说："张治中到台湾同张学良见面，委员长很不高兴，当面吩咐我，以后非经他批准，任何人不准去看张学良。"

张严佛听后一愣。张治中去见张学良，正是他顶替刘乙光在井上温泉的时候，蒋介石为此光火，自然有他张严佛的责任。同时，这件事情也表明，蒋介石根本无意于释放张学良，否则，何言"以后"呢？

张严佛不禁又想起张学良亲赠他的诗句："辗转眠不得，枕上泪难干。"看来，张学良的苦泪实在是难干了。

一个月之后，由于宋美龄的斡旋，张学良托张治中转达的第二项要求终于得以实现："管束"了张学良11年，官阶由中校晋升为少将的刘乙光，终于被调离了特务队，长期以来使得张学良和赵四小姐寝食难安的、由刘乙光加予的痛苦，终于得以解除。

可是"管束"仍没有丝毫松动。遥远偏僻的新竹山中，张学良和赵四小姐仍是日日青灯黄卷，苦对夕阳，消度着孤寂的岁月。

1948年，中国共产党领导的人民解放战争进入夺取全面胜利的决定性阶段。随着辽沈、淮海、平津三大战役的胜利，国民党军队被歼灭154万人，维持其统治的主要军事力量基本被摧毁，国民党败局已定。

1949年1月21日上午，蒋介石在总统官邸召集有100多名国民党党政军高级人员参加的紧急会议，基于国民党的军事、政治、财政、外交均陷入绝境，他本人宣告"引退"，其"总统"职务由李宗仁代理。此时的蒋介石，声音低沉，似有无限悲伤，与他平时训话时的激昂慷慨截然不同。

宣布完他的"引退"决定，蒋介石便起身离开会议厅，准备乘机回到故乡溪口。这时，老态龙钟的监察院长于右任追到门口，口中连呼："总统！总统！"

蒋介石停下步来，问追上来的于右任："于院长还有何吩咐？"

于右任有些气喘，说："为下步同中共和谈方便起见，可否请总统在离京之前，下个手令把张学良、杨虎城放出来？"

蒋介石本来就阴沉着的脸顿时变得十分难看。他把手往后一撒："这件事你找德邻（指李宗仁）办去！"说完加快步子沿走廊而去。

年届70的于右任，留着长长一大把胡须，在众人的注视下，脸色红一阵、白一阵，拖着沉重的步子走回到座位上，仰首朝天一声长叹。

但是代行"总统"职权的李宗仁却没法回避这件大事。为了国共再次和谈，他必须作出姿态，释放所有政治犯，其中自然包括张学良和杨虎城。

1949年1月22日，李宗仁发布代总统文告，表示愿意同中国共产党进行和平谈判。接下来的几天中，他接连给任参谋总长的顾祝同、任重庆绥靖公署主任的张群拍去电报，命令释放张学良和杨虎城，同时，又派遣助手程思远作为代理总统的代表专程飞到台湾，找自东北铩羽归来后转任台湾省主席的陈诚，商议释放张学良之事。但李宗仁的举动在专制独裁惯了的蒋介石面前未免过于天真。蒋介石虽然"引退"溪口，但国民党政府的党政军大权仍被躲在幕后的他牢牢地握在手中，无论是顾祝同、张群还是陈诚，谁人不知蒋介石对西安事变的这二位主角深怀一箭之恨，又有谁敢于违拂更改这位"下野"总统的命令？结果，几个人都以张、杨之事一向归保密局负责，只听命于蒋介石一人，他们无法过问为由，让李宗仁碰了个不软不硬的钉子。

李宗仁释放张学良、杨虎城的命令变成了一纸空文，被蒋介石亲亲热热地称作"德邻兄"的代总统在南京气怒得咬牙切齿，骂声不绝，可是又无可奈何。

当然，李宗仁所气恼的，主要是他作为代总统的权威受到了蔑视，而为之含悲饮恨的，仍然是已被长久关押的两位将军。仅隔数月，蒋介石亲自给毛人凤下令，将杨虎城将军全家屠杀于重庆"中美合作所"内。而此时的张学良，仍夜夜仰望孤星寒月，向遥远的"自由"发出一声声悲绝的叹唤。

孤岛春秋

山峦上浓密的树林像巨大的地毯覆盖着寂寞无声的井上，月光在重重叠叠的树叶上闪烁。"招待所"内的几条小道被两旁披挂的树枝遮掩，只漏下少许斑驳的白点。风吹枝动，生出幽怨般的低响。

张学良独坐窗前，望着天边的夜色。此时的这座日本人遗下的宅院，静似郊野荒丘。月光斜斜地将清白的光色涂抹在屋内的墙壁上，闪射出纯如银白的诱人色调。

已是子夜时分，张学良却毫无睡意，失望、悲怆和着憎恨与厌恶，如决堤的洪水汹涌而至。国民党的政治实在是太险恶、太卑劣了，它充满了欺骗、冷酷与狡诈。张学良仰望夜空，一大片散絮似的云团正慢慢吞噬着浑圆清丽的月亮。在寂如墓地的氛围中，他觉得自己有如一片枯黄的落叶，无能为力地任凭恶雨狂风的驱使。

自从张治中来看望之后，再没有什么人到过这里。台湾的行政长官已换了两届，陈仪之后是魏道明，继而是陈诚，他们好像没有动过来看望他的念头。他被人们抛弃了，而且是如此的彻底。每每想到此，心底便陡然涌出一团悲哀，豆大的泪滴从眼角噗噗坠落。

张治中和张严佛回南京后，他眼巴巴地期待着他的两点要求能得到蒋介石的允诺。果然，南京作出了反应，刘乙光被调走了，长期受刘乙光夫妻欺凌、侮辱的日子终于结束，张学良和赵四小姐为此高兴。他们以为，随之而将来临的会是千呼万唤、朝思暮盼的自由。那些天里，两人书不看了，球也不打了，双双携手并行在井上幽静的山道上，憧憬着获得自由以后的日子。张学良像是突然年轻了许多，脸上荡漾着爽朗的笑意。赵四小姐更是兴奋，连服饰也讲究了许多，有时还摘一朵红灿灿的花儿别在胸襟上，像是随时准备去参加朋友们为她举行的聚会……

可是，几个月过去了，一年过去了，连 1949 年也接近尾声，"自由"仍迟迟没有降临。热烈的期待早已凝固，张学良觉得自己的心像一团正燃烧的火炭溅落进了寒彻透骨的冰窟。沉重的打击使他大彻大悟：自由已不属于他张学良，他再也没有必要对蒋介石的"仁慈"抱任何奢望。

也许正因为这种大彻大悟，使他挣脱了久久萦绕于脑际的种种羁绊，进入了一种一无所求的境界，这使他渐渐去学会忘却任何期盼，任何哀怨与痛苦，忘却十几年来无休止困恼着他的种种纷扰，全身心地投入到书案上那一堆堆发黄的线装书中，与古人先贤对话神交，去体味那些遥远时代的兴衰荣辱、喜怒哀乐……

1949 年下半年，张学良辗转接到了他的旧友——原北京大学教授萧承恩从东京寄来的一本书稿《孤岛野火——中日战争秘录》。这是一本报告文学，内容是萧承恩参加抗日期间所参与的对日情报工作的一些秘事，和他的一些朋友在江南一带组织抗日游击队的经历。萧承恩在描写对日斗争的同时，也把他在抗战期间所见所闻的后方政治腐败、社会糜烂的种种现象，作了毫不留情的揭露。因萧承恩同张学良是朋友关系，同时更因为张学良是蜚声海内外力主抗日的爱国将领，萧承恩希望张学良能审阅此稿，并为这本书写一篇序言。

由于书的内容是抗日的，其中的故事又都是萧承恩的亲见亲历，张学良很希望它能出版。他把自己阅稿的意见汇到一起，给萧承恩写了封信，表示此信便可作为"序"。

得到张学良的序言，萧承恩自然十分高兴，立即放到书中。考虑到张学良仍在囚禁之中，不可过于张扬，萧承恩将张学良三个字代以"×××"隐蔽起来。但是，没有不透风的墙，即使如此，国民党当局仍然发现了此事。东京的《每日新闻》刚开始连载这部作品，国民党驻日本军事代表团通过麦克阿瑟的盟军总部进行强制干预，令《每日新闻》停止刊载，已经出版的英文和中文版也分别受到了查封和查禁。

张学良写这篇序言显然被视作"越轨"之举。一个还在"管束"中的人怎么能公开发表自己的言论？"张学良"三个字在书中虽被代之以"×××"，但若被传播开去，对蒋介石的脸面权威不啻又是一次挑战和蔑视。

这件事给张学良带来的直接后果，是外界寄给他的物品再不可能轻而易举地到达他的手中了，而他往外寄的所有书信，都要受到格外严格的审查。

囚禁之笼，被限制得更小、更死了。

1949 年，国民党在中国大陆的统治全面崩溃，尽管蒋介石孤注一掷，对最后的战役亲自部署，亲自督战，也终于未能挽回颓势。1949 年 11 月 13 日，代总统李宗仁逃离重庆，赴美国就医，12 月 10 日下午，蒋介石迎着寒风落叶，以无限凄楚的目光，最后望了一眼成都凤凰山机场上空漫卷的乌云，登上飞机逃向了台湾。

国民党在大陆 22 年的统治就此彻底结束。

从统治大陆到蛰居于一隅小岛，国民党内部充满颓丧与埋怨气氛。李宗仁指责蒋介石下野后继续揽权，干扰他的政治、军事部署，失败完全是由于蒋介石的独裁和汤恩伯、胡宗南等将领的无能；蒋介石则将失败归咎于国民党的"组织瓦解、纲纪废弛、精神衰落、藩篱尽撤"，一直在政治、经济、军事上支持蒋介石政权的美国政府则认为，国民党的崩溃"归因于世界上最无能的领导，以及使军队完全丧失战斗意志的其他许多败坏士气的因素"。

在垂头丧气、吵吵嚷嚷的国民党政客中，有人突然提出了一种怪论，说国民党在大陆的失败应当归咎于张学良和杨虎城！他们咬牙切齿地说：如果1936年底蒋委员长以数十倍于共产党军队的几十万大军，三面合围西北共产党的计划能够实现，那么红军早就被赶到了长城以北的沙漠地区，因无法生存而不复存在了，现在又何言失败，何言被赶出大陆？！是张学良、杨虎城的"西安兵谏"，完全破坏了"剿匪"大业，使中国的局势从此被改变，恰如蒋夫人所言"'西安事变'是一切之分野"。

把失败的责任推给张学良、杨虎城，这种论调赢得了国民党中不少人的附和，后来，国民党中央委员会的秘书长张其昀竟然把这种论调写进了他所主编的国民党《党史概要》中。幽居于新竹山中的张学良哪里知道，他所发动的"兵谏"，在十几年后居然还要承负国民党丢失大陆政权的"罪责"。虽然这种论调连蒋介石都觉得"不足以为据"，但张学良毕竟已成为国民党中一部分人因失败而揪住的替罪羊，他获得自由的希望更加渺茫了。

国民党政权退踞台湾之初，台湾处于严重的混乱状态，内外交困，危机重重，风雨飘摇。政治上，大溃败后人心动荡，惶恐不安，弥漫着失败主义情绪，有钱人纷纷避居海外和港澳。党内派系林立，互相牵制，"事权难以统一"；经济上处于严重的衰退状态；军事上残兵败将60万人，成分复杂，士气低落。

为了"挽救危局"，把台湾建成"反共复国基地"，蒋介石开始着手对国民党的党、政、军进行"改造"，以实现他立足台湾"反攻大陆"的政治意图。

这种"改造"自然也涉及到了国民党的特务机构。退台之后，原来的两大特务组织"中统"和"保密局"已失去作用，蒋介石发布命令将其统统撤销。在高雄召开的国民党各特务机构负责人的秘密会议上，蒋介石宣布，建立包括其子蒋经国在内的"政治行动委员会"，统一所有的情报工作。稍后，这个委员会又改为"总统府"机要室资料组，实际大权由蒋经国操纵，"一切党政特务机构，归其管辖指挥"。

原来由保密局"管束"的张学良自然也移到了蒋经国手下。

蒋经国和张学良在经历和背景上，有一些相似之处：两人都有一位权高位重的父亲，都曾接触过西方教育，对彼此的为人都有欣赏之处，而且，西安事变的结果是促成蒋经国由苏联回国的主要因素。

所以，当有关"管束"张学良的厚厚一摞档案摆放到他的桌上之后，他便决定对"管束"工作进行调整：日常的看守交由"警备司令部"负责，张学良的动态由他亲自过问；为便于"管束"，速将张学良迁出偏远的井上温泉。

这位时年 40 岁、大权在握的蒋介石的大公子，曾经也对其父迟迟不还张学良自由一事感到纳闷。但渐渐地，他也谙悉了父亲的心思：蒋介石所不齿的人物，是那些"被俘归来之人"。他常以"被俘殉节"教导军人，并厉行"永不录用被俘归来之人"的原则。而"西安兵谏"，他自己竟为张学良所"劫持"，在方式上无异于被俘，这种心理创伤，何能平复？再则，抗战时之所以不放张学良，是蒋介石深恐他重拥 20 万东北军，妨碍国民党军权的统一；抗战之后仍将他羁押，是担心这位曾同中国共产党有"三位一体"关系的人物，再被共产党所利用，影响他蒋某的权势；退居台湾后仍不放他，是唯恐他一出山，成为一股政治力量，

20 世纪 50 年代的
蒋经国夫妇

或为对蒋介石有微辞的人所用，干扰国民党的"改造"，扰乱"强人政治"。但是，张学良毕竟不同于杨虎城，他是挽救中原大战、对蒋介石统一中国有功之人，亦是使蒋介石声望达到巅峰而能成功进行了抗战之人。再加上张学良同蒋、宋两家私交甚笃，故而蒋介石对之从未起过杀心，只用给他生活以充分保障的"管束"，将他无限期地摈绝于自由之外。

蒋经国想起父亲所说过的一句话：他同张学良的关系有如父子，不能以国法公义而论。

蒋经国的脑海里闪过了一个奇特的念头：他要同这位曾经囚禁过父亲、后来又被父亲所囚禁的将军，尝试着做个朋友。

赵一荻书录王文成公（王阳明）祠楹联

三载楼连洞古山深舍玉楼
一朝觉悟文经武伟是全才
贵州修文孙古祝场祥
王文成公祠磨联语
荻一笑

从井上温泉迁出之后，张学良和赵一荻在高雄、基隆短暂住了一个时期，接着又再次迁移。

蒋经国为张学良新选的居处，是台北北郊的阳明山。

阳明山位于台北七星山以南，纱帽山东北，站在绿萋萋的山上，可以望见清清的磺溪水逶迤西去。在日本统治时代，阳明山叫草山，台湾光复后改为阳明山，其意是纪念明代的大思想家王阳明。张学良真没有想到过，他的生活会和三四百年前的这位大儒有这么摆不脱的联系：在贵州修文县时，他所住的是阳明祠，旁边是阳明洞；"二二八事件"时，保密局想将他转移去的地方，是江西兴国县阳明洞；现在，他要去的地方，仍然冠以这位先哲的名字。这也许是命中注定吧，张学良想。谁让自己迷上了明史，迷上了王阳明的学问呢？仔细想想，王阳明确实也给了他不少影响，自己不就曾想效仿这位大儒，设斋教授弟子吗？

正式搬出井上温泉之前，张学良来了一趟阳明山，见这里青山翠谷，原野开朗，温泉棋布，风景秀丽。再看看山上，到处是樱花、杜鹃、桃树、杏树，虽然是冬天，但这里气候温和，游人如织。在这座没有围栏的公园里，修有中山楼、阳明山庄，有阳明湖、小隐潭、阳明瀑、快雪亭、永河台等等幽美的去处，自然风景与人工修饰交相辉映，颇能引起人的遐思。

张学良一到阳明山，便喜欢上了这儿，觉得此处的青山绿水，楼阁亭台，将会成为他修身养性、研读学问的又一个上好居处。但是，他所选择的地方，既不是山庄，亦不是小楼，而是半山腰阳明山公墓上的几间旧平房。

接任刘乙光的台湾"警备司令部"保安处长十分惊讶，问道："这儿好房子那么多，副司令怎么会看上这么个阴森森的地方？"

张学良笑笑说："我这个人，这些年寂寞惯了，热闹的地方反而不舒服。明朝末年有个人，名字我记不得了，他就住在一座公墓里。我很喜欢他做的一副对联，'妻何聪明夫何贵，人何寥落鬼何多'。既然人人都跑不了'死'这一关，我住在公墓上又有何妨？"

"这，这……"保安处长被张学良一席话噎得道不出言语来。

"我再给你说几条我选这儿的理由，"张学良看着保安处长吃惊的模样，有些好笑，接着说，"公墓里埋的一些人我认识，有的还是我的朋友，以后也还会有朋友埋到这儿，我住这儿可以经常去拜访他们。第二，公墓边上没有汽车，我走路碰不着。再者，有朋友来看望我，只要告诉司机我住在阳明山公墓上面，很容易就找到了，省得别人麻烦。"

"副司令这么讲，倒是有您的道理，"保安处长说，"可是这么大的事，我做不了主，得报告上面。"

"嗨，搬搬家，不过是换一个地方而已，何必那么讲究。"张学良有些不以为然。

搬家计划报告给了已升任国民党军总政战部主任的蒋经国，他自然未予批准，而是另选了靠近阳明山庄的一幢别墅给张学良。

其时，阳明山脚下的士林镇，已被蒋介石和宋美龄确定为日后定居的官邸。蒋经国既有意与张学良结交，怎肯会让他的这位"朋友"择墓而居，而让蒋氏一家受天下的责谤呢？

蒋介石的召见

蝉声消歇，冷月斜窥窗棂。张学良搬来阳明山，已近五年了。

阳明山的秋日，没有春的勃发绚烂，不似夏的葱郁炽热，但也没有冬日的那般沉寂。推窗远望，呈现在张学良眼前的是一种可感可触的特殊气氛与神韵，淡泊而悠远，苍郁而沉雄，清冷中别有一番幽深的情致。读史做诗之余，张学良由赵四小姐陪同，携手游行于山间幽径，看清风远树，红叶黄花，感平芜播露，衰草寒烟，领悟着一种人生的旷达和宁静。可是暮色降临，两人在房中相对而坐，听窗外飒飒风声，沙沙叶语，凉凉的夜色透窗而入，撩人愁思，引起一阵阵韶华似水、身世飘零的欷歔。早年的壮志风流，豪迈情怀涌上心来，在萧索悲凉的氛围中，变得格外遥远，包围着心灵的，却只有一种挥之难去的凄清的落寞。

两人常常发现，在秋夜的久久对坐之后，彼此眼中都闪烁着黯淡的清光。

这天上午，张学良读一阵明史，又拿起一本线装诗词，翻几页，目光定定地凝在了书上，久久没有言语。赵四小姐见张学良神色有些异样，也凑过身去，看翻开的那阕词：

> 秋风萧萧愁杀人。
> 出亦愁，入亦愁，
> 座中何人，谁不怀忧？
> 令我白头。
> 胡地多飙风，

树木何修修。

离家日以远，

衣带日以缓，

心思不能言，

肠中车轮转。

这词赵一荻早就读过，可是此时读来，却别是一番滋味上心头。再看看张学良，他的目光仍落在书上，痴了一般。

"汉卿，你不要过于……忧虑了。"

张学良抬起头来，望着窗外的衰草秋叶。"小妹，我们的心情，古人早就道尽了，叫我们还有什么话可说！"

"是呀，"赵一荻点点头。"以前读这种诗词，总是一目十行，真是'少年不识愁滋味'。不过，我倒是觉得，我们的情形与这首诗有些不同。"

"有什么不同？"

"写这首诗的人，肯定是一生潦倒，流落他乡异地，对未来也毫无希望。而你，有过你的辉煌，你的壮烈，现在虽然有挫折，但今后未必就没有出头之日。"

"今后？今后是什么时候？"张学良有些激愤。"抗战等过了，10年等过了，现在已经是第18年了，连我们的闾琳都是个20岁的小伙子了，可是我呢？"他吁出一口长气，一只手按在那页诗上。"春去秋来，都不知今夕何年了！"

"汉卿，这么多年你都熬过来了，再等等，也许会有出头的一天。"

"出头？"张学良摇摇头。"难道他老蒋还会还我20万东北子弟？还能在这台湾孤岛上授我一方权柄？老蒋的心思，这18年来我算是揣摸透了。既然连自由他都不肯还我，难道还能让我出头？古时有将牢底坐穿之说，看来我是要蹈前人的覆辙了。"

"汉卿！"赵四小姐伸出手来，用力握住张学良按在诗页上的手。

两人正无语之时，保安处的一名警卫敲门走进。

"报告副司令，刚刚接到通知，有急事要你马上下山。"

"下山？去哪里？"

"通知里没说，也不让问。只说有专车来接副司令。"刚说完，警卫又补了一句："只接副司令一人。"

张学良看一眼赵一荻，刚想说什么，却被赵一荻用手势止住了。"汉卿，你去吧。这么急来接你，肯定是件紧要事，说不定一会有好消息。"

"好消息？"张学良自语一声，徐徐走到外间，取下衣帽架上的帽子，又转身对赵四小姐道："都18年了，还会有什么好消息？"

汽车沿山道蜿蜒而下。

道路两旁，是阔叶伸展的法国梧桐和修剪得整整齐齐的万年青，间或可以看见掩映在不远处树丛中的一幢幢白色或黄色的别墅。自1949年国民党"政府"败退台湾后，许多达官贵人都在阳明山修建了府邸。对一般老百姓来说，眼前的这条灰白色的沥青山路基本是禁区，汽车开了十几分钟，路上难见一个行人，只是树丛背后，时不时有人影晃动。显而易见，那是些守卫在这些别墅前的便衣警卫。

再往前走，别墅消失了，而游动于树丛背后的人影却多了起来，路旁的万年青也为一团团花草园圃所取代。前面，出现了一座显得简朴典雅的小楼。

莫非，是要见老头子？张学良早就听说，蒋介石的官邸，就在阳明山下，被人称作"梅庄官邸"。

张学良心头顿时一阵潮涌，一股血直冲脑际。

汽车在灰黑色的小楼前停下，他被引进一间摆着中式古典家具的宽大客厅，未及坐下，便有一名男侍端来茶水放到面前，另一名穿得规规矩矩、显然是副官模样的人转过屋角，走向后面房间通报去了。客厅里只有张学良一人，静得出奇。

张学良端坐在椅上，脑子里仍在剧烈翻腾：难道真是蒋介石要召见？

屋侧的拐角处传来手杖拄地的"笃、笃"声，身着长袍马褂的蒋介石出现在客厅。张学良忙站起身来，望着那个曾经是无比熟悉、瘦削挺直的身影，心头排浪涌动，眼角竟有些潮润。"西安兵谏"的那些日子里，两人在古城天天见面，而自送蒋回南京的途中，两人在洛阳分手，其间已有18年再未晤面！

　　张学良挺直身子，像当年他在蒋介石面前一样，以一副军人的姿态两腿紧靠，叫了一声："委员长，总统！"

　　蒋介石微微颔首，嘴角动了动，似笑而未笑，伸出手来同张学良一握，接着便用他浓重的奉化口音招呼道："坐，汉卿，你坐。"

　　张学良待蒋介石在他旁边的椅上坐定之后，这才坐下来，注视着蒋介石。在他眼里，这位以"家法""管束"了他 18 年的人，也显得老多了，瘦多了，额上满是细密的皱纹。真是岁月不饶人哪，张学良心中不禁感叹，纵便是尊神，也熬不过时光的摧磨啊！

　　而在蒋介石眼里，当年那个叱咤风云的张少帅已经不存在了。现在的张汉卿头顶光秃、微显虚胖，那双虎虎生威的眼睛变得小了，细长了，一张一合间引出了无数道皱纹。尽管张学良是坐在椅上，但蒋介石还是看出，他的背已微微有些驼了。

　　蒋介石手扶一根紫檀木拐杖，一直细细地注视着张学良。他摇摇头，以一种悲悯的语调说道："汉卿，你是老多了！"

　　一句话，将无限往事勾上张学良心头。他望望蒋介石，又望望窗外，血冲脑门，心海滚腾，千言万语，似要决堤而泻，却又阻在了喉咙。最后，只低沉地应道："都 18 年了，我该老了。"

　　蒋介石笑笑，很平静地说："汉卿，你还不到说老的时候嘛！这些年，你读书写字，有时候还作诗，进步很大啊。"

　　"总统过奖了，"张学良喉头干涩，忙端起茶杯喝了一口，接着说："这些年辗转太多，老是在油灯下看书，我的右眼已经不行了，平时看东西模模糊糊，心情上也受了很大影响。"

　　"眼睛不好可以治嘛，意志上可不能消沉，"蒋介石说着，将拐杖往地上戳了一戳。"好多年前，我就对你说过，要好好读书，这个话，现在也仍然适用。"

　　张学良嘴唇动了动，但却没有说出话来。

　　"汉卿，对你我是了解的。"蒋介石用着语重心长的口气："再忍耐些，国家会有需要你的时候。"

　　张学良摇着头，长吁口气，说："总统，我的确是老了。"脸上现出一丝惨淡的笑。

蒋介石扬起手止住张学良："才五十几岁嘛,何言喟老?这个我清楚。"他端起茶来,呷了一口,又缓缓说道:"今天我找你来,是想同你聊聊。18年了嘛,我们该见见面。再计较过去那些事情,没意义了,没意义了。"

张学良点点头,有些感动的样子,两眼一眨不眨地望着蒋介石。

"第二层意思嘛,是我想请你写点东西。"

"请总统明示。"

蒋介石干咳了一声,接着说:"我们在大陆的失败,原因是多方面的,值得认真地检讨。这其中嘛,苏俄共产势力也有相当的渗透,是中共的靠山。我打算写一本书,叫《苏俄在中国》,研究共产势力给我们的教训。我的意思,你搞的那个'西安兵谏'在历史上终究是一件大事,党国方面当年的应变计划和资料十分完整,而关于中共方面的资料相当欠缺。你是举事的人,知道的应该不少,这么多年了,还有什么话不好说?安闲无事的时候写出来,作为史料保存,对后人研究历史会有教益。"

"总统指示,学良理当坚决执行,"张学良立即答道,"只是西安事变的事情,多少年来我从无心提及,想把那段记忆带进棺材里算了。既然总统要我写,我一定从命。不过,既是历史,我只能从实记述了。"

"那当然,"蒋介石点头,但脸上却掠过一丝苦笑。"历史嘛,当然要讲究'真实'二字,这个你倒不必多虑。"

"那虎城呢?可以提及虎城吗?"张学良问,情绪略显激动。"我这些年所以不去想西安的事,有个原因就是我觉得对不起虎城。他是受了我的牵累,一家人才落得如此下场。"

蒋介石不知张学良已了解杨虎城一家被杀之事,脸上有些变色,提起拐杖在空中一挥。"杨虎城的情况和你不同,我从不把你们相同看待。你要提,也就是一笔带过!"

见蒋介石面有愠色,张学良不便再往下说,只简单回了一句:"我明白了,总统。"

大概是觉得刚才有些失态,蒋介石又干咳两声,脸色由阴转晴,用关切的语气说:"你眼睛不好,平时要多注意休息。写东西嘛,可以由你口述,让赵一荻小姐记下来,再整理整理。听说她很能干嘛。"

张学良点点头,接着又感慨地说:"这些年也多亏了她,不然,很难说我的日子是个什么样子。"

两人心照不宣地又闲聊了几句，蒋介石便站起身来，显出送客的架势。"汉卿哪，凡事看开一些。国家不会忘记你的，我也不会忘了你的。"

"谢谢总统的美意，"张学良也跟着站起来："不过，廉颇老矣……"

张学良喉头哽塞，竟再也说不出话来。

《西安事变忏悔录》

从蒋介石的"梅庄官邸"归来，一连数日，张学良都处于极度的兴奋中。

西安事变距这个红枫满地的时节，已经整整 18 年，但它留给历史的巨大惊叹却久久没有平复。由于杨虎城被杀，张学良被关，当年在华清池枪逼"太上皇"的东北军已经不复存在，知情者们要么战死沙场，要么流落他乡，事变的种种内幕，被岁月的迷雾遮掩得扑朔迷离，引起人们几多揣测，几多感叹，连主管国民党党史的秦孝仪也一再称，"兵谏"之事的内情尚需多方考证。现在，蒋介石终于要来清理其间的纠葛恩怨了，一个句号仿佛就要缀给现代史上这个惊天动地的事变，而因之被羁押了 18 年的东北军主帅张学良，似乎也会因这个句号的到来而彻底解脱，重获期盼了六千多个日日夜夜的自由。

可是，西安事变虽只短短 13 天，但促成其发动的因素却是积月经年。皇姑屯的杀父之仇，"九一八"的夺土之恨，与红军作战的惨败，共产党诚心抗日的呼唤，对蒋介石不抵抗政策的一再失望……此时都涌上心头，叫他一时不知从何下笔。

稿纸铺在桌上几天了，但却没有落下一个字。他斜倚在一把旧藤椅上，呆呆地独坐，从上午到下午，又从下午到黄昏。

阳光已渐渐收去，从开启的斜窗，湿漉漉的夜气悄悄浸淫开来，弥漫在散发着书卷气味的书房里。有几本线装书翻卷在桌上，书页在微微的晚风中轻轻地掀动。幽黑幽黑的写字台匍匐在黄昏的暗影中，就像是古墓前纹丝不动的石头巨兽。桌上，是跟随他多年，已在数度搬迁中碰撞得缺损的砚台和几支暗紫色的笔。四壁站立的书柜被黑暗渐渐吞噬，显出一种莫测的森然。

他沉浸在不知所以的思维里，不敢去开灯，唯恐光亮扰乱了他好不容易集合拢来的回想。桌上的茶，赵四小姐换过好几次水了，他连一口也没喝，任其由热变凉。

18年来，他从不谈"西安兵谏"的事，甚至连想也不让自己去想。现在，思想的焦点却突然对准了它，竟叫他一时难以接受它迎面而来的排浪似的冲击。那些已渐遥远，逐渐变得陌生的往事现在又明晰起来，一桩一件历历在目，兵谏当晚的激烈枪声有如炸雷般，在他耳边爆响起来……

循着那阵枪声，张学良的思绪渐渐飘向久远，回到了他初懂世事的少年时代。他提起笔来，在纸上一阵疾书：

> 良年方11岁，慈母见背，先大夫宠爱有加，但忙于军政，素少庭训，又乏良师益友，而未及弱冠，出掌军旅，虽数遭大变，但凭一己独断孤行，或有成功，或能渡过。未足而立之年，即负方面，独掌大权，此真古人云："少年登科，大不幸者也。"处事接物，但凭一己之小聪明和良心直觉，关于中国之礼教殊少承受，热情豪放，浪漫狂爽，恣事急躁，有勇无义，此种熏陶，如今思来，恐受之西方师友者为多也。

写完一段，张学良掷笔案上，唤过赵四小姐，问："你看看，觉得怎么样？"

赵一荻仔细读过，扑哧一笑，说："这哪里是在写兵谏，倒像是你写自传呢。"

"对了，就应当是自传，"张学良说着站起身。"你想想，我都五十多岁的人了，却从未细细地回忆过自己，而后来的许多事情，都与我早年的所想所历有所关联，仔细理理，也让人看出个所以然。老蒋既然叫我写史，供后人研究，总不能掐头去尾地只写兵谏，而不言及它的来历呀！"

"这话倒是，"赵四小姐又俯下头，将纸上的叙述再读一遍。

"这样写下去可以道出许多原委，让人看出兵谏不是出于偶然。这与事实倒是相合了，可不知总统看了是否会满意？"

"自古以来写史的人有两种，"张学良很严肃地说，"一种是秉承帝王意志，无论是非曲直，指鹿为马，以博君主欢欣；另一种呢，就是像杨刚那种人，刚直不阿，秉笔直书，纵使砍头也要维护历史的真实。我当然要做杨刚，否则十年、百年之后人们来看西安兵谏，岂不要掉入一个大泥潭。"

"我说汉卿啊汉卿，你这个刚直的脾性看来是没法改了。"赵四小姐似嗔似怨地看着他，又转过身拿过一件刚织好的毛衣披到他肩上。

"是啊，江山易改，本性难移么！"张学良说着发出一阵大笑。

由于眼睛不好，对往事的回忆又十分纷杂繁乱，张学良的记叙十分缓慢。后来，他干脆将赵四小姐叫到身旁，两人共同聊一阵，忆一阵，由他口述，赵四小姐代为记录。

> 厌恶内战，良年方弱冠，屡参战事，亲见因战乱原因，满目疮痍，民生凋敝，自己同胞互相残杀，而有为有志之青年，多为牺牲，大伤国家元气，衷心时为忏悔。
>
> 痛恨日本之对华侵略，年幼时亲见日人在东北之横暴；及长也，明国家之大义。先大夫之遇难，"九一八"之暴行，致痛恨无已。
>
> 念自力不足，国力不强，对国事问题，遂致时生幻想。

张学良一边口述，一边时不时站起身来，在屋里缓缓踱步。一支烟被他点燃了又掐灭，掐灭了又点燃，透过淡蓝色的烟雾，赵四小姐惊然发现，张学良此刻已是泪流满面。她起身拿过一条毛巾递给他，轻声道："汉卿，今日不写了吧？"

"不，要写！"张学良很坚决地回答。"我心里现在积的东西太多，不写就像河川堵塞，唯有一泻才能稍感轻松。"

他让赵四小姐把已写下的内容念了一遍，说："接下来该写兵谏的原因了。总统召见我，也就是要这一段的材料，而且是要跟共产党有关的，因为他要写的书叫《苏俄在中国》。过去，也早有人对我提起过，说兵谏是受共产党挑唆的结果。我一听就觉得好笑。西安的事完全是我同虎城做的主,事前共产党哪里知道? 不过,要说影响,倒还是有的,因为有'三位一体'嘛。这点上,我也只有让总统失望了。"

"既是这样,下面的话恐怕得好好斟酌才是。"赵四小姐说。

张学良在赵一荻对面坐下,拿起一支烟来,并不点燃,而是来来回回地在手中转动。他沉思一阵,又同赵一荻反复斟酌一阵,这才开始口述:

> 曾忆在京某晨,蒋公偕良同车至宪兵司令部,举行毕业典礼。良向蒋公陈述共产党有……之意,并拟乘时向蒋公直述,已同周恩来会面之事,不幸车已抵司令部门前矣……不料蒋公在阅兵后训话,痛斥共匪为大汉奸,主张容共者,比之殷汝耕不如。良聆听之下,有如凉水浇头,良欲向蒋公陈情者,至是则绝望矣。沮丧万分,回至寝室,自伤饮泣。陕北剿匪失利,良立返陕,本先,110师曾遭覆灭,师长何立中阵亡,此则109师又覆灭,师长牛元峰拒降而死。此两师长为东北军之佼佼者。……两次惨败,使良心中倍增痛苦,更加深良素认为因内战而牺牲优秀将才之可惜,并对共匪之战斗力,不为轻视,遂触动用"和平"办法解决共匪之念生焉。
>
> ……
>
> 当是时也,共产党之停内战、共同抗日,高唱入云,实攻我心。不止对良个人,并已动摇大部分东北将士,至少深入少壮者之心。当进剿再不能现成功,良觉一己主张,自问失败,征询众人意见,遂有联络共产党同杨虎城合作,停止剿匪,保存实力,共同抗日种种献策。

赵四小姐将以上口述记完,放下笔问:"那对你约请周恩来先生来到西安,该怎么写才好? 你引周先生见过蒋总统,对这一点,恐怕还是应当写写,以免后人对这一段产生误解。"

"小妹说的是,"张学良赞许地点头。"西安的事多亏有周先生,不然虎城和少壮派那里,不知要生出多少意外。这一点,总统自己心里清楚得很。但也正因为这样，他才不会说活着离开西安，有周恩来一功。
若我再不说，那以后可就辩不清了。"

"可你怎么说？这一点要是明写出来，老蒋不气死才怪呢。"

"隐秘之事，哪能白纸黑字的明说！"张学良笑道，"这一点我已
想好了，你记下来，看怎么样。"

> 谋变事前，并未同共党商讨。事变之后，良一观察，伤感
> 后悔万分，痛部属之无能，惊杨部之无纪律，自悔孟浪，此辈
> 安足可以共成抗日救国大业乎？彷徨束手，问策无人，除成立
> 两委员会外，立即电请周恩来到西安，共商决策。二三日后，
> 周偕二人同来，一为博古，另一则记忆不清矣。周至此时，俨
> 为西安之谋主矣。

看赵四小姐记完，张学良问："怎么样？"

"妙！"赵一荻点头说，"我看这段把最关键的三个问题都说明了。"

"哪三个问题？"

"一是兵谏前未曾同共产党商量；二是为何要请周恩来；三是周先
生到西安后的作用。话不多，而且隐晦，但明眼人一看就可明白。"

"真不愧是我的私人秘书啊，小妹！"张学良欣喜地说。

张学良关于西安事变的自述写成之后，又搁置多时，反复修改，反复
斟酌，最后定下稿来，托时任"总统府"秘书长的老朋友张群转呈了蒋介石。

不久，张群来阳明山告诉张学良，"总统"阅过《自述》后很是叹
服他的文笔，说张汉卿这18年没有白过，读了不少书，连字也写漂亮了。
蒋介石还托张群转告张学良，说闲来无事还可多写点北洋旧事，以作为
历史资料留存。

张学良听张群转述过蒋介石的话后，只虚应付了几句，便没再说什么。
他心里明白，他这份《自述》尽管是历史的真实，但却无法讨得蒋介石
的欢心。待张群一走，张学良便悄悄对赵四小姐道："我不相信老蒋看
完后只说了这么些话。说不定，我们为它还得多吃点苦头呢。"

事实果如张学良所料，蒋介石在看过《自述》后很不以为然，特别

是看张学良坚持说西安事变的发动与共产党无涉，他原本想在《苏俄在中国》一书中写进的西安事变是张学良上了共产党的当的观点，不得不放弃。蒋介石感到失望，也感到恼怒，扬着《自述》手稿气咻咻地对蒋经国道："怎么张汉卿到现在还这样说？"

张学良原本盼望的在他写完《自述》后可能获释的希望，再次破灭了。

可是，他却留下了西安事变起因的历史真实，这一点，连蒋介石自己也不得不承认。1956 年，由蒋介石亲自编写的《苏俄在中国》一书出版后，蒋介石下令将张学良的《自述》复制二三十份，分送给国民党的最高层人士参阅，其机密程度，连负责国民党史的主任委员秦孝仪也未看到。蒋介石又召来蒋经国，将《自述》的手稿交给这个时任国民党军总政战部主任、并负责张学良"管束"工作的儿子，说："该文倒是写得很真实，可以相机作为军中的政治教材。"

不久，国民党召开高级军事会议，蒋经国便将张学良的《自述》作为"极机密"文件在会上传阅，并传达了蒋介石打算将其作为军中政治教材的"口谕"。会议完毕，这份文件即被收回，交给了"总政战部副主任兼执行官"王升，王升又将之转给了主管宣传的政战二处一个姓肖的处长，嘱其在《自述》上做些文章，使之能为国民党军队的"政治教育"服务。

一场风波也由之而起。

那位肖处长不知是出于疏忽，还是因为没能体会到蒋介石"相机运用"的真正含义，将《自述》放在保险柜里锁了一阵，又取出来交给了由"总政战部"主办的对外发行刊物《希望》杂志。对蒋介石"相机运用"的指示杂志社哪里知道，即使知道了也是把发表《自述》当做是"运用"的最佳途径。经过一番"加工润色"，又将题目改为《张学良西安事变忏悔录》，于是，这份国民党军最高级会议的 "极机密"件被送进了印刷厂，开始排版印刷。

当印刷厂的印刷机尚未开始转动之时，台湾《民族晚报》的一位副总编辑通过私人渠道，拿到了即将由《希望》杂志登载的《张学良西安事变忏悔录》全文，如获至宝，立即返回报社，捷足先登，在报上全文刊出。大约他已意识到此文价值重大，恐刊出后引起当局的责难诘问，于是便有所防备地在文章末尾加了一行小字："转载自《希望》杂志"。

而《希望》杂志是"总政战部"所办，最高长官是蒋介石的大公子蒋经国，若有人要打板子，自然轮不到他这个区区一家小报的副总编辑。

《自述》在《民族晚报》一发表，立即在海内外引起轰动。岛内外华文报纸争相转载，外国记者纷纷拍发专电，因为这是西安事变唯一幸存的主谋者首次披露事变的重大内幕，亦是张学良被禁之后首次有文章公开发表。

当王升接到报告，说《民族晚报》已刊出张学良《自述》后，大惊失色。待报纸送来，他仔细一看，方知是"总政战部"的《希望》杂志出了问题。当他停止发行杂志的命令传到《希望》时，杂志已有部分流向社会，他随即又下令，"将发行出去的杂志全部收回"。可是，雨点一落，何能覆回？这本原定价不过台币10元的杂志，顷刻间在黑市上涨到100元，欲购者仍难遂心愿。

身居阳明山中的张学良，不仅看到了载有《自述》的《民族晚报》，也看到了先期流出的《希望》杂志。《自述》的某些关键之处，已明显为人所"润饰"过了，张学良为之气怒不已，但以为这是蒋介石的命令，虽心感愤懑却又难于抗争，于是，只得用语委婉地给蒋介石写了封信，谓：《自述》若被视为张学良的忏悔，将它公之于世我自当无话，但写成"忏悔录"，又署名张学良，唯恐蒋公误以为是学良主动要求发表。请蒋公拨冗予以明察。

蒋介石自然没有料到他的"相机运用"最后会变成了"公开发表"，当即责怪下来。"总政战部"内顿时一派紧张气氛。未及发行和部分追回的《希望》杂志立即销毁，化为纸浆；《希望》杂志就此停刊，并追究主办人的责任，政战二处肖处长对材料处理不当，革职查办；《民族晚报》未经许可，先期转载《希望》杂志尚未出版的文章，由"新闻局"追究责任。

一场风波始告平息。

事后，蒋经国来到阳明山的张学良居处，当面致歉。哪知张学良却呵呵一笑，说："文章寻常事，发表何妨，妄改又何妨？但历史还是历史，何人能够重造？"

蒋经国尴尬不已。

第 10 章

自由之光

"管束"终于解除

1959 年 3 月,春光融融,微风和煦,国民党"总统府"秘书长张群满面喜色,兴冲冲地登上阳明山,直驱张学良的居所。张群是国民党的元老,因其字为岳军,故常被尊称为"岳公"。在国民党的高级官员中,除宋子文外,张群可以说是与张学良交往最多最深,并与张学良的政治生涯有密切关联的人物。

1930 年,蒋、冯、阎中原大战时,雄踞北方,拥兵 20万的张学良举足轻重,他若稍有对蒋介石的不敬,即可助长冯玉祥、阎锡山的势力,使蒋介石处于艰难地步。反之,则可使蒋介石转危为安,并结束中国军阀割据的局面。当年 7 月,正在上海的张群忽然接到蒋介石的急电,令其即日束装赶赴沈阳,并派人交给他两份有关张学良的文件:一是任命张学良为陆海空军副司令的委任状,二是指派张群为张学良宣誓就职的监誓人的命令。

张群到达沈阳时,冯玉祥、阎锡山早派有说客在张学良身边,张学良如何举措,决心尚未最后下定。张群到后,即同张学良朝夕相处,日日陪着这位当时举世瞩目的人物玩"卫生麻将",打打谈谈,在无拘无束的谈话中表露彼此的意向。

这场每天八圈的"政治麻将"持续了多日，终于，张学良明晓大义，于当年 9 月 18 日发表"巧电"，宣布拥蒋，随即挥师入关，令冯、阎军队不战自溃。10 月 9 日，在监誓人张群的主持下，张学良在沈阳宣誓就任陆海空军副司令。

自此，张群同张学良之间不仅有了政治的密切交往，而且也发展起了良好的个人关系。

1930 年 11 月，蒋介石邀请张学良参加国民党三届四中全会，并派时任上海特别市长的张群赶赴天津欢迎。这次会议期间，张群同张学良又有多次晤谈，在沈阳建立起来的公、私关系，得到了进一步的巩固。

此后多年，"二张"间既是政治上的盟友，又是私交甚笃的伙伴，虽然时有政见上的不同，但二人间的私人友情却从未间断。及至西安事变发生，蒋介石被迫改组政府，时任外交部长的亲日派张群，不得不按蒋介石的意思辞职，而这正是西安事变时，张学良所提出的八项主张之一。自此之后，两人在政治上有所疏远，加之张学良一直被禁于深山僻地，"二张"间便再未见过面。直到国民党败退台湾，张学良由偏远的新竹井上温泉迁来台北附近的阳明山后，两人才又恢复了交往。十几年的风风雨雨，十几年的恩恩怨怨，在两位老朋友的一阵阵叹息欷歔声中消融了，他们重新引为知友，相交甚笃。1954 年 6 月，张群担任了蒋介石的"总统府"秘书长，在张学良和蒋介石之间沟通了一个彼此都可信任的渠道。当年蒋介石召见张学良，即是由张群出面作的具体安排；张学良向蒋介石呈送《自述》和信件，也是通过张群之手。1957 年 9 月，蒋介石 70 寿辰，张学良托张群向蒋赠送礼物，以示贺寿；蒋介石也回赠了一根制作精美的手杖，让张群带给张学良，意为让他多走走，多看看，释心开怀。

张学良拄着这根拐杖，在阳明山上踯躅徘徊了两年。

现在，张群又携着蒋介石赋予的使命，再度登上了阳明山。

一踏进张学良的房门，张群一改他平日沉定、稳重的习惯，对迎上来的赵四小姐大声说："四小姐，快给我弄点茶来，我都快要兴奋得渴死了！"

赵一荻有些诧异地望着一脸喜气的张群，转身去准备茶水。身着宽松便装、脚跂拖鞋的张学良从里屋走出来，问道："怎么啦，岳公？有什么喜事值得你这么高兴啊？"

张群笑而不答，接过赵四小姐递来的茶杯，有滋有味地呷了一口，又将杯子慢慢放到几上，这才笑看着张学良道："是有喜事。不过更值得高兴的是你们！"

"哦？"张学良和赵一荻都有些吃惊，定定地望着张群："有什么喜事？你快说呀，岳公！"

"那我说啦！"张群看一眼赵一荻，又看着张学良："不过，你们可得挺住啊。"他故做严肃的样子。

张群这一卖关子，把赵四小姐给憋急了，"岳公，你再不说出来，我可要去忙别的事了。"说完，做出要走的样子。

"好，好，我说，"张群抬手将赵四小姐止住，向坐下来的张学良凑过身子，说："汉卿，你自由了。"

"自由了？"张学良重复一句，一时没反应过来。

"是的，你自由了。"张群说道，"中常委刚刚通过了总统的提议，解除军委会对你的'管束'……"

朝思暮盼了22年的自由突然降临，屋子里寂然无声，好久，才传出赵四小姐低声的啜泣。

张学良从椅上慢慢站起，一只手抓住胸前的衣襟，一只手扶住桌子，两行热泪潸然而下。

张群也随之站起，说道："汉卿，四小姐，这消息有些突然，但也是情理中的事。你们俩先高兴高兴，过几天，我再约几位朋友，大家一起好好地庆贺一场。"

张群刚刚告辞出门，这边赵四小姐已经大哭出声，高叫一声"汉卿"便扑到了张学良怀中。张学良却仍木然地站在桌旁，朦胧的泪眼望着屋外。葱葱郁郁的梨树上，两只鸟儿正欢快地嬉戏，接着比翼飞向了蓝天。

这么多年来，两人无时不在期盼着自由，幻想着自由之后那些舒畅快活的日子，可是，当"自由"陡然复归之时，两人却陷入了前所未有的、飘忽着千丝万缕心绪的沉默。

残照渐渐隐没，天色慢慢阴暗了，一只看不见的手拉下了夜幕。阵阵凉风不知从何处吹来，携着飘散的阵阵暗香。一轮柔和、苍白的月亮在东方冉冉升起，四周包绕着微波涟漪般的浮云。

月夜依旧，寂寞如昨，但在两人眼中，它们却拥有了另一种意义。一种久远的、陌生的轻松感，携着万般感慨向他们袭来，令两人难以自持，唯有以泪相对。

夜深了，阳明山上万籁俱寂，唯有这幢受着严密"保护"的房子里灯光未灭。张学良面对赵四小姐，默默注视着这位相伴于患难中的女人，于无声处体味着心中隆隆滚动的雷声……

一切都源于西安的那场事变，一切都起自于那场为国家、为民族的兵谏，从 1936 年 12 月 12 日的凌晨起，他走上了一条多么漫长、多么凄楚、多么屈辱的路啊！如水的月华中，他眼前重又浮现出雪窦山的妙高台，苏仙岭上的"三绝碑"，沅江上的钓鱼船，还有空旷阴森的阳明祠，桐梓黑夜里瘆人的竹梆声，以及井上温泉险些置他于死地的时日……千般怨怒、万种恨意此时都猛然涌上心来，令他胸臆澎湃，心潮难平。

得到自由消息的那个夜晚，两人一宿未眠，默坐到了天明。

为自由干杯

几天之后，张群邀约了张学良的老朋友莫德惠、王新衡、冯庸、何世礼等人来到阳明山，向张学良和赵一荻表示祝贺。

王新衡原是军统局戴笠手下第二处处长，西安事变时，正任复兴社特务处西北地区情报组组长，算得是张学良的部下，与少帅相处十分融洽，此时是国民党的立法委员；冯庸曾任东北大学校长，而"东大"系张作霖创办，他死后，由张学良任校董并兼校长，西安事变后，冯庸继任，说来也是张学良的下属；何世礼原是东北军 105 师炮兵营长，是张学良的直接部下，现在是台湾国民党军队联勤副总司令。以上几人，包括年长的张群和莫德惠，当年都曾经做过张学良的部下，现在，昔日的"长官"喜获自由，自然也有几分激动，在张群的邀约下，各人携着礼物，兴冲冲地驱车上山。

这几日，张学良和赵一荻的心情已渐渐平静下来。自由后第一次会见客人，而且又是几十年的老朋友、老部下，两人自然显得十分激动。张学良坚持要亲自下厨，为大家做一顿可口饭菜，以表达他对诸位多年来一直为他的自由奔走呼吁的感激之情。赵四小姐却将他劝住，说老朋友们好不容易凑在一起，让他陪着大家，由她到厨房操办。张群也拉住张学良，说饭天天都有得吃，今后也少不了，但今天的聚会意义可不一样，大家是来向老长官道贺的，有一番推心置腹的交谈便足矣。尽管如此，张学良陪大家聊上一阵后，还是执意进到厨房，亲自操持着做了一道红烧鲫鱼。当菜端上桌来，众人品尝后均交口称赞。张学良听了颇有几分得意，说："这二十多年我也算没白过，至少我学会了做一手好菜，当得起半个美食家。"转脸他又看着赵一荻，说："你说是不是，小妹？"

赵四小姐浅浅一笑，说道："汉卿会做一手菜也不容易。当年在湖南，他一手拿菜谱，一手提锅铲，口里念念有词，让我吃了不知多少顿要么淡死，要么咸死的菜哩！"

众人大笑起来。冯庸说："外界曾有个说法，言副司令这么一关，关出了个中国的哈姆雷特，我看，还关出了个美食家呀！"

"我和岳公对美食也略有研究，不过，看来在这方面，我们也只有当副座的部下啊。"王新衡风趣地说。

"那看来我们可以组织个美食家协会了，"张学良说，"以后我们轮流转转，也可以互相切磋切磋啊。"

大家闲聊笑谈一阵，又转回到相聚的主题——庆贺张学良获得自由上来。

此时的张学良，已是酒酣耳热。他将酒杯重新斟满，高高举过头顶，言语恳挚地说："学良未死于冷枪暗箭之下，而有今日之获释，实乃不幸中之大幸。在座各位为学良之自由，数年来奔走呼号，颇多委屈，学良感激不尽，借此一杯薄酒，再次向各位表达谢意！"说完，张学良将一杯酒仰首一饮而尽。待酒杯放下，两行热泪从脸颊上滚落而下。

气氛一下子变得沉重起来，人们似乎又看见了张学良在22年的漫长幽禁生涯中，所遭遇的常人难以忍受的凄寂悲凉。

众人沉默一阵，莫德惠斟上酒站起来，未说话已是老泪纵横，连着歔欷几声，这才说道："纵览国史，凡有大作为之英豪，各有其非常之

功业。汉卿秉白山黑水之正气，英年继统东北军政，为防边守土，不惧
血战。为爱护国家，毅然举东北四省同时易帜，首开国家统一之局。为
消弭割据混战，而挥军入关，再造统一。又为抗战救国，于西北谋策呼
号。迫因时隐退，而犹以在野幽居系天下苍生之望，以宁静无为而不坠
乡邦累世之德。以沉潜缄默，而读史证道，参悟高深，集英豪贤哲为一
身。德惠曾受两代恩德，感戴殊深，欣逢自由降临，吾辈无不慰藉至深，
谨饮此酒，恭祝汉卿康乐长春！"

　　莫德惠一番话，历陈张学良的功德，众人莫不点头称是，纷纷举起
酒杯，再次畅饮。

　　大家正要坐下，张群却摆手将人们止住："还有一杯酒，大家是非
喝不可！"他让人将酒杯斟满，举杯继续说道，"我们应当为四小姐干
一杯！汉卿隐退，辗转流离，四小姐毅然舍离幼子雅居，与汉卿朝夕相伴，
相濡以沫，倾其温雅娴秀，扶助汉卿度难排忧，其高洁风范足令后世痴
男情女，馨香景慕。如此红颜知己，天下几多？这杯酒，四小姐你应当喝，
我们大家都应当喝！"

　　此时的赵一荻，早已泪流满面。她掏出手绢，抹去泪水，两手将酒
杯举起，连声说："谢谢岳公！谢谢大家！"仰首将酒饮尽。

　　"好！好！"张群赞道，率先坐下来，有意识地转了话题，闲扯起
了些轻松愉快的事情。

　　吃过饭，众人回到客厅喝茶漫谈。莫德惠看见门口有警卫人员出入，
便问："汉卿，安全人员还没撤啊？"

　　"有这些免费跟班，惯了，"张学良淡淡一笑。"这些天，老有新
闻记者往这儿闯，有他们还可挡挡驾，免得骚扰。"

　　"又是来探问西安事变怎么怎么的吧？"王新衡说，"他们总是搅
得人不得安宁。"

　　"我现在最不想谈的就是西安事变，叫我怎么开口嘛！"张学良两
手一摊，做出无可奈何的样子。

　　"主要是这事太大了，人人都想去撩开那张帷幕。"何世礼说。

　　"可是叫我怎么说嘛？"张学良仍是无奈的口气。"如果说我是被
中共所欺骗，显然是骂我自己糊涂、愚蠢；如果说我是一时冲动，显然

是骂我自己无能，荒唐；如果说兵谏是义举，他老先生活该被扣留，显然表示我还没有承认过去的错误。算了，算了，"张学良摆着手，"我干脆谁也不见，何况我已经过惯了这种清静的幽居生活。"

"副司令一生建树隆盛，历劫不磨，最适合写写回忆录，"冯庸说道，"我相信，这份回忆录无疑是当代史上最珍贵的，对于后世也是一桩重大贡献。"

"汉卿是有这个打算，"赵一荻道，"而且还——"说到此，她突然住口，望着张学良，"这可是汉卿的秘密哟！"

"嗨！对老朋友们就不用保密啦，"张学良笑着接道，"我已经把回忆录的大纲都拟好了。我给自己定了一个原则，第一是写自己经手办的，第二写自己亲眼看见的，第三写自己亲耳听见的。既不妄自菲薄，也不文过饰非，一切照历史的本来面目写出来。"

"好啊！"冯庸一拍大腿，"我们也许可以看到本世纪最伟大的回忆录了。"

"是啊，汉卿要是写出来，定是价值无穷。"张群和莫德惠都同声附和。

"你们几位也跑不掉啊，"张学良说，"我要有什么遗忘和误记的地方，以后还要烦请各位啊！"

"我等敢不从命，"张群笑道，"副司令一言九鼎，万军策动，何况我们几位区区老夫！"

众人哈哈大笑起来。

从阳明山到北投

自从张学良被解除"管束"之后，来阳明山看望的人渐渐多了起来。宋美龄的亲信、原励志社总干事黄仁霖也登上了阳明山。

黄仁霖与张学良是同年所生的同乡，年轻时过从甚密，有过不寻常的友谊。西安事变时，黄仁霖受宋美龄委派，同端纳一起冒险前往西安探视被拘的蒋介石，并因此被张学良关押过11天。张学良到南京被囚之后，黄仁霖依宋美龄之命，为暂居中山门外孔祥熙官邸的张学良调派过厨师、侍从，并为保证张学良在南京的安全出过一些力。从张学良被押送溪口以后，两人便再未谋面。现在，两位少时朋友相会于阳明山上，彼此都已是花甲之年，白发苍苍，骤然都生出隔世之叹。

"汉卿，这些年你真不容易啊！"

"是啊！我甚至都不敢去回想，这二十多年是怎么过来的。一晃，我们都老了，真像古人说的：'人生寄一世，奄忽若飙尘'啊。"张学良道。

"往事若烟，真有点不堪回首。西安那几天，我真以为你一怒之下，会把我这个说客给杀了。圣诞节那天，你派副官坐吉普车来接我出班房，我心里就想，一定是我的末日到了。没想到后来，事情成了另一副样子。真是有点戏剧化的味道！"

"这些事情你还记那么清楚啊，老黄，我可早就忘了。"张学良笑道，"这么多年来，我不想谈西安的事，跟任何人都不想谈，我自己也不愿去想。"

"汉卿不想让自己老沉在那个旋涡里，"赵一荻在一旁说，"他总是想找些事情来解脱，读读书，运动运动，爬山钓鱼，不然这么多年怎么过嘛！"

"听说汉卿研究明史很有心得，还准备写回忆录，是吗？"

张学良摇摇头，没有说话，赵四小姐便接口道："汉卿对明史确实很专心，还计划研究清史，民国史，想从中找出我们中国一直被外国欺凌的内在症结。可是现在，他已经决定放弃了。"

"汉卿，你要放弃写回忆录那可太可惜了！"黄仁霖大声说，"无论怎样，你都应该给后人留份记录啊！"

"算了，不写了，"张学良摇着头。"这么些年，我一直在读明史，根据我的经验，记录下来的历史都不过是管见，人言言殊，常不正确。二来呢，我要写回忆录，涉及的都是当代人物，有时候难免会有批评，惹得人不高兴。再说，我也不愿意丑表功。千秋功罪，还是留待后人去说吧。第三呢，"张学良端起茶杯，喝了一口，接着道："我老啦，一回忆起往事，我就会激动，会坐不住，我受不了。"

黄仁霖微微点头，像是理解了张学良的心情，但还是说："没有你的回忆录，现代史上就像缺了一页，让人遗憾哪！"

"那有什么？愿意写回忆录的人多得很哩！总统前几年不还写了本《苏俄在中国》嘛。"张学良说道。

"那汉卿最近在读些什么书呢？"

"《圣经》。"

"《圣经》？"黄仁霖显然有些吃惊。"汉卿什么时候当基督徒了？"

"倒还没有，"赵四小姐道，"汉卿的两位朋友董显光和曾约农来看他，引他去山下总统和夫人常做礼拜的士林教堂，听牧师讲过几次道，兴趣倒是蛮大的。"

"真是千条江河归大海啊，"黄仁霖笑道，"汉卿不定什么时候又成了我的教友了呢。"

"为这事我还得谢谢你呢，"张学良说，"你还记得不，我在南京被押的时候，你送过我一样东西。"

"什么东西？"

"《圣经》啊！你当时还在上面写了一段话：'我希望这本书能帮助你，就像它所帮助我的一样'。"

"哎呀，汉卿！还是你的记性好啊，这事我都给忘光了。"

"当时我心情不好，拿到书只翻了翻，就给塞到箱子底下了，"张学良笑道。"不过朋友送的东西，我可没敢丢，二三十年搬了那么多次家，我都把它带在身边。现在可派上用场了。"说完，张学良到书房取出一本蓝色布封，已显得陈旧的书来，放到黄仁霖面前。

黄仁霖接过这本《圣经》，一翻便见到了25年前他写在扉页上的那段话，顿时激动不已。"哎呀！真是这本书啊！当年送给你的时候，可没有想到你会把它保留几十年啊。"

"老黄，这本书我冷落了它几十年，现在才认真看，获益匪浅呢！"

"只要这本书能对你有点用，也不枉我二十多年前一片心意了。"黄仁霖站起身来。"汉卿，哪天我陪你一道去教堂，我们都一同听听神灵的感召。"说完，准备告辞。

"好啊，好多年没见面了，我们应该多聚聚才是。"

"欢迎黄先生经常来，"赵一荻热情地说，"汉卿常说，人愈到老年，愈感到朋友的金贵。像你这样，儿时就是朋友的人，就更少了。"

"只要两位主人欢迎，我巴不得天天都来这里坐坐呢，"他指指头上的白发，有些伤感地说，"老啦，想同你忆忆我们年轻时候的事了。"

"欢迎常来，"张学良上前同他握手。"你放心，我这里不是西安金家巷，再不会把你给关起来了！"

两位老人顿时大笑起来。

1961 年初，张学良向前来看望他的蒋经国提出，说住阳明山上，他年纪大了，上下都不方便，距台北市区又远，朋友来访和他去看朋友都有诸多不便，能否由他自己出资，在靠近城郊的地方盖一幢房子，搬下山去。蒋经国当即表示同意，而且自告奋勇说，地基由他去选，一定让张老伯能够满意。

约莫过了一个月，蒋经国派车将张学良接到台北市西郊的北投复兴岗，让他看看勘定的地基。张学良登上小山冈，见这里绿树成荫，视野开阔，站在山岗上，能将台北市区大道上的车水马龙尽收眼底，附近建筑又少，环境安静，空地上还可建个花园和网球场。张学良十分满意，问赵四小姐，她也觉得此处环境幽雅，槐绕柳合，是家居的绝妙之处。两人都表示，同意蒋经国的安排，修房工程可立即动手，以便早日搬来。

建房之事既然由蒋经国张罗，速度自然很快。到 8 月底，一幢两层的灰色小楼已经落成。前面是一个大院，两边是满栽花草的花园。院内院外，都移栽了高高的柳树，风吹枝摇，荡出爽爽的凉意。与这个院子一路之隔，还修有一个灰墙环绕的安全人员驻地，正对的大门口，钉有一个木牌，上面写着"警备处"三个大字。

搬家那天，张学良显得格外兴奋。来台以后，无论是在新竹井上温泉，还是阳明山的寓所，都是当局为"管束"他而选定的地址，每道门、每扇窗，都带着羁押的浓重阴影。现在，他终于能按照自己的意思，拥有一幢自己的住宅，能够吐纳自由的空气了！当年手握重兵的少帅，现在为了这一块小小的领地，激动得绕前绕后，老泪纵横。

得知张学良乔迁新居，张群、王新衡、莫德惠等一批老朋友都赶来恭贺。蒋经国没有露面，但却差人送来了一套崭新的客厅家具，以此表示祝贺。

当年英气逼人的少
帅已变成了垂暮老人

待祝贺的客人们渐渐散去，已是夕照西坠时分。喧闹了一整天的屋子终于安静下来，空气中散发着油漆和新家具淡淡的香味。张学良拉着赵一荻，逐个看过所有的房间，然后回到客厅，眉飞色舞地说："小妹，我们终于有了自己的家了！"

"是啊，"赵一荻应一声，脸上却是伤感的神情。"可是，我们都已经老了。"

张学良微微一怔，望着两点星光自赵四小姐眼中涌出，自己不禁也受了感染，先前的欢快消失得几乎无影无踪。

北投新居的第一个夜晚，客厅的灯光一直亮到深夜。

院外的大门前，不时响起值勤的警备处人员沙沙的走动声。

新生活的开端

就在张学良搬家期间，国民党在阳明山召开了著名的"阳明山会议"。

国民党当局败退台湾之后，由于蒋介石一味实行专制、独裁，因而一直受到美、日和岛内"第三势力"、"第四势力"的猛烈抨击。为了缓和形势，扭转蒋介石独裁者的形象，也为了给日后的出路寻找些对策，国民党邀请了一些海外知名的华裔文人、学者、知名人士，以及港、台的部分党派、名流到阳明山上进行"恳谈"，以期在国际舆论与海外华人世界中，寻得一线转机和支持。一时间，阳明山上名流显贵云集，国民党的官员们做出一副谦恭姿态，听任人们对蒋介石政权的种种批评指责。

在这些会议参加者中，有不少张学良昔日的部下、朋友，周鲸文便是其中之一。

周鲸文算得上是张学良的老部下。张学良在兼任东北大学校长期间，曾于 1935 年任命周鲸文为"东大"的秘书长，对他的学识才干颇有赏识。西安事变后，周鲸文成为民主同盟的负责人之一，联合莫德惠、万福麟等人，一直在为张学良的获释进行努力，并同中国共产党进行接触，希望在 1946 年召开的政治协商会议上将张学良的问题向蒋介石当面提出。当所有的努力均告失败之后，周鲸文对国民党灰心丧气，于 1948 年举家迁往美国，在旧金山郊外的一幢旧别墅里专心做起了学问。

作为张学良的忠实部下和朋友，周鲸文虽在美国，仍未放弃为使昔日长官获释的种种努力，美国的华文报刊上，不时有他的署名文章，抨击国民党当局继续囚禁张学良。得知少帅被解禁，周鲸文喜不自胜，从美国写来信件，向老长官表示祝贺。此次"阳明山会议"，周鲸文作为居住海外的知名人士亦受到邀请，这正合了他打算到台湾看望张学良的心意。当下便收拾行装，兴冲冲地从旧金山出发到达台北，一住下就向当局提出晤见张学良的要求。

张学良的"管束"虽然已被解除，但并未获得普通人那样全面的自由。搬来北投时，他抛下了一大批敷染着幽禁阴影的物品，过去保密局配给他的汽车他也坚持退掉了，另外托人买了一辆二手的福特牌轿车，闲着无事，便开车进城转转。但去的地方有限得很，不外是拜访一下莫德惠、张群、王新衡等老朋友，有时也去台北看看父亲的五姨太王夫人、六姨太马夫人以及她们的子女张学森、张学英、张怀敏等人。若他要见蒋介石，须通过张群的联络；若见蒋经国，须通过王新衡；见宋美龄则通过黄仁霖。但外人想要见他，却不那么容易了。如非通过以上几位张学良的老朋友搭桥牵线，人们很难见到这位传奇性的人物。而按当局的不成文规定，所有要见张学良的人，都应通过台湾警备司令部的逐级申报，再由张学良宅邸对面的"警务处"予以放行。因而对外界而言，张学良仍然生活在严密的帷幕之中。

周鲸文原以为通过当局可以很快见到张学良，稍一打听，才知道这中间还要经过许多关卡的审批。适逢莫德惠前来看望，一说起拜见张学良的事，莫德惠忍不住击掌大笑，说："你这个少帅当年的秘书长，怎么现在连如何去见长官都不知道了？要见少帅啊，跟我来吧！"

周鲸文见到张学良，正是北投复兴岗的宅邸住进新主人的第四天。阔别25年，当年的满头青丝已变成苍苍白发，乍一见面，百感交集，万语千言涌堵心头，催得两人老泪纵横，竟像孩子一般大哭不已。赵四小姐立于一旁，也陪着二位流泪。

哭过叹过，三人这才渐渐平静下来，说起这二十多年来的沧桑岁月。

"我真没有想到，我还能活着见到你，汉卿！当初要是你还在，我又何至于背井离乡，远渡重洋啊！"周鲸文还在欷歔。

"虽然没有见面，你的情况老朋友们还是给我讲过一些，"张学良道，"这二十多年，你一直在为我的事奔走，也吃了不少苦头，学良在这里向你道谢了！"说完，张学良两手相拱，向周鲸文一揖。

"这哪里使得！哪里使得！鲸文等人无能，才使您受这么多年委屈。"周鲸文忙伸手将张学良扶住。

张学良又在椅上坐下，缓缓道："真是浮生若梦哪！这些年，山居无人，寂寞相伴，开始还烦躁得很，慢慢地也就惯了、淡了。三国的曹植说：'变故在斯须，百年谁能持'。想想就是这个道理，我又何能求得一世的荣耀呢？"

"鲸文虽在海外，但一直还是在关注您的消息。听说过去您一直在研究历史，近来却又皈依基督教了？"

"是啊！"张学良道，"在明史研究告一段落，正准备研究清史的时候，我突然发现《圣经》是一部最完美的经典。又听过一些讲经布道，精神上顿时豁然开朗，一扫当年的困顿迷雾。"

"我真难想通，汉卿您会有这么大的转变。"黄仁霖脸上满是困惑。

"是啊！当年我崇拜学术，认为天底下最有权威的，是最有学术的人。现在不同了，我一心一意求取心灵的宁静，对神充满全部的虔诚。"

"皈依基督，汉卿觉得自己有了更多的自知和自忏，"赵四小姐在一旁道，"汉卿读史，使他的人生得'通'，而皈依上帝使他的人生得'达'，'通达'之后，他觉得自己的性格更能摆脱开人事，更能看破红尘了。"

周鲸文并不能完全理解两人的话，但还是点了点头。

"我 27 岁的时候就写过一副对联，叫'两字任人呼不肖，一生误我是聪明'，没想到会有那么强的预见性，应了我后来的情形，"张学良平静地说，"你想想，我一从讲武堂出来，就当旅长，当少将，统兵握权，其实我哪有那么大能耐，所学所知，最多是一方面的，怎能应付复杂局面呢？再加上我少年时代受的教育，无论中学还是西学，都不完善，生性又争强好胜，怎么说都难当大任。如果这 25 年我过的仍然是任意独行的生活，很可能会犯大错，甚至可能把命都丢了。"

"汉卿的话，鲸文一时可能还理解不了，可是我能感觉得到，少帅如今是心地坦荡，豁达超然了。"周鲸文说。

"汉卿常常说，他现在是怀慈悲之心，不欲与人争，不欲与人辩，只求心灵的安宁。"赵四小姐为周鲸文的茶杯续上水，站在一旁说道。

正谈话间，一个三四岁的小男孩从里屋蹦跳着出来，叫着"爷爷"扑进张学良的怀里。他顿时满面笑容，慈爱地将孩子搂紧，逗笑起来。

"这是——？"周鲸文侧脸望着赵一荻。

"这是闾琳的儿子罗比，"赵一荻回答，"蒙总统恩准，每年闾琳夫妇都从美国回来一趟，看看我们。"

"那你儿媳妇是——"

"叫陈淑贞，是陈济棠的闺女。"

"啊！堂堂粤军主帅的闺女嫁给堂堂东北军主帅的公子，真是门当户对，天作之合啊！"

"两个人都在美国读书，见面一谈，都觉得满意，就结婚了，"赵一荻脸泛笑容说道。"这个是小儿子，还有个哥哥，叫巴比。有时候我也去美国待几天，看看儿孙们。"

"真是老天有眼！"周鲸文叹道，"汉卿儿孙有继，阖家美满，心灵又有寄托，真是不枉此生了！"

这时，小孙儿吵着嚷着要"骑马"。张学良不顾有客人在座，当即匍匐在地毯上，让罗比骑上后背，口里一边"哦哦"地叫，一边载托着孙儿在屋里爬行。赵一荻有些看不过，上前欲将罗比抱下，可是孙儿一哭叫，张学良便将赵一荻止住了："逗逗孩子，也是天伦之乐嘛，何必管他。"

周鲸文面带着笑，看张学良继续在地上爬行，心头却像为石头所堵，哽塞得难受。二十多年前，张学良英姿勃勃，骑在他那匹远近闻名的"盖西北"马上，纵横驰骋，号令三军；谁知道二十多年后，他会以其花甲之身匍匐在地，为孙儿当起了牛马！

周鲸文心上顿时涌起一阵哀戚。

张闾瑛探父

周鲸文拜见张学良的第二天，一辆锃亮的雪佛莱轿车沿阳明山公路而下，驶向北投复兴岗张学良宅邸。车进复兴路，即有巡游的安全人员上前将车阻住，经一番盘查询问，这才予以放行。待车重新启动，坐在车内的张学良之女张闾瑛和丈夫陶鹏飞都神情黯然地摇了摇头。未见其父，他们便已感受到了笼罩在老人家四周的浓重阴影。

张闾瑛是张学良和于凤至的长女。1933年张学良下野出洋考察，携家人一同前往，1934年奉召回国时，鉴于国内风云动荡，夫人又身患疾病，因此张学良便答应于凤至的建议，将她和儿女们留在了英国。张闾瑛跟随母亲在泰晤士河畔长大成人，接受了系统的西方教育，并与赴欧求学的陶鹏飞相识，结为伉俪。

陶鹏飞在海外华侨界，是位颇具影响的人物。他原籍辽宁凤城，与张学良的出生地海城县相邻。张学良任东北大学校长期间，陶鹏飞正是该校学生，当面目睹过少帅风采，聆听过他的讲演。真是有缘，陶鹏飞

在欧洲求学期间，竟然结识了母校
校长的千金。两人的关系很快从同
乡之谊升华为爱情，相互倾慕，心
心相印。当两人做出结婚决定时，
张学良已身陷囹圄，但已获博士学
位的陶鹏飞不顾旁人闲言，毅然与
张闾瑛在德国成婚。正在幽禁中苦
捱时光的张学良得知长女结婚，而
夫婿又是一位东北同乡时，颇感欣
慰，万里迢迢写信致贺，并请人代
送了一份厚重的礼物。

少年时的张闾瑛

　　然而在海外侨界，许多人对西
安事变的内幕缺乏深切的了解，在
好些人看来，张学良是犯了"欺君"、
"劫持统帅"之罪的"逆臣"，蒋
介石对他处以"管束"是天经地义。
陶鹏飞虽是张学良的女婿，但却难
以免去这些影响，因而多年来他与"老泰山"的关系十分淡漠。随着时
间的推移，西安事变的真相和张学良兵谏的动机渐渐为人所识，尤其是
抗战胜利后，海外有人将张学良尊为"抗日第一英雄"，要求还张学良
自由的呼声也愈来愈高。身为女婿的陶鹏飞一直在默默地注视大洋彼岸，
注视着张学良这个名字在阴云浊浪与岁月的洗磨后所现出的盖世风流。
他和张闾瑛数度向国民党当局请求赴台看望父亲，但却一直未得获允。
碧海青天，关山千重，两人只有在信中倾吐对老人的思念，和对一颗悲
壮崇高灵魂的崇敬。

　　自从定居美国加州以来，陶鹏飞一直在圣旦克兰大学担任教授，除
教学以外，十分热衷于侨界活动，发起组织了全球性的"中华联谊会"，
十分活跃。台湾当局组织召开"阳明山会议"，陶鹏飞作为海外华侨的
代表人物受到邀请，这正好应了他的心意。对这个蒋介石用以装点门面
的会议他倒并不在意，他真正关注的是，借此赴台之机，可以见到思念

多年的岳父大人。

陶鹏飞和张闾瑛来台湾，自然会提出见张学良，这是人之常情，亦是当局意料中事。但当这个要求提出来后，却几遭推诿，最后张闾瑛不得已找到了张群，才通过他的努力获得批准，但条件极为苛刻：只能会见一小时，理由是张学良最近身体不适，不喜被外人打扰。

两人一听这个条件，气恼不已。他们是张学良的亲生女儿和女婿，怎能被称之为"外人"！不过为了见父亲，他们只得答应下来，并接受了警务处所作的时间安排。

正是秋日，花碎草瘦，枫叶猩红。汽车经过安全人员盘查，停在宅邸门口，有人引着他们走进灰色的木板大门，穿过院子，进到房中。刚从外面走进，屋子显得有些阴暗，秋日的阳光透过窗户，一动不动地嵌镶在棕色的地板上，显出一种无言的静美。

两人刚一走进客厅，便见到了父亲。他坐在沙发上，撑着拐杖正站起身来，一只手向前伸出，嘴唇哆嗦，欲呼无声。

"爸爸！"张闾瑛抢上一步，紧拉住父亲的手，一声悲叫，引出满腹酸楚，竟嘤嘤地哭泣起来。陶鹏飞也走上前去，先叫了声"校长"，接着又呼了声"爸爸"，泪水也夺眶而出。

张学良老泪纵横，哽咽无语，只伸手抚摸着女儿的头发，好半天才颤着声叫着女儿的名字："闾瑛……"

当年父女俩相别时，闾瑛还只是个天真烂漫的小姑娘，而如今出现在他眼前的，已是个为人之母的中年女子了。刹那间，二十多年的思念，二十多年的期盼，以及自己二十多年的凄楚苦痛，如潮一般地漫卷而来，将心头拍打得阵阵疼痛。而女儿终于来到面前，重新听到遥如隔世的亲情呼唤，又令他激动不已，浑身战栗。

张闾瑛扶着父亲重在沙发上坐下，抹一把眼泪，指着陶鹏飞说："爸爸，这是鹏飞。这次来台湾，主要就是想看看您。"

陶鹏飞又毕恭毕敬地叫了一声"爸爸"，向老人家鞠了一躬。这是闾瑛结婚后，翁婿俩第一次见面。张学良掏出手绢，擦擦眼睛，仔仔细细地打量着女婿，连连说："好，好，快坐下，快坐下！"

在张闾瑛的记忆中，父亲一直是气宇轩昂、英姿勃勃的形象。1934

年在欧洲与她们母女分别时，是一副踌躇满志、豪爽英迈的模样。而此时的父亲，已垂垂老矣，容貌举止无不显出老迈迟暮的样子。望着父亲的脸庞，闾瑛禁不住想：在那些密布的皱纹里，含留着多少辛酸、多少屈辱和多少苦难啊！泪水又止不住猛涌上来，模糊了双眼。

张学良知道女儿的心思，摆摆手，将自己的手绢递过，说："都过去了，你们不要再为我掉泪。苏东坡说：'人世一大梦，俯仰百变，无足怪者'，我们又何必把自己缠在旧事之中呢？还是说说你们吧，在美国生活得怎么样？"

陶鹏飞回答说，一家人在美国很好，不愁衣食，又掏出一家人在寓所前的合影递上，说孙儿孙女们都向爷爷问好。

张学良看着照片，脸上漾起笑容，说看来你们在那里真还生活得不错，孙儿孙女都显得很聪明。"美国我没去过，将来若有条件，我要到那里去看看你们。"

"前几天我还和鹏飞商量，想请您到美国去转转，散散心也好。"

张学良只摇摇头，过了一会儿才说："还是以后吧。我现在不好随便走的。"

闾瑛听着父亲的话，似感觉到了什么，脑子里又想起当局对他们见父亲所作的推诿和门外那些安全人员的身影。她不解地问："您不是自由了吗？想到美国还不方便？"

张学良苦笑一下，说："是呀，我自由了，我可以去台北市啦，也可以去下馆子啦！"

女儿和女婿的心上掠过一片阴影。看来，所谓还给父亲的自由，不过是扩大了点活动范围而已，实际上，他仍然被死死地攥在蒋介石的手心里。

闾瑛本想把这感觉说出来，但又怕触了父亲的讳处，惹他不快，于是，又谈起了美国的情况，讲起了另外两个弟弟，说他们现在也生活得很好，姊妹间差不多每年都要在一起聚一两次，有空都要去洛杉矶看望母亲。

一提到"母亲"，张学良像被蜇了一下，忙问："你母亲现在怎样？"

"妈妈到了美国后，诊断是患了乳腺癌，做了手术。没什么后遗症，"闾瑛回答，"她现在住洛杉矶莱克瑞治路……"

"她现在……"张学良打断闫瑛，猛然问："她愉快吗？"

张闫瑛眼里涌出泪水，轻轻摇头。"妈妈生活上虽然很优裕，可是她经常叨念，说千好万好，不如人好，说着就掉泪。我和闫珣、闫玕常常去看她，陪她解解闷，可是老人家很难得高兴，老是对着房间里你的照片看，口里叨念着你的名字。"闫瑛发出了轻声抽泣。

张学良木雕泥塑一般，只呆呆地望着地上，脸上满是苦痛与伤感。

"我们临走前去向她老人家告别，她闷着声一直没有说话，"陶鹏飞叙说道。"直到我们要走了，她才拿了一张最近的照片，说让带给你。"

张闫瑛将照片取出递给父亲，这是于凤至在自己林泉别墅的庭院里照的，她斜倚在一把藤椅上，神态平静安详。张学良颤巍巍地接过来，见当年俊秀娴雅的妻子如今也已两鬓染霜，再仔细地凝视她那双眼睛，平静中却蓄含着巨大的幽怨和哀伤。

"凤至！"张学良终于持稳不住，悲戚地呼叫一声。霎时间，思情涌流，愁肠牵动，万千往事顿时涌入心头。张学良恍如又看见初到凤凰山时，于凤至因惧怕寺内泥塑恶像而同他紧紧相拥，坐待天明的情形。从奉化溪口到湖南郴州，再到沅陵，到贵州，辗转颠簸，担惊受怕，肠断关山，心摧无声，伴随着自己度过了一千多个漫漫长夜。在修文离别那天，已被疾病折磨得孱弱瘦削的于凤至两眼哭得红肿，一步一回头，直到汽车开动，还从车窗探出头来，嘶哑着大叫："汉卿，你多保重……"

21年了，大洋阻隔，亲情难寄。于凤至无时不在关注着丈夫的命运，从美国不时寄钱寄物，表达自己深深的思念。在酸楚漫长的幽禁日子里，妻子的关怀与情爱给了张学良巨大的安慰，成为他熬过艰难人生的一种精神支柱。三千多个日夜滞重地流逝了，于凤至离别时的那一声呼喊，仍不时萦绕在他的耳际……

现在，看到照片上已二十多年未见的妻子的容颜，张学良怎能不激动，不伤悲！

女儿女婿陪着父亲掉一阵泪，又谈了些家事，限定的会面时间已超过了一个小时。两名安全人员从大门走进，在客厅门口来回徘徊，明显是在提醒客人告别。

闫瑛体谅老人的处境，起身准备告辞，口里一再嘱咐父亲多多保重，一有机会她还会再来看望。陶鹏飞也伸出手来，与老岳丈紧紧相握。

"回去告诉你母亲，说我这里很好，叫她不要惦记，"张学良对儿女道，"请她体谅些我的难处，有些事情我会写信给她的。"

"明白了，爸爸。"张闾瑛回道，扑上前紧紧抱住父亲，然后捂着脸，快步奔出门，上了汽车。

张学良拄着拐杖走出大门。汽车已缓缓离去，张闾瑛从车上探出头来，见秋阳之中，父亲的身影是那么单薄、孤寂和凄凉。她泪眼迷离，将手伸出窗外，向父亲依依挥别。陶鹏飞也久久回望，发出一声沉重的叹息。

当代冰霜爱情

风飘雨洒，云荡雾绕，滞重的日子过得如蜗牛一般。复兴岗上的花草荣了又衰，树枝绿了又黄。寂寞的日子一如既往，千般酸涩、万种凄楚，仍伴着复兴路 70 号两位主人度过的每一个时日。

"管束"虽然被解除了，但张学良"劫持统帅"、"犯上作乱"的罪名并没有被卸去，无形的沉重枷锁仍旧套在他的头上。

北投距淡水湾海滨不远，张学良常常驾着他那辆二手货福特牌轿车，去到海边，排遣孤寂。扑面而来的腥咸海风和拍击岩石的涛声吸引着他，令他产生一种莫名的冲动。迷人的大海的独特景色展现在他面前，波涛阵阵，充满活力。太阳稳在厚厚的灰色云层中，只从云缝里遗下一束光柱，衬着簇簇深浅交错的灰色云彩。有时正遇涨潮时分，五六级大风卷着白浪，向沙滩岩石一阵阵猛烈地冲击，发出震耳欲聋的哗哗声，激起的浪花四下飞溅，飘洒开来，打湿了他的脸颊和衣襟。

只有在这时候，他才感到一种开怀的畅快，他仿佛觉得自己也变成了浪头，正激昂地奔涌，向包绕着他的有形无形的黑墙暗壁狂猛轰击……

面对大海，张学良的目光常常会被滚滚波涛中的小船所吸引。他一动不动地凝望着小船，看它时而被抛入浪谷，时而被掀上浪尖，船身剧烈地颠簸，好像随时都有灭顶之灾，仿佛是一片树叶在狂风恶浪中苦苦挣扎。

望着随波涛起伏的小船，张学良常常有同命相怜之感。在政治与人生的狂风恶浪中，他又何尝不是一只无助的孤船，一片任风吹雨打的落叶？

每次去到海边，他的心都会涌起一股激情，同时又泛起一缕悲伤。回到家来，闷闷地独坐，望天、望云、望月，草色人心，是非名利又渐渐飘散而去，伴几声悠悠的叹息，他又走向《圣经》，走向基督，将目光落定在案前一个古铜色的十字架上。

挣脱了是非恩怨，消绝了功名利禄，张学良将自己的全部身心都沉入到对《圣经》的研读之中，寻历人类创生的磨难，忍看该隐杀弟的惨剧，体味亚伯拉罕献子燔祭的忠诚，感受耶稣降生的喜悦……

赵四小姐贤淑体贴，见张学良日日捧着《圣经》苦读，寻索着此中的箴言智慧，她也加入进来，伴随他走向另一条心灵之路。

距复兴岗不远，便是著名的士林教堂。它规模不大，也很普通，不像台北的大教堂建筑宏伟、巍峨临空，相反，它很矮小，甚至有些破旧。但是，四周的如画风景和幽雅僻静，却使它具有其他大教堂所不能比拟的圣洁意味。蒋介石的士林官邸与教堂不过数百公尺之遥，每逢礼拜，身为基督徒的蒋介石和宋美龄便会到这里听牧师传经布道，因而，这座教堂也被冠以"士林"之名，成为蒋氏夫妇和家人的私人教堂，外人难得有跨入其中的"殊荣"。

但是，当宋美龄得知张学良刻苦研读《圣经》，皈依耶稣基督的消息后，她说服了蒋介石，破例让张学良和赵一获成为出入这座教堂的教友。只是，他们和蒋氏夫妇做礼拜的时间被"巧妙"地错开，有蒋介石便没有张学良，有张学良便没有蒋介石，尽管他们面对的是同一座圣坛，同一个神父。

但直到此时，张学良和赵一获尚不是正式的基督徒，他们还未经过入教的洗礼。当张学良向牧师提出受洗的请求后，宋美龄却打来了电话，说："汉卿哪，听说你打算受洗了？"

"是的，夫人，"张学良回答，"我打算做个虔诚的基督徒，把心奉献给上帝。"

"事倒是好事。可是依你现在的情形，受洗是不够格的。"

"怎么？"张学良有些吃惊，以为宋美龄另有他指。

宋美龄引导张学良、赵一荻找到了最后的心灵归宿

　　"你想想看，你和凤至还有正式婚姻关系，是夫妻，但是你现在又一直和四小姐同居，等于同时有两个太太，按教义这是不许可的呀！"

　　张学良一下子噎住了，他提出受洗的时候真没有想到还有这层！放下电话，张学良默不作声，耳边一直回响着宋美龄的话。是呀，虽然他与于凤至分开已有25年，但毕竟两人间还存在着正式的婚姻关系。而赵四小姐虽与他朝夕相伴，肌肤相亲，但名分上，她一直是他的"私人秘书"，顶着"四小姐"这个暧昧的称呼。现在，他必须在她们二人间进行选择了，否则，他便不能踏上所选定的心灵归宿之路。

　　可是，应当让谁陪伴自己走完人生的最后历程呢？

　　一连许多天，张学良都心事重重，茶饭不思。赵四小姐已习惯了他这种沉郁寡言的情形，不敢惊扰，只在一旁照料体贴得更加周细入微。

　　终于，张学良提起笔来，给于凤至写了一封长信。想着从此便要与自己的元配夫人中断夫妻情分，张学良禁不住心潮涌动，热泪涟涟，几张信纸上，都洒下了他的点点泪水。

紧接着，他又提笔给已搬去与母亲同住的间瑛、陶鹏飞夫妇和其他几位亲友写了信，请他们多多征询于凤至的意见，请她体谅他现在的苦衷。

信全部发走了，张学良闭门不出，独坐在宅院里等待大洋彼岸的回音。

美国洛杉矶莱克瑞治路的林泉别墅内，于凤至刚刚过完她的66岁生日。这是她在美国的第26个年头了。祝寿的日子虽然喜气洋洋，儿孙绕膝，但她总觉得少了些什么，心里空空地不踏实。来美国的这些年，每逢花红蝶飞的生日季节，她心中的喜悲交织总是最为强烈。儿孙们都已长大，事业有成，对老人来说，这是莫大的安慰。可是，每当她举起庆贺生日的酒杯，心中都禁不住会念起万里之外失去自由的丈夫。他的苦难、他的艰辛、他的寂寞，总是摧得她心酸情伤，欲哭无泪。

望着眼前漂亮的别墅、草坪、林木和在阳光下闪动着粼粼波光的湖水，她常常会忆起当年同少帅的结识，诗书的交往，大帅府的日日夜夜，以及陪同丈夫驻节北平、游历欧洲的日子。每忆及这些，她就像回到了当年，看到了相伴少帅左右的清俊秀美的自己。

那是一段多么丰富多彩、多么值得回味的岁月啊！

可是，自从西安事变发生，她的生活完全变了另一副样子：黄尘扑面的辗转之路，深山古寺的寂寞时光，忍做囚徒的屈辱，这一切彻底地摧垮了她，从精神到肉体。当她拖着病体与丈夫辞别时，她便隐隐感到，这也许将是他们夫妻的永诀了。果然，分别25年了，月夜松岗，不思量，自难忘，可是，却再也无缘见上一面。夫妻情分，只浓缩为面对壁上照片的那一声声问候！

当那封台湾来信寄至手中，于凤至读罢，宛若晴天霹雳，顿时泪如雨下。历历往事，万千思绪顿时涌上心头。一连数日，她独坐窗前，遥对苍天，默默无语。

对一个女性，尤其是对一个已入老境的女性而言，要作离婚的抉择实在是太苦、太难了。可是，倘若汉卿不作出此举，他又将面临何等困窘的处境！望着他洒在信纸上的斑斑泪痕，于凤至完全体会得到，张学良在写这封信之时，内心是何等的矛盾和痛苦！

　　"汉卿，只要能让你熬过苦日子，任何事情我都会答应的！"于凤至手捧着信，默默自语，泪水却扑簌扑簌地滚落脸颊。

　　亲友儿女们收到来自台北复兴路的信，先后赶来林泉别墅想进行慰劝，于凤至却已从矛盾痛苦中挣脱出来，摆手止住大家。"大家的心意我都明白。我是个通情理的人，汉卿的苦处我不是不知道，我自己也曾经想过这件事。"说到这里，她微微一笑，脸上已全无前几日的阴云。"赵一荻是位难得的女子，25 年来一直陪着汉卿同生死、共患难，一般人是做不到的，所以我对她也十分敬佩。现在由她陪着汉卿，汉卿高兴，我也放心。至于我个人的委屈，同他们所受的无边苦楚、寂寞比起来，又算得了什么？"

　　于凤至的豁达体谅，使离婚一事处理得十分顺利。手续很快便办妥，于 1964 年 3 月，寄往了台湾。

　　此事一了，洗礼的事是没问题了，他将从此作为一名正式的基督徒，遁走一条神明指引的道路。与此同时，他还想了却一桩久搁心底的大事：与相伴他已整整 35 年的爱侣赵一荻成婚。

　　对于一个已过花甲之年，而且又具有如此身份的人来说，再续鸳盟自然不是一件小事。他悄悄地征询了几位老朋友的意见，大家全都赞成由赵四小姐成为正式夫人。张群比张学良年长，说话也更随便，他用指头指着当年曾做过他长官的少帅，道："我说汉卿哪汉卿，这件事你早就该办了。人家赵四小姐 16 岁就跟定了你，一直跟到 51 岁，百般体贴，冷暖相知，娶她做夫人，是你的艳福呢！"王新衡也道："古人言，人生得一知己，足矣！四小姐跟着你三十多年，风风雨雨，百难不悔，这样的红粉知己，哪里去找啊！"

　　有了于凤至的理解，有了朋友们的支持，张学良心中释去了担忧，变得快慰起来。再看看赵一荻，她依旧如平日步履轻捷，神态从容，虽经这多年风风雨雨，却容颜未衰，风韵犹存，一身平平常常的装束，足下一双自己做的布鞋，反倒显得脱俗不凡，从那亲切的笑容中，仍可见到生就的婉丽与秀媚。

　　张学良的目光一直追随着她，看她轻盈地将书桌上的书砚笔墨摆放整齐，又拿过水杯，为他斟满热茶，放到几上。见汉卿一直笑眯眯地望着自己，她嗔怪地说："汉卿，你这是怎么啦？"

"来，小妹，坐下，"他拉着赵一荻在身边坐下，说，"我有件事要让你做。"

赵一荻有些诧异地望着他："有什么事你尽管说行啦，还这么郑重其事干什么？"

张学良一笑，随即又严肃起来："是件大事情。"

"说吧，只要你愿意，什么事情我都肯做。"

"要你做我的太太。"

"太太？"

"是的。我想同你正式结婚，让你名正言顺地成为张夫人。"

也许是张学良的话过于突然，赵一荻竟一时没反应过来，只愣愣地望着他。良久，两行热泪夺眶而出，她猛然捂住脸，跑进了卧室，嘤嘤的哭声像是诉说着突如其来的喜悦，又像是倾吐着伴随少帅35年饱含爱的坚贞、爱的幸福和爱的辛酸的满腹情思……

张学良想进屋去安慰安慰，却又打消了这个念头。让她哭吧，让她将这35年来的委屈和痛苦统统用泪水冲洗得一干二净吧。这个天生丽质的女子跟着我，历尽了人生的酸甜苦辣，兴衰荣辱，而若是她在1928年不在蔡家公馆与我相识，不毅然忍离父母，私自跟我去到沈阳，她的生活、她的命运将完全是另一种样子。真是难为她呀，35年来竟没有一句怨言！

哭声在屋子里时断时续。赵四小姐伏在枕上，身体抽搐，伴着汩汩而泻的泪水，脑海里又浮现出当年同张少帅相识的情景。蔡家公馆的舞会上，她与少帅在美妙的乐曲声中翩翩起舞，少帅的气息热烈如火，那有力的手臂宛若巨柱。就在那一刻，她认定自己的命运将同这个豪放倜傥的少帅联在一起。一年之后，松柏苍郁的沈阳北陵，年仅16岁的她怀着对爱情的无比热烈的憧憬，在这里与少帅秘密同居，同时又作为他的私人秘书，为他处置机要文电，照料饮食起居。当父亲在报上发表声明，声言"四女淫奔出关，从此断绝父女关系"时，少帅轻搂着她，坚决地说："从此后你就是我的小妹，也是我的妻子！"可是，大姐于凤至尚在，她又怎能僭越妄尊，敢作非分之想呢？35年过去了，她甘领"秘书"之名，伴着张学良走过春夏，走过秋冬，从关内到关外，从西安到溪口，从大陆到台湾，忍受着数不尽的凄风苦雨，用她柔弱的双肩，分担着张学良的悲恨与苦痛。

如今，"秘书"、"小姐"之类暧昧的身份就要结束了，凭着几十年对爱情的坚贞，她用柔情、用温馨，用全部的生命所培育的爱情之花，终于结出了成熟的果实，叫她怎能不为之激动，为之欣慰，为之痛快淋漓地放声大哭！

不知道在枕上哭了多久，赵一荻终于撑起身来。她觉得神思有些恍惚，屋里的景物，包括墙上的照片，都模糊起来。她按按太阳穴，到梳妆台前，用清凉精在额上抹了抹，这才感到清爽了许多。面前这张梳妆台，是 1961 年从阳明山搬来北投时，汉卿特意为她买的。乌黑的木边镶着一面磨花的圆镜，像是一轮盈满的圆月。她静静地凝视着镜中的自己。虽然已 51 岁了，但并不显老，皮肤白皙，透着微红。与年轻时比起来，虽说胖了些，也没有了当年那种青春丽色，但却显得成熟丰满得多。35年伴随汉卿生活，使她历尽了一切人生磨难。但是，她从不向苦难低头，从无一丝悔意，她总是在镇定地期待，相信在生活的前方还会有灿烂的日子，自己最好的年华尚未结束。果然，困顿苦涩的日子渐渐走到了尽头，先是张学良的"管束"被解除了，现在，她又将成为他的正式夫人！

张学良和赵一荻都像是年轻了许多，一连许多天，两人都忙忙碌碌。先是择定结婚的日子，找朋友们商量一阵，又按中国人的传统习俗，翻历书择喜期，最后定在 7 月 4 日。接着是选结婚地，有人建议，说这桩婚姻来之不易，应当办得庄重热闹，鉴于两人都是基督徒，婚礼即使不在台北的大教堂，至少也应在北投的士林教堂举行。张学良却表示反对，说这已不是他的第一次婚姻，他的身份又不同，不想弄得满城风雨，只是怕委屈了赵四小姐。赵一荻却满支持他的想法，说都跟了你 35 年了，哪还有什么委屈不委屈。商议一阵，大家最后决定在台北的美籍人士吉米·爱尔窦的家中举行。爱尔窦是张学良的老朋友，早在沈阳时就同少帅来往密切，西安事变时他正在西安，为和平解决事变也曾出过力。他是位虔诚的基督徒，住在台北杭州南路，寓所宽敞，客厅华丽而又有宗教气氛。在这里举行婚礼，不惹人注意，可以免却许多外界的纷扰。

按张学良的想法，婚礼既要庄重，又不要铺张，因此邀请的宾客人数很少，仅有张群、莫德惠、王新衡、何世礼、冯庸等老友，主婚人是儿时的朋友黄仁霖，证婚人是德高望重、高寿达百岁的牧师陈维屏博士。

婚礼的日子渐渐临近，赵一荻却为两人的结婚礼服费了不少心思。对这个她等待了35年的日子，她真想像当年所想象的那样，穿一身洁白的婚纱礼服，光彩照人地站在圣坛上，或者就穿当年她与张学良共舞时所穿的曳地长裙，神采飞扬地面对众人的祝福。可是，虽然愿望如初，但人毕竟已不再年轻了，站到穿衣镜前，她甚至有几分畏怯。反复地思量，反复地选试，最后，她还是挑出了一件前不久刚做的湖蓝色旗袍，穿在身上，显得十分淡雅、脱俗，但是，又过于朴素简单了些。她捧出首饰盒，从中挑出一串晶莹闪亮的水晶项链挂在脖子上，顿时，朴素中又显出了几分华贵，将她衬得分外圣洁庄重，嘴角的那一丝微笑，显得格外柔美高贵。

张学良对选择结婚礼服，显得随意多了，认为只要是一套整洁的西服就行。可赵四小姐却不依，坚持为他做了一套浅灰色的西服。"虽然不必讲究，但也不能太随意了，"她对丈夫说，"男人嘛，穿年轻点没关系。"看着丈夫穿上了新衣，她抿着嘴笑了。当年，张学良就是穿着这么一身浅灰色的西服，在蔡家公馆邀她翩翩起舞；现在，当他又是一身西装革履站在面前时，她禁不住半眯着双眼，仿佛又看到了少帅当年潇洒英武的模样……

1964年7月4日，台北杭州南路吉米·爱尔窦的寓所里，宽敞豪华的客厅被布置得庄重肃穆，枝型吊灯将柔和的清辉洒向每个角落，洒在参加婚礼的12位白发苍苍的老人身上，也洒在专程赶来表示祝贺的宋美龄身上。

婚礼开始。圣歌洒播，电灯熄灭，代之以无数支燃烧的红烛。熠熠烛光映着神情庄重的少帅，映着陪伴了少帅整整35年的红粉佳人。当由黄仁霖夫人文华弹奏的圣歌琴声一停，陈维屏牧师便用微颤的声音开始了证婚。

"你愿意这个女人做你的妻子吗？"

"我愿意。"张学良爽朗回答。

陈维屏又转向赵一荻："你愿意这个男人做你的丈夫吗？"

对赵一荻来说，这是憋了多少年的一句话啊！顿时，她两眼含泪，嘴唇颤动，拼足全力吐出了"我愿意"三个字。她凝注深情的声音，令在场的人极为感动。

接下来是交换结婚礼物。当张学良将赵一荻的手抬起，把一枚黄灿灿的结婚戒指套进她右手的无名指时，她再也控制不住自己，泪水滚落而下，有几滴落在张学良的手上。此时的张学良，也激动异常。两人泪眼相向，默默无声，而心中的千言万语尽在一瞥之中得到最充分的交流。

两人转过身来，老朋友们纷纷上前祝贺，主婚人黄仁霖站在一旁，望着后背微驼的张学良，眼前不禁又现出西安事变的那一幕场景。那时的张少帅，张副司令，是何等的威风，何等的勇武！而现在，当他同自己终生相爱的情侣结为夫妻时，婚礼却是如此的简单、朴素，黄仁霖的心中不禁掠过一阵苍凉之感。他缓缓走近新郎新娘，只轻轻地祝颂了一句："有情人终成眷属。"

婚礼结束，两人步出大门。屋外阳光灿烂，赵一荻的水晶项链闪射出夺目的光亮。黄仁霖上前为他们打开轿车门，示意两位新人乘车返回复兴岗，但赵一荻却将丈夫紧紧挽住，深情地凝视着他说："汉卿，我们走回去吧？"

张学良回望着夫人，从她的眼里看到了某种期待和渴求，他顿时明白了她的意思。多少年来，赵一荻一直是以"秘书"身份陪伴他，在公开场合从没有过手挽手的亲昵举动。而现在，她是堂堂正正的夫人了，她要堂堂正正地挽着丈夫，面对天地，面对人世。

张学良笑着拍拍赵一荻挽着他的手，说道："走吧，夫人，我们就这么一直走下去。"

朋友们站在门口，注视着这传奇般的伉俪走进了阳光，走进了人流，相偎得是那么紧密，步履又是那么轻松……

事隔数日，外界终于知道了少帅同赵一荻正式结婚的消息，《联合报》引人注目地刊出了五行横排标题：

卅载冷暖岁月，当代冰霜爱情。

少帅赵四　正式结婚

红粉知己　白首缔盟

夜雨秋灯，梨花海棠相伴老。

小楼东风，往事不堪回首了。

　　这是张学良自被幽禁台湾以来，他的名字第一次在台北见报。

第 **11** 章

心如止水，淡泊人生

虔诚的基督徒与兰花迷

婚后的张学良和赵一荻，相扶相伴地步入到"上帝洒播的圣洁光环之中"。这是一个静默而神圣的世界，是一个温柔而安全的托身之地。在漫长的凄苦与折磨之后，张学良为自己的心找到了一个避难所，一座港湾。在这里，他不再感到孤独，不再心烦意乱，多年的人生重负所带来的困倦、疲乏，渐渐为一阵清风所拂掠，他觉得有一种再生的欣喜，疲惫的灵魂领略到了几十年没有感遇过的人生壮美，天地万物似乎现出了前所未有的亲切，与他的灵魂交融为一体。

自从张学良对基督教产生兴趣以来，一直把董显光、曾约农、周联华当做自己的老师，跟随着他们一步步认识耶稣、走向耶稣。董显光是蒋介石在教会的老师，到台湾后曾一度做过新闻局长；曾约农、周联华都毕业于教会学院，后又赴美国的神学院深造，回台之后担任神职，为台湾的达官贵人们传经布道，在岛内神学界颇有名气。几乎每个星期，张学良都要同三人相见，听他们传教、证道、做礼拜。为了表示自己对信仰的坚定与虔诚，两人都起了教名。张学良从三位老师的名字中各选出一字，叫曾显华，赵一荻的教名则为赵多加。在老师们的指点下，张学良和赵一荻又参加了美国一所圣经神学院的函授班，每日苦读教义。

宗教信仰成了张学良夫妇的生活重心，无论是与友人欢宴的场合，还是亲人团聚的时候，他们从不讳言基督，言谈之中，尽是"上帝的恩典"，"主的引导"，"神谕的指示"。在圣灵的光耀之中，张学良像所有信神的基督徒一样，有一种"觉今是而昨非"之感。他感到，功名利禄皆若浮云，青山不及白云高。

张学良夫妇结识了不少教友，有的是当局官员，也有的是家庭主妇，两人常同教友们一起，到荣民总医院或台北的贫民区，对伤患者和穷人讲道，给他们以救助。当然，没有人会知道，其中那位头顶光秃、精神矍铄的老人，竟是名扬中外的张少帅。

由于《圣经》文字艰深，其中的哲理、诗歌、格言常常难为一般人领悟，因此，张学良和赵一荻商量，把《圣经》的教义深入浅出地写出来，编成浅易读物。当他们把这个想法向三位教会老师一说，立即得到了鼓励和支持。由于张学良的右眼在漫长的幽禁中常借着油灯看书，天长日久，患了眼疾，读书写字多有不便。于是，常常便由张学良口述或两人共同商量，由赵一荻执笔写出。

两人写的第一本教义浅释叫《好消息》，其中表达了人类因有上帝指引而不致迷路犯错的欣喜。接着，又写出了《新生命》、《真自由》、《大使命》三本小册子。董显光、曾约农、周联华等人见到这些字迹娟秀工整的传教文章，都十分欣喜，分别为之作序介绍，大加赞赏，积极向教友们推荐，在台北的宗教界产生了不小的影响。

受了这些鼓励，两人对证道册子的写作越发专心，越发勤奋，有时常常熬至深夜。

紧接着，两人又写了《女人》篇。

爱与舍己，爱与宽恕，成为张学良、赵一荻常常勉励朋友和后辈的诤言。一次当有人提到从1936年到1946年对他们进行了严酷"管束"、多有欺辱的刘乙光时，张学良淡淡一笑，说："听说他去世了，我很想念他。"

靠着"上帝的指引"，夫妻两人渐渐走出"管束"时代的阴影。但由于年事渐高，张学良很少去网球场了，湖上垂钓也少有为之，除了研读《圣经》之外，他对植养兰花投入了极大兴趣。

　　早在贵州幽禁时，张学良便喜欢上了兰花，他觉得这种花香味清淡，姿态优雅，堪称花中君子。而且常常长在山岩溪旁，虽难为人识，仍怡然独放，境界幽远，与自己的境况、心性十分相投。赵一荻对兰花也颇为欣赏，有时会捧着花痴痴地嗅，再将它别在胸口，让幽香常相伴随。但那时的日子毕竟是过于暗淡了，精神上郁郁不展，而且迁徙又十分频繁，说不准什么时候卷起行李又要转移，所以，一直没有机会养上一盆幽兰。

　　搬到阳明山，特别是"管束"解除之后，心上的沉石被搬掉了，日子也渐趋稳定，张学良终于得以心平气静地欣赏这种"花中君子"了。朋友中，恰恰也有几位嗜爱兰花，经他们介绍，他到台北的书店买回些养兰的书籍杂志，又买回些花盆兰草，开始在家中养兰。搬至复兴岗自己出钱修建的寓所，他的心绪更为安定，一下子买回二百多盆兰花置放在园中，又订了一份养兰的专门杂志《兰花世界》，从中吸取养兰的知识。

　　兰花种类甚多，种养十分讲究，浇水、施肥，花的摆放位置，适度的阴凉和适度的阳光等等，无一不需长久的耐心和平宁的心性。张学良将养兰看做是一种陶冶、一种享受。每日上午做完早祷，他便会来到自己的兰苑之中，观赏兰花娉婷优雅的姿态，呼入带着淡淡幽香的气息，陶醉于一片宁静、高洁的氛围之中。

　　台北地区养兰的人不少，也有富足人家专门在院子里辟有兰园。岁末年初，正是兰花盛开时节，台北桥下的兰花交易所、重庆南路的民众活动中心热闹非凡，兰界人士济济一堂，品兰赏花，交流切磋养兰经验。每逢此时，人们便常常会见到一位姓"赵"的老先生，乘一辆白色轿车，前往赏花，与人谈笑风生。人们眼里的"赵先生"有时着灰黑色西装，有时穿藏青色长褂，白发稀疏，面色红润，精神矍铄，声若洪钟，气宇颇是不凡，但却没人知道他的真正身份，彼此兰友之交，只谈养兰，不言其他。时间久了，人们才渐渐风闻，复兴岗上的这位兰友是几十年前叱咤风云的张学良将军，他身边那位女士便是被称作"红粉知己"的赵媞、赵绮霞、赵一荻、赵四小姐，张学良夫人，紧随在后的三位男士，一位是司机，两位是警务处的安全人员。

　　虽然有人认出了张学良的身份，但兰界人士大多是谦谦君子，大家都不拂少帅的意愿，仍以"赵先生"相称，只是目光与言语中更多了些敬重与尊仰。台北一带，每有兰展，"赵先生"必定到场，若无展览，他会随兴所至地到处浏览观赏。台北市区及近郊，只要稍有名气、略见规模的兰园，张学良几乎全都访遍，不仅仔细观赏，还同主人一起，对兰株的优劣品头论足。兰界人士把"赵先生"的到来看做是一种荣耀，他每次光临，主人必热情相待，敬奉香茗，一同坐在园中悠悠漫谈，只是话题不离兰花。

久而久之，连跟随张学良外出的司机和安全人员也成了养花内行，在自己家中养起了兰花。司机特地将两盆叶健花盛的兰花摆置在自家客厅，逢到亲友来访，他便得意地指着花告诉人们："这两盆花是张学良张少帅送我的。"总要引起客人们的一阵羡叹。

"三张一王"转转会

漫长的幽禁生涯中，张学良和赵一荻由于心情抑郁，对饭菜难得讲究，尤其是辗转深山古刹之时，有时连粗茶淡饭也难以保证。两人都是大户人家出身，从小养尊处优，饮食的粗陋对他们不能不说是一种磨难。为了调剂饭菜，增加食欲，也是为了排遣寂寥时光，张学良和赵一荻常常亲自下厨，做些可口的菜肴，久而久之，倒练出了精细的手艺。逢有好友来访，张学良尽量要挽留一同吃饭，随即便按客人的口味，弄些色香味俱佳的菜肴上桌，惹得朋友们不住地夸赞。张群有次向人说起张学良的烹饪手艺，说他是个不折不扣"食不厌精、脍不厌细"的美食家。张学良则笑答："人老啦，饭量也小，再要自我惩罚不违了上帝的意愿吗？我就信汉代刘向的那句话：'食必常饱，然后求美；居必常安，然后求乐'。"

张群哈哈大笑，说这两句话简直该写下来挂在房中，当做指点迷津的妙语。张学良果然把这玩笑付诸实施，书了一个条幅，又装裱起来，送到张群家中。张群果然将它高高悬于堂中，冲着这两句话，常扯出许许多多的话题来。

解禁之后，张学良得以比较自由地出入台北市，其目的地常常是新开张的大饭店或一些颇为有名的酒家、饭馆，如"天厨酒家"，"国宾饭店"西餐部，"红花餐厅"，用张学良的话说，是"上馆子，解解馋"。外人对张学良的身份自然不知，他自己也十分谨慎，无论到哪家饭馆吃饭，都先将汽车停在附近，然后与夫人步行而入。常来常往，饭馆的老板和伙计们对这两位老人也熟悉了，每次他们一走进门，老板便会恭敬地将他们安排到常坐的那张角落里的餐桌，端上他们喜欢吃的板栗烧鸡、红烧鲤鱼、锅烧五花肉，炒上一两碟时鲜的蔬菜，但谁也不知道这两位老人的真实身份。

张学良和赵一荻最常去的饭馆，是位于台北市郊北陵的"北国之家"。这里虽不如一些大饭店豪华，但门面也相当考究，三角形的门楣被涂成白色，像是兴安岭的雪峰；摆放在门口的几株北方花木，散发着北国天地的气息。厅里的装饰颇具匠心，既有北方的粗犷又有北方的温馨，进门左侧还用北方的桦木饰围着一个壁炉，里面燃烧着的全是一截一截北方常见的红松。连饭馆里服务员的装束和语言，也全是地地道道的北方味儿。

"北国之家"虽远距闹市，但这里从未冷清过，几乎每一天，门口的街沿都要停上一长溜各式各样的轿车、出租车。来这里的人，大都颇有身份，其中有在位或不在位的部长、将军，也有作家、教授、商人、巨富。虽然身份不同，经历各异，但有一点彼此相同：全都是从大陆来的北方人。

经营餐馆的老板也是北方人，离乡已久，深尝离乡背井之苦，于是开办了这个"北国之家"。厨师是北方的，服务员是北方人的后裔，菜单上无一不是北方人的口味。多数客人来到这里，并非是要饕餮一顿，而是借呷几口北方清酒，尝几碟家乡味的菜肴，以慰与岁俱增的思乡之情。逢有相识的故人，大家聚拢一起，一同谈起故乡的山水草木，在浓浓的乡音中抒发积郁心中的对故土的眷恋。

张学良夫妇是"北国之家"的常客。每次一来，必是拣角落里一个僻静的餐桌边坐下。菜由赵一荻点，但全是张学良喜吃的口味：两杯人参酒，两杯苹果茶，一份大葱炒鸡丝，一份油焖白菜心，再有两碟东北小菜。饭馆里光线暗淡，人们极少左顾右盼，只默默地各自饮酒喝茶，低声交谈。张学良和赵一荻坐在角落里，缓缓品尝着故乡的饭菜，谈论

着早年在东北的琐碎小事。有时候，邻近的桌上传来东北口音，张学良
顿时两眼放光，忘记了吃饭，像呆了似的，倾听那已变得遥远而又陌生
的乡音……

　　张学良好美食，他的朋友们早有所知，恰好张群等人也对美食抱有
兴趣，于是便相互约定：彼此轮流做东，每月聚餐一次，谁做东家谁操
办餐会，烹制菜肴。一开始，参加的人有七八位之多，渐渐地，形成了"三
张一王"固定的"转转会"，成为台北高层津津乐道的话题之一。

　　"三张一王"都是相交几十年的老友。"三张"即张学良、张群、
张大千；"一王"即为王新衡。四人中，张学良、张群、王新衡都曾是
官场人物，深陷于政治旋涡之中。来台之后，张群先是担任"总统府"
秘书长，后任"总统府"资政；王新衡原为军统人物，来台后任"立法
委员"，后担任国民党的"国策顾问"。唯有张大千未入过宦海，只醉
心丹青，是国际知名的艺坛巨匠。

　　但这位被誉为"五百年来第一人"的大师，与张学良之间，却有着
一场"不打不相识"的趣事，终于成为终生不渝的一对挚友。

　　张学良与张大千的友谊，颇有传奇色彩。

三张一王。左起：张学良、
张群、张大千、王新衡

　　少帅虽出身尚武之家，后又执掌军政，但自幼好文，成年后喜同文人墨客交往，尤其喜好书画，善于鉴赏和收藏。清朝末代皇帝被日本人挟持到东北欲建"满洲国"之前，张学良与末代皇帝溥仪互有往来，故宫流出的许多文物珍品，皆由他出钱购得，逐渐成为鉴赏名家。加之张学良从小好写字，因此一些古董店常假造盖有他印鉴的古画，也卖他的字。一次张学良上街，见一家店内挂有几幅他的"真迹"，便装作买主问价。店主不知底细，说出一个惊人的数字。张学良哈哈大笑，说："啊，张学良那么值钱，我现在就写几幅给你卖。"店主这才知面前这位年轻人就是少帅，吓得讨饶不已。所以，14 岁便与张学良结为盟弟的周大文谈到张学良的志趣时说："将军爱好书画，收藏甚富，尤精鉴赏，赝品极少……"

　　1930 年，张学良任国民革命军陆海空军副司令（司令为蒋介石），驻节北平。一天他去逛琉璃厂，购得几幅大画家石涛的山水图，兴致勃勃地返回官邸，请好友们前来欣赏。其间，一位朋友告诉他，近来听说有个叫张大千的人，临摹石涛山水已到了乱真地步，连大画家黄宾虹都上了当。张学良一惊，立即请来几位名家来鉴定，他刚买到的"石涛山水"，果然证明是张大千的仿作。

　　不久，张学良举行一次大型宴会，事前专门给张大千送出一张特制的请柬，请他莅临。

　　张大千已经知道少帅出巨金购了自己的赝品，接到请柬很是犯愁。去吧，不知会受何处置；而拒绝赴宴，他张大千日后又如何在中国立足？权衡再三，他还是硬着头皮出现在少帅的宴会上。没料想，少帅并没有对他为难，相反还热情地向大家介绍张大千是仿石涛画的专家。

　　少帅的宽宏大度令大千十分感慨，两人自此开始交往。一天，张大千逛琉璃厂，一位古董商拿出一幅《红梅图》请他鉴赏。张大千仔细地看过画的风格、用笔、着色之后，断定这是清朝初期著名画家新罗山人华西的精品，当下同主家商定，以 300 银洋买下。可是，张大千一摸口袋，未带足钱，双方讲好三日内带钱来取画。但是，第二天张学良也去逛琉璃厂，也见了《红梅图》，也十分喜欢，愿以 500 银洋成交。商人毕竟是商人，多卖 200 银洋何乐不为？何况张学良又是北平的主宰。三天后，当张大千凑足钱前来取画时，方知《红梅图》已经易手，气得勃然大怒，痛斥了画商。可是商人的一句回答却令张大千说不出话来："他是当今北平的皇上，我敢不卖给他吗？"

1935年10月，张大千游西岳华山，登太华峰写生，来到西安。时任西北"剿总"副司令一职的张学良强拉大千去张公馆小住叙旧。张大千却面有难色，告之次日必须起程返回北平，因他酷爱京剧，明晚是他老友余叔岩的告别演出，而且又是最拿手的《打棍出箱》。

"没关系，"张学良爽快地说。他让张大千退掉火车票，当晚搬去他的官邸，第二天可派专机送大师回北平。

张大千亦是个看重情义的艺术家，张学良如此盛情他再不好推却，当晚便搬进了张公馆，一边同少帅叙旧，一边提笔为张学良画了一幅华山山水图。可惜的是，张大千只顾了同少帅谈笑，在烘烤时不慎被火舌燎及，并把长长的黑髯烧了一长截。张学良很是心疼，伤感地说："看来我的背运没走完，连享用这样绝美山水图的福分都没有。"

"不用这么伤感，"张大千又重新拿笔展纸，"我宁可对不住余老板，也要为你再重新画一幅！"

张大千挑灯夜战，泼墨挥毫不止，一幅精美的《华山山水图》到午夜时分终告完成，接着他又挥笔题诗，将一幅诗、书、画交融一体的艺术珍品呈现在大家面前。张学良兴奋不已，立即和赵四小姐盛宴张大千。第二天，张学良实践诺言，亲自驾车送张大千去机场，派自己的专机送大师回了北平。

对于张学良的一片厚意，张大千十分感动，一直念念不忘，不久又精心挥毫，画了一幅《黄山九龙瀑图》，上题：黄山九龙瀑；上款为：以大涤子法写奉汉卿先生方家博教；下款是：乙亥十一月，大千张爱。

可是，这幅画还未送到张学良手中，西安事变便发生了，张学良随之失去自由，被"管束"幽禁于远山僻乡。自由尚不可得，两位朋友谋面的机会也变得渺茫。当这幅《黄山九龙瀑图》几经辗转，终于到达少帅手中时，张学良视若至宝。但望图思友，引起少帅心中无限感伤。而张大千在香港定居一阵后，于1952年举家移居到阿根廷，从此失去了同张学良相聚品艺的机会。

　　1961年，张大千赴台省亲，专门到北投复兴岗拜会已度过漫长幽禁生涯的张学良。一个是飘零海外的艺坛巨匠，一个是失去自由多年的挂印上将，老友相逢，一时涕零难语，问候声尚未道出，已淌下滚滚热泪。

　　张大千返南美洲之前，意外地收到了张学良赠送的一件礼物，展开一看，原来是三十多年前张学良抢购而去的北平琉璃厂那幅华西的《红梅图》。一幅艺术精品携来张学良的一片厚意，待见到张学良的那页短笺时，大千更是老泪纵横。张学良在短笺中写道：

黄山九龙瀑图

　　大千吾兄台鉴：

　　三十年前，弟在北平画商处偶见此新罗山人山水，极喜爱，遂强行购去，非是有意夺兄之好，而是爱不释手，不能自禁耳！现三十年过去，此画伴我度过许多岁月，每见此画，弟便不能不念及兄，不能不自责，兄或早已忘却此事，然弟却不能忘记，每每转侧不安。这次蒙兄来台问候，甚是感愧。现趁此机会，将此画呈上，以意明珠归旧主，宝刀须佩壮士矣！请兄笑纳，并望恕罪。

　　又是十年星移斗换，1971年，张大

千在美国旧金山砥昂博物馆筹办 40 周年作品回顾展，需向世界各地友人借用他赠送的珍品。出乎他意料的是，张学良居然送来了 36 年前他专为张学良所作的《黄山九龙瀑图》。张大千深受感动，立即在下榻处摆开纸墨，画了一幅梅花图相赠，画上又题了一首七绝《赠张汉卿学良宗兄》：

> 攀枝嗅蕊许从容，欲写横斜恐未工。
> 看到夜深明月蚀，和画和梦共朦胧。

1976 年，张大千举家从后来迁居的巴西回台定居，在台北市郊外双溪自建摩耶精舍，分别多年的朋友终于又有了晤面之机。

一对终生不渝的挚友在历经数十年的风雨波折之后，又得以静静地坐在一起，捧一杯香茗，论艺谈文，品画说诗，相顾欣然，趣意悠悠。几十年前在北平、在西安的那些经历，成为他们的一段笑谈，亦是他们永存于心的珍贵记忆。

轻风从复兴岗上缓缓掠过，摇晃着树上的枝叶，发出沙沙细碎醉人的响声。太阳升起又落下，夕照中，复兴三路的这幢小灰楼现出暗红的光色。刚搬来时种下的常春藤，已顺着砖缝墙角攀缘而上，为半侧楼面掩上了一层茸茸绿衣。日子过得很静，很淡，恰如这幢楼房，默默地任朝雾夜雨从身边滑过。

幽居中，张学良心若止水。

张学良与"二蒋"

国民党败退台湾后，保密局被撤销，对张学良的监管之责，移到了时任国民党"国防部总政战部"主任的蒋经国手中。

经过五十年代的整治，国民党在台湾的政权逐渐走向稳定，蒋介石的个人专制也随之加强，并从六十年代起开始进行"传子"部署，使国民党的最高权力逐渐向蒋经国过渡。短短十几年间，蒋经国的权力日益膨胀，其势力范围涉及国民党的党、政、军、财经、情报等各个领域。

1975 年蒋介石去世前，特别把管束张学良的任务交给了儿子蒋经国

1964 年，蒋经国升任"国防部长"，1972 年又担任了"行政院长"，成为除蒋介石之外的最高行政首脑。

但有一种身份他一直未变：从 1949 年起，他一直是张学良的"监护"人。有关张学良的事，无论大小，一律要呈报蒋经国；若没有他的表态，任何人不得擅做与张学良有关的大小决定或安排，也不得发表与当局口径不符的任何言论。"张学良"三个字，在台湾政坛是个极为敏感的话题。

1959 年张学良"解禁"之后，"管束"放松了许多，至少张学良的外出或会友是自由了。但此时的张学良，已年近花甲，又经过了二十多年的"管束"，与外界已有相当隔膜。所谓会友，不外乎是见见张群、莫德惠、王新衡等一批老朋友，外出也不过是到台北市区或附近的村镇走动走动。作为一位曾对中国现代史发生过重大影响的历史人物，张学良仍然备受当局的"关注"，有关张学良的行止仍定期由负责张学良安全的"警备处"报送到蒋经国手中，数十年间从未间断。

蒋介石同张学良之间，曾经算是同僚。1930 年，蒋介石任国民革命军陆海空军司令，张学良是副司令，但蒋介石对张学良说话，向来是上对下、君对臣的口吻；在私人情分上，蒋介石向来将张学良视作后辈，可以随意训导、斥责。西安事变的发生，几乎将两人间过去的情分一笔勾销，蒋介石每每同人谈起兵谏之事，便会恨恨地骂上几声"张汉卿真是可恶"。但是，张学良毕竟在中原大战时救过他蒋介石；1933 年，又代蒋受过，身负"不抵抗日本"的重谤而下野出洋；就以西安事变而论，要是没有张学良的努力，他又如何能活着回到南京？

蒋介石之所以不杀张学良，而要对他处以漫长的囚禁，还时常关注他的健康和安全，并不时让宋美龄送去些礼物，都是出于一种十分复杂的矛盾心理。几十年间，蒋介石一直拒绝会见这个使他栽了大跟头的人，直到 1954 年，才第一次召见张学良，让他写出西安事变的回忆录。张学良皈依宗教后，宋美龄特许张学良可以到蒋介石官邸旁的士林教堂做礼拜做祈祷。这本是蒋介石夫妇的私人教堂，张学良一来，难免会见到"总统"，但几乎每一次，蒋介石对张学良都是漠然视之，要么只微微点一下头，要么只冷冷地寒暄两声，彼此间从未有过真正的交谈。倒是宋美龄有时会拉着赵四小姐聊一阵家常。

张学良明白，当年"兵谏"的枪声，已使他同蒋介石之间，成为仇敌。但他内心中，对自己与蒋介石的关系始终抱有君臣、父子之情，常常在痛恨之后，心底又涌起一股难以说清的感激。中原大战后，蒋介石对他优厚有加，让他担任了陆、海、空军副司令，晋升为一级陆军上将，并当上了国民党中央执监委员，使他的政治生涯达到了顶峰；1934 年张学良由欧洲回国后，蒋介石与他同车去会见时任国民党副总裁的汪精卫，因汪不在，蒋介石亲自下车告诉门房，说待汪回家后，一定转告说张副司令亲来拜访过了，让张学良深敬其抬举之意。张学良出国前，国人误将他作为"不抵抗政策"的代表人物，颇多非议。张学良回国后，蒋介石让他任意挑选职务，以尽早挽回国人观感，提高声望，并一再以父辈口吻告诫他，不要再事荒嬉；"兵谏"之后，蒋介石以一个步兵团的经费供养张学良的生活，每次辗转迁移，蒋介石都要打电话给有关人员询问他的情况，并一再让人转告要他"好好读书"……这些事情在张学良看来，已超越一般部属关系。

蒋经国接手张学良的"管束"工作后，开始采取了与戴笠、郑介民、毛人凤不同的辖制方式。

蒋经国生于 1910 年，比张学良小 9 岁。但从经历、名分上来讲，他算是下一辈人，论起称呼，恐怕得叫张学良为"叔伯"。不过，他却从未用过这种称呼。自 1950 年他在阳明山与张学良相识相交，他从来都是以"汉卿"相称，俨然是平辈之间。

与其父蒋介石不同，蒋经国与张学良之间既无个人恩怨，又无历史包袱，因而在对待张学良的问题上，得以采取一种比较从容的方式。对于张学良这个人，蒋经国听说得多了，材料也不知看过了多少，仅从父亲蒋介石口中，他就得知了大量有关张学良的身世、经历、志趣、性格的描述。乍一论起来，蒋经国同张学良在身世、经历、背景与性格方面确还有些相似之处。张学良兵谏扣蒋是"叛逆"行为，而他蒋经国又何尝没有"叛逆"过。1927 年蒋介石背离孙中山"联俄联共、扶助农工"的政策，屠杀共产党人，当时正在莫斯科中山大学读书的蒋经国闻之义愤不已，当即发表讨蒋声明，并宣布同蒋介石断绝父子关系。因而在蒋经国回国之后，蒋介石也对他实行了一段时间的"幽禁"，命其回到奉化老家，"闭门读书"，潜心思过。就在这期间，蒋经国与正因于雪窦山的张学良在溪口街上曾经擦肩而过，相逢而不相识，彼此只望望而已。

蒋经国得以从苏联回国，是西安事变的直接后果之一。张学良扣蒋之后，中国共产党为了表明联合抗日的诚意，由周恩来在西安向蒋介石当面表示，愿意促成蒋经国回到蒋介石身边，而此时的这位蒋家大公子，在苏联一个集体农庄当过主席之后，正在基辅一家工厂担任布尔什维克身份的车间主任。事隔多年，蒋经国仍还在谈论他的这段回国经历，说要是没有张汉卿的兵谏，他肯定还会待在苏联，说不定当了哪家工厂的厂长或书记了，也说不定，早已被斯大林给"清洗"掉了，言语间对张学良似有一种感激之意。

作为蒋介石的大公子和蒋介石正着力培植的蒋家王朝未来的"掌门人"，蒋经国无论在思想上还是处事上，无不秉承蒋介石的旨意。对于西安事变和对张学良的处置，既然"父王"已经钦定，他又岂敢有丝毫违拂，他所要做的，不过是在方式上进行些调整，变过去的拒不相见、冷眼视之为热情交往、以礼相待。当然，蒋经国的这种方式也包含了他对张学良为人品格的欣赏。在中国，除了张学良，还有谁20岁就当上了陆军少将？30岁就担任了全国武装力量的副司令？还有谁敢于用武力扣押全中国当时的"最高领袖"，而后又坦坦荡荡地将他礼送回府？

在中国，还有谁在经历了政治生涯的辉煌顶峰之后，从此步入黑暗，在寂寞与无奈中消度时日，青灯黄卷，潜心苦读，以一级上将之尊而炼磨成深山隐士，历史学家？

宋美龄那句"我们对不起张汉卿"的话，曾在国民党上层人物中广为流传，蒋经国自然有所听闻，并为此曾当面询问过宋美龄。但张学良所受的委屈和凌辱又岂是这短短八个字所能说清！蒋经国不止一次地告诫自己，将来的某一天，这一类的话不会再从自己的口中说出。

也许就为了这些，也许还因为许许多多别的原因，蒋经国不希望在自己接手张学良的"管束"工作后，再将他视作蒋家的囚徒。蒋经国甚至希望，他能成为少帅晚年相交的一位朋友。

1950年夏天，时任"总政战部主任"的蒋经国来到阳明山，首次正式晤见张学良。彼此的名字，彼此的经历与性格，双方早已了解得太多，一见面果真如老朋友般的熟识。蒋经国主动提起1937年在溪口街上的相遇，说当时竟不知那位气宇轩昂的壮士就是少帅，真是有眼不识泰山。张学良亦表示歉意，说那些日子心情不好，对身边一切漠不关心，事后打听，才知路上邂逅的是大公子。接着，两人便谈起了雪窦山、雪窦寺、千丈岩和妙高台等当年两人都曾流连的地方，说到兴致处，禁不住同声大笑，初次相见的陌生感于是一扫而光。

"汉卿，我们住的地方相距不远，今后大家要多多来往才是。至少也可以解解寂寞嘛。"蒋经国说。

"寂寞我倒不怕，几十年了，我已经惯了，"张学良缓言道，"再说，你又身担重任，还是以公务为重。"

"公务哪里忙得完，"蒋经国笑道，"论资历你是我的前辈，能经常陪你说说话，听你谈点旧事，对我也是教益。"

"蒋主任这就客气了，"张学良笑道。"我那点事哪有什么可谈的。不过，你若得空，我倒是随时欢迎你来我这里做客。"

"好！那我们一言为定。"蒋经国伸出手来同张学良紧紧相握。

自此之后，蒋经国几乎每月都要来到阳明山张学良的寓所拜会，有时也陪同张学良外出游山、钓鱼，一起谈历史、谈作诗、谈民国掌故、谈名人轶闻，除了政治时局和敏感的西安事变两人都小心翼翼回避外，几乎对所有话题都有过涉及。蒋经国有时也邀张学良和赵一荻去到自己的住处，让厨师做上一顿宴席，同张学良干上几杯。他对能与张学良密切交往颇有些自得，有时逢人问起他的行踪，他总是有些神秘地一笑，说："去一位姓张的朋友那儿。"面对这位朋友的名字和身份，他则从来秘而不宣。

1959 年张学良"解禁"之后，提出要在台北近郊自费盖房，蒋经国闻之表示赞成，并亲自张罗在北投复兴岗的复兴路选好地皮，新居落成时，又送来一套客厅用的中式豪华家具。这时的张学良，已开始喜欢种养兰花，蒋经国去看望张学良时，常常会带上一两盆比较名贵的兰花品种，令张学良笑逐颜开，连连道谢。

1962 年 4 月，美国"白雪溜冰团"到台湾演出。公演的头一天，蒋经国打电话给张学良，问是否想看美国人的溜冰技术。张学良生在东北，自幼对溜冰就十分喜好。但自 1936 年 12 月被囚后，25 年来尽是在南方的深山僻地消度时日，再没见过什么溜冰，更没有见过洋人的溜冰演出，所以一接电话便表示愿意去看，请蒋经国务必帮忙买两张票，他同赵四小姐一定准时前往。

"我也好久没见过溜冰演出了，"蒋经国在电话中说，"我和方良陪你们一块儿到体育馆去。"方良即是蒋经国的苏联妻子，随蒋经国由苏联到中国后，由蒋介石亲自改名为蒋方良。

当天，蒋经国便派人到体育馆售票处，在座位表上选了四张连号票，又在这四张票的前后左右插花式地买了七八张互不相连的座票。体育馆负责人得知蒋经国夫妇将来观看演出，自然格外小心，特地吩咐保安人员将那四张连号票的位置作为责任重点，不可出任何纰漏。

第二天晚上演出前 5 分钟，蒋经国夫妇陪同张学良、赵一荻走进了体育馆。场务主任已知蒋经国夫妇要来，但却不知同他们一道来的是什么人，只是从蒋经国对他们的那种恭敬和让座的情形来看，判断绝非一般客人。

临到演出开始，秘密终于被泄露。随同蒋经国夫妇前来的警卫处长找到体育馆主任，说今晚是蒋经国夫妇陪同张学良、赵一荻看演出，第一不可随意告诉别人；第二不可让新闻记者们知道这个消息；第三是若有背闪光灯的摄影记者走近这一区域，应让他退出，或者立即告知坐在那四个连号座位前后左右的安全人员。

溜冰团的演出十分精彩，观众对他们精湛的技艺、潇洒的舞姿不时报以热烈的掌声。体育馆的工作人员这时已得知，同蒋经国在一起的那位头发银白的老人，就是已从政坛消失25年的张少帅，禁不住频频向他张望。他们发现，这位曾经威震中华的少帅对溜冰表演似乎有着特别浓厚的兴趣，不停地指着场中演员同蒋经国耳语，并常常率先鼓掌，显得兴致勃勃。

两天后，蒋经国曾派出买票的安全人员又来到体育馆，和上次一样同样买了四张连座票和七八张插花式的座票，并告知体育馆主任，说张学良观看演出后印象很好，想再看一次，经国先生也决定再陪他来体育馆。

主任有些纳闷，问："经国先生那么个忙人，真能抽出时间呀？"

"这你就不了解了，"安全人员回答，"经国先生对张先生非常尊重。什么要求都尽量满足，陪他看两场演出又算得了什么。"

果然，当晚蒋经国夫妇再次陪同张学良和赵一荻来到了体育馆。演出结束后，体育场的工作人员们注意到，蒋经国一直陪同张学良和赵一荻来到汽车跟前，待他们的车启动开走后，他才同蒋方良上了自己的车。

蒋经国陪同张学良连看两场演出的事渐渐传开，有许多人都在猜想，蒋经国是不是想用自己对张的尊重，来弥补蒋介石长期囚禁给张造成的创伤？抑或是想给民众造成一种政治宽松的印象？

对于蒋经国过分频繁的拜访和邀请，张学良表现得极有分寸，能推脱的就推脱，能谢绝的就谢绝。蒋经国每次赠送了什么礼物，张学良总是想方设法予以回赠。实在拿不出东西了，就到湖中钓几条鱼，请人送到蒋经国的官邸。1965 年 1 月，蒋经国当上了台湾的"国防部长"，张学良在用电话向他表示祝贺时，委婉地提出，现在经国先生的担子重了，工作定会更加繁忙，以后能否减少些同自己的来往。"我一个老头子，打发时光的办法多得很，我不想更多地耽误你的时间。"

"工作再忙，看看老朋友的时间还是有的嘛，"蒋经国在电话中说，"只要汉卿你不烦我就成。"

张学良无言以对。此后蒋经国的车照样常常出入北投复兴岗张学良的住所，有时，两人在挂着蒋经国赠送的颂扬蒋氏家族的绘画和书法作品的客厅里聊上一阵；有时，张学良陪着蒋经国在附近的树林山岗上散会儿步；有时，张学良也接受邀请，到蒋经国的府邸去待上一阵。由于张学良的坚持，每次见面的时间缩短了许多。

1972 年，蒋经国当上台湾的"行政院长"，成为台湾当局的行政首脑。为此，张学良专程去到蒋经国的官邸，在当面表示祝贺后，明确表示，鉴于蒋经国现在的身份和工作的繁忙，希望日后减少彼此间的来往，若蒋经国不接受这个意见，他将考虑拒绝蒋经国的拜访和邀请。

"没想到汉卿你这么固执，"蒋经国苦笑着说，"那好，我每个季度去看看你总可以吧？"

张学良摇摇头："不行，还是太频繁了。你一个行政院长，哪里抽得出那么多时间。我看每年大家见一次就足够了。"

但蒋经国却表示反对，认为这样一来，等于宣告了他不可能再做任何人的朋友。两人争执一阵，最后达成"君子协定"：每半年两人会面一次，有事可通过电话随时联系。

"你看你汉卿，"蒋经国摇着头说，"本来大家是朋友，结果搞成邦交式的例行会晤了。"

"那有什么办法，"张学良固执地说，"谁叫你是行政院长呢？"

两人相对，都发出一阵苦笑。

与蒋家恩怨终画句号

1975 年 4 月 5 日，蒋介石因心脏病突发，在台北士林官邸去世，终年 89 岁。

蒋介石身染沉疴，是人人皆知的事情，但猝然去世，还是让许多人感到突然。4 月 5 日上午，蒋经国还和往常一样，向总统父亲报告了些政务情况，并请了安。蒋介石也点头示意，并无异状。但到了午后，蒋介石突感不适，旋即进入昏迷状态，虽经紧急抢救，仍无效果，当晚 11 时停止了呼吸。

张学良得知蒋介石的去世，是在凌晨 2 时。当时，屋外正大雨如注，间有雷鸣电闪，床头上的一阵急促电话铃声将张学良从睡乡中惊醒。电话是张群打来的，言蒋介石已于几个小时前去世。张学良听罢一惊，在电话中"啊"了一声，便再无言语。

放下电话，张学良再无睡意，披衣站到窗前，望着屋外沉沉的暗夜，听着檐前刷啦啦的雨声。

他最后一次见到蒋介石，是在 8 个月前的士林教堂礼拜上。蒋介石那时已十分虚弱，脸色蜡黄，举止呆滞，行走起坐都由宋美龄和一名侍卫搀扶。张学良远远地望着他，但他却始终没有将目光转向张学良，最后留下的是一个虚弱不堪的背影和颤颤巍巍的步子。他曾给宋美龄去过电话，也曾托蒋经国向蒋介石问安，得到的回答都是说"总统"虽有小恙，但精神尚好，每天仍在理政，向各方面发出指示。但自然规律又岂是强人雄力所能扭转，即使被尊为一代枭雄，亦终难免在瞬间辞世而去。

雨声淅沥。那些剪不断理还乱的思绪，在张学良心中激起一阵阵波澜……

蒋介石去世后第四天，遗体移至台北市和平东路五段的"国父纪念馆"。下午，经过蒋经国的特许，张学良携赵四小姐前来吊唁。

纪念馆的大厅已被临时辟为灵堂，正中立一块黑匾，上书"总裁精神与我们长相左右"。黑匾下，蒋介石平卧于水晶棺中，蓝色长袍上佩着"采

蒋介石的灵堂

玉”“国光”和“青天白日”大勋章，枕边及身旁，放置着平日用的礼帽、手杖以及常读的《圣经》、《四书》、《唐诗》及《三民主义》。

张学良站在水晶棺旁，久久凝视着双眼紧闭的蒋介石。在呼风唤雨、叱咤风云 60 年后，这位中国历史上的一代强人亦是一代败君终于永久寂灭了，随之而去的是他的政治权术、孤傲专制的作风和他永远不能“光复”大陆的梦憾。但他一手缔造的历史恩怨，对历史所造成的政治影响，以及渗透进国民党和台湾政坛的思想，却还远远没有结束……

张学良难免要想到自己同这位逝者之间的恩怨。在自己的一生中，他居然近 50 年的时间是受着蒋介石的支配！先是支配他的政治生涯，接着是支配他的个人命运，支配他的自由生死，支配他的行止呼吸。蒋介石用国法军法差遣了他将近十年，又用“家法家规”“管束”了他将近 40 年，他的生命因为蒋介石的存在，而完全改变了自己的轨迹！

张学良抬起头来，看着自己写来的挽联：

> 关怀之殷，情同骨肉
> 政见之争，宛若仇雠

为这副挽联，张学良足足想了三天。可是这短短的十六个字，又岂能将他同蒋介石之间的爱憎说白道清？

事隔多日，张学良听人说起，蒋介石在临终前曾同蒋经国有过一番谈话。说到张学良时，蒋介石以四个字告诫他的儿子："不可放虎！"

张学良没有想到，在自己幽居 40 载之后，蒋介石居然还把他看成是一只虎！

他真不知自己该是为之大笑还是痛哭？

蒋介石的猝然去世，让张学良好长一段时间都处于沉默与回想之中。

几十年来，张学良从没有公开诋毁、诅咒过蒋介石，但在其内心中，他同这位让他变成囚徒的人不知进行过多少次抗辩，多少次搏斗。现在，这个对手突然陷于沉默，永远从这个世界消失了，而他的抗辩与搏斗却远远没有止息，蒋介石的一句"不可放虎"又激起他心中的巨大波澜。蒋介石过去没有原谅他，至死也没有向他表示任何政治宽宥。在这位"总统"的心目中，他张学良无论如何避世隐居，无论多么虔诚地信神证道，也始终是一只"虎"，一只为"总统"所憎所恨、所防所因的一只"虎"。蒋介石教子"不可放虎"，是怕他张学良一旦真正获得自由，涉入政治，会再次向蒋家天下发难，将蒋氏政权再次逼向绝谷。

想到这些，张学良不由发出了苦笑。

为了让蒋家解除对自己的顾虑与戒心，张学良频频用各种方式表示自己对政治已没有任何兴趣，竭力想甩掉过去的名声。他不止一次地对人说："甚至连张学良这个名字，我都不想要它了！我不想当张学良，我只想当个普通人，自己愿意怎么做就怎么做。"言下之意，他绝不再是过去的张学良，决不会再向当局提出任何挑战。

张学良的心思深为朋友们所理解，也不能不引起蒋经国的注意。至少在表面上，蒋、张二人的交往未断，相互间执礼有加，彼此都十分礼貌尊重。1978 年，已任国民党主席两年的蒋经国被选为台湾当局的"总统"，终于子承了父业。蒋经国宣誓就职后回到家中，第一个打来电话祝贺的，便是张学良。

蒋经国当然意识到了张学良的用意与苦心。在他看来，父亲将垂垂老矣的张学良仍畏之如虎，实在是多虑了。这位当年的少帅已没有一枪一弹，一兵一卒，难道还能在这个孤岛上再演出一场事变，再掀起一场波澜么？

既然如此，那他何不可以在张学良的问题上向前迈出一步，以显示自己的开明与政治的宽容呢？

1979 年 10 月 5 日，是中国传统的中秋节。当日下午，蒋经国和夫人蒋方良在他们的大直七海官邸举行中秋茶会，邀请了"总统府"资政张群、"总统府"战略顾问何应钦、画家张大千夫妇、"国家安全会议"秘书长黄少谷夫妇、张学良夫妇、"总统府"秘书长马纪壮夫妇等十几位客人，前来共度中秋佳节。

第二天，"总统"邀请客人共度中秋的消息赫然出现在台湾的各大报纸上。对于其他人，民众并没有表示出大的兴趣，因为这些名字已见惯如常，人们感兴趣的是"先总统蒋公"昔日"管束"的囚徒怎么会出现在现任"蒋总统"的官邸，而且是同这么多要员在一起？

自 1949 年以来，这是人们第二次在报纸上读到关于张学良的消息。

仅过了五天，张学良的名字不仅再次见报，而且本人出现在了公众面前。受蒋经国之邀，张学良参加了国民党的"双十节"阅兵式，成为众所瞩目的一大新闻人物。

人们不禁有些纳闷：难道蒋氏家族与张学良之间已泯尽仇怨、握手言欢了吗？抑或蒋经国是在偿还父债，用他的微笑与尊重来弥补张学良在几十年的无理幽禁中所受到的凌辱与委屈？

可是，即便如此，蒋经国能再还张学良一个壮年吗？能还他 20 万东北子弟兵吗？能再让他重做一个揽月擒龙的雄夫梦吗？

1988年1月3日下午，蒋经国因心脏病突发，大量咯血而死。

第二天，张学良获准来到荣民总医院怀远堂吊祭这位同他交往了近40年的"总统"。当他缓缓步入灵堂时，人们看到的是一个背脊微驼、头发脱落、步履艰难的老人，极少有人知道他便是威名赫赫的张学良将军。一向以敏感著称的新闻记者们这时却显得分外迟钝。

张学良拖着沉重的步子站到灵前，浮现老人斑的脸上哀思凝重，向着蒋经国的灵柩深深鞠躬。

从灵堂出来，赵一荻轻挽住丈夫，欲让他坐回到车中。张学良却轻轻拂开夫人的手，停下足缓缓回过首来，久久凝注着哀乐低回的灵堂，那目光分明是在告别一个时代，向一段不堪回首的沉重历史作最后的诀别。

止不住的翻案风

随着蒋经国的去世，蒋氏家族与中国现代史的联系，终于画上了一个句号。

青山依旧，江河长流。在蒋氏家族统治下生活得太久的台湾人民，有一种走出漫长隧道后的快畅。

人们回过头来审视历史，盯住了"先总统"和"后总统"所留下的一个个巨大的问号。蒋经国刚一去世，这些问号便猛然伸直，变成一个个巨大的惊叹号，台湾的报纸、杂志和街谈巷议，开始涉及"二二八事件"、"孙立人兵变案"、"段法中将匪谍案"、"雷震被捕案"和"《自由中国》杂志被封案"、"作家江南被刺案"……

当然也涉及到了张学良。人们纷纷议论，张学良遭受没有法律依据而长逾半个世纪的幽禁是世界历史上罕见的刑罚，全世界哪有以"家法"而囚押一级上将的道理。台湾"国大"代表、史学家刘心皇在杂志上撰文，引证了1947年张学良对张严佛大嚷关押他"是非法的"那段话后，愤然写道："张学良还没有说到特赦部分，如果将特赦部分说上，就更证明关押十年之后的再关押，是更非法的！非法的关押就是冤狱。有冤狱，就有人要求翻案，要求平反！"

这股为张学良平反翻案的风也吹到了海外。1988年是张学良任东北大学校长60周年纪念，在美的东北大学校友会电邀张学良赴美参加纪念会，由于台湾当局未予准允，张学良自然未能成行。于是，校友会便在华盛顿美国天主教堂大学召开了"张学良将军全面自由研讨会——为纪念西安事变52周年"的集会，从史学的观点论述张学良对近代中国历史的功绩，同时讨论张学良是否得以全面自由的问题。会后，由五十多位学者和热心人士联署签名，成立了"争取张学良将军全面自由"执行委员会，并致函"继任总统"李登辉，希望他能体念张学良的谋国之忠，立即恢复张学良的全面自由。

给李登辉的信自然没有回音。李登辉上台伊始，立足未稳，自然不敢将弯子转得太大。蒋氏家族经营政治长达半个多世纪，上层的关系盘根错节，李登辉岂敢引火烧身。

但新闻记者们却抓住张学良的全面自由问题不舍不放，要求李登辉作出答复。当局迫于无奈，让"有关人士"同张学良进行商讨，"决定以发表公开信的方式来处理这件事"。

1988年3月26日，台湾各大报纸均在显著位置登载了张学良所写的公开信：

学良迁居来台以后，平时生活简单宁静，与内子莳花、饲鱼、读书，怡然自乐，深足自慰。多年前信奉耶稣基督，勤于灵修，颇有领悟，不问外事。近来社会各方对良频表关怀，至为感激，但评论报道，不无失实。良为保持一贯之平静，雅不欲有所多言，乃连日造访寒舍人士，络绎不绝，使良失去居家安宁，不得不作以下几点说明，以谢垂注：

一、本人与内子日常生活行动，一向自由，并无受到任何限制，亦不愿改变目前宁静之生活方式。

二、良因年事已高，视听衰退，且往者已逝，故不愿接见宾客探视或接受访问，务恳各方善意人士勿再劳驾枉顾。

三、海内外团体对良邀请参加集会，或作讲演，遵医嘱概予谢辞，函电亦恕不答复。

四、良目下心情如保罗在腓力比书三章八节所说的:"我为他已丢弃万事,看做粪土。"十四节又说:"忘记背后,努力面前的,向着标杆直跑,要得上帝在耶稣基督里从上面召我来得的奖赏。"

以上各点均系出自肺腑,敬请惠谅。

张学良

(民国)七七年三月二十五日

面对这则声明,人们有些茫然。难道张学良真的是获得了全面自由了吗?

但台湾的《中国时报》则捅出了个中的"天机"。它报道说,这封信是张学良向"有关方面表达、并征询意见",和"经与友人和有关人士商讨"后所写的,人们心中不禁又疑云翻腾:这个"有关方面"和"有关人士"是何含意?张学良若已完全自由,撰文致意均可顺乎己意,又何必还要有劳于他人的介入呢?

人们似乎从中窥见了张学良的苦衷与难言之隐。几年前,张学良就曾同友人谈起过他之所以回避记者的原因:"这要我如何回答呢?如果我说是被共产党所欺骗,显然是骂我自己糊涂;如果说我是一时冲动,显然是骂我自己无能;如果说是老先生(指蒋介石)该被扣留,显然表示我还没有承认错误,与我当时亲自护送老先生回南京的心愿不符。所以,我绝不能见这些记者,因为我怎样说都不行。"

张学良的苦恼由此可见一斑,而从这苦恼中,显然可以看出,他的灵魂绝没有因西安事变而伏地称罪。

面对世界的,仍然是延续了半个多世纪的沉默。而他越是沉默,海内外对他自由的关切就越是加深。

曾任台湾"中央研究院"院士的张捷迁教授对记者愤愤而言:"中国经过'西安事变',才由连年内战扭转为统一抗日的趋势。而张学良将军当年因主持兵谏而获罪,遭致幽禁52年。对这样一位民族功臣,时至病衰暮年之际仍无真正自由,引起海内外人士无限的关怀。"

当年拘押张学良的人早已撒手人寰,继承其衣钵的儿子也已魂归西天，连头号狱卒刘乙光也于 1986 年因病去世，但西安事变的最后结局仍是余音未绝，张学良所向往的自由天空上，仍有一具巨大的幽灵在窥视游荡。

海内外的舆论都在瞩目张学良，但却无法靠近复兴岗那幢寂静的宅院，无法接近紧闭双唇的张将军。

一个偶然的机会，台湾《联合报》记者于衡在荣民总医院意外遇见了因患重感冒住院治疗的张学良。于衡想方设法避开四名日夜轮流看守的"随从人员"，八次闯进张将军的病房，向他进行采访。这是西安事变后，张学良所接见的第一位职业新闻记者。在一片洁白的病房中，身着宽大睡衣，淳朴得像是乡间老农的张学良将军侃侃而谈，讲自己读书传道的感想，讲自己的人生哲学、生活状态、病中的感触，海阔天空，几乎无所不及，但却只字不提政治和西安事变。最后，他以无限留恋的目光望着窗外的鲜花绿树，说："西安事变前的那一段，是我一生中最辉煌的日子……"

于衡十分关心张学良的自由问题，他曾问守在病房门口的安全人员："蒋总统经国先生曾经邀请张先生赏月，他不是自由了吗？"

安全人员回答说："他当然早就自由了。但是张先生的父亲在东北有些恩恩怨怨，共产党也可能要对付他。还有……为了万一，我们有责任保护他。我们得特别防范。"

于衡真想问一句："共产党把张学良视作千古功臣，怎么可能加害于他？"但一看安全人员那副冷冰冰的面孔，终于还是将话忍住了。

不久，《联合报》上刊出了于衡所写的张学良访问记，而标题则是有几分悲壮又有几分哀戚的"青山依旧在，几度夕阳红"。

1989 年 3 月，中国东北大学在美校友会发起赴台为张学良祝寿活动，张学良亲笔回信谢辞。他在复信中说："诸公对我如此深厚友爱，我十分了解，我也十分惭愧，诸位也能会了解我的心情和处境，我已惯于静默安居，逍遥自在。"

寥寥数语，张学良已将自己的时世处境，道得明明白白。

规模空前的 90 寿庆

随着蒋经国的去世和李登辉的上台,台湾政治进入了一个转折时期。李登辉是台湾三芝乡人,在美国获得农业经济硕士和博士学位,曾担任过台北市"市长"和台湾省"主席"。他个人与蒋氏家族并无幽深的政治渊源,自然也不愿在新任台湾政权的"总统"后,被蒋氏家族遗留下的政治关系和包袱捆绑住手脚。对于张学良这个敏感的历史政治人物,他宁愿采取一种宽松与尊重的姿态,以回避历史与现实政治的锋芒。上任不久,他便两度邀请张学良到自己家中茶叙,并以教友的身份与老人切磋交流信神传道的体会,引得张学良连连感叹,说李登辉"是我们主内的兄弟"。

李"总统"对张学良的态度自然引起了人们的注意,要求为张学良翻案平反的呼声更是日渐高涨。但是,要让当局出面肯定张学良的历史功绩,指责两位蒋氏"总统"对张学良施行的漫长幽禁为非法,又谈何容易!李登辉毕竟是国民党的"主席",是蒋介石和蒋经国职务的继承人。

在张学良的问题上,人们无论怀着何种动机与心情,都唯有等待,等待一个还张学良以应有尊严而又无损于台湾当局和先、后蒋"总统"面子的契机。

机会终于来了,这便是 1990 年 6 月 1 日张学良的 90 大寿。

张学良生于光绪二十七年四月十七,即公历 1901 年 6 月 3 日。在漫长的幽居岁月中,每逢 6 月 3 日,赵四小姐必备下一桌酒菜,与张学良相对而坐,举杯向他祝寿。1959 年"解禁"之后,来往的朋友们多了,逢到这个日子,几位相交甚笃的友人便提着寿礼上门,向张学良祝贺华诞。再后来,张学良年事已高,每年做生日,并非一定是在这个日子,差池一两天,于他于友,都是无所谓的事情。1989 年,张学良 89 岁,海内外部分亲友曾在台北为他祝寿,祝寿宴便安排在 5 月 31 日。

张学良的 90 大寿,人们把祝寿活动确定在 6 月 1 日。

也许各方都意识到张学良的 90 寿辰的活动有着特殊意义,因此,早在 2 月间,便由"总统府"资政张群领衔开始筹备,到 5 月初,已有 80

名要员在"张汉卿先生九秩寿庆筹备会"的邀请函上签名，其中赫然在目的有"行政院长"郝伯村，国民党"中央常委"李国鼎、倪文亚、郭婉容，有国民党"中央政策会秘书长"梁肃戎，"行政院研考会主任"马英九，"财政部长"张继正，"总统府资政"张群、孙运璇，曾任国民党军"参谋总长"的宋长志、"副参谋总长"马安澜、"空军总司令"乌钺、"海军总司令"马纪壮，"国家安全局长"宋心濂，以及国民党的元老或资深人士秦孝仪、蒋彦士、黄少谷等多人。

台湾40年来，除了蒋介石外，未曾有过党、政、军要员一齐出动，为一位老人祝寿。虽然当局的一些人一再说这只是私人性质的庆贺，可是这么多政治人物出场，而寿星又是一位名扬遐迩的著名政治人物，谁又能否认它所具有的政治意义呢？

更何况，台湾当局的最高主宰李登辉也向张学良做出了不同寻常的姿态。5月31日，他委派"副总统"李元簇到北投复兴岗张学良寓所暖寿，以一幅寿屏和一盒人参表达祝贺之意。宋美龄也派人送来一个精致的花篮贺寿。"总统府资政"、原国民党中统局创始人陈立夫也专程从美国赶到台湾，参加祝寿盛会。

一时间，复兴岗张宅前门庭若市，车辆不绝，客厅里堆满了花篮与寿礼，贺寿的电报、信件铺了满满一张方桌。

面对这番盛景，张学良却显出异常的平静。自从"把心交付给耶稣"以来，他已很少能为世事所动，荣辱哀乐，均视作浮云，难得在他心底搅起波澜。

张学良倒背双手，走出客厅里的缤纷与喧闹，独自来到院中，望着一方沉静而又绚烂的天空，望着院中枯荣不一的草木花卉。

春去秋来，朝朝暮暮，岁月以黑和白的方式，以开花和结果的方式从这里悄然流逝，船一般颠簸着人生和劳顿，旌旗蔽天的战功和显赫，为一腔热血所激起的豪情与忧伤，一切的一切都消逝了，只剩下这一方沉重得搬不开移不动的天空。

可是生命的河流仍未中断，岁月风尘被恬淡的疏雨所覆掩，畅流出一种平平淡淡从从容容的心境。世事纷争、功名利禄早被全然抛开，剩得一身轻松，两目怡然。

人世间的事真是说不清啊！昨天还门可罗雀，今日却又花团锦簇；昨天还是避之不及的阶下之囚，今日又成了为人顶礼膜拜的圣人。究竟是世界变了，还是自己已经脱胎换骨？

不，世界没有改变，改变的是自己心的天空。"主恩天高厚，世事若浮云"，自己已参透人生，走入了恬静淡泊的风景，生命也没有改变，但枯荣浮沉、九死一生之后，自己为神灵指引，可算获得了新生。

人生如梦如烟，90高寿，又有何喜何悲？

6月1日，台北市圆山饭店12楼昆仑厅被布置得一派喜气，大厅正中是一个红底金字的大"寿"字，旁边是李登辉和李元簇致赠的寿屏，下面是两座九层高、将近两米方圆的大蛋糕，四周摆满了各界人士赠送的花篮、寿礼和寿屏。

张学良90华诞的寿宴在这里举行。

大厅正面的墙上，悬着一张放大了的请柬，上面写着："中华民国79年国历6月1日为张汉卿先生九秩大庆谨詹于是日正午12时假座圆山大饭店12楼昆仑厅洁治壶觞共申祝嘏之忱尚祈高轩莅临以介眉寿"

以下是以张群为首的80名党、政、军要员的署名。

如此隆重盛大的寿典，引起了岛内外各方人士的注视。上午8时，便有几十名记者涌入饭店，守候在楼下大厅与昆仑厅门前，等待着一个重要时刻的来临。

上午10时，两辆扎着大红绸花的雪佛莱轿车开到了饭店大厅前。身穿黑色西装、结着枣红色领带的张学良将军在穿着红色套装旗袍的夫人赵一荻陪伴下，下车进入大厅，身后跟着专程从美国赶来为父亲祝寿的张闾琳和大女儿张闾瑛及女婿陶鹏飞。

电梯升至12楼，张学良神态自若，正欲迈步而出，却见面前一堵人墙，几十架闪光灯一齐闪亮，让电梯里的人们猛然一惊。张学良回过头来，拉起夫人的手紧紧一握，仿佛由此而赢获了某种力量，微笑的脸上现出了无所惧的神色，同赵一荻相携着走入了大厅。

大厅内一切都已布置完毕，灯光下，红底金字的"寿"字熠熠生辉。

在厅内观看一阵，张学良点点头，对夫人道："真是有劳朋友们了。"

赵一荻紧挽着丈夫，眼里泪光闪动，好久，才说出一句："汉卿，真想不到会有这么一天。"

"是啊，真想不到。"张学良说，两眼直望着巨大的"寿"字，再也说不出话来。

沉默之中，90 年的生涯、54 年的幽居经历顿时涌上心来，在短短的瞬间，又浓缩了一遍自己的人生。那些已经久远的辉煌与显赫，凄怆与悲凉，又突然涌到眼前，阴阳两界，晴雨莫辨，明灭无定，一遍人生，却仿佛被自己历过了几回。此时此刻，在最可能激动之时，张学良却双目紧合，一脸平静，无喜无悲。

连他自己也对自己的超然感到惊奇。待睁开眼来，他自言自语道："一切都是上帝的旨意。"

正午 12 时，前来贺寿的各方人士已经到齐，发起人张群宣布寿典开始。这位已届 103 岁的国民党元老坐在轮椅上，首先致词。

"我和张学良在东北、华北、华中和抗日初期，同生死共患难，是60 年的老朋友，今天不但为老友祝寿，还写了篇祝寿文。"张群说着向张学良点点头，从随员手中接过早已拟好的《张汉卿先生九秩寿序》，高声诵读起来：

"古之良史，不以魁杰英伟之士，盛年意气，一失虑失据，而遂非之议；其必以能悔祸盖愆，卒之守死善道，而伟之重之。如我张汉卿先生者，不当以此论之耶？"

张群在祝寿文中赞誉张学良在早年日本帝国主义胁诱之时"以国家统一为重，力排众议，改悬青天白日满地红国旗"，"其治华也，采寓兵于农方针"，"其理政也，尤重民生疾苦"，"又以发展教育，提倡科学，培养人才，为建设要务"。

在谈及中原大战时，张群说："既而中原鼙鼓相寻，先生居举足轻重之地"；"于 9 月 18 日通电全国，吁请各方即日罢兵息争"，"于是，渠魁讳祸，分崩离析之局，复告统一，此又先生有造于国家至大者"。

谈到敏感的西安事变时，张群用语十分谨慎："时陕北剿抗失利，共党以停止内战共同抗日相煽惑，遂误兵谏之义，致有西安事变"。"且以此一举世震惊之事变，造成全国安内攘外之共识"。此后，"先生自是即脱然于军政之外，幽居读书，养性慎道"。"先生与夫人赵一荻女士，优游林下，见者疑为神仙眷属。故总统蒋经国先生及今总统李登辉先生，均加优礼焉"。

最后，张群提高嗓门，诵道："先生得天独厚，阅世方新，今岁6月之吉，寿跻九秩，同人等或谊属桑梓，或情殷袍泽，或为著籍之门生，或为缟纻之故旧，永怀雅谊，愿晋一觞，谚有之曰：英雄回首即神仙，其先生之谓欤！至于南山北山台莱之什，不足为先生诵也。"

张群念完祝寿辞，即由张学良致答。他不需策杖，腰板挺直，俨然一副军人气派。他先是向大家深鞠一躬，接着便用仍然十分浓重的东北口音说道："我真是愧不敢当，虚度了一生，对国家、社会、人民毫无建树。自己感觉万分的惭愧，张学良何德何能，蒙各位亲友替我做寿。我怎能做寿，我有什么可做？张学良唯一能告慰亲友的，是现在一切的生活，蒙基督耶稣的慈爱，上帝天父的恩典，能站立活着，我自己从来没有想到能活到90岁，完全出自上帝的恩典，除了感谢上帝之外，也没有什么可说的了。"

此时，张学良露出坚毅豪放的本色，说："我虽然老了，但我仍未昏聩，听力虽然不大好但并未全聋，视力虽然减退但我还没瞎。这一切都要感谢上帝，在诸位亲友之前给上帝作证。有的朋友说我看起来很开心，身体很好。不是的，我是活在耶稣基督中，一切平安都从他那儿来的，所以我将一切事情交给主耶稣，其他无所求。"

最后，张学良用稍稍抬高的声调说："虽然我是年迈了，但是假若上帝有意旨，我为国家、为人民还能效力的地方，我必定尽我的力量，我能做得到的地方，照着我年轻时一样的情怀去做！"

张学良的话引来经久不息的一阵掌声。

随即，"总统府资政"孙运璇应邀致词。他用有些动感情的语气说："我是以学生的身份，以感恩的心情来拜寿的。"孙运璇说自己早年毕业于哈尔滨大学，而张学良当时是校董，为经济困难的学生每月都发给60元生活补助费，使他们得以完成学业。他代表当年的校友们祝张学良"福寿无疆，万事如意"。说完举着酒杯走向张学良，感激地说："没有您就没有我。"仰首将酒一饮而尽。

平日为张学良夫妇做礼拜的周联华牧师这时带领大家祷告，希望主赐福给张学良夫妇，也希望他们两位能替主做见证。

祷告完毕，寿宴进入高潮：由张学良和赵一荻亲手分切两座九层高的生日蛋糕，分送到各位客人的餐盘中。大厅里响起一片掌声与致谢祝福声。待张学良回席坐定，人们纷纷涌上前来，争着向张学良敬酒。看着丈夫不停地坐下又站起，赵一荻担心他会因此受累，便笑着对众人说："能不能不起来，张先生脚都酸了！"

张学良笑着望夫人一眼，干脆一直站着接受敬酒，微笑着同人们寒暄致意。赵一荻也陪着丈夫站起，不时问他"累不累"？这位同样为人所瞩目的张夫人，纵然其美艳容光已随时光而逝，但自有雍容的大家风范。听到人们羡赞老夫老妻的相互扶持，张学良很动容地说："要不是这些年幽居岁月让我们相互依靠，我早不知到了何种地步。"说着举起杯朝向赵一荻，两人的酒杯发出"乓"的一声脆响。

整个寿宴中只闻笑谈与寿辞，无人相问往事，属于张学良的风云，似乎已是历史的篇页了。在寿典开始前，张学良便对记者们说："我是与世隔绝的人，不了解政情，也不管世事。"历史的恩怨在举手投足间变成淡云轻风，54 载的幽居岁月从皱纹里滑过，历史的烟尘似乎被永远埋进了时间之谷。"古今多少事，尽付笑谈中"。

但有个问题人们却不能不问：党政军要员的齐声祝贺，已使张学良的 90 寿辰活动具有浓厚的官方色彩，这是否意味着当局对张学良的平反？

对一切关心张学良的人来说，这个问题不能不问。然而要回答却是很难。

陈立夫在被记者问到这个问题时一愣，想了想才说："西安事变已经过了半个世纪了，没有反，哪有平呢？""国民党史研究会主任"秦孝仪也说："张先生目前已是自由之身，没有什么平反不平反的问题。"

但是，许多人却持与此相反的意见。孙中山的嗣孙孙治平说，当年张学良受尽委屈，今天由当局的头面人物出面祝寿，当然有平反的意味。一直在为张学良的平反奔走的张捷迁说，李登辉"总统"1989 年 3 月接见张学良，李元簇"副总统"和李国鼎、张继正夫妇曾同张学良夫妇共进晚餐，而今党政要员齐为张学良祝寿，显然当局有平反的意思。曾任东北大学校长的宁恩承亦认为，张学良一生多姿多彩，坎坷不平，今天是欢乐收场，当然是平反。

而大多数要员则对此问题含糊其辞，不愿作正面回答。张学良和赵一荻的儿子张闾琳则平静地告诉记者，父亲很久以来一直心平气和，是不是获得平反也无所谓了。

然而几乎没有人可以否认，此次规模盛大的祝寿有政治意义。

海内外舆论界人士纷纷在报纸、杂志上撰文，指出：既然当局有那么多要员参与祝寿，既然李登辉、李元簇、宋美龄都送了寿礼，那么，张学良显然已被视为一位对历史有功德的人物，与蒋介石当年对他施以漫长非法关押相比，这不是平反又是什么？

著名的历史学家唐德刚撰文说："如果没有'西安事变'，张学良什么也不是。蒋介石把他一关，关出了个中国的哈姆雷特。爱国的人很多，多少人还牺牲了生命，但张汉卿成了爱国的代表，名垂千古。"

祝寿日的当天，赵一荻写下了一篇文章《张学良是怎么样的一个人》，文章中说：

> 张学良是一个非常爱他的国家和他的同胞的人。他诚实而认真，从不欺骗人，而且对他自己所做的事负责，绝不推诿。他之参加内战，不是为名，不是为利，也不是为争地盘。他开始是为了遵行父亲的意愿，后来是服从中央的命令，实在是不得已而为之。

> "九一八"事变之后，日本占领了东北，他就不忍再看到自己的同胞互相残杀，削弱国家的抗日力量，所以他就主张停止内战，团结抗日。他并不爱哪一党，亦不爱哪一派，他所爱的就是他的国家和他的同胞，因此任何对国家有益的事，他都心甘情愿地牺牲自己去做。

> 今天是他90岁的生日。真是感谢上帝在过去的岁月中这样地看顾了他，赐给他健康的身体，又赐给他圣灵的智慧，使他

因信耶稣基督而永生。……他知道既然上帝要他活在世上，他
就应该尽心、尽意、尽性、尽力地完成上帝所给他的使命。

赵一荻短短一篇文章，道出了张学良的人品，同时也委婉地指出了
张学良发动兵谏的正义动因。要是退回去两年，这篇文章无论如何不可
能被公之于世。

千秋功罪，历史自有定论。国民党当局是否为张学良正式平反，实
在已无关紧要。

张学良有话要说

1990 年 12 月 9 日和 10 日，日本广播协会电视台分两次播放了录音
报道《张学良现在有话要说》。这是当年 6 月和 8 月日本记者两次赴台
采访的现场录音，亦是张学良自 1936 年 12 月被拘押之后，54 年来第一
次打破沉默，接受外国记者的采访。

张学良虽已 90 高龄，但电视上的他，却神采奕奕，面对新闻记者和
摄像机侃侃而谈，讲述了"九一八"事件前日本对东北的吞并野心和自
己决定东北易帜的前前后后，也谈到了热河失陷后，他"身负重谤"而
下野出洋的具体过程。谈到西安事变时，张学良有些激动地站了起来，
细眯着眼看向远方，仿佛正透过 54 年的岁月尘雾，重新回到了生命中那
最辉煌同时又带来巨大悲哀的历史转折时刻：

"当时部队内比较强烈的愿望是回家乡。怎么能回家乡？只能跟日
本人打。"张学良声调缓慢地在屋子里来回徐徐踱步。"部队不愿跟共
产党打而失掉力量，愿保存力量回家乡，所以那时我的处境非常难。在
这件事情上部队对我很不满意，说：'你服从蒋先生是为你自己，可我
们怎么办？'

"我同蒋总统存在政见之争，就是蒋总统主要是安内攘外，我就主
张攘外安内，就是攘外就能安内！那么蒋总统说先安内，以后再攘外。
从开始我们两人就存在这方面的意见分歧，但没有后来这么尖锐。

"假如我把蒋总统扣了，我们岂不是扩大内战吗？我们是要反对内战的。当时主张内战的人甚至不愿意蒋先生回南京。请不要问什么人这么主张。我自己愿负起一切的责任，不要再起来内战。"

张学良的思绪萦绕着1936年12月12日那个令世界震惊的瞬间，自然而然地也令他想到了曾对事变和平解决作出重大努力的中国共产党，和曾被他称作"俨为西安之谋主"的周恩来。他用缓慢的声调缅怀道：

"周恩来对我有评价，我也差不多同样评价周恩来，就是反应很快，了解事情也很透彻。他对我的评价差不多也是这样：谈话反应很快，不用什么啰嗦，说话一针见血，而且对于事情看得很清。可以说我们两个人一见如故。

"知道我当时已决定送蒋先生回南京，周恩来甚至到机场想把我追回来，因为怕我回南京不一定什么样。但是我是个军人。"

说到这里，张学良苍老的面容上骤然升起一种军人的凛然之色。

"我是准备被处死刑的。我是个军人，我做这件事我自己负责。我是反对内战的，我不这样做，内战恐怕会更扩大。我对牺牲自己毫无顾虑。

"可以说我自己的整个毁灭是出于日本。我父亲被杀，我自己的家庭整个毁掉了，我的财产一切都没有了。我这个人是这样的，是有反抗性的一个人，所以你看我做的事情。因为老了，我才肯说这些话。我年轻时不肯把我的政治态度说出来。我这个人非常反抗，我要是看出这件事不合理，我不管是谁。我现在90岁，脱开了政治环境我才说这些话。有许多事情，我为什么要反抗，我就看事情不合理，我对自己的权力、生命都毫不在乎。"

接下来，日本记者又同张学良作了一问一答式的采访对话，内容涉及到张学良少年时的生活，个人的好恶，与日本人的关系，"九一八"之后日本人对他的态度等。接着又谈起了在抗日问题上他与蒋介石的纷争。

问：您那时被任命为剿共司令官，您是否认为抗日比剿共更重要？

张：我根本就不愿意剿共。

问：当时东北军是中国最大的军队，到西北后，您的部下有无提出回东北的希望等？

张：东北军想回家乡是主题。他们要同日本人打。他们不愿意同共产党作战失去力量，想保存力量同日本人作战。

问：您对共产党作何评价？

张：当时，中国抗日情绪高，政府不想抗日。共产党利用抗日抓住了民心。

问：您同蒋介石总统在感情上关系良好，但似乎政见不同？

张：这很简单。蒋委员长主张"安内攘外"，我主张"攘外安内"。

问：您何时提出"攘外安内"，并同蒋先生持对立态度的？

张：我们一直意见不同，只是后来更加尖锐罢了。

问：你们是做事的次序不同，还是目的本来就不同？

张：当然目的不同。我是先对外作战，再安内。蒋先生是先安内，再对外。现在我承认，也许我的思想是不对的。但当时我是那种思想。

问：蒋介石和周恩来曾在西安会面。当时您在场吗？

张：这是尖锐的问题，请不要再问了。我不但在场，而且是我领周恩来去见蒋先生的。

问：您不愿意谈他们当时谈话的内容？

张：对不起，我不能再往下讲。请体谅我的苦衷。这件事不应该出自我的口。我也不愿意伤害他人。

……

张学良的这次谈话在日本播出后引起重大反响。台湾电视台随即买下节目，在 1990 年 12 月 24 日的平安夜特别节目《让生命等候》播出了 10 分钟，引起民众的极大兴趣。台湾华视台随即也买下版权，自 1991 年 2 月 27 日起连续播出，观众反应强烈，收视率居同时段节目之冠。

遗憾的是，为了避免有些可能引起敏感联想的内容出现，原始节目已被删掉不少。即便如此，这毕竟是中国近代史上最重要事件之一西安事变唯一当事人开口讲的话，无论是新闻价值还是历史价值，都可谓属"重量级"。

透过张学良那些隐晦的语言，那种坦坦荡荡的军人作风，人们似乎又看到了当年英姿勃发的少帅，在历史的紧要关头所写下的辉煌篇章。时隔54年，张学良所持的"政府不愿抗日"，"我根本就不愿剿共"，"蒋委员长主张'安内攘外'，我主张'攘外安内'"的政治主张，终于让人们了解到了西安事变的真正动因。

透过苍老的岁月，人们看到真实的历史，看到了五十多年前少帅为国家为民族奔突激越的心魂。人们这才意识到，对张学良也许根本就不存在平不平反，历史所需要的，只是对他功绩的评价。

第 **12** 章

青山依旧在，几度夕阳红

还能望多少回夕阳西坠呢

1990 年 3 月 7 日下午，正在书房里读书的张学良，突然接到女儿张闾瑛从美国打来的电话：于凤至当日上午在洛杉矶林泉别墅于睡眠中去世了。

消息过于突然，张学良一时竟没有反应过来，举着电话愣愣地发呆。适逢赵一荻进屋，见他那副异常的模样，忙问："你怎么啦，汉卿？"张学良放下听筒，颓然坐回到椅中，手捂着头，好半天才说："大姐去世了。"

赵一荻禁不住"啊"了一声，也随即跌坐在沙发上。

屋子里死一般的沉寂，唯有墙上的中式大挂钟发出"滴答滴答"有节奏的声响。

"她怎么会先我而去了呢？"张学良口中喃喃自语，泪水顺着脸颊淌落下来，滴在面前的书本上。赵一荻捂着脸，口里"大姐、大姐"不停地呼唤，声音里有无尽的哀绝。

夜幕降临，两人仍这么哀伤地坐在屋内，沉浸于巨大的悲痛之中。张学良颤巍巍地提起笔，抄录下了一直珍藏在他心中的那首诗：

> 卿名凤至不一般，
> 凤至落到凤凰山。
> 深山古刹多梵语，
> 别有天地非人间。

这是 1939 年张学良被囚湖南沅陵县凤凰山时，因感念夫人于凤至的陪伴之情而写下的。50 年的漫长岁月，许多往事都在记忆中消淡了，但这首在孤寂困境中写下的诗，却一直珍藏在他的心头，令他念起结发妻子的恩德，和在最困苦的日子里，夫人给他的关怀、体贴与慰藉。

他眼前似又出现了 1940 年于凤至在贵州修文与他相别时的情景。由于身患乳腺癌，于凤至身体羸弱，咳嗽不止，不得已提出离开丈夫去美国治病。离开那天，天色是那么灰暗，于凤至一步一回头，不停扬手与他告别。

落叶秋风中，她孱弱的身躯是那么单薄，那么惹人怜惜，她每扬一次手，都似在向他道着千言万语。

修文一别，竟已半个世纪！而今一别，则是永诀了！

泪水再次滴落下来，将纸上的诗行浸濡得模模糊糊。

而对赵一荻来说，于凤至这位大姐则有着不尽的恩情。1928 年，赵一荻随张学良来到东北，在沈阳北陵秘密同居后，于凤至以极其宽宏的态度表示了容纳，将赵一荻视作小妹，共同辅佐忙于军政事务的少帅。张学良下野出洋时，二人相随而行，陪着他游历了欧洲大陆。张学良被囚之初，二人轮换着来到溪口，与张学良共度寂寞时光。1940 年，于凤至因患乳腺癌赴美就医前，曾郑重其事地将照料陪伴张学良的责任托付给了赵一荻。自此，两位姊妹天各一方，一位在大洋彼岸照料后辈儿孙，一位在深山僻地与张学良共度艰难岁月。尤其令赵一荻感动的是，当张学良为了成为基督徒而做出与她结为正式夫妻的决定后，于凤至接受了一个女人最大的也是最后的牺牲，在离婚书上签下了自己的名字。

几十年来，每一想起于凤至这位大姐，无论张学良还是赵一荻，心里都会涌起感激之情、钦佩之意。而现在，在历过生命的 92 个春秋之后，她终于乘鹤西去。

尤令张学良感到揪心的是，自1940年分手之后，由于身陷囹圄，他再也没能见到过于凤至；在她即将辞别人世之时，没有机会向她表达自己的情意，在她的床榻边作最后的道别；在她去世之后，也不可能出席葬礼，在她的坟头上撒下一把家乡的黑土。

张学良早就听说，于凤至用她多年的积蓄和投资，在她居住的洛杉矶好莱坞明星们聚集的比弗利山庄的别墅群，用重金买下了著名影星伊丽莎白·泰勒的旧居，打算在张学良彻底自由后，送给他和赵一荻安度晚年。另外，她还在比弗利山下的玫瑰园墓地，买下了两座墓穴，一座给她自己，另一座留给张学良，希望身后能与他永远相伴。

从儿子那里，张学良得知于凤至在去世前已经留下遗嘱，让人在她的花岗石墓碑上用中英文刻下以下文字：

> 张学良先生之发妻
>
> 于凤至女士之墓
>
> （1899—1990）

张学良闻之深为感动，也为此深深抱憾。毕竟她是自己的结发之妻啊！

他撑着身子，来到书架前，从一大堆资料中，翻出两年前的8月间台湾《自由时报》所登载的那篇《壮士一去不复返》的文章，久久地看着那段曾经令他怦然心动的文字：

> 张氏子女孙辈，尤其结发之妻于凤至女士，逾90，衰老多病，皆居美国，可否让他于夕阳晚景时，同沾"探亲"德政，出国一行，稍享天伦之乐呢？仅此一举，即说明张氏真乃名实相符的自由人！

几十年来，张学良不知做过多少次出国梦，想到美国看看元配，看看儿女孙辈。可是，即使是在1959年"解禁"之后，他的身后仍晃动着令他左右顾盼的巨大幽灵，仅小小的台北市他都难以走出，更何谈越洋远游！

现在，他想要见的人中，已有一位先他而去了，他还要等到什么时候，

1990 年以后，张学良在台湾的寓所里已经有了一些自由。这是他在门口前迎送客人

才能合家团聚，共享天伦之乐呢？

真是"曾是寂寥金烬暗，断无消息石榴红"啊！

度过 90 岁生日，张学良更深地感受到了自己垂垂老矣的桑榆晚景。他不止一次地对人说起："人愈到老年，愈感到朋友的重要。"可是，环顾四周，好些老朋友一个个相继去世。先是冯庸、莫德惠，接着是张大千、王新衡。昔日谈笑风生的"三张一王"转转会，只剩下了他和张群。两位老人常常相聚一起，在夕阳中追念朋友，感叹人生；或相约去到教堂，做一阵礼拜；或到台北的小馆子里，喝上两杯淡淡的清酒。可是，即使是这样寂寥的日子，上帝也不肯多给了。在为张学良贺过 90 寿辰半年之后，张群终于也寂然作古。

一年之内，两位与他的人生有着重大关联的人物相继去世，令张学良感到无比的悲凉与孤独。每每夕阳西下之时，他同赵一荻坐在院内，望着余晖渐渐消逝，心中忍不住便会涌起巨大的哀伤。

"还能望多少回夕阳西坠呢？"张学良喃喃自语。

"是啊，还能望多少回呢？"赵一获忍不住也略现感伤。

张群去世一个月后，张学良开始向赵一获提起去美国的想法。

"我们都老啦，可是儿孙们还在，在美国的亲属加起来比在台湾的还多。趁着眼下还走得动，我应该去看看他们。"

"你早就该自己去一趟了。每次我回来给你讲这讲那，总不如你自己亲眼去看看的好。"赵一获说。自从迁来台湾之后，由于当局的"恩准"，赵一获几乎每年都去一趟美国，看望儿子闾琳和两个孙子巴比与罗比。如今，闾琳也已是五十多岁的人了，两个孙子一个学电脑工程，一个学新闻学，已分别从斯坦福大学和南加州大学毕业。

"是呀，我早就该出去看一趟，"张学良说，"可当时的环境许可吗？1983年不就没去成嘛！"

1983年，张学良和于凤至所生的儿子闾琪和闾玕相继去世，张学良曾委婉地流露过想去美国看看的想法。美国《加州论坛报》登出消息，说张学良可能获准"出国游历"，声言国民党当局正慎重考虑并拟选择适当时机与路线。台湾《亚洲人》杂志发表述评，说："基于人道主义的立场，对这位垂垂老矣的历史性人物能否获准出国游历，一般人均抱着乐观其成的态度。"美国侨界的《华语快报》也撰文说："蒋经国能把蒋老先生该做未做之事做好，也是对历史尽到了自己的责任。"

可是，"出国游历"的事竟如一阵风吹过，当局"慎重考虑"的结果，是不予张学良以任何明确的答复。

赵一获望着丈夫，见他眼里仍有几分担忧，便说："现在政治气氛不同了，党政人员连大陆都可以去了嘛。依我看，当局可能不大会阻止这件事的。"

张学良沉吟一阵，点点头。"那咱们就找人先问问吧。"

我想到美国去看看儿孙

张学良的出国之愿，透露给了"总统府"副秘书长、同时也是"总统府"的发言人邱进益。

邱进益与张群有过良好关系，是张学良 90 寿庆的发起人之一，平日与少帅也有往来。一听张学良想要出国，他似乎并不感到意外，说他个人觉得，避世隐居了几十年，出去看看一定会让心情舒展一些，从政治上来说，张先生出一趟国，似乎并无什么不妥。

通过邱进益，张学良在 1991 年的旧历除夕，与李登辉进行了"新年会见"，当年得到了李登辉同意张学良出国省亲的承诺。

从李登辉官邸出来，张学良感到了前所未有的轻松。55 年的潜沉自敛，光风霁月，对世情早已看淡，可是这一刻，心上还是忍不住一阵难抑的激动。

出国本为寻常事，可是，这一步迈得却是如此艰难、如此漫长，其间居然历过了三位"总统"。

一轮清幽高远的新月，悬在复兴岗上。月华灿灿，玄思悠悠。寂静中，一个声音由远而近，若幽林虎啸，空谷足音，深沉有力，又裂着悠长的嘶哑。张学良的全部身心都为之勃然，欣然欲赴——还是那两个字：自由。

历尽苦难又从苦难中获得解放，除却自己，谁解个中滋味？

由于当局准允，又有邱进益等人从中协调，出国的各项手续很快办妥。连日来，复兴岗同旧金山张闾瑛、陶鹏飞之间的联系不断，终于商定了最后起程之日：1991 年 3 月 10 日。

天公作美，那是个风和日丽的日子。身穿条呢西装，系着碎花领带的张学良一迈步走出家门，便有一种前所未有的轻松与快畅。抬头望天，碧蓝的天空中梦幻似的飘着轻柔的白云，温煦的空气有一种甜丝丝的气味，在轻轻飘散。前方那些日日见惯的树林仿佛已与昨日有了不同，闪烁着明朗的翠绿光彩。远处的山峰兀然峙立，在温暖的蓝天上划出一道道美丽的弧形，展现出诱人的魅力。

对于张学良而言，这是结束一个时代，同时又开创另一种人生的重要日子。眼前的一切都有了不同寻常的意味。

下午 3 时整，张学良同赵一荻手挽手地出现在台北桃园中正机场，刚一进候机厅，便被早已等候的记者们包围了。这大大出乎张学良的意料，因为赴美之事虽早有流传，但具体日程却没有声张。张学良登记机位用的是化名"张毅庵"，赵四小姐用的是"张赵一荻"。他们哪里想得到，

1991 年张学良与赵一荻在台湾桃园机场，从这时起他们才真正获得了自由。

正是"张赵一荻"这个名字被《联合报》记者窥破，结果，在机场遇到一场曾想竭力避免的"围追堵截"。

面对一只只伸向前来的录音话筒和采访机，张学良不想说什么，但又不得不说。他回头看看夫人，夫人却正一筹莫展地望着他。张学良无可奈何地笑笑，只好说："要问什么你们就赶快问吧，可别耽误了我上飞机呀！"

专程来为张学良夫妇送行的华航董事长、原国民党"空军总司令"乌钺也在一旁对记者们说："你们抓紧时间吧，张先生马上就要登机了。"

"请问张先生，"有记者立即问道，"您马上要踏出国门，此刻的心情如何呢？"

"我觉得很好，"张学良回答，"现在的心情很好，我好吃好喝，就是不知道是什么心情。"

"您是在何时和李登辉总统谈到希望出国的？何时获知当局准许您能出去的？行政院长郝柏村对您出国的事是否表示过什么？"有记者问。

"这件事你应该去问总统府发言人邱进益，"张学良答道，"有些话我不方便说，也不应该说。我和政治一点关系都没有，我也不想谈政治。郝柏村说了什么你去问郝柏村好了。"

"那您预计在美国待多久呢？"一位女记者急急地问，"此行目的是什么？会不会和旧属见面或做公开演讲？"

"我不一定待多久。好玩就多待一点，不好玩就少待一点。我是土包子，从来没去过美国。"说到这里，张学良笑着指指夫人，"她倒是去过很多次。不过从前欧洲我可去过很多次，当然是在来台湾之前啰。这次去美国主要是去看儿孙。现在全部的儿子只剩第四个还活着。我在美国的亲属加起来比在台湾的还多呢！我去美国不会做公开演讲。不只在美国不会，在中国也不公开演讲。"

这时，一位记者突然挤上前，匆匆问道："听说中共大使馆很注意您的行程，您有可能转回东北老家看一看吗？"

张学良摇摇头，看一看旁边的乌钺，说："我不知道中共注意我的事，我也从未和大陆亲属联络。我不排除到东北的可能性。大陆是我的国家，我当然愿意回去。"

有记者突然问起了西安事变，说起了人们对少帅的评价。张学良顿时神情严肃，一字一顿地说："我这人从来是任人褒贬，你要认识我，看我过去的历史你就知道了。人家写什么我从不辩，一切毁誉由人。不但现在这样，过去也一样。"说到这里，他又放缓了语调，说："我和政治毫无关系，平常也是和老朋友聚一聚，吃点小馆子。现在老朋友都过世了。不是他们死得早，是我活得太久了。"

见张学良的话中已流露出伤感，张夫人回过身，倒上一杯茶递给丈夫。张学良接过来，深情地望她一眼，转脸对记者们竖起拇指，说："我这些年全靠了她！告诉你们个新闻，我内人的菜烧得最好。"说完朝着夫人笑了起来。

许是很少在这么多人面前露面，赵一荻有些不好意思，轻轻地碰了下丈夫，脸上却满是笑容。虽然已是78岁高龄，但她身穿花格呢西装，戴一副宽边太阳镜，仍显得雍容华贵，一颦一笑之中，依稀可见当年的风姿。她附在张学良耳边，轻轻说了句什么，惹得他哈哈大笑，记者们忙揿动照相机快门，记录下老夫妻深情依傍的诗一般的瞬间。

这时，候机厅里再次响起了广播小姐要赴美旅客赶快登机的声音，乌钺举起手来，止住还想要提问的记者，一手开道，请记者们让出路来。刚走出记者们的包围圈，便碰上了到机场送人的台湾"内政部长"许水德。一见张学良夫妇，他连忙上前，同他们一一握手，并祝一路平安，在美旅行愉快。张学良致过谢，又转身向后面的记者们扬起手，风趣地说："再见了，各位！你们有兴趣，可以到美国来看看我是怎么玩的！"

5 时半，"华航" 004 号班机离开跑道，升上了天空。

自 1936 年底被"管束"之后，他这是第三次乘飞机。第一次是 1937 年 1 月从南京被转移至第一个囚禁地奉化；第二次是 1947 年 11 月，从重庆解往台湾。那两次，他的身份都是囚徒，一上机，便是闭目沉思，既不与人交谈，也不凭窗外眺。这一次不同了，他已是完完全全的自由人，一上机，便对先进的波音 747 飞机表现出浓厚兴趣。五十多年前，他曾兼任过东北空军司令，曾亲自驾机在蓝天上翱翔。但那时的飞机是个什么模样啊，样式难看，舱内设施简陋，哪有波音飞机这般的豪华、舒适，而且距地面有一万公尺之遥。透过机窗看去，皑皑云层有如白絮，一直伸展向无垠的天边。人在白云之上，似一动未动，实则正跨越千山万壑，迢遥云天。

人生多像这天上的旅途啊！万物静观，弹指一瞬，几十年的岁月便悄然消逝。那些剪不断、理还乱的思绪，那些寒山秋水、野风惊梦的日子似已远远遁去，可是，却又那么清晰地浮上了心头……

八方风雨会中州

张学良赴美探亲的消息，早已在美国引起了热烈反响，不但侨居美国的华人们奔走相告，连美国人也兴致勃勃。美国《纽约时报》在张学良抵美当天的一则报道中说："张学良在中国人世界里声震寰宇。"而在崇拜英雄的美国人心目中，他也被视作一位了不起的英雄。张学良离开台湾时，美国中文报纸《国际日报》的记者就发出了长长一篇报道，美联社也报道了这位著名历史人物赴美的消息。

由于时差的关系，004航班抵达美国时，正是美国时间3月10日正午12点半。

由于张学良不想在美国被人采访、跟踪，所以早早就在电话里下了"帅令"：鉴于女婿陶鹏飞是侨界名人，行踪易为人注意，因此不可上机场迎接，免致他和闾瑛的"亮相"泄露了老父的行踪。所有亲属中，除住洛杉矶的儿子闾琳和孙子张居信（英文名为巴比）赶到机场外，其余后辈一律守候家中，静待"老人家"莅临。

但眼尖耳灵的记者又如何瞒隐得过。当刚下飞机的两位老人在华航旧金山经理刘永祥、机场主任李中选二人的照料下坐着轮椅走出海关时，立即被美联社和一些报刊的记者所包围。张学良似未曾料想刚下飞机就会撞上记者，见人们涌上前来便连连摇头，大声说："我年纪大了，视力听力都不好，我听不清你们的问题，我也不回答你们的问题。"但终于还是架不住记者们的再三提问，边行边说起了他出国的打算："虽然是第一次来美国，但是并没有任何特别感想，主要是看看儿女和孙子们，"停了停，他又补上一句："出国没有什么高兴不高兴的。到哪里去都是一样。"说完便紧闭双唇，再不发一声。

记者们无奈，又把目标对准了赵一荻。张夫人连连摆手，说："跟他在一起，一切都听他的。"婉言拒绝了采访。

这时，儿子张闾琳、儿媳陈淑贞、孙子张居信、孙媳苏菲亚上前拨开记者，迎住了二位老人。一见儿孙们的面，张学良顿时满脸笑容，大声用英语同他们打招呼，并绅士般地对儿媳、孙媳道了一声："Good afternoon！"（下午好）。

趁着张居信夫妇帮着候取行李之机，记者们又缠住问张学良夫妇在美国有什么安排。张居信两手一摊，回答说："祖父、祖母来访的消息很突然，我们也是最近才知道。他们要在旧金山停留多久，我也不清楚。不过，他会很忙，因为有许多老朋友要相会。"

记者问苏菲亚，这是她第几次见祖公。苏菲亚答道："这是第二次见面。上一次是去年到台湾参加祖公的90寿庆。"说着，苏菲亚指着不远处的祖公，说："我觉得他精神很好，人也开朗，很好相处。不过，他第一次来美国，要见要看的都会很多，还请诸位不要打扰他为好。"

机场采访虽然短暂，但全美国当天便都知道了张学良抵美的消息。当晚，张学良夫妇下榻的女儿张闾瑛家中电话铃声不断，其中既有记者打来的，亦有张将军的故旧、东北同乡打来的，也有许多与张将军并无任何干系，但却钦慕张将军英名的人要求能与将军说上一两句话。陶鹏飞守在电话机旁，穷于应付，一再向对方表示，张先生来美，该说的话他本人都说过了。再则老人耳朵重听，恐怕因在电话中听不真切而说错了话，引起误会，故而不接电话。对于人们要求设宴接风的好意，陶鹏飞只有代表老岳父予以婉辞。"他这次来是探亲，不想出头露面，请各位能体谅老人的心情。"

陶府的电话，一直响到深夜。陶鹏飞口干舌燥，只好无可奈何地远远避开，来到尚还兴致勃勃与儿媳、孙子聊天的岳父面前，苦笑着说："今晚这屋里的电话真是比白宫还忙了。"

张学良一听哈哈大笑："好啊，八方风雨会中州嘛！"

令几位后辈们吃惊不已的是，老人家一到达美国，便表现出令人难以置信的旺盛精力。"时差"在他身上似乎毫无反应。第二天吃过早饭，他便兴致勃勃地嚷着要外出游览。夫人劝他先歇一歇，过一两天再外出不迟。他却固执地止住大家的劝告："我一点不累，歇什么？过两天我要去纽约，那儿还有好多亲戚朋友呢。"

张闾琳和陶鹏飞对视一眼，两人都无可奈何地微笑摇头，又一起站起身来，搀着老人走出了门厅。

旧金山是美国西海岸名城，建立在一个山峦起伏的地带，位于太平洋与圣佛朗西斯科湾之间的半岛北端。3月份，这里正是阳光明媚、天高云淡。张学良一出门，便透过汽车玻璃窗东张西望，以莫大兴趣打量着这座陌生的城市。

一行人先去游览东河。

旧金山是一座金融业发达的港口城市。东北部是一块平地，也是最繁华的城市中心。在城市的脚下、海湾岸边，密密麻麻地排列着一百多个轮船码头，挂着各国旗帜的船只进进出出，往来穿梭，景象很是壮观。岸上，高楼林立，街道纵横，车水马龙。

儿孙们扶着两位老人下了车，先在岸上望了一阵海湾，其繁忙热闹的景象令老人家很有感慨。接着，人们又簇拥着两位老人，走进了"西部华尔街"——蒙哥马利街。这里是旧金山的金融区，商业银行、储蓄和贷款银行、人寿保险公司，鳞次栉比，令人目不暇接。

在一幢高大的楼房前，张学良停下步子，问道："这里是什么地方呀？这么高！"

"这儿是旧金山最高的建筑，美利坚银行总行大厦，有52层呢。"陶鹏飞回答。

张学良"哦"了一声，抬起头来向上张望。这幢楼实在是太高了，人站在下面很难望到它的顶部。张闾瑛见父亲对这幢楼很有兴趣，便说："爸爸要是有兴趣，我们可以进去参观的。上面还有餐厅和游览厅呢。"

张学良摆摆手，说："外面看看就行了。我又不进去取钱，我跟它是无缘分的。"

几个人都被他的话逗得笑了起来。

"你们别笑，"张学良止住大家，"我真的跟什么银行、什么公司的没缘分。过去在湖南住的时候，有人问我有多少钱，我说连我自己都不知道。在台湾也有人问我，说我过去收藏的那些古字画价值连城，现在还有多少。我对他说，都换饭吃了，还有多少我自己也不清楚。我这个人对钱财看得淡，从不进什么银行的门。"

"他这个人有时连什么东西值多少钱都不知道，"夫人说，"有时候上街买东西，别人要多少，他就给多少，从不讨价还价。"

"讨价还价最没意思了，钱财还不都是身外之物，"张学良边走边说，"'九一八'事变的时候，日本人把我的私人财产装了两列火车送到北京，我拒绝收，说如果不把东西给我弄回去放回家里，我就把它们全部堆在北京火车站烧了。"

"结果呢？"闾琳问。

"结果他们全部拉回东北了，我连问也没问。国家都沦陷了，个人的财产又有什么用。"张学良说完，猛挥一下手，问："下一站我们去哪儿？"

"去金门公园吧，"陶鹏飞说，"那里风景蛮好的，您看怎么样，爸爸？"

"你们是这儿的主人，道也熟，我听你们的。"张学良爽朗地说。

金门公园在旧金山市西北部，濒临太平洋岸边。整个公园呈长方形，占地 1000 多亩。公园里红杉树、松树林立，绿茵茵的草坪上，建有花厅、水族馆、艺术博物馆、自然历史博物馆。整个公园内，绿荫与风格迥异的建筑辉映，景色十分绚丽。

但张学良对这里却没有表现出很大兴趣。几十年幽居生涯，他久居深山，面对密林，见惯了旖旎风光，这里人工痕迹很重的景致，没有令他感到什么惊奇。

从金门公园出来，简单吃了点东西，一行人驱车来到了世界著名的金门大桥。它位于旧金山港湾的入口处，连接着南北两个半岛，全长 1.6 公里，是世界上桥墩间跨度最大的桥梁，涨潮时桥面离水面达 67 米。张学良兴致勃勃地站在桥头，赞叹伸向对面的桥面，又望着往来如梭的汽车，讲起了当年他在英国开汽车的事。"在英国，汽车也是满多的，很容易出事，交通警察又管得严。如果违反了交通规则，你就乖乖认罚款算了。不然，你要是跟警察辩解，只会越辩罚得越多。"说完又问闾琳，美国是不是这样。"美国警察可能比英国警察凶多了，有时候你不辩也要大罚你一笔。""天下乌鸦一般黑，"张学良笑着下了句论断。说完，又走到桥边，往下观望浅波轻荡的海水。见桥面下的桥身侧面有一层带栏杆的狭长桥面，张学良有些奇怪，问这下面是不是还有层附桥，供行人走动，女儿闾瑛便笑起来，说："这哪是什么附桥，这是防自杀用的。"

"防自杀？"老人家有些惊诧。

"是的，"陶鹏飞也上前来对岳父说道，"金门桥这地方桥高水深，每年都有些走投无路的人在这儿跳海自杀。市政当局为了防止这种事，就在下面的桥两边加了这么一层障碍物，要想再往下跳，就不那么容易了。"

张学良长叹了一声，望着海水沉默了一阵，回头对大家说道："美国很发达，但是金钱并不能解决一切。有那么些人自杀，说明他们没有信仰主题，生命空虚。"停了停，他又道："我看美国的教育是失败的。"

离开金门桥，间瑛想二位老人可能累了，便上前劝他们回家休息，明天再接着转。赵一荻没有说话，只望着丈夫。张学良却仍是兴致盎然的样子，连声说："我一点不累，一点不累。你们不是说旧金山的唐人街很好玩吗，我们去逛逛唐人街！"

陶鹏飞和张间琳顿时面露难色。张学良一见，故作生气状说："怎么啦？不愿带我去是不？你们不去我自己去。"

"不是这个意思，"陶鹏飞忙说道，"唐人街住的基本都是华人，你这次到旧金山他们都知道，我们是担心你一进去被人认出来，脱不了身的。"

"这个好办，"张学良爽朗一笑，"咱们又不打标语，又不喊口号，偷偷地在街上溜一遭不就得了。再说，人们最多只是知道我的名字，哪有什么人认得张学良是个什么模样！"

"那就去去吧，"赵一荻嗔怨地看丈夫一眼，对陶鹏飞道："不然他今天会不安生的。"

"是呀，来这儿不就图个高兴，散散心吗？"张学良说，"能走就走，能看则看，过两天我就离开这儿了。"

终于还是拗不过老头子，大家只好钻进汽车，开向加利福尼亚大街东段的华侨聚居区"中国城"。

旧金山是美国华侨最多的城市，华人约占整个城市人口的十分之一。汽车一进唐人街，满街的中国式建筑和店铺的中文招牌，让人觉得是到了中国的某座城市。这里有茶馆、饭馆、洗衣店、旅社、学校、中药店、中式超级市场，古色古香的亭台楼阁，雕梁画栋，让人一下子感到如同回到了故乡。

陶鹏飞原想将汽车开慢些，让岳父在汽车里领略一下唐人街风情就行了。可是，车刚进唐人街口，岳父坚持要下车看看，陶鹏飞劝不住，只好停下车，搀着老人走进了熙熙攘攘的游客中。

这里确实是华人的世界，无论是街道的布置还是人们的装束，与在中国并没有什么不同。在一个水果摊上，张学良拿起一个塑料纸包着的橙子，向坐在摊后的老太太问价。那老太太嘟嘟哝哝地说了一串，张学良却不明白意思，回头望着女婿，陶鹏飞这才翻译说，老太太说的是广东客家话，说这是金山橙子，很甜，两美元一公斤。张学良说想买点尝尝，却被女儿止住了，说家里有的是金山橙，哪里用得着上这儿买。张学良只好抱歉地向老太太点点头。

离水果摊不远，是一家工艺美术品商店，聚集了许多游人。张学良走进一看，见店里从珍品牙雕、玉雕到漆雕、景泰蓝，从廉价的绣花拖鞋到手绘仕女花卉面团扇，琳琅满目。

"我看这里的中国货，比台北还要丰富哩。"张学良感叹道。

工艺店的隔壁，是一家中式餐馆。张学良在门口细细打量，见店内陈设十分华丽，细纱宫灯垂穗，紫檀屏风描金，服务小姐穿着锦缎旗袍，男营业员系着黑蝴蝶领结，在门口很殷勤地招呼客人。这一行人站在门前，一位小姐和颜悦色地用中国话打招呼，问是不是需要进餐，张闾琳抢上一步，连忙用英文说"no, no"，同时拉着父亲急急地离开。走了好几步，他才对老父亲说，方才他看见餐厅里有人在仔细打量他们，怕是认出来了哩。张学良毕竟还是怕惹出麻烦，只好跟着大家乘车回家。

夜幕初降，张学良夫妇在张闾瑛、张闾琳两对夫妇陪伴下来到湾区一家法国餐馆，由陶鹏飞做东，请大家品尝法国菜。也许是跑了一整天，张学良的确感到饿了，席间胃口大开，不但吃光了面前的汤、菜和甜品，而且还吃了水果和面包，令陶鹏飞和张闾琳惊喜不已。

"想不到爸爸胃口还这么好，真让人高兴。"女儿张闾瑛说。

"这算什么，"老父亲边用餐巾擦嘴边说，"我要真开了胃口，再来一份说不定还能装下呢。"说着，又指着那瓶已经饮光的XO、白兰地："法国酒味道不错，平时在家里我也喝这个。过去张群老说我是个品酒专家哩。"

临到离开餐馆，服务小姐来收账，张学良一看账单，见是150美元，便连连感叹说："比台北便宜多了。"

回到家中，大家聚在客厅，问二位老人家到美国第一天的感觉如何。老父亲将一天的所见所闻评点了一番，最后下了个结论："美国真是不错。"

张学良在旧金山待了四天，游遍了几乎所有名胜，又看望了久未谋面的三弟张学曾，于3月14日去了张闾琳所居住的洛杉矶。

直到岳父所搭的飞机已离开了旧金山，陶鹏飞客厅里中断了四天的电话铃声才又响起。他接受了记者的电话采访。

一谈起岳父的旧金山之行，陶鹏飞显得十分兴奋，说他也没料到老人家会有那么好的精神。短短四日间，老人家每到一处，常见景生情，谈古论今，无一不是学问。他对人生哲理的悟识、书画名品之鉴赏、民初掌故之谙熟、政坛人物之臧否，随口道来，十分生动有趣。

"我对外界总把老人家同西安事变画等号感到惋惜，"陶鹏飞对记者说，"半个世纪来，他埋首经史，遍读百籍，可谈的学问岂仅政治与民国史而已，今人何须亦步亦趋蹑踪老人，穷究西安事变一桩事情呢？"

大洋彼岸纵谈旧事

张学良访美，在美国的华人中掀起了一股热浪。他原来的旧部、老友、东北同乡、东北大学在美校友会，以及许多美国朋友，都纷纷表示要为他举行盛会，为他安排游览。曾任张学良随身机要秘书的田雨时一谈起张学良便忍不住热泪盈眶："我们多年来要求全部恢复副司令自由的愿望，如今终于实现了。我一定要端端正正地站到他的面前，再向副司令敬个军礼！"

但是，由于张学良的一再婉辞，人们一时无法与他相会，甚至无法弄清他的行踪。直到 4 月 1 日，人们才知道他到了纽约，正在这座大都会访亲游览。

热切关注张学良，希望与他重叙旧谊或向他道一声问候的人们，纷纷赶向纽约。一连许多天，张学良所到之处，人群簇拥，争睹风采。无论是老一辈还是小一辈的旅美华人，都满腔热忱地欢迎张将军访美，将能与当年的少帅交谈或请他到家中做客，视为莫大的荣光。

4 月 7 日，张学良终于在纽约公开露面。

这是一次教会活动。纽约华人教会播恩堂举行主日崇拜，盛邀张先生参加。张学良却不过友人们的盛情，加之自己又是个虔诚的教徒，终于在 7 日上午 11 时，来到了纽约市皇后区法拉盛地段的中华海外宣道会播恩堂。

　　张学良到达之时，教堂内正响着圣诗《十字架的道路要牺牲》的咏叹。一见身穿灰色西装的张学良走进，牧师郝继华立即扬手止住咏唱，向大家宣布张学良的到来。堂内的二百多名会众立即起身，向张学良热烈鼓掌。张学良面露微笑，也鼓着掌向大家致谢，接着便同大家一起坐下来，聚精会神地听牧师布道。

　　由于张学良的到来，牧师这天的布道格外投入，人们听得也格外专心，长达一个半小时的听道，张学良始终端坐在椅上，听着牧师滔滔不绝的宏论。直到牧师说出最后一声"阿门"，张学良这才站起身来，与围拢上来的人们互致问候。会众中有不少是东北籍人士的后裔，一个个操着乡音向他们心目中的英雄致意。其中一位白发苍苍、拄着拐杖的老人走上前来，透过厚厚的眼镜片仔仔细细地打量张学良，颤着声连连叫道："少帅啊少帅，我们盼了你多少年，等了你多少年哪！"两行热泪顺着老人的脸颊直往下淌。"当年在奉天，我远远地望着你骑着高头大马，在北大营进进出出。少年英雄，让人好钦佩、好羡慕啊！后来听说你西安举事，被关了，被囚了，我心里多少年不是个滋味。现在，没想到我还能活着见到你，再看到少帅……"

　　老人激动得无法说下去。张学良伸出手来，与老人紧紧相握，也颤着声说："学良无德无能，还让身处异乡的故人这么牵挂，真是惭愧得很。"说着，泪水也潸然而下。

　　由于当日友人们还为张学良安排有活动，他不得不向播恩堂内的会众们告别。走到门口，他又转回过身，拱手向大家作揖，声音洪亮地说："能在纽约同乡亲朋友们见面，学良三生有幸！"说完，又向众人深鞠一躬。

　　自到达纽约起，张学良便成为这个大都会人们注目的中心。许多同胞、乡亲、旧部都涌上门来，求见将军；美国的一些学术研究机构，要求与张学良进行回忆录和中国现代史研究的合作；许多学术团体希望张学良能做公开演讲；教会则希望邀请他到教堂登坛证道；记者们更是争先恐后，想尽办法要对张学良进行当面采访，想听他叙述出一段既属于他自己，也属于整个中国的历史。

晚年的张学良

　　但几乎所有的邀请，所有的隆情盛意，都被张学良婉言拒绝了。过惯了几十年清心寡欲、恬淡无争的日子，他实在是不愿再被打扰，实在是不愿再为人注目，他更担心出言不慎，会惹下什么事情。

　　可是，外人好拒，友人却难挡。许多老友旧属纷纷找上门来，求见"少帅"，亦有一些记者走通了张学良朋友的门径，持着名片、帖子天天候在门口，要求与张学良谈几句话。眼看求见的人越来越多，亲友们担心这么一直拒见恐怕会违拂了人们的盛意，便同老人家商量，适当见见几位记者，一来可以借报纸向所有关心他的旅美华人致意，二来也可以解答些人们关心的问题。老人家一听，觉得不无道理，遂同意安排会见几位中外记者。

　　第一个坐到张学良面前采访的，是纽约华文报纸《世界日报》记者魏碧洲。5月3日，魏碧洲来到张学良的下榻处，见到了这位名闻遐迩的历史人物。为这次采访，他已经进行了多方准备，可是临到头来，心中仍显紧张。令他想不到的是，张学良却十分平易豁达，一见面便谈起了纽约的高楼大厦和美国的风物人情，几句话便将魏碧洲的拘谨解除了。

　　谈话自然就转向了张学良自己的历史和他曾统领的东北军。这位当年叱咤风云的大人物斜靠在沙发上，细眯着眼睛，目光似正穿透岁月的尘雾，回到了当年的北大营。他以无限感慨谈起了他当年的教官郭松龄之死："茂辰（郭松龄的字）可以说是我的先生，他在讲武堂教过我，我们两人可以说是亦师亦友。我父亲常骂我说，你对郭茂辰除了老婆不给他睡以外，你什么都可以给他。"可是这位张学良引为知己的亲信，因为不满张作霖手下人骄横的作风，加之 1925 年张作霖对郭松龄有功不赏，郭松龄感到受了排挤，便于当年在滦州起兵倒戈，但不到两个月，便被张大帅派军讨平，郭松龄本人遭到枪决。"为这件事我很难过，因为茂辰要反的事，我老早就知道，他们打的也是要我上台的旗号。可是我没有采取行动，担心别人会骂我太狠，连郭茂辰这么亲的人都容不下，将来谁敢跟我？"张学良说着，连连摇头，神色语气都显得分外沉重。"郭茂辰起事时间虽然不长，但所造成东北军民生命财产的严重损失，都是我一念之私，顾及自己名声所造成，若及早采取行动，战祸自然可免。"

张学良沉默一阵，又谈起了当年他在东北干的另一件大事：处决杨宇霆和常荫槐。

杨宇霆是个野心勃勃、骄纵恣睢的人物，常以诸葛自居，不可一世。但张作霖对他却十分信任，倚之如左右手，甚至将个人私章交付给他，东北军政一任由他做主。从第一次直奉战争以迄第三次东北军进关，杨宇霆实际上左右着东北军的所有事务。他的死党常荫槐掌握着东北的交通大权，又兼任黑龙江省省长，飞扬跋扈，专横擅权，又建立全省保安队，添购大批新式枪支，其动机实在可疑。1928 年 6 月张作霖在皇姑屯被日本人炸死后，张学良子承父业，主持东北军政，欲排除日本人的干扰，与南京合作，在东北易帜，但却受到杨、常二人的阻挠。为排除内部隐患，1929 年 1 月，张学良当机立断，在府内密布枪手，借召见之名，将二人引来客厅，当即处死，这对稳定当时的东北政局，起了很大作用。

"当时若不采取断然行动，等到事发后才兵戎相见，不知又会造成多少东北军民伤亡，我宁可让人责备我处置老帅旧部，也不愿见东北又起战端。这也算是郭茂辰的事给我的一个教训。"说到这里，张学良缓缓呷了口茶，说道："可以说，杨、常二人是死在郭茂辰的手里。"

就着东北当年的旧事，张学良又谈了一阵，接着魏碧洲便问起了导致少帅一生命运重大转折的西安事变。张学良对此似乎不愿深谈，只说起事变前他的一些困境："那个时候的中央啊，实在是处置事情不太恰当。"

杨宇霆

常荫槐

他说，他的部队受蒋介石之命去打共产党，但最精锐的两个师却遭到红军消灭，师长何立中与牛元峰也都阵亡。"中央不拨抚恤，两师番号又给撤销，东北老家当时已经沦陷给日本人，伤者又回不去原籍。东北军民的压力之大，自悔自责之深，让我昼夜难安。这样，一年以后，我就做了一个自己认为外为国家民族、内可平慰东北军民的重大决定，就是西安兵谏。"

这是张学良访美以来第一次公开谈论自己的历史，虽然所言所论多是东北旧事，但却是这位历史重要当事者的亲口所述。魏碧洲采访结束后，即把整理出来的谈话记录交请张学良过目，得到首肯后，载于第二天的《世界日报》，引起了中美各界人士的浓厚兴趣。但同时人们又有些隐隐的遗憾："少帅"怎么不详谈他政治生涯的辉煌绝笔西安事变？

5月18日，美国之音"新闻广角镜"节目的记者通过安排，也对张学良进行了采访，这一次的话题，几乎全都集中在西安事变上。

"看见您就不能不谈有关西安事变之事，"记者在一番寒暄后说道，"事情过了几十年啦，请您亲自告诉我们，当时为什么会发生西安事变，如果时光倒流，您仍会做此事吗？"

张学良看着记者，沉吟一阵后答道："此事我不愿说太多，外边发表的也很多，大家也差不多都知道这些事情。我之所以不说，是因为我不愿用言语伤害到他人。"张学良猛地一摆手，似乎想将这个问题从眼前赶走。"这件事留给历史去评论吧！它爱怎么评就怎么评，一切毁誉由人，事情清清楚楚摆在那里。"

"可是，"记者将话题转到了西安事变后张学良的自由问题上，"西安事变后您失去自由被软禁，那也是您一生当中最好的年华。如果这半个世纪您没有被软禁，能自由地在政治上发挥，统率您的军队，您觉得会对整个中国产生什么影响呢？"

"此事，难说。"张学良望着别处，轻摆了下头。"我当然很痛苦。我恨日本军阀，一生主要就想抗日，心中最难过的就是中日战争我没能参加。我请求过几次，但蒋总统都没答应。我也想到这也是上帝的意思。假如我参加中日战争，我这个人早就没有了，非我自夸，我从来不把死生放在心上！假如让我参战，我早没有了。"

说到这里，张学良激动地站起身来，踱了两步，站到窗前。远处，太阳正在云海中挣扎，一抹阳光斜照过来，将他的上半身染得通红。

记者也起身站在窗前，沉默一阵，问道："您曾经说过，您送蒋回南京是准备受死。您当时有没有想到一去会软禁 50 年？假如时光能倒流，您还会这么做吗？"

"我一定还是这么做！"张学良侧脸望着记者，语气坚定地说，"我是军人，需要负责任。我做的事我负责，没有什么后悔的！假如是现在，我还是会那么做。别说软禁 50 年，枪毙了我都不在乎！"

记者闻之一愣。还是当年的少帅风骨啊！50 年的磨劫，并没有能销蚀掉当年少帅的军人雄风，面前这位老人的胸怀，是何等的博大豪壮！

记者心中一阵慨叹，望着张学良那张满是寿斑的脸，不由呆呆地出神。

张学良缓步回到沙发上坐下，回望一眼还立在窗口的记者，说："怎么，没问题要问我啦？"

记者"啊"的一声回过神来，重新坐到少帅面前，有些尴尬地笑道："少帅的话让我认识了人格力量，都不知该从何问起了。"他急忙从口袋中掏出记有采访要点的纸片，看了一阵，问起了西安事变时周恩来、蒋介石和张学良三人见面会谈的情况。

"此事我现在应该说不应该说，你叫我想一想。"张学良仰靠在沙发上，闭上双目沉思一阵，然后撑起身回忆道："周恩来见蒋先生是我领他去的。那时蒋先生身上稍微有点伤。他们政治上并没有谈什么，实在外面很大的是谣传。他问候蒋先生，蒋先生也见到他。他自称是蒋先生当年的部下。可以说三个人并没有谈什么。"

"那么事变中共产党究竟担当什么角色？对事件发生的态度如何？是赞成还是反对？"

"事变开始共产党并没有参加。事情起来了，我们才把周恩来先生接来，谈此事该怎么办。他们没有预谋，他们也很惊讶突然出来这个事情，没有赞成或反对的意思。此事我说不出来。"

"那您觉得周恩来先生怎么样？您有无与毛泽东接触？"

"毛泽东我没见过，"张学良很爽直地回答，"周恩来先生我非常佩服。我们初次见面，他说我反应很快，我认为他也反应很快。这个人说话一针见血，没什么委曲婉转绕弯。虽然他是那么大的一个政治家也是外交家，但是他说话直截了当，人很聪明，我俩见面感情极好。"

张学良有些动情地回忆起 1936 年 4 月他与周恩来在陕北延安桥儿沟天主教堂初次见面的情形，言语间流露出对这位故世老朋友的缅怀之情，令记者也不禁为之感动。同时也十分惊诧于这位 91 岁的老人，居然还记得当年与周恩来初晤的准确时日。

"美国之音"记者的采访内容在电台、报纸披露后，人们似乎又从中窥见到了张学良凛然的军人气概和为民族利益不畏生死的浩然正气。一位当年少帅的旧部在华文报纸上撰文说："汉公集英豪贤哲为守之大义，养之有素，为之有方。尤其传奇丰采，超逸绝伦，为世人所景慕，无分中外，且将传之久远。"

纽约市立大学教授、历史学家唐德刚与张学良和张群早有往来，后来是《张学良口述实录》的亲历者，他在 5 月 27 日张学良生日前夕以东道主的名义提前在纽约为张学良祝寿。在这次聚餐会上，他特意邀请了旅美的著名物理学家袁家骝和吴健雄夫妇。袁家骝的父亲袁克文是袁世凯的次子，后来当过上海青红帮的老大，晚年却分外潦倒，靠出卖家藏的古玩书画为生，其中有许多书画都流到了张学良手中。

席间，91 岁的张学良兴味盎然，同袁家骝说起了自己的父辈。他说他父亲张作霖在旧军人中最佩服的就是袁项城（袁世凯的字）。张作霖 1913 年进京拜晤袁世凯，临别时袁世凯把自己的貂皮军大衣赠送给了张作霖，张作霖起初还不敢收，在袁世凯的执意相送下才接受过来。张学良在说起此事时有些得意："我父帅为此事得意极了，后来把这件大衣交给了我保管。"

两位将门之后虽然后来境况大不相同，但说起祖辈的事情还是津津乐道。唐德刚事后对人说："这是袁世凯的孙子同张作霖儿子的聚会，甚有哈德孙河畔（美国纽约最著名的河流）谈历史的味道。"

张副司令到，敬礼！

随着 6 月 1 日——张学良 91 岁寿辰的渐渐临近，纽约的华人乃至全美所有关注着张学良的中美人士，都纷纷忙碌起来。人们为他们心目中的英雄在 56 年的隐居之后，能在异国他乡当面接受他们的生日祝贺而感到兴奋不已。纽约东北同乡会、东北大学在美校友会及各个华人社团，张学良的亲友、旧部，早在一个月前就开始联络策划，要在纽约这个世界大都会，为张学良举行盛大的寿庆活动。

5 月 31 日傍晚，纽约市曼哈顿豪华的"万寿宫"大餐厅内，灯火辉煌，人声鼎沸，四百多位收到请帖的中美人士喜聚一堂，在这里庆贺张学良的寿辰。大厅内，满是寿匾、寿桃、花篮，主席台两边，挂着一副"山高水长，万寿无疆"的对联。大厅中央是十几座足有一人高的大蛋糕，大厅门口的一张大八仙桌上，摆着一本硕大的红色签名簿，四周围满了想要一睹张将军风采的人群。

　　晚上7点20分，满面笑容的张学良乘车抵达万寿宫。走到门口，他扬手向欢呼着的人群致意，又一再谢绝了人们的搀扶，步履稳健地推开旋转门，走入大厅。厅内的祝寿者们早已涌到门口，张学良刚一出现，大厅内顿时掌声雷动，镁光灯闪烁不停，张学良两手高扬，频频向人们颔首致意，不住地在说："谢谢，谢谢大家！"

　　刚向前走了没几步，他突然愣住了。在他的前方，左、右分立着两排老人，见他走近，左边这排顿时齐声高喊："校长！校长！"接着便是90度深鞠躬；待他们抬起头来，一个个已是老泪纵横。张学良迎上前去，见领头的是几天前刚见过的东北大学在美校友会会长张捷迁，立在他后边的全是当年受过张学良恩惠的东北大学学生。

　　张学良嘴唇翕动，想要说什么却又发不出声。这时，右边又响起一声高喊："张副司令到！敬礼！"十几位老人挺直身躯，齐刷刷地将手举向额际。昔日张少帅麾下的这些军官，在当年少帅贴身机要秘书田雨时的带领下，用他们已荒疏多年的军人礼节，迎接自己统帅的到来。汩汩而泻的泪水，滴落在这些老人的漂亮西装上。

　　张学良久久凝视着自己当年的部下，好久，才发出一声口令："礼毕！"多少年没有喊过口令了，这一声"礼毕"是那么苍哑，那么轻弱，但在部下们听来，它却胜过万钧雷霆。在这短短的一瞬，他们仿佛又回到了沈阳的北大营，好像正在接受少帅的检阅，十几个人的一路纵队，代表着20万东北子弟兵。

　　大厅里静得出奇，空气中有一种令人激动的庄严。张学良注视着这些已是垂暮之年的学生和部下，微颤的手向额际缓缓抬起。

　　镁光灯再次闪起。人们一边高呼着"副司令"、"校长"、"汉卿"，一边向前涌来，将张学良团团拥围在中心。

　　在场的美国作家协会主席，曾写下《长征——前所未闻的故事》的索尔兹伯里也深为这场面所感动，转身对美国前驻中国大使洛德的夫人包柏漪说："这种荣誉，只有张学良担当得起！"

　　寿庆开始，包柏漪代表在场中外人士，盛赞张学良曾经为国家为民族所作出的贡献，"无尽宽恕、忍怨含痛的美德举世罕见"。

　　张学良起身致答辞。像他在90寿辰一样，他称自己一生"鲁莽操切，胆大妄为"，"对国家民族一无贡献，实在难当大家的厚爱"。

张学良致完辞，大厅内响起了"祝你生日快乐"的音乐，四百多位中美来宾全体起立，齐声高唱，寿庆活动达到了高潮。

引人注目的是，出席这个寿庆晚宴的人物中，有蒋介石的孙子，孔祥熙的大女儿，宋子文的二小姐，他们纷纷来到这个曾与他们的前辈亦友亦敌的老人面前，举杯恭祝他的寿辰。第二天便有记者在报上撰文说："通过他们在张学良面前的微笑，人们似乎可以感到，昔日的恩怨已经冰消雪融了。不过，如果蒋先生出现在这个寿宴上，他是否会微笑着与张学良碰杯，是很难说的事情。也许他根本就不会出席这样的聚会。"

张学良对有谁参加这个寿庆，人们对他如何评价，并不怎么在意。当人们举着杯，频频来到他面前，盛赞他的功德时，他从不正面应承，一再回答："这都是上帝的恩典"，"这都是主的旨意"。

这位在民族的存亡关头挺身而出，改变了中国历史进程的人，在历过漫长跌宕的劫波之后，终于赢回了他应有的荣誉。而对上帝的信仰，则使那些同样信仰上帝的人认为，他顽强的生命闪射着圣洁的光辉。

晚上 10 点 20 分，参加寿庆的中外人士全部起立，以雷鸣般的掌声欢送张学良。这又是一个激动人心的时刻，张学良每走一步，后面的人们都紧紧相随，一边使劲鼓掌一边高喊着"校长"、"副司令"和"汉卿"。尽管张学良一再回首作揖，请人们不要相送，但狂热的人群仍随着他来到万寿宫外，目送他坐进汽车缓缓离去。

人群中有许多在洒泪。老部下们再次向着远去的汽车举手敬礼。

如果说，1990 年圆山饭店的 90 寿庆是在台湾为张学良赢回了名誉的话，那么纽约万寿宫的这次寿庆，则是向全世界宣告了张学良终于赢回了他作为历史英雄的地位。

万寿宫一副巨大的寿匾，似乎代表了在场所有人对张学良的评价：

> 英明豪迈，舍己为人。传奇丰采，
> 超逸绝伦。历劫不磨，道德超然。
> 量如沧海，参悟高深。英雄中之英
> 雄，豪杰中之豪杰。

共产党上将与老长官

第二天，6月1日，张学良91岁的寿辰，旅美华侨又为张学良举行了一次生日宴会，其间最引人注目的客人，是专程从北京赶到纽约的吕正操将军。

吕正操是张学良地道的老乡，辽宁海城人，1929年加入东北军，担任过张学良的副官、691团团长。西安事变后，东北军分化，吕正操率691团开赴冀中地区投奔中国共产党，成立人民自卫军开展游击战争，后担任冀中军区司令员。1949年后，担任过铁道兵司令员，铁道部部长，全国政协副主席，1955年被授予上将军衔，是东北军中唯一获得最高军衔者。

几十年间，曾经深受张学良器重的吕正操无时无刻不在怀念自己的老长官。

1984年6月，张学良五弟张学森的女儿张闾蘅从香港到北京洽谈商务，特地看望了吕正操，说："我大爷知道我经常来大陆经商，对我说他在大陆有两个部属他十分想念，一个是吕正操，一个是万毅（西安事变时为东北军627团团长，后加入中共，曾任志愿军炮兵司令员，国防科工委副主任，1955年被授予中将军衔），让我有机会代他去看望看望。"吕正操得知老长官在挂念自己，十分感动，托她给张学良带去一副健身球和几听香喷喷的新茶。

当年冬天，吕正操来到浙江奉化的雪窦寺，见到了当年张学良在此亲手种下的楠木树。睹树思人，吕正操自然念起了老长官当年在这里度过的艰难时日，写下了《浙东纪行》一诗，其中有"思君常恨蓬山远，雪窦双楠盼汉公"的诗句，表达了对老长官的切切思念之情。他曾经不止一次地对部下和身边人员说，只要张学良将军出来，无论到哪里，我都要同他见上一面。

张闾蘅把吕正操的诗带给了张学良，老人读后非常高兴，挥毫写了一首答诗：

　　　　　白发催人老，虚名误人深。

　　　　　主恩天高厚，世事如浮云。

　　1991 年张学良 90 寿庆的时候，吕正操给老长官发去了贺电：

　　　　适值先生九秩大寿，不能亲自前去祝贺，甚以为憾。先生
　　爱国爱民，坚贞不渝，大义凛然，天人共鉴。正操忝列门生，
　　情深袍泽，耳濡目染，受益匪浅，遥望云天，不胜依依。仅以
　　几句俚语为先生祝嘏："讲武修文一鸿儒，千古功业在抗胡；
　　盼君走出小天地，欣看人间绘新图。"纸短情长，言不尽意，
　　敬祝健康长寿。

　　共产党上将对老长官的景仰和思念跃然纸上。

　　得知张学良夫妇由台湾到了美国，吕正操于 5 月 23 日动身，赶往大
洋彼岸与老长官相会。两天之后，吕正操在旧金山的一个家庭宴会上与
张学良终于见面，四手相握，久久凝注，两人都激动得一时难以开口。
宴会前，吕正操转交了邓颖超写给张学良的信函，又送上了自己带给老
长官的生日礼物：一套张学良喜爱的《中国京剧大全》录音带，大陆著
名演员李维康、耿其昌夫妇新录制的京剧带，新采制的特级碧螺春茶，
画家袁熙坤为张学良绘制的肖像，另有著名书法家启功书录的张学良的
一首诗作：

　　　　　不怕死，不爱钱，

　　　　　丈夫绝不受人怜。

　　　　　顶天立地男儿汉，

　　　　　磊落光明度余年。

　　5 月 30 日，中国驻美大使馆派车接张学良到曼哈顿一友人处，吕正
操和张学良进行了单独会面。吕正操转达了中共中央领导人对张学良的
问候，同时谈起了邓颖超女士给张学良信中的内容，她受邓小平的委托，

诚恳欢迎张学良先生回家乡看一看。

一边听老部下转达来自北京的盛情，张学良也一边插话，说："周恩来我熟悉，这个人很好，请代我问候邓女士。"谈到回故乡的时候他说："我这个人清清楚楚地很想回去，但现在时候不到，我一动就会牵涉到大陆、台湾方方面面……我不愿为我个人的事，弄得政治上很复杂。"

吕正操在访美期间，下榻于中国常驻联合国大使李道豫的别墅。6月4日下午，张学良受吕正操之邀来李道豫家做客。此次相见，两人谈话范围涉及很广，张学良多次谈到祖国统一的问题。他说："我看，大陆和台湾将来统一是必然的，两岸不能这样长期下去，台湾和大陆总有一天会统一，这只是时间问题。""我过去就是做这件事的，我愿保存这个身份。我虽然90多岁了，但是天假之年，还有用得着我的地方，我很愿意尽力。我这不是为国民党，也不是为共产党，我是一个在野人。作为一个中国人，我愿为中国出力。"

张学良在谈话中说自己离开权力五十多年，没有做什么事，对国家没有什么贡献，吕正操高度赞赏了少帅当年发动的改变中国历史进程的西安事变，而且赞扬少帅一生爱国。张学良用他军人特有的率直口吻说："我是个爱国狂。如果有来生，我还要做张学良。"

对来自故乡的一再盛情邀请，张学良表示："在时机成熟的时候，我是很想回大陆看看的。可是，我在离台湾的时候，只对李登辉说是到美国探亲的，并没有说要去大陆，因此，我不能从美国回去。"

曾经采访过许多中共高级领导，又重新走过当年的红军路线，对西安事变颇有研究的美国著名作家索尔兹伯里在纽约与张学良畅谈之后，在《纽约时报》上以《西安事变的主角和他的梦思》为题，写下了这样的文字：北京派了一位特别"长官"去见少帅，他就是吕正操……少帅已经投身于一项新的努力，正促使北京和台湾建立统一的中国。少帅认为，他本人是中国统一的象征，由于他在北京和台湾受到的尊敬，似乎使人觉得他所做出的不陷于历史纠葛的榜样，可能会取得在西方人看来是小小奇迹的成功。

1991年6月25日，张学良结束了在美国105天的探亲访友和旅游，信守诺言又搭乘华航班机从旧金山返回台北，舍弃了从美国径赴大陆，回故里祭扫亡父墓庐的愿望。

波音 747 飞机凌空而起，扶摇碧天，将繁华的都市和美洲大陆远远抛在身后。凭窗远眺，夕阳如血，嫣红的云涛有如万顷红波，呈现出无可比拟的辉煌。

又一段历史，又一段情感之河被遗在身后了。105 天与他半个多世纪的幽居相比，只不过是一瞬，然而这一瞬却让他领略了亲情，享受了天伦，从老友部属们的泪眼和呼唤中获得了慰藉。

这难道便是历史对他千般磨劫的补偿？是他悲壮人生所赢得的岁月的馈赠？

是的，历史没有忘记他，"张学良"这个名字本身就是一段历史。可是，除了他自己，还有谁能真切地道出雪窦山的苦寂，苏仙岭的悲怆，阳明洞的蹉跎，新竹山中的惊悸呢？纵使借古人之史笔，又有谁能书写出他壮志未酬的一腔悲切？

值得庆幸的是，生命之火尚未止熄。经过漫长苦难岁月的洗礼，他的灵魂变得分外恬静，分外澄澈。自由的空气，赐给他一方辽阔，一方纯净；令垂暮之年拥有了不可言喻的坦荡与明远。

这样的生命，何处才是极地？

九天之上，残阳如血。

第 **13** 章

何日归故乡

低头思故乡

　　复兴岗的黄昏，有一种童话般的静美。太阳在花园和树林边缘渐渐西沉，院中的树干和院外的夹道上，以及尖尖的房顶上，都洒满了夕照，爬满院墙和楼身的常春藤一片殷红，使人觉得清爽而宁静。四野悄无声息，唯有归巢的雀鸟，啼破了院中的宁静。

　　夕阳刚刚消隐，从远山的怀抱中便升起了嫩红嫩红的月亮。淡淡的月光抚摸着山林粗犷的轮廓，为这宁静的郊野带来纤尘不染、清澈透明的恬静。

　　不知是从何时开始，张学良喜欢独自坐在阳台上或门廊前感受黄昏，默默地看着夕阳与月亮交接的那一瞬。那是多么神圣而又撼人心魄的一瞬啊！一段时光结束了，而另一段时光又继之而来，整个世界都在迎接着沉默中繁衍的永恒，感受着夕阳垂下头颅的那一刻悲壮。

　　白昼携着无数的故事渐渐远去了，而无数凝固的往事却被一轮低悬的月亮所唤醒，踏着沉重的足音缓缓走近。

　　历史近在咫尺，闭上眼便能呼吸到它热切浓重的气息，而当睁开眼睛，它又悠然而去，留下几多激动，几多感叹，几多惆怅……

人生毕竟是太短暂了。"人之百年，犹如一瞬"。清晨似乎刚刚过去，黄昏就已悄然而至，一想到自己已年过九旬，他心中便不免一阵喟叹。然而同时，他又对自己生命力的顽强感到惊奇。他绝没有想到自己会感遇到这么多春光秋月，在这个世界上生活了几乎整整一个世纪。当今中国的所有政治人物中，还有谁比他经历过这么漫长的世纪风云？

就个体生存而言，他的生命确实是漫长的。国民党中，几乎所有与他政治生涯有联系的人——无论是爱他、恨他、拥他、薄他的人都已纷纷作古。从七十年代以来，他已难以记清自己出席过多少次追悼会，写下过多少副挽联祭文。先是端纳、宋子文、蒋介石、张大千、莫德惠、周鲸文，继而是蒋经国、刘乙光、王新衡、张群，以及他当年所统帅的东北军的大多数将领。他们曾经构成了他生命和政治跌宕的背景，最终都未能历过岁月的煎熬，为上帝先召而去。

只余下了他和宋美龄。而这位当年的第一夫人早已弃别而去，在美国长岛的一幢孤零零的别墅中，面对生命的晚景。唯有他，在夫人的伴陪下，仍在北投复兴岗上，日复一日地巡望着残阳冷月。

生命之流仍在潺湲流淌，可是，何处是它最后的归宿呢？

忍不住便想到了故乡，想到了自己生命的出发地。许许多多个黄昏暮晚，他的思绪随着轻风，飘向了白山黑水的故土，飘回了早年的岁月。有时候夫人傍在身边，他便会悠悠地忆起他的出生地辽宁台安县桑林子詹家窝铺，忆起儿时的伙伴，忆起威风凛凛的沈阳北大营，和记录着与四小姐两人最初爱情欢欣的北陵别墅。自然也会回忆起西安、北京、南京，忆起度过无数悲苦岁月的溪口、苏仙岭、凤凰山、小西湖……

自从1931年"九一八"事变后，张学良再未回过东北，至今已经整整60年了，而自来到台湾之后，他已整整45年未踏上过大陆的土地。

而大陆、东北、辽宁，终归是生他养他的土地，是他的生命之根啊！树叶尚有归根之时，而人呢？难道只能望断青山，永无归期了吗？

1970年9月，已经成为张学良朋友的台湾《自立晚报》社副社长罗祖光向他求字，张学良沉思数日，结果写下了李商隐的一首《无题》诗相赠：

> 来是空言去绝踪，
> 月斜楼上五更钟。
> 梦为远别啼难唤，
> 书被催成墨未浓。
> 蜡照半笼金翡翠，
> 麝熏微度绣芙蓉。
> 刘郎已恨蓬山远，
> 更隔蓬山一万重。

罗祖光收到张学良书写的这首诗后好一阵沉默，然后对身边的人们说道："少帅老了。他思乡了。"

这一年，张学良正好要满70岁。

十年之后，1980年10月21日，张学良夫妇在国民党军"副参谋总长"马安澜和"总统府副秘书长"张祖诒的陪同下，乘机来到了紧靠大陆的金门岛。

这是告别故乡34年来，他第一次这么近地靠近大陆，心情十分激动，一上岛便直奔架在海岸高处的高倍望远镜，眺望大陆河山。透过望远镜，厦门市近在咫尺，那里高耸的楼群，奔驰的车辆，码头边停泊的商轮，海上游弋的渔船，历历在目，他甚至还看到了高高飘扬在一幢大楼上的五星红旗。

三十多年了，他这是第一次望见大陆的山，大陆的水，大陆的人，心中有一种难以抑制的激动，把住望远镜久久不愿离开。

"小妹，你也来看看，看看大陆，"张学良招呼身后的赵一荻站到自己身边，"这么近啊，像是一步就能跨过去。"

赵一荻也伏在望远镜前观望一阵，边看边说："是啊，太近了，连屋顶上的人都看得见。"回过来，她又站到张学良身边，喃喃地说："厦门我还没去过呢。看上去很漂亮。"

张学良没吭声，只幽幽地望着大陆方向。

在金门转悠了大半天，看了街道、海滩、学校，又转了转军营，张

蒋经国
管束时，张
学良夫妇前
往金门岛上
参观

学良实在是有些累了。赵一荻怕丈夫身体消受不住，问是不是回去算了。张学良却连连摆手，说好不容易才来一趟，应当再看看，再转转。马安澜见他兴致尚高，又领着一行人来到了古宁头。

古宁头是金门岛距大陆最近的一块突出部，1950 年，国共两方军队在这里曾有过一场激战，至今仍可见到当年炮火留下的遗迹。张学良站在滩头，面对曾经历过鏖战的古城墙，耳听排浪拍岸的声音，默然而立，久久不置一语。

远处，大陆河山遥遥在望，一种呼唤若隐若现地在他心底响起……

马安澜见老人一动不动地望着远方，便走上前来，问道："您觉得这里怎么样，张先生？"

金门是台湾的"防卫前沿"，而古宁头又是"前沿滩头"，马安澜的本意是想问这里的防卫怎么样。张学良却看他一眼，回转身指着后面的古城墙和建筑，慢悠悠地说道："此地风景很好，民风也不错。"说完便转身而去。

第二天，台湾各大报纸均报道了"张学良夫妇抵金门参观"的消息，说金门给张学良"留下了深刻之印象"，"对金门地方建设之进步繁荣，以及民风之淳朴，张氏亦倍加赞赏"。

有记者就金门之行对张学良进行采访，一定要他谈谈此行的感想。张学良无所相告，最后只淡淡地说："此行至为愉快。"可是记者们却分明看出他是另有所思，可是却无从得知。

不几天，张学良在给一位友人的信中，才谈到此次金门之行的最大收获，是他看见了大陆的河山。一提到大陆，他的故园之思顿时倾泻而出，言毕似还意犹未尽，又引用了于右任晚年的思乡诗句：

> 葬我于高山上兮，
>
> 望我大陆；
>
> 大陆不可见兮，
>
> 只有痛哭。

张学良的思乡之心，跃然纸上！

难以忘却的故人

随着一天天步入暮年，张学良的思乡之情变得愈发浓重。尤其是金门归来之后，他越来越深地沉浸于故乡之思中。

最为深切了解张学良思乡之情的莫过于夫人赵一荻了。她发现，比她年长 12 岁的丈夫已把谈论旧事，谈论故乡，谈论故人，作为生活的重要内容，每每讲起，他的眼中都会闪射出兴奋的光亮，继而又渐渐转淡，流露出惆怅与幽思……

张学良最喜欢谈论往事的时刻是在黄昏之后。这时，尽现于白昼中的万千景象消失了，素洁淡雅的月芽浮游出来，清光脉脉地给人的心灵镀上一层宁静。张学良和赵一荻坐在回廊上，或者那间宽敞的会客室中，感受着月光的幽寂与夜晚的宁静，或聆听着雨声滴答，在院中的树叶上播出沙沙的声响。此时此刻，那些已经久远的往事，那些已经分离数十载的故人音容，丝丝缕缕地从如水月华中浮现，与他相逢相握，与他娓娓絮谈。

"一晃都五六十年了啊！"他常常用这样的话开头，声音里有浓浓的哀愁。接着便用同样幽幽的语调，谈到早年，谈到往事，谈到故人。伴随张学良几十年来，赵一荻曾经无数次听他忆旧，并时而抛洒热泪。可是现在，在历尽几十年的磨劫忧患之后，再听他讲起，却别有一种阅尽沧桑的深沉。

"当时大帅（指其父张作霖）思想保守得很，给一家人立下了很多禁令，"张学良追忆说，"特别是对几个妹妹，严格得很，要她们学得文静，有大家闺秀的样子。他甚至还不准她们出大帅府，不许穿印度绸，不许剪头发。我是大哥，看着她们难受的样子，我也替她们抱屈。可是没办法呀，大帅的命令谁也不敢违抗。"

"那她们成天闷在家里，不难受死了？"赵一荻说。

"是呀。为了让她们高兴一些，我就领着她们做些游戏，在帅府里藏猫猫。后来我去找大帅，说一年到头把妹妹们关在屋里，总得换换空气吧。后来，每年七月十五，我就领着她们到小河沿去看放河灯。下大雪的时候，又领着她们一起堆雪人，打雪仗，嘻嘻哈哈地乐个不停。大帅去世以后，家里我做主了，我就把大家叫到一起，说从今以后，你们可以到外面去玩了，也可以剪辫子留短发，甚至还可以烫发。乐得几个妹妹拍着手直蹦。"

张学良说着，脸上浮出一丝笑意。"那时候，我在外面朋友多，也有些是外国人，从他们那儿学了些新玩法，回来我就教给弟弟妹妹们。大帅府后花园里，我让人平出了一块高尔夫球场，带着大家一起玩。有客人来家里，我也常带去打高尔夫球，一边玩一边谈事情。打扑克牌现在是常事了，可是当时晓得那玩意儿的人少得很，我一学会就把它带进了大帅府，大家一整天一整天地玩，兴趣大得很哩！"

赵一荻忍不住笑了起来，说："你们一家八个儿子，六个女儿，肯定好玩得很。不过，你是长子，要带好这十几个人的队伍，也不容易呢。"

"是呀，姊妹多，事情也多。拿学铭来说，他同我是一母所生，管他也就紧些。有一回，他居然坐着飞机到国外去赌博，输了一大笔钱。这么下去怎么了得！后来我就叫人把他扣押起来，说是要重处，弄得好多人都出来求情。其实我只是想给他个教训，以后不要再做这样的荒唐事。

张学良（右一）兄弟八个的珍贵合影

后来他果真有了好大长进。"

"相比较起来，几个妹妹就听话多了。"张学良接着说，"后来渐渐长大，大家也就天各一方了。我还记得二妹怀英结婚的情形。大帅做主，把她嫁给了蒙古达尔汉王的儿子，那年她刚刚 15 岁。想着要离开家了，再也不能像少女时代那样无忧无虑地生活了，怀英哭得像泪人儿似的。按我们东北的习惯，闺女出嫁，要娘家哥哥抱轿。结果，坐进轿里她还是一个劲地哭。我就去把轿帘拉开，逗她说：'我这个当大哥的，来看看这小伙子还哭不哭了'，说着又向她做鬼脸，逗得她扑哧笑出声来。"

张学良说着也忍不住笑起来，接着又露出怀念的神情。"他们现在都还在大陆。细算起来，有五十多年没见了，当年天真活泼的妹妹们，如今已经是老太婆了。1934 年我从欧洲回国后，怀英专门到汉口来见我，想向我这个大哥叙说她与丈夫离婚的事，结果因为我忙，没有见上。后来听首芳大姐说，怀英离婚后寡居津门，生活拮据，我连忙给她寄了5000 元去，想帮帮她。听说现在怀英和怀卿两姊妹都住在天津，还是政协委员哩。"

　　"你们兄妹十几个人，天南海北，几十年没有相聚了，说来也真是遗憾。"赵一荻说。

　　"是呀！"张学良点点头。"我这个人最反对内战，反对同胞相残，可是我的话蒋先生就是听不进，结果什么都丢了，弄得骨肉也不能相见。越往后走，大家都老了，就更难见了。"说到这里，张学良面露悲戚之色，沉默了好一阵，又说："四弟学思就再也见不上了。他当上了解放军海军的参谋长，大陆文化大革命的时候，受到迫害。这种运动，一发动起来，谁也控制不了，四弟虽然当了将军，也没有能幸免。听说他临死前，还在病房里写了'恶魔缠身'几个字。四弟死得很冤，很惨。好在后来这场运动被制止了，迫害四弟的那些人也都受了惩罚。我最感欣慰的是，四弟的平反昭雪是周恩来亲自主持的。"

　　张学良的目光望着夜空。一缕薄云正缓缓从月亮边飘过，悄然隐没在灰蓝色的天上。

　　"周先生是个大好人。兵谏的时候他来西安，只见一面就给人留下很深的印象。你送委员长走了以后，我心情不好，连饭也吃不下。周先生听说后赶忙来安慰我，给我讲了好多道理。至今想起来我都很感谢他。"赵一荻说。

　　"周先生的确是个大好人，"张学良点着头说，"是个大政治家、外交家，很受世界各国领导人的尊敬。我也很尊敬他。可惜我们相见恨晚，相逢又太短，不然，好多事情完全可能是另一种样子。"

　　"汉卿，你同周先生第一次见面是兵谏那年的开春吧？"赵一荻忽然问。

　　"是的，是那年开春，"张学良说，"他的名字我倒早就听说过，但一直无缘相见。后来，大家都觉得内战不能打下去了，国共双方都应当把枪口掉过来，打日本人。王以哲他们同共产党进行了多次接触，觉得对方有诚意，回来又一再向我陈情，我也抱着试试看的心情，决定同共产党代表见面。"

　　"见面那天是 4 月 9 日，"张学良略略凝神，肯定地说，"过了五十来年了，这个日子我还是忘不了。"张学良又细眯着眼睛，仿佛正透过岁月的重雾，看到当年的情形。

"见面地点约定在延安桥儿沟的天主教堂，那里是我们东北军同共产党军队接壤的防地。4 月份，正是早春，但陕北高原还有阵阵寒风。我带着王以哲、孙铭九提前到了教堂。那里过去是外国人办的，荒了很久了，我们在那儿住了一些部队。周先生他们是骑马从保安赶来的，风尘仆仆，脸冻得通红。王以哲他们早就给我介绍过，说他是共产党的副主席，在欧洲留过学，为人坦诚，很有见地。我初一见他，就觉得这个人不同凡响，一双眼睛炯炯有神，黑黑的络腮胡子很有军人的英武豪爽劲儿。同他一谈，我也发现这个人思想不得了。他虽然处在保安那么个小镇上，但对天下事无一不看得清清楚楚，分析得透透彻彻。我很佩服他，他也说佩服我，彼此都很坦诚，说话一针见血。那天，我们是彻夜长谈，彼此都觉得相见恨晚。通过周先生，我算是认识了共产党，了解了共产党坚决抗日的主张。我当时就拿出了两万元钱来资助红军抗日。'三位一体'的想法也就是那时候提出来的。后来兵谏事发，我左右问策无人，自然就又想到了周先生，请他到西安来共商大计。他一到，我心里也有了底。发动兵谏的是我和虎城，可是西安后来的谋主是周先生。"

他说到这儿，默望着月光不吭声。赵一荻一声叹息："你和周先生之间，细算起来，也就只相处了八天九夜。你们真是相见恨晚哪！"

"是啊，八天九夜，我们彼此坦诚相见，肝胆相照，兵谏能和平解决，周先生是出了大力的。可惜我送蒋先生离开西安的时候，因为担心周先生劝阻我，动摇了我，结果连招呼也没打就走了。想起来遗憾得很，一别竟成了永诀。"

他神情有些凄然，沉默了好一阵，又道："1976 年周先生去世，听到这个消息我难受得很，连个吊唁的电报都发不出。听人说，周先生临终前，听说我患眼疾，有失明的危险，还让他身边的人查明情况，看能不能为我做点什么。这样知我重我者，天下能有几人？"

赵一荻没有答话，只默默地望着丈夫。

不知什么时候，月亮已经消隐了，但高高的夜空中，仍有无数星星在闪烁。两人都抬起头来，遥对夜空，感受着夜色中缓缓流淌的那股浓浓的情蕴。

许许多多往事就这么一天天在夜色中重新浮现出来，那些已经逝去的或者远隔千里万里的故旧亲友们又在夜色中向他们走近，然后又渐渐远去，宛若天上的星星，与他们遥遥相对。

饱经沧桑的张学良就这么独坐暮晚，感受着不可忘却的每一个重要的生命瞬间与历史的永恒。

他是中华民族的千古功臣

月残缺又盈满，树枯黄又碧透。岁月如烟，漫漫而过，西安事变距今已经 56 年。

56 年，物换星移，世界变了，中国也变了。跃马征战的岁月已成为遥远的过去，当年身着土布军衣、脚蹬着草鞋的红军，早已走出陕北保安小镇，在中国建立了一个崭新的政权；曾经在地图前苦苦思索前途命运，筹划与张学良、杨虎城结成"三位一体"的毛泽东、周恩来、刘少奇、朱德等中共领导人，成为中华人民共和国的缔造者。

曾经拥有过辉煌，并因之而历过悲壮人生的"少帅"也垂垂老矣，在遥远的台湾岛上消度着清寂的生命晚景。

然而历史已经永远定格。1936 年 12 月 12 日华清池的枪声，掀开了中国现代史新的一页，中国，乃至世界历史的进程因之而改变。一场"劫持统帅"从而结束了国共两党十年内战的兵谏，为张学良的政治生涯，赢得了永远的辉煌。

打下了共和国江山的中国共产党对张学良始终怀着一种特殊的感情，尤其是曾经与张学良相处过八天九夜的周恩来，对这位肝胆相照的忠实朋友一直念念不忘，寄予了深深的怀念与同情，对他牺牲个人、维护抗战大局的壮烈行为，给予了高度评价。

1937 年 1 月 1 日，就在张学良在南京遭受"审判"的第二天，刘少奇发表文章指出："张学良在南京的行动，是有助于团结全国抗日、停止一切内战的方针之实行的。这不是表示张学良的无耻与投降，反而表示张学良为着团结全国抗日停止内战而不惜牺牲个人的忠诚。张学良是请罪了，西安事变的一切责任他担负了，剩下来的还有什么呢？那就只有南京政府要执行真正足以满足全国人民愿望的抗日救国政策。"

两个月后，美国女作家史沫特莱访问陕北苏区，在延安的窑洞里会见了毛泽东。在谈到西安事变时，毛泽东狠吸一口香烟，操着浓重的湖南口音说："西安事变中，国内一部分人极力挑拨内战，内战危险是很严重的。如果没有 12 月 25 日张汉卿先生送蒋介石先生回南京之一举……则和平解决就不可能。兵连祸结，不知要弄到何种地步，必将给日本一个最好的侵略机会，中国也许因此亡国，至少也要受到极大的损害。"

史沫特莱本来对共产党主张和平解决西安事变很不理解，听毛泽东这么一谈，恍然大悟，禁不住连连感叹张学良以极大的个人悲剧避免内战爆发的壮举。

为了争取张学良的自由，周恩来更是大声疾呼，仗义执言。他总是念及这位对国家民族作出卓越贡献的功臣。想到张将军身陷囹圄、凄然度日的苦境，周恩来有许多次忍不住情绪激动，热泪盈眶。

1944 年 12 月 24 日，周恩来复电美国总统罗斯福的私人特使赫尔利，提出了恢复国共会谈的四项先决条件，其中的第一条，便是释放张学良将军等爱国被囚人士。

1945 年 4 月 30 日，周恩来在中国共产党第七次全国代表大会上作《论统一战线》的报告，谈到了西安事变和蒋介石的倒行逆施。他说："但是张学良送他到南京以后，他就把张学良扣起来。"对蒋介石"管束"张学良表示了极大义愤。

1946 年 1 月，在重庆召开的政治协商会议上，周恩来即席讲话，语气沉重地说："现在强调国内团结，这使我想起一位对国内团结贡献最大的人，这个人是你们的朋友，也是我们的朋友，那就是张汉卿将军。他至今还没有获得自由。"

周恩来的一番话，引起参加会议的许多代表的同情与共鸣，可是，要求释放张学良的呼声却为蒋介石所漠视，他的那番"与张学良的关系不能以国法、公义而论"的论调，完全排除了在短期内恢复张学良自由的可能。

1946 年 4 月 28 日，周恩来在重庆曾家岩 50 号举行的与重庆文化界话别茶会上，讲述了东北谈判的经过，然后说道："谈判耗去了我现有生命的五分之一，我已经谈老了！"这时，曾任东北大学秘书长、与张学良有过亲密关系的王卓然对周恩来的感慨表示了一番安慰，说道："周先生十年谈判生涯虽然太辛苦了，但将来的历史自有崇高的评价。只可怜那一个远在息烽（张学良被禁贵州修文县时，外界传闻是被囚押于息烽监狱）钓了十年鱼的人，他这十年钓鱼的日子不是容易过的呀！……"

王卓然的一番话顿时令全场陷入沉默，人们欲哭不能。

1946 年 12 月 12 日，延安各界举行大会，纪念西安事变 10 周年，周恩来代表中共中央讲话。他严正地说："现在抗战已经胜利一年多了，然而张、杨两将军却被蒋介石幽囚了 10 年。这段公案，人民会起来给以正当的裁判。那些担保张、杨无事的大人先生和太太们，却早已忘恩负义，食言而肥。""在纪念'双十二'10 周年的今天，我们要求立即释放张、杨两将军。他们是大功于抗战事业的。"

1949 年 4 月 20 日，南京政府最后拒绝了中共提出的国内和平协定最后修正案，同时派出专机，电令其和谈代表团回返南京。到底是走还是留下来同即将夺取全国政权的中国共产党一道共事，代表团首席代表张治中和其他成员都很矛盾。这时，周恩来去代表团下榻的东交民巷六国饭店看望张治中，说："文白兄，西安事变的时候，我们没有尽到劝阻之责，已经对不起　位姓张的朋友了。今天，我们不能再让你这位姓张的朋友回去了。"

张治中听完周恩来这番话，顿时想起远在台湾孤岛苦捱时光的老朋友，联想到此时中国共产党对自己的这种关怀，禁不住两眼发潮，紧紧握住周恩来的手，好久说不出话来。

1956 年，西安事变已届 20 周年。在北京召开的纪念座谈会上，周恩来对张学良作了一段精彩的评价："'西安事变'是值得纪念的。""由于'西安事变'，张、杨两将军是千古功臣，这点是肯定的。有人问：当时要是把蒋介石打死了会怎么样？即使当时一枪打死了蒋介石，他们也是千古功臣。"

谈到张学良在西安事变后的处境，周恩来的语调变得沉重，他说："张汉卿亲自送蒋走是个遗憾……张汉卿是个英雄人物，很豪爽。他这个英雄人物是个人英雄主义，但用在抗日上就用对了。张汉卿在被扣后，还给过我两封信，多年来表现很好，始终如一，是值得使人怀念和尊敬的。张汉卿将来能援救出来最好，但无论如何，他是千古不朽的人物了，他是名垂千古的了……他们是千古功臣，永垂不朽和特别使人怀念也就在此了。"

此后多年，周恩来在许多场合都深切地表达过对张学良的赞扬和怀念。1961年12月12日晚，周恩来在北京饭店举行招待会，纪念西安事变25周年。席间，周恩来重新回顾事变，追忆了他同张学良、杨虎城两位爱国将领的友谊，赞扬他们在民族危亡的关头挺身而出的义举，对至今仍未全面恢复自由的张学良表达了深深的怀念之情。张学良的四弟、海军参谋长张学思异常激动，在给周恩来敬酒时竟泣不成声，全场为之肃然。周恩来也忍不住流下了热泪，说："我的眼泪是代表党的，不是我个人的。25年了，杨先生牺牲了一家四口，张先生还囚禁在台湾，没有自由，怎能不使人想起他们就落泪呢？"

几十年间，周恩来一直挂记着张学良，感念着他为国家、为民族作出的贡献和牺牲。他常常对身边的工作人员讲：我们夺得了政权，但是不要忘记了帮助过我们的朋友。有的人现在还在台湾，等祖国统一了，一定要关照这些朋友。在周恩来经常提及要关照的两个人中，其中一个便是张学良。

1975年9月，周恩来身患绝症，生命正走向最后的日子。此时此刻，他仍在关注着祖国的统一，关注着远在台湾的张学良。从一份《情况反映》上，周恩来得知张学良患了眼疾且有失明的危险，他立即提起笔来，用颤抖的手写下批示，要有关部门查清具体情况，想办法给予帮助。写完批示，周恩来觉得还不放心，又在批示后连加了三个字："托，托，托。"

这是周恩来在中南海西花厅办公室所作的最后一份批示。

自从1936年西安事变后，张学良便再没有同中国共产党人有过任何直接的交往。但是，中国共产党人的磊落、坦荡，对国家、民族事业不畏牺牲的追求，以及对他本人的支持和深切同情，一直使他萦绕于怀，念念不忘。55年过去了，当张学良在纽约同与中国共产党有几十年交往的美国作家哈里森·索尔兹伯里谈起周恩来，谈起曾与他有过"三位一体"

交谊的人们时，忍不住充满激情地说："中国共产党待我非常友好！"

这是张学良珍藏了半个多世纪的肺腑之言。

远山的呼唤

五十多年来，中国人民从未忘记过张学良，年复一年，他在大陆的亲友、故旧，都在遥对明月，寄诉对这位千古功臣的关切与思念。

张学良的弟弟张学铭、张学思，分别任全国政协委员和解放军海军参谋长，几十年间，每每忆及大哥张学良，便禁不住情绪激动，热泪盈眶。每年 6 月张学良生日之时，两位弟弟都要按传统习俗，在家中摆上寿桃、寿席，领着全家人吃长长的寿面……每次一谈起学良大哥，张学铭便对人们愤然陈情："我大哥被老蒋关了几十年，至今还被软禁在台湾，我们在大陆的一家子老少盼了一年又一年，就是不得见面！多少年来，我只能在梦中与大哥相会。"

1970 年，张学思去世了。1976 年，一直挂念着张学良，关怀着他在大陆的亲友的周恩来也与世长辞。1978 年 2 月，停止活动十年之久的全国政协召开第五届全委会第一次会议。会上，张学铭情绪激动，从怀念周总理又说到了大哥张学良。

"我大哥张学良被蒋介石软禁，已经是第 42 个年头了。当初他要能听从周总理的话，也不至于落得这样长期的骨肉分离，这是一；再说打西安事变至今，周总理一直惦念着我大哥，关怀着我们全家，为我们全家人操碎了心！如今，我们一大家子都好，只有弟弟张学思在'文革'中被迫害致死，最后还是周总理亲自主持，为他平反昭雪。我的大哥几十年来身陷囹圄，孤零零在台湾度日如年，真是苦海无边哪！我们弟兄都老了，难道要我们都到了阴间，才得以骨肉团聚吗？祖国统一，亲人团圆，这是天经地义的事。我每每想到这些，就气愤、不平、伤心，心里不是滋味！我……"

张学铭激愤得气喘吁吁，老泪纵横。在座许多政协委员们也都鼻子发酸，情不自禁地掏出了手绢。

1982 年，张学铭已身患重病，病榻上仍念念不忘身在台湾的大哥。

从一本海外出版的中文杂志上，张学铭看到了大哥访问金门的消息，并看到了大哥从望远镜眺望大陆河山的照片。四十多年未见，大哥已垂垂老矣！张学铭心上一阵哀伤，言语沉重地说："为什么不放我大哥回大陆，而要摆弄什么望远镜呢？再说可以让我去看望大哥嘛！我什么都不怕，单枪匹马一个人也敢，就看台湾当局肯不肯放我进去。我张学铭今生见不着我大哥，做鬼也要去一趟台湾！"

可是骨肉相聚的心愿未了，张学铭便于1983年溘然长逝。两岸骨肉分离的悲剧中，又新添一段哀歌。

继张学思、张学铭之后，张学良自小敬重的大姐张首芳和其他几位在大陆的亲友，均相继谢世。二妹张怀英、四妹张怀卿在最后的时日里，仍在盼着大哥的归来："我们姊妹尚能在古稀之年再聚首谈心，死亦无憾。我们期待大哥早日归来！"

赵一荻的亲友朱洛筠、陆静嫣、李兰云、吴靖多少年来也一直盼望着能与儿时的好友绮霞相聚，"共剪西窗烛，白首话耋年"。朱洛筠还专门填写了一首词《思佳客》，表达对张学良和赵一荻的怀念：

> 少小同嬉忆故情，而今白发说余生；
> 将军手拨乾坤转，淑女心期玉雪清。
> 怀旧雨，盼新晴，春回两岸海波平。
> 中华一统归来日，万户融融笑语声。

一直怀念着张学良，盼望着他早日回到故乡怀抱的，又何止是张学良的亲友故旧！西安事变为张学良赢得了永久的辉煌。回望历史，人们便禁不住要去感念惊心动魄的昨日，心际腾风作雨，寻索着这位千古功臣从壮烈走向沉寂的一步步艰难足迹。

在西安古城东南角，位于金家巷的张将军公馆，一式并立的三座大楼一如当年保存完整：东楼是周恩来和中共代表团在西安事变期间的卧室、工作室，西楼是张学良、赵一荻的卧室、客厅。卧室里，依旧悬挂着赵一荻当年那帧披罩白色纱裙、斜身侧坐的照片，其俊俏婉丽、端庄脱俗的模样惹人注目。照片下方，是陈列物品的玻璃柜，里面放着张学良当年用过的佩剑、马靴、印章、肩章和其他个人物品，令人想起少帅当年的威风豪气。

在临潼华清池，当年蒋介石被捉的那一壁虎斑石前，立起了一个小亭，解放前被国民党官员题为"民族复兴亭"，1949 年后易名为"捉蒋亭"，近年又更名为"兵谏亭"。华清池门口，曾竖立一副对联：

温水溶脂，红尘送枝，金屋玉楼，倾城光彩，难共九龙流日夜。

烽台景罢，白岭易帜，枪声人影，历史转折，送来五间觅惊魂。

人们一见，便回想起历史曾在这里激起的滔天波澜。

奉化溪口，当年张学良曾经住过的雪窦山招待所和雪窦寺已恢复原貌。站在张少帅曾经对月赋诗的妙高台上，耳听雪窦寺的钟声和千丈岩瀑布的震耳轰鸣，便禁不住会去想当年的少帅困居此地，举步难行的悲苦心境。雪窦寺后，张学良亲手种下的两株楠木早已长成大树，有风吹过，树枝摇动，叶片沙沙作响，似在吐着难以言尽的情思。

湖南郴州苏仙岭上，早已是林木葱茏、鸟语花香，名胜古迹焕然一新。1983 年，苏仙观进行了全面修葺，当年张将军的居室被命名为"屈将室"，陈列了当年他发动西安事变的图片、资料，并为他塑了半身胸像。人们每到山观，都要在此处流连，追忆往事，聊寄遥思。

在湘西沅陵，那凤凰古寺已面目一新，张学良当年题写在墙上的诗，已被妥善加以保护。曾留下少帅身影和许多故事的望江楼、天桥、鱼池和网球场，如今有如新造，正期待他故地重游，笑话当年。

在贵州修文阳明洞、贵阳麒麟洞、桐梓小西湖，凡是张学良当年所居之处，如今都得到了精心修复。千千万万的游人，都在这些留下张学良将军足迹的地方驻足徘徊，"引领望风长怀想"，盼望着少帅从远方归来。

1986 年，那位当年曾数度与张学良晤谈交往的原桐梓县县长赵季恒写下了一篇怀念张学良的文章，其中写道：

"月白风清，思念故人。四十年转眼过去，而人生变化无穷。张将军老矣，我也老矣！但愿国共第三次合作，携起手来，振兴中华，祖国早日统一，张将军能回到祖国，我能再见张将军一面，亦好一叙别情……"

进入八十年代以来，随着日渐高涨的两岸统一呼声，海内外对西安事变和张学良的研究进入了一个新的阶段，人们通过报纸、书籍、杂志，通过电视和银幕，再次看到了历史上惊心动魄的一瞬，一位沉寂了半个多世纪的千古功臣又栩栩如生地浮现在人们眼前。

大陆出版的有关西安事变和张学良的书籍、杂志，通过种种渠道传入了台湾。在张学良的书房里，整齐地摆放着许多记叙西安兵谏和他政治生涯的书籍，它们记录着中国人民对那段不可忘却的历史的怀想和对一位民族英雄的敬重。

1985年，一位朋友辗转弄到了大陆拍摄的电影《西安事变》的录像带，特意打电话将张学良请到家中。灯熄了，屏幕上出现了阔别半个世纪的西安古城，出现了情牵梦绕的金家巷公馆。当年的自己，一身戎装，英气勃发，为挽救民族危难毅然与杨虎城共同举事……眼前的一切都仿佛发生在昨天，耳边仍可闻临潼方向传来的枪声……

泪水不知什么时候涌流出来，模糊了双眼，电影录像只看了一半，张学良已是掩面长泣。他撑着身子缓缓站起，由赵一荻扶着中场告辞。走到门口，他又回过头来，沉沉地说道："往事不堪回首啊！"

1990年6月1日，正沉浸在90寿辰喜庆气氛中的张学良，收到了发自大陆的周恩来夫人邓颖超的贺电：

> 欣逢先生九秩寿庆，颖超特电表示深挚的祝贺。
>
> 忆昔54年前，先生一本爱国赤子之忱，关心民族命运和国家前途，在外侮日亟，国势危殆之秋，毅然促成国共合作，实现全面抗战，去台之后，虽遭长期不公正之待遇，淡然于荣利，为国筹思，赢得人们景仰。恩来在时，每念及先生则必云：先生乃千古功臣。先生对近代中国所作的特殊贡献，人民

是永远不会忘怀的。

所幸者，近年来，两岸交往日增，长期隔绝之状况已成过去。先生当年为之奋斗、为之牺牲之统一祖国振兴中华大业，为期必当不远。想先生思之亦必欣然而自慰也。

我和同辈朋友们遥祝先生善自珍重，长寿健康，并盼再度聚首，以慰故人之思耳！……

收到这份电报，张学良好一阵细看，看过之后又让赵一荻将电文逐字读出。

在庆祝他 90 寿辰的所有贺礼、贺电中，这份来自大陆、来自故友周恩来遗孀的电报，成为他最为宝贵的珍藏。其中既有老朋友的关切与赞赏，也有来自遥远故土的呼唤与盼望，人到老年，还有什么比这种乡音和友情更为可贵的呢？

他很快便给邓颖超复信中说："良寄居台湾，翘首云天，无日不有怀乡之感。一有机缘，定当踏上故土。……"

张学良在人生的最后十年中，多次说过同样的话：一有机缘定当踏上故土。

可是，深怀悠悠故土之情的张学良到生命最后一刻也没有踏上故乡，这既是张学良的巨大遗憾，也引起了外界的众多猜测。

任美国乔治城大学历史系教授、美国国会图书馆前中文部主任的王冀曾披露过张学良未回大陆的隐情。

王冀多年来一直致力于中美交流事业，曾任美中政策基金会共同主席。王冀的父亲王树常做过张作霖的总参议，后来是东北军的参谋长，国民党河北省主席，军事参议院上将参议，1936 年 12 月西安事变后，南京国民政府拟派王树常到西安，以东北军元老的身份接替张学良职务，整编东北军并瓦解东北军上层，王树常出于对张学良的敬重拒绝了这一安排。正是出于这种关系，张学良才将沟通的重任托付给王冀。

1991 年春节将至，即张学良前往美国探亲前夕，王冀在华盛顿突然接到已获自由的张学良从台北打来的电话，说他有急事相托，希望王冀到一趟台湾。王冀从张学良的语气里听出了此事定是非同小可，第二天就买了从华盛顿飞台北的机票。

急匆匆赶到台北的王冀直奔张学良府上，张学良同他一见面就说："我想出趟远门。"王冀以为张学良想去香港，哪知张学良连连摇头，说："不，去香港不算出远门。"接下来他告诉一头雾水的王冀，说他要去美国。吃惊不小的王冀问："去美国干什么？"张学良一听笑起来，"去看女朋友啊。"看王冀对之一笑，张学良反倒正色起来，说："这有什么大惊小怪？我在大陆还有女朋友呢。"后来王冀才知道张学良说的这位女朋友是原来国民党政府中央银行行长贝祖贻的夫人蒋士云，也即名扬天下的著名建筑家贝聿铭的继母。身为江南名媛的蒋四小姐早在上世纪二十年代就与张学良相识，后来已经到了两情相悦的关头，却因阴差阳错未能了却姻缘。在张学良因西安事变而被幽禁于浙江雪窦山之时，蒋四小姐不顾当时已经嫁给贝祖贻的实际，打通戴笠的关节探望了张学良，令这位当年年少气盛风光无限的少帅感慨万端。

张学良就自己去美国一定要见见蒋士云的事开了阵玩笑，话题一转，说到了两个敏感的字：大陆。

张学良告诉王冀，他想在有生之年回大陆看看，不知道中国领导人会不会欢迎？在张学良看来，自己曾背有"不抵抗"的骂名，国民党又说他是"历史罪人"，他这个包袱可能给他带来麻烦。王冀不假思考就回答说，据他的了解，大陆非常欢迎少帅回去，这么多年以来大陆一直没有忘记少帅的历史功劳，1956年全国政协礼堂举行西安事变20周年纪念大会，周恩来总理亲自出席，王冀的父亲王树常亲耳听见周总理称张学良是中华民族的"千古功臣"，现在大陆对外开放，政治氛围更加宽松，对少帅的故乡之行定会热忱欢迎。

释解了对大陆的疑虑，张学良的担心又转向国民党当局。随着蒋经国的上台，台湾的政治气氛逐渐宽松，到蒋家时代画上句号，新任"总统"李登辉为了争取选票放话要实现"真正的民主"。李本人对张学良在蒋家父子治下幽禁五十多年比较同情，上台后即解除了对张学良的禁令，公开恢复了张学良的自由。张学良颇为看重义气的东北人，对李登辉心存感激之情，但李登辉在两岸问题上的态度令原本已经松动的两岸关系处于高度敏感状态，张学良自然而然就想到如果他刚被解禁就提出去大陆，定会导致台湾当局的不快。他与王冀反复商议，决定回乡一事高度保密，待一切都已联系妥当再对外公开，造成既成事实，让李登辉难于阻拦。

张学良请王冀做他的特使，先去大陆同有关部门沟通。为了便于此行的顺利，同时也考虑到大陆之行的分量，张学良说希望由当时的中国国家主席杨尚昆或中共德高望重的领导人邓小平能亲自向他发出邀请，这样台湾当局就不能小视，再者张学良与杨、邓二人均有交情。张学良在主政西北的时候与当时在延安的杨尚昆有过联系，而邓小平在华北根据地工作的时候一次因伤寒而身体非常虚弱，医生说只有多喝牛奶才能恢复健康，但当时中共根据地条件非常艰苦，根本无法找到牛奶。张学良得知后专门派人为邓小平送去一大箱荷兰奶粉，邓小平对此很是感激，多年后还跟女儿谈起过此事。张学良认为，只要拿到杨尚昆或邓小平的邀请函再亲自面见李登辉，魂牵梦绕的大陆之行就成功了大半。

王冀赶在春节前转道香港前往北京，在向有关方面转达了张学良希望回故乡看看的意愿后，立即得到了积极回应，并返回美国见到了已经起程到美的张学良，汇报了大陆的反应，张学良很是激动。按张学良的想法，返回大陆探亲至少需要四天行程：北京两天，希望有机会礼节性地会见邓小平；在沈阳两天，看看父老乡亲和当年的旧部。按照这个计划，张学良将在沈阳电视台做个简短演讲，表达对家乡人民的思念和愧疚之情。说完之后两人都很兴奋。

1991 年 3 月 24 日，在北京举行的第七届全国人大第四次会议的新闻发布会上，新闻发言人姚广对中外记者们说：张学良先生是中国现代史上一位杰出的人物。40 年来，我们对张学良先生十分关切。现在他和他的夫人到了美国，从有关报道上得知他身体健朗，我们对此感到高兴。如果他本人愿意回大陆看一看，我们当然非常欢迎。我们将尊重他的意愿。

来自大陆故乡的一声声呼唤自然触动了张将军的回归之心。访美期间，当有记者问他究竟将何处当做家园时，张学良很动感情地回答说："我年轻时当然是家在东北。后来，我飘荡不定，随遇而安。我还是想我的大陆故土，我还是怀念故土。自'九一八'后，我就没有回过东北老家。当然我是很愿意回到大陆的。但时机尚未成熟。假若双方的敌对问题完全没有了，我就可以回去。"

如同他对老部下吕正操说过的一样，由于两岸分离的现实，使张学良在考虑回归时，不得不考虑到他身处的环境。他不想得罪台湾当局，但又决不愿意有悖于大陆人们的愿望。他一再向人们表示："中国共产党待我非常友好。""我个人衷心希望两岸双方能和平统一起来，我非常反对中国分裂。当年我有权势在手我就是赞成统一的，如中原大战种种事我都是如此。我很反对内战的，我非常希望和平统一，这是我最大的希望。"

当有人问他，对和平统一能做出什么贡献时，张学良笑了，脸上又漾起了当年的豪迈神情："假如我能有所贡献，虽然我已衰老了，但仍未昏庸，我能有贡献很愿意。我还是这么说，只要对国家民族有贡献的事，我都愿意去做。"他还表示赞成国民党和共产党坐下来谈，认为两边总要开始谈判。他以国民党前辈的身份和口吻对国民党今日的当权者进言："不要怕和共产党谈。"

在美国住了两个月，张学良返回台北，准备等待来自大陆的好消息。可是台湾最高当局却对此事表达了抵触，而且用语尖刻，颇有责难张学良要再来次西安事变的意思。

张学良在20世纪90年代回到大陆的最好机会就这样断送了，大陆去不成了，张学良也不想留在台湾，之后申请前往美国居住，并在美国夏威夷度过了他人生最后的岁月。所以后来很多人追问张学良为何不回大陆，又不愿住在台湾，这件事情恐怕多少是缘由之一。

往事如烟，现在回想起这件事，作为牵线人的王冀感慨万千。历史机遇就这样失去了，这段鲜为人知的插曲也被无情的岁月尘封。2006年12月12日，西安事变70周年之际，王冀先生专程飞往夏威夷，给张学良的墓地送上一束鲜花，表达他对张老将军的敬意和怀念，同时也流露出当事人的无奈和遗憾。

时光流转，2000年，张学良百岁华诞，在接受采访时，他思乡之情仍溢于言表。他说："虽然想回去，但就怕感情上的冲击使我受不了"，"我当然愿意回家去，我的身体很好"。

但这，却成了一个永远未圆的梦了！

南唐最后一个皇帝李煜有一首怀念故国的千古绝唱：帘外雨潺潺，

春意阑珊，罗衾不耐五更寒。梦里不知身是客，一晌贪欢，独自莫凭栏。无限江山，别时容易见时难，流水落花春去也，天上人间。

东北、西安、台北、夏威夷，在这些留下张学良足迹的地方，究竟哪里真正是属于张学良的天上人间？

心愿未了，发已如雪。

夜色中，张学良独对一弯明月。

月色依旧。从中国残缺褪色的史籍里，他曾领略过秦时明月的蛮荒，关山冷月的悲怆，春江花月夜的清丽，秦淮残月的萎靡，卢沟晓月的苍白。同样的月色曾伴过他儿时的狂浪和成年后的豪壮。及至56年前那个冬夜之后，月色变了，变得忧郁而多愁，照着他从辉煌到沉寂的悲壮人生。

往事如云如烟，的确变得遥远了，可是，只要面对明月，那些沉默的往事便会被轻轻唤醒，依稀可闻战鼓震天，号角连营，依稀可见寒山古刹，孤人独语。月光中，往事历历在目。

窗外，风动树摇，有一种蕴涵着深奥、悠远、宏奇、哀伤的千古旋律在心底响起。

凭窗凝视，月华如水。

第 **14** 章

移居檀香山

平静离开台湾

从美国探亲返回台湾后，张学良和赵一荻又恢复到往日淡如止水的生活之中。

1993 年 8 月 27 日，张学良突然因颅脑血肿住进台北荣民总医院，由曾经为蒋介石、蒋经国父子做过医疗保健的"御医"副院长姜必宁亲自主持会诊，29 日上午，对张学良施行了脑部手术，其颅顶叶部和右额头部分别钻开了洞孔，抽出了 1800cc 的血水。医院原以为张学良以 92 岁的高龄接受这个手术会留下后遗症，但人们发现，张学良术后没有出现预想的障碍，身体迅速得以复原。

就在海内外各种媒体猜测张学良身体状况的时候，12 月 15 日，张学良和赵一荻出人意料地出现在台北桃园机场，乘华航 CH003 大型客机，飞往美国西海岸的旧金山。他在机场接受记者采访时说："我这次主要是去美国看儿子和孙子，没有其他特别旅游计划。"对于何时返回台湾，张学良表示没有任何确切日期，完全依兴致而定。

自由了的张学良第二次离开台湾赴美。与两年前的初次出岛相比，此次可谓平静淡泊，悄然而行。

谁也没有想到，此番张学良离台，意味着他就此结束了在台湾岛上的 46 个冷暖春秋。

虽然已近 93 岁，但张学良似乎毫不知疲倦，而且对新事物和新环境充满了好奇和兴趣。12 月 25 日，张学良和赵一荻夫妇在旧金山与女儿一家度过了一个欢乐温馨的圣诞节后，由儿子、女儿陪同飞往夏威夷过新年，曾经当过台湾中华航空公司董事长的张学良的弟弟张学森就住在依山傍水的檀香山岛，两年前在由美返归台湾途中，他们曾在那里做过短暂停留，对夏威夷的风光山水不无流连，而此次他和夫人是想在这里做长期疗养了。

张学良接受亲友们的意见，选择夏威夷休养是经过充分思考的。

夏威夷是一个群岛，地处北回归线的热带地域，季节没有明显变化，四季平均温度在 24 度左右。夏威夷常被人们称作"天堂之岛"，除了这里得天独厚的气候条件外，还有千姿百态的自然景观。在这片岛屿上，大自然的刻刀画笔任意雕琢挥洒，在这里造就了高山平原，河流峡谷，沙漠草原，火山瀑布，丛林海滩，似乎地球上所有的景物都在这里浓缩，呈现一派如诗如画的景象。夏威夷的火山惊心动魄，海浪气势磅礴，山川奇峰绝壑，海滩静谧优美，峡谷雄奇壮丽，山径曲折迷离，鲜花四季盛开，彩虹凌空飞架，入夜明月当空，给人以无尽的遐想。美国著名作家马克·吐温到过夏威夷后写道："世界上没有任何地方如夏威夷那样对我有如此的魅力，那样久久萦绕心头。"

对于刚刚做过脑部手术的张学良和曾因肺癌切除了左肺的赵一荻来讲，这种环境比起台北居处的潮湿来说，当然更适合安度晚年。

当然也有其他的一些因素，比如老朋友们都一个个去世，几乎再难找到说古叙旧的老友；比如新闻媒体频繁上门，询问一些他不想回答的问题；作为曾经改变了中国历史的重要人物，他在海峡两边都有正负两方面的评价，百年之后在台湾在大陆都会引起纷议，居于第三地就可以摆脱这些困窘。当然最主要的因素，还是因为儿孙们均在海外，有亲人相伴，可以清享天伦之乐。

1994 年 1 月 2 日，张学良、赵一荻夫妇再次来到夏威夷，当天便参加了当地华人京剧爱好者们举办的新春联欢会，此次聚会还邀请了来自中国内地京剧界的几位名角参加。张学良在联欢会上一边品茗，一边津津有味地和着节拍击节听戏，不时发出声声喝彩。后来，他主动上前，连唱了四段著名的京剧唱腔，虽然嗓音有些沙哑，但却字正腔圆，韵味绵长。联欢会后，张学良又挥毫助兴，欣然写下一副对联：

> 唯大英雄重本色
> 是真名士自风流

在众人的喝彩声中，他又边吟诵边写道：

> 自古英雄多好色
> 未必好色尽英雄
> 我虽并非英雄汉
> 唯有好色似英雄

众人发出了阵阵哄笑，张学良毫不回避地说："我一生有三爱：一爱打麻将，二爱说笑话，三爱唱老歌。"听有人问他的养生之道，张学良回答："人的生活要简单，简单的生活能使人长寿。我已经93岁了，可是我从来没有想到我能活到93岁。"

初到夏威夷之时，张学良夫妇住在同父异母的五弟张学森家中，但时间一长，张学良唯恐给五弟增添麻烦，加之数十年来一直是幽居独处，习惯于安静平宁，于是不久后，夫妇俩便在希尔顿大饭店租下了拉宫塔尔公寓15层的一套住房。公寓靠近海边，空气清新宜人，推开窗户，可以望得见金色的沙滩和蔚蓝无边的大海，听得见阵阵清脆的鸟语和波涛的涌动。

1994年3月，台湾媒体相继报道说，张学良委托美国索思比拍卖行在台湾的公司，拍卖他七十多年来收藏的书画，以"为教会募捐"。

张学良早年就喜好书画，精于鉴赏，与张大千等文人墨客丹青高手多有交往，数十年间收藏了不少珍贵文物，其中一批宋元古书，一直没有公开。在台北定居后，他专门为自己收藏书画的居室取了个名，叫"定远斋"。由于张学良的身份，多年与外界又无甚交往，所以此次拍卖颇有神秘色彩。

消息传出，收藏界出现一阵热浪，正在台北访问的北京故宫博物院杨新副院长也参观了藏品预展。出现在人们眼前的有七百多件藏品，有宋元以后四五百位书画家的作品，其中也有不少出自张大千之手，整个藏品充满文人气息。4 月 10 日下午的拍卖会上，投标热烈，成交频频，藏品的价值与张学良的魅力使许多藏品的成交价比估价高出二三倍。最后，七百多件藏品全部拍卖出，在台湾的艺术品拍卖历史上创造出百分之百的"完拍"纪录，成交额高达一亿三千多万新台币。

不久，又有消息传出，张学良在台湾北投的宅邸已出售给他人，房中的桌椅、床具也分送给了亲朋好友。

有人猜测：张学良是不是要在海外定居了。有报纸披露，张学良有一次在台北餐厅与老友聚会时说，他与赵一荻在群山环抱的北投已经生活了三十多年，由于夫人年事已高，身体有病，已不太适应山中的气候变化，所以"迁地为良"。

果然，就在拍卖会刚刚结束之际，台湾媒体爆出消息：西安事变关键人物张学良将军与夫人赵一荻女士在和美国亲友商议后，决定长期定居美国夏威夷，不再返回台湾。

据媒体披露，张学良是以年老无靠投奔儿子张闾琳为由，向美国移民局申请长期居留"绿卡"的。按美国移民局规定，张学良需要提供张闾琳出生在祖国大陆的证明文件。张闾琳 1930 年出生在天津协和医院，天津有关部门很快出具了手续证明，1995 年 4 月，张学良夫妇顺利拿到了美国移民局核发的"绿卡"。

相濡以沫的张学良夫妇开始了在夏威夷的新生活。

进教堂与赏国粹

夏威夷果然是个休养、生活的绝好地方。

每天，张学良都会与夫人缓缓从公寓里出来，到海滩上散步。上午的大海碧波万顷，波澜不兴，涟漪层层，微风习习。站在金色的海滩上，眼观一望无垠的大海，张学良心中有一种洞穿肺腑的澄澈。走累了，站累了,他和夫人就会回返到公寓旁的花园,坐在凳子上看四周盛开的花朵,感受一阵阵沁人心脾的芬芳。他对夫人说,看来当年美国那个马克·吐温对夏威夷的描写没有错,这里的海岸确实是金光耀眼,山崖鲜花漫布,瀑布水花飞溅,棕榈随风摇曳,山峰若隐若现。历过了风雨战乱和漫长的幽禁岁月,生命的晚景能够感遇海风的温柔,林地的寂静,听到小溪的欢唱,闻到遍地的花香,对张学良而言,真可谓是一种上苍的特别赐予。

张学良把这归功于上帝。

"上帝既然赐给我这么长的生命,就是让我为他做见证,传福音,引领人来信上帝和耶稣基督而得救。"

到檀香山不久,张学良就在张学森和其他亲友的陪同下,来到附近的华人教堂,听牧师讲道,做功课礼拜。在一次基督公理会上做感恩节时,由牧师程嘉禾介绍,张学良向教友们谈起了自己信奉基督教的经过:

"我年轻的时候,在奉天常到基督教青年会去打球,在那里认识了不少基督徒。有时候我到那里去听演讲。我很敬仰的南开学校校长张伯苓先生和上海青年协会的总干事余日章先生,尤其是那时候奉天基督教青年会的总干事、美国人普莱德先生,他很爱护我,并且愿意把我安排到美国去读书。他们都给了我很深刻的影响。无形中,我也对基督教有了好感。后来因为我进入奉天讲武堂,毕业后到军队里做事,就很少跟基督教的人来往。

"以后,我从浙江、江西、湖南到贵州。在这一段时间里,都是研究明史。到了台湾后,我感到需要有一个信仰。那时候情报局派到我们那里负责的人都是佛教徒。他就同我谈佛教,也为我安排去见在新竹的几位佛教法师。我同他们谈了几次,也买了许多佛教的书来研究,一直到我们搬到高雄要塞。有一天,蒋夫人来访。她问我看些什么书,我告诉她我正在研究佛学。她就说:'汉卿,你又走错了路,你也许认为我信基督教是很愚蠢,但是世界各国许多有名的、伟大的人物都是基督徒,难道他们都是很愚蠢的人吗?'她说她希望我也研究基督教。我就告诉她,我很希望读点英文。她就请刚从美国卸任回来的董显光大使来帮助我。

"他们来了以后,就常到我们那里来。董显光的夫人是非常虔诚的基督徒,她来了就同我们谈基督教。他们送给我一本《马丁·路德传》

作为课本，我就把这本书译为中文。

"我们搬回台北不久，董先生夫妇就到美国去了。蒋夫人就派人来陪我到士林凯歌教堂做礼拜、听道。我在那里认识了周联华牧师。以后他就来帮助我读经和研究神学。因为中译的神学书不合用，周牧师就申请美南浸信会的函授课程。从此我就研究神学。一共读了十几年，才拿到毕业证书……

"感谢主，在我读圣经的时候，上帝的光照到我的心里，使我明白他的旨意和《圣经》里的话。他的大能改变了我，他的爱，使我知道他是爱我，为我舍己，使我因信耶稣而得救。我在 1964 年受洗。

"上帝给我所安排的实在是非常奇妙，他先使我跟基督徒接触，又叫他的仆人和使女来带领我，又再给我安静的环境和很长的时间去研究神学，然后给我安排到夏威夷。"

虔诚的基督徒张学良，那个常常在林荫小道上缓缓而行、神态安详的张学良，很难让人们联想到他就是那个曾经在中国处于一人之下、把中国历史的天空捅了一个大窟窿的陆军一级上将。

几十年漫长的岁月中，张学良一直保持着几大爱好，其中可以称之为"金牌发烧友"的，要数京剧了。1931 年"九一八"事变的当晚，张学良就在北京"第一戏院"观看梅兰芳的《风筝误》这出戏，看了一半接到日本人入侵的报告，匆匆离去。早在幽禁的最初岁月，他就经常感叹看不到那些熟悉的名伶们演出，有时候哼上几句却找不到知音，后来在台湾解除"管束"之后，张学良最喜欢去的地方就是戏院，有时候甚至把名角和票友请到家里来，大谈京剧过瘾。

张学良最常说的一句话就是：不看国剧就不是中国人。著名京剧表演艺术家裘盛戎之子裘少戎曾经在 1993 年随北京京剧团到台湾访问，所到之处，喝彩声一片。张学良一连看了三场，拉着裘少戎的手说：你的扮相、嗓子都像你父亲裘盛戎，当年我看过你父亲不少戏。他告诉人们说，他最大的嗜好就是听戏。早年在东北的时候，家里每逢生日宴会，都要邀请戏班名伶唱堂会，而且要连唱三天。他不无得意地告诉人们，他不仅听过京剧名家"四大名旦"梅兰芳、程砚秋、尚小云、荀慧生的戏，而且经常在一起打麻将。为此，他常常慨叹西安事变后的幽居岁月里，京剧与他相隔相绝。

后来见到来访的梅兰芳儿子梅葆玖，张学良非常激动，深情地忆起旧事，在艺术家们演唱后，张学良也走到琴师旁边，唱《战太平》，唱《失街亭》，字正腔圆，回肠荡气，博得满场喝彩。

张学良的五弟张学森也是个超级戏迷兼票友，多次看过来访的大陆京剧名家的演出，而且相交甚笃，其中与中国京剧院的名角、辽宁乡亲于魁智成为好友，有时一年要到北京三次，每次住下后第一件事就是给于魁智打电话，约时间吊嗓子。1995 年，即张学良移居夏威夷的第二年，张学森告诉于魁智：明年 6 月是张学良的 95 大寿，希望于魁智能够到夏威夷来热闹一回。没曾想三个月后，张学森在北京突发急病，不幸辞世。

虽然斯人已逝，但旧愿未了。张学森的女儿张闾衡几经周折，终于在 1996 年张学良 95 寿辰的 6 月 1 日，带着于魁智抵达夏威夷。此行还有京剧名家马连良的女儿、一级演员马小曼。

寿宴上，于魁智代表中国京剧院的艺术家们，向张学良赠送了用中国京剧脸谱精心绘制的《寿字图》，然后满含激情地唱了传统京剧《上天台》，马小曼演唱了《四郎探母》、《凤还巢》。

艺术家们的演唱让张学良激动不已，起身说："今个儿高兴，我也唱几口过过戏瘾。"一片掌声中，张学良即兴演唱了《空城计》，掌声中兴致未尽，又唱了《武家坡》、《借东风》，一连五六段方才打住。在场的所有人都为张学良如此痴爱京剧而感叹，同时也为老人有如此旺盛的生命力而感欣慰。

唱完坐下后，马小曼对张学良说："汉公，您唱的还是老词，我教您新词怎么样？"张学良马上就表示要学。结果，这一老一少就在宴席上抑扬顿挫地唱起来，引来一片掌声，一片赞叹。

祝寿活动进行了五个多小时。张学良说："这是我 50 年来，过得最愉快、最有意义的生日之一。"这场祝寿活动多少驱逐了因为弟弟张学森数月前去世给他带来的伤感和孤寂。

艺术家们在夏威夷逗留了一个星期。每一天，张学良都会在下午五时，同艺术家们汇聚，听他们演唱，然后自己也唱上几段。他唱《失街亭》中的《两国交锋龙虎斗》，《斩马谡》中的《火在心头难消恨》，《战太平》

中的《叹英雄失势入罗网》时，难免让人想到这是位曾经叱咤风云的将军，一位被幽禁数十年的悲剧英雄。

也许是京剧激发了他的乡愁，也许是来自大陆的艺术家们的真诚勾起了他对故乡亲友们的思念，他对艺术家们说，如果他和夫人赵一荻身体状况许可，他很盼望能够以"老兵"的身份，回到东北辽宁老家看望亲友。

故土情深

数十年来，故乡的亲友们没有一刻不惦念着他们的张少帅，而张学良也一再表达着自己对故旧的怀念和幽幽乡愁。

1985 年，是抗日名将宋哲元的百年诞辰，张学良亲笔题写了"忠义永怀"，以表达自己的怀念之情。

1990 年，张学良在自己 90 寿辰的时候对人们说：我虽年迈了，如果上帝有什么旨意，我为国家为人民还能效力的，我必尽我的力量；我所能做到的，我还是照我年轻时一样的情怀去做！

1990 年 12 月，张学良为东北大学校友会刊题词：不怕死，不爱钱，丈夫绝不受人怜，顶天立地男儿汉，光明磊落度余年。

1991 年 1 月 5 日，他为纽约东北同乡会年刊题词：读物思乡。这一期的封面是东北长白山天池的照片。

1991 年张学良赴美探亲返回台湾后，同江苏省江阴市的一位崇拜他的农村小姑娘张静华连续通了好几封信，张学良在信中寄上了自己的照片，并一再感谢关心他的人们。他在信中说："谈及往事，云水万千。我曾是一名军人，能对自己所做的事情负责。欣闻故乡好，甚慰。"

1992 年，上海第一幢钢骨结构、高 199 米的世界广场大厦在浦东新区奠基。张学良特意托人为大厦奠基赠送了花篮，表达了他对祖国建设的关心之情。

1992 年，祖国大陆首批访台的记者看望张学良。他在听完记者们对国内情况的介绍之后，用浓重的东北口音说：每个人都会想到自己的老家。不但你们希望，我自己也希望回大陆看看大陆的变化，我这个人是好动的。

1992 年，来自大陆的国家级文物展"大陆古物珍宝展"在台湾引起很大轰动，张学良和夫人由台北故宫博物院院长秦孝仪等陪同，仔细观看了每一件展品，并一再对大陆在文物上的保护表示赞赏。

1992 年，张学良从友人的口中得知东北大学即将恢复，顿时情绪激动。这所大学是 1923 年张学良顶住日本人的压力成立的，1928 年由他自兼东北大学校长。后因战乱，学校人才流失，校址也一再迁移，1948 年后，改名为东北工学院。1992 年 11 月，张学良在谈到东北大学复校的时候感慨道：我的军队没了，我的军衔没了，我只有东北大学、老朋友和过去的事了。11 月 30 日，他题写了"东北大学"的校名，请人带往大陆。1993 年，国家教委正式批准东北大学复名，学校立即向张学良致送了东北大学聘请张学良担任名誉校长、名誉董事长的聘书。张学良对此欣然接受，并当即写下了"教育英才"和"东北大学 70 周年纪念"的题词。1993 年 1 月，东北大学校长蒋仲乐应邀赴台湾访问，其间专门拜会了老校长。两代校长见面，中间相隔着万千往事和 65 年的历史。张学良对蒋校长说："当年我把父亲留下的钱用来办了大学。我办大学，就是为了培养人才。不办教育外国人就欺负咱中国人。我还办了中学、小学……"蒋校长一行告辞时，张学良依依不舍，坚持把他的继承人送到电梯旁才止步。

1993 年，听说大陆的敦煌古代科技展在台北展出，张学良偕夫人立即前往观看，夫妇两人和蒋介石儿子蒋纬国夫妇在馆室中结伴而行，依次参观，并发表意见评论，显示出对故土科技文化的浓厚兴趣。

1993 年 7 月，中国广播电影电视部的说唱艺术团抵达台北访问，其中的姜昆、黄宏、冯巩、倪萍等人受邀到了台北张学良五弟张学森的公寓，与张学良见面。当得知黄宏是从东北来的时，张学良脸上现出惊喜，兴致勃勃地谈起了沈阳老区的街道名称，对沈阳的小吃特产，著名建筑如数家珍。黄宏告诉张学良，"咱们沈阳的父老乡亲非常想念您啊！"张学良扬起头，大声说："我也非常想念咱东北的老少爷们啊！"言语深情，让人心头涌起一丝酸楚。第二天晚上观看演出时，他又对黄宏说："请代我向东北的父老乡亲、向大陆所有的父老乡亲问个好吧，就说我张学良时刻都在思念他们呀！"

1995 年 3 月，辽宁大学教授周毅来到夏威夷拜会张学良。周毅多年来从事张学良及东北军史研究，颇有建树，并组织出版了《张学良文集》和《张学良将军手迹》两书。虽是初次见面，但两人通过书信，张学良对周毅已有所了解，所以一见面就问"东北老乡好吗？"并一一询问了东北军史的研究。当晚，张学良又邀请周毅在海滨叙谈。感受习习海风，耳听阵阵涛声，面对故乡来人，张学良娓娓畅谈，从父亲张作霖讲起，谈起自己在马车上的降生，说起数十年来的辗转流离，说起明史研究与对基督的信仰，一直说到如何会到异国他乡定居。皎洁的月光下，张学良陷入了对自己生平的万千回忆，直到晚上 11 时，方才与周毅告辞。

1995 年 5 月，张学良得知南京地方政府正在为抗战中牺牲的航空烈士修葺纪念碑，于是提笔题写了"抗日航空烈士永垂不朽"几个大字寄往南京。

1995 年 11 月，吉林省辽源市东丰县因为养殖梅花鹿致富，引起全国瞩目，张学良闻之，从夏威夷给家乡寄来了他的题词：中国梅花鹿之乡。

置身海外的张学良，乡音依旧，乡情依然。每当听说有东北故乡来人，他总是会通过友人打听或邀请会面，在浓浓的乡音中倾诉自己对故乡的一片思念，表达对故乡人们的深厚情谊。

1995 年 11 月，哈尔滨市研究血液病的教授马军应美国血液病学会的邀请到檀香山作短暂访问，张学良闻知有东北故乡学者来访，立即主动邀请相会，见面就问："马先生，你是从东北哪疙瘩来的？"马军回答后，张学良又迫不及待地问："马先生去没去过沈阳？那里现在变成什么样子啦？"当听到马军回答沈阳变化很大之后，张学良陷入到往日的回忆中，说："二十年代我去过几次哈尔滨，道外人很多，道里有条大街，马路全是石头铺的。马车走在上面嗒嗒地响，声音可好听啦。马路两边都是俄式建筑。"张学良同马军谈起了哈尔滨、沈阳，谈起了救死扶伤，最后又回到对故乡的思念中。"东北的高粱米、小米很好吃啊……"

1997 年 6 月，张学良刚刚度过 97 岁华诞，沈阳市的市长在东北大学校长的陪同下，来到夏威夷看望张学良。张学良得知沈阳市的市长曾经担任过他家乡海成县的县长时，十分高兴，说家乡的人来见我，我一定认真接待。当市长一行走近坐在轮椅上的张学良时，张学良急切地对身边的人说："我不要坐轮椅，我要站着迎接家乡的客人。"市长向张学良送上见面礼品后，一一介绍了张学良牵挂的家乡的变化。张学良听得很专心，不时地谈起过去的记忆。市长诚恳地希望张学良能够回家乡走一走，看一看，了却乡愁。张学良笑着说："我也想回去啊！"然后又不无遗憾地说："只怕年纪大了，走不动了。"

毕竟是乡愁未了，乡愿未还，而这种乡愁又通过张学良，传达给了下一辈人。

1986年，张学良五弟张学森的长女张闾衡从香港回到沈阳为祖先扫墓。这是"九一八"事变后，张氏家族第一个前来故地祭奠祖先的人。看到保护良好的先辈墓园，看到四周葱郁的树木和规模宏大的"元帅林"，张闾衡声泪俱下："中华民族习俗中，出阁女子没有代表家族祭扫的名分。可对张家祖坟保护的感激之情，是不记名分的。"

多少年以来，张闾琳也在瞩目大洋彼岸的故土。

张学良和赵一荻的儿子张闾琳自9岁起在美国生活，由赵一荻委托给美国友人照料，长期在美国太空署担任工程师。虽然他连母语也不大会说，但目睹父母对故乡的回忆，听闻父辈对祖国的情感，萌发了他回故乡寻祖的念头。

1993年，当张闾琳把回祖国看看的想法告诉父亲后，立即得到了张学良的称赞，并连连催促儿子尽快成行。他嘱咐张闾琳说："到了北京以后，再转赴东北，替我去看看咱们在沈阳的旧居和抚顺城外你爷爷的那座空陵。我现在是……实在是无法回东北啊！"

1994年，张闾琳偕夫人一行终于踏上了故乡归途。在游览完北京的名胜古迹后，张闾琳一行来到了沈阳。他曾经在这里度过了五年无忧无虑的儿时年月，虽然少不记事，但仍然希望能够故地重游，同时也实现父亲的夙愿。在沈阳，张闾琳一行参观了"九一八"事变纪念馆，回到了爷爷张作霖当年主政东北时修建的大帅府，拜谒了大帅陵。站在祖父的陵前，64岁的张闾琳默然肃立，心潮起伏，热泪滚涌，他终于替离开故土70年的父亲还了愿。

回到夏威夷，张闾琳把在大陆的见闻、故乡人民对父亲的思念、家乡政府对张氏财产、陵墓的保护等等，一一讲述给父亲。张学良脸上露出了欣慰的笑容。

直到去世，张学良经常向人讲起的一句话是：共产党对我相当好。

1995 年 3 月，张学良暨东北军史研究会的领导周毅、赵双城等人到夏威夷拜会张学良，汇报研究会的工作，张学良很关心东北军史研究的进展，要求多研究东北军，少研究他本人。赵双城还请张学良为南京航空烈士纪念碑题词，张学良欣然挥毫，写下了"抗日航空烈士永垂不朽"几个字，后来被镌刻于南京的抗日航空烈士纪念碑上。

中国抗日战争胜利 50 周年即将到来之际，海内外华人音乐家们为了纪念当年来之不易的胜利，联合制作了收录有抗战音乐歌曲的 CD 专辑，张学良应邀为此专辑题写了"天佑中华"四个大字，表达了对抗战胜利和祖国的怀念之情。

1998 年 5 月 30 日，张学良 98 岁华诞即将到来，由夏威夷中华基督教会出面在当地中华第一教堂为张学良举行胜利感恩会。原中共中央统战部长严明复、东北大学校长赫冀成等三十余人，台湾的原"立法院长"、海峡两岸和平统一促进会会长梁肃戎、台湾传记文学社社长刘绍唐等人，来自美国的华盛顿大学教授、张学良的好友王新衡的儿子王冀，美国中国东北同乡会会长萧朝智等两岸三地的人一同前来为老人祝寿。张学良专门为这次聚会写了一篇感恩词，在会上由他的长女张闾瑛代为宣读：

> 今天是我的98岁生日，我应当感谢赞美我的主耶稣基督，这么多年来，主赐我身体健康、平安喜乐，也能常去教堂主日崇拜，主的恩典真是诉说不尽、感谢不完，我还有什么话可以说呢？太阳还存，月亮还在，人要敬畏他，直到万代。
>
> 他的恩典够我用，他的恩典够我用！
>
> 我要敬告大家，应当快来信耶稣，得永生。
>
> 他的恩典够你用的。阿门！
>
> 张学良　1998年6月1日

当天，十几位不同种族的小朋友表演了节目，两岸三地的亲朋们上前向张学良敬献了寿联和礼品，张学良连声道谢。

原台湾"立法院长"、台湾海峡两岸和平统一促进会会长梁肃戎说："西安事变是惊天动地的大事，虽然两岸对该事变的评论各有不同，但是该事件却促成了国共共同抗日，从这来看，张学良将军对国家是有很大贡献的。虽然他被幽禁了近60年，当时他那段对历史的贡献，应当赢得东北同乡及所有两岸人民的敬重。"

她是我永远的姑娘

曾经有如花的容颜，曾经有如玉的青春岁月，但是都在漫长的岁月中渐渐流逝，最后成为一位虔诚的基督徒，一位万事淡然于心的隐居女士，一位当代绝无仅有的红尘圣女。这就是赵一荻的一生。

张学良在95岁生日的时候，曾经写过一首诗："自古英雄皆好色，未必好色是英雄。我虽不是英雄汉，只有好色似英雄。"在历过了漫漫历史风云，辗转流离之后，是非功过都看得淡了，唯有与赵四小姐的情缘历久弥新。惊天动地的搏斗，到后来不如博红颜知己一粲。

一位参加过张学良百年寿宴的朋友说：是主把他们绑在了一起。这句话是一句箴语，很值得寻味。

有人说：西安事变，有很多人付出了身家性命的代价，但只有张学良获得了"千古功臣"的美名。其实要说牺牲，赵一荻可谓是最大的没有名分的英雄，72年的岁月与张学良厮守相伴，硬生生把一个平凡的爱情故事酿成了传奇。因为有了张学良和他的西安事变，赵一荻才为世人所知，而有了赵一荻，张学良的故事才变得多姿多彩，让故事成为传奇。

没有"当代冰霜爱情"、"白首缔盟"、"牢狱鸳鸯"、"红粉知己"、"佳人伴读"这些形容词，张学良和赵一荻的故事就会少了许多色彩，又因为上帝的加入，更有几分令世人仰望的意味。

说到赵一荻和张学良之间关系的起点，当年人们往往用"私奔"来描述，也有人说是张学良亲自安排从赵府把赵一荻偷偷接到了沈阳。可是，张学良对此另有说法："1929年那一年，我有病，在沈阳养病，赵四就拎了个小包从天津来看我。本来她看完是要回去的。她那时已经家里介绍，有了婚配的对象，她对那人印象也很好。后来她异母的哥哥就到老太爷那里告状，说妹妹私奔了。原来赵四的母亲是盛宣怀家的丫头，是姨太太，上面还有个太太，也是盛家的小姐，生了几个哥哥。哥哥就想借这事来打击赵四母亲这一房。老太爷一听，大怒，就登报说脱离父女关系，逐出祠堂。这下可好，回不去了，只有跟了我啦。所以我说她哥哥是'弄拙成巧'了。我说姻缘就这么一回事。"

当然另有版本，说是张学良和赵一荻在天津舞会上坠入情网后，赵一荻父亲、任北洋政府交通次长的赵庆华气得脸色发白，双手发抖，大骂一通后，派一个女佣和一个丫环昼夜看管，一步不许出门。这种软禁的生活给赵一荻带来巨大痛苦，在她六哥赵燕生的帮助下，她与家人不辞而别，赶到了沈阳与张学良相会。

其实无论哪种说法，赵一荻爱张学良都是真诚的，无论是私奔也好，不准进大帅府也好，只给秘书的头衔也好，都丝毫没有动摇她对张学良的爱情，而且在 1930 年为张学良生下了儿子张闾琳。西安事变后，于凤至从英国赶回奉化溪口陪伴丈夫遭遇"管束"，一共三年时间，后因患乳腺癌不得不离开，转赴美国治病。而当时赵一荻正在香港，听说张学良需要，立即将孩子托付给朋友，赶赴爱人身边，从此开始漫长的幽禁岁月。

72 年的相伴，却有 35 年是没有名分的"女秘书"。有几个女人忍耐得住，担待得起？

赵一荻为张学良做的这一切，都是在没有太太名分时候做的，这一点，连于凤至也为之感叹。1963 年，张学良提出接受基督教洗礼，宋美龄说，基督教规定一个人不能同时有两位太太，如果你要真诚信奉基督教，就必须解除与于凤至的婚姻关系。当张学良怀着不安的心情致信于凤至后，于凤至提笔给赵一荻写了一封长信：

荻妹慧鉴：

　　时间过得真快，自从 1940 年我赴美国治乳癌，已经二十余年不曾见面，真是隔海翘首，天各一方！

　　记得是在1928年秋天，在天津《大公报》上看到你父亲赵燧山因你和汉卿到奉天而发表的《启事》，声称与你断绝父女关系。那时虽然我与你还不相识，但却有耳闻。你是位聪明果断、知书达理的贤惠女子。你住进北陵后，潜心学业，在汉卿宣布东北易帜时，你成了他有力的助手。为了家庭和睦，你深明大义，甚至同意汉卿所提出的苛刻条件：不给你夫人的名义，对外以秘书称谓。从那时开始，你在你父亲和公众舆论的压力下，表现出超人的坚贞和顾全大局的心胸，这都成为我们日后真诚相处的基础与纽带！

　　你我第一次见面，时值1929年的冬天。我记得：那天沈阳大雪纷飞，我是从汉卿的言语上偶尔流露中得知你已产下一子，这本来是件喜事。但是我听说你为间琳的降生而忧虑。因为你和汉卿并无夫妻名分，由你本人抚养婴儿实在是件困难的事情。你有心把孩子送到天津的姥姥家里，可是你的父亲已经声明与你脱离了关系，你处在困窘的境地。我在你临产以前，就为你备下了乳粉与乳婴的衣物。那时我不想到北陵探望，令你难为情。我思来想去，决定还是亲自到北陵看你。我冒着鹅毛大雪，带着蒋妈赶到你的住处，见了面我才知道你不仅是位聪明贤惠的妹妹，还是位美丽温柔的女子。你那时万没有想到我会在最困难的时候来"下奶"。当你听我说把孩子抱回大帅府，由我代你抚养时，你感动得嘴唇哆嗦，眼泪就像断了线的珠子一样滚落下来，你叫一声"大姐"，就抱住我失声地哭了起来……

　　汉卿后来被囚于奉化，你已经由上海转至香港。我非常理解你的处境，你和间琳暂避香港是出于不得已。我据理力争，宋美龄和蒋介石被迫同意我去奉化陪狱。嗣后，我随汉卿转辗了很多地方，江西萍乡，安徽黄山，湖南郴州，最后又到了凤凰山。转眼就是三年。荻妹，我只陪了汉卿三年，可是你却陪了他二十多年。你的意志是一般女人所不能相比的，在我决心到美国治病时，汉卿提出由你来代替我的主张，说真的，当初我心乱如麻。既想继续陪着他，又担心疾病转重，失去了医治的机会。按说你当时不来相陪也是有理由的，间琳尚幼，且在香港生活安逸。我知你当时面临一个痛苦的选择，要么放弃间琳，要么放弃汉卿，一个女人的心怎能经受得住如此痛苦的折磨？

后来，你为了汉卿终于放弃了孩子……荻妹，回首失去的岁月，汉卿对于我的敬重，对我的真情都是难以忘怀的。其实，在旧中国依汉卿当时的地位，三妻四妾也不足为怪（依先帅为例，他就是一妻五妾）。可是，汉卿到底是个品格高尚的人，他为了尊重我，始终不肯给你以应得的名义……间瑛和鹏飞带回了汉卿的信，他在信中谈及他在受洗时不能同时有两个妻子。我听后十分理解，事实上二十多年的患难生活，你早已成为了汉卿最真挚的知己和伴侣了，我对你的忠贞表示敬佩！现在我正式提出：为了尊重你和汉卿多年的患难深情，我同意与张学良解除婚姻关系，并且真诚地祝你们知己缔盟，偕老百年！

特此专复

顺祝　钧安

姊：于凤至

于旧金山多树城

1963年10月

这封信似是于凤至亲笔，在国内广为流传，但以我所见，原文未必如此，但其意其情，不出左右。

关于这段因为皈依基督教而离婚的传闻似已成定论，但另一种出于政治上的原因而致张学良与于凤至离婚的考虑可能更有当时的现实意义。早在西安事变之前赵一荻就已经跟随张学良，而且赵一荻也早已皈依了基督教，张学良和赵一荻没有受到过任何教徒或者牧师的指责。到 1964 年，张学良已经被"管束"了将近 28 年了，这个时候提出赵一荻与张学良的关系"不合教规"确实有些意外。如果说提议张学良只能有一位夫人的确实是宋美龄或蒋介石，那么更多是出于政治上的考虑。于凤至已经久居大洋彼岸，而且明确表示决不回台湾，张学良和于凤至的子女们也都在美国成家立业，这就意味着张学良有一条海外的退路，一旦张学良获得自由，他就可以选择或者争取去往美国，脱离蒋介石的掌控。正是为了断绝这条海外之路，于是出现了冠冕堂皇的"基督教义"，要张学良写信给于凤至提出离婚。对此于凤至何尝不知不晓，为了张学良她只有作此痛苦的离婚选择。

对于赵一荻而言，这是一朵迟到的生命之花。

赵一荻在官宦之家长大，又受过西式教育，身边名流如云，她的这些背景对幽居中的张学良发生了巨大影响。漫长的岁月中，赵一荻居然成了一位"进得厨房，上得厅堂"的女人。她为张学良编织毛衣，为他烧制饭菜，为他起草书信，为他阅读英文，陪同他下棋、打球、游泳、唱戏，凡是一个女人可以给男人的一切，赵一荻可以说都全部献出了。她在完善自己的同时，也成就和完善了她的白首丈夫，不然难以想象一个曾经风流专横、权势倾天的男人，如何会完成其性格和行为的巨大转折，最终升华成一个安然颐享天年的沉默老人。

除此之外，赵一荻还是张学良的辩护者。1990年，当张学良公开亮相，海内外大贺他90岁寿辰并对他未来动向作种种猜测之时，赵一荻写了一篇文章《张学良是怎样的人》，论述和维护她的丈夫。

自大陆到台湾以后，尤其是1964年赵一荻和张学良接受洗礼、正式成为基督徒之后，赵一荻成了一个言必称上帝的虔诚基督徒。她专门为自己起了个教名，叫赵多加，不仅自己信教，帮助丈夫信教，而且还拿起笔来传播上帝的福音，先后写出了《好消息》、《新使命》、《真自由》、《大使命》等证道的小册子。在台北的周联华牧师是张学良夫妇的老朋友，也是他们信教的领路人，他在给赵一荻《大使命》所作的序言中说：

> 每一次多加姊妹总会把信息写下来，她是一位多产的作家，因为她珍惜每一次见证的机会。她每次都是有写作完成的稿子，再讲话。她的态度非常严谨，她不但有充分的准备，而且有写好的底稿，而那些底稿又是写得工整、清楚，随时都可以付印。

赵一荻在基督面前表现出了极大的热忱,她对教友们说:平常人看《圣经》,大大的一本,常常不容易吸收,我只是把《圣经》教义浅显地写出来,把一件好的东西介绍给朋友,而不是光送人一本《圣经》就算了。

赵一荻出生于荣华富贵之家,对于人生的沉浮起伏可谓全然参透。她在做见证的时候说:我们要敬神爱人,存感谢之心,就有平安喜乐。物质不能填满心灵的空虚,像玛丽莲·梦露,南茜·奥纳西斯,她们有一切的荣华富贵,却以自杀结束生命,为什么? 空虚也。

赵一荻陪同张学良去过医院、学校、军营、监狱,给病人、学生、士兵、犯人们传播上帝的福音,每一次他们用的都是曾显华、赵多加这两个教名。没有任何人可以想象得出,在他们面前如此虔诚传播上帝福音的是名扬天下的张学良和赵一荻。

1980 年,赵一荻在医院做检查,发现肺部长有小指头大的黑点,医生们确认是因为长期抽烟而引起的肺癌,但尚处于早期阶段。出于慎重,三位主治医生都签字否定了手术方案,转为保守治疗。但张学良分别找医生们仔细询问,结果医生们又推翻了原先的治疗方案,对赵一荻施行了单边肺叶切除手术。结果证明,手术是明智的选择,赵一荻为之多活了 20 年。

张学良说:我太太能活下来,完全是上帝的安排。

但赵一荻的身体已经明显衰弱,氧气瓶常不离身,经常需要在鼻孔插导管帮助呼吸。她最后一次出现在公众场合是在 2000 年 6 月 1 日张学良的百岁寿辰上,人们注意到赵一荻连说话都已经非常吃力。6 月 1 日,赵一荻晚间想吃清粥小菜,但又不愿意叫醒看护,便独自走进厨房,不慎摔倒在地。

送入檀香山斯特劳比医院后,赵一荻一直处于高烧昏迷状态,并发肺炎,生命垂危。身在美国加州的张闾琳得知母亲病危,匆匆赶到夏威夷,聆听母亲交代临终遗言。张学良天天赶到医院,默默守在夫人身边。据说赵一荻一度清醒过来,对张学良说了一句"我最放不下的,就是你! "一句话包含了一辈子的情分,说得张学良泪眼朦胧。

一位研究张学良并与他们夫妇多有接触的学者对赵一荻的评价是:一位平凡的女人,有个不平凡的丈夫。那段不平凡,带给她骄傲,也带给她曲折。她要丈夫忘掉那不平凡，她也尽力使丈夫走入平凡。平凡，就代表安全。最后，她在基督教中找到了平凡。为上帝，她抛弃了人间万事，唯一没法抛弃的，是她那人间的英雄——她的丈夫。虽然那英雄早已泄了气（张学良自己的话），她还是要完成"上帝的安排"，不要使她在上帝那儿等他时，路上出了什么差错。

看着这张伴随了他 72 年、红颜已逝的脸庞，看着这位陪同自己走过忧患更迭的"小妹"即将离开人世，张学良再也无法言语。

2000 年 6 月 22 日上午，张学良夫妇的牧师程嘉禾应张学良和儿子的要求，来到医院，为弥留状态中的赵一荻做人生的最后祷告。当日上午 9 时 10 分，赵一荻在安详中告离人世，飞升天国。守在夫人身边的张学良对夫人的去世已经有所心理准备，但当医生宣布说赵一荻已经死亡的时候，他仍然很难接受这个现实，不相信自己的终生伴侣就这么会弃他而去。他无言地握着夫人逐渐冰凉的手，握着曾经帮扶着他历过大劫大难，给了他无穷安慰的精神支撑，整整一个小时没有松开。

一位台湾记者写道："赵四小姐走了，象征一个民国早期笙歌繁华的时代消失了；一个情义坚持、沉默幽居的时代逝去了；一个迟来的自在、自由的日子落幕了。"

几天之后，赵一荻的遗体告别仪式在殡仪馆举行。荡人心魄的哀乐声中，张学良坐着轮椅缓缓而来，凝视着静静躺在面前的"小妹"。在他百岁诞辰的时候，张学良曾对媒体说："我太太很好，最关心我的人是她"，"我这一辈子欠得最多的就是她"。此时此刻，72 年相伴相随的情景再现脑海，张学良突然把持不住，向着遗体大喊一声。谁也没有听清他喊的是什么，但所有人都感觉得到，他是在用残存的生命向他生命的另一半发出诀别的呼号。

告别仪式完结，神情黯然的张学良被轮椅推出殡仪馆，正要上车，一位壮年男子突然冲出人群，大跨步抢到张学良面前，挺直腰杆，"啪"地敬了一个标准的军礼。视力衰退、目光虚茫的张学良此时眼里蓦然闪出一道亮光。所有在场的人也在这一刻猛然意识到，轮椅上的百岁老人是退役陆军一级上将。

赵四小姐安葬于夏威夷"中华海景"的神殿谷墓园。

张学良的亲友们都记得他对赵一荻的最后一个称呼：她是我永远的姑娘。

平静谢幕

夏威夷的海滩如旧，波涛如旧，林荫如旧，但却对张学良完全失去了六年前到这里来定居时候的光彩。那些熟悉他身影的人们，再难在这里的海滩和林荫里见到这个他们称之为"张先生"的老人。

他独自坐在老人公寓 15 层的落地阳台前，发呆似的凝望深邃的夜空，望海天一色的远方。一种无可挽救的孤独铺天盖地地袭来，把他同现实生生地拉开，凡是平素里接近和亲密的东西都变得无限的疏远，甚至没有了任何价值。生活成为一种可有可无的惯性流程，激不起他的任何热情。

失去赵一荻的张学良在幽居之外，又加上了独居。相伴 72 年的红颜知己撒手而去，其打击之大，少有人能够体味。

檀香山第一华人基督教公理会的教堂里也见不到了教友曾显华的身影。人们纷纷向程嘉禾打探张学良的情况，程牧师一听就有些忧伤地摇头，连声说"他是一个好人，一个虔诚的基督徒"。在程牧师的眼里，这位当年雄兵在握、热血赤诚的少帅既然皈依了基督，就是教区里一名普通兄弟了。1994 年他们定居夏威夷以来，除非身体严重不适，否则每个星期都要到教堂做礼拜，风雨无阻。

"我们不叫他少帅，也不叫他张将军，只是叫他张先生。"程牧师说，"他是习惯晚起的，平时总要到上午 11 点才会起床。只是到了礼拜天，张太（赵一荻）总是叫他早起，两位老人行动不便，都依赖轮椅。但总是 9 点差 10 分准时来教堂礼拜。"程牧师依然保留着一沓张学良和赵一荻所写的小册子和见证书，声音里有些叹息。"可惜去年张太过世后，对张先生打击颇大。精神和身体状况大不如前，就再也没有来本堂做过礼拜了。"让程牧师深深感动的是，张学良有时候仿佛没有意识到赵一荻已经去世，当有人问他是否要去教堂做礼拜，他居然会脱口回答"问太太去！"

可是太太无觅，魂升天国，张学良无奈地在 15 层高楼上，望日起日落，听涛声涌来退去。

漫漫岁月，如日头海潮，也在张学良的心头升起落下，波涛汹涌。

辽宁海城，他在这里的一辆马车上降生；奉天的北大营，那里是他军事生涯的起点，20 岁官拜少将，英气勃发，踌躇满志；继而热河、北平，因为执行蒋介石中央的命令，他在这里背上了"不抵抗将军"的骂名；屯军西安，那里是他人生的大弯，也是他人生辉煌的峰巅，他在这里完成了政治生涯的惊世绝笔，从此消隐，被军委会"管束"，从浙江奉化，到安徽、江西、湖南、贵州、重庆、台湾，再到美国，最后定居于没有任何政治纷扰的夏威夷。

"我的心中只有上帝，"这是作为基督徒的曾显华经常对教友们说的话，可是作为凡人的张学良呢，就没有人间事萦绕心头了吗？今生今世，就没有遗憾的难圆之梦吗？其实，那是他数十年来积在心中的两个梦，两个至死不会放弃的夙愿：归乡、统一。

这些年来，他已经在无数场合表达过这两个愿望。

1992 年他首次接受大陆记者的访问，也对他们说："只要时机成熟，国家一定能统一。"后来他又对来访的美国一家华语广播电台说："大陆与台湾统一是最重要的大事。台湾没有独立的条件，因为大家都是中国人，这是最重要的一条。"

回到故土，国家统一是数十年来牵引着他的一个梦。有一年他参观收归台湾的功臣郑成功的祠庙，曾写下过一首诗：

> 孽子孤臣一稚儒，
> 填膺大义抗强胡；
> 丰功岂在尊明朔，
> 确保台湾入版图。

1990 年，他专门重抄了这首诗，寄给了他昔日的旧部吕正操将军。

2000 年他百岁寿辰的时候，海峡两岸和美国的亲友、故旧都搞了庆贺活动，令他非常高兴的是，他收到了中国国家主席、中共中央总书记江泽民的贺电与花篮。江泽民在贺电中说：

> 欣逢先生百年华诞，特致电深表贺忱！先生当年之殊勋
> 早已彪炳史册，为海内外华夏子孙所景仰铭记。先生之爱国精
> 神，更将发扬光大。遥祝先生善自尊重，颐养天年。

来自故土的呼唤他何尝不想回应，可是他毕竟已经是百岁老人了。他的身体也实在不能经受这番辗转了，而且他是个易动感情的人，谁知道站在故乡的土地上他胸中的波涛会不会把他全然吞没。他不无遗憾地对友人坦言："虽然想回去，但就怕感情上的冲击受不了啊！"

曾经有人用一句辛弃疾的词来形容张学良："了却君王天下事，留得生前身后名"，张学良闻之淡然一笑。历尽忧患沧桑，什么名利也都看透了，如同他晚年写的一首诗中的一句："不怕死，不爱钱，丈夫绝不受人怜"。不过，天下事了得完吗？说了就了得清吗？有些事情远非仅仅君王之事，而是国家之事，民族之事，对此张学良是不会怯懦退却而一推了之的。即便将来去世以后，他也将对历史负责。

1991 年他到美国的时候，曾经会见了哥伦比亚大学研究中国历史、文化的研究生，并与哥伦比亚大学的教授、美中文化交流基金会会长张之炳女士就对历史负责的问题进行了交谈。张学良对张之炳女士说，当年蒋介石和蒋经国都曾经劝他写回忆录，他也答应过，但是等写出大纲以后，又决定放弃。

"为什么？我没法写！因为我要写的，好的、坏的，都要着实地写，我不能只说好的。而且我认为有些事不是不能说，而是不能从我嘴里说。"

张之炳女士对张学良的苦衷表示理解，同时提出请张学良进行"口述历史"。哥伦比亚大学是收藏中国近当代历史重要人物档案资料最丰富的学术机构，并创办了"口述历史"中心，通过对健在的历史人物录音采访，为中国和世界历史保留珍贵材料。在张学良以前，这个中心已经对李宗仁、胡适、孔祥熙、陈立夫、顾维钧等人进行了这种采访。张之炳原以为一向沉默的张学良会表示拒绝，但出乎意料的是，他对此表现出了很大兴趣，但提出了一个并不算苛刻的条件：所有口述资料，须

在 2002 年以后才能公之于世。了解张学良的人当然知道他对这个要求的考虑：张学良谈历史必然要谈西安事变的经过和内幕，以及后来的幽禁岁月，这就会涉及到蒋介石及其同僚。他视为恩人的宋美龄尚在人世，他不希望给蒋夫人添任何不快。第二是对自己寿命的考虑。在台湾的时候，他的好友张群活了 102 岁，张学良当年就开玩笑，说是也要坚持活到张群这个年纪，而待他 102 岁，正是 2002 年。

从 1991 年 10 月开始，张之炳女士带领一位女助手，开始对张学良长达五年的马拉松式的口述历史采访，直到 1996 年夏天，这项工程才在夏威夷完成。

张学良的娓娓叙述，给人们留下了一个亟待了解的悬念。在口述历史进行的同时，另一项工程也宣告完成：张学良把他一生珍藏的文献手稿赠给了美国哥伦比亚大学善本手稿图书馆。这些资料有张学良数十年珍藏的善本和孤本图书，各种文电，当年研究明史、研读《圣经》时的手记，包括日记、照片、字画和书信。哥伦比亚大学图书馆专门为这些资料辟出了陈列室，以"毅荻书斋"命名，这是张学良的名号"毅庵"和夫人赵一荻的名字组成。陈列室共有六个窗柜：分为东北时期，西安事变，在大陆软禁时期，研究明史和近代史心得、基督教研究心得，以及获得自由后的活动记录。

1996 年 10 月 22 日，"毅荻书斋"正式开馆。张学良委托他在台湾时的牧师周联华专程从台北飞到纽约，代为宣读他的书面致词："现在要展出的是中国近百年来，我所参与和亲身经历的事实的记录，和我自己研读明史、中国近代史、基督神学心得的一部分。希望这些文物和资料能够给国际上研究历史的学者们参考……其余的资料将在 2002 年，在哥伦比亚大学为我所作的口述历史中全部公开展出。"

《美国亚洲周刊》对张学良的口述历史评论说："他有太多的苦闷和真心话要发泄，但也是个余悸犹存的识时务者。所以他不愿在台湾发表回忆录，更不愿把文件留在台湾。"

到 2001 年 9 月，孤独中的张学良的身体状况明显下降，9 月 28 日因感染肺炎被送进斯特劳比医院，张学良的儿子张闾琳，女儿张闾瑛，还有三个孙子均守候床前。10 月 9 日，病人因为情况转危而被送进加护病房急救，从他口中插入呼吸管将氧气直接打进肺部，但情况一直没有好转。由于插管痛苦，张学良曾经有过交代不要如此，希望自然告别人世。赵一荻病危时也曾经插管，因为过于痛苦，在拔掉呼吸管后两小时去世。11 日凌晨 4 时左右，医院应家属请求，拔除了他的维生系统，张学良处于病危状态。

张学良的病况引起海内外媒体的热切关注，但医院不同意让任何记者靠近打扰。经家属们商量，由张闾琳出面，在 10 月 11 日发表了一份书面声明，公布张学良的病情："我们正在为家父的安康尽一切努力，对于世界各地人士表达的关怀谨致感谢。……我会尽一切力量确保父亲的舒适与健康。如有必要，我们家属会提供有关张学良病情的进一步消息。"

虽然关山大海阻隔，十三亿国人一直挂念着张学良，关注着这位多年来被称为"千古功臣"的老人病况。10 月 6 日，中国驻洛杉矶代总领事专程到夏威夷看望了病中的张学良，向他赠送了花篮，代表中国政府向他表示慰问，转达了中央领导、中国政府以及外交部等部门对他的问候，祝他早日康复。12 日，领事馆领事再次前往探望。

到 12 日上午，张学良的病况基本稳定，可以不需要氧气管自己呼吸，清醒的时候意识清楚，对家人的呼唤也能点头回应。但此种回光返照似的好转只持续了短暂时间。13 日上午，张学良血压降低，呼吸缓慢到一分钟只有六次。医院关掉了他的心律调节器，只用吗啡点滴替病人止痛。

北京时间 10 月 15 日下午 2 时 50 分，少帅呼吸逐渐沉重，在儿女和孙子的哀伤低泣中，终于走完人生最后一程，平静谢幕。

得悉张学良去世的消息，中共中央总书记、国家主席江泽民当天就向张学良家属发去了唁电。

中国驻美大使杨洁篪当天即专程飞往夏威夷，向张闾琳、张闾瑛等家属转交了江主席的唁电，并转交了江主席、全国政协主席李瑞环和中共中央统战部王兆国部长敬献的花篮。张学良的儿女对 101 岁的父亲的去世已经有心理准备，但仍然无法掩住深深的悲痛。他们对江泽民等领导人在这个悲痛的时刻发来唁电深受感动，张闾琳说这让他"终生难忘"，请杨大使转达对江主席等人的衷心谢意。

与北京方面相比，台湾在张学良去世问题上显得非常低调。陈水扁只是象征性地发了只有30个字的慰问电："惊悉汉卿先生捐馆，竭胜震悼，谨电致唁，敬祈节哀"。而国民党对张学良这位曾经担任过中央执委的党内元老级的人物的去世多少也表现了一些热心，国民党主席连战向张学良家属发了电报表示悼念，同时指示国民党组织发展委员会海外部驻夏威夷的党务处，就近协助张学良家属处理治丧事宜。

10月23日，张学良的追思礼拜和公祭在檀香山博思威克殡仪馆隆重举行。来自世界各地的五百多位亲朋、故旧、友人，迈着沉重的步子走进礼堂，在哀思、肃穆的气氛中，向这位历史老人表达崇高的敬意。

张学良曾经是促成国共联合的人物，并一生持国家统一的观点，到去世的时候也把两岸拉在了一起。在告别仪式上，张学良安详地躺在紫铜棺中，上面覆盖着鲜花。灵堂前排的正中位置，摆放着江泽民敬献的花圈，离此不远是台湾陈水扁送的花圈，住在纽约的蒋介石夫人宋美龄送了一个具有宗教意味的十字花架。因为张学良的葬礼，海峡两岸的人也聚在了一个地方：大陆派出了中国驻美国大使馆临时代办何亚非，台湾地区来的是"外交部长"田弘茂。

追思礼拜及公祭历时一个小时。张闾琳和张闾瑛代表家属致词，最后朝向已经淡然谢世的张学良，轻言"再见了，父亲"，在场的所有人无不感伤。

张学良的墓地早已在几年前由他和赵一荻亲自选定，地点在檀香山北部"神殿之谷"纪念公园中的墓园，名为"中国海景"。去世后不归葬大陆东北，也不葬在台湾，生前不喜欢打扰，死后也想卧拥宁静，张学良真正的一派基督徒性情。唯一陪伴的就是他的红颜知己赵一荻，去年她去世后就葬在此地，旁边已为张学良留有一个空穴。两人在夏威夷卧看河山，梦听涛声，也算得是天上人间了。

当年张学良曾经参观金门，通过望远镜寻望祖国的河山，而后他抄录了国民党元老于右任先生的一首诗："葬我于高山之上兮，望我大陆；大陆不可见兮，只有痛哭……"而今在浩瀚的太平洋上，大陆不可望，台湾也遥不可及，张学良的心中是否会有当年的那丝痛苦？

墓园入口处的大理石上，精心雕刻着《圣经》中约翰福音第十一章二十节经文：

复活在我，生命在我，信我的人虽然死了，亦必复活。

长眠地下的张学良用这段经文，告诉人们他已经将往事抛诸前尘，但求克己待人。这是十字架下的张学良，一个虔诚的基督徒。而那个曾经放浪形骸、风流倜傥、敢作敢为、捅天震地的张学良已经消逝在历史的烟尘之中。

张学良曾说："兰是花中的君子，其香也淡，其姿也雅，正因为如此，我觉得兰的境界幽远，不但我喜欢，内人也喜欢。"

如今君子兰凋谢，然暗香久久不散……

曲终人散，楼台空灵，悲剧英雄黯然谢幕。

但是关于张学良，关于西安事变，似乎仍还有若干迷雾，还有若干争议，还有若干值得深思细究之处。

往事悠悠，历史似乎并没有为这位曾经改变了中国历史进程的人的背影画上句号。

再版后记

　　张学良将军2001年在檀香山溘然仙逝的消息，引起人们的好些感慨。杨虎城的孙子叹息说："中国的那一个世代是结束了，完全结束了。毛、蒋、周、张，俱往矣！"当年那代人的功过，已经逐渐有了明晰的评价，中国当代史上，张学良是最富戏剧性，同时也是最具辉煌的一幕大戏的主角，但蒙主恩召，也就这么淡然而去，随之拉上了那段绝唱的帷幕。

　　张学良去世后，关于张学良和西安事变的书籍和文章又着实热火了一阵，尤其是随着大量前苏联、国民党、大陆档案部门有关档案的部分解密，关于张学良当年"九一八"时的不抵抗缘由，西安事变的起因、过程与结局，张学良陪同蒋介石返回南京的动机及被扣押随后被"管束"的种种遭遇等，相对清晰地呈现在人们面前，原先迷雾重重的历史逐渐被廓清。

　　张学良之所以受到长达半个多世纪的关注，是因为任何中国现代史的研究都无法绕过这个人物。就其重要性来讲，他可以算得上20世纪最有影响的几个中国人之一，曾经主导差不多半个中国，以一身而系天下安危，他一手主导的西安事变改变了中国乃至整个世界的局势，即便在他被蒋介石"管束"50年，甚至在他2001年驾鹤西去之后，围绕他的议论仍在延续，在他身上值得探讨的事情仍然很多。至今两岸对他的评价也不尽一致，抗日英雄，千古功臣，还是政变误国，乱臣贼子？政治上和品格上这个人物仍有不少争议。

　　内地和海外有大量关于张学良的著作，其中大都关注张学良的人生传奇，他与赵一荻等红颜知己的轶闻等等，有些对上代历史不甚了了的年轻人，听张学良与赵一荻的爱情，便把他想象成"人间四月天"的徐志摩，而对当时的年代和大背景了无兴趣。当然这与话语环境和思维形式有关。我这本书的关注点，是张学良由一位中国政坛重要人物到完全沉寂消隐的变迁过程，是他历经辗转，饱经沧桑的艰难经历，以及他在漫漫幽禁岁月中的复杂心态，性格畸变，情感寄托和他在不同生命阶段所表现出来的个体精神。西方人在提及张学良被"管束"时，常常使用两个不同的词汇，一个是incarceration，意为"关押"，"禁闭"，一个是house arrest,意为"软禁"，两个词侧重点不同，含带的中心意思都是"失去自由"。没有了自由；无论你是帝王、将军还是平民，生命便与欢乐绝缘。我很希望读者能够通过这些文字走近一位真实生动而又有血有肉的历史壮士，同时又能真切地窥探到一位受难者的悲苦灵魂。

海内外描写张学良的书籍文章，已经数不胜数，此外还有学会、研究会，似乎还有"张学"的存在，但是要真正把张学良这个人说尽道透，却不是件易事。张学良自从生起就"身逢乱世"，他的成长过程杂糅了中西、朝野、文明与江湖的种种熏染，性格复杂而且矛盾，其家庭背景、文化修养、人际交往、性格特质、人生追求、历史地位，都很值得研究。而他的崛起和消隐，涉及到各派政治力量的最高领导层次和著名历史人物，有很强的政治性和政策性，任何撰写张学良的笔触都不得不细心稳慎。

1992年北方文艺出版社初版了拙著《张学良的幽禁岁月》之后，在国内研究张学良的领域引起了一定反响，因为这是大陆第一部完整描写、披露张学良1936年西安事变后至他获得自由几十年间踪迹、经历、生活的书籍。两年后台湾的先智出版公司以繁体字本分上下两册出版了此书，在台湾和海外引起了一定反响。先是台湾军队的"总政战部"摘选了两万多字作为"内部参阅"，接下来台湾的《传记文学》杂志、《联合晚报》、《自立晚报》等报纸杂志陆续摘选、连载了此书的部分章节，大陆新华社主办的《参考消息》又"由外转内"，将《自立晚报》的部分选文在《参考消息》上连载；台湾当局的"国防大学"、"政治作战学院"、"陆军军官学校"都把这本书列为当时的必读书之一，至今仍然是台湾"国防大学"的参考书；美国的国会图书馆和纽约、华盛顿、加州等图书馆都将此书列为中文馆藏书目，美国陆军指挥与参谋学院也将这本书列为了解中国历史的参考书目。不少后来出版的关于张学良和西安事变的研究文章、书籍也摘选或引用了拙著不少文字，凡此种种，说明此书还是受到海内外读者们赏识欢迎的。

由于时间、精力等方面的原因，此次再版修订主要是对18年前写作时出现的不准确之处做了订正。还有，当时拙著对张学良的记述结束于张学良第一次访美省亲，其后他又第二次访美，并决定在美国夏威夷定居，并终老这个海岛。其间，由于他已经完全获得自由，他对记者和亲朋的谈话陆续见诸文字和视频，他对个人生平和西安事变的反复讲述作为第一手资料订正了外界许多不实之词。随着包括蒋介石日记在内的大量海峡两岸历史档案的逐渐解密，也包括容纳张学良、赵一获生平资料、收藏的"毅荻书斋"在美国哥伦比亚的开放，还有当时指导中共处理西安事变的前苏联文档的解密，西安事变的研究获得了新的进展，此次再版也就随张学良的生命轨迹延续至他去世，也融入了对张学良与西安事变研究的一些最新成果。在此，向诸位多年来孜孜不倦追索张学良生命轨迹的研究者们表示感谢和敬意。

最后，我要特别感谢北方文艺出版社的领导和责任编辑。18年前他们支持我写作出版了这本书，现在，在张学良已经溘然长逝近十年之际，新上任的社长胆识独具，决定再版此书。趁2010年4月第二十届全国图书博览会在成都举办之际，宋玉成社长专门与我晤谈，说张学良，说中国历史，说时下低俗图书之滥觞，言及作者与出版者的社会责任，令我深为敬佩。责任编辑王金秋女士，多次对此书的修订给以鼓励并提出意见，在此一并致谢。

借此，也衷心感谢支持、关注我写作此书的亲友们。